高满堂 昃文江 李洲 著

山东文艺出版社

图书在版编目（CIP）数据

运河风流 / 高满堂，巩文江，李洲著. -- 济南：山东文艺出版社，2022.5
ISBN 978-7-5329-6090-3

Ⅰ.①运… Ⅱ.①高… ②巩… ③李… Ⅲ.①长篇小说—中国—当代 Ⅳ.① I247.5

中国版本图书馆 CIP 数据核字（2020）第 035541 号

运河风流

高满堂　巩文江　李洲　著

主管单位	山东出版传媒股份有限公司
出版发行	山东文艺出版社
社　　址	山东省济南市英雄山路 189 号
邮　　编	250002
网　　址	www.sdwypress.com
读者服务	0531-82098776（总编室） 0531-82098775（市场营销部）
电子邮箱	sdwy@sdpress.com.cn
印　　刷	肥城新华印刷有限公司
开　　本	710 毫米 × 1000 毫米　1/16
印　　张	25
字　　数	420 千
版　　次	2022 年 5 月第 1 版
印　　次	2022 年 5 月第 1 次印刷
书　　号	ISBN 978-7-5329-6090-3
定　　价	49.00 元

版权专有，侵权必究。如有图书质量问题，请与出版社联系调换。

第一章

1912年。

阳光映照在济宁运河河段，绵长蜿蜒的河道与浩渺的微山湖连接在一起。运河中，几条大小不一的木船各自扬着帆，方向不一地行驶着，野鸭子在河边自由游弋，还有水鸟不时在运河上空飞翔起落。

一条行驶的客船上，黄子荣正在给自己的骏马美玉套马鞍子。他亲切地抚摸着美玉的额头："美玉哇，咱很快就到家了。"

这时，大腹便便的马彩英从船舱里吃力地走了出来。黄子荣看到后连忙走到她身旁，说道："你身子不方便，咋出来了？"

"里边憋闷，出来透透气。"马彩英一边说着，一边忐忑地看看船老大和两个船夫，然后悄声道，"老爷，我眼皮一个劲儿地跳，孩子的事不会露馅吧？"

黄子荣小心翼翼地将马彩英扶到甲板上坐下，安慰道："彩英，别思虑太重。回来之前，该想的我都想了，一切也都安排妥当了，放心吧。"

话音刚落，身后突然传来"蹿天猴"在空中炸响的声音，船上的人都愣住了，正向四周看时，两道粗粗的麻绳忽然从水里拉起，绳子之间缠绑着的破旧渔网将船头牢牢拦住。七八名体魄健壮的土匪从水中冒出，他们赤裸着上身，斜背着带鞘的大刀，吐掉含在嘴里的空芦苇管，将船带向不远处的一座荒岛。

船老大和两个伙计害怕地站在桅杆处，看着土匪们将一个个大木箱子从船上搬了下去。黄子荣牵着美玉的缰绳，和马彩英站在岸边，土匪王小义端着枪，看押着二人。

不远处，两个手持短枪的女子朝这边走来，走在前面的是一片云，后面跟着的是她的丫鬟樱桃。土匪老猫子跑到一片云身边，讨好道："少当家的，今天出门还真没看错皇历，咱们逮住了一头肥羊。"

一片云突然两眼放光，满怀期待地问道："肥羊？多肥？"

"黄子荣您知道吧？"

"黄子荣？"一片云皱了下眉。

樱桃来到一片云面前，接话道："姐，黄子荣就是济宁三杰之一，听说一直在德州当知县呢。"一片云有些意外，转头看向远处的黄子荣。

老猫子笑了笑："少当家的，德州那可是个好地界，黄子荣只怕没少捞银子。"

一片云冷冷一笑："照这么说，还真是头肥羊！樱桃，走，跟我去看看这个黄大老爷长的是个啥模样？是肥头大耳，还是贼眉鼠眼？"说完，快步向黄子荣走去。

马彩英神色有些不安，黄子荣轻轻拍了拍她的肩，默默地注视着向他们走来的一片云。一片云来到他们跟前，有些发愣地注视着相貌英俊的黄子荣。

黄子荣淡淡一笑，拱手施礼："少当家的！"

一片云像是没听见一般，还在端详着黄子荣。樱桃见状，悄悄拽了拽一片云的衣角，她才缓过神来。

黄子荣客气道："少当家的，不知今日拦住黄某所为何事？"

"你知道我？"一片云有些疑惑。

黄子荣看了眼老猫子说："一片云——飞鱼岛少当家的，刚才那位好汉报过您的名号。"

"你既然知道我是谁，那就该知道我为啥拦你。"一片云也不和他废话，继而转头吩咐道，"老猫子，看看那几口箱子里装的都是啥！"

老猫子带人打开箱子，只见里面都是黄子荣夫妇的衣服和各种书。除了一个装着散碎银子的小布包，并没有什么硬货。一片云有些意外，暗想：难道这个黄老爷是个清官不成？她来到黄子荣夫妇面前，上下审视着二人。忽然她想到什么，关切地打量起马彩英高高隆起的腹部，马彩英被她盯得有些心虚，眼神一直躲闪。

"黄夫人，看样子快生了吧？男孩还是女孩呀？"一片云指着马彩英的肚子问。

马彩英下意识地用手遮了下肚子，有些吞吞吐吐："还……还不知道。"

"黄夫人，我跟人学了点儿看相摸胎的本事。来，让我摸摸是个少爷还是个千金。"说完，一片云煞有介事地将手伸向马彩英的肚子。说时迟那时快，黄子荣先一步挡在了马彩英前面。

一片云冷冷一笑:"咋的,黄夫人的肚子这么金贵,摸都摸不得?"

黄子荣连忙解释道:"少当家的误会了。黄某听说,看胎相,摸的应该是脉。少当家的这上手就摸肚子,黄某还真没见过。"

"黄老爷说的那是县城丁神医的路数,我一片云是野路子,打根儿里就不是一个门派。"说着,便把手放到马彩英肚子上,一边轻轻地抚摸,一边感叹,"哟,这孩子咋这么安稳哪?"

马彩英正不知该如何回答,黄子荣突然伸手抓住一片云,问道:"少当家的,能否借一步说话?"

一片云思量了一下,跟黄子荣走到一旁。黄子荣靠近一片云,悄声说了几句。说完之后,他打了个呼哨,马彩英身后的美玉听见呼哨声,小跑着奔向黄子荣,黄子荣转身将缰绳递给了一片云。

"老猫子,放他们走!"一片云下令。

老猫子愣了一下:"少当家的,他们……"

一片云不满:"聋了?放行!"

土匪们纷纷让路,黄子荣扶着马彩英走上船,船老大和两个伙计也连忙跳上船,一刻不敢耽误地将船划离了荒岛。

就在黄子荣夫妇即将到家时,黄家突生变故。起因是,黄子荣的父亲黄四海因为和宋家争祭河神,提出斗狮子定胜负。可刚开始斗,他就倒在地上不行了,等送到丁家医馆时,人已然没了。

黄老太太倚靠着被褥坐在炕上,两眼直勾勾的,泪水默默地流着。孙子黄天楷坐在她身旁,不安地看着她。

黄子田坐在炕沿上,愤怒地说道:"娘,杀人偿命,天经地义!爹是跟宋长贵斗狮子才犯的病,宋家脱不了干系!我这就带人去宋家讨个公道!"

黄天楷从炕上站起来:"奶奶,二叔说得对,不能便宜了宋家!"

黄老太太摆了摆手,缓缓地说:"子田,你现在去宋家,是想再闹出条人命来?眼下最要紧的,是把你爹的后事办好!"

"娘!"

黄老太太抬高嗓门:"别说了!你大哥就算今天回不来,明天也肯定能到家,有啥事等他回来再说!现在马上安排人置办棺材、祭品,搭灵棚!"

灵棚里设了一张大木案子,上面摆放着一口棺材。六个黄家族人身着孝服,分立在棺材两侧。棺材前摆放着一个小木案子,上面供放着黄四海的画像、牌位和祭品，两侧铜制的烛台上燃着白色的蜡烛，香炉里香火袅袅。木案前摆放着一个瓦盆，旁边放着烧纸。

回到家的黄子荣和马彩英站在灵棚前，怔怔地看着黄四海的遗像。黄子荣缓了缓神，问道："子田，这到底是咋回事？"

黄子田身着孝服站在一侧："都是让宋家给害的！大哥，你得替爹报仇！"

黄子荣这次从德州回来，本想好好尽尽孝心，替父母分担一些家事，可万万没想到爹走得如此突然。他刚想说什么，忽然听到一阵脚步声，转头看去，黄老太太从堂屋走了出来。

"娘，这是——"

"先把孝服换上，给你爹磕个头，有话进屋再说。"黄老太太打断黄子荣的话。

马彩英眼里满含着泪水，唤了一声："娘。"

黄老太太点点头，眼睛却端详着马彩英隆起的肚子。马彩英没敢主动提及，尽可能地掩饰着内心的不安，旁边的黄子荣连忙解围："娘，孩子的事儿，兴安跟您说了吧？"

黄老太太顿了一下，岔开话："彩英，你也先去把孝服换上吧。"

已是黄昏，黄家人聚集在正房堂屋内，商量着黄四海的后事。黄子田坚持要带人去宋家辩理，黄子荣却认为不妥，他已经听娘说明了爹的死因。按照百年更迭的规矩，今年本就该宋家祭河神，可爹认死理非要跟宋长贵置气，这才把命搭上了，这事怨不得宋家。况且黄家跟宋家都是大户人家，如果真找上门去，到时双方各执一词，只怕也分不出个是非，他觉得此事最好报给官府，请官府来裁决。

黄子田听后很是不满："大哥，有些事儿你不知道。因为收不上剿匪税，赵知事把官辞了，如今侯立人成了代理知事，宋长贵跟侯立人这些年走得一直挺近。去年，侯立人的一船私盐又让大哥你给扣在了德州，让他白白损失了一大笔银子，他对大哥肯定怀恨在心，照你的意思办，他一定会偏袒宋家。"

站在黄子荣、马彩英身后的黄天楷接过话："他敢！侯立人这个县官只是代理的，我爹可是堂堂正正在任的县大老爷，侯立人要敢偏袒宋家，就不怕我爹到省里告他去？"

"天楷说得倒也有理。大哥，要我说，今天你就去敲打敲打侯立人，让他心里有个轻重。"黄子田看向黄子荣。

黄子荣借机说："有件事我得告诉你们，我回来以前，把官给辞了。"

此话一出，众人大吃一惊，都不解地看着黄子荣。原来，黄子荣在德州任知县时，因为剿匪一事与都督产生了分歧，黄子荣力主招安，可都督却坚持剿匪，最后竟然还命人打着黄子荣的旗号摆下了鸿门宴，把那伙土匪全给杀了，黄子荣一气之下就把官给辞了。

黄子荣讲完事情原委，起身对黄老太太深鞠一躬，恳切地说："子荣一时赌气，没跟家里商量，贸然辞官，请娘责罚。"

黄老太太并未动怒，平静地说："娘是个妇道人家，官场上的事说不明白，你要辞官，一定有你的道理，这事娘不怪你。"

黄子田却很不满："娘，大哥把官辞了，宋家有侯立人撑腰，爹的仇难道就不报了？"

黄老太太摆了摆手："眼下先把家里一红一白两件大事办好，咱跟宋家的账等一切安顿下来再慢慢算。子荣啊，赶了好几天的路，赶紧带彩英回屋歇着吧。"

黄子荣点了点头，搀扶起马彩英："娘，那我和彩英先回去了。"

黄老太太看着马彩英的背影，心里默念：这个孩子，可一定得保住了。

黄子荣原以为这次回来能远离官场是非，可他万万没想到自己无意中搅乱了代理知事侯立人的计划。

侯立人怒气冲冲地从济南回来。他本以为厅长郑三民着急见他是为了扶正的事，没想到新来的都督却想让黄子荣主政济宁。据郑厅长推测，都督这么做，无非就是沽名钓誉，做个重用清流的样子给上头看看，谁让黄子荣、宋鲁生和杨春早号称"济宁三杰"呢。侯立人恨得直牙痒痒，他早已将知事一职看作自己的囊中之物，没想到半路竟杀出个程咬金！幸而郑厅长将此事挡了下来，说动都督在济宁搞一次民选知事，侯立人现在唯一能做的就是抓紧在选票上下下功夫。

回到家，侯立人正和媳妇桂花抱怨，这时队长赵长顺推门匆匆走进来："老爷，出事了，黄子荣两口子昨天让一片云给劫了。"

"你给我把话说明白了。"

"老爷，我在飞鱼岛不是有个叫老猫子的眼线嘛，今天正好是他给我带信儿，他跟我说，昨天黄子荣两口子让一片云给劫上了荒岛。一片云本来以为劫了头肥羊，可一通折腾，啥也没搜出来。一片云不死心，就想要搜身，可刚想摸马彩英的肚子，黄子荣硬是把一片云给拦下了，他还把一片云拉到一边嘀咕了半天，最后一片云就把黄子荣两口子给放了。"

侯立人边听边琢磨着，赵长顺继续说："临走的时候黄子荣还把马送给了一片云。"

"长顺，你刚才说一片云搜到马彩英的肚子时，让黄子荣给拦住了？"

"是呀，您说这女人怀孩子，也没啥见不得人的呀？"

侯立人默默地思索着。

桂花在一旁接话道："老爷，马彩英三年前难产，生下个死胎，听说因此种下了病根，后来就一直没再怀上，就连咱鲁西南的名医丁德庸——祖上给皇帝看过病，都治不好马彩英不孕的毛病。如今她突然大着肚子回来，还在岛上闹了这么一出，这里面定有鬼。老爷，我琢磨着，马彩英的肚子里只怕啥都没有。"

侯立人思前想后，转过身来说："长顺，你赶紧去趟德州，打听打听马彩英到底有没有怀孕？"

"是，我这就去。"

赵长顺离去后，桂花问道："老爷，你说黄子荣两口子演的到底是哪一出？"

侯立人若有所思地说："不管演的是哪一出，对咱都是一出好戏。我这回能不能当上县知事，这宝就押在马彩英的肚子上了。"

黄四海出殡那日，棺材前后已经系好了粗粗的麻绳，棺材左右前后每组两人，共有八个健壮的黄家族人各自握着粗木杠子准备抬棺。黄子荣、黄子田和黄天楷依次站在棺材前一侧，另一侧站着九个吹鼓手，还有几十名黄家族人分别站在棺材两侧。

吴兴安来到黄子荣身边，悄声问："老爷，时候不早了，是不是起灵出殡？"

黄子荣点点头，压低声音说："两天后，生孩子。"

"明白。"吴兴安应道，然后转头对众人高声喊道，"准备起灵！"

这时，宋鲁生身着一身孝服孝帽急匆匆走进院子，黄子荣有些意外。

"黄伯，鲁生送您来了……"说着，宋鲁生扑通跪在棺材前。

黄子田快步来到宋鲁生面前："宋鲁生，我爹就是让你爹给害死的，你别在这里猫哭耗子假慈悲，滚出去！"

"子田兄弟，这里面怕是有啥误会。我爹身子有病，不能亲自前来，特意嘱咐我来给黄伯磕个头，上炷香，送黄伯一程。"

黄子田一把揪起跪在地上的宋鲁生："让你滚，听见没有！要不然，别怪我对你不客气！"

"住手！子田。"黄子荣走上前，"宋家少东家来给爹磕头送行，这是给咱们黄家面子，不得胡闹！"

黄子田仍面有不服，黄子荣用手势制止了他，又转对宋鲁生恳切地说："少东家，得罪了。"

宋鲁生摆了摆手："没事，没事。"

黄子荣点了点头，转对吴兴安吩咐："兴安，拜祭。"

众人各归各位，黄子田有些不情愿地走到黄子荣身侧。

吴兴安来到摆在棺材前的木案旁，高声喊道："来客行礼，一叩首——二叩首——三叩首——"

宋鲁生庄重地跪在地上，面对棺材磕头。

来客行礼后，黄家人要跪下还礼，可黄子田和黄天楷都板着脸，不愿下跪。

黄老太太走过来："来宾叩头，主家还礼，这是规矩。还礼！"

二人无奈，跟着黄子荣跪下，对着宋鲁生叩头。

还礼完毕，吴兴安继而高声喊道："送先人——"

吹鼓手奏起乐曲，黄子荣双手端起瓦盆，狠狠地将其摔在地上。此时棺材前的木案已经撤掉，族人们用力抬起棺材向门外走去。身后，哭泣声、哀乐声混成一片……

两日后，黄家厢房内传来婴儿响亮的啼哭声。黄老太太携众人过来看望时，马彩英正疲惫地躺在炕上。

产婆赵大脚把包裹好的婴儿抱给黄老太太："给老夫人道喜，是个小少爷。"

黄老太太接过孩子，喜眉笑眼地瞧着："咱黄家又添男丁了！四海在天上看着高兴啊。"

黄子田看了看孩子："娘，看着个头咋这么大呢？面相也老成。"

赵大脚赶忙说："小少爷这面貌俗称胎里熟，也叫龙凤之貌，是大富大贵之相！"

黄老太太瞟了眼旁边的黄子荣，问赵大脚："大富大贵？"

赵大脚点点头，肯定地回答："从前，我娘给一位官家夫人接生，生出来的小少爷就是这样一副老成相貌,后来他金榜题名,考中了探花郎。当时算命的说,这样面相的人,都是文曲星下凡。"

"你说的是真的?"黄老太太喜出望外。

"千真万确,没想到如今让我给碰上了,这可是大喜事呀!"

黄老太太舒了口气:"苍天有眼,祖宗保佑。子荣,这个娃娃可是要光耀咱黄家门庭的,名字要好好起,得大气,得响亮!"

"娘,回来的路上我就想好了。《周易》曰:'天行健,君子以自强不息。地势坤,君子以厚德载物。'他这一辈正好是天字辈,就叫天行吧,希望他将来能成为一个正人君子,懂得顺应天道,承载包容。"

黄老太太笑道:"黄天行!有气势!好名字!"

"娘,乳名请您老来定吧。"黄子荣看着黄老太太。

"你爹在世的时候,老是感叹咱黄家人丁不够兴旺,盼望着你和彩英能再给他添个宝贝疙瘩。如今终于心想事成,我看就叫老疙瘩吧,咋样?"

黄子荣点了点头:"大俗大雅,喊着顺口,听着吉利。听娘的,就叫老疙瘩!"

床上的马彩英暗暗舒了口气。

老疙瘩出生没几日,黄子荣便开始筹划着办满月酒。他想,只有安安稳稳地把这满月酒喝完,事情才算过去,从此就再没人会对老疙瘩多言多语了。黄老太太也十分赞同,她觉得这次满月酒不但要办,还得办得热热闹闹、风风光光的,借着喜酒,也冲冲家里的晦气。

侯立人这些日子也没闲着,自从赵长顺从德州回来,告诉他马彩英在德州的时候肚子根本没大过,他就坚信黄家这孩子的来路肯定有问题。他让赵长顺暗中抓来产婆赵大脚,可几番审问下来,赵大脚还是一口咬定孩子就是马彩英生的,侯立人只得先把她关押起来再做打算。

"这个老疙瘩到底是从哪儿来的呢?要是别人的孩子,黄子荣没必要费这个劲儿啊。"侯立人想不通。

桂花在一旁猜测:"老爷,这个老疙瘩不会是黄子荣的私生子吧?"

"毛不捋不顺,事不理不清。这两天我把黄家演的这出戏又仔细捋了捋。我琢磨着,八成是黄子荣在德州做官时拈花惹草生下了孩子,他怕坏了黄家的名声,所以让马彩英假装怀孕,掩人耳目。"

"老爷说得有理,十之八九就是这么回事。黄家讲究正气传家,真要带个私生子回家，那脸面就彻底让黄子荣给丢尽了。老爷，您不是担心民选知事的时候黄子荣跟您争吗？现在好了，如今黄子荣的把柄被咱们捏在手里，要我说，直接把话跟黄子荣挑明，让他到时候别参加竞选。"

"对付黄子荣，就得杀他个措手不及，不能让他有了防备。一定得让他当着满济宁城人的面一头栽进屎罐子，臭味三年都散不去。这样，将来别说投票，满城的人见着他都得绕道走，都督从此提都不愿意提他。"

"老爷有什么好点子了？"

"按常理说，生了孩子是要庆贺的，黄家肯定要摆满月酒。夫人，你就等着看好戏吧。"侯立人嘴角上扬，满月酒那天自然是要在黄家上演一场好戏，但唱主角的不是他，他心中已经有了绝佳的人选——黄大烟。

第二章

老疙瘩满月当日,黄家宾客满门,济宁各界名流纷纷前来捧场。侯立人自然也不例外,他提前来到黄家,见宾客众多,心中不禁大喜:观众越多,这出戏才能唱得越热闹。

宋鲁生和妻子章云芳也前来道贺。起初收到黄子荣的帖子,宋长贵还有些犹豫。但宋鲁生相信黄家不是小肚鸡肠的人家,要是不去,满城人都会笑话他们宋家气量太小,宋长贵觉得有理,便让儿子儿媳替他走这一趟。

黄子荣刚将宋鲁生夫妇请进门,一个戴礼帽的年轻人就带着五六个随从来到他面前。黄子荣见是生面孔,刚想询问,对面的年轻人把帽檐稍微抬高,笑盈盈地看着他。

"一……一片云。"黄子荣发愣,原来是女扮男装的一片云。

一片云笑了笑:"黄老爷,孩子生得可顺当?"

"托您的福,还算顺当,少当家的今天来……"

"今天我来,是有笔账要跟黄老爷算算。"

"算账?少当家的,咱们的账之前不是都算清了吗?"

"黄老爷说的那是旧账,我说的是新账。"

"新账?"

"这账啊,一时半会儿理不清楚,今儿既然赶上喜酒,那这账就先沉沉,等一会儿喝完了喜酒,再好好算。"说完,一片云便向里走去。

黄子荣看着一片云,将吴兴安唤到身旁,低声耳语了几句。吴兴安听完点了点头,走到院内。

院内摆着十张方桌,桌上放着茶壶、茶碗、瓜子、花生,来宾们坐在桌旁喝茶聊天。一片云和樱桃坐在靠后的一张桌子上,吴兴安拎着水壶,一边给她们续水，一边观察一片云。他偷偷将一张三百两的银票扔至一片云脚旁，然后问："这位先生，是您掉的东西吧？"

一片云捡起脚旁的银票，笑道："不是我的东西，你问问旁人吧。"说完，将银票递给吴兴安。

吴兴安暗示道："真不是您的？"

一片云盯着吴兴安，没再说什么。

"那我再问问旁人。"吴兴安有些尴尬地接过银票。

吴兴安从院内匆匆走出，来到黄子荣身旁低语："老爷，她没收，是不是嫌少？"

黄子荣想了一下："那就再加些，只要别闪着手就行。"

吴兴安有些迟疑："老爷，人心不足蛇吞象。"

黄子荣一时也别无他法："按我说的做，先把今天应付过去再说。"

见宾客差不多到齐，黄子荣便吩咐人开始上菜。主桌上陆续端上菜肴，有醋熘藕片、辣炒萝卜丝、漂汤鱼丸、烧罗汉面筋、咸鸭蛋、油炸小湖虾、氅肉、糖醋鲤鱼、莲子羹，还有一小笸箩花生瓜子；其他桌也都摆上了八菜一汤。众宾客喝着茶水，吃着花生，聊得不亦乐乎。

吴兴安再次拎着铁壶来到一片云身旁，将一包烟递上："这位先生，请抽烟。"

一片云一愣："不会。"

吴兴安有意捏了捏烟盒："这可是好烟，先生自己不抽，将来留着送人也行。"

一片云接过烟盒打开，只见里面塞着两卷银票。

吴兴安的眼睛一直盯着一片云："先生，这烟还行吧？"

一片云笑了笑，把烟盒递给吴兴安："我这个人活得清静，身边的朋友也少，好烟在我这里都糟蹋了，你自己留着抽吧。"

吴兴安见她执意不收，只好接过烟盒离开。

菜已上齐，黄子荣刚要落座，侯立人忽然大声说："黄老爷，这大喜的日子，让黄夫人把小少爷抱出来让大伙儿看看，我们也都跟着沾沾喜气呀！"

众人也纷纷应和起来："是呀，是呀！让我们也看看小少爷！"

黄子荣向众人拱拱手，然后冲着马彩英说："彩英，去把老疙瘩抱出来给大伙儿看看！"

"老疙瘩太小,是不是……"马彩英有些犹豫。

"小啥?又不是让他打拳唱戏。快去吧,时候不早了,看完孩子,咱就赶紧开席,大伙儿都饿了。"

马彩英无奈地走进东厢房,抱起儿子念叨着:"老疙瘩,别怪爹娘心狠,能不能过今天这关,可就全看你的了!"说完,马彩英抓起炕桌上的红辣椒,掰碎抹到了老疙瘩的嘴上。辣椒刚触碰到小舌头,老疙瘩便号啕大哭起来。

马彩英抱着哭得撕心裂肺的老疙瘩走出来。黄子荣迎上前问:"彩英,孩子咋哭得这么厉害?"

"本来好好的,一往外抱就开始哭。老爷,老疙瘩哭成这样,我先抱回去吧,别搅了大伙儿的兴致。"

"子荣兄,这满月酒就图个喜庆,哭两声才更显得热闹。"说着,心怀鬼胎的侯立人凑近马彩英,仔细看着孩子,"哟,瞧这孩子,眉清目秀的,可是这个儿咋看着这么大呢?"

就近的宾客纷纷起身来到马彩英身旁,议论起来:

"这孩子长得真不像满月的孩子。"

"个头儿这么大的满月孩,还是头一回见!"

黄子荣抬高嗓门,得意地说:"诸位,老疙瘩刚生下来的时候,我也吓了一跳。可听赵大脚说,这叫胎里熟,是文曲星下凡,她娘当年在外地就接生过这样的孩子,后来那孩子还中了探花郎呢!"见众人纷纷点头,黄子荣暗暗松了口气,立马转对妻子说:"彩英,你把老疙瘩抱回屋里哄睡了,然后去后院帮娘照顾女宾。"

马彩英答应着,抱着老疙瘩快步走向东厢房。

黄子荣来到主桌旁,热情地招呼着开席。主桌上的孙敬谱问:"黄老爷,咋没见着杨先生?今天黄家酒坊自酿的十里香可是管够,有好酒他不来?这可真是太阳从西边出来了。"

"孙掌柜,杨春早去曲阜祭孔还没回来,咱不等他了。"说着,黄子荣端起酒杯说,"诸位,子荣敬大伙儿一杯!"

觥筹交错间,有个男人扛着一把竹梯子走进院门,肩上斜挎着一个鼓鼓囊囊的包袱。他穿过酒桌来到正房台阶前,把竹梯竖好,扯开嗓门:"哟,开席了,看来我来晚了!"

黄子荣见是黄大烟,有些意外:"五兄弟,你来得正好!兴安,快给五兄弟安排个座位。"

"五兄弟？黄大老爷，这个称呼我可不敢当，您直接喊我的绰号——黄大烟就行，还是这个听着舒坦。"黄大烟阴阳怪气地说。

这时，黄子田快步来到黄大烟面前，问："黄大烟，你来干啥？"

黄大烟指着正房上方"正气传家"的牌匾，说道："干啥？摘匾！"

黄子田大怒："放肆！堂屋里挂的那是当年朝廷赏赐黄家的金匾，岂是你能随便动的？"

黄大烟冷冷一笑："哼！如今改朝换代了，别再拿那一套吓唬人。告诉你，如今黄家配不上'正气传家'这四个字了，这匾黄爷我今天摘得理直气壮！"

"五兄弟，我知道你一向爱开玩笑，要是玩笑开够了，就坐下喝两杯。"黄子荣上前打圆场。

黄大烟不屑："喝两杯？黄子荣，你们家的酒我嫌脏，闻着恶心。"

孙敬谱站起来，说道："黄大烟，今天摆的是满月酒，是大喜事，你别犯了烟瘾在这里惹是生非。"

黄大烟笑了笑："孙掌柜，您这话说得不对，我今天来不叫惹是生非，我这叫替天行道，是替我们黄家的列祖列宗主持公道来了！"

孙敬谱笑道："黄大烟，三年前你就被黄老爷子从黄家除名了，也配再提黄家的列祖列宗？"

"孙掌柜，您这话还真说到点上了，我赌钱、抽大烟，犯了家规，被逐出黄家，心服口服。可黄家有些人表面上正气凛然，实际上却干着男盗女娼的勾当，还大张旗鼓地在这儿摆满月酒，他们就对得起黄家的列祖列宗了？"

"黄大烟，你这话是什么意思？"黄子荣冷着脸问。

"黄子荣，你跟你爹不是最讲家规家训吗？我问你，黄家家训第八条是啥？"

"第八条：凡黄家后世子孙，务必洁身自好，不许在外拈花惹草，辱没门风，倘有触犯家规者，重罚。黄大烟，今天你提这家规什么意思？"

"黄子荣，既然你揣着明白装糊涂，那就别怪黄爷我不给你留脸面了。"说着，黄大烟解开肩膀上的包袱，从里面拿出一个装着麦糠的蓝布枕头塞进自己衣服里，然后拍打着自己隆起的肚子，"大伙儿都看明白了吧，马彩英她怀的就是这个！这个道貌岸然的黄大老爷，在外偷鸡摸狗，生下孩子，回家来却让他媳妇假装怀孕生子，这叫啥？这叫斯文扫地，辱没家门。大伙儿给评评理，这匣该不该摘？"

众人悄声议论起来。黄子荣笑道："单凭一个凭空冒出来的枕头，就给我扣上辱没家门的罪名，太荒唐了吧？如果我现在拿把带血的尖刀，说你黄大烟杀人，你也承认？"

黄大烟理直气壮："我有人证。"

"人证是谁？"

"飞鱼岛土匪老猫子。"

"刚才你说的这些，这个老猫子可是亲眼所见？"

"倒不是他看见的，不过当时你跟一片云嘀嘀咕咕，还不让她摸马彩英的肚子，这是确凿的事实，所以他猜测你媳妇的肚子一定有问题。"

"猜测？"黄子荣突然变脸，"仅凭一个土匪的猜测，你就诬陷黄某，未免也太可笑了吧！既然你说老猫子怀疑我，那好，你现在就把老猫子喊来跟我对质。如果他真能证明黄某瞒天过海、以假乱真，要杀要剐，悉听尊便。"

黄大烟没想到自己被反将一军："老猫子在飞鱼岛呢。"

孙敬谱对同桌的人悄声说："黄子荣这一招厉害，如果黄大烟真把老猫子喊来，那就说明他通匪，杀头之罪呀！"

黄大烟指着黄子荣："你别以为调炮拐马，就能把我将死，跟你说实话吧，除了老猫子，我还有人证！"

"谁？"

"产婆赵大脚！"说着，黄大烟从怀里掏出一张纸，拍到桌上，"这是赵大脚的证词，上面写得明明白白，马彩英根本就没怀孕，她衣服底下塞的就是枕头，当时屋里的胎盘和血水都是赵大脚用篮子偷偷带进去的！"

孙敬谱接话道："黄大烟，据我所知，赵大脚接生以后就离开济宁了，谁知道你这份东西是不是捏造出来的？"

侯立人按捺不住了："黄大烟，我可告诉你，黄老爷可是济宁三杰之一，是济宁城的脸面，你胆敢信口诽谤、栽赃陷害，本官决不轻饶！"

"侯知事，小人所说句句属实，这份证词确实是赵大脚亲自签字画押的。您若不信，派人把赵大脚喊来，一问便知。"

"哦，刚才孙掌柜不是说赵大脚走了吗？"

"没走，人就在我家的老宅子里。"

"诸位，按说今天这个场合，官府不该插手，可既然碰上了，我身为代理知事，也不能不管。"说完，侯立人扭头吩咐赵长顺去把赵大脚带来。

赵长顺接到命令，马上带人来到黄大烟家。当初是他提出将赵大脚藏在黄大烟家的，为此还派了警员赵大猛严密看守。可当他推开门时，只看到了睡着的赵大猛，屋内根本没有赵大脚的人影。赵长顺急了，一个嘴巴子甩在赵大猛脸上，让他赶紧去找人。

黄家的宴席显然比刚开始时沉重了许多，黄老太太在后院听到消息，赶紧来到前院打圆场："没啥事儿！别搅了大伙儿的兴致，子荣的酒敬完了，该轮到我老太太给诸位敬杯酒了，请！"

众人见黄老太太端起酒杯，也纷纷举杯道贺，气氛似乎恢复正常了。黄大烟见众人都不再理睬他，倒有些尴尬了。

这时，侯立人的妻子桂花来到前院，在侯立人身旁附耳低语了几句。她刚说完，侯立人突然一拍桌子，大喝道："妇道人家，一派胡言乱语，这不是辱没黄家的清白吗！"

黄老太太问道："侯知事，又出啥事了？"

侯立人故作为难："老夫人，此事关乎黄家声誉，实在难以启齿。"

"既然是关乎黄家声誉，那更得当着大伙儿的面把事情说清楚，今天要是不说清楚，日后还不知引出多少猜疑和闲话。"

侯立人对桂花摆出一张冷脸，语气生硬地说："你不是愿意说吗？说吧！"

桂花小声说道："黄太太来月事了。"原来，刚刚宋鲁生的妻子章云芳跟马彩英前后脚去茅厕，发现马彩英正逢月事。

她说完后，站在旁边的黄大烟冷冷一笑："马彩英生完孩子才几天，就来月事？看来她压根就没怀孕！"

黄子荣叹了一口气："事到如今，有些事不得不说了。不瞒诸位，宋太太所见非虚，可宋太太所见之物，并非经血，实乃恶露！"

见众人不解，黄子荣继续说道："彩英产下天行之后，一直腹痛，不时有污血排出。当时我本想带彩英去找丁大夫看病，可我娘说这是恶露，当年她生我后，就曾出现此症，不用服药，只等把污血排完，就会自行痊愈。娘，有这回事吧？"

黄老太太回应道："是这样的。诸位，当年我为了生子荣，那可是遭了不少罪呀。"

"大家别听黄子荣胡说八道！"黄大烟见众人似乎听信了黄子荣的话，便快步走近大夫丁德庸，"丁大夫，黄子荣说的是真的吗？"

丁德庸站起来："诸位，丁某行医多年，儿妇等科虽说谈不上精进，可也医治了不少病患。据我所知，产妇生产之后，腹内常有恶露遗留，确实需要多日才能排净，黄家所言不虚。"

"不可能，绝对不可能。丁德庸你……你偏袒黄家……"

黄子荣接话："黄大烟，老猫子你找不来，现在又说丁大夫所言不实，我对你一忍再忍，仁至义尽，现在你若迷途知返，念在同宗同族的分上，今天一事就不与你追究了。要是还不知悔改，别怪我翻脸无情！"

黄大烟毫不示弱："姓黄的，你别在这儿假仁假义！咱先放下月事不说，我问你，一片云可是悍匪，她把你们夫妻俩劫到荒岛上，为啥平白无故又把你们给放了？"

"土匪没搜到财物，自然放人。"

"是吗？那我问你，你那匹宝马美玉现在何处？"黄子荣愣了，黄大烟见他无话，又来了精神，"看看，说不上来了吧？黄子荣，你把马送给土匪，这叫通匪你知道吗？"

"诸位，子荣当时确实是把美玉送给了一片云，可事出无奈，那么做也是为了保全我们夫妻和彩英腹中孩子的性命。"

"胡说八道！要我说，你跟飞鱼岛和一片云的关系根本就不清白！"

"黄大烟，你说我通匪，有人证物证吗？你拿不出人证物证，就是血口喷人，栽赃诬陷。"黄子荣忍无可忍。

"我……"黄大烟一时语塞。

"谁说没有人证物证？"

众人循声看去，只见坐在不远处的一个人站起身来，摘下礼帽笑了笑："黄大烟，我就是你要找的人证！"

侯立人一惊："一片云！"

站在他身后的赵长顺连忙掏枪，而这时女扮男装的樱桃已经抽出了驳壳枪，顶在赵长顺的脑袋上，吓得他不敢再动了。其余几个土匪也纷纷掏出枪，指向众人。

一片云摆摆手："大家别慌，我今日到黄家，不是谋财害命来了，是特意来向黄老爷讨公道的！"

黄子荣不解："公道？什么公道？"

一片云把右手食指含在嘴里打了个呼哨，守在门口的土匪打开院门，一个土匪牵着美玉走了过来。

一片云指着美玉，假装生气地说："黄子荣，荒岛上我敬你是个清官，放你们夫妻一马，没想到你竟然跟我装神弄鬼，弄匹恶马糊弄我。"

"这话从何而来？"

"从何而来？哼，昨天我爹从外头回岛，听说美玉是匹宝马就想试试。没承想，还没坐稳呢，就让它一个蹶子给摔了下来，差点儿把腿摔断。你说我该不该找你讨个公道？黄子荣，这就是你说的宝马良驹？"

黄子荣欲要解释，黄老太太连忙说："少当家的，先别着急上火，这事我来给你个说法。"说完，她直接走向美玉，吃力地跨上马。

黄子荣大惊："娘，小心！"

骑在马上的黄老太太还没来得及抓紧缰绳，美玉一声嘶鸣，后蹄子尥起，眼见黄老太太就要从马背上滑落下来，众人赶紧上前搀扶她。

黄老太太缓缓起身说道："少当家的，美玉是子荣当年从一个落魄王爷手里买来的，那时候它还是一匹刚出生的小马驹子，子荣对它精心照料，视如珍宝。它虽说是匹宝马，但性子刚烈，如果不是子荣发话，别说是你爹想骑，就是我这个亲娘想骑，它也不待见呀。"

黄子荣看着一片云说："荒岛上，黄某为谢少当家的不杀之恩，将美玉赠予你，当时有言在先，美玉只许少当家的一人骑。可你违背约定，让老当家的试马，美玉识别出生人气味，因此才把老当家的摔了下来。你若据此就说美玉是匹恶马，说我装神弄鬼、不讲信义，这不公道吧？"

这时，院外忽然传来急切的拍门声，守在门口的土匪透过门缝向外看了一眼，转身对一片云说："少当家的，就一个人，不像是官府的！"

"让他进来。"

守门的土匪打开院门，只见一个书生模样的男子满头大汗地走了进来，他一手拿着棍子，一手抱着鼓鼓的长袍。

他一进门，没跟人打招呼，眼睛先四处找寻着，然后直奔向黄大烟，上下打量着他。

黄大烟被盯得发毛："杨先生，你啥意思？"

来人正是济宁三杰之一——杨春早。他一边围着黄大烟转圈，一边说："等赵大脚呢？告诉你，别等了，早就上船走了，这顺风顺水的，怕都出去几十里地了！"

黄大烟愣了一下："杨先生，你见着她了？"

"当然见着了，她把一切都跟我说了。"杨春早淡淡一笑，回想起适才发生的一切。他刚从近郊一农户那里用毛驴换了一本县志，本打算早点儿回来喝黄家的满月酒，谁知路上却和逃跑的赵大脚撞了个满怀，询问之下才得知黄大烟要来闹事，这他岂能坐视不管。

"她是不是把接生的事都告诉你了？"黄大烟问。

"不光接生的事，还有你私设公堂，捏造证词，逼她诬告黄家的事，都跟我说得一清二楚。"

见众人不满地看着自己，黄大烟有些心虚："杨疯子，你胡说！谁不知道你和黄子荣是同窗，你这是在替他开脱！老疙瘩明明就是黄子荣的私生子，像这样的人还号称济宁三杰，根本不配！少当家的，飞鱼岛一向替天行道，伸张正义——"

"自打我上了飞鱼岛，就给自个儿定了个规矩，子弹只要上了膛，就得见红。"没等黄大烟说完，一片云举起手里的枪，对准黄子荣，"今天我就替济宁城主持一回公道！"

吴兴安和黄子田几乎同时来到黄子荣面前为他挡枪，一片云却突然掉转枪口。一声枪响之后，黄大烟脑门中枪倒地，侯立人和站在他身后的赵长顺看得目瞪口呆。

一片云跳上近旁的方桌："诸位，黄大烟心术不正，诬陷好人，死有余辜。当初荒岛上的事儿，今天我给大伙儿一个交代，省得以后再有人胡乱猜疑。黄老爷确实是清官，当时除了书和衣裳，没搜出一张银票；黄太太身怀六甲，千真万确。今天一片云扰了各位喝酒的雅兴，多有得罪，告辞！"说完，一片云跳下方桌，向院门口走去。

"等一下！"黄子荣朝她喊道。

"咋的，黄老爷还要留我喝酒？"一片云转身玩笑道。

黄子荣将美玉的缰绳递给一片云："多谢少当家的今日当众还黄某一个清白。马既然已经送你，就没有收回来的道理，还请少当家的信守约定，别再负它！"

一片云顿了一下，郑重地接过缰绳："好！"

黄老太太恳切地说："少当家的，今天来的都是贵客，我们黄家办事有里有面,不能失了礼数,我送送你。"

一片云走后,众人也纷纷起身告辞,侯立人看了眼死去的黄大烟,也悻悻地离开了。

回岛的路上,一片云心想,今日之事还真是凶险,虽然爹说过黄子荣十八岁中举,二十岁当官,在官场上十几年风风雨雨,要想把他整趴下,没那么容易。可黄大烟一环一环扣得那叫一个严实,要换了别人,早就吓得尿裤子了,没想到黄子荣却能见招拆招,脸上半点儿惊慌都看不出来。看来此人不光长得英俊,还是个有胆有识的人物,一片云内心忽然对黄子荣产生了一种敬佩之情。

飞鱼岛的聚义厅内,一块"仁义智勇"的木匾挂在墙上。河上飞坐在铺有兽皮的大椅子上,冷峻地看着站在台下的老猫子。

老猫子胆怯地说:"前几天我下山打听消息,在酒馆喝多了,随口说了几句胡话,一定是那时候让黄大烟给听见了。"

一片云掏出盒子枪,对准老猫子:"老猫子,你喝酒误事,违反岛规,该当何罪?"

老猫子跪倒在地,哆嗦着说:"老猫子知罪了!少当家的,饶命!老当家的,救命啊!"

河上飞顿了一下:"丫头,老猫子跟了我这些年,没有功劳也有苦劳,为这事儿,你就要他一条命,难以服众啊。今天爹替他求个情,罚他守夜三十天,这事儿就算了!再说了,那个黄大烟不是让你给打死了吗,咱们飞鱼岛对黄家也算有了交代。"

"老猫子,看在我爹的面上,这回我不杀你。要是再有下次,本小姐绝对饶不了你!"

老猫子连忙磕头:"谢少当家的不杀之恩!"

第三章

这日清晨,杨春早斜挎着一个手工缝制的灰色书包,兴冲冲地走进宋家皮行。

宋家皮行是宋家专门做皮货生意的店铺。宋家在济宁不光有皮行,还有船队和粮栈,宋家挣下这么大份家业,一切都要归功于"信义为本"的家训。掌柜宋长贵只有一个儿子——宋鲁生,自从儿子学成归来后,他便有心将生意全部交给儿子打理,只是现在还不到时候。

宋长贵坐在桌旁,翻看着手中的县志,摇了摇头:"春早哇,你用我那头驴,就换了这个?"

杨春早笑了笑,把手里的一张纸条递给宋长贵。宋长贵接过纸条,只见上面用毛笔画了一头可爱的小毛驴,旁边写着一竖隽秀的小楷:杨春早借驴一头。

杨春早爽快地说:"宋叔,驴让我换了县志,一时偿还不上,等春早有了钱,一定尽快归还。"

"春早,这些年你为了收书修史,家里都穷成啥样了?就算你不怕穷,愿意吃糠咽菜,可你得替你媳妇秋香想想啊。你眼里只有那满楼的藏书,你说它们是顶吃呀还是当喝呀?"宋长贵叹了口气,为杨春早感到不值,虽说杨家开着一个小私塾,自己的两个孙子宋秋鸣和宋秋安就在他家读书,可送去的束脩钱都让杨春早买书了,两口子至今穷得叮当响。

"宋叔,您别瞧不起我那一楼的书,随便拿出一本都是无价之宝。就说这济宁县志吧,一共有二十八本,我手里有二十六本,如今找回这一本,就只差一本了。别说是一头驴,就是要我杨春早这条命,我也给他。刚才您老笑话我收书没用,我不赞成!"

"那你说,有啥用?"

"好，那我就多句嘴。您老可知道黄宋两家祭河神的由来？"

"当然知道，听说——"

"仅是听说而已，您老有实据吗？"杨春早打断他。

宋长贵摇摇头。

"宋叔，您老没有实据，可我有。"杨春早得意地翻着县志，翻到某页处，指着上面的文字对宋长贵说，"这本县志里就明明白白地记着此事。当年黄宋两家共同出资重修河神庙，结果为了谁上头炷香起了纷争，后来双方约定斗狮子比胜负，获胜一方当年主祭河神，败的一方第二年主祭，之后两家轮流交替，百年更迭。宋叔，按这上面的记载，今年应该是宋家主祭河神。您说，我收这书，有没有用？"

杨春早话音刚落，宋长贵从他手里抢过县志。看着看着，他突然大笑起来："春早，你给宋叔帮大忙了，驴不用还了！这本书借我一用，用后马上还你！"

杨春早走后，宋长贵立马就拿着县志去了黄家。他将县志摊在黄家人面前，将杨春早说的那番话重复了一遍。说完，他静静地观察着黄老太太，问："他大娘，黄家历来按规矩办事，您看看这事该咋办呢？"

"好办。县志上白纸黑字记得清楚，咱就按这上面写的办。"

"您的意思是今年让我们宋家祭河神？"

"就这么办。"

收到准信后，宋长贵笑着用黄绸布包起县志，起身告辞。

宋长贵离开后，黄子田有些不满地说道："娘，他这是明目张胆地骑在咱黄家脖子上，您就这么干受着？"

"娘是答应让他祭河神，可娘并没说咱黄家就不祭呀。牛马走道，各不碍事，他们宋家祭他们的，咱们祭咱们的。去，把你二叔五叔他们请来。"

"娘，这恐怕不合规矩吧？"

"啥规矩？黄家的家规里哪条说只准一家祭了？都说礼多人不怪。人情多了不伤人，河神爷他老人家也受用人情，多一份香火，能不高兴？"说着，她又吩咐吴兴安马上操办祭河神的东西。其实，一开始她本不想跟宋家去争去斗，可没想到宋长贵咄咄逼人，加上满月酒那天刚出了事，要是这回她再忍让，只怕济宁城的人都会瞧不起他们黄家。

杨春早显摆县志的事传到了秋香的耳朵里，把她气得不轻。秋香走进家门，见杨春早正躺在萃文阁藏书楼前的竹椅上看书。竹椅旁边有个葫芦架，葫芦架下铺着一张大苇席，上面摊放着许多晾晒的书。

秋香生气道："你咋就管不住自个儿那张破嘴呢？为了祭河神的事儿，黄宋两家之间的这把仇火还没灭干净，你可倒好，拿着那本破县志瞎显摆，这下宋家算找到理由了。两家要是再闹出点儿啥事来——"

"咱杨家的家训是啥？洁身正骨！"杨春早打断秋香，"祭河神百年更迭的规矩，是县志上明明白白记着的，又不是我瞎编出来的，我这是实话实说。"

"你倒是实话实说了，可宋家拿着县志去黄家挑事，你用脑子好好想想，人家黄家会咋看你？"

"爱咋看咋看，不是是非人，不思是非事。"

"你现在就去黄家把事说清楚，要不晚上你别想吃饭了。"

"我不去。"

"快去，听话！"秋香加重语气。

杨春早不情愿地站起来，刚要出门，书塾的门忽然打开了。一群十来岁的小孩子跑出来，宋秋鸣和宋秋安跑在前面，边跑边回头对后面的裘美琪做鬼脸。裘美琪在他们身后喊着，她的嗓音粗得像个男孩子。杨春早问了下功课，便让孩子们放学了。

杨春早来到黄天楷面前，让他给他爹带句话，就说有事相商。

黄子荣得知消息后，便骑马赶到杨家："春早，找我啥事？"

杨春早冷冷地看着黄子荣，举着一本《论语》说道："这本书，想必你也有吧？"

"有，我时常阅读。"

"你到底是君子呢，还是小人呢？"见黄子荣一脸茫然，杨春早继续说道，"黄子荣，那天我就是在这里碰到的赵大脚，你想听听当时赵大脚到底是咋说的吗？她说你让太太假装怀孕，说你送她不少银子，让她尽快离开济宁城。我原本以为你黄子荣是一身正气的清官，没想到你竟然也是那种不知羞耻的欺世盗名之辈，当时若不是顾及黄家几百年来的名声，我决不会替你遮掩丑事。"

"春早，你误会了。"黄子荣解释道，"事情并不是黄大烟所说的那样。"

"那是哪样？老疙瘩既然不是你的私生子，那他姓甚名谁？爹娘在何处？"

黄子荣有些为难："春早，此事说来话长，容我以后慢慢说给你听。"

杨春早一瞪眼："不行！别以为我顾及情面就是跟你沆瀣一气，那天帮你是顾及私情，今天问你是出于大义。今天你要不把老疙瘩的来历说清楚，别怪我不讲情谊。"

"春早，咱俩同窗多年，我是什么人你还不知道吗，怎么这次就不信我呢？"

"我信你，可我手里的那支笔，它不信你。如今济宁县志正待开篇，此事你解释不清，休怪杨某将你这段风流韵事当个引子记上一笔。"

"春早，此事我实在是有苦衷啊。"

"好，既然你不说，我也不强人所难，杨某结交的是英雄好汉，敬佩的是义士清官，如今你一身污泥浊水，不配跟我再做朋友。"杨春早抓起衣角，用力撕下一条布扔在地上，"从今往后，杨某与你割袍断义！"说完，便愤愤转身而去。

黄子荣无奈地看着离去的杨春早，他是真的有苦衷，但愿将来春早能明白。

济宁城的河神庙年代久远，庙门前一侧有个石头的龟座，另一侧是一棵枝繁叶茂的千年古槐。

黄宋两家祭河神的队伍分别站在庙前两侧，队伍前分别摆着两家祭河神用的八仙桌，红色的桌布上放着齐备的祭品，有去了毛皮带着角的山羊头，有放在大鱼盘中的大鲤鱼，还有插着蜡烛的蜡台和一摞倒扣着的黑瓷碗。桌子旁边放着一坛子烧酒，还有两只活公鸡。

黄宋两家人怒目相对，侯立人站在两队人中间，左右看了看，很是为难。

宋长贵先开口说道："黄家出尔反尔，言而无信，侯知事得替我们宋家主持公道。"

黄子田反驳道："侯知事，我娘当时确实说过让宋家祭河神，但没说我们黄家就不祭了。如今既然都来了，各祭各的就是，我们黄家不与他们宋家计较。"

"胡闹！黄宋两家轮流祭河神，这是祖制，岂能随意更改？"

"若是不能更改，那去年是你们宋家，今年就该是我们黄家。"

宋长贵冷冷一笑："百年更迭，县志上写得清清楚楚。"

"可上个百年就没更迭过来，要按照祖制来算，今年就该我们黄家。"黄子田据理力争。

……

黄宋两家人互相指斥着对方，场面一度胶着。突然不远处传来一声枪响，众人循声看去，只见旅长裘大炮挥舞着手枪，带着马副官及十名全副武装的士兵骑马奔来，众人纷纷惊慌地后退躲避。

裘大炮勒住马，用手枪指点着众人："你们两家都是济宁城的大户，一个个跟斗鸡似的,就不怕河神爷他老人家笑话?都别争了,今年河神爷这个大寿,老裘我替你们贺啦!"

众人一听都愣住了,裘大炮何时对祭河神的事上过心。他们有所不知,今日裘大炮的三姨太难产,马副官提议来给河神爷上炷香保平安。裘大炮心想,见庙烧香,见佛磕头,总没坏处,于是便来了。侯立人正愁不知如何裁决黄宋两家之争,于是便同意了裘大炮的提议。

每年祭河神,杨春早都是礼官,裘大炮走到杨春早面前问道:"杨先生,东西是现成的,人也到齐了,咱开始吧。你说咱是先烧香啊,还是先磕头?"

杨春早面向运河,说道:"既不烧香也不磕头,得先放河灯!"

河边,缓缓移动的木船上放着一个直径约三米的河灯,河灯的形状是一朵大荷花,底座被装饰成一片大大的荷叶。杨春早和四个年轻人赤着上身,来到木船两侧,将船推向河中深水处。

杨春早张开双臂,仰望天空,大声喊:"放灯——"

几个年轻人将河灯抬起放入河中,待河灯安稳地漂浮在河面上,杨春早等人推着木船向岸边走来。行走中,杨春早忽然感觉脚下有东西,停了下来,向岸上大声喊道:"河里有东西!"

众人听闻,都好奇地凑上来,在河里摸索着。这东西还不小,几个人合力抬也抬不起来,裘大炮见状,让士兵骑来的十几匹马也上了阵。马鞍两侧都系着粗麻绳,数十道绷直的绳子斜伸到河里。士兵们牵着缰绳,挥舞着手中的马鞭,驱赶着马匹。绳索缓缓移动着,大家都屏气凝神地望着河面,一块石碑渐渐露出头来。

石碑被拉上岸,上面还浮着一层泥水,杨春早用衣袖轻轻擦拭着石碑,石碑上的字迹慢慢显露出来。

人们一个字一个字地辨识:"运——河——之——魂——"

杨春早盯着石碑,仰天大笑起来。

裘大炮不解:"这到底是咋回事?"

"看到那个了吧?"杨春早指着不远处河神庙一侧的石龟底座,激动地说道,"裘旅长,这就是立在庙前的那块石碑,我在县志上看到过记载,丢失了不知道多少年,今天终于重见天日啦,这是河神爷显灵啊!"说完,杨春早一下子跪在石碑前,庄重地叩起头来。

众人见状,也纷纷面向石碑跪地叩头。

叩完头的裘大炮起身得意地说:"都看见没?还是我老裘面子大,头一回祭河神爷,他老人家就显灵了!"

话刚说完,一个士兵骑着马快速奔来:"报告旅长,太太生了!"

裘大炮愣了一下:"男孩女孩?"

"是个男孩。"

裘大炮大喜,对天打了一枪:"河神爷真显灵了,我老裘终于有儿子啦!"

裘大炮兴奋地赶回家,刚要命人放礼炮,产婆抱着襁褓中的孩子从屋内快步走出来。

裘大炮激动地注视着孩子:"儿子,我有儿子啦!"

产婆忽然跪倒在地,害怕地说:"旅长,不是小少爷,是个小姐。"

裘大炮立马变了脸:"让我看看!"

产婆连忙打开尿布,裘大炮俯身看了看,突然掏出枪顶在产婆脑门儿上:"儿子呢,不是说是儿子吗?"

"我一时心急说错了,没想到门外的弟兄,刚听着信儿就跑去给旅长禀报请赏了。"

裘大炮大怒,拔出枪要毙了产婆。

这时,裘美琪跑了过来,身后依次跟着三个女孩,分别是十岁、六岁和三岁。

裘美琪调皮地说:"爹,三娘又添了个妹妹,给您道喜!"

三个小女孩七嘴八舌:"给爹道喜,道喜啦!"

裘大炮哭笑不得地看着四个女儿。

雪花纷纷扬扬地飘落,蜿蜒的运河两岸长满了枯黄的杂草。河神庙的庙门紧闭着,庙前龟座上还立着"运河之魂"的石碑。远远看去,河神庙备显孤寂。

近来济宁发生了两件大事:一件是津浦铁路兖州到济宁的线路开通了;另一件是民选县知事要在济宁试行,省里来的特派员已经将公文贴了出来,希望济宁城的贤达能踊跃报名。

一天晚上,黄家人正在吃饭。

黄子田抬头问道:"大哥,民选的事儿,你是咋打算的?"

"啥咋打算?"黄子荣故作不解。

"报名参选哪!大哥,你在德州得罪了上头,本来以为今后难有出头之日了,没承想都督要搞民选知事,这就是老天爷不想瞎了你这块好材料,特意给你准备的机会。大哥,你仔细想想,这济宁城,要说投票民选,除了你,像模像样的候选人就没有第二个。你要不去竞选,那岂不是让侯立人白白捡了个便宜。"

黄子荣默默地吃着饭,没有搭话。

黄子田不甘心,看向黄老太太:"娘,您得劝劝大哥。"

黄老太太摆了摆手:"有啥事吃饱了再说,这一口汤一口菜的,啥也说不利落。"

吃完饭,黄子荣来到黄老太太屋里,把一块怀表放到炕桌上:"娘,您还记得这块表吗?"

"这是你第一次外出当官的时候,娘送给你的。"

"娘,记得当时您跟我说,当官做人,都要像这块表一样,一丝不苟,堂堂正正,不管到了什么时候,都要把百姓放在心上。这块表,我一直带在身上,它时刻提醒着我不能走歪了路,走错了点。娘,如今儿子不再是官了,这块表用不上了,您替我收着吧。"

黄老太太顿了一下:"子荣,自己的事,自己做主,随自己的心,不用看别人的脸色。这个官你愿意当,娘支持,不愿意当,娘也不反对。"

黄子荣感动地看着黄老太太。

对于民选知事一事,侯立人可没黄子荣这么坐得住,他已经开始动员拉选票了,零零散散的虽也得了不少,可大头握在济宁船帮手里,他心里总没底。光船帮总舵主查爷手下就有好几百号人,要是能得到船帮这一票,那他还担心什么黄子荣啊。不过怎样才能拿住查爷呢,侯立人陷入沉思。

船帮总舵屋内,屋中间靠墙处摆着一个大长木案子,上面放着一条长约三米、宽约八十厘米的古船,船的前面摆放着三个精致的牌位。木案子下摆放着一个香烟袅袅的大香炉。

查爷此时正坐在木案一侧,他注视着牌位,叹了口气。如今运河河道淤积,除了还有些客船在跑,货船十艘停了七艘,船帮已经连续好几个月亏空了。再加上通了火车,今后老运河只会越来越不景气,那船帮以后的日子可咋过呀?一想到这儿,查爷就揪起心来,要想让大伙儿都有碗饭吃,这一票投给谁,太要紧了!深思熟虑后,他马上派人去月荷茶楼定了一个雅座。

第二日,查爷请黄子荣来到月荷茶楼雅间。雅间的方桌上放着四个小碟子,分别放着五香花生米、炒南瓜子和两样精致的小点心,还有一把茶壶和两个盛着茶水的茶碗。

查爷坐在桌旁，对坐在对面的黄子荣说："津浦通车，运河衰落，如今船帮的日子，难过呀。黄老爷经多见广，今天请您来，就是想听听高见。"

黄子荣笑了笑："在官言官，在商言商。船帮的事儿，子荣是外行，一时也想不出好法子。"

"我倒有个法子，想请您帮着拿个主意。"

"请讲。"

"如今运河水浅，货船吃水太深，能跑的是越来越少，客船轻巧，每天还有不少在跑。如今官府所设船闸，除了几处大闸，好多小闸都已经荒了，我想花点儿钱，把这些闸重新修好，替官府管起来。当然，这修闸的钱和杂项，就得靠跟过往的船只收两个小钱来支撑了。您看这法子如何？"

黄子荣直言："官闸民管？这恐怕不合规矩吧。"

"规矩是死的，可人是活的，再说了，这两头受益的事儿，改改规矩，也未尝不可。您说呢？"

"查爷，这事您问错人了。如今侯知事主政济宁城，您想设闸得跟他商量。"

查爷意味深长地笑了笑："可这不马上要民选县知事了吗？到时候谁能选上，还不好说。黄老爷，您也知道，我手下管着几百号弟兄，大伙儿听说这民选的事以后，都来问我这票到时候该投给谁。刚才您那话说得好哇，在官言官，在商言商。您是见过大世面的人，请帮查某指条路，船帮这一票，到底投给谁好？"

黄子荣淡淡一笑："查爷，票投给谁，子荣不便插嘴。官闸民办的事，子荣建议您再好好琢磨琢磨。如今运河上本来就生意惨淡，倘若再设闸收费，那就是涸泽而渔、杀鸡取卵，靠河吃饭的那些老百姓可就真没活路了。"

查爷有些不甘心："黄老爷，这事您再好好想想？"

黄子荣起身："查爷，此事不用多想，子荣不赞成，告辞。"

见黄子荣回绝得如此决绝，查爷也对黄子荣死了心，现在唯一能指望的就是侯立人了。查爷来到侯家，将官闸民管的法子又讲给侯立人。与黄子荣不同，侯立人双手赞成："好事，这是天大的好事呀！这个办法既让官府丢了包袱，又让船帮兄弟们有了生计，利国利民，两全其美，大好事呀！"

查爷终于松了口气："还是侯知事体恤民情，那这手续？"

"放心，明天请查爷派人来县公署找我办手续。"

"多谢侯知事。像您这样爱民如子的好官，我们船帮一定鼎力支持。"

听查爷这么说，侯立人也就放了心，这知事一职一定非自己莫属了。

谁知侯立人还没安稳几日，运河上就因为官闸民管的事闹出了官司。船帮的人把拒不交过闸费的马老好给打伤了，马老好气不过，拖着病敲响了县公署大门外的鸣冤鼓，过路百姓都围了过来，秋香也在其中。

侯立人听清了事情的原委，便派人去船帮，将打马老好的青龙传来问话。

"马老好，你先坐到一旁歇歇。"侯立人一脸关切地看着马老好，又吩咐道，"来人，给马老好倒杯水。"

"多谢侯知事。"马老好起身坐到一侧的方凳上，见一个警察端来一碗水递给他，有些受宠若惊，他感动地看着侯立人，"您一定要替我做主哇。"

侯立人淡淡一笑："放心，只要有理，本官一定替你做主！"

青龙来到县公署，和马老好对簿公堂，听着侯立人的裁断。

"案情本官都听明白了，青龙动手打人确实不对，但毕竟马老好拒交过闸费在先，所以说青龙动手也情有可原。现在本官宣判：责令青龙向马老好赔礼道歉，并免收马老好此次过闸所需一切费用。你们俩都听明白了吗？"

"侯知事明镜高悬，是非分明，青龙心服口服。"接着，青龙得意地转对马老好说，"马老好，青龙今天多有得罪，请老兄多多包涵。"

马老好有些发蒙："这……"

"刚才我既然答应替你做主，就一定说到做到。青龙也向你赔礼道歉了，过闸费也免于征收，此事就到此为止吧。"侯立人果断拍板定案。

马老好不满："侯知事，我冤枉啊！"

侯立人冷冷地看着马老好："怎么，不服本官的判决？"

马老好此时才想明白，侯立人肯定是和船帮串通好了，不然他不会偏袒青龙，无奈他没法反驳侯立人，只得称服。

从县公署出来，青龙边走边对马老好嘲讽道："马老好，满意了吧？我可告诉你，这次的过闸费免收，下次照收不误！"说完，笑着离去了。

马老好正郁郁不平，这时秋香走了过来，悄声说："我家先生想到会是这样判，他让你去找找黄子荣。"

马老好不解："你家先生？"

"杨春早。他还让你带着今天那些跑船的一块儿去。"

马老好一听是杨春早的主意，毫不犹豫地带着十几个船主来到黄家，一见到黄子荣，便跪地不起，请他出来主持公道。

黄子荣有些为难："各位的遭遇，黄某深感同情，但黄某如今已不再为官，就是平头百姓一个，这事儿，黄某实在是无能为力呀。"

马老好并不死心："黄老爷，虽说您现在不做官了，可毕竟是咱济宁的士绅名流，侯立人总还敬您三分，这事儿您要不管，大伙儿以后可就真没活路了！"

黄子荣苦苦一笑："好，那我去试试。"

他们一行人来到县公署，马老好等人站在门外等着，黄子荣一个人进去找侯立人。黄子荣希望侯立人能收回放给船帮的闸权，毕竟这不合规矩，而且船帮拦闸收费，已经出了事，将来势必会闹得怨声载道。但侯立人不这么想，他认为此法让船帮数百人有了活路，毕竟要是船帮闹起事来，后果才是真的严重。侯立人还推说，只要查爷同意解约，他决无二话。黄子荣清楚这本就是查爷的主意，一时哑口无言。

黄子荣脸色冷峻地从县公署走出来，看到满脸期待的马老好和众多船主，双手作揖道："实在对不住各位，黄某尽力了。"

马老好等人没有说话，低着头散开了。

青龙不知从哪儿听说了这件事，暗暗恨下了马老好。

一日，马老好正摇着船橹行驶在河道中，忽然看到靠近船尾的船底甲板冒出水来，吓得他连忙脱下棉袄，用力往甲板缝里塞。就在这时，小客船前部的甲板缝也开始冒水，马老好心想不好，连忙抓起橹，向河边摇去。船快靠岸时，水几乎灌满了船舱，马老好慌乱地跳到岸上，等他回过身来，客船已经渐渐下沉了。马老好跪在岸边，眼神黯然无光。

第四章

船帮总舵屋内,青龙正坐在木案旁看着账本。他越看越得意,心想:幸亏当初没有听师父的话,一条只收十个大子,否则哪能不多日就收了这么多过闸钱呢。

青龙刚合上账本,突然屋门被踹开了,马老好拿着一把菜刀,怒气冲冲地闯进屋,盯着青龙愤愤地说:"你赔我的船!"

青龙反问道:"船?啥船?"

"你别装糊涂,你让人把我的船给凿沉了。我那是新船哪!没了船,你让我一家老小指望啥过活?"

"马老好,你说我让人把你的船给凿沉了,人证呢?物证呢?"见马老好发愣,青龙笑道,"既没有人证,又没有物证,你凭啥诬陷好人。"

"你别耍赖,我知道,就是你干的!"

青龙笑眯眯地走向马老好:"好,就算是我干的。咋的,你还想杀了我给你那条破船抵命不成?来,有胆就砍我。"说着,把头伸向马老好,马老好反倒胆怯了,愣在原地。青龙见他迟疑,一抬脚就将马老好手中的菜刀给踢飞了,还给了他一拳,打得马老好倒退了好几步。

青龙冷冷地盯着马老好:"你是吃了熊心豹子胆,敢到船帮撒野闹事。"又转对一旁的小弟说,"把他裤子给我扒了!"

闻此,旁边的两个船帮弟子上前去解马老好的裤腰带。一个架着马老好的两条胳膊,另一个则用力往下褪着裤子。马老好拼命挣扎,可终究还是被扒了裤子。

青龙看着赤裸着双腿,只穿着粗布大裤衩的马老好,大笑起来。

马老好顿感受辱,突然大喊:"我跟你拼啦!"转身向青龙扑过来。

青龙敏捷地闪身让过，可马老好没收住脚，额头一下子撞在了木案子的角上，人倒地不起，头上的鲜血汩汩流出。

青龙等人全都哑然失惊，不知所措。正在这时，查爷推门走了进来，看到倒地的马老好，顿了一下，来到他身边，伸出右手试探着马老好颈部的动脉，随即暴怒："人死了！咋回事？"

青龙害怕道："师父，马老好来咱船帮闹事，不小心把自己给撞死了。"

"呸！不小心？把青龙给我绑了！"

查爷带着五花大绑的青龙来到县公署，向侯立人请罪，并希望他能想办法帮船帮摆平此事。就在侯立人犹豫之时，门外传来鸣冤鼓的声音，赵长顺进门来报："马老好的老婆带人抬着尸首来告状了，门外还聚集了很多百姓。"查爷见情况紧急，便许诺只要处理好此事，他定会再送侯立人几张选票，侯立人一听，当即答应了下来。

大堂内，马老好的尸体被放在一张破旧的门板上，脸上盖着一块黑布。马老好的老婆跪在尸体旁哭泣着，青龙跪在她旁边。

侯立人坐在大木案子前，拿起惊堂木重重一拍，说："案情现在都清楚了。马老好持菜刀去船帮行凶，青龙出于自卫，将凶器夺下；马老好试图再次行凶，然失足摔倒，撞在木案上，当场身亡。现在本官当堂宣判，马老好之死与青龙和船帮没有直接关系。但念及马家孤儿寡母着实可怜，且马老好确实死在船帮，船帮难逃全责，责令船帮赔偿马家银子二十两，并承担马老好的一切丧葬费用。"

马妻不满地喊道："知事，冤枉，我们冤枉啊！"

然而，侯立人根本不愿再听她说下去，拍了下惊堂木，宣布退堂。得知是这种结果，聚在大门口的百姓也都不满地悄声议论起来。

青龙虽然逃过了国法，却不为帮规所容。他惊恐地看着大火盆中烧红的烙铁，求饶道："师父，青龙知错了，请您老人家开恩哪！"

查爷冷冷一笑："晚了。"

查爷拿起烧红的烙铁对着青龙的后背按了上去，青龙咬紧牙关，极力忍受着巨大的疼痛。

"一条船十个大子还能让人活，但你背着我收二十个大子，那就是要让人死呀。今天你不让别人活，明天别人就得让你死！记住了吗？"

青龙忍痛艰难地点了点头："记住了！"

朝阳映照着济宁城，许多人家的房顶上存着积雪，房顶的烟囱里冒着淡淡的炊烟。

民选的日子到了。这日清晨，黄子荣向院外走去，吴兴安跟在他身后。黄子田以为他想明白了，要去参加民选，黄子荣摇了摇头，说："今日马老好的老婆带着孩子回娘家，我想去送送他们。"

码头上，停泊着近百条客货船只。马老好的老婆和一个五六岁的小男孩站在岸边，与黄子荣告别。

黄子荣双手把一个小布包递给她："马夫人，听说你们今天要走，一点儿心意。"

马老好的老婆连忙推辞："黄老爷，这我不能收。"

黄子荣笑了笑："这是给孩子的，一定收下。"

马妻感动地看着黄子荣，接过布包："谢谢黄老爷。黄老爷，您要是咱济宁城的知事大人该多好哇，我们家老马也就不会死了。"说完，她含着泪领着孩子登上船。

小船渐渐远去，黄子荣还站在原地默默地看着。

牌坊广场临时搭起一个木台，台中放着一个矮桌，矮桌上放着一个口小肚大的竹编鱼篓子，鱼篓子上系着红色的丝绸带。台上一侧摆着一张方桌，方桌上摆着木盒装着的官印。前来监票的郑三民坐在桌旁，观察着台下的动静。众多名流士绅聚在台下一侧，有宋鲁生、杨春早、乔镇山、孙敬谱、丁德庸、查爷等人；另一侧则聚集着众多前来投票的百姓，女扮男装的一片云、樱桃也混在人群中看热闹。

郑三民看了看怀表，起身来到台前，郑重说道："诸位，济宁是鲁西重镇、孔孟之乡。民国伊始，万象更新，全国各地都在力推民主，都督此次选择济宁试行民选，为全省打造表率，实在是用心良苦。郑某奉命亲自来济宁监督此次民选，自当尽职尽责。十天前，民选的布告就已经张贴出来了，到现在为止，只有侯立人一个候选人报名参选。按照章程，下面我宣布——"

"且慢。"杨春早冲着台上喊。

郑三民、侯立人一脸意外地看向杨春早。杨春早往前走了两步："郑厅长，民选一事事关重大，我看还是再等等的好，说不定还有人报名呢？"

郑三民一时不好定夺，向众人问："大伙儿的意思呢？"

乔镇山大声说："杨先生说得有理，再等等看吧。"

不少人也呼应着乔镇山的话。

郑三民点了点头:"好吧,那就再等一炷香的工夫。若到时还没人报名参选,本官就只能按照规矩,给侯知事授予官印了。上香!"

此时,黄子荣和吴兴安正在街上走着,他们看到几十名年龄不一的灾民沿街迎面而来。他们有的推着独轮车,车上的筐子里装着不同的生活物品,有的小孩坐在车筐里,还有人挑着担子。

黄子荣不解,他走向灾民队伍,来到一个老者身旁,问道:"老人家,你们这是……"

老人叹了口气:"俺们是汶上的,大汶河决了口子,遭了洪灾,儿子和儿媳妇给淹死了,俺和孙女实在没法活了,只能跟大伙儿一块儿进城找个活路。"

"大汶河今年春上不是刚修堤加固了吗?咋决口了呢?"

老人冷冷一笑:"修堤加固?这不修兴许还不要紧。"

"老人家,您这话怎么说?"

老人看了看周围,压低声音:"听说今年修河堤揽工程的人,都跟济宁城刚换的侯大老爷通着呢。有懂行的说,就他们干的那活儿,都是糊弄事儿的,比豆腐还软,要不遭灾才是怪事呢。"

"这事真要如此,难道就没人管吗?"

"管?人家上头有人撑腰,谁敢管?谁能管?上一任知事虽说没啥本事,可至少不做坏事。如今这个侯知事,唉……济宁城落到这样的人手里,咱老百姓可不就是掉到苦菜缸里了。"

黄子荣心有所思地看着继续赶路的老人和从身边缓缓经过的灾民队伍,一时之间不知该去往何处。

吴兴安见状,从怀里掏出一块怀表递到黄子荣面前。黄子荣注视着怀表:"娘让你给我的?"

吴兴安点点头:"老夫人说,这块表还是您收着更好。"

"知子莫如娘啊。"黄子荣淡淡一笑,从吴兴安手里拿过怀表,"走,去牌坊广场!"

黄子荣快步如飞,吴兴安笑了笑,紧跑跟了上去。

香炉内的香即将燃尽。

郑三民见没人来参选,便拿起官印,对台下大声说:"下面我宣布——"

"等等！"人群外传来一声阻拦，黄子荣急匆匆跑到台下，气喘吁吁地说，"请郑厅长恕罪，我来晚了，子荣也要报名参选。"

黄子荣的到来引得众人一片哗然，侯立人更是心生不安。

郑三民无奈，只得把官印重新放回到桌上："下面我宣布，济宁城民选知事投票，正式开始！"

众人手拿着选票，先后将票投进矮桌上的鱼篓子内。投完票，乔镇山等人统计好票数，将结果呈给郑三民："郑厅长，票数统计出来了。"

郑三民接过，仔细看罢，起身来到台前："几个负责监票的人都是咱们济宁城德高望重的士绅，这个选票结果真实可信。侯立人比黄子荣多一票，胜负已定，下面我宣布——"

"等等！"杨春早挥手示意。

"杨先生，你又有何事？"

"郑厅长，我们杨家还没有投票呢。"

郑三民问道："那你准备投给谁呀？"

杨春早跳上平台，摘下帽子，从帽子里拿出一张选票："诸位刚才投的都是暗票，我杨某不怕得罪人，投明票！我这一票，投给黄子荣！"说完，将选票递给乔镇山。

乔镇山对郑三民平静地说："郑厅长，现在黄子荣、侯立人两人票数相同。"郑三民一筹莫展。

侯立人急切地说："郑厅长，杨春早这一票不能算。"

杨春早接话："不算？我杨家世居济宁城，虽不是名门望族，但也是书香门第。哪位县大老爷到任济宁时，不是去河神庙上炷香，就到我们西鲁学堂喝杯茶？我们杨家这一票要是不算，那今天的票怕是就没几张能算的了。"

侯立人不满："杨春早，你和黄子荣是同窗好友，世人皆知。你这是偏袒他。"

杨春早笑了笑："我做事从来公平公正，要说偏袒，我只偏袒一个'理'字。侯立人，本来民选一事我不想掺和，可你为了民选获胜，暗中勾结船帮，逼拉选票，以致官闸民管闹出人命。你是不是以为这些事做得挺隐秘的，以为济宁城的人都聋了瞎了？"

"你——你血口喷人！"侯立人心虚。

郑三民连忙转换话题："好了！郑某受都督所托来济宁城主持民选一事，现在两个候选人得票相同，旗鼓相当，这让郑某回去难以复命。不知哪位还有什么良策？"

众人一片沉默。突然人群外传来一阵急促的马蹄声，一名背着长枪的警察神色慌乱地来到台前："报告长官，出大事了，省里拨付下来的赈灾银子，让飞鱼岛给劫了！"

台下的一片云疑惑不解：爹肯定不会让人打劫赈灾银的，究竟是谁？

侯立人急忙走近郑三民："郑厅长，我这就带人去追。"

"等等！"郑三民想了想，说道，"诸位，离开济南之时，都督曾嘱咐过郑某，说民选知事乃全省首创，若有万一，让郑某随机应变。如今投票结果不分伯仲，又一时没个解决方案。郑某出个主意来决断民选一事，不知大伙儿意下如何？"

查爷接过话："郑厅长有什么好法子？"

郑三民提议："这灾银被劫，也算是天意，黄子荣与侯立人，哪位能先追讨回灾银，谁就算是胜出，大伙儿看如何？"

众人纷纷表示赞同。

郑三民又看向侯立人和黄子荣，问道："不知两位意下如何？"

侯立人抢先答道："为了汶上灾民，立人一定将灾银追讨回来。"

郑三民转向黄子荣："子荣，你呢？"

黄子荣思考了一下："郑厅长，子荣愿意一试。"

"好！十日内，谁夺回灾银，谁就是济宁城的新任县知事！"

侯立人看着黄子荣，嘴角微微上扬。虽然黄子荣来这一出是他始料未及的，但他现在还是代理县知事，手里要兵有兵，要钱有钱，可黄子荣呢，除了有些名望，两手空空，更何况这些年他当警察局局长，跟河上飞多少有点儿交情，就凭这些，黄子荣想跟他斗，门都没有！

一片云一回到飞鱼岛便将民选上发生的事告诉了河上飞，河上飞这时才知道有人瞒着他劫了赈灾银。这个人不是别人，正是不安分的老猫子。

河上飞命人将老猫子绑在聚义厅前的广场上示众，一面写着"替天行道"四个黑字的大旗在广场上随风摇摆。

"当年义和团被朝廷追剿，我从京城逃出之后，来到飞鱼岛，竖起了'替天行道'的义旗。当初，我曾对天发誓，要带着众兄弟学梁山泊好汉杀富济贫，替天行道，如有违背，天诛地灭。"河上飞朝着众人说完，继而又转向老猫子，"可老猫子你却把赈灾的银子劫了，咱飞鱼岛今后还有何脸面再挂这面大旗？飞鱼岛的兄弟还有何脸面在江湖上行走？"

见老猫子一声不吭，河上飞来到他身旁，从腰里拔出短刀："老猫子，今天别怪我河上飞不讲情面。"

这时，站在队伍前面的三头鹰急切地说道："老当家的，老猫子跟着您出生入死这么多年，没有功劳也有苦劳。求老当家的开恩！"

老猫子也求饶道："老当家的，老猫子知错了，以后再也不敢了。"

其他兄弟也纷纷上前求情。

河上飞用尖刀指着老猫子："看在众弟兄为你求情的面子上，我放你一条生路。但从今往后，飞鱼岛与你一刀两断。"

一片云接话："爹，我觉得不公！老猫子触犯岛规，理应处死，爹念及旧情，不忍要他性命，但如果就这么放他出岛，以后这岛规不就成了摆设？"

"丫头，那你是啥意思？"

"今天咱新账旧账一起算，咋也得留下点儿东西再走。"说着，一片云从绑在靴子旁的刀鞘里掏出一把匕首，挥刀砍下了老猫子的小拇指。

老猫子惨叫着，其他人都吃惊地看向一片云。

一片云割断老猫子身上的绳索，冷冷地说道："滚！"

老猫子托着伤手，慌乱地跑远了。

处理完老猫子，两个土匪来报，赵长顺来了。河上飞很清楚赵长顺来飞鱼岛的目的，本来他是想主动将银子送回去的，但现在情况有变，灾银给了谁，谁就能当上济宁的知事，既然这样，他倒不如拿这笔银子做笔买卖。他让赵长顺回去告诉侯立人，想让他把银子送回去也不是不可以，但要先送一百支好枪、一万发子弹来，剩下的条件再慢慢谈。他还暗示道，要是不答应，自然有人答应。

侯立人得到消息后，在屋内来回踱着步。若是他不答应河上飞的条件，河上飞就要把银子给黄子荣，那样的话可就麻烦了；可要是答应了，土匪贪婪成性，以后还不知道又提多少条件呢。既然河上飞想敬酒不吃吃罚酒，那就给他一壶好好喝喝！

炮兵营训练场上，在长官的指挥下，百余名士兵正在有序训练。有的在走队列，有的在持枪匍匐前进，有的在进行擒拿格斗，有的在操练推炮、装弹等动作。

侯立人来训练场找裘大炮商量派兵剿匪的事。所有人都知道飞鱼岛水路复杂，易守难攻，而且跟鸡冠山还有攻守同盟，要是强攻，鸡冠山必定派兵来救，到时候他们很难对付。侯立人来之前早就想好了对策，他要裘大炮配合他佯攻鸡冠山，然后在半路设下伏兵，只要飞鱼岛来救，就给他来个瓮中捉鳖。

裘大炮指着操场上的士兵们说:"省里已经欠弟兄们一个月的饷银了,照你刚才说的,又是飞鱼岛,又是鸡冠山,兴师动众的,弟兄们饿着肚子,仗没法打呀。"

侯立人从兜里拿出一个药丸放在旁边的木案子上,这是他刚从一个卖艺人手上花了五个大子买的。

裘大炮不解地看着药丸,侯立人说道:"裘旅长,我来得匆忙,也没给你带啥礼物,这是朋友送的一丸丹药,叫子孙万代丸。一点儿心意,请您笑纳。"

裘大炮拿起药丸:"子孙万代丸?干啥使的?"

侯立人笑了笑:"裘旅长,有了这丸药,太太下一个生的准是儿子。"

"真的?"

"我咋敢骗您呢。"

裘大炮欣喜地看着手中的药丸:"还是你想着老哥我呀。"

"那您看,这剿匪的事?"

"虽说没发军饷,但弟兄们毕竟是军人,自当守土有责。放心,剿匪的事,包在我老裘身上了。"

侯立人拱手抱拳:"多谢裘旅长相助。"

马副官见侯立人走远,上前说道:"旅长,您真打算给侯立人帮忙?"

裘大炮一脸不屑:"凭个来路不明的药丸,就想让老子出兵,还真拿我当三岁的小孩了?"

"您是在敷衍姓侯的?"

"飞鱼岛的事儿,咱要是一点儿都不管,让上面知道了,对咱没啥好处,咋的也得做个样子吧。——地图。"

马副官把一张卷着的济宁区域的地形图铺在木案上。

"就在这儿埋伏。"裘大炮端详着地图,手指一处说,然后指着另一处说,"这一面空着。"

"为啥?"

"你说为啥?为了银子呗。咱主要是做做样子,让姓侯的挑不出错来,懂了吗?"

马副官点点头,指着地图说:"那空着的这一面,就是给土匪留条生路?"

裘大炮狡黠地笑了笑。

鸡冠山上,牛震山隐在山石后,双手拿着一个单筒望远镜,仔细探察着山下的动静。只见裘大炮的士兵分别隐藏在山石或树木后,不时向山顶方向开枪射击，其中还有一挺马克沁重机枪。

牛震山有些不解："裘大炮和侯立人吃错药了？是飞鱼岛抢了他们的银子，跟咱鸡冠山有啥关系。"

旁边的黑脸说道："大哥，看他们的举动不像是真正进攻的样子，这里边是不是有啥门道哇？"

牛震山冷静地想了想，然后吩咐道："黑脸，告诉两侧的弟兄，听我的命令再动手。另外，你派两个得力的兄弟抄小路下山，去打探一下情况。"

河上飞得知裘大炮去攻打鸡冠山，琢磨着："侯立人和裘大炮使的这是围魏救赵的计策。"

一片云不解："围魏救赵？啥意思？牛震山不是姓牛吗？"

其他几个头目闻此，暗暗发笑。

河上飞苦苦一笑："丫头，叫你平时多看点儿书，你就是不听，这话听不懂了吧？就是说，他们想骗咱们出岛去救鸡冠山。"

"哦，那咱不能中他们的计。"一片云即刻吩咐其他几个头目，"告诉兄弟们，守好各个码头，谁也不许出岛。"

"丫头，这岛咱不能不出。"

"爹，你啥意思？"

"攻守同盟的约定，是当年我跟牛震山他爹定下的，咱不能失信。"

"爹，明知是火坑，咱还往里跳，那不是犯傻吗？"

"犯傻也得去。裘大炮和侯立人看咱们不出岛相救，若将计就计真打鸡冠山，到时候鸡冠山就麻烦了。"

一片云笑道："要是让官军把牛震山给灭了，那不更好嘛！真要那样，这水陆两条道就都是咱飞鱼岛的地盘了。"

"胡说，飞鱼岛能有今天，就是因为跟鸡冠山成掎角之势，要是让官府把鸡冠山给灭了，咱飞鱼岛能不能撑下去就不好说了。丫头，你把岛守好，我带人出岛去看看。"

一片云连忙起身："爹，您是一岛之主，不可轻易出岛。再说了，您让美玉把腿摔了一下，至今也没好利索，还是我去吧。"

河上飞考虑了一下，嘱咐道："也好。要是在路上遇到埋伏，不可恋战，马上撤回。"

第五章

沟壑交错的土山沟底是一条蜿蜒不平的土路,这是通往鸡冠山的必经之路。

一片云带着樱桃和一帮土匪,沿着土路行进着。忽然坡顶一侧传来激烈的枪声,几个土匪纷纷中弹倒地,一片云迅速躲到路边一侧。果然有埋伏,她当即命令其他人先撤,她来断后。

一片云拿出枪,向坡顶射击,正中重机枪枪手的脑袋,又开了一枪,副射手也中枪倒地。趴在旁边的裘大炮和侯立人都愣了,谁也没想到一片云的枪法如此之好。

见樱桃等人已经离去,一片云迅速向另一侧土坡跑去。

侯立人指着对面土坡上的一片云,对裘大炮急切地说:"一片云要跑!"

"马副官!找几个腿快的,追!"裘大炮当即下发命令。

身后的马副官应了一声,迅速离去。

一片云跑到运河边,看到一艘小船正向这里驶来,她连忙招手示意。当小船靠近时,一片云才发现船上摇橹的不是别人,而是黄子荣,他是专门来飞鱼岛找河上飞要赈灾银的。

黄子荣还没问明一片云行色匆匆要去哪里,一片云已经快速上船躲进船舱。

"官兵在追我。"看到黄子荣疑惑的眼神,一片云悄声说。

一片云话音刚落,河边上果然来了几个持枪的士兵,他们气喘吁吁地跑过来,看向这艘可疑的小船。

"是黄老爷吗?"一个士兵认出黄子荣。

黄子荣笑了笑:"是我,这个兄弟有事?"

"黄老爷,您见着有人跑过去吗?"

黄子荣指着岸边一侧的小树林,说道:"刚才见着有个女的往那边跑了,不知道是不是你们要找的人。"

士兵点点头，刚要去追，另一个士兵狐疑道："一片云不会藏在船舱里吧？"

先前认出黄子荣的士兵瞪眼道："人家黄老爷可是济宁名流，咋会跟土匪串通一气呢。别瞎说！追！"于是，众士兵朝着黄子荣指的方向追去，黄子荣暗暗松了口气。

没有活捉一片云，裘大炮打算起兵撤退。侯立人起初不同意，他认为既已开火，不能无功而返。可裘大炮已经没耐心了，劝说道："不撤难道还真想让我去打飞鱼岛？要是把河上飞逼急了，灾银就更要不回来了。"侯立人一听，一时无言以对。

黄子荣摇着船来到一大片芦苇荡。此处水路纵横交错，黄色的芦苇被风吹得摇来摆去。

"你刚才为啥要救我？"一片云看着黄子荣。

黄子荣笑了笑："荒岛被劫，你替我保守秘密；满月酒上，你打死黄大烟，再次替黄家解围。黄某知恩图报，救你是应该的。"

"黄老爷是个明白人。今天你救我一命，咱们的账也算两清了。"

"刚才的事儿，黄某只还了一份人情，我今日上岛打算把另一份人情也给还上。"

"另一份人情？"

"黄某这次上岛，是去给老当家的看病的。病看好了，这份人情自然也就还上了。"

"我爹病了？我咋不知道？"一片云愈加不解。

"到时候你就知道了。"

小船已经进入飞鱼岛的地盘，一片云指着周围说："你可想清楚了，上岛容易，下岛可就难了。"

黄子荣笑而不语。一片云起身，把手指含在嘴里，打了个响亮而悠长的呼哨。三条小船分别从三片芦苇荡中驶了出来。

王小义站在其中一条小船上，大声说："少当家的，你可回来了，要是再不回来，老当家的就要带兄弟们寻你去了。"

一片云笑道："我是一片云，遇险就飞到天上去了。回去给我爹报个信儿，就说咱飞鱼岛来贵客啦！"

黄子荣被带到聚义大厅。河上飞已等候多时，他明知黄子荣上岛所为何事，还故意问他来意。黄子荣却只字未提灾银，只说是来给他看病的，河上飞听后不解。黄子荣便走到一旁的木案边，提笔写道：

　　归还灾银，踏实睡觉。一世侠义，不损英明。

黄子荣拿起纸张递给河上飞："老当家的，您得的是心病，心病还得心药来治，这是方子。"

河上飞看罢，笑了笑："方子倒是个好方子，可吃起来苦哇。我也听说了个方子，想请黄老爷给看看对不对路？"说着，也拿过一张纸，提笔写道：

　　送还灾银，祝你当官。官匪一家，相安无事。

黄子荣接过，端详了一会儿，拿起毛笔，在河上飞的纸上改动了几笔。当河上飞再次看到黄子荣递过来的纸张时，上面已经改为：

　　归还灾银，奉公守法。官匪不通，自当无事。

"黄老爷，你这方子还能改吗？"

"祖祖辈辈传下来的方子，改不了，动不得。"

"算了，咱们打开天窗说亮话，既然你不愿跟飞鱼岛做长久的朋友，那咱就事论事，谈笔一时的生意如何？"

"请讲。"

"实不相瞒，侯立人前两天派人来过了。"

"哦，那老当家的开的是啥条件？"

"快枪五百支、子弹十万发，事成之后，再给一万大洋。"

"他答应了？"

"人家没说半个不字。"

"是吗？"黄子荣淡淡一笑，"那侯知事这笔买卖做得可不地道，既然答应了老当家的条件，今天怎么还围魏救赵，派人对少当家的下死手呢？都说买卖不成仁义在，如今侯知事这边既然不讲仁义，这笔买卖也就谈不成了。"

河上飞忽然一拍案子："黄子荣，就算做不成这笔买卖，可三千两银子安安稳稳地躺在我飞鱼岛的库房里,飞鱼岛半个铜子的损失都没有。"

"半个铜子的损失都没有?老当家的这笔账算差了吧,飞鱼岛这回的损失可是大了!"

河上飞有些不解。

黄子荣继续说:"老当家的,您杀赃官,除恶霸,给百姓散尽夺取的不义之财,称得上义薄云天。不夸张地说,在百姓心中,您这名声比几任济宁县知事都要强过许多。可那三千两银子是汶上灾民的救命钱,您夺了来,让满城百姓怎么看您?让江湖上的兄弟怎么看您?您这一世的英明难道就值这三千两银子?"

"黄老爷不愧久经官场,这激将法用得可谓炉火纯青。不过,老朽如今这一大把年纪,火气没过去那么旺了,这一根半根的柴火,点不着我这个老炉子。黄老爷,既然交情攀不上,买卖也谈不拢,那就没啥可说的了。来人,送黄老爷下岛。"

"等等。"黄子荣摆了摆手,"谈生意嘛,老当家的把话说完了,可我的话才刚开了个头。"说着,他从怀里掏出一张良田三百亩的地契放到河上飞面前。这还是马彩英从娘家带过来的陪嫁,若不是万不得已,他决不会动。

"老当家的,既然是谈生意,就得讲究个公道。这块地虽然不值三千两,可两千两差不了许多,老当家的如果把灾银送回济宁城,您这名声也得以保全,怎么也值这一千两银子吧?"

河上飞笑道:"哦,原来黄老爷是有备而来呀。济宁是个富庶的地界,若您走马上任,就这点儿银子,只怕用不了一年就都捞回来了。"

"老当家的,德州也是个富庶的地方,不比济宁差,若是为了银子,子荣何必大动干戈回济宁?"

"难道说,黄老爷不想当这个县知事?"

"想当。当,并非为了银子,而是为了满城百姓。"

河上飞嘲讽道:"听听,这话说的,真美呀。"

"老当家的,正如您刚才所说,子荣久历官场,确实说了不少场面话,可刚才说的这句,确实是实实在在的真心话。"

"真心话?"河上飞还是不信。

"老当家的,子荣为何辞官回来,想必您也略知一二。我对官场本已心灰意冷,一心只想回来耕读余生,没承想省城换了都督,试行民选知事。最初我无意竞选,可是马老好冤死,汶上河堤决口,百姓受灾,这些事儿,老当家的必然也明白背后的隐情。您说，您要是我，会怎么做？"

河上飞沉默不语。黄子荣顿了一下，继续说："老当家的，如今这满城灾民，已有不少人因饥寒而死，一两银子就是一条性命。如果您觉得退还灾银助子荣当上知县吃了大亏，那您看这样如何，只要把赈灾的银子送回济宁城，我愿对天发誓，回城之后，决不当这个知县！"

河上飞受到触动，站起身说："黄老爷，先别发誓，容我想想。来人，送黄老爷去歇息。"

三头鹰送黄子荣出大厅。一片云走上前说："爹，后头的事我都听明白了，可刚才又写又画的，打的是啥哑谜？"

河上飞叹了口气："一教你读书认字，你就犯困，这回知道认字读书有用了吧。快回去给我认字，认不完今天的字，不许吃饭。"

一片云嘟着嘴离开了。

黄子荣坐在客房的炕沿上，心想光等着也不是办法，倒不如去找一片云说说情。

在王小义的引领下，黄子荣来到一片云的闺房中。房间的木案上凌乱地放着一些识字卡片和几张裁好的宣纸。

一片云打量着黄子荣，问道："找我有事？"

黄子荣笑了笑："少当家的，刚才我跟你爹说的话，你也都听到了，如今汶上的灾民都盼着这些赈灾的银子救命呢。我知道少当家的通情达理，我想——"

"打住！黄子荣，你这一顶顶高帽子糊弄我爹行，可本姑娘嫌沉，不稀罕。"一片云说着，拿起几张识字卡片，"看见没？学不会这些字，我爹今天就不让我吃饭。本姑娘如今比那些灾民还惨呢，自己都顾不过来，你的事实在帮不上忙。"

听她这么说，黄子荣也只好识趣地离开了。出了房间，黄子荣问王小义："小兄弟，少当家的怎么突然学起认字来了？"

王小义回道："您不知道，老当家的前不久去给老夫人上坟，老夫人托梦给他，让他教少当家的读书识字，可少当家的哪是这块材料哇。唉，这事把老当家的给愁坏了。"

黄子荣点了点头："原来如此，小兄弟，请带我再去见见老当家的。"

河上飞见黄子荣又回来找他，不满道："黄老爷，我不是说过让我想想吗，你如此咄咄逼人，欺人太甚了吧？"

"老当家的误会子荣了。"

"误会？"

"子荣听说您正在教少当家的读书识字，可有此事？"

"有这回事，咋了？"

"不知成效如何？"

河上飞叹了口气："云丫头不像黄老爷自小出生在书香世家，只怕不是读书识字的材料。"

"少当家的天资聪慧，只要方法得当，读书识字其实不是难事。"

"哦，这么说，黄老爷有点石成金的好法子？"

"法子倒是有，不过这赈灾的银子……"

河上飞明白过来："说来说去，黄老爷还是惦记这赈灾的银子。"

"老当家的，您看这样行不行？子荣愿意跟您立下赌约：十日之内教少当家的认会一百个字。到时如果食言，这救灾的银子我不要了。"

河上飞不相信："你真有这个能耐？"

"这您就不用担心了。话说回来，要是我这先生当得称职，教会少当家的这一百个字呢？"

"那我就跟你赌一把，若你真能在十日之内教会小女认一百个字，我就派船送黄老爷带着银子出岛回城。"

黄子荣伸出右手："一言为定。"

"一言为定。"河上飞伸出右手拍了下黄子荣的右手。

第一堂课，黄子荣打算从名字教起。他将一片云的名字写在宣纸上，让她临摹，哪知一片云根本不配合，从枪套里掏出盒子炮，用枪管蘸着墨汁，在纸张上写下"一片云"。

黄子荣知道一片云跟他学习心不诚，气不顺。他也不急着罚她，指着案子上的《诗经》，说要跟她打个赌。如果她翻到的篇章自己背不出，他便向她磕头赔罪，并请辞教职；但如果他都能背出来，一片云就必须认真跟着他读书认字。一片云不相信黄子荣有这等本事，便一口答应了。

一片云找来识字的王小义听黄子荣背诵，可王小义也认不了几个字，说看黄子荣摇头晃脑的样子，应该错不了。这话把她气得半死，她知道自己手上的书难不倒黄子荣，但又不想这么快认输，于是她让黄子荣再给她点儿准备时间。

黄子荣淡淡一笑，表示应允。

一片云边翻着屋里的书边摇头。一旁的樱桃见她如此苦恼，也帮着想办法，忽然有了一个极好的法子，对一片云说："虽说岛上的书难不倒黄子荣，但岛外的可就不一定了。"

第二天，一片云信心十足地来到黄子荣面前，递给他一本书，说如果他看得懂这本书，自己就立马磕头拜师！黄子荣看着书，有些意外。这是一本德语书，他没想到飞鱼岛上竟然还有这种书。他不知道，其实这书是一片云和樱桃昨晚刚从戴庄教堂偷来的。

"我一片云也不难为人，这洋书不用你背，你要是能给我念上几段，就算你赢了。"见黄子荣面有难色，一片云哈哈大笑，打量着地面，"哎呀，这地硬了点儿，一会儿磕头认错的时候小心点儿膝盖骨。"

"你先别得意，一本洋书就想难住我黄子荣，少当家的也太小看人了。"说着，黄子荣翻到其中一页，看着书说了一通。

一片云和樱桃都惊讶地看着黄子荣。

黄子荣停了下来："少当家的，你还想再听一段？"

一片云拿过书，翻了几页："你给我念念这儿。"

黄子荣装模作样地看着书，又是一通乱说。

一片云傻眼了："停！你给我说说这一段讲的是啥意思？"

"你是怕我信口胡说？好，我告诉你，这上面说，为人做事要懂得礼仪，否则别人就会轻视你。看来洋人也明白这个道理呀。"

一片云有些不相信："你咋会懂洋文？"

"黄某在德州为官之时，跟一个洋大夫学的。都说书到用时方恨少，要不是当初跟着洋人下了一番苦功，今天真就让少当家的难住了。如何，还考吗？"

一片云叹了口气："没意思，不考了。"

黄子荣突然把脸一板："少当家的，愿赌服输，半个时辰后，黄某等你过去上课！"说完转身离去。

一片云虽然一脸不乐意，但还是乖乖来到客房，听黄子荣授课。黄子荣把一个王八蛋放在案子上，一片云不解道："黄老爷，你拿个王八蛋干啥？"

黄子荣笑了："这是我从岸边拾的，今天这一课，就从这三个字开始学。"说完，他拿起旁边的毛笔，在纸上认真地写着。

就在黄子荣上课之时，牛震山带着大大小小的箱子来到了飞鱼岛，一见河上飞，便亲热地说道："岳父大人，可想死我了，有日子不见了，您老可好？"

河上飞尴尬地笑了笑。

"岳父大人，上回您走了以后，我找人给看了八字，说是天作之合。"说完，牛震山从口袋里掏出一张纸，"您老看看，这是人家给选的几个日子，今天过来就是想请您老定一下。您就云妹妹这一个闺女，虽然我牛震山人粗，但礼数不会粗。您定下日子，我回去好抓紧准备，到时候咱风风光光大办一场！"

河上飞得知牛震山今日是为提亲而来，有些气短。前些日子，他出岛险些丧命，幸好牛震山出手相救，他觉得牛震山是条好汉，便许诺将女儿嫁给他，还写了一封婚书作为凭证。可谁知自己的女儿就是不愿意，如今他真是无颜面对牛震山。

"女大不由爷，我那丫头的脾气你也知道，强扭的瓜不甜，这事难办哪。"河上飞面露难色。

牛震山笑了笑："岳父大人，这事不难办。您不是说云妹妹脾气大吗？我让着她不就是了！还有，她要是嫁到鸡冠山，这大当家的位子，我让给她！您老看咋样？"

"牛震山，你说的这一套，姑奶奶我不稀罕！"一片云气冲冲地走了进来，要不是樱桃通风报信，自己被人卖了还不知道呢。

牛震山欣喜地看着一片云："云妹妹，那你稀罕啥？告诉我，你要天上的星星，我决不去给你摘月亮。"

"别吹了！牛震山，今天咱们当面把话说清楚，我参喝多了酒说的醉话不能算数，你要是懂事，就拿着你这些破烂赶紧滚！"

"我要是不走呢？"

一片云从枪套里掏出盒子炮："你要赖在这里不走，我给你这牛皮上钻两个血窟窿。"

河上飞连忙拦下一片云："给我把枪收起来！牛大当家的远来是客，咱们飞鱼岛不能不讲礼数！"一片云无奈，只得把枪装进了枪套。

河上飞拉着一片云来到一旁，悄声说道："丫头，当年我跟牛震山他爹比武分地盘，我巧胜一局赢了这运河水道。可此一时彼一时，如今运河衰落，飞鱼岛的日子一天不如一天，两家要是真能联姻，飞鱼岛以后的日子也就不愁了。就算你不替爹这脸面着想，也总得为咱飞鱼岛的出路考虑吧。"

一片云思考了片刻，转身面向牛震山，说道："要我嫁给你，可以，不过我今天要跟你来一场比武招亲。你要是赢了，我就嫁你；要是赢不了，这门亲事就算黄了，那个婚书也就作废了。牛震山，你敢不敢比？"

牛震山笑着回答："云妹妹，你说咋比，咱就咋比。岳父大人，我知道飞鱼岛最近日子难过，我带的箱子里有一千两银子，今天要是我比武输了，这些钱就当我孝敬您老的。要是我赢了呢，那该是彩礼还是彩礼，如果觉得不够，我让人再回去取。"

一片云笑了笑："爹，想睡觉来了枕头，咱岛上日子正过得紧巴，这钱今天跑不了了！"

牛震山的手下黑脸插话道："老当家的，我们大当家的为人豪爽实在，但我们当兄弟的不能眼看着鸡冠山吃亏。我听说飞鱼岛劫了三千两官银，您就少当家的这一个闺女，要是我们大当家的赢了，老当家的就拿出一千两银子给少当家的当嫁妆，咋样？"

"行！"一片云爽快回道，"牛震山，你今天输定了！"

广场上，竖起两根长长的竹竿，两根中间留有一块距离。每根竹竿上用长约二十厘米的麻绳吊着一组铜钱，三枚一组。一片云和牛震山并排站在距铜钱三十米处。第一局比射击。一片云举枪瞄准，连发三枪，其中一组两枚铜钱被打飞，另一枚铜钱依然晃动着。牛震山看着一片云笑了笑，也举枪瞄着铜钱，三枪过后，竹竿上只剩下一片云这组的一枚铜钱，显然第一局一片云输了。

第二局赛马，规则是一片云和牛震山骑马同时从起点出发，拿到不远处放着的黄葫芦后，再赶回起点，谁先回来算谁赢。一开始，两人相差不多，几乎同时抓起葫芦折回，但在回起点的路上，一片云所骑的美玉渐渐超过了牛震山的马。最终，一片云以领先两个身位的优势率先回到了起点，扳回了一局。

到了第三局比武。一片云一上来便攻势凶猛，可牛震山并不急于还击，一直躲躲闪闪，众人正不解，牛震山突然反击，力道威猛，一片云吃力地闪转腾挪。

樱桃见情况不妙，急忙去找黄子荣想对策，可黄子荣并不想插手飞鱼岛和一片云的事，只是摆手摇头。

樱桃提醒道："你别在这儿说风凉话，告诉你，我姐要是输给了牛震山，你那些救灾的银子可就没了。"

"你这话啥意思？"

"我姐拿灾银跟牛震山当了打赌的彩头，她要是输了，灾银就得送到鸡冠山当陪嫁。"

黄子荣一听，连忙拿着王八蛋，急切地向屋外跑去。

当黄子荣来到广场时，一片云已经输急眼了。河上飞劝她服输，可一片云就是不肯，她掏出枪顶在自己太阳穴上："爹，我要嫁就嫁顶天立地的英雄好汉，你别逼我。"

"少当家的，别冲动。"说着，黄子荣走向牛震山，拱手施礼，"牛大当家的。"

牛震山打量着黄子荣："你是？"

河上飞接过话："这位是济宁城的黄子荣黄老爷。"

牛震山连忙还礼："原来是黄老爷，济宁三杰，大名鼎鼎啊，久仰久仰。"

"牛大当家的，客气。"

"黄老爷，有何指教？"

"牛大当家的，自古美女爱英雄，可英雄应该懂得如何怜香惜玉才对。你本是上岛提亲，可眼下这架势，实在是有失大当家的风度。"

黑脸不满："黄老爷，比武招亲是一片云提出来的，你别把大帽子往我们大当家的头上乱扣。"

黄子荣淡淡一笑："比武招亲？不好，不好。如今一切革故鼎新，我看这比武招亲的规矩也应该随着改改才好。"

牛震山问道："你打算咋改？"

"刚才少当家的不是说了，她要嫁就嫁顶天立地的大英雄。自古至今，文武双全才称得上是大英雄，依我看，既要比武，也要比文，譬如说比认字。"

牛震山一愣："认字？"

"牛大当家的敢不敢比？"

牛震山大字不识一个，有些打怵，可一想到一片云也不识字，他便一口应了下来。

一片云看到黄子荣右手的食指和中指之间夹着那颗王八蛋，心领神会，走上前对牛震山说："牛震山，我看这样，咱俩分别给对方写三个字，要是对方认识就算对方赢，不认识就算输，行不？"

牛震山惊讶："云妹妹，几天不见，咋还学会写字认字了？"

"别废话，敢不敢比？"

"好，来吧！"

两个土匪搬来一张方桌，一片云先提笔写了起来，歪七扭八地写下了三个字。她把毛笔放下,指着写好的字,问牛震山:"这几个字是啥?"

牛震山乐呵呵地看着:"好字,好字呀。云妹妹,你写的这是啥字?"

"牛震山,你看好了,这三个字叫王、八、蛋!"

牛震山突然哈哈大笑起来:"王八蛋?好,好!"

"牛震山,该你写了。"

牛震山摆了摆手:"我是个粗人,哪里会写字。我认输!输得心服口服。黑脸,咱们走。"

黑脸愣了一下:"大哥,咱的银子?"

"愿赌服输,银子送给飞鱼岛了。云妹妹,把这幅字送给我吧?"

一片云不解:"你要它干啥?"

"我一千两银子换你仨字,你不吃亏。"

一片云顿了一下,把手中的纸递给牛震山。牛震山把纸叠好,放到兜里,对旁边的黄子荣拱手抱拳:"黄老爷的风采,我牛震山今天算是见识过了。青山不改,绿水长流,咱们后会有期。"

"后会有期。"黄子荣还礼。

第六章

　　木案上摆着几张宣纸，每张宣纸上都写满了歪歪扭扭的毛笔字。

　　"……九十九，一百，一百零一，一百零二。"一片云不可思议地看着宣纸上的字，她竟然在不到十天的时间里，学会了一百零二个字！当然，这都是黄子荣的功劳。自从上次黄子荣帮她智退了牛震山，她便潜心跟他学习，黄子荣也拣着各种通俗易懂的方法教她，一片云没想到自己竟会学上瘾，像打了鸡血一般。岛上的兄弟们也在她的带动下，跟着学写字，这简直太不可思议了。

　　黄子荣将一片云写的字拿给河上飞，河上飞兴奋地说："黄老爷，这些字都是云丫头她自个儿写的？"

　　黄子荣笑了笑："对，一共一百零二个字。学字一百，送银下岛，不知当初您说过的话，还算不算数？"

　　"当然算数。黄老爷，咱们当场验证，只要云丫头能把这些字都认出来，我就兑现承诺，让黄老爷带着银子出岛过年。"

　　黄子荣拿出教课用的木板，板上写着一百零二个常用汉字，他看着一片云说："少当家的，咱们开始吧。"

　　"行。"一片云点了点头。

　　黄子荣拿起木板旁的一根小竹竿，指着木板上的一个字。

　　"这个字念'wén'。"

　　"对。"

　　樱桃用毛笔蘸着墨汁，在"文"字旁边打了个钩儿，渐渐地，木板上只剩下十几个没打钩儿的字了。一旁的河上飞止不住地点头，心想这银子没白花，既得了面子，又让云丫头认了字，值！

　　谁知临近末尾之时，却出了状况。一片云看着黄子荣指的字，一个劲儿地摇头，称自己忘了，黄子荣不信，换了一个简单的字——"劣"，可一片云还是认不出。

黄子荣若有所思地看着一片云，一片云被他看得有些心虚，带着樱桃离开了。

河上飞走到黄子荣身边，恳切地说："黄老爷，今天这事不能怪老朽不守约定啊，看来这银子你是带不走了。"

"有约在先，子荣认赌服输。可少当家的这事做得不厚道，那几个字她是装作不认识。"

河上飞一愣："真的吗？"

黄子荣点了点头："我给您出个主意，真假一试便知。"

王小义拿着一张纸片，过来请教一片云，他用手指着"劣"字，问道："这个字说的啥意思？我给忘了。"

"这个'劣'字的意思，就是你比别人少出了力。记住了吗？笨蛋。"

一片云刚说完，忽听背后传来河上飞的声音："说得好！"

一片云一愣，转身看去，只见她爹从墙角走了出来。

"爹，你让他来试探我？"

"学会跟爹要心眼了。说吧，为啥假装不认识那些字？是不想让黄子荣下岛？"

一片云有些心虚："爹，好不容易劫来的银子，凭啥让黄子荣就这么轻轻松松带走。爹要名声，我不拦着，可怎么也得让他再教几个字，现在就放他回去，咱太吃亏了。"

"雕虫小技，你以为人家黄子荣看不出来？丫头，记住爹的话，官匪不通，这是祖辈传下来的规矩。你可千万别有啥妄想啊！"

"爹，你啥意思？我能有啥妄想？"一片云小声反驳。

"没有就好。告诉你，黄子荣带着银子明天一早下岛。"

一片云满不在乎地说："他走就走呗。"

第二日，黄子荣带着两大木箱的赈灾银回到了济宁码头，侯立人和杨春早、乔镇山等济宁名流，以及众百姓早已在此等候多时。

黄子荣打开木箱，箱内六百个五两的银锭分层整齐排列着，众人一见，纷纷鼓掌叫好。

"侯知事，请验银子吧。"黄子荣说道。

侯立人愣了一下，旁边的杨春早接话："子荣，我看这称呼得改改了，你跟侯立人可是设下赌约，谁拿回灾银，谁就是县知事，以后得他称呼你知事才对。"

侯立人不满："杨春早，你别胡说，官职任免一事，还要看上峰的意思，不是谁随便就能定的。"

"咋的，这当着满城百姓定下的事，难道你还想变卦不成？"

"放肆！"

"我杨某不过说了两句公道话，莫非还要把我关到大牢里？"

侯立人气得说不出话来，只是颤抖着手指指着杨春早。离开码头，侯立人赶紧去找郑三民，郑三民是他最后的希望了。可郑三民却称病不见，还让人将一只木雕的小船带给他。侯立人呆呆地看着小木船，瞬间了然，如今是木已成舟，无计可施了，黄子荣是当定县知事了，而自己还得继续当警察局局长。

宋长贵听说灾银真被黄子荣要回来了，满心焦虑起来。黄家与宋家有过节，当初民选之时，他便一心想投票给侯立人，宁肯选狼，也不能选虎，可是鲁生替他投票时却违背了他的意愿，将票投给了黄子荣。如今可好，人为刀俎，我为鱼肉，今后怕要看黄家的脸色做生意了。

又是一年春天，运河岸边的草木已经泛绿。几条小船在河道中交错行驶着，自从津浦铁路通车以后，运河上的船只越来越少了。

黄子荣坐在办公室里，看着眼前一沓告船帮的状子，心想是时候收回河闸了。其实如今河道也没有多少油水了，只是当初侯立人跟船帮签有文书，白纸黑字，还用了县公署的官印，现在倘若硬收，怕是不合规矩。解铃还须系铃人，黄子荣想来想去，还是决定让侯立人去收拾这个烂摊子，实在收拾不了，他再出面。

侯立人无奈来到船帮，向查爷说明来意。查爷一脸不快，拿着契约，说道："侯局长的意思是说，这份东西不作数了？"

侯立人赔笑："您别误会，这不是我的意思，这是黄知事的意思。查爷，您是明白人，这一朝天子，一朝文书。如今济宁城是黄知事主政，侯某当初签的文书自然就不作数了。官大一级压死人，侯某如今不过就是个小小的警察局局长，实在无能为力，还请查爷多多包涵。"

查爷冷笑一声："侯局长的难处查某自然明白，既然黄知事不顾及我们船帮兄弟的死活，那我得抽空向他去诉诉疾苦，让他也了解了解我们的难处。"

"查爷，黄知事为人你也知道，我看您老就别以卵击石了。"

"以卵击石？侯局长的意思是说我们船帮是软柿子？"

"查爷，侯某决没有这个意思。"

"到底谁是石，谁是卵，还不一定呢。今天还请侯局长给查某个面子，带着兄弟们先回去，河闸的事，查某定会给个说法。"

侯立人起身告辞。青龙见侯立人走远，走近查爷，说道："师父，如今咱船帮的进项，有将近一半倚仗着河闸收费，现在黄子荣不讲情面，侯立人又把事一推六二五，咱该咋办？"

查爷冷笑："都说新官上任三把火，黄子荣这第一把火竟然烧到咱们头上了。好哇，老虎不发威，以为咱是病猫。"

是夜，县公署大门外静悄悄的，几个身着黑衣的蒙面汉子身姿矫健地来到高墙下，他们迅速搭起人梯，将最上面的一个人抬进墙内。

第二天一早，吴兴安最先发现官印被盗了，他抱着装官印的木盒子慌乱地来到黄子荣面前，只见盒子里放着一块体积与官印差不多的石头。侯立人带人来查看现场。据他分析，门锁是被人撬开的，说明偷印的人手里没有钥匙，若只为了偷印，没必要再放石头，很明显是在示威，因此八成是仇家干的。

黄子荣进一步询问："侯局长，破盗案你是行家里手，你看此事该如何处置？"

"官印丢失非同小可，要是让上面知道了，您怕是要受罚。下官建议应该立刻封锁消息，并派人暗中调查，尽快锁定偷印之人。"

黄子荣点了点头："你觉得这官印会是谁偷的呢？"

"不好说。飞鱼岛的河上飞、鸡冠山的牛震山，那都是悍匪，潜入县衙盗走官印，对他们来说并不是难事。还有船帮，也不是没有嫌疑。"

"你是说查爷？"

"倒不一定就是查爷的意思。只是您如今要收河闸，那势必就断了船帮的财路，船帮上上下下几百口子人，一个个也都不是善茬，谁要是一时赌气，盗印示威，那也不是没有可能。"

"侯局长，这件事就有劳你了。"

"是，卑职一定竭尽全力，尽快破案。"

黄子荣还未厘清头绪，城里又出了新的状况。这日清晨，众多百姓聚集在牌坊广场，对着立柱上的告示议论纷纷，告示上写着"济宁城马上大战来临"。黄子荣听到消息后急忙赶到广场。

百姓一见黄子荣，便上前问道："黄知事，好好的，咋突然要打仗呢？真要打起来，老的老，小的小，你让我们往哪儿跑？"

黄子荣摆动着双手，大声说："诸位，听我说，这张布告是假的，是有人冒充官府散布谣言。"

"假的？不会吧，这上头可是盖着县公署的大印啊！"众人七嘴八舌。

黄子荣示意大家安静下来："诸位，实不相瞒，官印被歹人盗走，官府正在追查此事。"

"黄知事，您可千万别瞒着大伙儿，要真打起仗来，遭殃的可是俺们这些老百姓啊。"大家还是半信半疑。

黄子荣指着告示："你们是信我黄子荣，还是信这张纸？"

"我们当然信黄知事！"

"诸位，请大家相互转告一声，就说官印被盗，有歹人借机造谣生事。官印找回来之前，一切公文告示均以黄某私印为凭。"

官银丢失的消息很快传到了船帮，青龙幸灾乐祸地对查爷说："他黄子荣刚上任就把官印给丢了，丢失官印可是重罪，轻则罢官，重则入狱，这就是他跟咱船帮作对的报应！"

查爷却是一脸愁绪，思前想后，他吩咐青龙："把人给我撒下去，仔细打听一下，到底是谁偷了官印，尤其是咱们船帮的人，更要问清楚。"

青龙不解："师父，您要帮姓黄的找印？"

"咱们为了河闸的事正跟黄子荣较着劲儿，赶这时候他把官印给弄丢了，你说这让别人怎么想？他黄子荣得罪人丢了官印，咱只管抱着膀子看热闹，可要是有人给咱们使绊子，那咱也不能眯着眼。"

青龙恍悟："师父，我这就派人去查。"

一日，查爷亲自来到县公署找黄子荣，他手里还抱着一个长方形的小木盒。查爷打开盒盖，一把锋利的匕首露了出来。

黄子荣不解："查爷，这是何意？"

"听说黄知事把官印给弄丢了，查某心里替您着急。我这手底下几百口子兄弟，难免人多手杂。我就特意命人仔细问了一圈，我那帮弟兄对官印的去处确实毫不知情。今天我来，就是把话说清楚，省得有人搬弄是非。"

黄子荣笑了笑："原来如此，这种事，您来说一声就行了，这份礼物黄某收之无名，还请查爷带回去吧。"

查爷摆手道："东西既然拿来了，查某决不会再收回去。黄知事，官有官道，帮有帮规。官印对别人或许是个好东西，但在我们船帮，它就是块毫无用处的铜铁！查某今天把话放在这里，官印被盗一事如果与船帮有关，请黄知事用这把匕首处置查某，三刀六眼，决无二话。但要是有人想借机给我们船帮使坏，那也劳烦黄知事替我们船帮主持公道，告辞！"说完，便转身离开了。

黄子荣刚送走查爷，一个工作人员拿着一份电报，快步来到他身旁："黄知事，省府来的电报。"

黄子荣接过电报细看，原来官印被盗的事被都督知道了，限他十日破案。黄子荣心想，查爷今日来送匕首，说明他理直气壮，船帮的嫌疑算是撇清了，如今飞鱼岛和鸡冠山的嫌疑最大，他得尽快去摸个底。

吴兴安劝黄子荣不要涉险，不管是飞鱼岛还是鸡冠山，毕竟都是土匪。可黄子荣不能再等下去了，眼看都督给的期限一天天临近，他必须上岛问个清楚。黄子荣刚出了县公署的大门，远远看到秋香急匆匆朝他跑了过来，她气喘吁吁地跑到黄子荣面前，告诉他杨春早一个人去找土匪要官印去了。

当秋香发现杨春早不见时，杨春早已经到了飞鱼岛。河上飞知道他是来要官印的，便直截了当地告诉他，官印并不在飞鱼岛，他来错地方了。

杨春早早就听闻河上飞的大名，知道他当年也是打过外敌的英雄，只是后来被朝廷追杀才落草为寇，若说济宁城的风流人物，他也算得上一位，若是他说不在，那定是不在的。杨春早没有多停留，直接奔向鸡冠山。

牛震山悠闲地吃着饭，丝毫没把杨春早放在眼里。

杨春早背着布褡裢站在一侧，不满地看着牛震山："大当家的，官印真不在鸡冠山？"

"官印的事跟我们鸡冠山没半点儿关系。时候不早了，要没啥事，杨先生就请回吧！"说完，牛震山从兜里掏出一枚铜钱，扔向杨春早，"杨先生，不能让你白跑一趟，收下吧。"

杨春早怒道："士可杀，不可辱。"

"你是嫌弃钱少？等等，我再送你个好东西。"过了一会儿，牛震山将一个灰色的小布包放到案子上，"杨先生，这可是好东西，打开瞧瞧？"

杨春早顿了一下，走近木案，打开一看，只见布包里装着两枚炸弹。

牛震山笑着看向黑脸："黑脸，去给杨先生拿条裤子来。"

"大哥，拿裤子干啥？"

"这么远的路，总不能让杨先生穿着尿湿的裤子回去吧。"

牛震山正得意，杨春早突然大笑，他把炸弹包好，爽快地说："大当家的送的是份大礼，杨某收下了。回去要有人问起来，我也好让大伙儿看看大当家的这待客之道！"

听杨春早这么一说，牛震山脸上的笑容瞬间凝固了。

杨春早走近丢在地上的铜钱："听说大当家的在飞鱼岛白白丢了一千两银子，鸡冠山的日子过得也不宽裕，这钱还是大当家的自己留着吧，说不准哪天买棺材用得上。告辞！"

牛震山看着远去的杨春早，大为愤慨，要是搁在平时，杨春早上山，他肯定高接远迎，可谁叫他这回是替黄子荣来当说客的。

杨春早前脚刚走，一片云后脚便闯了进来。听说官印丢失一事后，一片云第一个想到的盗印之人就是牛震山，她断定牛震山一定是记恨黄子荣帮自己胜了他，让他在飞鱼岛丢了脸面，才故意报复黄子荣的。

牛震山很高兴一片云能来找他，热情地迎接："云妹妹，真没想到你能来呀！"

一片云走近牛震山，仔细打量着他。

牛震山不解："云妹妹，你这是……"

一片云笑了笑，嘲讽道："我跟我爹说了，别看牛震山长得五大三粗，其实就是个豆腐胆，像偷印这样的事，吓死他也不敢干。我没说错吧？"

牛震山不满："豆腐胆？云妹妹，你也太小看我牛震山了吧。官印要是真在我手上呢？"

"不可能。"

"这样吧云妹妹，官印要是真在我这儿，你就兑现婚约，嫁给我咋样？"

一片云故作迟疑："你要真有偷官印的胆子和本事，那我还真得再好好想想这事儿。"

牛震山兴奋道："黑脸，去，把官印拿来。"

黑脸顿了一下："大哥，一片云用的这是激将法，咱不能上她的当。"

"激将法咋了？印在咱手里，她还能变成块云彩把官印抢了去不成？拿去！"

黑脸无奈地将官印拿了出来，一片云见了，连忙迎向他。

牛震山忽然想到什么，先一步来到黑脸面前挡住官印："云妹妹，我人粗，心不粗。你今天来恐怕不是你爹的意思，你是来替黄子荣要印的吧？"

"牛震山，你私盗官印，可是重罪，赶紧把官印还回去，黄老爷大人大量，兴许不跟你计较。"一片云见心思被戳破，索性开口相劝。

"云妹妹，你这话说得有意思，要是惧怕官府，我牛震山还当土匪？我这头牛，不光有力气，鼻子也最灵，谁要是喜欢上一个人，我一闻就能闻出味儿来。"说着，他在一片云身旁嗅了嗅，继续说，"不对，云妹妹，你是不是喜欢上黄子荣了？"

一片云羞赧："黄老爷是教我读书识字的先生，别胡说八道。"

"胡说八道？这个味儿我咋越闻越浓了呢。"

"牛震山，你——"

"云妹妹，你回去吧。你也看见了，官印就在我手上，黄子荣要有本事就自己来拿，要是没本事，就等着丢官进大牢吧，指望个女人给他帮忙，丢不丢人！"说完，牛震山从黑脸手里拿过盒子向门外走去。

一片云无奈地离开了鸡冠山。虽然这次她没能夺回官印，但好歹知道了官印的下落，在回去的路上，她一心想着赶紧将此事告诉黄子荣。是夜，一片云带着樱桃来到黄家，黄子荣此时正坐在桌前写着什么，身旁放着一本《孙子兵法》。一片云悄悄推开门，闪了进来，黄子荣听见门声，转头一看，竟是一片云。

一片云来到桌旁，笑眯眯地看着黄子荣："这么晚了，黄老爷还没睡，是不是为官印的事犯愁呢？"

黄子荣勉强地笑了笑。

一片云俏皮地问道："黄老爷想知道官印在谁手里吗？"

黄子荣一愣："少当家的知道？"

"牛震山！"

"牛震山？我跟他无冤无仇，他偷官印干啥？"

"黄老爷跟他是没有旧怨，可上次在飞鱼岛，你帮我智胜了他，搅了他的亲事，这不就添了新仇。黄老爷，您放心，官印是因为我才给弄丢的，我一定帮你找回来。鸡冠山的路我熟，我可以引路。到时候您带着官兵杀上山去，官印不就夺回来了？"

黄子荣有些迟疑："你要我动兵？"

"牛震山又不傻，不给他来点儿硬的，他能乖乖还给你？"

"少当家的为何要帮我？"

"我，我这不是想还您帮我在飞鱼岛智退牛震山的恩情嘛。"

门外，樱桃正守着门，忽然看到黄天楷端着个瓦盆从西厢房走了出来。

黄天楷见到樱桃很是意外。他见过樱桃，满月酒那日樱桃就跟在一片云身边，说起来，她们也算是帮过他家，所以他也并不怕她。黄天楷走近樱桃，压低嗓门："你来干啥？"

樱桃示意着南屋，悄声说："我们少当家的来跟你爹商量大事，我把风呢。这么晚了，你咋还没睡呀？"

黄天楷看了眼手中的瓦盆："快到省城考高中了，看书看困了，接盆凉水擦把脸，提提神。"

"准备得咋样？能考上不？"

黄天楷得意地笑道："十拿九稳。"

"吹牛吧。"

黄天楷脖子一梗："我要是考不上，请你吃饭。"

"行，你要是考上了，我请你吃饭。"说完，樱桃也俏皮地笑了起来。

一片云走后，黄子荣看着自己写的"抛砖引玉"四个字，不由得计上心来。

第二日清晨，黄子荣来到杨家找杨春早，要他比照着以前的文书，刻一个一模一样的官印。

杨春早恼火："黄子荣，丢了官印你已经是戴罪之身，如果你再私刻官印，试图蒙混过关，那就是错上加错，罪上加罪！"

"春早，十日期限眼看就要到了，省里特派员马上就来，我也是给逼得实在没有办法了呀！"

"糊涂，糊涂哇！你们黄家祖祖辈辈求的是正气二字，如今你要私刻官印，这是啥？这就是歪风邪气！我决不会助纣为虐！"

黄子荣从怀里掏出一张银票，放到杨春早面前。杨春早抓起银票甩给黄子荣："你啥时候学了这么一身不良作风？上次与你割袍断义之后，我还几次自责，觉得是不是冤枉了你，现在看来这袍子是割对了，你给我走！马上走！"

黄子荣听到他这么说，没有恼怒，反而笑了。

"黄子荣，你还有脸笑？"

黄子荣凑到杨春早身旁，耳语了几句，杨春早听罢，恍悟道："原来如此，你咋不早说。好，这印，我刻了！"

黄子荣将银票重新递给杨春早，杨春早要接，黄子荣又收回手："春早，你这身衣裳也该换换了！咱可说好，专款专用，别又拿去买了闲书！"

杨春早抢过银票："这是我给你刻印挣的辛苦钱，只要不赌不抽，干啥用你就别管了！对了，下次来的时候，把我那块袍子布带来。"

第七章

  天刚蒙蒙亮，马彩英正抱着老疙瘩在院子里玩。这时，一个圆乎乎的小布包隔着院墙扔了进来，马彩英吓了一跳，她捡起布包，打开院门往外看，却什么人都没有看到。她将布包交给黄子荣，黄子荣打开一看，只见里面包着一枚摔破了的咸鸭蛋和一张纸条，黄子荣仔细琢磨了一会儿纸条上的话，便急忙往杨家赶去。

  萃文阁的木案上摆着一块半成品的青铜大印。杨春早看了眼纸条，恳切地说："子荣，我有时候喝点儿酒，是喜欢多说两句。可生死攸关的大事，我还是知道轻重的。昨天买书回来后，我就开始刻印，半步没离开过学堂，你这抛砖引玉的法子，我就是想往外说，也没空儿去说呀。"

  黄子荣顿了一下："那你说，这张字条会是谁扔进来的呢？"

  杨春早拿过纸条又仔细看了看："济宁城有头有脸的人，字迹我都熟，可这字写得歪歪扭扭，实在没有章法，猜不出来。子荣，你这计策已经让别人知道了，这印我还刻不刻？"

  "继续刻！"

  "可是——"

  "春早，这个丢纸条的人是想帮我。"

  "帮你？"

  "你想啊，要是他有意害我，那他为啥现在就点破？若是等台搭上，戏开演，他来一个釜底抽薪，到那时我就是有天大的能耐只怕也得束手就擒。"

  杨春早点点头："有道理，这个人出的主意，和你同出一辙，你俩一个是诸葛亮，一个是周瑜，同时想到了火攻曹营的计策呀。"

  黄子荣更加笃定："八成是这样。你看，此人怕丢石头误伤了人，布包里放的是鸭蛋，足见心细如发呀。若不是有意帮我，何必如此？"

"济宁城竟有如此义伸援手而不图回报的高人，若有机会我真想见识见识呀！"

黄子荣收起字条，指了指铜印："春早，一切拜托了。"

"放心吧。"

都督规定的十天期限还未到，省里突然下派了一个特派员，侯立人以为是郑三民来了，没想到却是个从未谋面的年轻人。这个年轻人穿着制服，拎着一个牛皮公文包，自称姓方。

方特派员对侯立人和黄子荣说："丢官印的事，我三舅，哦，也就是都督，本来是安排郑厅长来处理的，但我听说济宁城是块风水宝地，民风淳朴、物产富足，所以就把这个得罪人的差事给讨来啦！"

侯立人意外地打量着方特派员，恭维道："自古英雄出少年，特派员青年才俊，又是都督的外甥，能来济宁城，是我们的荣耀，济宁满城生辉呀！"

方特派员笑了笑："跑了一天的路，有些累了，官印的事今天咱们就先不议了，明天吧，明天一早咱们再谈公事。今天晚上，各位也都好好准备准备。"

侯立人觉得他这话里有话，好好准备准备，准备啥？想到这里，侯立人立刻心领神会。晚上，他来到县馆驿，拿着一个精致的丝绒盒子，敲开了方特派员的房门。

桌上摆着蜡台，烛光明亮。方特派员从丝绒盒子里拿出一颗直径约六厘米、泛着红光的夜明珠，凑近烛火。

"好东西，真是好东西呀！"方特派员细细端详着手中的夜明珠。

"特派员喜欢就好，喜欢就好。"侯立人暗暗松了口气。

方特派员把夜明珠放回盒内："无功不受禄，侯局长送这么贵重的礼物，怕是有什么事吧？"

侯立人谨慎地问道："特派员，明天官印一事，不知您打算如何处置？"

"侯局长，实不相瞒，临来之前，三舅跟我说，黄子荣是清末举人、鲁西南的名流，因此吩咐我要讲究一点儿分寸。初来乍到，我也很为难哪。侯局长，你是济宁官场的老人，你觉得这分寸我该如何拿捏才好？"

"特派员，这事你让我该咋说才好呢？"

"有一说一，知无不言。"

"好，那我就竹筒倒豆子，有啥说啥。特派员，都督高高在上，听到的很多信儿，不实呀。"

"哦，这话怎么讲？"

"都说黄子荣是济宁名流，但都督恐怕不知道吧，此人擅长沽名钓誉，净做些表面文章，另外他跟土匪一片云眉来眼去，关系复杂。您知道官印是咋丢的吗？"

"听说直到现在还没查清楚偷印之人。"

"咋不清楚，就是鸡冠山的土匪牛震山偷的。黄子荣上次去飞鱼岛追讨灾银，正巧碰上牛震山去提亲，黄子荣偏袒飞鱼岛，暗中给一片云帮忙，坏了牛震山的好事，牛震山怀恨在心，所以偷了官印。"

方特派员面色冷峻："这么说黄子荣通匪？"

"通不通匪不好妄下定论，但您说飞鱼岛是啥地方？那是龙潭虎穴，他黄子荣凭啥就能老虎嘴里抠肉，带着赈灾的银子平安下岛？这里头怕是有文章啊！都督在上头听到的都是黄子荣的好名声，可这一笔笔烂账，恐怕不清楚。"

方特派员气得一拍桌子："不像话！侯局长，要真像你所说，别说罢官，就是杀头都不为过。"

"特派员别生气，这些我也就是听说，没有实据。"

"侯局长，那你说我明天该如何处置？"

"自然是公事公办！您说呢？"

方特派员笑了笑："对，公事公办！侯局长，实不相瞒，我三舅嘱咐我在济宁当地物色物色有没有能接替黄子荣的人选。我看侯局长就不错，有能力，懂人情，把济宁交给你治理，比黄子荣要强得多。"

侯立人极力控制着内心的激动："多谢特派员提携。"

第二日，众人齐聚在县公署。方特派员对黄子荣说："黄知事，如今期限已至，请把官印拿出来吧。"

黄子荣惶恐地看着方特派员："特派员息怒，印已经找到了，但请您再宽限我一天的工夫，明天一早，下官一定把官印拿来！"

"明天一早？"

"对，明天一早一定将印交到特派员手上，请您验印。"

"到时候你要还拿不出官印呢？"

"下官如果食言，要杀要剐，悉听尊便！"

侯立人不相信官印在黄子荣手中，前天黑脸还进城向赵长顺打听啥时候处置黄子荣呢，所以官印一定还在牛震山手里。这就怪了，印在鸡冠山，黄子荣明天又拿啥验呢？侯立人百思不得其解，来回踱着步，忽然他停了下来。假印？难道他要拿假印来个鱼目混珠？没错，一定是的，黄子荣见官印找不回来，于是狗急跳墙，找人仿刻官印，在济宁能有这本事的只有金石篆刻高手杨春早，而黄子荣说明天才能交印，那一定是因为杨春早还没刻好。事情理顺后，他心想，绝不能让黄子荣拿假印把事给混过去了，相反，他要把此事做足文章，杀他个措手不及！

木案子上放着一个包袱，黄子荣打开包袱，露出里面的黄铜官印。他看向方特派员："请特派员验印！"

方特派员看了看官印，然后拿起官印在印泥盒里蘸上印泥，小心翼翼地在一张纸上按下。他拿起印戳，向众人展示着。

众人仔细瞧了瞧印戳："是县公署的官印，错不了！"

方特派员将印戳递给侯立人："侯局长，你曾经代理过县知事，又是济宁城的老人，请你帮着长长眼！既然要还黄知事一个清白，那就一定不能弄错了。"

侯立人接过印戳："像，真是像啊！"

方特派员愣了一下："像？侯局长，到底是不是？"

侯立人淡淡一笑："特派员，这还真不好说！"

忽然，门口处传来争吵声，众人循声看去，只见一个衣衫褴褛的乞丐抱着一个包袱来到大堂门前，喊着："我是来送官印的！"

方特派员看着乞丐："来人报上姓名！"

乞丐停下，大大咧咧地说："叫花子一个，无名无姓！"

"刚才你说来送官印，是怎么回事？"

乞丐打开怀里的包袱，里面也是一枚官印："早上有人给了我一两碎银子，让我把这个给送过来。"

方特派员让助手将乞丐拿来的那枚官印也放到木案上，看着两个一模一样的官印，他茫然道："侯局长，你给看看，这到底是怎么回事？"

侯立人拿起两枚官印，细细看着："怪，怪了！"

"怎么了？"

"卑职不敢说。"

"但说无妨。"

"是。禀告特派员：黄知事拿来的这方印，是假的；叫花子拿来的这方印，才是真的。"

众人大吃一惊，纷纷上前验证，两相对比，发现确实如侯立人所言。

方特派员猛地一拍案子："黄子荣，你好大的胆子！竟敢私造官印蒙蔽本官！"

黄子荣慌忙摆手："特派员，你听我解释，听我解释。"

"什么都别解释了！等着到省城大牢里去解释吧。备车，回济南！"说完，方特派员让助理将两方官印包起来，向堂外走去。

侯立人心中窃喜，开口替黄子荣"惋惜"道："黄知事，你好糊涂哇！丢失官印顶多就是不做官了，可你伪造官印，这么大的事，兄弟实在不敢替你遮挡啊。"

黄子荣苦苦一笑，没有回答。

侯立人喜不自胜，私刻官印可是掉脑袋的重罪，这下黄子荣是彻底完了。再加上方特派员有意提携，县知事一职到最后不还是他的吗？侯立人一高兴，便来到土山戏院听戏，他一边悠闲地吃着茶点，一边嘴里跟着台上哼哼着，心里越想越美。

就在这时，赵长顺慌乱地跑了进来，走到他的身旁："局长，出大事了！"

"啥大事？不会是黄子荣畏罪自杀了吧？"

"黄子荣好好的，是郑厅长来了！他才是真正的特派员！"

侯立人大吃一惊，暗叫不好，他中计了。他急忙来到县公署，推门而进时，郑三民和黄子荣已经在等他了，而在郑三民面前放着的正是那枚真印。

黄子荣看向侯立人："侯局长分管县里的治安，这丢印之事还是请他说明来龙去脉吧。"

侯立人缓了缓神："郑厅长，其实这就是一起普通的盗窃案子。有歹人听说官印是金子做的，就偷偷潜入县公署偷印，结果把印拿回去一看，是个黄铜疙瘩，怕放在手里是个麻烦，于是就把印给扔了。结果碰巧让个叫花子拾着，就给送回来了。"

郑三民冷冷一笑："侯局长，你说的是真的？"

侯立人毫不犹豫："真的，句句属实。"

"既然官印找回来了，此事也就不深究了。不过，黄知事保管官印不力，侯局长管理治安不严，这才导致官印被盗，横生是非。此案，你们二人都难辞其咎。这样吧，二位罚俸半年，都没有意见吧？"

黄子荣和侯立人都表示无异议。

送走郑三民，黄子荣让吴兴安将假印送去化掉，以免再生是非，至于侯立人的那颗夜明珠，则是被他派人暗地里送到京城换成银子，用来捐款了。

"老爷，官印被盗一事分明就是侯立人在背后捣鬼，您为何不借此机会把他拿下去呢？"吴兴安不解地问道。

"兴安哪，孙猴子有本事吧？七十二变，火眼金睛，可你见他真正打死过几个妖怪。为什么？还不是因为每个妖怪背后都站着尊菩萨哪！打死妖怪容易，可这背后的菩萨挪不动啊！"

吴兴安点点头："不过这次让侯立人吃了个哑巴亏，也算给他个教训。"

这次不光侯立人被气了个半死，牛震山也气得破口大骂："都说侯立人精明，我看他蠢到家了！让老子学黄天霸偷官印的是他，让老子进城贴告示的也是他，让老子派人送印搅局的还是他，咱们忙得满脑门子冒汗，可到头来还是让黄子荣给耍了！这回又让一片云看笑话了，丢人哪！"

这一日，县公署来了一个那姓掌柜，人称"那胖子"，他带着省里的文件来见黄子荣，说要来县里招收铁路工。黄子荣一听，心想这是好事呀，如今运河衰败，好多过去靠河吃饭的人没了生计，要是能去铁路做工，不失为一条好出路。黄子荣向他表示，自己一定大力支持，那胖子拱手施礼，而后离开。

送走那胖子，吴兴安走进办公室，告诉黄子荣省里下了修河公书。

黄子荣看罢文书："兴安，依你看，这运河河道还有整修的必要吗？"

吴兴安思索后说："济宁的运河河道是整条运河的水脊，按规定，三年一小修，五年一大修，今年正好又是五年。"

"公文上说，修河的银子，三分之二由省里拨款，二万两修河款这几天就能运到，剩下的由咱济宁本地商家来凑。你说，这是不是劳民伤财？"

吴兴安叹了口气："老爷，可您也不能抗命不修哇。"

"自从津浦铁路开通以后，本来就不景气的老运河愈加衰败，整修河道，治标不治本，依我看，没有整修的必要了。兴安，这两天你派人沿着运河仔细做个梳理，统计一下现如今济宁城还有多少商船和客船在跑，假如不修河道，有多少百姓会因此生活困难。查清楚之后，尽快给我回复。"

"是。"

这时，一个工作人员进门报告，说查爷来了。黄子荣有些意外。

"这是我当初跟侯立人签署的接管河闸的文书。前些时候您让侯局长去跟我商量收回河闸的事，当时下面的兄弟一片反对，因此也没立即给您答复。可事后想想，您想收河闸，也有您的道理，毕竟由官府来管，还是要方便。"查爷开门见山，说完将案几上的文书推向黄子荣。

黄子荣愣了一下："这么说查爷是要把河闸交回来？"

查爷点头："虽说河闸是只下金蛋的母鸡，可查某和船帮兄弟毕竟还是黄知事治下子民，事事只顾自己，说不过去。"

"查爷有如此境界，子荣佩服。"

"谈不上境界。查某手下还有一二百口兄弟，要是交还河闸，总还得有口饭吃不是？"

"查爷的意思是……"

"听说马上又要整修河道了，查某想带着兄弟们把这个工程揽下来，不知您意下如何？"说完，查爷从怀里掏出一个信封，放在案几上。

"这是什么？"

"这是查某让人列的修河的款项清单，请您过目。"

黄子荣顿了一下，拿起信封打开，里面有两张信纸。

查爷探了下身子，悄声说："黄知事，规矩我懂。只要这事成了，修河款一到手，两成孝敬银子，立刻送到府上。"

"查爷，此事你让我考虑考虑。"

查爷笑了笑："那好，查某回去等您消息。"

黄子荣起身，示意着接管河闸的文书："别忘了这个。"

"就留在您这儿吧。"

"还是查爷先收着的好。"

"也好。"查爷拿起文书，转身离去。

黄子荣看着远去的查爷，心想他耳目够灵通的，省里刚下了公文，他就找上门来，看来真应了官场上那句话——想要金山和银山，架桥铺路修河滩。修河是块唐僧肉，谁都想咬上一口。可他已经打定主意，要是运河确实不值得修了，他就把修河款给省里退回去，也省得让有些人成天惦记着。

过了几日，吴兴安已经查访清楚，如今运河上还在跑货船的，除了查爷的船帮,就只剩下宋家和李家,不过李家船少盘子小,所以也准备散伙了。至于客船,速度太慢,除非有大宗行李,不然很少有人会走水路。轻巧的客船为数不多,吃水不深,现在的河道足够应付,就算修河,对它们也没太大改善。黄子荣了解情况后,更加坚定了不修河道的念头。

黄子荣正打算派人将修河款运回省里,宋长贵带着济宁商会凑齐的一万两修河清淤的银子来到黄子荣办公室。

"宋老爷子,修河清淤这事,我正想跟您和诸位商量呢。"

"按老规矩办就是了,有啥好商量的?"

"宋老爷子,搁在往年,这事确实没啥好商量的,可今年情况有些特殊。津浦铁路兖济支线自去年年底通车以来,咱们济宁城不管是货物运输,还是百姓出行,都越来越倚仗火车了,走运河的人和货越来越少。今年要是还按往年规矩修河,黄某觉得劳民伤财呀,所以我想破破这规矩,不修了。"

宋长贵冷冷一笑:"都说新官上任三把火,黄知事这第一把火就要烧老运河?佩服,佩服哇!"

"宋老爷子,既然河不修了,这钱就请您带回去吧。"

宋长贵不满地从怀里掏出一份折叠得方方正正的名单,重重地拍在案几上,怒道:"宋某一辈子都是按规矩办事,如今规矩让您猛地给破了,宋某还真有点儿手足无措。黄知事,这是捐款名单,要退银子,还请您自己跑一趟吧。告辞!"说完,起身离去。

吴兴安看着箱子里的银子:"老爷,您看……"

黄子荣淡淡一笑:"宋老爷子一辈子最亲这老运河,何况宋家还有船队指望运河吃饭,这个弯一时绕不过来,情有可原。你安排人把银子先入了库,我这就上书省府说明不修运河的缘由,等上面收回修河的成命后,派人将款项往省里一交,宋老爷子看着没了指望,银子自然就领回去了。"

一肚子怒火的宋长贵回到家,气得直拍桌子:"上百年的规矩,黄子荣上任才几天?说改就改。张狂,太张狂了!"

宋鲁生把一杯茶放到宋长贵面前:"爹,您消消气,黄子荣这规矩改得是急了点儿,可他这么做也有一定的道理。"

"啥道理?"

"顺者昌逆者亡。铁路兴,运河荒,这是当今大势!再说了,运河北起涿州,南到余杭,过去修整运河,是从北往南一起修,可现在除了咱们山东,好多地方都已经停止修河清淤。爹,就算清理了咱济宁河道,可整条运河南北不通,又有什么用呢?所以说,黄子荣停修运河,也有道理。"

"胡说!济宁是运河水脊,水位最高,而且常年水量不足,因此运河十回不通,有八回就堵在咱这儿。如果把这一段河道修好,就算其他地方没清理,咱运河上的生意咋说也还能再维持几年。"

宋鲁生笑了笑:"爹,我明白了,说到底,您还是舍不得咱家的船队呀。"

宋长贵一梗脖子:"我当然舍不得!皮行、粮栈和船队,那是咱先祖立业的根基,要是在我手里断了一根,你让我如何向祖宗交代?"

"爹,解散船队是大势所趋,祖宗们不会怪罪的。再说,黄子荣如今是县知事,如果他坚持不修,您还能把刀架到他脖子上,逼着他修吗?"

"不修?这事他说了不算!"

宋长贵这话倒是不假,黄子荣上报的公文到了省里,都督没有直接批准,而是派郑三民来到县里征询民意,这恰好顺了郑三民的心。往年修河都是由郑三民的表弟一个姓冯的掌柜承包,郑三民从中收到的好处不知有多少,他绝不允许有人断他的财路,于是他通知济宁城有头有脸的人明日一早到河神庙集合,一起商量修河的事。

查爷听说此事,心想:这哪是听取民意,明显是郑三民给黄子荣摆了一出鸿门宴。宋长贵肯定不会向着黄子荣,他又是商会会长,他不点头,商会的人谁敢替黄子荣说话。侯立人就更不用说了,他是郑三民的死党,明天更是不会赞成放弃修河的。郑三民这一招高明,用民意压死黄子荣,黄子荣是一点儿反驳的余地都没有。想到这里,他决定明天不去凑热闹了,不但一点儿好处都得不着,最后还得让郑三民拿着当枪使。

恰在这时,郑三民的表弟冯掌柜来到船帮,求见查爷。

"查爷,冯某今天来是想跟查爷合伙做笔生意。"

查爷淡淡一笑:"冯掌柜说笑了,您背靠大树,生意做得风生水起,还用跟我们船帮这小门小户合伙?"

"有钱就得大伙儿一起赚哪。"

"请冯掌柜明示。"

"查爷,我知道如今船帮的日子也不好过,只要您答应跟我联手,把黄子荣这个蚂蚱摁住,以后只要是修河道的工程,冯某分您一半。有了这笔收入,船帮的日子,怕是就不难过了。"

查爷有些不相信:"这么大一块肥肉,冯老板舍得分吗?"

"有肉一起吃,有酒一起喝。有些人不懂规矩,想把肉锅砸了,把酒坛子摔了,那咱不能让他呀。您说呢?"

查爷顿了一下,向青龙吩咐道:"青龙,告诉弟兄们,明天咱也去河神庙凑凑热闹。"

第八章

　　河神庙前聚集了许多人，有商会的，有船帮的，还有平头百姓。他们围拢在郑三民周围，激烈地讨论着修河之事。

　　有人说，顺者昌，逆者亡，如今铁路兴，运河亡，这是天道，因此主张弃修运河。

　　有人说，铁路运费太高，而且发车次数有限，相比之下，走运河运费低廉，发船又灵活，把河道修好，大伙儿都能受益。

　　……

　　就在大家争执不休之时，宋长贵站了出来，有些激动地说："大伙儿或许不知道，我就出生在运河上。当年我娘跟我爹回济宁，在船上把我生了下来。我三岁就下河游泳，十二岁跟我爹跑船做生意，十八岁带着喜船把鲁生他娘迎娶进门。二十四岁那年，我爹病故，我接手船队，带着人南调北运，把宋家的生意越做越大。不瞒大伙儿，我三十岁之前，在船上待的时间比在岸上还多。前天夜里，我梦见鲁生他奶奶了，她老人家满脸枯瘦。我就问她，'娘啊，您老在那边是吃不好，还是喝不好？要是缺钱，长贵明天给您老发几刀钱粮过去'。她老人家老泪纵横，跟我说，最近和那边的老姊妹们聊起运河，一个个都忍不住落泪，说过去水灵灵的一条大河就这么荒废了，让人心疼啊。乡亲们，不能眼看着老运河毁在咱们手里呀！"

　　许多人听后，大为感动，纷纷呼应着宋长贵的话。

　　郑三民看向黄子荣："民意难违，黄知事，这修河的规矩还不能改呀。"

　　黄子荣指出："郑厅长，宋老爷子所言有些道理，可宋家养着船队，立场难免偏颇。"

　　查爷不满地走出来，他抬起右手挥了挥，身后的船帮弟兄纷纷从各自背着的布袋里拿出一个大空碗，双手高举，捧着空碗。

"黄知事，您刚才说宋老爷子不能代表民意，请问，查某船帮这些兄弟的意见算不算民意？"

"查爷，有话您就明说。"

"从有运河那天起，就有了船帮，几百年来，船帮祖祖辈辈靠运河吃饭，如果黄知事坚持弃修运河，那请您给船帮兄弟们指一条活路！"

"跪——"青龙举起左手大喊了一声，船帮众人纷纷高举空碗跪地，青龙跪地后高呼，"请黄大人赏饭！"

船帮众人齐声喊："请黄大人赏饭！"

这个场面，黄子荣始料未及，一时愣在了原地。

郑三民得意地走到黄子荣面前说："子荣，这就是民意呀！为官一任，就要造福一方，当初你走马上任时的誓言，难道忘在脑后了吗？"

黄子荣还想再解释，可郑三民已经不想再听，他当即表示明日就返回省城向都督回禀。

黄子荣一脸愁绪地回到县公署。虽说修运河的钱不是他来出，可那都是全省百姓的血汗税款哪，就这么眼睁睁地看着这些钱被一帮贪财之人分了吃了，他心里实在过意不去。这时，他忽然想起了一个人——那胖子。

那胖子此番来到宋家招工，是受了黄子荣的指点。之前，他在牌坊广场招收铁路工人，可济宁百姓太保守，一听是给洋人干活，愿意去的不多。本来他都打算去别处看看了，这时黄子荣找到他，让他去宋家和船帮试试。

听那胖子讲明来意后，宋长贵冷笑道："那爷招工不易，可再怎么不顺，也不能把工招到我们宋家来呀。您要是把我那些伙计招走了，我宋家的船队咋办？"

"宋老爷子，听说宋家船队已经好几个月没发船了，如今运河衰落，您经商多年，有何长远打算？"

"宋家船队没有发船，那是因为河道淤塞，货船难行，如今省里清淤款项已到，只要河道清理干净了，宋家的船队再跑几年也不成问题。"

"这次修了河，下次呢？官场多变，我就不信年年都修河吧。宋老爷子，招工可不是年年都有的好事，管吃管住，一个月一两银子，还有两天歇工。错过这个村，就没这个店了。"

宋长贵顿了一下："那爷，老朽要是没猜错的话，你今天是来给黄子荣当说客的吧？"

"那某是买卖人，眼里只有利益二字。我跟黄知事没啥交情，犯不着替他当说客，我今天是实心实意来劝您的。您宅心仁厚，不舍得那些老伙计，可做生意得未雨绸缪，就算您老念旧，但人多心杂，到时候别人念不念旧，可就不一定了！"

"你的好意老朽心领了，宋家的伙计我自有安排，就不劳您操心了。"宋长贵让人送客。

那胖子笑了笑，起身："既然如此，就全当那某什么都没说，告辞。"

从宋家出来，那胖子又来到船帮。说起来，查爷和船帮曾经有恩于他，当年要不是查爷寒冬腊月带人帮他凿冰运货，他估计早就被债主逼得跳河了。所以他这次帮船帮一把，也算还查爷当年的救命之恩了。可查爷的态度比宋家还坚决，他话还没说完，就被不客气地赶出了船帮。

黄子荣得知那胖子在宋家和船帮都碰了一鼻子灰，心里很是过意不去："让您受委屈了，实在是对不住。"

那胖子摆了摆手："黄知事千万别这么说，您介绍工源，是在帮我，买卖没谈拢，跟您没啥关系。现在宋家和船帮认了死理，您一片好心，在他们看来都是恶意呀。"

黄子荣苦苦一笑："黄某尽己所能，但求问心无愧。"

"黄知事，既然修河说啥也挡不住了，那不如索性就答应修河。"

"答应修河？"

"是呀，不过让谁修不让谁修，那就不是郑三民说了算了。黄知事，那某之前在南边也承揽过几个修河铺路的工程，您要是信得过我，那某愿替您分忧解困。"

黄子荣顿了一下，轻轻拍了拍案几："有道理，既然要修，那就找黄某信得过的人来干。那掌柜，这事就拜托你了。"

那胖子高兴地站起身："黄知事放心，我一定把工程干得漂漂亮亮的，不光让您面子上风光，还得让您得着实惠。"

黄子荣笑了笑："得着实惠，好。"

第二天，牌坊广场上竖起一块大木牌子，牌子上贴着三张修河预算账单，分别是冯掌柜、查爷和那胖子开列的。虽说用工用料相差无几，可报价悬殊，冯掌柜报价三万两，查爷报价二万八千两，那胖子报价二万五千两。

百姓们围观着预算款项,议论纷纷。

黄子荣说道:"黄某想请诸位帮着出出主意,县里该把修河的工程交给谁来承接更加妥当?"

郑三民和冯掌柜也赶了过来,郑三民看着木牌问:"黄知事,这是怎么回事?"

黄子荣笑了笑:"昨日河神庙前,郑厅长一番教诲,让子荣茅塞顿开。修河是济宁城头等大事,不能子荣一人独断,我得向您学习,多听听民意才行啊。"

郑三民面色冷峻,被气得哑口无言。

杨春早也在人群中,他冲着郑三民说:"郑厅长,那掌柜报价最低,大伙儿都觉得工程应该包给他来干,您看如何?"

冯掌柜急切地说道:"二万二冯某就愿承接。"

"那某愿意二万承接。"

"我——我一万八!"

"一万五。"

冯掌柜和那胖子叫价一次比一次低。黄子荣看向郑三民:"郑厅长,一个工程能省下一半的银子,这民意果然了不得呀。"

郑三民没有说话,挤开人群愤愤离去,冯掌柜紧随其后。

冯掌柜一边走一边说:"表哥,这明摆着是黄子荣要自己找人承揽工程,咱们忙活了半天,不能把到嘴的肉让他给吃了。"

"黄子荣把预算都贴出去了,满城老百姓都嚷着价优者胜,你能怎么办?要不你也一万五?"

"表哥,一万五接这活,根本就不挣钱,白忙活呀。"

"既然肥肉吃不到自己嘴里,那谁也别想吃!我马上回省城,向都督禀报,这运河不修了!"

运河弃修的公文很快从省里下达到济宁,黄子荣早已料到会是这种结果,而这正是他想要的。那胖子却因为没能承包到工程,又没招到人,一筹莫展。

"那掌柜在济宁城忙活半天,却空手而归,黄某心里过意不去。现在,你不妨再去宋家和船帮一试。"

那胖子愣了一下,随后恍悟道:"多谢黄知事点拨,告辞了!"

果然,那胖子再次来到宋家时,宋长贵已没了上次的底气。他还没开口,宋长贵便递上一份名单,名单上是宋家船队的所有伙计,一共三十人。如今运河弃修，宋长贵自知回天无力，只能为自己的伙计另寻生路了。

查爷也明白这下船帮的生意算是走到头了。他祭拜完祖师爷，便带着青龙一伙人来客栈找那胖子。

那胖子见这么多人都冲他而来，心里一惊，惶恐地看着查爷："查爷，你……"

查爷指了指身后众人："那爷，我这帮兄弟从今以后就跟着你了，还请那爷多多提携关照。"

那胖子喜出望外："好说，好说！"

日落黄昏，船帮总舵院中站满了人，数百名船帮的弟兄，排着队，神态肃穆地看着查爷。查爷把自己的一缕头发剪下扔进一个大火盆里，火苗溅起，头发瞬间化为了灰烬。

紧接着，船帮弟兄一个一个走上前，单腿跪在查爷面前，让查爷剪下一撮头发，扔入火盆中。

青龙最后一个走上前来，他眼含热泪，双膝跪地："师父，船帮散了，您以后咋办？"

查爷笑了笑："师父还没老得爬不动，以后的日子难为不着，你就放心吧。青龙啊，你的性子师父最清楚，到了铁路上，得收收脾气，踏踏实实做事、做人，明白吗？"

青龙抽泣着点了点头："师父的话，青龙记下了。"

查爷强忍心中的痛楚，故作平静地看着众人："诸位从此与船帮再无瓜葛，江湖上从今往后再也没有济宁船帮，都走吧！"

众人双膝跪地："师父！"

查爷背过身，大声吼道："快走！谁都不要再回来！"说完，大步向屋内走去。

"师父！保重！"船帮众兄弟不约而同地面对查爷的背影磕了一个重重的响头。

运河不必再修，黄子荣便派吴兴安将商会捐来的一万两银子送还给宋长贵，可就在运送的路上，银子被抢了，抢银子的不是别人，正是裘大炮。

裘大炮抢银子不为别的，起因是省里要克扣军饷，郑三民说可以拿济宁的剿匪税来充作军饷，于是裘大炮就来找黄子荣要银子，但黄子荣解释这剿匪税当初因为收得荒唐，全省好多地方都顶着没收，济宁也没收，所以根本没有这笔钱，就是有钱，不明不白的银子也不能乱给。裘大炮一听火了，当时忍着没有发作，可当他听说黄子荣手下还有一笔修河款时，便打上了主意。

吴兴安跪在地上，主动请罪："老爷，兴安闯了大祸，请您责罚。"

黄子荣把他扶了起来："兴安，这事不能怪你，今天就是我亲自押运，也躲不过去。"

"老爷，今天运银子的事，没几个人知道，一定是有人给裘大炮提前透了风声，我这就去查。"

黄子荣摆了摆手："算了，先不要打草惊蛇。"

就在这时，一个工作人员慌忙推门闯入："黄知事，宋长贵带人把县公署大门给堵了。"

宋长贵等人一听说修河的银子被裘大炮拿去做军饷了，纷纷前来要说法。黄子荣自知是自己失责，没看护好银子，主动道歉，并向他们承诺一定会将银子全数原路退回，只是需要些时间。

离开县公署，四十多户商家聚集在商会商量对策。

孙敬谱对众人恳切地说："黄知事为人光明磊落，应该是裘大炮带兵抢走了银子，这事不能赖他。"

商人白大可不满道："就算银子是裘大炮抢的，可也是丢在黄子荣手里，难不成还让咱们找裘大炮去要银子？"

旁边的董一山接话："银子到了裘大炮手里，再想要回来，那就是老虎嘴里扣肉——难哪！这银子还是得找黄子荣去要。"

白大可无奈道："咋要？人家是县知事，一个拖字，咱们谁都没辙。"

董一山看向一直沉默的宋长贵："家有千口，主事一人。宋掌柜，您是商会会长，得拿个主意呀。"

宋长贵开口道："都说能哭的孩子有奶吃，此话不虚。裘大炮有枪有炮能折腾，银子到了他手里，咱这些买卖人这回要是不伸胳膊舒腿，使点儿性子，不光银子拿不回来，以后还不定得受多少委屈呢。"

"宋掌柜，您就说咋办吧！大伙儿都听您的。"董一山说道。

宋长贵起身："这事好办，两个字——罢市！"

罢市当天，街道两侧的商铺都关着门，路上行人也不多。

黄子荣看到以往热闹的大街突然变得冷冷清清，知道这是商家变相地冲他施压。解铃还须系铃人，只有说服宋长贵，商家们才会跟着复市。可是黄子荣来到宋家，宋长贵却避而不见，黄子荣无奈，只好打道回府。

一片云不知从哪里知道了这件事，替黄子荣不平。黄子荣是县知事，到宋家是给他们脸面，宋长贵这是给脸不要脸。是夜，一片云将一把系着白绸的匕首插在了宋家的大门上，白绸上绑着一张纸条。

宋家人发现匕首时已是第二日清晨。宋长贵打开纸条，上面歪歪扭扭写着"马上复市"四个字。宋长贵气得把纸条拍到桌上："知人知面不知心！黄子荣竟然是这种小人！"

宋鲁生思索着："爹，您先别急，这事不像是黄子荣干的。"

"不是他是谁？都说人穷志短，马瘦毛长，人要是给逼到份上，啥事都能干出来。"说完，他拿起纸条和匕首就朝外走，"我要去问问黄子荣，他到底是啥意思！"

宋长贵来到县公署，将纸条和匕首往桌上一摆，不满地说道："黄知事如果认为老朽带头罢市触犯法纪，让您难堪，不用这么拐弯抹角，把老朽直接关进牢房就行。"

黄子荣看着纸条，不解道："宋老爷子，这件事黄某确实不知情，怕是有什么误会。"

"误会？这么说，黄知事是不打算把老朽关到牢房里了？"

"宋老爷子，您这话说到哪儿去了，好端端的干啥要抓人。"

"既然不是您的意思，老朽可就不明白了。黄知事，捕盗捉贼是官家的职责，这又是匕首，又是字条的，老朽家里突然出现了这些东西，还请您能给个说法。"

"放心，我一定给您个说法。"

送宋长贵离开后，吴兴安问道："老爷，您说这是谁干的呀？"

黄子荣看着匕首上的白绸，苦苦一笑："还能有谁呀？"

一片云派樱桃去街上瞧瞧动静，没想到宋家还是没有复市。一片云心想，看来宋家这个老东西是敬酒不吃吃罚酒，那她就给他换换花样。

深夜，宋家仓库的几辆马车忽然起了火，要不是宋家伙计起夜看到，恐怕整个仓库都会被烧尽。仓库大门上又插了一把带白绸的匕首，白绸上绑着一张折叠的字条，上面写着"马上复市"，落款"一片云"。

宋长贵看着字条气得直发抖："一片云让我复市？！岂有此理！"

宋家伙计金福说道："老东家，看来您老冤枉黄子荣了。"

"哼！此地无银三百两。官匪勾结，这不是明摆着的吗？"

"老东家，要真是黄子荣跟飞鱼岛勾结，那该咋办？"

"就凭这么一张字条，还真奈何不了他。去雇几个看家护院的，从今天开始咱家里不管黑天白天，都要有人巡查，粮库和各个买卖店铺也要加派人手看管。青天白日的，我就不信飞鱼岛的人敢在城里闹事。这回我就是豁出老命，也要跟黄子荣斗到底！"

黄子荣听说一片云又去烧了宋家的仓库，很是头疼，他知道一片云是想帮他，可实在是帮了倒忙。黄子荣害怕她再做出什么违法乱纪的事，便去找裘大炮，让他加强对飞鱼岛的巡逻，以作警示，希望一片云能收敛收敛。

裘大炮刚从黄子荣那里拿了银子，思量着总得给他些面子，便真的派人加强了巡逻。不过也是走走样子，并不是真的要剿匪，毕竟如果土匪都剿干净了，那他们就得喝西北风了。只要能让飞鱼岛少出点儿案子，也算对黄子荣有个交代了。

可飞鱼岛的日子却因此更不好过了。本来运河上的生意就越来越难做，再被裘大炮这么一管，飞鱼岛的活儿是越来越少。河上飞不得不又向一片云提起和牛震山结亲的事。

"丫头，爹也是没办法呀，咱总得为岛上几百口子兄弟想想吧，总不能就这么在岛上坐吃等死吧。牛震山派人传过话来，只要你答应这门婚事，以后鸡冠山和飞鱼岛就是一家人，路上的生意我们就可以随便做了。再说，你也老大不小了，总得抓紧解决自个儿的终身大事呀。"

"我就是不嫁给牛震山，路上的活儿咱也能做！您就是放不下这个面子。"

"爹不能不要这张脸面哪。当年是我和牛震山他爹定的水陆划分的规矩，我不能言而无信。"

一片云冷冷一笑："死要面子活受罪。爹，让我嫁给牛震山，您说破大天也没用。我跟您说过了，我看不上他。"

"你看不上牛震山，那你能看上谁呀？"

一片云诡谲地笑了笑："我自然有看得上的人。"

河上飞一愣："谁？"

"爹，你就别问了。"

河上飞忽然看到案子上倒扣着的小茶碗，上面放着那颗王八蛋，他拿起王八蛋："你是不是看上黄子荣了？"

一片云有些羞涩，不敢与河上飞对视。

河上飞把王八蛋重重地拍在案子上："你疯了！黄子荣是啥人？是县知事！咱是啥？是土匪！自古官匪不通，你跟他咋能走到一块儿？再说了，黄子荣是有家室的人，可你还是个黄花大闺女呀！这件事你就死心吧！"

"我的事不用你管。"说完，一片云赌气跑开了。

黄子荣来到宋家皮行外，看着街道两侧紧闭的店铺，不由得叹了口气。他明白，当务之急是尽快凑齐那一万两修河的银子，等有了钱，如数还给商会，自然就复市了。可是，怎么才能凑齐这么多银子呢？

这时，旁边的茶馆里忽然传来一阵嘈杂的哄闹声。黄子荣好奇地走进茶馆，只见不大的茶馆内，摆放着许多方桌，十几个人聚在一张方桌前，赌着骰子，有人喊大，有人喊小，乱成一片。原来自商家罢市以后，很多人闲着没事，就赌骰子玩。

黄子荣退出茶馆，继续在街上边走边想办法。忽然，他停下了脚步。赌？这或许是个好办法！

第九章

　　牌坊广场上搭起了一个席棚子，棚内一侧并排摆着两张方桌，桌上放着装钱的木箱子。许多百姓跑进席棚，将几名县公署的工作人员团团围住，他们手里拿着钱，相互推搡着，争相购买彩票，好不热闹。在棚内另一侧，也并排摆着两张方桌，县公署的人正坐在长凳上，招呼着来兑奖的人。

　　棚子周围站着十名警察，他们背着枪，维持着秩序。不远处，十几个民乐手坐在长凳上，各自手持乐器，演奏着欢快的乐曲。棚外，一个工作人员站在一个方凳上，大声喊叫着："快来看，快来买呀！头奖一千块银圆，谁要是中了，这辈子可就吃喝不愁了！"

　　一个年轻人拿着新买的几张彩票，急切地看着。稍后，他挥舞着其中一张，兴奋地喊着："我中了！一百银圆，我中了一百银圆！"排队买彩票的人纷纷羡慕地看着年轻人，他们嘀咕着，看来真能中奖，要是谁能中了头奖，那才来劲儿呢。

　　看到越来越多的百姓凑上前来，侯立人心里很不是滋味，本来他暗中通知裘大炮截了修河款，就是要黄子荣难堪，可要照这么个弄法，用不了几天，这钱就能让他给凑齐了，一盘死棋愣是让他给走活了。他虽有不甘，但也没办法阻止，毕竟发行彩票是都督批准的。

　　彩票的发行在济宁引起了不小的轰动，就连学堂的孩子都嚷着要去买彩票。这可把杨春早气得不轻，他没想到黄子荣竟然把这污风浊气带到济宁城来了，简直太不像话了。

　　宋秋安刚从学堂回来，就跑到书房去找宋鲁生要钱买彩票。

　　宋鲁生一板脸："胡闹！说是彩票，其实就是打着幌子迷惑人心，变相赌博，收敛不义之财，咱们宋家子弟决不能去凑那个热闹。"

"爹，大奖可是一千块银圆哪。"

"就是一万也不能去！回屋温书去。"

宋秋安不甘心地离开了。

宋鲁生转头提醒妻子章云芳："云芳，我告诉你，决不能给秋安钱，听到没有？"

章云芳有些不快："听到了。看你刚才那个样，也不怕吓着孩子。"

这时，忽听屋外传来宋秋安的声音："爹，娘！我哥回来了！"

章云芳、宋鲁生从屋内走出，正看到背着书包的宋秋鸣向这边走来。前些日子，省里的高中招生，他到省里参加考试去了，同去的还有黄天楷等人。

章云芳来到宋秋鸣面前，双手抓着他的肩膀，欣喜地端详着："秋鸣，考得咋样？"

宋秋鸣笑了笑："考得还行。"

宋鲁生温和地说："秋鸣，跟我去给你爷爷请安，你走这些天，他一直记挂着你。"

宋秋鸣点点头，随宋鲁生向里屋走去。等宋秋鸣请完安回到自己屋子时，宋秋安跟着走了进来，他来到宋秋鸣身边，悄声唤了声"大哥"，宋秋鸣顿了一下，不知宋秋安葫芦里卖的什么药。

"大哥，咱俩合伙做个生意咋样？"

"生意？啥生意？"

"买彩票。"

"买彩票？"宋秋鸣一脸吃惊地看着宋秋安。

"对呀！哥，你这回去济南赴考，我知道临走的时候娘偷着给了你不少钱，就算咱合股，挣了钱均分，咋样？"

宋秋鸣不满："钱是我的，凭啥均分？"

宋秋安笑了笑："钱虽然是你的，可点子是我出的呀。"

宋秋鸣迟疑："要中不了呢？"

"这事我盯了好几天了，头奖一直没出来，眼下彩票剩得不多了，现在去买，中头奖的机会最大，要是去晚了，只怕就让别人把头奖摸走了！这回要是中奖赚了大钱，以后你再想听戏，买戏本，那就不用再看咱爹的脸色了。"

宋秋鸣心动了："行，不过咱俩得三七开。"

"四六，就这么定了。"

二人来到牌坊广场，买了一沓彩票。宋秋安一张一张地看着，忽然他惊喜地盯着其中一张，兴奋地挥舞起手臂："中了！哥，咱们中了！"

宋秋鸣愣了一下，急切地问道："中了个几等奖？"

"头等大奖！一千银圆！"说完，宋秋安就拉着宋秋鸣跑向兑奖处。

宋秋安把彩票交给一名工作人员，问道："头奖！这银圆怎么兑呀？"

工作人员吃惊地接过彩票，仔细看了看，随后又把彩票还给宋秋安："这里没那么多现钱，二位少爷，请少安毋躁，我这就派人去取。"

就在工作人员回县公署取钱之时，宋家少爷中头奖的消息已经传到了宋记皮行。

金福兴冲冲地跑进来："东家，大喜，大喜呀！"

宋鲁生不解："怎么了？"

"大少爷和二少爷刚才去买彩票，抓到了头奖！一千块银圆哪！满城都传开了，都说两位少爷好手气呢。"

宋鲁生听后，脸上没有一丝喜色，他急忙向牌坊广场赶去。

工作人员将一个木箱摆放在宋秋鸣和宋秋安面前。箱子打开，里面有十捆用黄色油纸包裹的银圆，每捆一百个。许多人站在他们周围，羡慕地看着箱内的银圆。

工作人员示意着银圆："兑奖！这一千块，都是你们的了！"

宋秋安刚要把那张中奖的彩票递给工作人员，忽然，有人从他手中夺过彩票。

"你俩还真中了头奖？"宋鲁生看着手中的彩票。

宋秋安指着桌上的箱子说："爹，看见没？这一千块银圆马上就姓宋了。就这一张彩票，能顶您辛辛苦苦跑好几趟生意。"

工作人员催促着："钱都在这儿了，把彩票给我们，按个手印，咱们就两清了。"

宋秋鸣、宋秋安期待地看着宋鲁生，谁知宋鲁生将彩票撕得粉碎，撒向空中。所有人看到这一幕，都惊呆了。

宋家祠堂门前，宋秋鸣、宋秋安分别趴在两个长凳上，双手抓着凳腿。宋鲁生手拿着竹鞭，站在二人中间，一人一鞭用力抽打着，两个人接连发出一声声嚎叫。

宋秋安流着泪水，大声喊道："爹，我们哥俩为啥不能买彩票？我一没犯法，二没违纪。我不服，不服！"

宋鲁生愤愤地说："对，你是没犯法，没违纪，但你犯了咱宋家祖祖辈辈传下来的家规！我问你，家规第二诫是怎么说的？"

宋秋安顿了一下："第二诫，面对不义之财，不得有贪欲之心。"

"亏你还记得住！宋家自先祖创业至今，虽然经商重利，但更看重义字。心存侥幸，是经商的大忌！今天我要是让你们拿了银圆，尝到甜头，你们兄弟俩日后势必处处动歪心思，整天想着投机钻营，一旦养成恶习，将来那就是万劫不复。今天别说是一千块银圆，它就是金山银山，也决不能拿！"

宋秋鸣认识到自己的错误："爹，您别打二弟了，还是打我吧。"

可宋秋安依然固执道："我没错，你打死我，我也不服！"

宋鲁生暴怒，更加用力地抽打着宋秋安。

这时章云芳跑了过来，扑在宋秋安身上，喊叫着："打，打！你把我也打死算了！"

宋鲁生愣了一下："金福，去，把思过室打开！"

趴在长凳上的宋秋鸣哀求着："爹，我们错了，千万别关我们哪！"

"晚了。"

宋家有自己的家规家法，而宋鲁生惩罚他二人的家法就是数铁币。思过室放着两口大缸，一口大缸里放着五万枚铁币，另一口是个空缸。宋鲁生从里头掏走了一把铁币，让他二人在两天内数清楚缸里剩下的铁币数，若是数错了，就再掏一把重数，直到数对了才能出门。宋家曾有位先祖因为数不清楚，在屋里整整待了一个多月，出去的时候人都快疯了。

宋秋鸣边往空缸里扔着硬币边数："一千八百七十二，一千八百七十三……"

宋秋安却坐在一旁喝着水，一副无所谓的样子："大哥，你还真数哇？"

"让你一打岔，我差点儿忘了刚才数到哪儿了！"

"哥，别数了，放心吧，到时候有人会帮咱们的。"

宋秋鸣像是没听见一样，继续数："一千八百七十四，一千八百七十五……"

宋秋安之所以这么淡定，是因为他太了解自己的娘了，他知道娘一定会帮他们的。果不其然，章云芳趁着宋鲁生熟睡之际，从宋鲁生的衣服里掏出那把铁币，借着月光仔细数着，数完之后，她又悄悄来到思过室的窗外，轻轻敲打窗户。

宋秋安闻声醒来，一个机灵爬起身，快步来到窗前仔细地听着，只听见敲打声变得有节奏了，三声一组，共三组，第四组是两声。宋秋安对着窗外悄声说："娘，知道了。"

宋秋鸣茫然地看着宋秋安。宋秋安得意地笑了笑："哥，我给你出道题算算。五万减去十一是多少？"

"四万九千九百八十九。"

"哥，放心睡吧。"

宋秋鸣恍悟，他筋疲力尽地来到地铺旁，倒头就睡着了。

第二天，宋鲁生来到思过室，发现原先装铁币的那口缸空了，另一口缸装满了铁币。

宋秋鸣恭敬地说："爹，都数清楚了，一共是四万九千九百八十九枚铁币。"

宋鲁生看了看缸里的硬币，把手中的十一个硬币扔到缸里，对站在旁边的宋秋鸣和宋秋安严厉地说："你俩知错了吗？"

宋秋鸣低头："爹，儿子知错了。"

宋鲁生看向宋秋安："你呢？"

宋秋安笑了笑："我哥不是都说了嘛。"

罚也罚过了，宋鲁生消了气，准许二人出门。可宋秋安还是不死心，他一定要把钱要过来，于是他又来到牌坊广场，找县公署的人要银圆。可县公署的人告诉他，他们只认票不认人，没有彩票，就不能兑换。宋秋安急了，一气之下来到县公署大堂，找黄子荣告状。

黄子荣坐在大堂上，劝他道："宋秋安，这认票不认人的规矩是当初就定好了的，如今你手里没有彩票，实在不能给你兑现。"

宋秋安理直气壮地说："彩票让我爹给撕了，大伙儿都看见了。"

黄子荣笑了笑："只有人证，没有物证，这不合规矩。我看这事就算了吧，再说你爹当时那么做也是一片良苦用心。"

宋秋安不甘心："黄知事，那你说，到底要怎样才能拿回我那一千银圆的奖金？"

站在黄子荣身后的吴兴安开玩笑道："想要银圆，你得跟你爹去要，谁让他撕了你的彩票呢。"

宋秋安头脑一热，脱口而出："那我就状告我爹！"

"告你爹？告他什么？"

"告他撕了我的彩票，告他对我动用私刑！"

黄子荣有些哭笑不得,让吴兴安赶紧去趟宋家,让宋鲁生把人领回去。宋鲁生来到公堂,脸色有些阴沉。

黄子荣劝宋秋安还是就此作罢,跟他爹回家吧,但宋秋安就是不听劝,还不知轻重地要他爹给他道歉,若是不道歉,就赔他银子。

宋鲁生听后,从兜里掏出一张银票,塞到宋秋安手中,气愤道:"宋秋安,这是银票,我撕了你的彩票,如今把银子还你。"说完,向大堂外走去。

宋秋安愣了一下,然后赶紧拦住宋鲁生:"爹,您这是干啥?"

宋鲁生把脸一沉:"宋秋安,你违背家训,目无尊长,哗众取宠,惹是生非。像你这样的不肖子孙,宋家岂能容你?银票你收好了,以后独自闯荡去吧,咱们父子从此恩断义绝,宋家族谱上再没有你宋秋安的名字!"

宋秋安这时才意识到事情的严重性,他跪在宋鲁生面前:"爹,我错了,我就是跟你赌气,以后再也不敢了。"

黄子荣也上前来劝:"宋掌柜,没必要跟孩子怄气,此事就到此为止吧。"

"黄知事,黄大老爷,您这回满意了吧?一张彩票弄得济宁城乌烟瘴气。家不和,人不义,父不慈,子不孝。黄知事,您威风,威风啊!"宋鲁生冷冷地看着黄子荣,悔不当初,要是早知道济宁会被黄子荣治理成这般,他就不该在黄子荣丢官印时帮忙出"抛砖引玉"之策。

黄子荣回味着宋鲁生的话,一时出神。这时,侯立人匆匆忙忙走进来,说:"黄知事,不好了,杨春早把卖彩票的摊子给砸了!"

黄子荣急忙跑到广场,桌子、长条凳已被掀翻在地,彩票散落得到处都是。

杨春早手里拿着一个火把,大声说道:"这等污秽之物,留着何用!"

黄子荣来到杨春早身旁:"春早,我知道你对发行彩票不满,但此事是上报过都督和省府的,合理合法。如今你砸毁票点,当众滋事,恐怕不妥当吧!"

"不妥当?"杨春早突然作势要将手里的火把扔到地上。

黄子荣一把抢过火把:"杨春早,请你马上离开。今天的事本官不与你追究,如果还要滋事,别怪我不给你留情面。"

"黄子荣,情面能换来济宁城的安宁吗?不能吧?"杨春早快步走到一个牵着小女孩的女人面前,对她说道,"大妹子,这就是济宁城的青天大老爷,有啥冤情你跟他说说,让他也知道知道这彩票的好处!"

原来这女人的男人梦见了财神,就说一定能中大奖。为了中奖,他不光把家里值钱的东西给卖了,还要把老婆和闺女都卖了。黄子荣听完这女人的遭遇,陷入沉思。

杨春早说道："黄子荣，一张小小的彩票，带来多大的祸害！你说你这个彩票摊子和赌场、烟馆有什么两样？我看，还不如赌场烟馆！赌场烟馆，百姓都知道它们是吃人的怪物，轻易不敢接近。可彩票是害人的迷香，让人躲都躲不开！再卖下去，济宁城的百姓恐怕从此就人心不古了。黄子荣，今天我当着满城父老的面儿把话放在这儿，你这彩票棚子搭到哪儿，我就砸到哪儿！"

"你敢！杨春早，发行彩票是经过都督同意的，你敢滋事阻挠，我这就把你带回警局关几天，好好清醒清醒。"侯立人瞪着杨春早，招呼赵长顺抓人。

"把他带走！"赵长顺对身后的警察一挥手。

"等等。"黄子荣喊停。

侯立人走近黄子荣："黄知事，我听说给商会的银子已经凑齐了，再卖下去可就全是赚的了，要能再卖几天，恐怕就是一笔巨款。您不是总惦记着要修城西的水库，要治理城南的荒地吗？有了这笔钱，能给咱济宁城做不少利民的大好事呢。到时候您这功绩在咱济宁县志上一写，可就是彪炳千秋呀！"

黄子荣顿了一下，拿着火把，走到散落一地的彩票旁，把火把扔了下去。众人一片惊愕不解，黄子荣说道："黄某想明白了，如果济宁这座千年老城真因彩票一事从此人心不古，那就算整修了水库，治理了荒地，又有什么用呢？将来这史册上留下的只怕不是黄某的好名声，而是罪名千古，臭名万年。诸位，黄某现在宣布，从此刻起，彩票不卖了！"

虽然彩票停止发行了，但是欠商会的款项倒是已经凑齐，黄子荣让人将钱送到宋家，宋家也同意停止罢市，即日复市。一片云听到消息后，不由得更加钦佩黄子荣，博彩征税这样的法子恐怕只有黄子荣才能想到。忽然，她很想见他，今天必须见到他，这个念头越来越强烈。

是夜，一片云来到黄家墙外，她看了看四周，而后敏捷地翻墙而入。这一幕恰好被白大可撞见，他以为是盗匪，便去警局报了案。

一片云潜入书房，黄子荣看到她时，只是有些意外，已经不觉得惊奇。正好他也有事想要问一片云。

"你为啥吓唬宋家？飞鱼岛和宋家有冤仇？"

一片云摆了摆手："飞鱼岛跟宋家没有梁子，我这么做，是为了帮你。"

黄子荣苦笑："你是越帮越忙啊，以后我的事，还请你少管为好。"

一片云不满："好心当了驴肝肺！"

"少当家的还有别的事吗？"

"我这次来，有件事想跟黄老爷商量。"

"何事？"

一片云有些不好意思："我爹逼着我嫁给牛震山，我想听听你的意思。"

"这件事情，我不好说什么吧？"

"你是真不明白，还是假不明白？"

黄子荣顿了一下："你什么意思？"

一片云运了运气："有件事，我憋了很久，黄老爷，我喜欢上你了。"

黄子荣忽然起身，退了两步："没羞没臊。"

一片云舒了口气："最难张口的话说出来了，心里轻快多了。黄老爷，说实话，我长这么大，还真不知道没羞没臊的滋味，您经多见广，劳烦给我说道说道。"

"胡闹！一片云，黄某念你年少无知，不跟你一般计较，快走吧，要不我可喊人抓你了。"

"黄老爷，当时在山上，你不是劝我爹出岛为民吗？你要是答应娶我，我就劝我爹出岛，到时候我跟着你安安稳稳过日子。我再给你生几个娃娃，让他们跟你读书认字，将来也当个好官。放心，我不在乎名分，彩英姐姐是正房，我做个二房就行。"

"好了，别说了！"

一片云停下，笑盈盈地看着黄子荣："黄老爷，这不是小事，你好好想想，时候不早了，我也该回去了。尽快给我回话！"一片云嫣然一笑，快步离去。

一片云刚从院内翻墙而出，忽然十几名警察持枪从各处冲出，围住了她。赵长顺走上前，打量着她，没想到白大可说的匪盗竟然是一片云。一片云深更半夜从黄家进进出出，这里面肯定大有文章，于是赵长顺连夜将一片云带回警局，交给侯立人审问。

直到第二天看到省里来的电报，黄子荣才知道一片云被抓了，电报上说明日午时三刻就要对一片云行刑。他是知事，案子他还没审就要杀人，显然不合常规。肯定是侯立人找了郑三民，郑三民又向都督汇报了此事，都督一直对土匪深恶痛绝，从重从快是他一贯的作风，一片云想保命怕是难了。

河上飞听闻自己闺女被判了死刑，急忙带人出了飞鱼岛，让人将黄子荣请到茶楼说话。

"黄老爷，我就这一个丫头，还请看在当初还你银子的情分上，放小女一条生路。"河上飞恳求道。

黄子荣为难："如今少当家的被关在警局大牢里，侯立人派人看得严实，我就是想放也放不了。"

"侯立人只不过是个警察局局长，你是县知事，要是真想放人，侯立人能拦得住吗？"

"老当家的说得没错，黄某真要放人，侯立人确实拦不住，只是这人，黄某不能放！"

河上飞一气之下拿起手枪顶在黄子荣的脑门上："黄子荣，我闺女可是因为你才被抓的！"

黄子荣镇定自若："她是来找过我，但我不能为她滥用职权。子荣今天若是以身殉职，上对得起官府，下对得起祖宗，中间也算还了您当初退回灾银的情分！老当家的，请动手吧。"

就在这千钧一发之际，吴兴安气喘吁吁地推门闯了进来。

黄子荣看着吴兴安，说道："兴安，你要再不来，我这条命可就没了。打听清楚了吗？"

吴兴安点了点头。

"老当家的，能不能让你的弟兄们先到门外等一下，我有要紧的事情跟您说。"

河上飞迟疑了一下，示意几个土匪去门外等。

黄子荣等众人离去，对河上飞悄声说："老当家的，下面要说的事情，除了咱们三人，谁都不能知道……"

夜晚的街道上，行人寥寥，赵大猛背着长枪，哼着小曲，醉醺醺地沿街道一侧摇摇晃晃走着。当他走到一个巷口时，突然有一双手伸出，将他拖入了小巷。赵大猛被带到了河神庙，河上飞让人将他倒吊在一棵树上，他的身下架着一口油锅，锅底烧着火，烧开的油猛烈地翻滚着。

赵大猛惊恐地喊叫着："老当家的，饶了我，饶了我呀！您说咋办我就咋办哪！"

"你说的是真的？"

"河神爷做证，我要说假话，天打雷劈，不得好死！"

河上飞让人将他放下来，将几颗子弹和几十个银圆递给他："这些都已经去了弹头，行刑的时候，你就用这几颗子弹。还有，你告诉一片云，就说枪响之后让她想办法滚到河里。"

赵大猛面露难色："老当家的，赵长顺把牢房看得死死的，我根本没机会跟少当家的说呀。"

河上飞从怀里掏出一个小纸条，纸条上写着"枪内无弹，装死跳河"。河上飞将纸条团成纸团儿，递给赵大猛说："明天早上你把这个藏到饭里，她看了就会明白。"

赵大猛连忙接过纸团，装进怀里："老当家的，放心吧。"

第二日午时三刻。

河堤上，已经挖好了一个一米多深的坑，几个警察按着被五花大绑的一片云跪在坑前。

侯立人注视着远处的一片云，对赵长顺吩咐道："开始吧。"

赵长顺点了点头，大喊："赵大猛！准备！"

赵大猛的手拉开枪栓，推弹入膛，举枪瞄准一片云的后脑。谁知，一声枪响之后，倒地的不是一片云，而是赵大猛。一片云往身后看去，只见乔装的牛震山和十几名土匪拿着枪从人群中冲出，侯立人早已经备好了警察和枪弹，猛烈地还击着。河上飞见情况有变，也从河水中冒出，向岸上的警察开火。几条小船从芦苇荡中划出，樱桃坐在其中一条船上，飞快地向岸边划去。

"大当家的，他们有埋伏！咱撤吧！"黑脸看着牛震山，劝说道。

"我媳妇没事儿吧？"牛震山边射击边问。

"一片云那边好像有人接应，应该没事！"

牛震山放下心来，大喊了一声"撤"，同时掏出炸弹，拉掉铜环，投向侯立人那边。炸弹在土堆周围爆炸，扬起浓浓的尘土。

樱桃将一片云拉上船，河上飞等人也先后跟了上来。小船带着他们驶离了岸边，来到了茂密的芦苇荡。

"想要姑奶奶的命，想得美。"一片云坐在船尾得意地说。

"丫头，你啥时候才能不让爹操心哪？"河上飞出神地看着一片云，忽然一头倒在船上，只见后背渗出大片鲜血。

河上飞脸色苍白地躺在炕上，看着一片云，吃力地说："丫头，爹不行了。"

"爹，你别瞎寻思，我这就进城去找丁大夫。"

一片云正要起身，河上飞用力拉住她的手："丫头，别费那个功夫了，我有话跟你说。"

"爹，都这时候了，救命要紧，你还想说啥？"

"我想说说你的婚事。"

跪坐在炕上的一片云恳切地说："爹，我的婚事，您就让我自己做回主不行吗？当年我娘要是听了她爹的话，今天不也就没有我了？"

"丫头，爹这辈子最对不住的就是你娘啊。当初你娘要是听了她爹的话，不跟着我，也就不会饿死，你也就不会流落街头。"

一片云凄楚道："可是娘她心里喜欢你，敬重你，所以她宁肯跟着你浪迹江湖、躲避追兵，也不愿随便找个安稳人家过一辈子。爹，人横竖都是一辈子，总得活得有点儿意思吧？"

"爹知道你心里挂念着黄子荣，可人家是有家室的人哪，再说官匪不通是黄家的祖训。丫头，听爹的，忘了他吧，你俩这辈子没有缘分！"

见一片云沉默不语，河上飞叹了口气："丫头，爹知道你的脾气，事认准了，九头牛也拉不回来。既然如此，你答应爹，等爹死了，给爹戴孝三年，三年以后，要是你心里还记挂着他，爹不拦着。"河上飞紧紧地抓着一片云的手，"答应爹，不然爹死不瞑目。"

"爹，我答应你。"一片云早已泪流满面。

听到这句话，河上飞再无气力支撑，缓缓地闭上了双眼。

"爹，您一路走好。"一片云望着安详的河上飞，泪如雨下，伏身痛哭。

第十章

1916 年。

裘美琪正满十八岁，已经长得亭亭玉立。她和三个妹妹站在裘大炮面前，等着他发零花钱。

"稍息！立正！"裘大炮煞有介事地发着口令，"跟着老子当兵，老子按月发饷；给老子当闺女，老子按月给零花钱。这又到月底了，爹得兑现大洋。"

裘美琪第一个走到裘大炮面前，微微鞠躬。裘大炮乐呵呵地把一块大洋递给她，裘美琪接过大洋，站回原位。二闺女美欣笑眯眯地跑向裘大炮，抱着他的脖子，在他的脸颊上亲了一口，从他手里接过一块大洋后，也跑回了原位。三闺女美月来到裘大炮面前，伸出小手，眼巴巴地看着裘大炮。

裘大炮故作不满："美月，把咱裘家的家规给我背背！"

"亲爹一口就给钱，疼爹一分就给肉。眼里没爹，心里没爹，就是白眼狼，臭骨头。"

"背得倒是挺熟，可你怎么站在这儿就只伸手呢？"

美月不服："爹，大姐不也没亲你吗？"

裘大炮笑了："嘿，还跟你大姐攀？你大姐是大闺女了，不定啥时候就是别人家的媳妇了，爹不能再拿她当小孩了。等你们长大了，爹就是想亲都不能亲喽，到时候只要心里头有爹就行了。"

美月点了点头，搂着裘大炮的脖子，在他脸上重重地亲了一下。裘大炮满意地把一块大洋放到美月手里。四闺女美霞还没等招呼便屁颠屁颠地跑了过来，二话没说抱着裘大炮的脖子就亲了一口，裘大炮痛快地把一块大洋放到美霞手里。这时，他突然发现，怎么少了五闺女美琳呢。正想着，三姨太领着三岁的美琳走了进来，小姑娘一边走一边哭。

裘大炮上前抱起美琳，问三姨太："这是咋了？"

三姨太叹了口气："刚才我领着美琳上街买东西，路上遇到几个小孩，嘴里说了些难听的话。"

裘大炮笑了笑："哎哟，我当是啥事呢，几个小崽子胡说八道，看把闺女给委屈的。美琳，给爹说说，他们说啥了？"

美琳抽泣着："他们说爹是土匪，说我是小土匪，说咱一家都是土匪……"

裘大炮火了："敢骂本旅长，简直是活腻了！来人，去把那几个小崽子都给我抓了来！"

三姨太连忙制止他："人嘴两张皮，就算把人给抓了，表面上没人敢胡说八道，可私底下不还是说三道四。再说了，她们以后读书上街的，您总不能天天派卫兵跟着吧？"

"那你说咋办？"

三姨太也想不出办法，裘大炮愤愤地回了军营。他心想，自己皮糙肉厚，这辈子挨多点儿骂，吃点儿屈不要紧，可谁要是让他这些闺女吃屈受气，那比割他的肉还让他难受。这个事不能就这么算了，他想到马副官一向点子多，于是决定找他商量商量，兴许有办法。

马副官听说后，忽然想起了城南老秀才谭楚歌，向裘大炮提议，要是能给谭楚歌的书法大会掏俩钱儿，让他给抬抬轿子，说不定就能把过去那些不光彩的事给抹了去。裘大炮觉得可行，便把谭楚歌请了来。谭楚歌畏惧裘大炮，不敢不从，出主意要裘大炮在书法大会上写首诗，诗他会提前写好，到时候只要裘大炮能完完整整地写一遍就行。裘大炮本来认的字就少，扳着手指头都能数过来，可是为了自己那帮丫头以后有个好名声，受罪也认了。

济宁太白楼的二楼大厅里，一条深蓝色的横幅挂在正对门口的两个立柱上，上面贴着白色的方纸，纸上自右向左写着"济宁诗书品鉴雅会"。横幅下摆着一个长长的木案，案子上摆放着笔墨纸砚。许多济宁城的文人名士都汇聚于此，杨春早也在受邀之列。

作为这次书法大会活动的赞助人，裘大炮开场发言："诸位，我老裘是个粗人，从小没读过啥书，但我一向敬重读书识字的人。咱济宁是块宝地呀，孔老夫子、孟老夫子都是出生在咱们这儿，所以呢，今天我老裘也学学古人，把大伙儿请来，办一场兰亭雅集，一起热闹热闹。我出一千块大洋，今天谁的字或诗写得好，这一千块大洋他就有份！"

谭楚歌补充："今天采用匿名评选的规则，诗文书法最佳者，就是魁首。请诸位挥毫泼墨吧。"

有几个文人先后来到木案旁提笔留字，裘大炮也吃力地写了起来。杨春早站在裘大炮身后，若有所思地看着他的背影。

写好的书法作品整齐地并列摆放着，众人一幅一幅地看着，开始评选。

有人喜欢魏碑，有人夸赞狂草。而这时，杨春早站在一幅字体歪七扭八的作品前，夸张地赞赏道："这幅字诗书双绝，杨某觉得堪称此次雅会的魁首！"

众人一听，也凑了上来，杨春早继续说："诸位听听，杨柳阴阴细雨晴，山花未开燕已鸣。春风十年太白梦，又见船帆到济城。意境清丽，用典别致！大伙儿再看看这书法，对了，谭老先生是书法大家，还是请他给评点评点的好。"

谭楚歌笑了笑："春早的眼光果然独特！诸位，这幅字表面上看毫无章法，可细细品来，别有味道。大伙儿都知道三国时期的张飞张翼德吧，世人都说张飞一介莽夫，实则不然哪。谭某曾有幸见过张翼德的墨宝，与这幅字就十分相似，天马行空，潇洒飘逸，要说风度，不逊于苏黄米蔡！"

众人似乎明白了什么，神态各异地看着裘大炮。

杨春早主动提出："诸位，如果大伙儿没有异议，那就推举这幅字为今天的魁首如何？"

众人无奈地附和着："好，好。"

杨春早笑道："既然魁首评出来了，那就请这幅字的作者站出来吧。"

裘大炮站出来："不行，不行，老裘我今天就是来凑个热闹，咋弄着弄着成魁首了呢？"

杨春早故作意外："哎呀，原来这是裘旅长的大作呀？以往只知道裘旅长能征惯战，没想到竟然是文武全才，佩服，佩服！裘旅长，今天您这首诗写得颇有意境，杨某诗书学浅，看不懂这太白二字的来历，想向裘旅长请教请教。"

裘大炮答不上来，尴尬地看着谭楚歌。谭楚歌连忙打着圆场："春早，时候不早了，大伙儿怕是都饿了，这太白楼不是推敲诗词的地方，一会儿咱们酒桌上细聊。"

杨春早冷冷一笑："对，太白楼确实不是推敲诗词的地方，是溜须拍马、谄媚逢迎之处！好诗，好字呀！"说完，大笑着迈着四方步离开了。

裘大炮怒视着离去的杨春早，憋了一肚子的火却不能发。

事情过了没两天，书法大会上的事便被编成了童谣，在大街小巷传唱。

济宁城搞诗会，臭鱼烂虾凑热闹。
裘大炮，大炮裘，
肚里没有两桶墨，腆着肚子装文豪。
出手两笔螃蟹腿，横竖不分像驴毛。
……

裘大炮实在忍不下去了，让手下的士兵推了一门山炮来到西鲁学堂门外，炮口朝向杨春早的胸口。裘大炮大骂道："你恶心老子，现在满济宁城的人都在笑话我。杨疯子，既然你不仁，就别怪老子不义！今天我要炮轰活人！"

杨春早镇定自若："裘大炮，今天就算你轰了杨某，你也堵不了济宁城万人之口！"

"死到临头还敢嘴硬！装炮弹，把他给我轰了！"

就在这时，黄子荣听闻赶来，劝阻道："裘旅长要杀人，总要有省里的批文吧。"

"我执行的这是军法，要啥批文？"

"不对吧，杨春早一介平民，啥时候成了您的手下了？"

"这……"裘大炮一时语塞。

"杨春早编写儿歌辱骂裘旅长确实不对，不过，为这点儿事就要他的命恐怕不妥吧？裘旅长，您看这样行不行，让杨春早在家里闭门思过，三天不许出门，如何？"

"黄知事，我要是不答应呢？"

"那黄某就只能到省城面见督军，请他主持公道了。"

裘大炮迟疑了，而后突然大笑着走向杨春早："都说杨先生有骨气，老裘之前不信，今天开个玩笑一试，果然名不虚传。听说杨先生给人写对子都是要收钱的，没承想，杨先生亲自给我老裘做了首诗，我一个子儿没花，赚了！"说完，带着士兵离开了。通过这件事，裘大炮算是看明白了，降伏不了杨疯子，他就算上了英雄谱也得让杨疯子给拽下来。哼，总有一天他会让杨疯子给他拍马屁、唱赞歌，到那时候，才真叫舒坦呢！

同日，济宁皮行也掀起了一场不小的波澜。

帮洋人收皮货的那胖子从上海给宋家皮行发了一份电报，上面说皮货行情大跌。看到电报的宋鲁生不禁疑惑起来，去年皮货在国外卖得那么好，今年怎么会突然就无缘无故地跌了呢。他觉得有点儿蹊跷，可又说不上是哪里不对。宋秋安看了一眼电报，肯定地说电报有问题。

"问题？"宋鲁生一愣。

"商家业务往来，应该用商业电报本才对，可这份电报却是普通码本。不会是那胖子看着行情好，故意借洋人的名义来压价吧？爹，你可千万别上当啊。"

宋鲁生拿起电报仔细看着，果然不假。没想到秋安小小年纪竟能看破商场上的伎俩，的确有些经商的天赋，可秋安也有他的弊病，做事心浮气躁，遇事喜欢投机取巧，如果不加引导，很容易误入歧途。想到这里，他又感到一阵深深地忧虑。如今秋安在他身边学做生意，还有时间慢慢教导，当下最紧急的是如何应对来者不善的那胖子。

宋鲁生思来想去，决定还是先礼后兵，毕竟是多年的交情，上来就撕破脸总归不好，不过若是那胖子掉在钱眼里就是不出来，那再跟他摊牌也不迟。

得知那胖子来了济宁，宋鲁生便带着秋安去他所住的客栈拜访。宋鲁生恳切地说道："那爷，君子爱财，取之有道。洋人如果一意孤行，就算今年能发笔大财，可以后呢？都说和气生财，要是伤了和气，这财怕是也求不长远。"

那胖子笑了笑："宋掌柜，洋人做事最为严谨，这事绝不会有错。"

宋鲁生从兜里拿出那份电报放到桌上："这份电报，那爷还是跟洋人再核实核实的好，真要出了啥岔子，对谁都不好，您说是吧？那爷，您先忙着，宋某告辞。"

那胖子若有所思地看着远去的宋鲁生，心想莫不是他从这电报上看出什么来了吧。可即便看出什么又怎样，自己就是不提价，反正济宁城那么多皮货商，离开他宋屠户，难道就得吃带毛的猪不可？

走在街上，宋秋安看向沉默不语的宋鲁生，问道："爹，您说他能听出您话里的意思吗？"

"人心不足蛇吞象，看样子他是想一条道跑到黑了。跟我去趟白家。"

"爹，您要去见白大可？"

"济宁的皮行，除了咱家就是白家，要想压住这条胖鱼，恐怕得跟白大可联手才行。"

"爹，他当年跟咱家结了仇，会跟您联手？"

"仇怨是仇怨，买卖是买卖，白大可不是糊涂人，要是这回让那胖子骑在大伙儿脖子上，他白家以后的日子也好过不了。"

宋鲁生将自己的意思告诉白大可，白大可自然也清楚其中的利害关系，虽然他极不愿意跟宋家站在同一条船上，但照现在的情形，他不得不选择合作。其他几十名皮行的东家和掌柜也同意联手，势必要跟那胖子硬抗到底，但有一个人除外，这个人就是董一山。

董一山是一家小皮行的掌柜，他看去年皮子的行市好，便借高利贷多囤了些货，本以为今年能赚上一笔，没想到那胖子给的价居然那么低，要是真按他给的价钱出货，那他非得跳河不可。他也想跟那胖子反抗，可他实在扛不住了，要是再不出货，他欠的高利贷只会越来越多。他想，如今能救他的只有宋鲁生了。他来到宋记皮行，跪地请求宋鲁生能收了他的皮子。

宋鲁生也很是为难，他听说最近那胖子暗地派人去枣庄、菏泽收皮子，虽说消息还不确定，但如果那胖子真不收济宁的皮子了，那他自己的就都砸在手里了，若再加上董一山的，岂不是雪上加霜。可董一山在他面前又是磕头又是流泪，宋鲁生没办法，只得答应收下他的皮子。

白大可不知从哪里得知了宋记皮行收了董家的皮子，便让人把消息到处散播出去。宋鲁生是皮行的会长，如今既然收了董家的货，就骑虎难下了，如果到时候不收别人家的，那他们宋家信义天下的名声在济宁城就得大打折扣。可他要是照单全收，以致手里没了现钱，到时候还怎么跟姓那的硬抗。这局棋谁输谁赢，现在下定论，还为时过早。

很快，其他皮行的掌柜都聚集到宋家的大门外，要宋鲁生收下自己的皮子。宋鲁生在屋内来回踱着步，没让他们进门，他不断望着门外，似乎在等待着什么。

这时，宋秋安急匆匆走了进来："爹，我回来了。"

宋鲁生急切地问道："咋样？"

"果然让爹猜中了，那胖子派出去的那帮人是干打雷不下雨。"

宋鲁生笑着缓了一口气。之前那胖子的举动确实让他乱了阵脚，但他知道洋人最看重皮货的成色。枣庄和菏泽的皮子，不论是毛色还是质地，都比济宁的掉了一个档次，更何况洋人这次要的货不是一星半点儿，那么大的量，那胖子一时半会儿根本收不上来，于是他派秋安去枣庄、菏泽打听实情。

事情已经明朗，宋鲁生如释重负地朝大门外走去："走，去收货！"

白大可来到宋家看热闹，见宋家大门口让人给堵了，宋鲁生躲在家里不敢露头，心里暗自窃喜。他刚想看宋鲁生如何收场，谁知宋家大门大开，请到访的皮行掌柜进去商量皮子的价格，有多少收多少。白大可不敢相信宋鲁生的胆子如此之大，难道这里面有什么他不知道的内情吗？

那胖子听说宋鲁生把济宁的皮子差不多都收了，有些急了。他派人传话给宋鲁生，威胁他若是十天内还不交货，宋家的货他就不收了。宋鲁生看着账本，账面上的活钱不多了，要再这么耗下去，只怕撑不了多久。但活人不能让尿憋死，既然那胖子这堵墙挡着道，他又不能拿头硬撞，那想法绕过去不就行了，于是他打算直接去上海会会那个洋行总经理欧文。

宋鲁生带着宋秋安来到上海德商洋行，欧文的秘书克里尔接待了他们。克里尔听说那胖子假借他们的名义欺骗济宁皮货商人的事后，很是气愤，马上将此事转告给了欧文。

"总经理，这件事不能容忍，我建议应该立刻撤销他的代理权。"

欧文笑了笑："中国有句话叫小不忍则乱大谋。如今中国各地局势很不稳定，如果我们现在撤销了那胖子的代理权，我们的货怎么办？没有了那胖子，济宁那边群龙无首，也就不可能在限定的时间内把货备齐。你也知道，今年济宁的皮货是咱们唯一的货源，如果出了差错，我无法向总部交代。"

"那我们该怎么办？"克里尔问道。

"给那胖子发电报，催他抓紧把货收上来。发往欧洲的货轮再有一个月就要开了，货就算现在运过来，报关、打包、搬运，那么多流程，已经十分紧张。一旦错过了这趟货轮，就要再等一个月。到时候欧洲那边的买家就要到法庭告我违约。立刻给那胖子发电报，七天之内如果还不发货，就扣他的货款。"

"这个宋鲁生呢？"

欧文摆了摆手："不用理他，这件事我们只跟那胖子对话。中国人之间的矛盾，让他们自己解决，我们不要搅进去。"

欧文没有见宋鲁生，而是让他找那胖子去谈。宋鲁生知道欧文是故意躲着不见，可他现在还不能回去，回去就等于向那胖子低头，可不回去总拖着也不是办法，账上的流水都让货给占住了，时间拖得长了，不光皮行，粮行的生意怕也得给拖垮了。他摸不准那胖子能拖到什么时候，心想要是能知道洋人交货的时间就好了。忽然，他想到了什么，带着秋安直奔码头。经过一番打听，他得知往欧洲发的货轮一共有两班，后天有一班，另一班得等一个月以后。

宋鲁生笃定德商洋行定的就是后面那班货轮，可他们不知道欧文这趟到底要发多少货，要是欧文今年就只计划收济宁的皮子，他们就敢跟他硬抗到底，但如果欧文今年皮货来源充足，不差他们那些，那就真麻烦了。

知己知彼，方能百战不殆。宋鲁生心想，既然他已经知道了洋行发货的时间，只要去轮船公司打听一下欧文到底要发多少货，一切就都清楚了。

宋鲁生来到德国轮船公司，告诉接待他的德国人，他是做猪鬃生意的，有三千吨的货要发往德国，想预定下个月的轮船仓位。

德国人大吃一惊："三千吨！宋先生，我们的船已经快满了，装不下这么多货。"

宋鲁生问道："那现在还有多少空余的运力？"

"宋先生，我们现在只有八百吨的空余运力了。"

宋鲁生故作不解："我怎么听德商洋行的欧文先生说，你们至少还有三千吨的空余运力。"

德国人询问："宋先生认识欧文先生？"

"我们是老朋友了。听他说这次他要往德国发三十吨的皮毛。"

"三十吨？宋先生，欧文先生是在跟您开玩笑呢，他可没有您这么大的手笔，他只定了十吨的仓位。"

宋鲁生笑了笑："是吗？"

"宋先生，要不就先发走八百吨，剩下的等我们下一班船，如何？"

"八百吨，少了些，我回去再考虑考虑。"

德国人从兜里掏出一张名片，双手恭敬地递给宋鲁生："宋先生，这是我的名片，确定之后请联系我。"

宋鲁生接过名片，又将自己的名片递上。

从轮船公司出来，宋秋安得意地说："爹，从重量上看，欧文只有咱济宁这一宗皮货，底牌咱们已经知道了，他这局棋输定了。"

宋鲁生胜券在握地说："秋安，回去收拾一下，咱们马上回济宁。"

就在他们回去的路上，几个年轻人用竹竿挑着长长的鞭炮燃放着，周围聚集了很多看热闹的人。

宋鲁生走近旁边一个老者，问道："老伯，这是有什么喜事？"

老者答道:"你还不知道?各地讨袁的队伍连连获胜,袁世凯已经宣布取消帝制,他这个总统当不了几天了。"

宋鲁生想了一下,对宋秋安说:"咱们明天再离开上海。"

"为啥?"

"还有笔买卖要做。"

宋秋安问是什么买卖,宋鲁生却没再细说,只是买了数百箱鞭炮,带着它们一块儿坐火车回到了济宁。

过了几天,轮船公司的德国人见宋鲁生还没有回复,便派人去名片上的地址找他,却发现地址是假的,他便来到德商洋行问欧文。欧文看了看宋鲁生的名片,心想不好,底牌已经被人摸清了,如果再僵持下去,最后吃亏的只能是自己,于是让人赶紧订票,他要亲自去济宁一趟。

被洋人催了好几次货的那胖子也沉不住气了,几次派人传口信,威胁宋鲁生,每晚交一天,价格在原来的基础上再跌一成。宋鲁生只当没听见,继续派人收货,将那些散户的皮子也收了过来。那胖子一看,宋家是要奉陪到底,急得团团转。洋人规定的时间越来越近,可自己一块皮子都还没收。就在他不知如何是好时,欧文找了过来,说要取消他的皮毛采购代理权。

那胖子急切地解释:"欧文先生,误会,这里面一定是有误会。"

欧文冷冷一笑:"买空卖空,低买高抛,这也是误会?"

那胖子心虚,一时语塞。

欧文将一份文件推到那胖子面前:"那先生,我以前给过你机会,但是你没有珍惜我对你的信任,现在我正式通知你,德商洋行收回授予你的皮毛采购代理权。那先生,签字吧。"

那胖子一下子急了:"欧文先生,您这不是卸磨杀驴吗?我跟着您这么多年,没有功劳,也有苦劳。"

"我不管你是驴还是磨,我只知道你现在违反了合同,给公司带来了巨大的风险,不向你索要赔偿已经是看在多年合作的情分上了。"

"欧文先生,宋家快挺不住了,再给我三天,就三天,三天之后宋家就得举手投降。"

"我再说一遍,你已经被解雇了。"

那胖子服软:"欧文先生,我现在就去宋家,皮子还是照原来的价钱收。"

欧文不屑地看着那胖子:"请你马上签字。"

"不签，我不签。"那胖子开始耍赖。

"如果你是这个态度，我们就只能法庭上见了，到时候你不但要赔偿公司损失，还要到监狱里待上一段时间。"说完，欧文收起桌上的合同，生气离开。

那胖子看着欧文离去的背影，满目绝望。

见完那胖子，欧文急匆匆地来找宋鲁生，恰好被宋秋安撞见。宋秋安态度冷淡地告诉他，他爹今天有事要办，让他改天再来。欧文知道宋秋安是对自己记了仇，可他有求于宋家，不得不低头，他从衣兜里拿出宋鲁生的那张名片，让宋秋安转交给宋鲁生。

宋鲁生看后，心下已明白欧文这次是来服软认输的，便让秋安带他进来。

宋秋安不甘心："爹，在上海的时候，他可是连咱的面都没见，就这么让他进来，也太便宜他了吧？"

"杀人不过头点地，得饶人处且饶人。再说了，这事儿主要是那胖子在里头挑唆，不能全怪到欧文头上。去把他请到前厅。"

宋秋安听后，只得去请他进来。

欧文这次来非常有诚意，他拿出一份合同递给宋鲁生："宋掌柜，这件事自始至终都是那胖子在里面捣鬼，现在我已经跟他解除了代理合约，如果您同意，咱们马上就可以签署购货合同。"

宋鲁生问道："那这价钱？"

"价钱就按现在的行市。在上海的时候，我怠慢了宋掌柜，为了表示歉意与诚意，在总价的基础上，我愿意再增加一千块大洋，宋掌柜要是还不满意，两千大洋也可以。"

"欧文先生，宋家自先祖立家创业以来，便立下家规祖训，不义之财不可取，您这两千大洋我不能收。"

欧文不解："宋掌柜，你冒着风险跟那胖子斗，最后不就是为了钱？这是您应得的补偿。"

宋鲁生思考了片刻，说道："既然欧文先生执意要给，我倒有个想法，可否把这笔钱捐赠给西鲁学堂？西鲁学堂是我们当地杨先生开办的义学，供济宁城的孩子们读书。因为是义学，所以学堂的日子十分清苦。把钱捐给他们，一来用于修缮楼宇校舍，二来资助杨先生和那些寒门学子修史读书。不知欧文先生意下如何？"

欧文敬佩地看着宋鲁生："宋掌柜重义轻利，让人佩服。这件事好说，只是这合同……"

　　宋鲁生没有犹豫，直接拿起钢笔，在合同上签了字。欧文这才松了一口气，可他还是有些担忧，开往欧洲的货轮还有不到一个月就要出发了，时间非常紧张，如果不能按时发货，他这边就要担负违约的责任。宋鲁生让他放心，承诺明天就到车站发货。

第十一章

这一日，黄老太太和马彩英刚要出门，忽然看到一个蓬头垢面的女人，背着包袱坐在黄家门口。

那女人一见黄老太太，便跪在地上哀求道："老夫人，俺是从北边逃难来的，老家遭了灾，实在活不下去了，留俺在你家做个帮工吧，不要钱，给口饭吃就行。"

黄老太太有些为难："闺女，我们家不缺人。"

"您就留下俺吧。缝衣裳，做饭，打扫院子，俺啥都会干。"

黄老太太正不知如何是好，黄子荣走了过来，询问怎么回事。

那女人一见黄子荣，眼睛就直盯着他，目光中透出一丝恨意。

黄老太太觉得不太对劲儿，吩咐马彩英给她点儿钱，打发她走。话刚说完，那女人突然身子一晃，倒在了地上。众人见状，赶紧将她扶到屋内休息。

女人醒来，黄老太太将一碗腌萝卜条、一碗棒子面粥和几个馒头端到她面前。女人饿急了，狼吞虎咽地吃了起来。咽下最后一口后，她起身跪地道："多谢老夫人救命之恩。老夫人，求您留下俺吧，俺真是没有活路了。求求您，行行好吧！"

"我这个人，最见不得别人受苦，今天跟你也算有缘，那就破个例，把你留下。"

女人一听，连忙叩头："多谢老夫人收留。"

"不过咱先说好，试工一个月，要是干得好，就留在我们黄家，要是干不好，也别怪我们黄家不收留你。"

"是。"

"闺女呀，你家里还有啥人哪？"

"男人和孩子都死了。"

"那你叫啥名字?"

"俺叫秦莲花。"

虽然把秦莲花留了下来,可黄老太太总觉得不放心,她从秦莲花看子荣的眼神中看出她来者不善。明枪好躲,暗箭难防,秦莲花要真想对子荣不利,把她留在家里,兴许比放在外头安全。主意打定,黄老太太便处处留意秦莲花的一举一动,并告诉子荣也小心为妙。

黄子荣此时还顾不上秦莲花,他现在一门心思都在宋家相托之事上。原来宋家与欧文去火车站订车皮时被告知南北正在开仗,除了军列,往南的民用商用列车都暂时停运了。往来的军用物资一向都是他调配管理,眼下情况紧急,宋鲁生便来求他帮忙协调一下军列。可黄家祖训定下了官商不通的规矩,更何况如今战事吃紧,军列专管专用,他实在帮不上忙。今日在县公署看到宋鲁生着急的神情,他内心也很愧疚。

得知黄子荣没有同意,宋长贵便将宋家的房契和地契拿了出来,交到宋鲁生手中:"鲁生,这里面有老家的一百亩好地,还有爹在老家置办的宅子,你把这房契和地契拿着,提前做个准备。万一——"

"爹,都是鲁生不好。"宋鲁生突然跪下,"当初不该不听您老的劝告,鲁生糊涂。"

宋长贵笑了笑:"经商本来就是一场赌局,是赚是赔,谁也没有十足的把握,爹说过,既然家交给你管,那就不怕出错。放心,房子和地是爹卖的,祖宗们要是真怪罪下来,爹担着。"

第二日,宋鲁生见到欧文后主动将房契和地契的文书递上,欧文问道:"这么说你们没有说服黄子荣?"

宋鲁生无奈地点了点头:"欧文先生,事已至此,我们宋家愿意替您承担部分损失。"

"除了金钱,我损失的还有用钱买不到的名誉,你们知道吗?"说完,欧文气愤地离开了宋家。现在还不到放弃的时候,宋鲁生没有办成,不代表他也办不成,欧文决定亲自拜访一下这位黄知事,看看他是不是真如传言所说,是个不收礼金的清官。

欧文走进黄子荣的办公室,将一张银票放到桌上:"黄知事,这是一千块大洋,一点儿心意。"

黄子荣看着银票:"一千块?用不了那么多。"

欧文愣了一下，又从上衣兜里拿出一张银票放到桌上："黄知事，还请您务必帮忙。"

黄子荣笑了笑："欧文先生，真用不了那么多。"

欧文连忙又掏出一张银票放到桌上："黄知事，我们回去等您的消息。"

三张银票就将黄子荣搞定了，欧文得意地走出了县公署。果然，猫喜欢吃鱼，老虎喜欢吃肉，吃不吃，关键要看你的鱼够不够新鲜，肉够不够分量。黄子荣不是不收钱，是宋鲁生送的钱还不够多。

欧文再次来到宋家，告诉他们黄子荣已经收下了他的银票。

宋长贵不可思议地问道："黄子荣把银票收下了？"

"宋老爷子，看来您以前的判断是错误的，我早就说过，官场上，没有用钱办不成的事情。"欧文回道。

宋长贵叹了口气："鲁生啊，看见没有，你看错人了。"

宋鲁生正感到疑惑，这时吴兴安走了进来，他从衣兜里掏出一张纸递给宋长贵，说道："宋老爷子，这是我们家老爷让送过来的。"

接着，吴兴安又掏出几张银票递给欧文："欧文先生，一共花了五百块大洋，剩下的老爷让我还给您。"

欧文愣了一下："五百块？黄知事办事这么便宜？"

"对，我们老爷替人办事价格最为公道。告辞了。"说着，吴兴安转身离去。

欧文一头雾水，宋长贵突然笑起来："糊涂，咱们这些人都是糊涂蛋哪！咱们一个个满脑子光想着往南走津浦线了，把胶济铁路给忘得干干净净。其实只要换个思路，先把货从津浦线往北发到济南，然后再顺着胶济铁路发到青岛，最后用轮船发往上海，不就避开战事了吗？灯下黑，这就叫灯下黑呀！"

欧文落座："我真蠢，怎么没有想到这个法子，我这就让人到车站联系去青岛的火车。"

宋长贵连忙摆手："别忙活了，人家黄子荣都已经把手续帮咱们办好了，明天就可以装车，连五百大洋的车钱都交过了。"

宋鲁生高兴归高兴，可他想不明白黄子荣为何要帮他。章云芳得知此事，心想：难不成是因为自己将宋鲁生献计找官印的事告诉了马彩英，黄子荣得知后心存感激，所以帮了忙。可她才刚刚跟马彩英在街上分开，这时候马彩英和黄子荣怎么可能见上面呢。

事实上，直到天黑，马彩英才有机会跟黄子荣说起宋鲁生献计的事，黄子荣听后也颇为意外，他现在终于知道那个背后帮他的人是谁了。第二天一早，他便来到西鲁学堂找杨春早。

杨春早拿出那张字条，仔细辨认着："原来是用左手写的，怪不得我没猜出来。现在水落石出，济宁县志又多了精彩的一篇！"

话音刚落，秋香领着宋鲁生走了进来，二人看到宋鲁生都有些意外。

宋鲁生走上前说："听吴管家说黄知事在这里，鲁生就贸然前来了。多有打扰。"

"宋掌柜别客气，有事坐下说。"黄子荣打着手势。

宋鲁生落座："此番前来，是为多谢黄知事仗义相助。我订了桌酒席，想请黄知事赏光，不知方不方便？"

黄子荣听后笑了笑，从杨春早手里拿过字条："这张字条宋掌柜应该熟悉吧？"

"过去的事情，不提了。"宋鲁生摆了摆手。

杨春早插话："好！大气！子荣，宋掌柜请你吃饭，你就别端着了！"

"我端啥了？身为县知事，替济宁商家排忧解困是黄某分内之事。宋掌柜，这饭局我就不去了，希望你能够理解。以后宋掌柜要有难处，能帮上忙的，不用多说，黄某自当尽力相助。但若是以公谋私之事，黄某的脾气宋掌柜想必也知道一二，还请免开尊口。"

"黄知事一身正气，宋某佩服！"宋鲁生拱手。

杨春早指着二人："传说中的济宁三杰，今天好不容易在萃文阁聚齐了，可我咋觉得你们俩都有点儿装腔作势呢？不好，我很不舒服！"

黄子荣、宋鲁生尴尬地看了眼对方，不由得笑了。

听从了黄子荣的建议，宋家的皮货顺利运到上海，并按时发往了欧洲。欧文将上海的事情处理妥当后，带着新的皮货代理协议回到济宁。这次他吸取了那胖子的教训，在济宁招募了两家皮行作为代理商，一家是宋家，另一家是白家。

宋秋安觉得洋人这事做得不地道，明明是他们宋家提供的货，白家凭啥跟着占便宜。宋鲁生却不这么想，他认为，大家联手对济宁城皮行的生意只有好处，没有坏处。于是，很痛快地和白大可一同签了约，还决定将这次皮货赚的钱分给其他皮货商。

宋秋安一听，愈加不满："爹，当初为帮他们，咱宋家差点儿就栽在这上头爬不起来了，这些钱都是咱冒着风险赚来的，凭啥分给他们？"

宋鲁生笑了笑："秋安，你知道那胖子这回输在哪儿吗？"

"这还用说，输在让咱摸清了底牌。"

"不，他输在一个贪字上。要不是因为太贪，他本来可以继续舒舒服服当他的洋买办，可如今他让欧文扫地出门，灰溜溜地离开了济宁，这就叫聪明反被聪明误。"

"不过把这到手的钱拿出来分，我总觉得咱们太吃亏。"

"还记得家训上那句话吗？礼让在先，吃亏是福。秋安哪，虽然你经商的天赋很高，可为人做事太过算计，记住爹的话，心胸太小成不了大事。"

"爹，我记下了。"宋秋安点了点头。

一辆轿车缓缓地朝济宁城门驶来，轿车后跟随着排列整齐的骑兵，三十名全副武装的卫兵背着长枪、斜挎着短枪，骑在马上。

黄子荣、侯立人和裘大炮等济宁政军商各界名流站在城门一侧。城门另一侧，二十人组成的民乐队演奏着欢快的乐曲。民乐队后面，有人用长竹竿挑着横幅，横幅上写着"欢迎督军视察济宁"。

轿车在城门前停了下来，督军和一个老太太从车内走了下来。老太太是督军的娘，但并非亲娘，督军是她年轻时捡来的孩子，她辛辛苦苦将督军培养成人，因此督军对她很是孝顺。

督军娘一进济宁，就直奔运河而去，她此次除了回老家看看，还有个心愿，那就是想顺着当年出嫁的河道再走一次运河。

黄子荣得知后，问道："老夫人当年走的是哪一段河道？"

督军回道："她老人家说，当年船是从二里桥出发，一直驶到老龙嘴。"

黄子荣一听，如实禀告："从二里桥到老龙嘴，这一段是咱济宁运河的最高点，一连七八处大闸，今年开春以来，雨水稀少，一个月前就断航了。"

督军问道："就不能想想法子？"

黄子荣颇感为难："没有水，船走不起来呀。"

督军提议："子荣，我听说运河的河道跟大汶河的水脉是连着的，你看能不能把大汶河的水引过来用用？"

"不可，不可呀，如若把运河河道引满，那大汶河也就干了。如今正是用水浇地的紧要时候，要是把水引走了，那两岸的老百姓用啥浇地？"

督军脸色顿时变得难看："黄知事，先别急着否定，我先带我娘回娘家，你们再好好议议,我等你回话。"

黄子荣忧心忡忡地往家走着。吴兴安提醒道:"老爷,督军是出了名的大孝子,如果不答应,把他给惹火了,恐怕——"

"就算罢了黄某的官,也不能害了两岸的百姓。"黄子荣打断吴兴安。

"老爷,就算您不怕丢官,可督军要是执意引水,换作别人不还是挡不住吗?这事不能硬顶,得想个两全其美的法子。"

黄子荣苦笑:"两全其美的法子?谈何容易?"

两个人说着说着走到了家门口,刚要进去,就看到马彩英抱着老疙瘩从院里慌忙地走了出来,后面跟着秦莲花。

黄子荣来到马彩英面前:"彩英,咋了?"

马彩英心疼地看着老疙瘩:"老爷,老疙瘩突然上吐下泻,我正要带他去医馆。"

黄子荣连忙接过老疙瘩,抱着他向丁家医馆跑去。

丁德庸打开老疙瘩的衣服,用手轻轻按压着他的腹部。这时,站在马彩英身后的秦莲花看到了老疙瘩脖子上的长命锁,脸上忽然露出激动的神情。

丁德庸直起身:"给孩子把衣服扣上吧。"

黄子荣急切地问:"丁大夫,没啥事吧?"

丁德庸点了点头:"孩子得的是痢疾,我开点儿药,回去按时服用,记得要多喝水,家里大人也得注意防护,以免传染。"

谢过丁德庸,黄子荣抱着老疙瘩回到了家。马彩英因为照顾了老疙瘩一天一夜,眼睛已熬得又红又肿,所以当秦莲花上前说来替换她时,她也就答应了。

马彩英刚走,秦莲花便爬到炕上,伸手拉开老疙瘩胸前盖着的小被子,掏出长命锁。她盯着长命锁,见背面刻着"盖"字,手激动地颤抖起来。随后,她又轻轻拿起老疙瘩的左手,见小手臂上有一块清晰的红痣,她再也忍不住了,泪水一下涌了上来。

夜色中,南屋书房的灯还亮着。秦莲花端着一碗莲子羹,轻轻敲了敲屋门。得到黄子荣的许可后,秦莲花推门而进。

秦莲花将莲子羹端到黄子荣面前:"老爷,这是老夫人让我给您送来的,趁热喝了吧。"

黄子荣笑了笑:"好,你回去歇着吧。"

秦莲花点了点头,佯装向屋外走去,忽然她从怀里抽出匕首,转身刺向黄子荣。黄子荣早有防备，他端起碗，猛地转身将莲子羹泼到秦莲花的脸上。

秦莲花被烫得叫出声来，黄子荣趁势用一只手抓住秦莲花拿匕首的手腕，并用力拧到她背后，另一只手夺下了匕首。

黄子荣质问道："娘说让我防着你，果然没错。你到底是什么人？"

秦莲花恶狠狠地看着黄子荣："黄子荣，三年前你在德州跟我当家的保证了什么？可你后来又干了什么？难道你都忘了吗？"

黄子荣愣住，惊讶地看着秦莲花，渐渐松开了手。沉默良久，黄子荣把匕首递到她面前："黄某欠你的这笔债，这辈子怕是还不清了，你要愿意，黄某可以命相抵。"

马彩英听到动静，闯了进来，阻止道："老爷！"

秦莲花没有接匕首："黄老爷，让我把孩子带走，咱们两家的债就算清了。"

黄子荣顿了一下："好！"

马彩英急了："老爷，老疙瘩不能让她带走！"

"彩英，她是老疙瘩的亲娘。"

"要是让她把老疙瘩带走了，娘那边咋交代？"

见黄子荣迟疑，秦莲花问道："咋的，黄老爷反悔了？"

"落棋无悔。放心，我明天就送你们母子离开济宁。"

第二天清晨，马彩英趁黄老太太还没起床，急匆匆地抱着老疙瘩准备出门，秦莲花跟在他们身后。

"彩英，你们这是要去哪儿啊？"没想到黄老太太早就醒了，她听到声音，便走了出来。

"娘，我带老疙瘩去丁大夫那儿复诊去。"马彩英紧了紧抱着老疙瘩的手，没敢看黄老太太。

黄老太太平静地走上前："是该再去看看。来，老疙瘩，让奶奶抱抱。"

马彩英把老疙瘩交给黄老太太，黄老太太在老疙瘩的脸颊上轻轻亲了一下："老疙瘩，还记得奶奶教给你的那几句话吗？"

"记得。"四岁的老疙瘩早已将黄家的规矩背得烂熟于心。

"给奶奶再背来听听。"

"吃饭不许吧嗒嘴，站着不许叉着腿，看人不许斜楞眼，走路不许罗锅背……"

黄老太太笑盈盈地将老疙瘩交给马彩英，不舍地说道："去吧。"

马彩英抱着老疙瘩快步离去，她没有看到背后的黄老太太早已红了眼眶。

秦莲花随马彩英来到一条幽静的街巷，马彩英将老疙瘩交给秦莲花："妹子，千万照看好孩子呀。"

秦莲花点点头："太太，你放心吧。"

马彩英不舍地看着老疙瘩："老疙瘩，秦姨带你去她家玩，你要听话。"

"我不去。"老疙瘩挥舞着小手哭喊着，"娘，娘！"

"孩子，听话！"马彩英勉强挤出一丝笑容，对老疙瘩摆着手。看到老疙瘩渐渐远去，马彩英情难自禁，蹲在拐角处伤心地哭了起来。

秦莲花带着老疙瘩来到火车站，就在他们等火车时，恰好碰见前来驮书的杨春早。老疙瘩的哭声引起了杨春早的注意，他循声而去，拦住秦莲花，指着她怀中的孩子问道："这是老疙瘩？"

秦莲花心里一惊，故作镇静："先生，您认错人了。"说完，急忙朝车厢内走去。

杨春早不信，连忙招来两个铁路警察上车厢找人。秦莲花想躲，可是孩子的哭声那么响亮，很快便被杨春早找到了。

杨春早打量着秦莲花："你到底是孩子啥人？"

秦莲花撒谎道："我是孩子他姑。"

"那你姓啥？"

"我……"

"别装了，我咋不知道黄家有你这么个亲戚呢？"杨春早对身后的两个铁路警察说道，"看见没？她就是个人贩子！"

两个铁路警察不由分说，将秦莲花带到了警察局，老疙瘩就由杨春早带回了黄家。没想到能再见到孩子，黄老太太是又惊又喜，她抱着老疙瘩又搂又亲："老疙瘩，我的宝贝孙子呀。"

杨春早得意地说："今天要不是我，老疙瘩只怕就让那个女人给拐跑了。"

黄子荣勉强道了声谢，送杨春早离开。他心里暗想：杨春早这不是添乱吗，现在得赶紧想办法把秦莲花救出来才行。

秦莲花被绑在警局刑讯室立柱上，警察拿着皮鞭，在她身上狠狠地抽打着。赵长顺拿着一个烧红的烙铁走近秦莲花，逼问她为什么要拐骗黄家公子，可秦莲花忍着疼痛，一句话也不肯说。

侯立人觉得此事十分蹊跷，他让赵长顺给秦莲花动了大刑，可她就是什么都不说，要是一般人贩子，早就吓得尿裤子了，因此他断定这个女人肯定不一般。桂花听说此事，联想到了老疙瘩的身世，她直觉那个秦莲花才是老疙瘩的亲娘。

乍听到她如此大胆的猜测，侯立人不太相信。

桂花说："老爷，您想，黄家人一直拿老疙瘩当宝贝。如果不是他们有意配合，咋能这么轻易就让她给拐跑了？"

侯立人接道："你是说这个女人不是来拐孩子的，而是来要孩子的？"

桂花点了点头："老爷，拿这事来个借刀杀人咋样？"

"借刀杀人？"

"黄子荣是县知事，如果他非跟您要人，老爷只怕是挡不住。如今督军不是正好在济宁城嘛，我看老爷干脆把这个案子推给督军。"

"你的意思是让督军亲自审案？"

"老爷，这个女人要是当着督军的面说出跟黄子荣的关系，黄子荣的名声就算彻底臭了。当初民选的时候不是说过，三年后重新复核，黄子荣要是成了臭鱼烂虾，您说督军还能让他再当这个知事吗？"

"可这个女的要是不说呢？"

"那老爷就想法子让督军把她处置了。依着黄子荣的性子，他决不可能看着那个女人送死，到时候黄子荣自己就得把实情说出来。"

"那黄子荣要是也不说呢？"

桂花撇了撇嘴："黄家几辈子求的不就是正气吗，如果黄子荣见死不救，眼看着老疙瘩亲娘被杀，黄家这一辈人从此怕是要阴魂不散了！"

侯立人舒了口气："夫人这个连环计高明，就这么办了。"

督军很快从侯立人那里听到了此事，他要亲自审理秦莲花的案子，并找来黄子荣听审。黄子荣再见秦莲花时，她已是遍体鳞伤，被折磨得不成样子。

督军指着秦莲花，对黄子荣说："黄知事，一切都真相大白了。秦氏，你把事情的来龙去脉再说一遍。"

秦莲花面向黄子荣而跪："民妇对不住黄大人。三年前，民妇丈夫新丧，我带着儿子狗子跟着公婆过活。一天，我把狗子放在院里的小车上，自己到后院干活，等出来的时候，孩子不见了，我四处打听，有人说见一个生人给抱走了。孩子丢了，公婆把我赶出家门，我四处找寻，却一直没找到孩子的下落。不久前我来到济宁，在大街上要饭，多亏老夫人收留，才算有了个安身的地方。我见到小少爷以后，越看越觉得孩子就是我丢了的狗子，于是就生了歹念。黄大人，民妇对不住您和老夫人的收留之恩。"

黄子荣意外地看着秦莲花："老疙瘩他——"

"他是您和夫人的骨血。"秦莲花打断黄子荣,揽下所有的罪名,"民妇拐骗小少爷,罪该万死。"

督军看向黄子荣："黄知事,如今真相大白,你看如何是好?"

黄子荣迟疑着："这……"

侯立人接话："督军,这个女人心肠毒辣,恩将仇报,不杀不足以平民愤。"

黄子荣急切地说："督军,人不能杀呀。"

侯立人怂恿道："黄知事一向宅心仁厚,可乱世得用重典!如今督军主政山东,要想治理成路不拾遗、夜不闭户的模范之地,就得让歹人见识见识督军的官威才行。"

督军点头："慈不带兵,义不养财,对待恶人就得重罚。子荣,你为人做事太过宽厚了。"

黄子荣还想要争辩,可督军一摆手,不容他再说下去,命人立刻将秦莲花拉出去枪毙。

黄子荣见状,跪地恳求："督军,枪下留人,刚才她说的那些都是假的。"

督军诧异："假的?"

"老疙瘩其实是她和我的亲生儿子!"

黄子荣不顾众人惊诧的目光,继续说道:"子荣做出有伤风化之事,对不住督军的栽培,还请督军饶了她的性命,子荣愿意辞去官职,回家为民。"

督军听后,突然哈哈大笑起来:"黄子荣,你这个故事编得还真挺像那么回事。"

"子荣所说句句属实。"

"句句属实?那好,既然你说你跟她两情相悦,生下了这个孩子,那我问你,她姓啥?叫啥?你们第一次见面的地方在哪儿?第一次风流的地方又在哪儿?"

黄子荣哑言,督军拍了拍他的肩膀:"黄子荣啊黄子荣,为了一个八竿子打不着的女人,你竟然豁上黄家的名声和自己的锦绣前程不要,世上还有你这样当官的,我今天也真算是开了眼界。"

黄子荣想要申辩,督军做了个手势打断他,让人赶紧行刑。就在这时,督军娘走了进来。

督军意外:"娘,你咋来了?"

"我闲着没事,来看看热闹。"督军娘听了原委,对秦莲花深表同情,"黄知事说得对,这个女人不能杀。你大姨当年就有一个孩子让人给抱走了,自从丢了孩子,你大姨就跟让人挖走了心一样,整天神神道道,见着孩子就说是她丢的。虎子,这个女人偷抱黄家孩子固然不对,但毕竟事出有因,也算情有可原。看在娘的面子上,就饶她一命吧。"

"娘说得有理,是我考虑不周。娘,您看这件事该咋办才好?"

督军娘看向黄子荣:"黄知事,这个女人抱的是你家的公子,案子发生在济宁,这件事就交给你来全权处理咋样?是杀,是放,你看着办吧。"

黄子荣没想到督军娘会替秦莲花求情,感激道:"子荣一定处理好此事,请督军和老夫人放心!"

"黄知事,你过来。"督军娘招黄子荣上前。

黄子荣走近督军娘,问道:"老夫人,有何吩咐?"

督军娘嘱咐道:"就是那个走运河的事儿,你可要当个正事办哪。"

黄子荣听后,脸上的表情顿时僵了。

第十二章

被释放后,秦莲花便孤身离开了济宁。她没有带走老疙瘩,而是将孩子留在了黄家。她看得出,黄子荣和马彩英待老疙瘩比亲儿子还亲,跟着他们,孩子不会受委屈,可跟着自己怕是要苦了他。她决定再也不回来了,就让孩子这样安安稳稳地过一辈子,这也是她能为孩子做的最后一点儿事情了。

送走秦莲花,黄子荣陷入新的难题。他欠了督军娘人情,就要给她引水游河,可这背离了他不以权谋私的原则。若是屈从了,他这辈子都抬不起头了。既然不能引水,那还能有什么办法游河呢?他来到运河边,边走边思考着。不远处,一个船夫拉着纤绳,将船拴在了岸边。看到这一幕,黄子荣忽然有了主意。

督军和督军娘兴致勃勃地上了船。这艘船长七八米,宽两三米,前甲板搭着遮阳的席棚。船在河道中行驶着,督军娘坐在棚内的竹椅上,关切地看着两岸的景色。在她身旁一侧的矮木案子上,放着茶壶、茶碗,还有两碟精美的点心。侯立人、裘大炮坐在督军身后的竹椅子上,船老大带着两个船夫站在船尾,撑着竹篙。

督军娘感觉船越走越慢,指着前方问:"虎子,这河道我咋看着越来越窄了?"

督军起身,不满道:"侯立人,我让黄子荣引的水呢?"

侯立人故作糊涂:"水?禀告督军,我没听说黄知事引啥水呀?"

"什么?他竟然敢糊弄我?"

就在这时,木船停了下来。督军娘有些不高兴:"虎子,这船咋不动了?"

督军对船老大吼叫:"这船是咋回事,咋不动了?"

船老大小心翼翼地回答:"回禀督军,水太浅,走不动了。"

"混账!老夫人和督军都在船上,你们咋让船搁浅了?不是说引水吗,水呢？黄知事到底是咋安排的？"侯立人呵斥道。

船老大走向桅杆处："侯局长别着急，黄知事都安排好了，船一会儿就能走。"

"黄知事？他人在哪儿呢？"侯立人四处寻找着。

船老大指着岸上："在那儿呢！"

众人看去，只见运河岸边上站着十几个纤夫，他们身穿单薄破旧的衣裳，黄子荣站在他们前面，一起等着船慢慢靠近。

督军不解："黄子荣，你在搞什么名堂！"

黄子荣大声回答："督军，老夫人，你们坐稳了，马上就是二里桥了，子荣带人给你们拉纤，放心，准保稳当。老夫人踏踏实实欣赏两岸的风景就是！"

船老大从桅杆下拿起纤绳，扔到岸上。黄子荣等人纷纷抓起纤绳上的绳套，套在自己的肩上，他们弓着腰，用力拉着纤绳，河里的木船在纤绳的拉动下缓缓行驶。

黄子荣大声说："老少爷们，咱们给督军和老夫人喊个号子听听！"

"好嘞！"纤夫们高声唱，"冲前肩膀弯下腰哦，背紧纤绳稳平脚哦。……拉了一程又一程哦，不怕水急顶风头哦……"

侯立人走近督军："督军，老夫人本来是要高高兴兴地重游运河，可是您看，黄子荣唱的这是哪一出？他分明是肚子里有怨气，跟您和老夫人使性子斗气呢，不像话，太不像话了。"

督军怒气冲冲地看着岸上："这个黄子荣，看我怎么收拾他！"

督军正要发作，突然旁边传来一阵哼唱声，他转头看去，只见督军娘坐在竹椅上，眼里含着泪，注视着岸上的纤夫，合着他们的节奏，轻声唱着："拉了一程又一程哦，不怕水急顶风头哦……"

督军有些意外："娘，您咋也会唱？"

督军娘擦了擦脸上的泪水："虎子，你姥爷当年就是在岸上拉纤的呀。多少年了，娘只有在梦里才能听到这号子，娘知足了，娘这回回来，知足了！"

督军为之动容，掏出手绢替老娘擦了擦脸上的泪水："娘，您高兴就好。"

督军娘长长地舒了口气："行了，靠岸吧。"

督军站起，对着岸上大喊："黄子荣，我娘有令，靠岸！"

客船缓缓地靠近岸边，黄子荣解开纤绳绳套，逐个向纤夫拱手施礼，当他来到一个戴斗笠的纤夫面前时，不由得一惊："娘，您……"

黄老太太笑了笑:"娘这身子骨还行,在家里闲着也是闲着,来给你搭把手,出分力。"

黄子荣深受感动:"娘,子荣让您老挂心了。"

督军娘乐呵呵地走了过来,停在黄老太太面前:"大妹子,你儿子是个好官,你这当娘的教养得好。"

黄老太太恭敬地回道:"老姐姐,这拉纤游河,如果扫了你的兴致,还请多多担待。"

"大妹子,应该多担待的是你才对。咱都是当娘的,大妹子你帮儿子拉纤,是给儿子脸上贴金,这叫千古美谈;可我这当娘的,不顾老百姓死活,借着儿子的势力非要引水游河,我这是给儿子脸上抹黑,这叫遗臭万年。我糊涂哇,虎子!"

督军连忙靠近上前安慰,督军娘继续说道:"黄知事是个好官,把济宁交给他,你就放心吧。"

"是,娘说得是。"

春去夏来,季节在轮转,世道也在交替。

这个夏天,袁世凯走了,黄天楷也高中毕业回家了,双喜临门。黄老太太嘱咐黄子田买些鞭炮回来,可如今鞭炮是抢手货,已经脱销了。黄老太太这时才想明白为什么宋鲁生从上海进了一车皮炮仗,当时满城人还都笑话他犯傻,现在看来他就是给今天预备的,凡事先人一步,宋鲁生真是精明。

袁世凯走了,那些依靠他的人自然也都开始焦虑起来,其中就包括郑三民。郑三民原本走的是袁家大公子袁克定的门子,本来都已说好,空出来的副督军位子直接给他,可没承想,袁世凯一死,京城变天,袁克定的话不顶用了,上头又给安排了个人下来,害得他空欢喜一场。郑三民总觉得自己仕途不顺,是有东西挡了他的升迁之路,于是他找来高人给自己算了一卦。那高人说他郑家祖坟就在运河对岸,济宁河神庙外的石碑自打立起来以后,就挡住了他们郑家的风水,所以,要想官运亨通,就要把石碑挪走。郑三民听后,立刻把侯立人叫来济南,与他商量此事。

侯立人思索了一下说:"郑厅长,要是块普通石头,咋都好说,可碑庙一体,动碑就得动庙哇。"

"该动就得动,如今运河荒了,河神爷天天望着条废河也闹心,给他老人家换换地方，住得更舒坦。"

侯立人为难："河神庙是千年古迹，是济宁城圣地，如果没个名正言顺的说辞，别说移碑迁庙，就是动一砖一瓦，怕都不行。再说，就算说动了老百姓移庙，可要想建座新庙，没有几千块大洋怕是建不起来。黄子荣您也知道，铁公鸡一个，让他出钱迁庙建庙，恐怕他不会答应。"

郑三民冷冷一笑："此事如果托付给黄子荣，他必然推三阻四，因此我思前想后，才决定劳烦你呀。"

侯立人叹了口气："难办哪……"

"当初把你从外地调到济宁当警察局局长，后来又让你做代理县知事，这些事也都不好办。可事在人为，事情能不能办成，关键是看这办事的人用不用心。"

"立人能有今天，全靠您栽培，立人感恩戴德，没齿不忘。"

"明白就好。回去好好琢磨琢磨吧，到时候碑要是挪成了，你这位子我也给你往上挪挪。"

从济南回来，侯立人犯了愁，明明就是江湖骗子糊弄郑厅长呢，可他偏偏拿着当大罗神仙，果然是官当得越大，越信些歪门邪道的东西。即便知道这事荒唐，他还是得想办法迁庙移碑，不然郑三民饶不了他。这时，赵长顺给他献了个法子。

这日，一个四十岁左右的道士，斜挎着一柄桃木剑，手拿着拂尘走进了宋家。

宋长贵打量着道士："请问道长有啥事吗？"

道士淡淡一笑："贫道前来是为了河神爷显灵的事。"

河神爷在庙里哭得凄凄惨惨，此事在城里已传得人尽皆知，宋长贵自然也有所耳闻。儿子宋鲁生认为这是有人在故意散布谣言，可他却相信这是真的。他一听道士是为河神而来，立马请道士落座。

道士说道："贫道云游四方，昨日来到济宁城，碰巧听说河神爷夜晚啼哭一事，于是亲自去了一趟河神庙，结果发现庙内怒气丛生、怨气四溢。贫道当时做法询问河神爷为何流泪痛哭，河神爷让我来见宋老爷子，说有些话想对您说。"

宋长贵有些发蒙："河神爷有话要跟我说？道长，您这个玩笑开过了吧？"

"出家人不打诳语。河神爷说，在济宁城，宋老爷子对他最为虔诚，因此有些话只能跟您说，如若不信，那贫道也无话可说了，告辞！"道士一边起身，一边自言自语，"河神爷，您老人家看错人了。"

"等等。"宋长贵连忙起身，"道长，河神爷真的开口说话了？"

"宋老爷子如若不信，请随我去一趟河神庙，亲口问问河神爷便是！"

宋长贵跟着道士来到河神庙，道士站在河神爷塑像前一侧，身上披着黑色八卦图的斗篷，拿着桃木剑在地上画了一个圈，自己站在圈内。待他画完，他把桃木剑装入剑鞘，另一只手拿起拂尘，向四周挥舞着。

忽然，庙里发出嗡嗡的人声："宋长贵！"

宋长贵一惊，向四处环视。

嗡嗡的人声再次传来："玉皇大帝命本尊掌管运河千年，可是沧海桑田，天意难违。如今眼看运河颓败，本尊心如刀割，因此想把河神庙迁往别处。本尊知道你一向虔诚，特将此事托付于你，望尔速速迁庙，让本尊尽快心安！"

声音消失了，道士一下子瘫在地上。宋长贵从恍惚中清醒过来，急忙扶起道士。

道士关切地看着宋长贵："宋老爷子，河神爷的意思你听明白了吧？"

"明白了，都听明白了。"宋长贵连连点头。

宋长贵马不停蹄地来到济宁商会，召集众人商讨迁庙一事。济宁人祖祖辈辈敬奉的就是河神爷，既然迁庙移碑是河神爷的意思，他们自然不敢违背，只不过这是大事，不是商会就能定下的，他们还得跟官府打个招呼。宋长贵向黄子荣提起此事时，黄子荣却劝他慎重，言外之意就是不相信河神显灵。宋长贵无奈，只得回来与道士商量对策。道士建议宋长贵等人联名上书到省里，状告黄子荣违背天意，不顾民情，省府一定会支持他们的。宋长贵虽然一开始有些犹豫，害怕因此得罪黄子荣，但禁不住道士撺掇，便一张状纸递到了省里。

督军看到联名书，以为是民心所向，便表示尊重民意，同意迁庙，并派郑三民下来临督此事。

郑三民对黄子荣说："督军已然下达口谕，请黄知事召集人手抓紧迁庙吧。"

"郑厅长，河神庙是千年古庙，说迁就迁，子荣觉得过于唐突了。"

郑三民不满："黄子荣，河神爷显灵亲口授意，济宁满城百姓也都举手赞成，于公理，于民意，哪一点说不过去？你横加阻挠，到底是何居心？"

"黄某是出于一片公心，如果确有隐情，现在匆忙移庙，等将来查明真相，木已成舟，悔之晚矣！"

"查明真相？你不尊神明，目无官长，不敬乡梓，冥顽不化，这就是真相！

临来之前，督军授权郑某全权处置此事。现在我代表省府、督军，免去你县知事一职，县内一切公务，交由侯立人暂时代理。"

黄子荣正气凛然道："郑厅长，你免去子荣职务不要紧，可济宁城乃孔孟故里、千年名城，如若就这么糊里糊涂地把庙给拆了，真要哪一天弄清了真相，此事将来怕是会成为千古笑柄，郑厅长和在座诸位将会成为千古罪人！"

郑三民一把抓起面前的茶杯摔到地上："混账！我看你才是济宁城的公敌！罪人！你给我出去！"

黄子荣愤愤离去。

郑三民马上叫来侯立人，让他全权处理迁庙之事。侯立人听闻自己一下成了县知事，激动地满口称是。现在他终于把黄子荣踩在脚下了，可就让黄子荣直接回家，简直太便宜他了，侯立人见三里闸正好缺个闸官，便派黄子荣去看闸。

黄子荣虽然也气不过，可他知道自己不能意气用事，冲动辞官，岂不正好遂了郑三民和侯立人的意，在其他人眼里也就成了不敬神明、违抗上令的昏官。所以，即便是个闸官，他也要去做。交代好家里的一切，黄子荣便起身来到三里闸。

闸官住的房子距运河不远，是一所破旧的小房子，此时房顶的烟囱上冒着淡淡的炊烟。黄子荣停在屋外，望着炊烟，一脸疑惑。

这时，樱桃从屋内走了出来，黄子荣颇为意外："樱桃，你来干啥？"

樱桃指了指房子："您进去就知道了。"

黄子荣走进屋，见一片云正在铁锅前煮着饺子。三年不见的一片云突然出现在自己面前，黄子荣着实怔住了。

一片云端着饺子，一脸关切地走到黄子荣面前，温和地说："黄老爷，估摸着你也该到了，快趁热吃吧。"

"大当家的，你怎么来了？"黄子荣开口问道。

一片云没有回话。她之前答应河上飞守孝三年，其间不见黄子荣，可这三年里，她心里就是放不下他，一听说他出了事，便着急赶了过来。

"饿了吧，快吃吧！"一片云把饺子推到黄子荣面前。

"谢谢。"黄子荣脱鞋上炕，坐到干净的炕桌前默默吃着饺子。

一片云高兴地看着黄子荣："黄老爷，您过去是县大老爷，我一个土匪，配不上你。如今你要是辞了官，我也就不当这个土匪了。到时候我就嫁到你们黄家去，天天给你包饺子吃。"

黄子荣放下筷子，并未搭话。

"对了，你看看城里的大户人家，谁家不是三五个少爷、小姐。我年纪轻，给你们黄家多生几个娃娃，到时候你教他们读书，我教他们练武，一个个文武全才，我看谁还敢欺负咱。"

黄子荣被一片云的话逗笑了。

"你笑啥？"

"没笑啥。"

"我可不是跟你说笑话，我是认真的……"

忽听屋外传来马车声，二人看向门口，只见杨春早推门闯了进来。

杨春早见黄子荣和一片云正说说笑笑，生气道："难怪你放着城里一堆正事不办，急急火火往三里闸跑，敢情是金屋藏娇哇。"

"春早，拜托你口下留德。找我有事？"黄子荣问道。

杨春早暂且压下愤怒，坐到炕沿上："侯立人明天就要拆庙了。"

"明天？这么快？新庙选好址了？"

"哼！这老庙拆了，能不能再建新庙都还未必呢。我就不明白了，河神庙碍着郑三民和侯立人啥事了？明天侯立人胆敢强行拆庙，我就跟他们拼了。"

黄子荣安抚杨春早先别急，告诉他自己已经想好保护河神庙的法子，只不过他需要杨春早和一片云从中配合。

拆庙的人围拢在河神庙外一棵千年古槐树旁，他们看着树洞，全都一副惊讶的表情——古树居然流血了。百姓们议论纷纷，都认为古树冒血不是好兆头，说不定是河神爷又改了想法，不让拆庙了。

他们请教杨春早，杨春早一本正经地解释道："古书里有记载，古树泣血，必有大灾。什么灾呢？我一时说不清楚，但是我敢保证，这古树泣血一定跟强拆河神庙有关。"

侯立人大怒："一派胡言！杨春早，在你眼里这是河神爷示警，可要我说，这是有人故意捣鬼！"

杨春早笑道："故意捣鬼？你这个看法杨某不赞成，古树泣血是河神爷他老人家的本意，那个河神爷显灵才是有人装神弄鬼。"

"大胆杨春早，竟敢质疑河神爷显灵！"

"我杨春早质疑的不是河神爷显灵，是如何显灵！诸位，杨某遍查史书，也没找到河神爷当众说话的记载。可这古树泣血的说法是明明白白记载在书里的。究竟哪个是河神爷他老人家的本意，还真不好说。侯立人，如若你强拆河神庙，将来济宁有啥灾祸，你可是要负全责！"

侯立人一听，也有些担惊受怕，他让赵长顺赶紧把那个道士请来，一探究竟。可他不知道，那道士早已被一片云抓了起来。

一片云命令道士请出河神爷，让她当面见识一下河神显灵，要是他请不来，就把他扔到湖里喂王八。道士知道她是土匪，不好惹，只好答应。

道士又故技重演，摆好河神像，披上黑色斗篷，在地上画个圈，挥动拂尘。这时，一阵空灵声在他身边响起。

"大胆一片云，无缘无故为何要见本尊？你就不怕本尊降罪于你？"

一片云故作惶恐，对着河神像下跪："还请河神爷饶命。"

"若想让本尊饶你性命，将道长速速送回济宁城，休得再骚扰，不然本尊必降灾于你飞鱼岛……"

道士的话还没说完，樱桃走到道士身旁，乐呵呵地指着道士的肚子，大笑道："姐，闹了半天，河神爷在这儿呢！"

道士见自己的伎俩被识破，连忙下跪："大当家的，饶命啊！"

一片云将道士带到黄子荣面前，让他当面说清楚为什么要撺掇乡民迁庙移碑。

道士喊冤，说他本就是个靠腹语跑江湖混饭吃的，要不是受侯立人逼迫，打死他也没那个胆子。黄子荣得知真相后，气不打一处来。侯立人为了巴结郑三民，不顾苍生，亵渎神灵，愚弄百姓，一想到这些，黄子荣就想到省里状告他，揭开他的真面目。一片云却极力劝阻他，分析道："侯立人背后有郑三民撑腰，郑三民当了这么多年厅长，树大根深，想扳倒他没那么容易，眼下还是保住河神庙要紧。"

道士答应一片云一定当众坦白腹语之事，可一片云还是有些担心，便在他身上安装了炸弹，威胁他要是敢出尔反尔，便要了他的命。道士吓得连连摇头，发誓一定实话实说。

郑三民听说古树泣血之事后，连忙来到河神庙安抚众人："河神爷显灵一事诸位都是亲眼所见，而古树泣血一事，纯属无稽之谈。背后肯定有人捣鬼，扰乱视听，此事我已上报督军，督军责令郑某严查此事。另外，督军已经答应，新庙落成之际，将会亲临济宁，为河神庙剪彩祝贺。"说完，他吩咐侯立人赶紧动手迁庙。

就在这时，道士跑了过来："等等！贫道有话要说！"

宋长贵急忙走近道士："道长，这几天你上哪儿去了？急死大伙儿了。"

道士没理会宋长贵，对郑三民说道："郑厅长，河神庙不能拆呀！"

郑三民面有愠色："你说什么？"

道士双手抱拳："郑厅长，诸位，其实我根本就不是什么道士，我就是个跑江湖卖艺的。"

郑三民气急败坏地指着道士责问道："侯立人！这是怎么回事！"

"他肯定是受了什么惊吓，胡说八道！赵长顺！快带人把道长架下去！"

听到侯立人这样说，道士急忙解释："诸位，我真的就是个跑江湖卖艺的！我用的那叫腹语，要是不信，我这就演给你们看。"

道士闭紧嘴，忽然周围传来"河神爷"的声音："诸位现在相信了吧，之前一切都是我装出来骗人的！"

众人都目瞪口呆地看着道士。

宋长贵一把揪住道士的衣领："你为啥要装河神爷骗人？"

"我就是想骗几个钱花花。"

"胡说八道，快说，你到底受何人指使？你要是不说，今天别想离开河神庙！"

"我——"

道士还没开口，郑三民大吼道："大胆假道，装神弄鬼，欺瞒官府，蛊惑百姓，该当何罪！把他给我押下去！"

赵长顺和两个警察强行要把道士拖走，道士边挣扎边大声喊："宋老爷子，河神庙千万不能拆呀！"

郑三民见事已败露，再迁庙必然引起众怒，便压制怒火离去。其他人也纷纷离开了河神庙，只有宋长贵还呆呆地站在原地。

金福走近宋长贵："老东家，人都散了，咱们也回去吧。"

"回去？回不去了……"宋长贵凄楚地走到河神爷的塑像面前，扑通一声跪了下来，哽咽道，"长贵糊涂哇，长贵受人愚弄，被人利用，险些酿成大祸！请河神爷责罚……"

说到此，宋长贵的身体晃了晃，一下瘫倒在地。

第十三章

假道士装神弄鬼，耍得满城人团团转，这时人们才知道黄子荣才是真正的明白人，他不但没罪，而且护庙有功，官复原职自然不在话下。可那道士却因为知道实情，在牢中自缢而亡。

黄子荣心里清楚，道士的死跟郑三民和侯立人脱不了干系。迁庙移碑一事如若坐实，郑、侯二人都得丢官罢职，为了保住自己的官位，他们必定要杀人灭口。黄子荣想去告他们，可如今人证已死，空口无凭。只是就这么眼睁睁地看着他们继续为非作歹，他心里着实不舒服！

一片云给黄子荣包饺子一事，不知怎么就传到了马彩英的耳朵里，马彩英一股醋意涌上，向黄子荣问道："老爷，前两天在三里闸过得咋样？"

黄子荣摆了摆手："穷乡僻壤，吃不好喝不好，不如家里舒坦。"

"是吗，我咋听说老爷在那里有酒有肉，还有美人陪着吃饺子，日子过得滋润得很呢？"

"哪有这样的事儿？"

"老爷，别不承认，这可是杨春早亲眼所见。"

"是秋香告诉你的？"

"老爷跟杨春早是同窗好友，可你别忘了，我跟秋香也是多年的好姐妹。"

"彩英，你误会了。一片云确实到三里闸找过我，也给我包了顿饺子，不过再也没有别的事情。你也知道，这回要是没有一片云从中帮忙，只怕河神庙早就给拆了。"

"那她凭啥给你包饺子做饭？凭啥帮你整治那个道士来保住河神庙？明眼人都看得出来。"

"她一厢情愿，我和她决无可能。彩英，我不是早跟你说过了吗，在我心里，除了你没有第二个女人。"

听到这话，马彩英才定了心，笑道："就你会说话。"

假道士已死，郑、侯二人以为再没有人知道真相，没承想，身在黄家的黄天楷从家人的谈话中得知了原委。他和自己的同学罗浩决定晚上去贴传单，揭露他们的恶行，让济宁城的百姓都看清他们的丑恶嘴脸。

黄天楷和罗浩趁着天黑，来到牌坊广场，将传单一张张贴在牌坊立柱上。就在他们要离开之时，几个警察持枪跑了过来。黄天楷和罗浩大惊，分头逃跑。

黄天楷一脸惊慌地跑回黄家，将余下的传单塞进衣柜。黄老太太听到动静，过来询问。黄天楷起初还不肯实说，但黄老太太看到他神色不安，猜想他肯定有事瞒着自己，执意问清，几经盘问，黄天楷这才告知了实情。

黄老太太听后，惊恐道："你们俩这回可是闯了塌天的大祸呀。"

"奶奶，那可咋办？"

"天楷，这件事对谁都不能说，知道吗？"

"我爹和我娘那边也不说？"

"也不能说，你爹如今刚刚官复原职，要让他知道了，你让他是抓你呀，还是放你？明天一早你赶紧走，走得越远越好。"

"奶奶，我无缘无故突然跑了，到时候您跟我爹咋说？"

"放心吧，奶奶自有办法。"说完，便帮他整理行李，送他离开。

第二天一早，黄老太太找到黄子荣，故作不安道："子荣，天楷跑了。"

黄子荣一愣："天楷跑了，为啥？"

"昨天他要跟他那个同学去微山湖钓鱼，我让他们先去曲阜祭孔，结果就吵了起来，他跟我嚷嚷啥自由平等之类的一堆新词，我一生气就给了他一巴掌。夜里我一晚上没睡着，就担心他出事。这不，今儿早去他屋里一看，桌子上留了一封信，人跑了。"说着，她把一封信递给黄子荣。

黄老太太继续说："子荣，你快让侯立人帮忙给四处找找吧，如今兵荒马乱的，别再出啥事。"

黄子荣边看信边默默地听着，不由得叹了口气："这孩子，咋禁不得一点儿说呢。娘，您别急，我这就让兴安去找侯立人。"

吴兴安来到警局之前，侯立人刚从郑三民住的馆驿处回来。昨夜传单交到他手里后，他立刻就去找了郑三民。他开始以为是黄子荣干的，郑三民却不以为然，说黄子荣做事讲究规矩，这倒像是南边革命党的做派。侯立人一惊，如今革命党势头很猛,上面已经下了严令,一旦抓获,格杀勿论。如若在他治理的济宁城出了革命党,到时候督军怪罪下来可如何是好。想到这儿,他下定决心,就算挖地三尺,也要把散发传单的人给找出来。

回到警局,侯立人立刻派人把守城门,一旦发现可疑之人,立马抓起来。赵长顺见黄天楷出城而去,便留了个心眼,让两个警察从后面跟着他,自己回来禀告。侯立人听赵长顺一说,心想:难道昨天夜里散发传单的人是黄天楷。他还在犹疑,吴兴安急匆匆走了进来。

侯立人不解地问道:"吴师爷,一大早的,您这是?"

"我们家大少爷今儿一大早离家出走了,我们家老爷请侯局长帮忙找找。"

"离家出走?为啥?"

吴兴安叹了口气:"还不是因为跟老夫人拌了两句嘴,我们家老爷请您务必帮忙找人哪。"

侯立人应道:"吴师爷放心,请回去转告黄知事,我一定尽力寻找。"

吴兴安道谢离开。

赵长顺越发生疑:"局长,黄家是不是在演戏呀?我这就带人去把黄天楷抓回来,是不是他发的传单,一问便知。"

侯立人觉得不妥:"黄天楷不是普通百姓,这事不能硬来。"

黄天楷背着包袱,慌乱地走在运河沿岸,却不想自己已被几个黑衣人盯上,他们冲出来,围住黄天楷,将他绑到了河神庙。

黄天楷被绑在一个立柱上,眼睛蒙着布条。他大声说:"你们到底想干啥?快放了我!"

头目盯着黄天楷说:"放了你也行,不过得等见了你们黄家的银子。"

"你们是土匪?"黄天楷刚说完,忽听四周一阵惊恐的嘈杂声,伴随重重的击打声和混乱的惨叫声。他蒙着眼睛,不知身边发生了什么,只是随后一切都安静了,布条也被解了下来,一个蒙面人站在他面前。黄天楷惊恐地看着蒙面人,不知他是何人。

"别害怕。"蒙面人绕到黄天楷身后,帮他解开绳子。

发蒙的黄天楷看到几个黑衣人都被打昏在地,有的趴着,有的仰躺着,脸上、鼻子里都流着鲜血。蒙面人将他带到树林,两个人这才说上话。

黄天楷打量着蒙面人:"你是谁?"

蒙面人笑了笑:"我是谁并不重要。你是黄天楷吧?"

"你认识我？"黄天楷意外。

"见过。你散发传单，揭露郑三民和侯立人的罪行，大快人心哪。"

黄天楷心虚道："你说什么，我听不懂。"

蒙面人赞许地看着黄天楷："你不承认没关系，不过你做了对革命有功的事，每个人都应该记住你的功绩。"

黄天楷一愣："你是南边的革命党？"

"小点儿声。"蒙面人警觉地向四处看了看。

黄天楷惊喜地看着蒙面人："你真是革命党？"

蒙面人点了点头："那天晚上我外出执行任务，碰巧看到你们在散发传单。"

"罗浩你看见了吗？就是和我一块儿的那个人。"

"放心吧，我把他藏起来了。"

"怪不得他一直没回来呢，我还担心他让警察抓去了呢。"黄天楷舒了口气。

"对了，你这么做，你爹知道吗？"

黄天楷摆了摆手："我爹当的是北洋政府的官，这么大的事，我咋敢让他知道？"

"下一步你是怎么打算的？"

"其实，我正打算到南边去投奔你们革命党，你能不能帮我引见引见？"

蒙面人爽快地答应："当然可以，不过我在济宁还有任务，不能和你一块儿走。这样吧，我给你写一封信，你拿着就可以去南边了。"

"真的？太好了！"黄天楷喜出望外。

"天楷，我们现在就是同志了。饿了吧，在这儿等着，我去弄点儿吃的，顺便找找纸墨，给你写信。"

黄天楷点了点头。看蒙面人离去后，他惬意地伸了个懒腰，折腾了一晚上，他困极了，躺在地上便睡着了，直到赵长顺找来，黄天楷才惊醒。

赵长顺蹲下身："大少爷，你跑啥呀？一大家子人都急坏了，快跟我回去吧。"

黄天楷乍看到赵长顺，有些不安，他以为事情败露了，没承想，赵长顺是来找他而非抓他的，这才安心跟他回去，由侯立人亲自送回了黄家。

"大少爷，老夫人虽说管得严了点儿，可那是为了你好。听我一句劝，在家千日好，出门一时难，好好待在家里，千万别再到处乱跑了。"侯立人对黄天楷说道。

黄老太太感激道:"多谢侯局长,给你添麻烦了,进屋喝杯茶吧。"

侯立人笑了笑:"老夫人,不用了,昨儿晚上革命党在城里闹事,人到现在还没抓住呢,我得赶紧抓人去。告辞。"

黄天楷等外人都离去,悄声说:"奶奶,这可咋办?"

"看样子,应该没怀疑到你头上,先在家住着,看情况再说。"

月光洒在静悄悄的院内,黄家人都准备睡下了,这时一声枪响从不远处传来,划破了宁静的夜。

黄天楷从炕上起来,忽听屋外传来轻微的敲门声,他连忙下炕打开屋门,一个蒙面人闪身走进屋内。黄天楷起先吓了一跳,随后才认出原来是救他的革命党。

黄天楷见蒙面人腿上受了伤,问道:"你这是咋了?"

"刚才逃跑的时候没留神,让石头划的。"

话没说上几句,忽听院门外传来剧烈的敲门声。

黄天楷一愣:"不好,来抓你的。"

蒙面人从怀里掏出盒子炮:"大不了跟他们拼个鱼死网破。"

黄天楷打开衣柜门:"快藏进去,我爹是县知事,警察不敢随便搜查我们家。"

果然,见黄子荣开的门,赵长顺不敢造次,只是说了几句,便带人离开了。

蒙面人听见人已走,便从衣柜里爬出来,谢道:"多谢相救。天楷,我得赶紧走了,不然会连累你们黄家。"

"你上哪儿去?"

"别怪我,这不能告诉你。"

"明白,你是革命党,不能让人知道你的行踪。"

"天楷,你对我有救命之恩,对你没必要保密。明天晌午,我们的同志在聚兴茶楼开会,你要是有兴趣,可以去听听。"

黄天楷激动地点了点头:"太好了,咱们明天不见不散。走,我送你从后院出去。"

二人在后门外道别,恰好被黄老太太撞见。黄天楷将蒙面人送走后,黄老太太将黄天楷拉到自己房间,告诫他此人来路不明,不能走得太近。黄天楷认为是奶奶想太多,何况自己已经答应去参加聚会,总不能言而无信。但黄老太太严令他不许出门,黄天楷只得作罢。

聚兴茶楼二楼的雅间里,蒙面人和几个人坐在茶桌旁喝着茶。他们看着窗外，却迟迟看不到黄天楷的身影，而坐在他们旁边一桌的正是身着便装的侯立人和赵长顺。

赵长顺小声说："局长，黄天楷到现在也没来，不会是起疑心了吧？"

侯立人喝了一口茶："既然这招不行，那就改用第二招，转守为攻！"

赵长顺押着蒙面人来到黄家，说蒙面人是革命党，黄天楷是他的同伙。

黄老太太问道："赵队长，你说我们家天楷跟这个革命党是同伙？"

赵长顺故作为难："老夫人，本来这事说破大天我也不信，黄知事是县大老爷，大少爷是省城毕业的高中生，说啥大少爷也不可能跟这个革命党混到一起。可这个人咬死说大少爷就是他的同伙，还说那天晚上就是大少爷发的传单！"

黄天楷听后，神色有些慌张，黄老太太却一脸平静地说："这事越说越不着调了，那天晚上天楷跟我说了一晚上的话，到哪儿去发传单？天楷，这个人你认识吗？"

黄天楷摇了摇头："奶奶，这个人我从来就没见过。"

蒙面人接话："传单就是黄天楷发的，我有证据。"

黄老太太问："证据？啥证据？"

"那天晚上我被追捕，仓促之间逃到黄家，当时黄天楷把我藏到他屋里的衣柜里，我在衣柜里看见了黄天楷没发完的传单。"

赵长顺看向蒙面人："你说的是实话？"

"我说的句句属实。"

"老夫人，要不就让我们搜查一下。您也知道，如今上峰责令各地严查革命党，今天既然来了，要是不走个过场，上峰要是怪罪下来，别说我一个小小的队长，只怕黄知事都得跟着担责任。"

赵长顺刚说完，黄天楷紧张地抓着黄老太太的胳膊，极力反对："奶奶，不能让他们搜。"

"大少爷放心，兄弟们就是进去看看，要是啥都搜不到，不也正好还大少爷一个清白吗？"

黄老太太拍了拍黄天楷的手："天楷，身正不怕影子斜，就让赵队长他们看看吧。"

他们一同来到黄天楷的房间，赵长顺翻找着衣柜，从里面拿出一个书包。

蒙面人看见后，信誓旦旦地说："这里面装的就是传单！"

赵长顺冷冷一笑，走近黄天楷："你私通革命党，散发污蔑传单。来人，把黄天楷给我绑了！"

两个警察刚要上前，黄老太太挡在黄天楷面前："赵队长，先别急着绑人，你先看看里头装的是啥再说。"

赵长顺解开书包，把里面的东西倒在炕上，拿起其中几张纸仔细看着，他的眼睛瞪得越来越大。

蒙面人走近赵长顺："赵队长，证据确凿，抓人吧。"

赵长顺突然一个嘴巴子打在蒙面人脸上："混蛋！这上面抄写的都是黄家的家规祖训，你怎么能说是传单呢？栽赃陷害，罪加一等！"

黄老太太淡淡一笑："赵队长，你闹得这一出可把我吓了一跳，要不是当场查明，我们家天楷可就跳进黄河都洗不清了。"

"误会，都是误会。黄老夫人，对不起。告辞，告辞！"说完，赵长顺灰溜溜地带着人离开了。

黄老太太心想，这次侯立人他们没有抓到天楷的把柄，不代表以后不会找麻烦，眼下还是让天楷出去避避风头才好，于是她和儿媳马彩英私下商量，决定送天楷去广州，马彩英的表舅在广州一所大学里教书，不妨让天楷去投奔他。

黄天楷去了广州之后，宋家也托欧文帮宋秋鸣联系了日本的学校，宋鲁生想将儿子送去日本学习洋务。船票已经订好，只是这时候宋长贵的病越来越严重了。自从上次被假道士骗了之后，宋长贵便一直卧病在床。丁德庸尽了全力，可病情一直在恶化，已到油尽灯枯之时。宋鲁生见父亲这样，想让人把船票退了，可宋长贵坚决不同意。

宋长贵躺在炕上吃力地说："听爹的，别退票，这一环扣着一环，要是从济宁走晚了，只怕耽误了上课。"

宋鲁生安慰道："爹，您放心，耽误不了。"

"鲁生啊，爹想明白了，这经商做人得有眼光，有心胸，不能墨守成规。听爹的，让秋鸣走吧，读书上学，这是大事，别为了些老规矩，耽误了孩子。"

宋鲁生默默地点了点头。宋长贵继续说："当年要不是为了这摊子生意，硬把你叫回来，给你套上笼头，挂上犁，你凭着自己的才干，肯定会比现在要强百倍。爹对不住你呀。"

"爹，您这是说的啥话？我是咱宋家的子孙，回家来担家业，责无旁贷。"

"鲁生，我知道自己没多少日子了，宋家这副担子以后就全靠你了。"

火车停靠在济宁站，站台前，到处都是相互告别的人。宋秋鸣提着一个柳条箱子，正和宋鲁生、章云芳还有宋秋安道别。

宋鲁生拍着宋秋鸣的肩膀说："秋鸣，你爷爷这回怕是撑不了多久，要是收到家里的电报，记得冲着家乡的方向给你爷爷磕几个头。"

"是！"

"上车吧。"宋鲁生不舍地看着宋秋鸣，章云芳也满含热泪，朝他挥手。

宋秋鸣上车，把自己的箱子放到行李架上，刚刚落座，面前忽然递过来一瓶酒，他抬头一看，竟然是裘美琪。

裘美琪笑盈盈地看着他："宋秋鸣，你真不够意思，走的时候都不跟老同学说一声。"

宋秋鸣有些尴尬，他没想到裘美琪会来给他送行。

裘美琪将酒塞到他手里："听我爹说，日本人那个啥清酒喝着跟猫尿似的。给，这是从我爹那儿偷拿的一瓶好酒，逢年过节的，还是咱家乡的酒好喝。"

宋秋鸣迟疑地接过，刚想道谢，裘美琪靠近他耳旁悄声说："还有句话你记死了，不许忘了我，不然我一枪崩了你。"

宋秋鸣愣住了，他呆呆地看着裘美琪，一时哑口无言。

宋长贵病重的消息传到黄家，黄老太太亲自登门看望，宋长贵见黄老太太如此大度，感动得热泪盈眶。

"他宋叔，我记得，当年你当上商会会长时，也就三十出头。有一次，你押着船从南边回来，运回来一船的稀罕货，满城人都到河边去看哪。"黄老太太回忆着。

宋长贵吃力地笑了笑："好汉不提当年勇。他大娘，我记得四海跟你成婚时，那叫一个风光啊。满城人都说四海有艳福，娶了济宁城第一美人。"

"他是有福了，我可受老罪啦。本来以为嫁到个官宦人家能赚等着享福，没承想黄家的规矩真多呀。"

"谁家没有规矩呀。"

"是呀。他宋叔，你好好歇着，改天我再来看你。"

将黄老太太送走后，宋鲁生回到宋长贵床前。宋长贵吩咐道："鲁生，你让金福给爹准备个滑竿，爹想去看个人。"

宋鲁生一愣："爹，您都病成这样了，要去看谁呀，要不我替您去？"

"这个人,你们谁也替不了。"宋长贵坚持道。

宋长贵要看的人,不是别人,正是黄四海。

黄四海坟前,宋长贵瘫坐在竹椅上,两眼无神地看着黄四海的墓碑,感叹道:"老伙计,四年多了,我一直没来看看你。说实话,我是心里有愧,不敢来呀。当年你走的时候,为了张脸面,我没去给你磕头送行。现如今啥都看开了,可身子骨又不行了。老伙计,你等着,我就快过去见你了,等见了面,我当面给你磕头赔罪……"

祭拜过黄四海,宋长贵又让宋鲁生带他来到河神庙。这天是十五,他得给河神爷上炷香才行。

宋鲁生将一炷燃着的香递给宋长贵,宋长贵吃力地接过。他双手颤抖地举起香,虔诚地拜了一下,当他试图再次举起时,突然手一松,燃香掉落在地上,他的手也无力地滑落下来。

当宋鲁生再看向宋长贵时,瘫坐在竹椅上的宋长贵已然闭上了双眼,面目安详。宋鲁生眼含热泪,跪在宋长贵面前,悲痛道:"爹,您放心,这炷香,鲁生替您供上去,您的心意,河神爷他老人家都明白……"

"老夫聊发少年狂,左牵黄,右擎苍。锦帽貂裘,千骑卷平冈。……"

一阵阵抑扬顿挫的读书声从西鲁学堂传来,杨春早正带着十几名孩子学习苏东坡的名作。他见其他孩子都认真地听他诵读,唯独老疙瘩一直低着头。今年是1923年,老疙瘩年满十一岁,已经是个小大人模样。

杨春早不满地走近老疙瘩,指着课桌下面问:"黄天行,你这是藏了啥宝贝呀?"

老疙瘩笑了笑:"没啥,没啥!"

杨春早一瞪眼:"咋的,还用我亲自动手?"

老疙瘩无奈,双手从课桌洞里捧出一只小鹰。周围孩子一见,都凑了上来。

"黄天行,学堂之上,你公然玩鹰,难道你不知道学堂的规矩吗?"杨春早严厉地训责着老疙瘩。

"先生,苏东坡这词里不是说了吗,'左牵黄,右擎苍',我把鹰带来是为了体会这诗词里的意境。"

"油嘴滑舌!平时一让你读书,你就愁眉苦脸,现在讲起歪理来,倒是一套一套的。去,把鹰给我放了。"

老疙瘩讨好道："先生，下次我不带来了就是。"

"没有下次了！"杨春早夺过鹰，生气地向教室外走去，孩子们也跟了出去。

杨春早来到院子里，用力把小鹰抛向空中，小鹰飞了起来，可他没想到，老疙瘩一个呼哨便把小鹰又唤了回来，那小鹰俯冲下来，乖乖地停在了老疙瘩的肩上。杨春早气不过，又去驱赶，可是小鹰已经认了主人，不管他怎么赶都赶不走。杨春早看到老疙瘩一副得意扬扬不知悔改的样子，一气之下便将此事告诉了黄子荣。

黄子荣听说后，火冒三丈。

老疙瘩抱着黄子荣的大腿求饶道："爹，饶了它吧，我把它放走，再也不玩鹰了。"

黄子荣告诫他："放走？都被你训成这个样子了，还放得走？满人八旗当年也是骁勇善战，可后来沉溺于声色犬马，没了斗志，最后把大清的江山都给断送了。人活在世上，若是玩物丧志，没了志气，与行尸走肉还有什么分别？老疙瘩，你给我记住了，今天它这条性命是你害的，怨不得别人。"

就在黄子荣要动手之时，黄老太太也赶过来求情。黄子荣不能驳了自己娘的面子，便同意放了鹰。但他坚持要动用家规好好沉沉老疙瘩的性子。

在黄家一间不大的耳房中，铺着苇席的土炕上摆着一床被褥和一张炕桌。炕桌上的砚台里盛着一大块黑墨，桌上还有厚厚一沓宣纸、三支小楷毛笔和一套经史子集。

黄子荣对马彩英吩咐说："从今天开始，老疙瘩吃喝拉撒都在这间屋子里，不许他踏出房门半步，那块墨啥时候用完了，啥时候才能放他出去。"

马彩英无奈地点了点头。

黄子荣又指着经史子集对老疙瘩说："做人做事的道理圣贤们都写在里面了，好好体悟吧。"

黄子荣出门后，老疙瘩叹了口气，拿起那一大块墨，愁眉苦脸道："娘，要把这块墨用完，那得抄到啥时候？您得帮我呀。"

马彩英苦笑："你爹的脾气你又不是不知道，你奶奶的面子最大，这已经是他让了步的，娘咋帮你？你呀，得好好抄，千万别糊弄你爹，要不还得重来。"说完，转身离开，锁上了屋门。

老疙瘩端详着黑墨："这是哪个祖宗定的家法，这墨得用到猴年马月？"

第十四章

这一日，省里一份紧急公文下达到济宁，所有官员都为之一惊。原来因为孙美瑶临城劫车一事，督军受牵连被免职，新来的督军一上任，就要肃清匪患。济宁是匪患重地，这次下发的公文让黄子荣等人深感压力。

裘大炮见所有人都不言语，便开口道："肃清匪患，没别的好法子，就是一个字——剿！都是一帮刀头舔蜜的主儿，不杀几个带头的，根本就镇不住。"

黄子荣却不赞同："裘旅长，剿匪虽说能震慑土匪，但不是良策。咱们济宁地处鲁西南，自古就盗寇横行。宋代有水泊梁山一百单八将，如今有飞鱼岛和鸡冠山。这些人占据水岛山林，地形复杂，易守难攻。如若强攻，损兵折将不说，恐怕也不见得能有成效。就算派重兵强攻进去，往往也是人去山空，等军队一撤，就又死灰复燃。剿匪的法子，是治标不治本。"

裘大炮冷笑道："你是说我老裘的法子不好呗，那你有啥好点子？"

"要想彻底解决匪患，最好的办法就是招安。飞鱼岛和鸡冠山的土匪多数本是良民，因事所迫才去当土匪，若能免去他们的罪过，劝他们下山重新为民，岂不是两全其美？裘旅长当年也是草莽英雄，现如今不也是一方名将。"

裘大炮见一旁的侯立人还不说话，着急道："侯立人，你别不吭声啊，你是警察局局长，将来真要招一帮子祸害进城，你也好过不了。"

侯立人笑了笑："裘旅长，我觉着黄知事的主意更为可行。剿匪毕竟兴师动众，劳民伤财，要是不动刀枪，就能把事办利索了，不是更好？"

裘大炮不满地看着二人："行，你们愿意招安就招安，反正这次新督军说了，军政合作，以政为主，我老裘这次就是跟着听吆喝的。可咱把丑话说到前头，将来要是招一窝子祸害，惹出啥麻烦来，别怪我老裘没提醒你们！"说完，起身离去。

黄子荣回到家便开始动笔写招安信。这时，吴兴安走了进来，说老疙瘩把墨用完了，黄老太太已经把他放出来了。黄子荣一愣，心想怎么可能，那块墨至少也得写四五天的工夫，可这满打满算三天还不到，他觉得这里头肯定有猫儿腻。黄子荣来到耳房，四处翻着苇席，他猜想老疙瘩一定是把墨藏起来了，可找了半天什么都没找到，他不禁纳闷起来：这小子到底把黑乎乎的墨头藏哪儿了呢？

　　黄老太太端着一大碗面递到老疙瘩面前："老疙瘩，关了好几天，憋坏了吧？奶奶给你下了碗面条，快趁热吃。"

　　"还是奶奶疼我。"

　　黄老太太夹起一筷子面条："张嘴，奶奶喂你。"

　　老疙瘩张开嘴，他的牙齿和舌头都黑不溜秋，黄老太太看到后忽然笑了起来。

　　"奶奶，您笑啥呢？"

　　"我这宝贝孙子呀，聪明机灵，我看着就喜欢。"黄老太太这才明白，原来那墨是这么没的。他才十一岁，就能想出吃墨的办法，将来绝不是个简单人物。

　　重获自由的老疙瘩对杨春早起了恨意，心想要不是杨春早告状，他也不会被罚抄书，小鹰也不会差点儿丧命，这个仇他一定要报。老疙瘩带着小鹰来到西鲁学堂后院，透过门缝，他看到杨春早正在院子里晒书，真是难得的好机会，于是他将小鹰放飞，自己跑到前院猛敲大门。

　　杨春早听到声音，赶紧向前院跑去。此时，盘旋在空中的小鹰俯冲下来，抓起一本书，又飞向了天空。杨春早探出头寻找着，可门外并没有人，他想一定是有人故意捣乱，便回去继续晒书，可他很快就发现原来放书的地方空了一块，那是宋版《金刚经》，刚才明明就在这儿，怎么转眼就不见了呢？他来回翻找着，忽然在席子旁边的地上看到了一摊鸟粪，他大概猜到是谁偷的了。他想，这次不能再硬着来了，否则这孩子能把藏书楼给他点了，既然不能来硬的，那只能顺毛捋了。

　　这天杨春早给学生放了假，让秋香告诉他们自己病重，不能上课了，还特意将老疙瘩叫到身边。杨春早躺在炕上，盖着薄被，双眼无神地看着站在炕前的老疙瘩。

　　坐在炕沿的秋香擦了擦脸上的泪水，抽泣着对老疙瘩说："丁大夫说这是心病，要是书找不回来，怕是挺不过这几天了。"

杨春早有气无力地说:"老疙瘩,我死以后,你可一定要好好用功读书,别再贪玩了……"

老疙瘩不安:"先生,您不能死,不能死呀。"

杨春早凄楚地笑了笑:"回去吧。"

"先生……"

"天行,听话,回去吧!"杨春早摆了摆手,闭上了眼睛。

回家的路上,老疙瘩吓坏了,他是想报仇,可他从来没想过要先生的命啊。不行,得赶快把书还回去。老疙瘩将藏好的书取出来,用红布包好,偷偷放在杨家门前,然后轻手轻脚地离开了。

黄子荣派人把招安信分别送到了飞鱼岛和鸡冠山,请他们到河神庙面谈。牛震山早就想脱了这身匪皮,换上军装让一片云瞧瞧了,于是他爽快地答应了招安,但是条件是必须让他做保安队大队长。黄子荣仔细权衡后,点头答应了。

一片云这边却没那么容易,她盯着黄子荣,问道:"黄老爷,今天我就问您一句话,要是我不再为匪,咱俩有可能吗?"

"大当家的,玩笑了,黄某是有妻室的人。"

"我可以给黄老爷当二房。"

"大当家的才貌双全,一定能嫁个更好的人家。人生在世,总不能一生为匪,黄某劝大当家的不要错失良机呀。"

一片云冷笑:"错失良机?就算让我当大总统,若日子过得不痛快,还不如当土匪好。"说完,她失望地离开了河神庙。

侯立人听说黄子荣要让牛震山来当保安队大队长,不由得怒火中烧。保安队一直隶属他的管辖,他还兼着大队长,如今要让牛震山当这个大队长,黄子荣明摆着就是想把他给架空啊!他思来想去,决定必须要把这次招安搅黄了不可。这时,侯立人想到了裘大炮,于是他来到兵营训练场,极力说服裘大炮剿匪。

裘大炮不解:"你当初不是赞成招安吗?"

"裘旅长,我当时赞成招安,也是为您着想。"

"胡说!侯立人,你害怕得罪黄子荣,跟我有什么关系?"

"裘旅长,别动怒,您听我把话说完。一片云和牛震山都是悍匪,飞鱼岛和鸡冠山地形复杂,如果强攻,伤兵损将暂且不说,到最后怕是连个人影也抓不着。您负责剿匪城防,如若最后强攻无果,新任督军怪罪下来,黄子荣再把责任都推到您的身上。您说，出了力还不讨好，这是何苦呢？"

"你说得不对。老子负责剿匪城防，结果最后让黄子荣没动一兵一枪就把土匪给招安了，老子在督军那里不更丢人？"

侯立人笑了笑："剿灭土匪算是裘旅长的军功，可招安土匪那就成了黄子荣的政绩，侯某明白您的心思。裘旅长，我有个不用您费劲儿就能建立军功的法子，您想听吗？"

"怪不得人家背地里都叫你鬼子侯，跟老子绕了半天，总算说到正题了。有话快说！"

侯立人附在裘大炮耳旁一阵低语。

到了正式招安这一天，牛震山带着七八十名土匪来到河神庙。河神庙的门开着，庙门的上方挂着一个用红布扎成的花球，花球两侧挂着长长的红布，垂落到地面。十几个着装统一的民乐手腰间系着红布，手持乐器，在庙门一侧演奏着喜乐。正对庙门约二十米远的地方，摆放着一个大木案子，木案子上放着笔墨纸砚和几张写好的文书。

黄子荣来到牛震山面前，拱手施礼："牛大队长弃暗投明，欢迎欢迎。"

牛震山抱拳还礼："黄老爷，今天是个啥规矩？"

"牛大队长，按规矩，咱们得先去祭拜河神爷。"

"对，是得去给河神爷他老人家磕个头。"

二人正向河神庙走着，突然传来两声枪响，黄子荣一惊，回头看去，只见一队警察端着枪跑来，大声喊着："不好了，土匪诈降，造反了！"

不远处的树林里，马副官带着众多士兵持枪冲出，向土匪队伍开枪射击。不少土匪中弹倒地，剩下的赶紧端起枪还击。

黄子荣和牛震山互相看着对方，眼睛里都充满了疑虑。牛震山迅速掏枪，指着黄子荣："黄子荣，你敢涮老子！"

侯立人、赵长顺也掏出手枪指向牛震山："不许动！"

黄子荣大声喊道："不许开枪！"

牛震山毫无防备，决定先行撤退，他拿枪指着黄子荣快步后退，带着众土匪一同杀出了重围。牛震山等人来到荒野山沟，忽然几发炮弹飞来，在他们中间爆炸，山沟对面的坡顶上也射来密集的子弹，土匪们纷纷倒地身亡。牛震山心想，他们是中了埋伏，连忙带人退回去。这时，黑脸带着几十名土匪过来接应。

从看到招安信那刻起，黑脸就怀疑其中有诈，果不其然，幸好他还带了些兄弟留在山上用来接应，否则这次就被官府一网打尽了。

牛震山回到鸡冠山后大发雷霆，他还以为黄子荣是个言而有信的君子，没想到竟会给他摆鸿门宴，还害死这么多兄弟，此仇不报，誓不为人！

黄子荣没想到事情会变成这样，他本想着若招安成功，不仅匪患清除，济宁城还多了一股保境安民的力量，可如今竟弄成这样一个局面，牛震山会怎么想，济宁的百姓们会怎么想。他们肯定会认为，官府失信于匪，失信于民，这个损失不好挽回呀！他暗中派人调查诈降一事，想尽快给牛震山一个交代，可就在这时，老疙瘩被鸡冠山的土匪给绑走了，同时被绑走的还有宋秋安。宋家与鸡冠山本无冤仇，只是那日土匪在跟踪老疙瘩的时候，恰好被宋秋安撞见，土匪见宋秋安像是有钱的主儿，便把他一块儿带到了鸡冠山。

宋家和黄家同时收到了牛震山的信和自家孩子的一缕头发，但赎人的条件不同，宋家拿钱即可，黄子荣必须在三天之内上山，否则就要老疙瘩的命。显然，牛震山此举就是想黄子荣自己来送命。

黄子荣把侯立人和裘大炮找来一同商量对策。侯立人看完信，事不关己地说："牛震山绑人上山，无外乎就是赌气。黄知事招安本来是出于一片诚意，只是后来闹出了误会，只要当面跟牛震山把话说开，这误会也就解开了。"

裘大炮一拍桌子："做梦！牛震山手底下死了那么多人，说两句就拉倒了？黄知事，不是我老裘咒你，你要是不听劝，非要上山，你这条命保不齐就没了。"

侯立人诧异地看着裘大炮，心想他今天脑子一准是进水了，黄子荣愿意去鸡冠山送死，这是多好的机会呀，成全他就是了，这时候站出来装啥好人。

黄子荣苦笑："裘旅长，多谢忠告，可是我不上山，犬子只怕就得死在山上。"

"有我在，谁都死不了！"杨春早走了进来。

黄子荣起身："春早，你怎么来了？"

"苍天在上，厚土在下。你跟我说句实话，诱降牛震山，趁机设伏，是你黄子荣的主意吗？"杨春早问道。

"黄某是真心实意招降牛震山，谁知中途出了乱子，这实在不是我的本意呀。"

"有这句话就行了！牛震山绑票，无非是想诱你上山杀之，只要我去见他，把事情说清楚，他的火至少会消一半，剩下的就是谈条件了。"

"春早，你不能去，如今牛震山正在火头上，上山说和，与虎谋皮，太危险了。"

杨春早坚持:"牛震山想杀的是你,我这条命他没兴趣。放心,凭我这三寸不烂之舌,就算苏秦张仪再世,也不是杨某对手,更别说牛震山了。更何况秋安和天行都是我的学生,一日为师,终身为父,学生有难,老师相助,这是我们杨家传下来的师训家规,不用再多说了!"

事不宜迟,杨春早即刻前往鸡冠山见牛震山,向他解释其中的误会,但牛震山不相信,非要黄子荣亲自前来说明。杨春早见一时说服不了,便提出要见见秋安和天行,牛震山痛快地答应了。

四个土匪将五花大绑的老疙瘩和宋秋安押了上来,杨春早心疼地看着二人:"秋安、天行,别怕,再忍几天,家里正想办法救你们呢。"

老疙瘩安慰道:"先生,回去告诉我爹我娘和我奶奶,我在这儿挺好,不用担心。"

"杨先生,我一天都不愿意待了,您让我爹娘抓紧凑钱来赎我呀!"宋秋安着急接话,他现在肠子都悔青了,早知这样,他就不该逗英雄。

牛震山走上前:"劳烦杨先生回去给黄宋两家带个话,就说我给他们三天的工夫,到时候黄子荣要是还不上山,宋家还不拿钱来,就让他们抬着棺材来接人吧。"

这时,老疙瘩忽然跪在杨春早面前,神情严肃地说道:"先生,今天您能替我爹冒险上山来看我,天行感激不尽。上回放鹰偷书是我干的,我知道错了,这回要是回不去,只怕连个道歉的机会都没有,学生在这儿给您赔礼了。"

杨春早想上前安抚老疙瘩,牛震山却不耐烦了,请他下山。杨春早不得不离开了鸡冠山。

杨春早走后,牛震山吩咐人赏给老疙瘩一个肉饼,却给了宋秋安一个窝头。

宋秋安不满道:"你们不讲公道,一样的肉票,凭啥给他肉饼,给我窝头?"

牛震山不屑地说:"就凭你小子这个熊样!"

杨春早会无功而返,黄子荣早就料到这一点,牛震山想要他的命,又怎么会轻易放过老疙瘩他们呢。

黄子荣刚回到家,黄老太太便一脸焦急地问他老疙瘩的事。他安慰道:"娘,放心吧,牛震山误会我设伏剿他,等事情弄清楚了,人也就放回来了。娘,子田是个厚道人,干活是把好手,可操持这个家恐怕不行。彩英也不是管家的材料,这个家以后还得您老多支撑着。"

黄老太太听黄子荣这么说，心里一惊："子荣，冷不丁的，咋说起这些话来了。"

"没什么。"黄子荣默默地回了屋。

黄老太太心想不对劲儿，子荣这么说一定是打定主意去鸡冠山了，她不能让子荣去送死，可子荣不去，老疙瘩就得死。她心乱如麻，思来想去，决定去求助一片云，如今能救他们黄家的只有她了。

天还没亮，黄老太太瞒着黄子荣，偷偷喊上黄子田，一起来到飞鱼岛。其实她早就知道一片云对子荣的情意，但子荣没这份心，她也只当不知道，可如今为了子荣，她只能来求一片云了。

一片云得知黄老太太上了岛，不知是见还是不见。

"见，当然得见！姐姐，别看黄子荣是黄家顶梁柱，其实黄老太太才是主心骨，只要她答应了，黄子荣那边想不答应都不行。"樱桃劝道。

一片云为难："可有些话我不好说呀。"

"姐姐，话我来说，你只管把架子端足就行了。"

黄老太太来到飞鱼岛，诚恳地请求一片云说服牛震山放过子荣和老疙瘩。

一片云叹气道："老夫人，虽说飞鱼岛和鸡冠山有连山之好，可鸡冠山毕竟死了那么多人。牛震山的脾气您老想必也有耳闻，要想让这头倔牛改主意，难哪。要说别的事，或许我能帮上忙，可这件事，只怕是让您老白跑一趟了。"说完，一片云借故先离开了，让樱桃替她招待老夫人。

一片云走后，樱桃上前给黄老太太倒茶："老夫人，樱桃多句嘴，您老别不爱听。"

黄老太太笑了笑："樱桃姑娘，有话请直说。"

"要说这人吧，也不是救不了，可光凭您这三言两语，就想让我姐姐救人，只怕不太合适。"

"樱桃姑娘啥意思？"

"我姐姐对黄知事的情意，您老也知道，都说这男大当婚，女大当嫁，我姐姐岁数也不小了，总耗在岛上也不是个事儿。要是老夫人能成全我姐姐和黄知事这桩婚事，一家人就不会说两家话了，救人自是不在话下。"

"樱桃姑娘，子荣为官，可大当家的是匪，自古官匪不通，就算我们黄家不顾家规，这国法只怕也不容啊。"

"老夫人多虑了，新来的督军不是让各地解决匪患吗？黄知事不久前也给我姐姐来了亲笔信,邀我姐出岛。要是您答应了这桩婚事,我姐就会解散飞鱼岛。如今鸡冠山损兵折将,已不成气候,若飞鱼岛再归顺了政府,黄知事就是剿匪有功,到时候督军一高兴,只怕还能给黄知事升官呢。"

黄老太太迟疑:"就算飞鱼岛愿意接受招安,可子荣是有妻室的人,嫁到我们黄家,只怕你们大当家的要受委屈。"

"这个您老不用多虑,我姐姐最明白事理,她愿做二房,决不会让黄知事为难。"

这时候,一片云走了进来:"老夫人,要是没别的事,请您老赶快回去吧,黄家讲究官匪不通,别让外人再说闲话。樱桃,替我送老夫人下岛。"

樱桃示意:"老夫人,请。"

黄老太太起身:"大当家的,如果我答应你进我们黄家,你真能把老疙瘩给救回来?"

"老夫人,这事儿你可想好了,黄家的祖训家规违反不得。"

"规矩是死的,人是活的。"

一片云内心暗喜:"好,那咱们一言为定!"

"等等。"樱桃接话,"老夫人,这么大的事,您总得留下点儿有分量的凭证吧?"

黄老太太摘下右手无名指上的一枚金镶玉的戒指,递给一片云:"这是子荣他爹当年与我成婚时给我的信物,拿这个当凭证,大当家的觉得够分量吗?"

一片云把戒指攥在手中:"老夫人放心,我一定把人平平安安地救回来!"

黄子荣并不知道黄老太太去找了一片云,他一大早便独自去了鸡冠山。他没有耐心再坐等消息了,老疙瘩在牛震山手上多待一天就多一天危险。

牛震山见黄子荣终于来了,毫不客气地将他反绑在柱子上,拿尖刀指着他:"姓黄的,欠债还钱,杀人偿命。今天老子就拿你的命来给我那些死去的弟兄祭灵!临死前还有啥交代的没有?"

黄子荣面不改色:"还请大当家的兑现承诺,把老疙瘩平安送下山去。"

"这个你尽管放心,我不像你,言而无信。"说完,牛震山拿刀刺向黄子荣的胸口,就在这时,宋鲁生也赶来赎人了。

宋鲁生走上前,从布褡裢里拿出一张一万大洋的银票递上。牛震山本就没想要为难宋家,送去的信上也只写了"随便给"三个字,所以并不在意宋鲁生拿来多少赎金。

牛震山忽然想到什么，对宋鲁生说："宋掌柜，听说你们宋家跟黄家素有恩怨，我不白拿你这么多钱，今天我让你看看你的仇人是怎么上西天的。"

"大当家的，刀下留人！"宋鲁生脱口阻拦。

"宋掌柜，你还有啥想说的？"

"大当家的，人死不能复生，宋某在商言商，要是能把黄知事这条性命换成现大洋，宋某觉得也不失为一桩不错的生意。"

牛震山顿了一下："宋掌柜觉得黄子荣这条命值多少钱？"

"价钱还得大当家的跟黄家商量。"

"我性子急，不想等了。宋掌柜，你们宋家要是出的价钱合适，黄子荣这条命倒是可以卖给你。"

"大当家的说话算话？"

"说话算话。"

宋鲁生听后，连忙脱下一只鞋，从鞋垫下掏出另一张银票："这是一万大洋的银票，不知大当家的愿不愿意做这笔买卖？"

牛震山意外："感情宋掌柜还有存货呀！一万大洋，不少。"

"那就放人吧。"宋鲁生快步走到黄子荣一侧，想替他解开绳索。

牛震山突然扔出一把匕首，直直地插在宋鲁生头顶的立柱上："我让宋掌柜自定赎金，是给你们宋家面子，没承想你跟我还留了一手。把银票拿回去吧，黄子荣这条命，别说一万大洋，你就是给我一座金山银山，我也不换！"说完，再次拿刀对准黄子荣。

就在这千钧一发之际，得到消息的一片云匆匆跑来："牛震山，黄老爷不是那种出尔反尔的小人，招安的事一定是另有隐情。"

牛震山不满："隐情？你那是情人眼里出西施。来人，请一片云下山！"

"牛震山，事情已经发生了，你就算杀了黄老爷也于事无补。"

"那你想咋样？"牛震山看着一片云。

"牛震山，这是飞鱼岛全部家当，你答应放了黄老爷，这些就都归你了。"一片云拿出一个油布袋子，打开袋口，里面装的都是金条。

"一片云，今天你就是搬座金山来，老子也不稀罕。"

"那你稀罕啥？"

"要让我放了姓黄的，也行，不过你得答应嫁给我。"

一片云怒道："做梦！我一片云说过，要嫁就嫁顶天立地的英雄好汉，不嫁你这种偷鸡摸狗的小人。"

"既然如此，我也不强人所难。来人，送他们下山。"说完，牛震山快步走到黄子荣面前，咬牙切齿地说，"姓黄的，这辈子有人这么死心塌地地喜欢你，今天就算死了，你也不屈了。"

看到牛震山拿匕首向自己的胸口刺过来，黄子荣平静地闭上了双眼。

"等等！"一片云快步挡在黄子荣面前，对牛震山说，"行，我答应你。"

牛震山一怔："真的？"

"真的，不过你得马上送黄家父子下山。"

"云妹妹，你别拿我当三岁的小孩，我现在把人放了，你最后要是又反悔了，那我不是白高兴一场？"

"那你说咋办？"

"都说择日不如撞日，我看这样，喜事就定在明天，黄知事和宋掌柜都是济宁城的头面人物，明天就请他们一位主婚，一位证婚，等喜事办完，我亲自把两位安全地护送下山去，你看咋样？"

一片云沉默了一会儿："你说话算话？"

"我要是言而无信，天打五雷轰！"

鸡冠山的其他土匪见状，都替牛震山高兴，他们呼喊着："恭喜大哥明日成婚！弟兄们，明天咱们一醉方休！"

黄子荣看着面无表情的一片云，暗暗叹了口气。

第十五章

鸡冠山的大厅布置得喜气洋洋，许多长木案子对在一起，竖着摆成四列。几十名土匪坐在木案两旁的长凳上，热烈地议论着，黄子荣和宋鲁生则无奈地站在一旁。牛震山穿着一身新郎服，将蒙着红盖头的一片云搀扶到自己身边。

被迫当主婚人的宋鲁生大声说道："诸位，吉时已到，两位新人准备成亲。一拜天地！"

牛震山正跪地准备行礼，一片云突然掀开红盖头，从盘发上拔下银簪，猛地刺向牛震山的脖颈处。牛震山一闪，抓住一片云的手腕，起身将她的胳膊扭到背后，夺下银簪。几个土匪迅速上前抓住一片云，把她按跪在地上。

黑脸靠近牛震山："大哥，一片云的心思还在黄子荣身上，干脆把姓黄的宰了，她也就没啥指望了。"

"你敢！"一片云怒喝牛震山。

"我知道你的心不在我牛震山身上，今天就算勉强成亲，也没啥滋味。"牛震山又走到黄子荣身旁，说道，"黄子荣，这回你是主动上山，我牛震山得讲究江湖规矩，你这条命我先不要，不过老疙瘩和宋秋安是鸡冠山绑来的肉票，他们是死是活，还是由我来做主。"说完，让人将老疙瘩和宋秋安押了上来。

黄子荣和宋鲁生见孩子们被带了上来，急忙走上前，关切地打量着他们。

"既然是绑票，那咱就得绑点儿花样出来！"牛震山从后腰处拔出匕首，划破一只手的中指，又用划破的中指分别在老疙瘩和宋秋安的额头上画了个十字。

"死票令！"一片云的脸色瞬间阴沉了。

黄子荣疑惑："死票令是啥？"

"绺子绑了两家的肉票，限定时间，让两家凑钱竞价，到时候赎金多的一方来领人，少的一方来领尸，这就是死票令！"一片云解释道。

"黄知事、宋掌柜，我给你们两家一次救人的机会，但能不能救成，那就得看你们这两个当爹的本事了。"牛震山说道。

宋鲁生急忙问道："大当家的，昨天你已经答应放了秋安，今天怎么能出尔反尔？"

"宋掌柜，这事怪不得我，要怪只能怪你救人的心不诚！既然你跟我耍心眼，那以前的约定自然也就不作数了。"

宋鲁生没想到事情会弄巧成拙，正要开口求情，却被众土匪轰了出去，一片云、樱桃和黄子荣也一同被赶出了山。

下山的路上，一片云将装着金子的油布口袋递给黄子荣："把这些拿去！"

黄子荣摆了摆手："还是我自己想办法吧，我欠你的情太多了，再欠我真还不起了。"

"啥情不情的。"一片云顿了一下，"那这些金子我给你备着，啥时候要用你让人给我捎句话，行吗？"

黄子荣感动地点了点头，一片云笑着上马离去。

回到家的黄子荣赶紧四处筹钱，黄老太太和马彩英将家中的现钱都凑了起来，却也只归拢了一万多大洋。马彩英心想，宋家上回去鸡冠山就已经凑了两万，他们如果不多筹备些，肯定救不了老疙瘩。就在黄家人一筹莫展时，白大可带着五千大洋的银票来到了黄家。

马彩英意外："白掌柜，您这是？"

白大可笑了笑："孩子的事城里都传开了，这是我的一点儿心意，但愿能帮上忙。"

马彩英感动道："白掌柜，这多不好意思。"

"人人不必客气。黄知事平时爱民如子，对济宁城众商家更是关照有加，如今黄家有难，白某自当鼎力相助，希望二少爷能早日平安回来。告辞！"

白大可转身欲走，黄子荣请他留步："白掌柜，心意黄某领了，不过无功不受禄，钱请拿您回去吧。"

"黄知事……"白大可无奈地看了看黄子荣，转身离去。

马彩英不满："老爷，那可是救命钱哪，少了这五千块大洋，老疙瘩兴许就救不回来了。"

"钱的事我再想办法，但黄家的家规不能破。"

"家规，家规，眼看儿子命都没了，还守什么家规！"马彩英生气地拍着桌子。

这时，黄老太太拿着一个小木盒子从里屋走出来："彩英，这事子荣做得没错。吃人家嘴软，拿人家手短，真要收了白大可的钱，子荣今后就直不起腰板了。"

"算咱借他的还不行？"

"白大可和侯立人整天勾勾搭搭，是借是给，将来说不清楚。"黄老太太说完，将一个小木盒递给黄子荣，"子荣、彩英，这里面装的是咱黄家的房契和地契，赶快拿着去找买主，千万别再耽误了工夫。"

"娘……"黄子荣激动地接过木盒，说不出话来。

"钱是身外之物，只要能把老疙瘩救回来，咱黄家倾家荡产也在所不惜。"

黄子荣重重地点了点头，立马拿着房契和地契出了门。他去了一个又一个商铺，可各家的管家一律托词称东家出门在外，请他到别处看看。起先他还以为只是巧合，后来他才想明白，一边是济宁城的县官，一边是商会的会长，不管帮谁，都会得罪另外一家，所以他们索性谁都不见。

黄子荣没有放弃，他来到玉堂酱园找到孙敬谱。孙敬谱请他来到前厅，二话没说将一张银票推向黄子荣。

"黄知事，这是五千块大洋的银票，不瞒你说，这钱我早就备好了。你和鲁生，一位是我敬重的官长，一位是我的至交好友，这笔钱无论我给哪一方，心里都会对另一方过意不去。所以，思来想去，我决定在家等着，看看这张银票跟谁有缘。"

黄子荣感动不已，从吴兴安手里拿过小木箱子放在桌上："孙掌柜，房契和地契先押在您这儿，等将来有了钱，我再赎回去。"

"万万不可，区区五千块大洋，咋能押上黄家全部家当。黄知事，这笔钱算我借给你的，等啥时候手头宽裕了，再还我就是，我孙敬谱对您黄知事决无所图。"

"那好，多谢孙掌柜仗义相助。孙掌柜，如今我着急筹款，可满城上下有些实力的商家都躲着黄某，还请孙掌柜帮忙指一条明路。"

"是呀，县大老爷家的东西，拿了确实烫手。"

"但我是诚心实意要押契换钱哪！"

"可别人不这么想啊。黄知事，要不您去查爷那里试试？"

"对，我怎么把他给忘了。多谢！多谢！"黄子荣恍悟，即刻告辞离去。

自从解散船帮后，查爷就做起了借贷生意，如今济宁城能迅速筹到大量现钱的地方也只有他那儿了。黄子荣希望查爷能买下黄家祖产，查爷没有拒绝，只是他开的价格只有两万大洋。黄子荣犹豫了，这么大的事他得回家跟娘商量一下，毕竟这些祖产加起来绝不只值两万大洋。

黄老太太听说后，一口便答应了，两万就两万，为了救人也顾不得那么多了。黄子荣拿着小木箱，再次来找查爷。查爷的手下却告诉他查爷去曲阜收款子了，接着又将一千大洋的银票交给黄子荣，说是查爷的一片心意，出门前交代留给黄家救人用的，不收本钱和利息。

黄子荣听后颇为意外，他知道查爷是好意，但既然对方无意要买黄家的祖产，他就不能无缘无故收别人的银票。黄子荣叹了口气，转身离开了。

待黄子荣走后，查爷从门后走了出来。手下问他为何将到口的肥肉拒之门外，查爷感慨道，如今像黄子荣这样的清官已不多了，让他现在对黄家趁火打劫，他实在下不去手。

黄子荣失落地回到家，奔波了一整天，房子和地还是没卖出去，眼看着离赎人的日子没几天了，他拿什么去救老疙瘩呀？马彩英在一旁急得直掉泪，黄子荣一边安慰她，一边继续想办法。

这时，吴兴安推门走进来："老爷，今年的税款提前收齐了，一共四万大洋。我知道老爷和太太正为筹钱犯愁，我斗胆说句话，您看，要不先拿这税款顶顶？反正离上交的日子还有些时候。"

马彩英擦了擦眼泪："老爷，有这笔钱应急，再加上咱手头的现钱，老疙瘩八成就有救了。"

黄子荣反对道："彩英，私吞税款可是杀头的重罪。"

"这钱咱又不是不还，只是暂时挪用，等把人救回来，咱再卖房卖地，还上就是。"

"那么一笔巨款，别说现有这些祖产，就算把你我都卖了也还不上。"

"还不上就不还，我听说满山东，每年税款数着济宁交得最早最全，其他地方是能拖就拖，能赖就赖。到时候真要交不上，那就明年再交，我就不信因为晚交几天税款，天就能塌下来。"

"国家税款不能随意动用，这是规矩！"黄子荣坚持道。

马彩英声嘶力竭："为了你的规矩，你就眼睁睁地看着老疙瘩死在鸡冠山上？"

"不要说了！"黄子荣抬高嗓门，"税款绝不能动，这事儿没商量。大不了我再上山把老疙瘩换回来。"

马彩英气得冲出了房间，她知道自己劝不动黄子荣，但娘肯定有办法，于是她把税款的事讲给黄老太太听，希望她能劝说黄子荣。黄老太太虽点头答应着，但她心里已另有打算。

第二天，天还没亮，黄老太太便骑着毛驴来到了鸡冠山，她已经将一切都交代妥当，这次来就是要以命相抵。

牛震山意外地看着黄老太太："老夫人，你想把老疙瘩给替回去？"

黄老太太笑道："孩子在山上待了不少日子了，满家人都想他了，我想先把他替回去，等子荣筹够了钱，到时候再把我接回去，不知道大当家的意下如何？"

"老夫人，这事你可得想好了，明天可就要竞票了，到时候如果你们黄家筹的钱比不过人家宋家，你这条命可就得留在鸡冠山上了。"

"真要是那样，那就留下吧，反正我也是一把老骨头了，多活一天还多糟蹋一天的粮食。"见牛震山有些迟疑，黄老太太继续说，"大当家的，绑票要赎金是江湖规矩，主家以人换人，我听说也是江湖规矩。"

"您老懂得还真不少，不过这以人换人说的都是骨肉至亲，我咋听说老疙瘩不是你们黄家的骨血，真要是为个外人把您老的命搭上，只怕不值吧？"

"大当家的，别说老疙瘩是黄家的骨血，就算他不是，只要姓了黄，我们黄家就不能让他给外人欺负了。"

"好，老夫人既然愿意留下，我就成全你。不过丑话说在前头，今天我好吃好喝招待着您老，明天要是黄家竞票输了，您可别怪我牛震山翻脸无情。"

"放心吧，到时候真要是把命留在了鸡冠山，也是我心甘情愿，将来就算见了阎王爷，我决不说大当家的半句坏话。不过，我有个请求。"

"你说。"

"我这辈子吧，不管干啥事都干净利索，到时候还请大当家的赏杯酒喝！"

牛震山对黄老太太颇为敬佩，答应了她的要求，叫人将老疙瘩带了上来。

老疙瘩一见黄老太太，急切地跑了过去，一头扎进她的怀里。

黄老太太抚摸着他的头："宝贝孙子，赶快回家吧。"

老疙瘩一愣："奶奶，土匪要放我回去？"

"对，放你回去。"

老疙瘩有些不相信："真的？奶奶，那咱赶快走吧！"

黄老太太拍了拍老疙瘩的脸颊："老疙瘩，你先走，我跟牛大当家的还有点儿事没办完。"

老疙瘩看了看牛震山："奶奶，您啥时候走？"

"奶奶办完事就走。你先回去，你爹和你娘都在家等着呢。你那只鹰，奶奶给你照看得欢实着呢，今天走得早，我忘了喂水，你回去以后赶紧喂它。快走吧。"

"奶奶，那您也早点儿回去。"

黄老太太笑着点了点头。

老疙瘩信以为真，便跟着土匪下了山。老疙瘩回到家时，黄家人正着急地找黄老太太，他们见老疙瘩忽然回来了，是又惊又喜。

黄子荣一把抱住老疙瘩："老疙瘩，你咋回来了？"

"是奶奶去鸡冠山把我接回来的。"

"你奶奶呢？"

"奶奶说还有事要等等再走，让我先回家。"

黄子荣一听蒙了，急忙对马彩英说："快，快去把房契和地契都找出来。"

"老爷，就那些钱，肯定不够哇。"

这时，吴兴安急切地走进门来。黄子荣问道："这一大早你去哪儿了？兴安，娘去了鸡冠山，你赶紧把那四万税款取回来，跟我上山救人。"

"老爷，税款已经押往济南了。"吴兴安扑通一声跪在地上。

"押往济南了？啥时候的事？"

"今天一大早老夫人去找我，她说是您的意思，让我火速派人赶早班火车把税款押往济南，说您怕自己变卦反悔。现在税款已经快到省城了。"

黄子荣绝望地坐在椅子上："娘啊，您老这是把后路都给我堵死了……"

杨春早也来到黄家，他把一封信递给黄子荣："子荣，伯母一早急匆匆去找我，让我响午的时候把信亲手交给你，当时我就觉得奇怪，思前想后，总担心万一有事，就提前来了。"

黄子荣连忙拆开信，急切地看着，泪水默默流了下来。

马彩英不安道："老爷，娘的信上说啥了？"

"娘让咱们不要为她筹钱，谁的钱也不能借，她说咱们要是不听话，她就一头撞死在鸡冠山上。"

章云芳听说了此事，兴冲冲地告诉宋鲁生："老爷，喜事，天大的喜事！"

"咋的，秋安回来了？"

"不是秋安，是老疙瘩回来了。"

"老疙瘩？牛震山突然发了善心？"

"不是牛震山发了善心，是黄家老太太上山把人给换回来的。听说她临走前留下了遗书，不许黄子荣筹钱救她，不然就一头撞死在山上。老爷，真要是这样，牛震山发的死票令自然也就不作数了，到时候咱按照规矩，只出一万大洋，秋安就能回来，这不是天大的喜事！"

"咱们宋家张灯结彩，可人家黄家得披麻戴孝，章云芳，这种事你也高兴得起来？"说完，宋鲁生气冲冲地出了门，朝黄家走去。当他来到黄家时，一辆装着棺材的马车正停在黄家大门外。

黄子荣走下台阶，指着棺材，向赶车的伙计问道："这是咋回事？"

"黄知事，这是老夫人今儿一早到我们店里订下的，说是明天急用。"伙计回道。

黄子荣听后，腿一软倒在了地上，众人忙将他扶进屋。混在人群中的宋鲁生默默地看着眼前的一切，随即转身去找杨春早。

"杨先生，你跟我说句实话，老疙瘩跟黄家到底是啥关系？"

"宋掌柜，杨某一直敬重你的为人，拿你当朋友，如今黄家遭难，明天黄老夫人只怕就要命丧鸡冠山，可你还在这儿打听人家家事，快走，别脏了杨某的书房！"

"杨先生，我问你老疙瘩的身世不是为了议论他们黄家，实不相瞒，我有办法帮黄家救人，只是这个忙我不能帮得糊里糊涂。"

"怎么，你能救黄老夫人下山？"

"能。"

"老疙瘩的事儿我多少知道一些，可以告诉你，不过你得发誓不许告诉外人。"

见宋鲁生点头答应，杨春早才将当年赵大脚告诉他的，通通告诉了宋鲁生。

得知老疙瘩与黄家并无血缘关系后，宋鲁生不禁慨叹，为了一个无亲无故的孩子，黄子荣不顾生死上山救人，黄老夫人也愿意上山赴死，黄家如此义薄云天，他钦佩之至，于是心里下定决心，一定尽力帮黄家渡过难关。

赎人的日子到了，宋家的马车和黄家的马车依次进了山寨，只不过宋家的车上装的是两口大木箱子，黄家的车上装着的却是一口棺材。

黑脸来到牛震山面前，兴奋地说："大哥，宋家的钱送来了。"

"是那个数？"

"我带人点过了，一块大洋都不少。"

牛震山笑了笑，将酒壶递给黄老太太："黄老夫人，您该上路了！按照您的意思，给您留个全尸！"

"多谢。"黄老太太笑着一口饮尽，不一会儿，她的身体便摇晃着，倒在了地上。

送走了宋秋安和黄老太太，牛震山将山寨的人召集在广场上，他想，是时候做个了断了。如今鸡冠山元气大伤，如果还留在山上，早晚得让官军给剿了。他听说南边的革命军势头正猛，他打算离开济宁，到南边去投奔革命军。他已经替手下的兄弟们打算好了，愿意跟他去的他就一同带上，如果不愿意去，有了宋家的赎金，每人也可以领到一百块大洋的路费，回家自谋生路。

黄老太太被黄家人抬进棺材拉回了家。院子里搭好了灵棚，马彩英、老疙瘩披麻戴孝地等在门前。十个年轻的黄家族人，腰上系着白布带子，站在门前一侧，将马车上的棺材搬进了灵棚。

黄子荣换上孝服，眼含热泪："彩英，娘一辈子干干净净，得梳洗梳洗再送她上路。"

马彩英擦了擦泪水："是，老爷，我亲自给娘梳洗。"

族人们打开棺材，想把黄老太太扶起来，没想到她突然睁开眼，吓得众人惊叫，手一松，棺材盖也掉在了地上。

黄老太太缓了缓神："我这是在哪儿？"

黄子荣连忙上前，泪眼婆娑地看着黄老太太："娘，您还活着？"

"活着？我记得自己喝了毒酒。"

黄子荣由悲转喜，一边扒下孝衣，一边吩咐人将灵棚拆去，扶着黄老太太进屋休息。

平静下来的黄老太太百思不得其解："子荣，平白无故的，牛震山为啥把娘给放了？"

"土匪的性子说不清楚，兴许他是不愿跟黄家结仇吧。"

黄老太太却不以为然，她猜想八成是一片云从中帮了忙。

可一片云并没有再去找过牛震山，她在得知黄老太太平安回家的消息后也十分惊讶。

"牛震山为什么把人给放了呢？"一片云自言自语。

樱桃接过话："谁知道他哪根筋搭错了，突然发了善心。鸡冠山也烧了，听说带着人去了南边。姐姐，让我说呀，这回就是老天爷要成全你！"

"啥意思？"

"姐姐，你还记得黄老夫人到咱飞鱼岛求你帮忙的事吗？反正现如今牛震山去了南边，他们黄家没处对证，姐姐你就把这个功劳揽到自己身上，让他们黄家兑现承诺，把你接进他们的家门。"

"不行，这次我啥忙也没帮上，不能冒领功劳。"一片云说着，将黄老太太送她的戒指摘下来，递给樱桃，"把这个替我给黄老夫人还回去，这是她的心爱之物，总放在我这儿，不合适。"

樱桃还想再说，一片云板着脸，制止了她。樱桃只好带着戒指来到黄家，可她不想姐姐放过这么好的机会，于是她向黄老太太和马彩英撒了谎。

"这么说，我这条命是你们大当家的救的？"黄老太太问道。

"要不然呢？牛震山那是杀人不眨眼的主儿，要不是我姐姐费尽口舌，老夫人您能平安下山？"

黄老太太顿了一下："樱桃姑娘，大当家的这次差你来，有何贵干？"

"老夫人，我姐这次是让我来问您一句话。"

"什么话？"

"她让我问问你，不知道您老当初在岛上说过的话还算不算数？"樱桃拿出那枚戒指，继续说道，"老夫人，您是不是担心迎娶我们大当家的，黄太太她不答应啊，趁着黄太太也在，咱们一起合计合计？"

黄老太太为难地看了看马彩英。

"不用合计了，樱桃姑娘，请回去告诉你们大当家的，让她在岛上等着我们黄家花轿登门就是。"马彩英开口道。

樱桃兴奋地说道："黄太太说话算话？"

"说话算话。"

"好，那我可就让我们大当家的在岛上等着了，告辞。"说完，樱桃又把戒指装回兜里。

黄老太太愧疚道："彩英啊……"

马彩英勉强地笑了笑:"娘,彩英多年不能给黄家生养,要是让子荣把一片云娶回来,再给黄家开枝散叶,也是好事。"

"彩英,娘对不住你呀……"

马彩英没有说话,默默回了房间。一片云虽愿意做二房,可她不想看着自己的丈夫迎娶别的女人,她思来想去,觉得唯一的办法就是让子荣休了自己。

深夜,马彩英拿着自己亲手写的休书来到书房,交给黄子荣:"老爷,休书我替你写好了,只要你签上字,就皆大欢喜了。"

黄子荣摆了摆手:"你让我平白无故地休了你,这叫皆大欢喜?"

"老爷,娘这一辈子一诺千金,言出必行。当初为了救老疙瘩,把戒指都押在了飞鱼岛,如今如果出尔反尔,娘这张脸往哪儿搁?娘为了救老疙瘩都能上鸡冠山,你就不怕娘为了脸面再去飞鱼岛以命抵账?彩英不能再生孩子了,已经对不住黄家,如果再因为我让娘把命搭上,那我就真成了黄家的罪人。"

"彩英……"

"老爷,为了娘,为了这个家,彩英求你了。"马彩英拿起桌上的毛笔递给黄子荣。

"不行,绝对不行!彩英,你对黄家、对我,一片赤诚,我怎能把你给休了!真要那样,我黄子荣与禽兽还有什么区别!"黄子荣把笔重重地按在了桌子上。

马彩英当晚没有再坚持,黄子荣以为她已经断了念头,没想到第二天一早儿,马彩英便一声不吭地回了娘家。

第十六章

　　马彩英不声不响地回了娘家，急得黄子荣和老疙瘩连忙赶去马家接人，可是马彩英就是避而不见，只让人传话给黄子荣，只有他签了休书，她才肯见他。黄子荣心想若不让一片云收回当初和娘的约定，彩英定不会跟他回家的，为今之计只有再去一趟飞鱼岛，彻底了结此事才行。

　　一片云听说黄子荣上了岛，不禁好奇，她已经让樱桃送还了戒指，与黄家再没有纠葛，黄子荣怎么会来找她呢。樱桃这时候才对她说了实话。

　　"你好大的胆子，竟然敢背着我自作主张！"一片云指责道。

　　"姐姐，我那么做也是为你着想啊！如今马彩英回了娘家，黄老夫人也已经不再反对，依我看不如将错就错。"

　　一片云叹了口气："可人家黄老爷心里没我……"

　　"姐姐，舍不得孩子套不着狼，这回你得听我的，豁出去才行。"

　　"豁出去？咋豁出去？"

　　樱桃凑近一片云，在她耳边悄声低语着，一片云听了后，为难道："这行吗？"

　　"听我的，一定行。"樱桃拍着自己的胸脯保证道。

　　黄子荣来到聚义大厅，对一片云说道："大当家的恩情，我们黄家有机会一定报答，只是，还请大当家的收回此前跟我娘的约定。"

　　一片云冷笑："收回约定？当初上山求我的时候，老夫人可是满口答应，对天发誓。咋的，如今用不着我一片云了，就想反悔？天底下哪有这个道理！黄老爷，这回不管你答不答应，黄家的门，我是进定了！"

　　"一片云，自古婚姻之事，妇道人家向来都是羞于出口，可你倒好，张口闭口挂在嘴边，你知不知道羞臊二字？"

　　"男婚女配，人之常情，有啥羞臊的，倒是你们黄家的人，说一套，做一套，害臊的应该是你们。"

黄子荣又气又恼，见一时无果，便以公务为由，先行告辞了。

樱桃见状连忙拦住他，笑道："黄老爷，您是贵客，既然来了，就多住几天呗。"

"不用了。"黄子荣绕过樱桃，向门口走去。

几个守在门口的土匪拦住黄子荣，黄子荣愤愤地看着他们："给我让开！"

"黄老爷，您还真不拿自己当外人，虽说大当家的敬重您，可您也不能把我们飞鱼岛当成市井集市，说来就来，说走就走。既然来了，就先别慌着走，在岛上好好住两天！"

樱桃说完，土匪们架起黄子荣，强行将他带到客房，一片云已在此设好宴为他接风。

席上，黄子荣直言："黄某哪里有做得不对的地方，还请大当家的直说，如今把黄某不清不楚地扣押在岛上，算咋回事？"

一片云笑了笑："黄老爷言重了，您难得上一次岛，留您多住几天，我也好多学几个字，多请教些典故。我爹在世的时候，总说要把我们的岛规岛训请名家誊写出来，可一直拖着没办，您看能不能这次帮我了却我爹这桩未完成的心愿。"

黄子荣起了好奇心："国法、家训，我听说过，岛规岛训还是第一次听说。"

一片云听到这话不乐意了："咋的，就许你们这些大户人家有家规家训，不许我们当土匪的有岛规岛训？"

"请大当家的说来听听。"

"要不，我说，您写，咋样？"

"也好。"

炕桌上摆放着燃着的油灯，黄子荣端详着自己写好的岛训，心里默念着："替天行道，除暴安良。匡扶正义，杀富济贫。不贪不淫，不嫖不赌。不杀无辜，心口如一。"

一片云看着黄子荣，期待地问道："黄老爷，我爹定的这岛规岛训，您觉得咋样？"

黄子荣边点头边感慨："老当家的绝非浪得虚名，生前行侠仗义，治岛严明，黄某佩服。"

"比你们黄家的家规祖训如何？"

"各有千秋。"

谈话间，夜不知不觉地深了。一片云忽然打了个哈欠，念叨着："这说着说着咋还困了，黄老爷，我先睡会儿。"

看到一片云已经躺到炕上，黄子荣急忙说道："大当家的，你不能在这儿睡呀！"

可一片云好像是睡着了，一动不动。黄子荣叹了口气，推门走了出去，可他一出门，秋夜的寒气便冻得他瑟瑟发抖。他在门前来回踱着步，禁不住打了个喷嚏，最后不得不折了回去，关好屋门。

见一片云安然地睡着，黄子荣站在炕边，无奈地看着她，又轻声唤了几句，可她还是没有任何反应。黄子荣只好从炕头上拿起一床被子走到木案前，趴在上面将就了一晚。

黄子荣一早儿没来请安，也没去县公署办公，黄老太太便猜到他是去了飞鱼岛。人在飞鱼岛，她倒是不担心，只是几日不去县公署，难免会被人猜疑。黄老太太便吩咐吴兴安：若有人问起，就说黄知事身染恶疾，在家休养。

黄子荣待在飞鱼岛上已有两日，心里也着急回家，可一片云就是不答应，非要让他教她写字。黄子荣便教了她两个认字写字的法子。一个是读报纸，报纸上的字既多且杂，如果能常读报纸，定能温故而知新；另一个便是写日记，把每天所思所想都记在本子上，这样一来，写对了的字能得到巩固，写错了的字也可慢慢改正。一片云受教，正要上炕学写日记，黄子荣抢先一步走到炕前，脱鞋上炕，抖开被子，告诉一片云自己累了，要先睡了。一片云心知他是怕自己再抢他的炕，便任由他睡，自己在木案上练起了字，直到天快亮时，她才沉沉地睡去。

黄子荣醒来，看到趴在木案上熟睡的一片云，轻轻地下炕走到她旁边，木案上摊着日记本，本子上写着歪歪扭扭的字。黄子荣拿起本子细看，只见上面写着：

  黄老爷又在岛上住了一日，今晚教我写日记与读报纸之法，十分受益。我知道黄老爷不可能永远住在岛上，但实在不愿意他下岛。如果黄老爷能天天陪我，教我，就好了。

黄子荣看完日记，沉默良久，而后轻手轻脚地开门走出屋子。

侯立人听说黄子荣因病连着几日没来县公署，心中犯起了嘀咕，听说马彩英回了娘家，黄子荣要是真生了病，马彩英不在黄家照顾着，这时候跑回娘家干什么。事出反常，侯立人决定亲自去黄家看看。

侯立人来到黄家时，吴兴安正熬着药，他诧异道："侯局长，您咋来了？"

"吴师爷，黄知事得的是啥病啊？找大夫看过没有？"

"老爷犯了头疼的老毛病，当年在德州的时候淘了个偏方，我去抓了几服中药回来，吃两天就好了。"

"那我得进屋看看。"侯立人欲前去开门。

吴兴安连忙拦住："侯局长，我们家老爷昨天疼了一宿，这刚刚睡下。"

"黄知事一定是为政务操劳才累病的，我这当下属的说啥也得看望看望。"侯立人说着就推门闯进屋，他来到炕前，看到纱帐内躺着人，背对他侧着身。

吴兴安凑近侯立人，悄声说："您瞧，老爷还没醒呢，侯局长，一会儿等老爷醒了，您这番心意，我一定转达到。"

侯立人正迟疑要不要上前去看时，黄老太太走了进来，压低声音说："侯局长来了，子荣刚刚睡下，有急事？我把他喊起来？"

侯立人连忙摆手："不用，我就是来探望探望，黄知事既然睡了，就不打扰了，告辞，告辞。"

见侯立人走出大门，黄老太太这才松了口气，睡在炕上的黄子田也起身下了炕。要不是黄老太太在侯立人进门之时碰巧看到他，提前一步做了准备，今天一准被侯立人逮个正着。

马彩英听说黄子荣去了飞鱼岛，几日未回，不禁担心起来。她不能回黄家打听情况，只能来找秋香说话。

"秋香，当时我头脑一热，写了休书，可事后想想，也有些后悔。本来还指望能找个台阶赶紧下去，没想到现在弄成这个样子。子荣上岛都好几天了，看样子是乐不思蜀，跟一片云把小日子滋滋润润过起来了，看来我是想回都回不去了。秋香，你说我傻不傻！"

看到马彩英垂头丧气的样子，秋香不忍，恰好今日杨春早去戏院听戏没在家，她便大了胆子，决心将实情告诉彩英："彩英，我跟你说件事。"

"啥事？"

"其实救你婆婆的人，根本就不是一片云……"秋香把杨春早偷偷告诉她的事通通告诉了马彩英。

马彩英听后,又惊又喜,说道:"照你这么说,人是宋鲁生帮着救的?"

"是呀,所以说,当初黄老夫人答应一片云的那些话,根本就不作数。彩英,你的位子不能就这么白白地让给她!"

马彩英叹了口气:"开弓没有回头箭,休书我都给子荣了,如果就这么不清不楚地回去,让我这张脸往哪儿搁呀?"

"可你就这么总待在娘家,也不是个事呀。"

"不待在娘家,我还能咋办?你说这是唱的哪出戏呀,越唱越乱!"

"这事你也别着急,你们家子荣不是那种朝三暮四的男人,他心里还是有你的。"

"男追女,隔座山;女追男,隔层纸。他能不能过这美人关,谁知道呢。"马彩英愁眉不展,忧心如焚。

黄子荣在飞鱼岛也是整日没精打采,郁郁寡欢。一片云心想要不就算了,可樱桃总劝她,若此时放他回去,这辈子就再也没有机会了。一片云左右为难,决定最后再赌一把。她告诉黄子荣,吃了今晚的送行酒宴,明天一早便送他出岛,黄子荣这才放下心来。

大厅内灯火通明,众人围坐在木案旁,热情地向黄子荣敬酒。黄子荣推辞不了,勉强喝下几碗,很快便有了些许醉意,可众土匪依旧不依不饶,使劲儿灌他酒喝,直到他醉瘫在桌上才罢手。樱桃见黄子荣已神志不清,便让几个土匪将黄子荣架进一片云的房间。

樱桃站在门外,对一片云悄声说:"姐,能不能嫁到黄家,就看今天晚上了。"

一片云羞涩地笑了笑:"我知道了。"

土匪离开后,一片云走近黄子荣,解开了他的衣扣……

太阳冉冉升起,阳光透过窗户洒进屋内。

黄子荣从昏睡中醒来,他茫然地看了看屋内,忽然发现自己光着膀子,连忙拿被子盖住自己的上身。

正在梳妆的一片云听到动静,朝他走来:"黄老爷,睡得可好?"

黄子荣吃惊地看着一片云:"我这是……"

"昨儿晚上您可真能折腾。要是没睡够,就再睡会儿;要是睡好了,我安排人送您出岛。"

黄子荣完全不记得昨晚发生了什么，一片云也没多解释什么，只是在上船前告诉黄子荣，黄老太太并非自己所救，还把戒指还给了黄子荣。

"都是樱桃淘气，闹了这么一出，我已经罚她了。您替我把戒指还给老夫人，就说等有机会，我上门亲自给她老人家赔罪。"

"多谢大当家的据实相告。"黄子荣接过戒指。

一片云亲切地笑了笑，替黄子荣整理着上衣："天凉了，回去加件衣裳。"

黄子荣有些尴尬，拱手施礼："告辞了。"

"咱都是一家人了，以后别这么客气了。"说着，一片云又看向正起哄的众土匪，抬高嗓门，"都给我听好了，从今天起，咱的兄弟们都不许出岛做买卖了，黄老爷是县知事，谁要是给他添乱，我要他的小命！听见没！"

众土匪乐呵呵地答应着，嘴里高声呼喊着："送姑爷回城！"

这一天，侯立人再次来到黄家。那天回去之后，他越想越不对，黄子荣一向勤勉，过去就算生病也都坚持处理公务，可这已经好几天了，放着县公署一堆公事不管，在家里就是不出来。对外说是养病，这里面八成有文章，这一次他一定要看看帐子里的人究竟是谁。

吴兴安还未来得及开口，侯立人硬是闯进了卧房，他来到炕前，一把拉开布帐，背着他躺着的人转过身来，不是别人，正是黄子荣。

黄子荣坐起身："侯局长，有啥事吗？"

侯立人顿了一下，缓了缓神："黄知事，也没啥大事，听说您病了，立人十分挂念。"

"多谢侯局长挂心，歇了这几天好多了，有啥公事，明天到县公署说吧。"

侯立人也没理由再逗留下去，便悻悻地告辞离开了。

送走了侯立人，黄子荣向黄老太太请安，并把戒指交给了她。黄老太太在得知并非一片云救了自己后，悬着的心终于落了下来，她劝黄子荣赶紧把彩英接回来，不能总让她住在娘家。黄子荣正有此意，立即赶往马家。

马彩英正坐在门前的矮凳上，若有所思地洗着衣服。这时，管家拿着那张休书快步走来："姑娘，姑爷说已经在休书上签字了，请您过目。"

马彩英连忙用衣襟擦了擦手，接过休书，边打开看边说："黄子荣，你个没良心的，上了趟飞鱼岛，就让一片云给迷住了……"

忽然，她看着休书愣了，继而笑了起来。原来黄子荣并没有在休书上签字，只是在签字处写着：真相已知，情分不欠。我对汝心，天地可鉴。速速回家，等妻吃饭。

"告诉我爹，我回去了。"对管家说完，马彩英便进屋收拾行李去了。

夜深人静，夫妻二人躺在炕上闲聊。几日不见，马彩英有一肚子的话要说给黄子荣听，最重要的就是救娘的人是宋鲁生。黄子荣感慨万分，他怎么也想不到与他竞票的宋鲁生竟然从背后帮了他们黄家一把，他想了一夜也想不到原因。

第二天一早，黄子荣就敲开了杨家的门，他恳切地问道："春早，鸡冠山上的事彩英从秋香那里听了个大概，究竟是怎么回事，请你说个清楚。"

杨春早苦笑："这个秋香，整天说我嘴巴不严，她自己比谁都漏风撒气。子荣啊，这事儿原本我是答应宋掌柜要严守的，既然你已略知一二，今天又问起来了，我就给你说明来龙去脉吧。"

杨春早说，当初宋鲁生从自己这里知道老疙瘩的身世后，便邀自己和他一同去了鸡冠山一趟。他记得宋鲁生对牛震山说，黄老夫人已安排好后事，黄家不会拿钱竞标，只会拉着棺材上山接人，宋家为了跟黄家竞标，筹了五万大洋，只要牛震山答应放黄老太太下山，宋家愿意把这笔钱都送给牛震山。牛震山跟钱没仇，更何况杀老弱妇孺也并非他本意，自然愿意做成这笔生意，黄老太太这才得以安全下山。

真相原来是这样的，黄子荣心想，这次黄家真是欠了宋家天大的人情，鲁生如此大仁大义，他一定要设宴好生答谢。可他不知道，此时，宋鲁生正因整日忧虑而卧病在床。

自从宋鲁生将五万大洋给了牛震山后，宋家基本没有可以调度的现款。他最近看准了松茸的生意，半干松茸在济宁是稀罕东西，这笔买卖真要是做成了，一倒手就是几万大洋的利润，可是巧妇难为无米之炊，账上没钱，他就没法去南边进货。为了能做成这笔买卖，宋鲁生将房契和地契都抵押给了查爷，换了三万大洋，让秋安和几个伙计一起去南边进货。

宋鲁生本想自己亲自去进货，不料想得了风寒，整日咳嗽不止。章云芳心想这一来一回就是几千里地，宋鲁生的身子骨肯定撑不下来，于是她提出还是让秋安代他去一趟。一开始宋鲁生并不同意，秋安虽然天资聪颖，可是年轻气盛，做事鲁莽，前些日子为了充数，竟然将几块次品杂毛皮子染了色充当特等貂皮，发给了欧文。若不是他及时发现，亲自跑到上海挑出了次品，宋家几代人积攒下的声誉就有可能毁于一旦。所幸欧文通情达理，不但没有追责，还送了一块"诚信经商"的石碑给宋家，这在济宁城买卖人里可是开天辟地头一份。宋家长了脸，宋鲁生就更加珍惜这来之不易的声誉了，这回松茸生意若是让秋安办砸了，就不仅是名誉的事了，直接关乎的是宋家的生死。

章云芳劝他："谁年轻的时候没出过差错，吃一堑长一智，多历练几回，也就老道了。再说，南边你都安排好了，到时候再让宋三脚和几个人跟着，一准出不了闪失。"宋鲁生也知道自己的身子折腾不了，就勉强答应了。

侯立人得知宋鲁生要做松茸生意，也动了念头，他让人去几家大饭馆打听过了，只要松茸有货，他们就愿出大价钱收。既然有利可图，侯立人自然不想放过，他找来白大可合谋。

白大可有些顾虑："侯局长，我也知道松茸能赚大钱，可它毕竟是稀罕物，弄一星半点儿的话不够折腾。可要是大量进货，一旦跟宋家的货发生冲突，到时别说济宁城，整个鲁西也吃不下。要是饭馆到时候趁机压价，别说赚钱，就怕连本钱也赚不回来。"

侯立人得意地笑了笑："输赢那就得看谁能在铁路方面说上话了。如今郑厅长分管铁路，只要他说句话，宋家的货还能跑到你前头？"

白大可大喜："好，有侯局长这句话，我就跟宋家赌上一把！"

宋秋安等人到了南方，和宋鲁生早就找好的货源联系上，便只等发车。白家伙计紧赶慢赶，还是落后了一步。白大可得到消息后，匆忙来找侯立人商量对策，绝不能让宋家的松茸先到济宁，否则就赔大了。侯立人让他安心，说他会联系郑厅长，让宋家调不着车皮。断其粮道这招固然是好，但白大可觉得对宋家还是下手轻了点儿，他想了一个极好的主意，一招釜底抽薪，绝对让宋家彻底跌倒，再也爬不起来。

黄子荣托杨春早将请帖送到宋家，宋鲁生这才知道黄子荣已经知道了真相。这虽非他本意，但事已至此，他也不好推辞，便带着章云芳前去赴宴。

黄子荣端起酒杯："宋掌柜、宋太太，二位对黄家的恩情，子荣永世不忘。请给我点儿时间，即便卖房卖地，子荣也一定把钱还上。"

宋鲁生摆手："救人所急，理所应当，黄知事万万不要挂在心上。"

章云芳笑道："就是，啥钱不钱的，我们宋家以后要是遇上啥难事，还请黄知事多多帮忙。"

黄子荣淡淡一笑："宋掌柜、宋太太，恩情是恩情，公事是公事，宋家买卖上的事，黄某只怕插不上手。"

"黄知事，您是咱济宁城的县大老爷，放心，将来真有啥事，不用您亲自出面，只要能说句话就行。"章云芳说道。

黄子荣放下酒杯，神情严肃地回道："宋太太，黄某所说的话，您或许没听明白，今天当着杨先生，我索性把话挑明了。黄某既然是济宁城的知事，扶助商旅，责无旁贷，不过黄某为官信奉官商不通之道，今后宋家若因私事有求于黄某，还请宋掌柜免开尊口。"

章云芳冷笑："掌柜的，我看这回咱是瞎了眼，把心掏出来喂了白眼狼。"

宋鲁生顿了一下："黄知事，请尽管放心，我们宋家就算走投无路，也决不叨扰您半分半毫，云芳，咱们走！"说完，带着章云芳怒气冲冲地离开了酒楼。

黄子荣愧疚地看着二人离去的背影，沉默良久。

作陪的杨春早不满地说道："子荣啊，好好的一顿饭让你给搅和了，你说你今天这是犯的哪门子邪？"

"春早，有些事还是说到前头好！"

"你别忘了，人家可是救了你娘的命啊，你们黄家欠了人家天大的人情啊！"

"人情是人情，公事是公事，这是官道！"

远在南方的宋三脚已经联系好了车皮，宋秋安却整日留恋书寓，与一个叫小画眉的女子处得如胶似漆，难舍难分。若不是宋鲁生发电报来催，宋秋安还想再拖几日。

火车行到滕州突然停了下来，宋秋安和宋三脚正疑惑时，一个身穿制服的铁路员工过来高声问道："请问，哪位是一号车厢的货主？"

宋秋安起身："我们就是。"

他来到宋秋安面前，歉疚地说："鄙人姓刘，是滕州站站长，实在不好意思，火车负重太多，前面那个坡，说啥也冲不上去了。刚才我跟司机商量了一下，恐怕得给二位添点儿麻烦。"

宋秋安愣了一下："刘站长是啥意思？"

"遇上这种事，没别的法子，只能先把一节车厢卸到站上。"

"你想卸我们的货？"

"实在是没有别的办法。"

宋三脚火了："我们租你们的车厢，是花了钱的，凭啥卸我们的货？想都别想！"

"火车它不是上不去这个坡吗？"

"上不去，卸别人的货，我们的货不能卸！"

老刘解释道："两位，卸谁的，不卸谁的，不是我们说了算，遇到事从哪儿卸货，铁路上都有规定。您看看，就这一个车头，它就是想从前头卸，也办不了哇。"

"办不了就不办，反正不能卸我们的货！"

老刘赔着笑脸："先生，我已经请示上头了，马上就能派车头来。您看，如今火车停在这儿，一来大伙儿都走不了，二来这后头的火车也都过不来呀。"

宋三脚还想说什么，宋秋安连忙伸手制止："刘站长，您别再说了，我们的货不能卸。"

老刘无奈地看了看周围的旅客："诸位，你们看看这事……"

聚在周围的旅客们不满地指责着宋秋安和宋三脚，说他们自私，不顾其他人，有着急救命的，直接跪在了宋秋安的脚下。

宋秋安无奈，只得同意，让宋三脚先把那节车厢卸下来。老刘也向他们保证，车头马上就到，耽误不了多长时间。

宋鲁生收到电报，得知此事后顿时着急起来，他们等得起，可松茸等不起。金福劝宋鲁生去找黄子荣，毕竟他是官面上的人，跟滕州那边能说得上话。可宋鲁生一想起那日黄子荣在酒席上把话都说绝了，就知道找他也是白费功夫，他决定亲自去一趟滕州。

宋鲁生赶到滕州火车站时，已是黄昏。宋秋安还在等车头，都过了大半天了，还是一点儿消息都没有。

宋鲁生来到站长室找刘站长询问情况，老刘恳切地说："宋掌柜尽管放心，我已经给上头打过报告，车头马上就到。"

宋鲁生稍稍安心，把一张银票放到老刘面前："刘站长，给您添麻烦了，这点儿心意请您笑纳。"

老刘摆了摆手："协调车头，是我分内之事，这钱您一定拿回去，要不就把刘某看小了。"

走出站长室，宋三脚靠近宋鲁生悄声说："东家，他不会是糊弄咱们吧？他一直说车头马上到，可都等大半天了。"

宋鲁生也忧心忡忡："铁路上的事没那么简单，沉住气，再等等。"

"从南边过来,路上已经好几天了,再不运回去,就怕松茸都烂在车里了!"

"当初我仔细问过,用橘子保鲜的法子,要是运气好,再坚持个一天半天,应该没问题。"

宋秋安思前想后,说出自己的疑惑:"爹,我咋觉得是有人故意害咱们呢?"

宋鲁生脸色阴沉地说:"你把这个事从头给我说一遍。"

第十七章

滕州火车站的站台上,宋鲁生焦急地踱来踱去,不时向远方张望着。夜色快要降临,可说好的火车头迟迟未来。

宋秋安越想越觉得不对劲儿:"爹,您说天底下哪有那么巧的事,我怀疑这从头到尾就是一个圈套。"

宋鲁生也开始犯疑,他决定再去见见那个刘站长。

"刘站长,宋某确实心急如焚,还请您给我个准信儿,车头到底啥时候能来?"

"这还真不好说。"

"刘站长,要不您再打电话给问问?"

"也行。"老刘迟疑了一下,拨通电话,"喂,我是滕州站的老刘,我想问问我们要的车头啥时候能调过来?——好,知道了。"

老刘拨放下电话:"放心吧,天黑前一准能到。"

宋鲁生淡淡一笑:"谢谢。"

这时,一个铁路员工推门走进来,说仓库那边有点儿事让刘站长去看看。

老刘抱歉地说:"宋掌柜,你看,我这儿还有事。"

"好,那我们就不打扰了。"宋鲁生起身要走,忽然双手捂住胸口,眉头紧皱,宋秋安连忙上前扶住了他。

老刘关切地问:"宋掌柜,你这是咋了?"

宋鲁生一脸痛苦的表情:"胸口疼,老毛病了,不要紧,坐坐就好。"

"那您在这儿先歇会儿,我去去就来。"

宋鲁生点了点头。见老刘离去,宋鲁生突然站起,走到窗口旁看了看外面,又转身走到电话旁,拨着号盘,刚刚老刘拨电话时,他暗中记住了号码。宋鲁生认真听着话机里面的动静，稍后无力地放下电话。

宋秋安不解："爹，您这是？"

"电话那头啥动静也没有，秋安，看来真让你猜对了，咱确实被人算计了。不能再等了，再这么等下去，松茸都得烂了。"

宋三脚一听，想去找刘站长理论，宋鲁生制止了他，这是人家的地盘，铁路上的事儿跟他们理论不清，现在最要紧的就是要保住松茸，他让三脚赶紧去雇辆大车来，把车厢里的松茸运回济宁。

宋鲁生找到老刘："刘站长，我那车皮里装的全是半干的松茸，要是车头再不来，就得全烂在车里。那批货关系到我宋家身家性命！"说着，从怀里掏出一张五百大洋的银票递给老刘，请他务必帮忙。

老刘把脸一沉："宋掌柜，你这是干什么？我既然已经答应帮你尽快协调车头，就说到做到。咋的，你还把我当成贪赃枉法的赃官了？"

宋鲁生一时语塞，宋秋安急了："姓刘的，你别装好人了，我爹试过了，你刚才打的那个电话号码是假的！你肯定有啥见不得人的勾当！要不赶紧把车头调来，我们就到上头告你去！"

老刘恼羞成怒："告我？好哇，我好心帮你们宋家，你们却要反咬一口。我行得端坐得正，不怕你们去告，可你宋掌柜贿赂铁路官员，这就是罪证！走！"

宋鲁生忽然一阵眩晕，他连忙捂住左胸胸口，身体还是不受控制地摇晃着倒下了。

窗台上，油灯闪亮。宋鲁生躺在滕州客栈的炕上，呆呆地想着心事。

宋秋安给他捋着胸口："爹，这事明摆着就是有人跟这个姓刘的勾结，给咱们宋家下套。爷爷在世的时候常说，生意要想做好，就得找官家做靠山。要不，咱去求求黄子荣吧？他兴许能有办法。"

"秋安，黄子荣是啥人，爹最清楚，求他没用。"

"爹,您对黄家可是有大恩哪，现如今除了去求他，您说还有别的法子吗？"

宋鲁生叹了口气，没有说话。没等宋鲁生发话，宋秋安转身离开了客栈，这次他要亲自去求黄子荣。

宋秋安没来之前，杨春早已经找过黄子荣，向他说明了宋家的处境。黄子荣为此去济宁站查看了车辆调度，他发现白大可的货后天就能准时运到济宁，可宋家的货偏偏在这时出了问题，这不得不让他起疑心。这一次，宋秋安又跑来求他救救宋家，救救他爹。黄子荣身为济宁城的知事，不能眼看着官商勾结、陷害他人而坐视不管，于是他当机立断跟秋安来到滕州火车站。

黄子荣命人将车厢门打开，可车站的人都说钥匙在刘站长身上，他们打不开。黄子荣听罢，从旁边拿起铁锤冲着车锁砸去。宋鲁生默默地看着用力砸锁的黄子荣，内心感动不已。

老刘听到动静，带着几个铁路警察前来制止。在黄子荣表明身份和来意后，老刘顿了一下："黄知事，您这么做，不合规矩吧？"

黄子荣反问："规矩？什么规矩？"

"铁路上的规矩！黄知事，铁路上规矩严格，货物装进车皮，不到地方，任何人中途不得开启车厢。"

"我要是不守你这规矩呢？"

"黄知事在济宁城一言九鼎，可这是滕州站，恐怕您也不能坏了铁路上的规矩。"老刘一摆手，警察们纷纷上前围住黄子荣和宋鲁生等人。

黄子荣把铁锤扔在地上："放肆！你想干什么？"

老刘义正词严："黄知事，事关重大，我只能按照铁路上的规矩办事。擅自破坏铁路设施、私自卸货者，关押五日，并上报上峰，听候处置。"

宋鲁生见状，急切地说："黄知事，在人家一亩三分地上，没法说理呀。"

"我还就不信这个邪了。"黄子荣愤愤地来到站长办公室，给郑三民拨通了电话。

"子荣啊，他一个小小的站长，哪能有你说的那个胆子，一定是误会。"

"郑厅长，是不是误会那是后话，如今子荣就想跟您要个答复，车头何时能到？"

"调度车头没你想得那么简单，铁路上规矩多，手续复杂，不容易呀。你们先少安毋躁，我立刻想办法，一定尽快把车头派过去。"

黄子荣还想再争取一下，郑三民却以开会为由，挂断了电话。黄子荣气不过，当天便坐车来到济南，找郑三民当面要说法。

"郑厅长，宋家运松茸，白家也运松茸，宋家的松茸被扣在滕州，白家的松茸却一路畅通无阻，听说今日就能顺利运到济宁，您说怎么就这么巧呢？"黄子荣开门见山。

"你的意思是，白家在暗箱操作？"

"我的意思是，政府修建津浦铁路本是便利南北交通的大好事，如今却被有些人当作官商勾结、趁机发财的摇钱树。郑厅长，您在省府主管铁路，不能眼看着清清白白的一条铁路，变得肮脏不堪哪！"

郑三民厉声道："子荣啊，你这是在说郑某失察了？"

"下官不敢，我只是希望郑厅长明察秋毫，还宋家一个公道。"

郑三民不解："都说黄家讲究官商不通，你这回忙前忙后，上奔下走，对宋家这批货如此上心，难道这批货里有你什么好处？"

"郑厅长要是怀疑子荣，请立刻派人调查，如果查到子荣在其中有什么好处，子荣愿受严惩。"

"跟你开个玩笑，咋还当真了？子荣啊，你不管铁路，有些事你有疑虑也是人之常情。火车爬不上坡，要卸车皮，确实是常有之事。老刘卸下宋家车皮，也是按规定办事，没有违规之处。我查过最近的铁路调配表，确实运力紧张，车头一时调配不到，也是实情。子荣啊，你要说这一切都是白家暗箱操作，那我问你，宋家答应卸车皮，也是白家的意思？"

黄子荣顿了一下："郑厅长，既然您这么认为，那我只能去找督军了。"

"等一下。"郑三民生怕事情闹大，赶紧叫住黄子荣，"子荣啊，你这个人哪儿都好，就是有时候好认死理。既然为了个车头的事，你都专程来济南了，我无论如何也不能再驳你的面子呀。这样吧，车头我立刻就给你协调，今夜子时之前准保到达滕州站。"

黄子荣听到这话，才放心地离开济南。

火车头喷放着白色的蒸汽，拉着一节货车车厢和一节守车车厢，缓缓地停在了济宁火车站。

宋鲁生和宋秋安下了守车车厢便直奔货车车厢。铁路员工拉开车门，车厢里整齐摆放着长方形的柳条筐。宋秋安打开筐盖，筐里铺满了保鲜用的橘子。宋秋安把橘子扒开，一个椭圆形的小竹篓露出来，竹篓里面平放着松茸。

宋鲁生拿出一个松茸，发现它已经发霉发烂，他又急切地拿起其他柳条筐里的松茸，同样发霉了。宋鲁生呆呆地看着手中发霉的松茸，心想这下彻底完了，他身子一软，坐在了地上。

宋鲁生刚被人搀回了家，查爷便找上门来。

查爷有些为难地说："宋掌柜如今病着，按理说，查某不该来雪上加霜，只是我那边的情况您也知道，就是靠着周转钱过日子，如今那么大一笔款子，我还有好几个窟窿得填，所以——"

宋鲁生摆了摆手："欠债还钱，天经地义。查爷请放心，十日之内，宋家把皮行、粮栈，还有这房子，都给您腾出来。"

"多谢宋掌柜体谅，那就不打扰了。"

"查爷不必客气。"

送走查爷，宋鲁生把自己关进了宋家祠堂。他跪在垫子上，眼含热泪地注视着宋家历代先人的牌位，自责道："列祖列宗创下的这份家业，如今毁在我的手里，鲁生不孝，不孝……"

空旷的祠堂内，宋鲁生伏地痛哭起来。

这日，裘大炮带着美琪来宋家看房子。风水先生说他生不出儿子，是宅子的问题，于是他打算换宅子，恰好查爷手下有宋家的宅院，他便过来看看。

裘美琪并不知道这是宋家，一个人到处看着，突然听到一声响。她循声来到正房堂屋前，好奇地上前去推屋门，却发现插着门闩，她感觉不对劲儿，于是用力拍门，可屋里还是没动静，最后她索性用脚踹开了屋门。裘美琪快步迈进，只见宋鲁生吊在横梁上，两脚在半空中晃荡着。她大吃一惊，赶紧掏出手枪，瞄准绳子开了一枪。随着这一声枪响，吊着宋鲁生的绳子一分为二，宋鲁生摔到了地上，茫然地睁开了眼。

枪声引来了裘大炮和宋家人，他们赶紧将宋鲁生抬进房间休息。裘大炮觉得晦气，便拉着美琪往外走，裘美琪这才反应过来她刚刚救的人就是宋秋鸣的爹。

黄子荣听说宋鲁生上了吊，急忙赶来宋家。见杨春早等人都在屋外，他关切地问道："春早，宋掌柜咋样了？"

"他被救下以后，就把自己关在屋里，咋劝都不出来。"

"黄知事，您快帮着想想办法吧，鲁生把自己关在屋里，别又寻了短见。"章云芳急得直流眼泪。

黄子荣一抬头，正好看到房梁上挂着"信义为本"的木匾，他忽然想到什么，说道："金管家，把梯子搬来。"

金福一愣："黄知事，您要梯子干啥？"

黄子荣指了指木匾："摘匾！再给我拿把锤子来。"

木匾被摘了下来，黄子荣拿着一把大铁锤，抬高嗓门喊道："秋安，来，把匾砸了！"

宋秋安不可思议地看着黄子荣："这块匾可是我们宋家的脸面哪！"

"脸面？你爹要是死了，到时候债主登门，你们孤儿寡母，能应对的了？

信义为本,到时候只怕'信义'二字得任人踩在脚下。与其让别人毁了,倒不如今天你们宋家自己砸了干净。你要是不砸,黄某替你砸!"说着,黄子荣来到木匾前,抡起了铁锤。

"住手!"宋鲁生从屋内走了出来,心情复杂地看着木匾。

黄子荣上前劝慰道:"宋掌柜,凡成大事者,哪个不是经历过狂风暴雨、刀山火海?宋家的先祖如若稍遇坎坷就轻生,你们宋家早就断根了。"

"先祖?如今宋家祖祖辈辈传下来的家业都让我给败光了,我宋鲁生自毁青山,愧对祖宗啊!"说完,他蹲下身,轻轻地抚摸着木匾,继而对章云芳说,"云芳,收拾东西,明天一早搬回乡下,济宁城永远没有宋家这一号了。"

"真没想到,精明强干、意气风发的宋鲁生竟然是个窝囊废!"黄子荣失望透顶,愤愤离去。

宋秋安怒不可遏地盯着远去的黄子荣,然后转头对宋鲁生说:"爹,黄子荣欺人太甚,我跟他拼了!"

"站住!"宋鲁生突然站起,抓住宋秋安。

"爹!"宋秋安不服。

宋鲁生蹲下身,用衣袖仔细地擦去匾上残存的灰尘,泪水默默地流了下来:"待会儿你们把这块匾再挂上去。"

杨春早欣慰地看着宋鲁生,对章云芳悄声说:"嫂子,放心吧,宋掌柜又活过来了。"

路过大门紧闭的宋记皮行,黄子荣心想,刚刚自己故意激怒宋鲁生,为的就是逼他做选择。如若宋鲁生能够忍辱负重,就说明他心还未死,宋家就还有重振家业的那一天;如果他连这点儿羞辱都受不了,就算救下他的性命,今后只怕与行尸走肉也没有区别了。不过黄子荣认为,以自己对宋鲁生的了解,他一定能够重新振作起来,只是振作需要资金,黄家欠宋家的人情是时候还了。

黄子荣回到家中,与黄老太太商量,将家中的房契和地契做抵押,换成钱还给宋家。黄老太太没有异议,还特意提醒他,宋鲁生是个爱面子的人,这事不能帮在明处,得替宋家维护脸面。黄子荣点头答应,心里已有了主意。

事不宜迟,黄子荣很快找到查爷,将地契、房契推到他面前,表示希望用这些祖产换回宋家抵押给他的家产。

查爷对此十分不解:"黄知事,查某在江湖上行走了半辈子,可今天这事,恕我愚钝,实在是没看明白。"

"查爷有啥不明白的？"

"首先，从古至今，都是经商的上赶着给当官的送钱，可您这县大老爷把自家的房子和地拿出来替经商的作保，在济宁城，还真是开天辟地头一回。黄知事，说句不好听的，万一将来宋家真翻不过点来，您黄家这些祖产可就都跟着赔进去了。"

"真要那样，黄某自认倒霉。"

查爷还是有些不相信，继续道："其次，满济宁城的人都知道，黄宋两家世代恩怨，如今您不计前嫌帮助宋家，按理也该让宋家知道，让济宁城的百姓知道，您黄家的大仁大义，可您又不让说，这就更让人糊涂了。"

"查爷，黄某为官一不求名，二不求利。"

"那您做官求的是啥？"

"求的是一个'正'字。宋家这回栽跟头，是遭人陷害，查爷是明白人，里面的门道不会看不清楚。子荣位卑言轻，替宋家主持不了公道，只能尽己所能帮一把，也算求个心安。"

"说得好！黄知事一身正气，侠肝义胆，查某佩服！"查爷拱手，爽快答应了，"那就按您的意思办，宋家的房子和地我先不收了，不过要保住宋家的买卖店铺，这钱怕是不够，更何况白掌柜已经看中了宋记皮行，只等明日签字画押做交接了。"

"先把祖宅保住，至于宋家的买卖店铺，黄某有个办法，只是要仰仗查爷帮忙。"

第二日，白大可来到宋记皮行，指着屋内的柜台，对自己的伙计说："当年我就是在这儿学徒站柜的。就是这儿，宋长贵就是在这儿打的我。那一鞭子一鞭子，打得那叫一个狠哪！不过也多亏了那些鞭子，要不我白大可现在顶多也就是在他们宋家当个管事的。"

查爷见宋鲁生走了进来，拿出两份文书："宋掌柜，文书都备好了，要是没啥差错，咱就跟白掌柜签字画押做个交接。"

宋鲁生点了点头，和白大可分别拿起一份文书，仔细翻看。

看完，白大可二话没说在文书签名处按下了手印，然后高声吩咐伙计："明天去明月斋定块匾，记住，一定要比现在这块大，得让济宁城的人都知道，宋记皮行从此姓白了！"

宋鲁生平静地看着一脸得意的白大可，刚要提笔签字，董一山等十几个皮货铺的老板推门走了进来。

"宋掌柜,这个字您不能签。"董一山拦住他,同来的众人也大声劝阻着。

"诸位,如今皮行败在宋某手里,我上对不住列祖列宗,下对不住诸位的信任。今天趁着大伙儿都在,宋某请辞会长一职,请诸位重新推选吧。"说完,宋鲁生欲要签字画押,董一山一把夺下他手中的笔。

白大可急了:"董掌柜,您这是啥意思?"

董一山没理会他,把笔扔到桌上,从兜里掏出一份文书递给查爷:"查爷,这是皮行各家联名给宋掌柜写的保书,我们愿意给宋家作保,请查爷再暂缓一段时间。到时宋掌柜要是还不上钱,您就跟我们要。"

众人齐声附和着董一山:"对,我们愿意给宋家作保。"

宋鲁生感动道:"鲁生何德何能,让诸位替我担此风险,诸位的情谊我心领了,大家还是别蹚这浑水了。"

"宋掌柜,这话咋说的,当初您一个人担着风险收下大伙儿的皮货,后来费了九牛二虎之力总算斗败了那胖子,可最后您没吃独食,把利都让给了大伙儿。这份大仁大义,大伙儿心里都有数。如今宋家着了算计,大伙儿不能见死不救,宋掌柜,您要是瞧得起大伙儿,拿我们当朋友,就听我们一回。"

"多谢诸位!"宋鲁生缓缓地跪在地上,众人见状,连忙将他搀扶起来。

查爷看完那份保书,舒了口气,拿起白大可签字画押的文书:"白掌柜,刚才大伙儿的话您也听见了,这个您留着做个念想?"

白大可哑口无言,生气地接过文书,将其撕碎。

宋鲁生激动地回到家,他万万没想到最后能保住店铺。刚迈进家门,管家告诉他,三老太爷和四老太爷来了,在正房等着他呢。宋鲁生一愣,连忙赶去正房。

只见宋三叔、宋四叔一脸严肃地坐在桌旁,章云芳在一旁小心倒着茶水。

"三叔,四叔。"宋鲁生进屋。

"跪下!"宋三叔忽然一拍桌子。

"三叔,您老这是?"宋鲁生不解。

"没听见哪?让你跪下。"宋四叔接话。

宋鲁生无奈跪地。宋三叔一边指着屋内,一边说:"这所院落是你祖爷爷当年亲手置办的,如今传到你手里,已有四代。怎么,你说卖就给卖了?你这么做,对得起祖宗吗?"

章云芳看了眼宋鲁生,急忙帮他解释:"三叔、四叔,鲁生做生意赔了钱,卖房子实在也是没办法。"

"啥叫没办法！做生意赔了钱不丢人，可要把院子卖了，还要上吊自杀，那才真是把咱宋家的脸面给丢尽了！"说完，宋四叔从怀里掏出一张银票，递到宋鲁生面前，"拿着，这是五千大洋，要是不够，我们回去卖房子卖地再帮你凑！"

宋鲁生感动地看着宋四叔，双手缓缓接过银票："三叔、四叔，鲁生不孝，给宋家丢脸了。"

"鲁生啊，你千里追信义，洋人都送了诚信石碑，你给咱宋家挣了大脸。如今你遇上了难处，不管咋的都该回去跟我们说一声啊。你忘了咱宋家的祖训了吗？一家有难，全族相帮，骨肉相连，世代相传。"

听完宋四叔的话，宋鲁生热泪盈眶，回道："是，鲁生知错了！鲁生这就去把房子赎回来。"

宋鲁生拿着银票来找查爷："银票先放在您这儿，剩下的钱还请查爷再宽限几日。"

查爷摆了摆手："宋掌柜，钱你拿回去吧。放心，你那处院子，早就有人帮你赎回来了，查某暂时不收。"

"是谁？"宋鲁生愣了。

查爷笑了笑："恕查某不能透露。宋掌柜，拿这笔钱当本钱，把生意赶紧做起来，别辜负了人家一片心意。"

没把宋家搞垮，白大可直恨得牙痒痒："没想到宋家的命还真硬，我这又是铁砂掌，又是连环腿，可愣是没把他打散了架，他又活了过来。"

坐在一旁悠闲喝茶的侯立人淡淡一笑："白掌柜，打蛇得打七寸。你这回，棍子虽说抡圆了，劲儿也使得够猛，可没打对地方啊。"

"那您说宋家的七寸在啥地方？"

"两个字——信义。为什么皮行那么多人愿意帮宋家作保？看中的就是宋家的信义。查爷为啥答应缓期？也是知道宋鲁生最讲信义，觉得宋家迟早还会翻身。"

白大可从怀里拿出一张银票放到侯立人面前。侯立人故作不解："白掌柜，啥意思？"

"侯局长，釜底抽薪这回没抽干净，让宋家死灰复燃了，今后还要多多仰仗您啊，我就不信扳不倒宋鲁生！"

"懂事。"侯立人笑着接过银票。

第十八章

　　黄子荣疲惫地睁开眼睛,发现马彩英已经起床,正朝屋外走去。他看着马彩英的背影,马彩英察觉后也回头瞥了他一眼,眼里都是压抑不住的怒火。黄子荣叹了口气,他按着自己的额头,回想昨晚一片云来黄家告诉他们她怀孕的事,越想越觉得不可思议。他那天是真的喝醉了,醒来时就躺在床上,跟一片云究竟有没有事,他实在记不清楚了。

　　马彩英来到黄老太太房中,一边抽泣,一边说道:"娘,子荣要真看上了一片云,您放心,我保准不当这碍脚的石头,明天我就回娘家。"

　　黄老太太笑了笑:"说完了?"

　　"说完了。"马彩英擦了擦眼泪。

　　"彩英啊,自个儿的男人是啥样,心里该有数才对。让人诈唬几句,就先乱了阵脚,丢不丢人?"

　　"娘,您是说一片云没怀孩子?"

　　"怀没怀孩子,不能听她的一面之词,是真是假,等月份一大自然就看出来了。你说你,怎么又急急火火地要回娘家。"

　　"还是娘说得对,我没准让一片云给骗了。"

　　黄家人决定拖拖看,可一片云按捺不住了。都过了这么多天,黄家怎么一点儿动静都没有,不会不认账吧?这事不能傻等下去了,她得先发制人才行。

　　一片云带着樱桃再次来黄家要说法,家中只有马彩英和黄老太太。

　　马彩英愤愤不平:"有些事空口无凭,子荣就在岛上待了几天,咋就把孩子给怀上了?这事只怕不准吧?"

　　樱桃把刚从丁家医馆拿的保胎药放在桌上:"不准?丁大夫开的这保胎药都吃上了,还能不准?"

一片云接话道："彩英姐，咱们都是女人，我明白你的心思，生怕自家的男人让人给分了去，可如今已铁板钉钉，我也没有办法呀。我这身子后面只怕是越来越大，下趟岛着实不易，要是万一有个闪失，对不起黄家的列祖列宗。我看这事儿，还得黄老夫人来拿主意。"

一片云看向黄老太太，黄老太太上前温和地对她说："云丫头，你放心，既然你怀上了我们黄家的骨血，我们黄家就不会不管。不过如今这情势，你也知道，从上到下一双双眼睛都盯着子荣，如若闹得人尽皆知，只怕会给黄家惹来祸端。"

"老夫人的意思是？"

"云丫头，再容我们黄家一段时间，让子荣上下走动走动，把事情理顺了，到时候名正言顺地去飞鱼岛把你接回来，也算皆大欢喜，你看如何？"

"好吧，那我就在岛上安心保胎，等候黄家的消息。告辞了。"

一片云离去后，马彩英开口问道："娘，子荣跟您无话不说，您跟我交个实底，子荣和一片云到底……"

"彩英，事到如今我也不瞒你，子荣当时让飞鱼岛的土匪给灌醉了，醒来的时候就和一片云在炕上了，到底如何，他也不记得了。子荣当时如果跟一片云有染，咱们也就认了，可如果这是一片云使的计策，那咱们这个亏可就吃大了。"

马彩英想了想，说："娘，一片云不是去丁大夫那里开了保胎药吗，要不咱去找丁大夫打听打听？"

"一片云既然敢拿着保胎药来咱们家，那就算她是装的，只怕丁大夫那里也早就打点好了，咱们贸然去问，也问不出个所以然来。再说这种事，我们自己咋好开口。"

"那今天您让她回去等着，是啥意思？"

"娘这一招叫稳军计，多抻几天，等一片云她自己露馅。"

出了黄家门，一片云也没反应过来，樱桃便提醒她道："都说人老精，马老滑。姐姐，黄老太太刚才使的是稳军计呀！"

"稳军计？"

"对，我估摸着咱前脚刚走，黄家后脚就得去找丁大夫。"

"让他们问去，我还担心他们不问呢。"一片云淡然一笑。

"姐姐，这风也刮了，雨也下了，我看，咱还得把雷公电母请来再助助阵！"

"雷公电母？"

樱桃得意道："姐姐，跟我走吧，去了你就知道了。"

樱桃拉着一片云来到西鲁学堂找杨春早。他们黄家不是想息事宁人吗？她们偏偏不让他们得逞。

一片云将自己怀有身孕的事告诉杨春早，然后跪在他面前委屈地说："还请杨先生替一片云主持公道！"

樱桃也在一旁帮腔："大伙儿都说杨先生是济宁城无冕的包公，这事儿您要是不管，我姐姐这辈子的清白可就洗刷不干净了。"

"放心吧，此事杨某一定替你讨个说法！"

杨春早怒气冲冲地来到县公署，对着黄子荣大骂道："黄子荣，你不配被称为济宁三杰！一片云刚才到学堂去了，把前前后后的事跟我说得清清楚楚。人家为了等你，把大好的时光都搭进去了，如今又怀上了你的骨血，如果你不给人家一个交代，你黄子荣就是禽兽不如。"

黄子荣苦笑："事情不是你想的那样，当时在飞鱼岛，我让他们给灌醉了，到底如何根本不记得了。春早，你向来处事公正，如若这事是一片云设局，我稀里糊涂地把她娶回家来，岂不荒唐？"

杨春早冷静下来，心想黄子荣说得也有几分道理。他不能因为一片云一家之言，就妄下断论，于是建议道："一片云不是去丁大夫医馆拿过药吗？我替你去趟丁家医馆，她到底怀没怀孩子，一问便知。"

"那就有劳了。"黄子荣拱手道。

丁德庸支支吾吾，就是不正面回答杨春早的问题。

杨春早急了："丁大夫，今天医馆没有外人，你跟我说句实话，一片云到底怀没怀？"

见丁德庸迟迟不回，杨春早一把拉住灵官的胳膊，严肃地问道："灵官，一片云来的时候，你一定也在场，你说实话，一片云到底是不是有喜了？"

灵官有些慌乱："有……有喜，确实是有喜了。"

杨春早松开灵官，意味深长地说："我心里有数了，告辞。"

丁德庸无奈地看着灵官："你这个孩子呀。"

从丁家医馆出来，杨春早一路上边走边想，不知不觉来到了土山戏院。杨春早爱读书，也爱听戏，他曾为土山戏院新捧的九岁红写过一篇剧评，发到了省报，大加赞赏她的唱功。九岁红深感荣幸，经常邀请他来听戏，二人便渐渐熟识了。

九岁红见杨春早一脸愁容，关切地问他有何烦心事。杨春早当九岁红是知己，迟疑了一下，也就把黄子荣和一片云的事告诉了她。

九岁红听完，一脸轻松地说："杨先生，我当是啥事呢，放心，这事我有办法。"

"你有办法？啥办法？"

"杨先生，咱可说好了，事成之后，您得请我喝酒。"

"一定，一定。"

是夜，杨春早再次来到丁家医馆，与丁德庸把酒言谈。

丁德庸看着杨春早，试探道："杨先生，大晚上的你请我喝酒，有事吧？"

"丁大夫，我杨春早的眼里容不得沙子，你跟我说句实话，一片云是不是根本就没怀孩子？"

丁德庸默默端起酒杯，一饮而尽。

杨春早继续说："丁大夫，这件事关乎黄家名誉，您行医一辈子，救人无数，如果在这件事上做了伪证，那可是一世英名毁于一旦。"

这时，门外传来一阵敲门声。灵官走上前，悄声问是谁。

"是我。"门外传来一片云的声音。

灵官一惊，连忙跑向丁德庸："师父，是一片云，开不开门？"

丁德庸起身，指着柜台："杨先生，委屈你先躲一会儿。"

杨春早连忙走到柜台后蹲下身。

丁德庸定了定神，然后打开屋门。只见一片云穿着一身白色衣服，脸上蒙着白绸子，闯进屋。

"丁大夫，别来无恙啊！"一片云开口道。

"大当家的，丁某已经仁至义尽了，你又来干啥？"

"丁大夫，上回的事，我改主意了。这娃娃我不想怀了，我想请丁大夫帮忙再给开张诊单。"

丁德庸不满："丁某悬壶济世，治病救人，上次要不是你枪逼徒儿灵官，丁某岂能昧着良心，替你做伪证？你倒好，说变就变，拿我丁某当什么人了？你手里不是有枪有刀吗？来，我和徒儿灵官都在这里，两条性命，你拿去就是。"

一片云没有说话，忽然转身离开了。

丁德庸和灵官正疑惑不解，杨春早从柜台后走了出来，上前告辞离去。

月光下，运河的水静静地流淌着。

杨春早看着摘下白绸的九岁红，笑道："痛快，痛快！九老板演技传神，要不是我提前知道，怕也让你给骗了。"

"杨先生戏演得也好，丁德庸也是行医多年的老江湖，要不是你跟我配合得天衣无缝，怕是也瞒不了他。"

杨春早舒了口气："能跟九老板合演一出戏，是杨某生平一大快事！"

"杨先生，如今事情弄清楚了，后头你打算怎么办？"

"明天我就去黄家把事情说清楚，也好尽早还子荣一个清白。"

"一片云为了黄子荣，等了这么多年，如今又不惜名节出此下策，实在是一片痴情啊。只是不知道黄子荣是不是也喜欢一片云呢。"九岁红感慨道。

"自古英雄爱红颜，一片云虽说出身草莽，可是性情可爱，容貌出众。若说子荣一点儿都不动心，只怕也不会，只是他们黄家家规甚严，子荣就算有几分情愫，也只能发乎情，止乎礼。孽缘，孽缘哪。"

九岁红别有深意地看着杨春早："杨先生，如若您也有一个一片云这样的红颜知己，她甘愿为你抛却名声，甚至不顾性命，您会怎么做呢？"

杨春早一怔，避开九岁红期盼的目光："时候不早了，咱们该走了。"

第二天，杨春早把一片云弄虚作假的事告诉了黄家人，马彩英和黄老太太这才放下心。

黄老太太问马彩英："彩英，你有啥看法？"

"娘，要是现在揭穿一片云，她以后不定又想出其他歪门邪道。再说，一片云对子荣确实一片真心，说来也怪可怜的，就给她留几分脸面吧。既然她是假装的，等日子一到，孩子生不出来，这出戏自然也就没法演了，她自己收摊，比咱给她戳破了要强。"

黄老太太笑了笑："你说得有理，就这么办吧。一片云愿意演，就让她演，咱黄家不接招就是了。"

帮黄子荣洗清冤屈后，杨春早得意地来到土山戏院。九岁红正在台上唱《天女散花》，他陶醉其中，没有留意到旁边坐着裘大炮。

家里又添了个闺女，裘大炮心里郁闷极了，便来戏院散散心。没想到九岁红一上台，他的目光就离不开她了。

马副官见他饶有兴趣地望着九岁红，问道："旅长，您觉得咋样？"

"俊！"裘大炮盯着九岁红，越看越满意，示意道，"老马，这剩下的事？"

"剩下的事您就不用管了,就等着当新郎入洞房吧。"老马立刻会意。

裘大炮微笑着点了点头,起身离开了。

马副官找到戏院柳老板,要他劝九岁红嫁到裘家,柳老板虽说是九岁红的表叔,不忍答应,但他也不敢得罪裘大炮,只得照做。

"小红啊,裘大炮在济宁城可是手握重兵,要是把他得罪了。戏唱不唱得成还在其次,命保不保得住都是问题呀。小红,如今你也老大不小了,总不能唱一辈子戏吧?依我看,嫁到裘家也是条不错的出路。听说裘大炮五房姨太太都没能生儿子。你要能给他生个儿子出来,那在裘家可就说一不二了,到那时表叔都得跟着你沾光啊。"柳老板苦口婆心地劝道。

"要嫁你嫁,我不答应。"九岁红当场拒绝了表叔,哭着走出了戏院。她边走边想对策,越想越害怕,裘大炮哪是她想拒绝就能拒绝的,情急之下,她想到了杨春早。

杨春早见九岁红突然来家中找他,有些意外,问她来意。九岁红抽泣着将裘大炮要强娶她的事告诉了杨春早。

杨春早瞬间恼火:"我这就找裘大炮评理去。光天化日之下,他竟敢强抢民女!"

"杨先生,我实在是走投无路了,思来想去,只有您能救我。"

杨春早不解。

九岁红突然跪地,眼含热泪:"杨先生,您就娶了我吧。我宁愿给您做小,也不愿进裘家。杨先生……"

杨春早愣住了,呆呆地看着九岁红。他没法答应她,但他也不能眼睁睁看着九岁红跳入火坑。他想,要是他能为九岁红赎身,问题不就迎刃而解了。于是他去土山戏院找到柳老板。

"啥?杨先生想替小红赎身?"柳老板一听,大为意外。

杨春早点了点头:"柳老板,你开个价吧。"

柳老板伸出五根手指头。

"五百大洋?"

"五千!"柳老板摇了摇头。

"柳老板,你这不是漫天要价吗?"

"出不起钱,那就别怪我不给您面子,有人出得起。"柳老板信心十足。

五千大洋,谁能拿出五千大洋给他?杨春早犯了难,他徘徊在戏院门口,远远看到裘大炮耀武扬威地走了过来。杨春早一股怒火上冲，对着裘大炮开口骂道："裘大炮，你一妻四妾，现在又要强抢民女，你视法纪为儿戏，天理不容！"

裘大炮恼了，拿枪对准杨春早："当年你嘲笑老子，老子心善，没拿炮轰了你，今天咱就新账旧账一块儿算。"

就在这时，九岁红从戏院里跑了出来，挡在杨春早身前："裘旅长，你放了杨先生，我答应你。"

裘大炮得意道："既然九老板求情，这个面子我老裘给了！杨疯子，咱们的账以后再算！马副官，把聘礼给我抬进去。"

"不能抬！裘大炮，你这聘礼下晚了。"

"下晚了？啥意思？"

"实不相瞒，我与九岁红早已私订终身。裘旅长，杨某成婚之日，还请来喝喜酒。"

裘大炮忽然大笑起来："杨疯子，刚才你说老子老婆多，娶九岁红是强行纳妾，违反法纪。可你杨春早也不是光棍，咱俩是半斤八两。你是五十步笑百步！"

"既然裘旅长要跟杨某讲道理，那杨某就当着大伙儿的面把道理说清楚。诸位，我今天把话搁到这里，回家之后，杨某立刻休妻。如此，裘旅长就不能说我跟你半斤八两了吧？"

裘大炮连忙接话："好，大丈夫说话算话，当着大伙儿，老裘把话也撂在这儿。三天后我带着轿子来迎亲，到时候你要是真的把老婆休了，老裘我把轿子让给你，你来当这新郎官，可要是没休，那这新郎官可就是老裘我了！"

杨春早要休妻娶九岁红的消息在济宁城传得沸沸扬扬，秋香又怎会不知。马彩英替她不平，要不是秋香吃苦受累操持着杨家，杨春早早就把家败光了。秋香虽心如刀绞，但自知有愧于杨家。于是，她写好了休书，摆在杨春早面前。

"秋香不能生养，对不起杨家列祖列宗，如今你心里有了中意的人，我得走了。先生，签名吧。"

杨春早出神地看着休书，一动不动。

秋香眼含热泪地跪在地上："先生，当年要不是你执意反对，爹怕是早就把我给轰出杨家了。杨家这几百年的家业，不能传到你这里断了血脉，秋香求你了。"

杨春早恭敬地搀起秋香，把她扶坐在炕沿上，他面对秋香跪了下来，重重地磕了一个头，而后拿起毛笔，在休书上签上了自己的名字。

"家里还有一袋子面，门后面还有三棵白菜，千万别忘了吃，时间长了，就放烂了。"说完，秋香拿起包袱朝门外走去，刚走了几步，又停住，背身平静地嘱咐道，"先生，九岁红人不错，对你也是真心实意，记着跟人家别老耍小孩性子。"

空旷的屋内，只剩下杨春早一人，他垂着头，默默地坐在炕沿上。

寝食难安的九岁红来到杨家时，杨春早正一个人在萃文阁中抱着酒葫芦喝闷酒。

杨春早把签好的休书递给九岁红，九岁红看罢，轻声问："她走了？"

杨春早百感交集，忽然他想到了什么，从桌上拿起一个刻有青衣图像的葫芦，送给九岁红："这是给你刻的。"

九岁红接过葫芦，端详着上面的图像说："是虞姬？"

杨春早点了点头，又拿起自己的酒葫芦说："这是花脸霸王。啥时候要是能跟你合演一出《霸王别姬》就好了。"

九岁红心酸地看着杨春早，杨春早避开她的目光："来，看看我的心肝宝贝。"

杨春早带九岁红来到书架旁，指着上面的书挨个儿介绍："这套宋版《金刚经》是我太爷爷当年替人写状子换来的。这是套明版的《资治通鉴音注》，是我爹卖了五亩地买回来的。这一套是我三年前替人写碑文，人家送的……"

九岁红指着书架上的县志问："那这套书呢？"

杨春早心情复杂地注视着县志说："这是济宁的县志，是我们杨家世代先祖所写。这一本是我太爷爷写的，这两本是我爷爷写的，这四本是我爹写的——"

"杨先生，哪一本是你写的呢？"

杨春早勉强地笑了笑，指着其中一本："这是我写的。"

九岁红拿过来翻看着，翻了两页，发现后面都是空白："还没写完？"

杨春早点了点头，九岁红淡淡一笑："那以后还得接着写呀。"

"不写了。"

"不写了？不是还没写完吗？"

杨春早拿起酒葫芦，将里面的酒一饮而尽，忽然伏地痛哭道："我杨春早没资格再写县志了，春早愧对列祖列宗啊！"

九岁红蹲下身，温和地说："杨先生，刚才您不是说想跟我唱《霸王别姬》

吗？择日不如撞日，咱们现在就唱一段如何？"

杨春早一愣，擦了擦脸上的泪水："现在就唱？好，好！"

"大王请！"

"妃子请！"

夜幕如同一张撒开的大网，慢慢地将萃文阁笼罩起来，屋内回响着杨春早与九岁红凄婉的唱腔。

约定迎亲的日子到了，裘大炮身着长袍马褂，头戴礼帽，身披喜带，乐呵呵地骑在马上，身后还跟着十几个吹鼓手和一顶四人抬的喜轿。他们来到戏院门外，柳老板快步上前迎接。

裘大炮问道："杨春早来了吗？"

"他咋敢来！这个书呆子，也就是吹吹牛，杨家就指望着这张脸吃饭呢，丢了名声，就是砸了他的饭碗，他又不傻。"柳老板回道。

裘大炮得意地笑了笑，向众人拱手施礼："诸位，老裘我虽然人粗，但信守承诺，上回当着大伙儿的面我把话说下了，今天他杨春早要是休了老婆来娶九岁红，我老裘就把这轿子让给他，但如果他做不到，那就别怪我不给他面子。马副官，点香。"

"裘旅长，为啥点香啊？"柳老板不解。

"做人得讲究仁义，一炷香之后，杨春早要是还不来，我老裘可就不等了。"

阳光透过窗户洒进屋内，杨春早从醉酒中醒来，他茫然地看了看周围，忽然看到地上的碎纸片，他拿起来看了看，竟然是休书。杨春早愣了一下，起身慌忙朝外面跑去。

香炉里的香即将燃尽。

"看来杨疯子是不敢来了。"话音刚落，裘大炮便看到杨春早气喘吁吁地朝着他们跑了过来。

"杨春早，休书拿来了吗？"

杨春早没理会裘大炮，直接跑进戏院，来到后台化妆间。他环视着空无一人的化妆间，看到化妆台上放着一张信纸。他急切地打开信："杨先生，见字如面。九岁红得遇知己，此生足矣。杨家修史大业，不能因我一个戏子而毁于一旦。我走了，不会再回来，多多保重。倘若与杨先生来生有缘，再唱《霸王别姬》。"

泪水渐渐溢出杨春早的眼眶。这时，裘大炮带着马副官、柳老板也走了进来。

马副官凑近杨春早，看到了他手中的信。

"老马,咋回事?"裘大炮问道。

"旅长,人跑了,看样子刚走,我这就派人去追。"

"站住!像这样刚烈的女人,娶了也过不下去。算了!"说完,裘大炮气急败坏地走了出去。

柳老板抓住杨春早的胳膊,恼火道:"我好不容易把九岁红捧成角儿了,指望着她给我挣钱养老呢,让你这么一搅和,人跑了,全泡汤了!你得赔我人。"

杨春早忽然双腿一软,倒在地上。

被人抬回家的杨春早躺在炕上,呆呆地看着房顶。

黄子荣把一块湿布敷在杨春早的额头上:"春早,事过境迁,随遇而安吧。"

杨春早还是沉默着,黄子荣正不知如何开导,秋香拎着包袱急匆匆地走了进来。

黄子荣意外:"弟妹,你咋回来了?"

"听说春早病了,家里连个照顾他的人都没有,我不放心。"秋香一边说着,一边把包袱放在炕上。

听到秋香这样说,黄子荣也为之动容。

杨春早满心歉疚,他凝望着秋香,泪水默默地流下。

秋香轻轻拉过杨春早的手,安慰道:"好好歇着,啥也别说了,听话……"

第十九章

近来，宋鲁生的身体已经恢复得差不多了。他让金福重新拢了一下宋家的账目，皮行那边还好，可粮栈还有几笔账一直没有结清，一笔江西的粮款拖了整整一年还没付货款。宋鲁生心想：得派个人抓紧去要账才行，拖久了只怕就要不回来了，可派谁去合适呢？如今宋家元气大伤，柜上人心不稳，事情也多，他实在抽不开身。宋秋安得知后，自荐去南边要账，替他分忧。宋鲁生很欣慰，便让他带着伙计宋二乖去了南方。

宋秋安走后，宋鲁生还是整日一副忧心忡忡的样子。皮行和粮栈还是原先那个样子，撑不着也饿不死，可一直这个样子，查爷那边的账到时候只怕是还不上啊，只是这一时半会儿，上哪儿去找发大财的门路呢？他又想到了松茸，趁着现在松茸刚上市，他想试试将南方新鲜的松茸运回来。章云芳觉得风险很大，毕竟半干松茸在火车上多待几天都烂得不成样子，要换成新鲜的，岂不烂得更快？这事一旦不成，宋家剩下的最后一点儿家底就都得赔上。宋鲁生也知道这是一步险棋，可要是走稳了，就能起死回生，柳暗花明。他不是一时冲动，要是找不到新鲜松茸保鲜的法子，他不会轻易下手。

经过多方打探，宋鲁生得知冰块能保鲜，他决定用这个方法先去南方运一点儿新鲜松茸试试。行至徐州火车站，宋鲁生拿出一个包着棉垫子的小木盒，木盒里装的是他运回的新鲜松茸，他小心翼翼地打开查看，里面的冰块虽没化，但松茸上面已有霉斑。他叹了口气，看来真像他们说的那样，徐州是个坎儿。他决定下车，重新买票回南方再试。

就在他等车的时候，一个挎着个柳条筐子的老妇人走到他面前，问道："先生，买块发糕吧，自家做的，好吃。"

宋鲁生摇了摇头。

"先生，买一块尝尝吧。"

宋鲁生无奈，刚从兜里掏出一个铜板，忽然一个年轻的小伙子上前来制止了他。

"先生，不能买她的发糕。她这些都是好几天前做的，都发黏了。"

"你胡说！"老妇人与小伙子吵了起来。

"我哪儿胡说了。我这发糕，卖不完的回去自家就吃了，从不过夜。可你那些卖不了的，带回去也舍不得吃，谁知道你这发糕放几天了？刘老婆子，你拿坏了的东西出来骗人，你心黑不黑呀？"

老妇人急忙向宋鲁生解释："先生，我这些糕虽说放的时间是长了点儿，可都还新鲜着呢，准保没坏。您要是不信，我吃一块您看看。"

宋鲁生连忙摆手："算了，老人家，您别着急，您的发糕我买了。"说完，把一个铜板递给老妇人。

老妇人高兴地包起一块发糕递给宋鲁生："谢谢先生，谢谢先生。"

小伙子愤愤地走开了。宋鲁生咬了一口发糕，觉得味道还行，就是不知为何里面有一股子中药味，正百思不得其解，忽然他想到，也许就是因为加了中药，发糕才不会发霉。他急忙追上还未走远的老妇人，提出自己的疑问，果然不出他所料，发糕里确实加了防腐的中药。宋鲁生希望她能赐给他药方，老妇人见他是个实在人，便告诉了他。

宋鲁生得到药方，连忙坐车回到济宁，拿给丁德庸鉴定。

丁德庸看罢，认为这个方子是有防腐作用的，可发糕和松茸毕竟还是有差别的，仅靠方子上的这几味药还不够，于是他又添了几味药。宋鲁生心想，再加上有冰块保鲜，松茸在路上应该不会再生霉斑了。

有了丁德庸改进的药方，宋鲁生激动不已，他迫不及待地想去南方再试一次。可就在这时，宋三脚跑来告诉他秋安回来了，但把货款给弄丢了。宋鲁生连忙回家，询问情况，宋二乖告诉他货款是在火车上被人偷走的。宋鲁生没有责罚秋安和二乖，让人到警局报了案，要是真追不回来，也只能自认倒霉了。

章云芳觉得奇怪，秋安和二乖两个人看着，怎么还会让小偷偷走了呢？她托宋三脚去二乖那里打探是否另有隐情。果不其然，醉酒后的宋二乖吐露了实情，货款没丢，是秋安都花到小画眉的身上了，他一脸愧疚地表示自己劝过，可是没有劝住。

章云芳知道后，痛心疾首，她正犹豫要不要告诉宋鲁生事情真相，皮行柜台那里也说丢了钱。章云芳心想，不能再纵容下去了，于是她跟宋鲁生说了实情。

宋鲁生大发雷霆，把秋安押进祠堂便是一顿好打。

宋秋安不服："爹，我是真心喜欢她，想娶她回家。"

宋鲁生骂道："浑小子，事到如今，你还看不明白？人家玩的那是仙人跳，你就是有金山银山也填不满！"

"爹，画眉不是你说的那样，她是真心实意地喜欢我。"

"好，我让你真心实意。"宋鲁生气得浑身哆嗦，狠狠地抽打着宋秋安。

"娘，快救我呀，我要让爹给打死了。"宋秋安惨叫着。

章云芳连忙拉住宋鲁生："老爷，教训教训，差不多就行了——"

"都是让你从小给惯的。"宋鲁生甩开章云芳，"今天要不让他吃点儿苦头，以后还不定得惹出多大的祸事来呢！"

"爹，如今是民国了，你动用家法，这是私刑，是侵犯民权！"

"你个不肖子，看我今天不打死你！"怒不可遏的宋鲁生下手更重了，宋秋安忍无可忍，瞅空一下跑出了祠堂。

宋鲁生派人去追，可找遍了能去的地方，就是没找到。

章云芳着急道："这个孩子，能去哪儿啊？天都这么晚了，身上连块大洋都没带，还不定得饿成啥样呢！"

"这是还没饿急了眼，要是饿急了，早就回来了。"宋鲁生还在气头上。

这时，金福慌乱地跑来，手里拿着一把匕首和一张字条："东家，刚刚在院门上发现的。"

"字条上写的啥，念！"宋鲁生问道。

"明晚河神庙交人，赎金一千大洋，不要报官，否则你儿子人头不保。一片云。"

章云芳顿时哭泣："我不叫你打，你不听，咋样？如今让土匪绑票了，这可咋办？"

宋鲁生也没想到事情会变成这个样子，他思索了片刻，然后拿着匕首和字条找到了黄子荣，他希望黄子荣能帮忙在中间和一片云说些好话，让她手下留情，千万别难为秋安。

黄子荣看着字条，心有疑惑：这字看着不像是一片云写的，莫非又有长进了？马彩英见宋鲁生一脸慌张，劝他放心，她替黄子荣答应下来。黄子荣也想帮他，只是自己不方便再见一片云，便让黄子田去飞鱼岛跑一趟。

黄子田带着钱来到飞鱼岛，找一片云赎人，一片云却告诉他这是误会，自从黄子荣离开飞鱼岛，她就在岛上安心保胎，并且严令手下不再下岛去做买卖。黄子田又拿出匕首和纸条给她看，一片云看后直称这是有人冒充，她要是绑票，匕首上都会带条白绸，再说，这字写得比她强多了。听她说完，黄子田便急匆匆赶回去，告诉黄子荣。

黄子荣心想，不是飞鱼岛的人，抓起来就容易多了。他让宋鲁生到时候只管去河神庙放赎金，他自会安排侯立人带警察在周围埋伏。

是夜，宋鲁生把一个小木盒子放到石碑下的龟座上，然后快步离去。过了一会儿，一个蒙面人悄声来到石碑处，他机警地看了看周围，正要拿起盒子之时，十名持枪的警察突然冲了出来，将蒙面人团团围住。

赵长顺上前撕下蒙面人脸上的黑布，没想到居然是宋秋安，原来是场贼喊捉贼的闹剧。

侯立人冷冷地看着宋秋安。宋秋安忙求饶道："侯局长，我就是想跟家里骗点儿钱花，我知道错了，求你放了我吧。"

侯立人不屑地说："宋家咋出了你这么个败家的玩意儿。"说完，命令其他人先把宋秋安押回警局，明天再通知宋家交钱赎人，他们折腾了大半宿，不能白忙活。

宋秋安回到宋家，被宋鲁生绑在祠堂里便是一顿毒打。宋秋安求饶，称自己再也不敢了，也答应跟小画眉一刀两断。宋鲁生知道陈病好治，情毒难除，虽说秋安答应跟那个小画眉断了关系，可他还是不放心，他让章云芳好好看着秋安，自己得赶紧去南方进松茸了，因为秋安的事，他已经耽误了不少工夫。

白大可听说宋鲁生又去了南边，临走前还跟醉仙居签了供货的合约。他有些不安，难道宋鲁生找到松茸保鲜的法子了？要是真让宋鲁生得了手，那自己之前筹谋的一切可就白费了，他不能看着宋家再次咸鱼翻身，侯立人不是说宋家的脊梁骨是"信义"两个字吗？这回他就要把这根脊梁骨彻底砸断！

这日，宋秋安刚从皮行走出来，一个女人从背后轻轻拍了拍他的肩膀，宋秋安转身来看，没想到对面站着的人竟是小画眉。

"画眉！你怎么到济宁来了？"宋秋安紧张地看了看周围，把她拉到一旁僻静处。

"好久没你的消息，我担心你出事，就从书寓偷着逃了出来。"小画眉一脸关心。

宋秋安一阵感动，便把自己回来之后的种种遭遇都告诉了她。

"秋安，为了我，让你受委屈了。咱们私奔吧，到一个谁都找不到咱们的地方去。"

宋秋安叹了口气："说得容易，没有钱，咱俩靠啥过活。"

"我还有二十块大洋。"

宋秋安拍了拍她的肩膀："傻丫头，二十块大洋够干啥的，让我再想想办法。"

将小画眉安置在客栈后，宋秋安心事重重地往回走。这时，一个羊皮贩子拿着两张羊皮靠近宋秋安："这位小爷，要皮子吗？上好的宁夏滩羊皮，便宜，只要两个大洋。"

"两个大洋？"宋秋安不信，拿过羊皮贩子手中的羊皮仔细翻看，"这么便宜，你不赔钱？"

"赔了我还能卖？"

"好，我买一张。"

宋秋安将买回来的滩羊皮拿给金福看，金福俯着身子，用放大镜从里到外细细翻看着。

"福叔，您觉得有啥毛病没有？"

"看着不像有假呀。"金福也纳闷儿。

"那就怪了，这么低的价钱，连本钱都不够。"

"二少爷，看这儿，门道就在这儿。"金福扒开皮子上的羊毛，指着皮子的根部解释道，"这其实是一张普通的陇西羊皮，只不过有人做了手脚，给羊毛上了卷。"

"上卷？"

金福点了点头："这个招数早年我听说过，只不过太缺德，失传已久，没想到现在竟然还有人在用。像这样的羊皮，就算是内行，如果不仔细查验，一时怕也看不出破绽。二少爷，你以后站柜收皮的时候，可千万要小心，别让人钻了空子。"

宋秋安点了点头，他不禁唏嘘感慨，自己学了这么多年，也算是行家里手了，竟一点儿没看出来，要是一般人碰上，指定要上当受骗的。

宋秋安闲聊时把此事告诉了小画眉，小画眉却觉得这是个发财的好机会，撺掇宋秋安让羊皮贩子给他再造一批去卖，肯定能赚不少钱。

宋秋安听完，直摇头："不行，不行，这要是让别人发现了，我们宋家的招牌就砸了。"

小画眉一下趴在宋秋安肩膀上哭了起来："秋安，你就知道你们宋家的招牌，那我呢？我千辛万苦逃出来找你，你就不替我想想？"

宋秋安连忙拍着她的后背："你别哭哇，咱再想别的办法。"

小画眉擦了擦脸上的泪水，双手捧着宋秋安的脸颊："秋安，你就犯了那么点儿错，你爹就把你往死里打，堂堂宋家二少爷，如今竟然沦落到当伙计跑街，你爹哪儿替你想了？秋安，你要听我的，咱就能赚一笔大钱，到时候咱俩拿着钱，到一个谁都找不到的地方，用这笔钱开一个小店，快快乐乐地过日子，好不好？"

"那我试试？"宋秋安动摇了。

"你真好！"小画眉破涕为笑，在宋秋安脸颊上亲了一口。

宋秋安在街上找到羊皮贩子，让他帮自己再造一批货。羊皮贩子一开始不答应，宋秋安便威胁他，若是不答应，现在就带他去见官，告他挂羊头卖狗肉，拿陇西羊皮冒充宁夏滩羊皮。羊皮贩子一听，即刻妥协了。

过了没几日，羊皮贩子便将造好的一批货交给了宋秋安，宋秋安从家里偷出宋记皮行的印章，在每一张卷毛的羊皮内层，都盖上了宋家的标记。

宋记皮行的皮子自然不愁卖，从青岛远道而来的顾掌柜悉数买走。宋秋安正与小画眉喝酒庆祝时，羊皮贩子在火车站截住了装货要离开的顾掌柜。

羊皮贩子凑近顾掌柜，悄声说："您是顾掌柜吧？"

顾掌柜警觉地打量着羊皮贩子："你是？"

"你不用问我是谁，我告诉你，你这批货有问题。"

"问题？啥问题？"

"这不是宁夏滩羊皮，是陇西的山羊皮。"

"胡说，货我都亲自验过了，不可能有假。再说，这都是宋家的东西，都打着宋家的暗印，错不了。"

"我劝顾掌柜还是再仔细看看的好，这批货真要是拉到了青岛才查出有问题，到时人家宋家怕就不认了。"

顾掌柜稍事衡量，让伙计从箱子里拿出一张羊皮，他细细查看，果然发现了羊皮上的破绽，而且每一张都有。顾掌柜刚想问羊皮贩子怎么知道羊毛有问题，可一扭头，人已经不见了。顾掌柜扔掉羊皮，带着人去了宋家。

醉酒后的宋秋安在客栈里醒来，他到处寻找小画眉，却不见她的踪影。宋秋安愣了，他急切地翻着外衣口袋，里面空空如也，赚来的银票不见了，他傻了眼，慌忙跑到运河码头去找小画眉。

刚刚回到济宁的宋鲁生正为运回的松茸没有发霉而高兴，全然不知宋记皮行出了大事。他迫不及待地将新鲜松茸送进醉仙居。醉仙居的崔掌柜干酒楼二十年，还是头一回在北边见到新鲜的松茸，他爽快地把宋鲁生运来的松茸全都包了。掌勺师傅做松茸汤时，发现松茸泡了水，冰水中也泛着淡淡的黄色。这松茸一旦泡了水，养分就让水吃去了大半，用这种松茸做汤，味道跟半干的也就没有太大区别了。

宋鲁生没想到会这样，当即决定收回松茸，并对此表示歉意："崔掌柜，责任在我，您别为难。"

"宋掌柜，你从南边大老远的运回来，这松茸没发霉变味，已实属不易了。您放心，我还是那句话，只要是好东西，货有多少，我们醉仙居要多少。"崔掌柜深表理解，郑重承诺道。

宋鲁生谢过，正要回家时，有人告诉他宋记皮行让人给围了。宋鲁生一惊，连忙出了酒楼，赶去宋记皮行。

宋家皮行门外，停放着一辆板车，车上放着几个装羊皮的木箱子。顾掌柜站在门外嚷着要见宋秋安，金福恳求他进屋说话，可顾掌柜就是不肯，非要他们当众说清楚。这时，宋鲁生挤进人群，问金福发生了什么事。

金福苦笑着从木箱中拿出一张羊皮递给宋鲁生，宋鲁生接过羊皮仔细翻看。不多时，他便发现了羊皮的破绽，质问道："这是谁干的？"

"二少爷。"金福无奈。

宋鲁生大怒："他人呢！"

"已经派人去找了。"

很快，宋二乖和两个皮行的伙计带着宋秋安来到门前。宋鲁生愤怒地盯着宋秋安："这是你干的？"

宋秋安胆怯地点了点头。

"跪下！"宋鲁生气得一巴掌打在了他脸上。

宋秋安被打了个趔趄，默默地跪在地上。

见状，顾掌柜连忙上前劝阻："宋掌柜，算了，人非圣贤，孰能无过，二少爷年少无知，这回就饶他一次吧。"

一早过来看热闹的白大可也从人群中走了出来，说道："宋掌柜，顾掌柜说得有道理，把货给人家换换就行了。"

白大可的伙计钱三接过话:"东家,宋家百年来以信义为本,如今竟然以假充真,以次充好,还信义为本?依我看,都是胡吹!"

白大可故作不满地呵斥钱三:"闭嘴!你算什么东西,这里哪有你说话的份儿。你没看见人家店门口立着那块信义碑吗?那可是洋人千里迢迢从上海送来的,谁敢说宋家不讲信义,我第一个不答应!"

白大可话音一落,围观的人纷纷神态各异地看向宋鲁生。宋鲁生自知理亏,对宋三脚说:"三脚,把这个孽子带到屋里去,把铁锤给我拿来。"

宋三脚有些迟疑:"东家……"

"快去!"宋鲁生抬高嗓门。

宋三脚无奈,把宋秋安拉进屋内,又从皮行里拿出铁锤,递给宋鲁生。宋鲁生走到信义碑前,拎起铁锤狠狠地砸向石碑。瞬间,信义碑断裂,坍塌在地。

宋鲁生把铁锤扔在一边,对众人拱手施礼:"诸位父老乡亲,自先祖创业以来,宋家在济宁城经商几百年,一向信义为本,诚信经营。当初承蒙西洋朋友抬举厚爱,才树立此碑。立碑之时,宋某曾经说过,之后宋家的生意,请诸位共同监督,若有名不符实之处,请当众指出。今天犬子宋秋安做下如此丑行,愧对祖宗,愧对父老乡亲,让宋家声誉蒙羞受辱,宋家不配再立此碑,今天宋某砸碑,也算给大伙儿一个交代。"

宋鲁生话音刚落,一个伙计从皮行里慌乱地跑了出来:"东家,二少爷从后门跑了!"

宋鲁生一愣,连忙派人去找。直到黄昏,宋三脚才回来,匆匆来报说,有人看见二少爷上了南下的火车。

宋鲁生心想,秋安这个小子一定是到南边找那个小画眉去了。只有三脚知道那个小画眉在哪里,于是他让三脚带几个人到南边去把人找回来。过后,宋鲁生定了定神,今天发生的事,他越想越不对劲,秋安造假固然不对,可这一切都太巧了,他断定一定是有人故意设计陷害秋安,这个人他不用想就知道是谁。

宋鲁生拿着造假的羊皮来到白家,对白大可说:"这假羊皮的事是不是你背后唆使的?"

白大可表示冤枉:"我从不干这下三烂的事。宋掌柜,栽赃诬陷是要坐大牢的。"

宋鲁生语气缓和道:"师弟,事情都过去那么多年了,这个坎儿你还没过去？"

"你说呢？"白大可冷脸反问道。

宋鲁生知道，是自己对不住白大可在先，无言以对，转身欲走。

"宋掌柜，听说这回你又没运成新鲜的松茸？"白大可却不打算轻易放过宋鲁生。

果然宋鲁生停下了脚步，未等他回话，白大可继续道："上回你的铺子没买成，我还一直惦记着。啥时候你要是再出铺子，一定记着跟我打个招呼，放心，我给的价钱准保比别人给的都高。"

宋鲁生攥紧了拳头，一声不吭地愤愤离去。

白大可幸灾乐祸地看着宋鲁生离去，心里那叫一个舒坦。他想请客好好答谢侯立人，可侯立人近来烦闷得很，没心情赴宴。本来副局长这个位置侯立人是想提拔赵长顺来做的，没承想半路杀出个程咬金，省里直接指派了一个警察局副局长。听郑三民说，这个副局长，名叫董民生，是督军八姨太的远房表弟。既然是督军的亲戚，他也没办法，可这个董民生竟然跟黄子荣一个鼻孔通气，还认了黄子荣当老师，侯立人一时孤立无援。

侯立人越想越气，每每看到董民生都如鲠在喉。他想，既然挪不走这座大神，那就干脆把他晾一边好了，要是真给了他实权，以后济宁还不得是黄子荣一人的天下了。

这一日，董民生来看望黄子荣，黄子荣关心地问："民生，你来济宁也有些时日了，感觉如何？"

"还好。"董民生语气有些勉强。

"看你这样，是遇到啥事了吧？"

"实不相瞒，民生来了以后，除了跑跑腿，就是送送公文，警局的正事，侯局长一律不让我插手。"董民生如实相告。

"有这事？"

"黄知事，我这个副局长，就是聋人的耳朵——摆设！"

"我知道了，侯局长或许也是好心，怕你经验不足，很多事处理不了。谁都是日积月累，慢慢成材的，抽空我跟他说说，多给你锻炼的机会。"

黄子荣对董民生很上心，直接找到侯立人那里，委婉地表达了让董民生参与警局事务的意思，侯立人只得点头答应。

送走黄子荣后，赵长顺愤愤地说："这个董民生，竟然把黑状告到了黄子荣那儿。局长，如今黄子荣发话了，您打算咋办？"

"董民生不是嫌不给他安排事吗？那就给他安排点儿正事。"侯立人计上心来。

"局长，您啥意思？"

"乔会长家失窃的案子不是还没查清吗？就让他忙活忙活这事儿。"

"局长，王大力可是个刺头，您审了好几回都没审出啥眉目，他个毛孩子，能查清楚？"赵长顺还是不解。

"要是块好啃的骨头，我能给他？"

赵长顺顿时明了，笑着点了点头。

"别忘了让大头在他旁边多提点着。"

"明白。"赵长顺阴笑着答道。

第二十章

很快，乔会长家失窃的卷宗便送到了董民生手里。董民生心想，终于可以大展身手。可是他翻看了好多遍，都没找到一点儿头绪。

大头看到董民生犯难，提醒道："董副局长，这个案子也不是说一点儿头绪都没有，嫌犯倒是有一个，可就是查无实据。"

"嫌犯是什么人？"董民生问道。

"是乔家的下人王大力，这个人当过兵，脾气倔，最有作案嫌疑，可他抵死不承认，最后因为证据不足，只能给放了。"

董民生合上卷宗："抓捕王大力。"

王大力被抓到刑讯室，董民生审视着他："说，乔会长家的钱是不是你偷的？"

"该说的老子早就说了，钱不是老子偷的。侯立人问不出啥来了，让你个毛孩子来审，把侯立人给我喊来。"王大力大声嚷嚷着。

"侯局长审不出来，我未必就审不出来。"

"没偷就是没偷，你们说老子偷了钱，拿证据来。"

"老子？你是谁的老子？看你这个样子就不像好人，动刑！"

董民生恼了，让人将王大力绑在凳子上，一顿鞭笞，很快，王大力的后背和屁股上都渗出了血迹。

"招不招？"

"老子没偷，你让老子招啥？"王大力忍着疼痛，坚持道。

董民生见他就是不招，气得大喘粗气。大头见状，上前询问要不要给他上大刑。董民生想吓唬吓唬王大力，便应允了，可没想到烧红的烙铁都停在他胸前了，王大力还是一口咬定自己没偷钱。董民生一怒之下，让大头直接动了大刑。

烙铁贴在王大力的胸口，冒出一股白烟，王大力在一声惨叫之后，昏了过去。

黄子荣听说董民生对王大力用了刑，急忙来到刑讯室，可此时王大力已没了反应，黄子荣见他还有鼻息，便迅速派人去请大夫。最后，人虽抢救过来了，可伤得太重，能不能挺过去，还不好说。

董民生没想到事态变得这么严重，十分不安："民生一时糊涂，还请黄知事恕罪。"

面色冷峻的黄子荣不满道："一时糊涂？我看你是求功心切，利令智昏！民生啊，是我推荐你审案的，今天这嫌犯如果死了，不光是你，我黄子荣，也要一起担负这失察之责呀。"

董民生自知有愧，答应派人好好照顾王大力，可他没想到，第二天王大力便死在了大牢里。董民生傻眼了，他以为是自己害死了王大力，却不知是被人利用，做了替罪羊。

黄子荣知道王大力死了，自责不已。要不是自己让侯立人给董民生放权，董民生也不会贪功冒进，弄成现在这样。如今害死了人，按律要判刑的。

董民生被带进县公署大堂，听候黄子荣对他的判决："董民生，你好大喜功，滥用刑法，致人死命，本官判你服刑三年，你服还是不服？"

董民生恳切地说："民生做错了事，理应受罚，黄知事判得公道，我服。"

就在这时，郑三民来到了县公署，提出要跟黄子荣单独说话。郑三民还未开口，黄子荣已猜到他的来意。果不其然，郑三民就是来说情的。

"董民生虽然急功近利，可毕竟是为了公事，你判这么重，让别人日后还怎么办事？子荣，你是一县之首，不能伤了手下的心哪。"

"郑厅长，我查过法典，他冤死一条人命，只判三年，已经是从轻发落了。"

"子荣，没必要认死理吧？从轻发落，也是督军的意思。不瞒你说，督军的八姨太是董民生的表姐，这不连夜逼着督军把我派了过来，当初人是督军推荐下来的，你判这么重，让督军的面子往哪儿放啊？"

"可是——"

"好了。"郑三民摆了摆手，"听我的，免去职务，赔偿苦主二百大洋，也就行了。"

黄子荣回到大堂，他若有所思地看了看董民生，迟疑片刻后再次开口："下面宣判——"

话还未说完，一个年轻女人抱着一个婴儿挤过人群跑进了大堂，二话没说跪了下来。

黄子荣不解地看着她,女人满脸泪水,哭泣道:"黄知事,民妇是王大力的老婆,俺男人死得惨哪,请黄知事替民妇主持公道!"

黄子荣心情矛盾地看着女人,起身毅然说:"董民生滥施刑法,导致王大力受刑过重,一命归西,本官当众宣判,判董民生入狱三年,并赔偿王家三百大洋作为补偿。"

听到判决,郑三民拂袖而去。

董民生坐了牢,黄子荣觉得自己也难辞其咎。董民生天资聪颖,秉性不坏,是做官的好苗子,这一次若不是自己拔苗助长,他也不会犯下大错。为了自罚,也为了给董民生一个交代,黄子荣自愿陪董民生入狱服刑一年,他写了一封辞呈,托郑三民交给督军。

郑三民没想到黄子荣竟会辞去知事一职,不过这倒是遂了他的心愿。临走之时,他对侯立人嘱咐道:"立人哪,如今黄子荣把自己关在大牢里,一时半会儿怕是出不来,济宁城不可一日无主,知事一职就由你暂时代理。"

侯立人喜出望外:"多谢郑厅长提携。"

"济宁城就交给你了。记住,一定尽快想法子做点儿政绩出来,到时候省里商议知事人选时,我好替你说话。"

"放心,立人一定给您争气。"侯立人连忙点头。

郑三民走后,侯立人兴奋不已,要搞政绩,哪有比剿匪更能证明自己能力的,这时候他想起了一个人——老猫子。前些日子,老猫子冒充一片云抢劫被他抓住,他便将其招为己用,命老猫子重新回飞鱼岛取得一片云的信任,留作自己的眼线。如今趁着黄子荣在大牢里袒护不了飞鱼岛,要是能把飞鱼岛给灭了,那就是大功一件!侯立人让赵长顺赶紧联络老猫子,让他想尽办法将一片云带出岛。

老猫子本就对一片云心怀仇恨,重回岛上也是为了报自己的断指之仇,只是他一直找不到机会。一片云自打保胎以后,就不许手下出岛做买卖了,惹得手下人一肚子怨气,他想,倒是可以在这件事上做做文章。

飞鱼岛的岸边,十几个土匪或躺或坐,无事可做,唉声叹气。好不容易牛震山走了,他们却不能下岛,要是别的绺子把地盘给抢了去,那他们就真的只能坐吃山空了。

老猫子看着众人笑了笑:"让我说,这事大伙儿不能死心眼。如今大当家的待在屋里安心保胎，一门心思就等着从良了。可人家大当家的底子厚，钱多，咱们要是不趁着现在多攒下几个，到时候真要一下子变了天，咱们兄弟可就惨了。"

众人觉得老猫子说得对，问老猫子有何对策。老猫子劝他们干脆下岛去做几笔买卖，有钱傍身才是正理。众人纷纷点头，约好趁一片云入睡，就一同下岛。

一片云此时正为黄子荣的事发愁，她一直打听着黄家的消息，得知黄子荣自愿入狱服刑后，她是既钦佩又担心。她听说现在这个督军是土匪出身，脾气暴，谁要是惹着他，准没好下场。黄子荣这回驳了他的面子，再加上郑三民和侯立人在里头挑唆，只怕最后就不只是罢官这么简单了。她想来想去，决定把黄子荣的事情登在济南的报纸上，这样也许可以抢占先机。

樱桃从济南回来，将报馆写的文章递给一片云。一片云看后点了点头，她想，这文章要是登出去，别说郑三民和侯立人，就是督军，也得掂量掂量了。一片云刚放下心来，老猫子急促地跑来禀报："大当家的，出事了，岛上几个兄弟偷着出岛做买卖去了！"

一片云瞬间变了脸："大胆！樱桃，你赶紧带人把他们给我追回来。"

老猫子连忙接话："大当家的，我看此事还得您亲自出马，那几个都是刺头，樱桃姑娘一个人怕是应付不了。"

一片云迟疑了一下："樱桃，跟我出岛。"

两个人沿着运河官道骑马找去，走到半路，看到那几个偷跑出岛的人垂头丧气地回来了。原来他们等了半天，一个人影都没见着，最后空手而归，却不想半路被一片云逮到了。

"你们几个，胆子不小哇！"一片云刚下马打算上前训斥，忽然周围响起一阵枪声，连忙趴在地上，开枪还击。

赵长顺带着几十名警察隐在树后，朝着他们疯狂地开枪，几个土匪接连中弹身亡。警察一边射击着，一边渐渐靠近他们。

一片云见他们人多势众，朝身后的樱桃说："樱桃，你们快走！"

"姐，要走一块儿走！"

"他们拿的是我，听我的，你们快走！"

见樱桃还是不走，一片云拿枪顶在樱桃的胸口上："咱们不能都死在这儿，快走！"

樱桃不舍地骑马离去。一片云掩护着她，用完了最后一发子弹，无奈地看着警察围了上来。

赵长顺走近一片云:"大当家的,好久不见!请吧,我们局长正等着给您道喜呢。"

一片云被押进警局大牢,侯立人打量着一片云凸起的腹部,说道:"听说大当家的怀了黄家的血脉,黄子荣却不愿相认,侯某觉得实在不公,作为代理县知事,侯某愿意替大当家的出头,主持一回公道。"

"侯局长打算咋替我出头?"

"明天我打算在老牌坊那儿公审大当家的,不过,所谓公审,就是走个过场而已。只要大当家的到时能当众说明此事,并承诺从此弃匪为民。黄家素来最重名声,到时候不怕他们不接大当家的回家。"

"侯局长,到时候就算黄子荣有心迎我回去,只怕我一片云也没命享福了。"

"怎么?大当家的不信我侯立人?"

"侯局长,为了这个知事的位子,你跟黄老爷水火不容,明争暗斗,你说我能信你吗?"

"大当家的既然把话说到这个份上,那我也就明说了,我想要啥,你是知道的。黄子荣在济宁城之所以能为官多年,依靠的就是黄家世代的名声,如果黄家把大当家的迎进家门,那黄子荣此生怕是跟官场也就断了缘分。只要黄子荣把知事的位置腾出来,我跟他既没有杀父之仇,也没有夺妻之恨,为啥还要赶尽杀绝?大当家的放心,只要你肯帮我,侯某保你不死!"

"侯局长,你敢当众发誓?"一片云还是不信。

侯立人爽快地跪在地上:"皇天在上,厚土在下,我侯立人如若言而无信,天打五雷轰,不得好死。"

一片云没有说话,不过侯立人见她的表情便知她已默许了,吩咐赵长顺好吃好喝地伺候着,只等明日公审。

第二日,牌坊广场上挤满了百姓,黄家人也被请了过来。一片云平静地坐在椅子上。

侯立人指着一片云大声说:"诸位都知道,飞鱼岛盘踞微山湖多年,实属济宁一害,如今捕获匪首一片云,本应处决,只是她有孕在身,而且是前任知事黄子荣的骨血,上天有好生之德,本官也一贯讲究人情,体恤民意。因此,本官思前想后,决定法外开恩,只要一片云答应从今往后不再为匪,本官就饶她一命,不知诸位意下如何?"

众人一听一片云怀了黄子荣的孩子，都大吃一惊。杨春早站出来："侯局长，刚才你说一片云怀的是黄家的骨血，可据我所知，黄子荣人品端正，一片云虽然屡次表明心意，可都被拒绝了。如今咋突然冒出个孩子来，只怕不实吧？"

侯立人冷笑："杨先生跟黄子荣是同窗好友，站出来替其辩驳，无可厚非，只是事实如此，谁也没法更改呀。一片云，讲讲这孩子的事吧。"

一片云煞有介事地点了点头："侯局长，要说这孩子的来路，还真是复杂，这里头，有故事呀。"

"快说，大伙儿就想听听这里头的故事。"

一片云笑了笑："要说是吧，他就是；要说不是呢，他也不是。"

侯立人靠近一片云悄声说："一片云，是生是死，可就全在你自己了。"

一片云顿了一下："好。今天我当着大伙儿的面说句实话吧。这个孩子，他不是黄老爷的。"

侯立人发怒："大胆！一片云，你打家劫舍，造谣生事，污蔑黄家，罪不可恕，来人，把她押下去。"

"侯局长，别急呀。"一片云摆了摆手，"我也没说这个孩子跟黄老爷没关系呀。"

"一片云，你到底演的是哪一出？"

"诸位父老乡亲，十一年前，在飞鱼岛上，我对黄老爷一见倾心，不过人家黄老爷对我一直敬而远之。为了能嫁入黄家，我几次三番纠缠黄老爷，可黄老爷是正人君子，根本就不拿正眼瞧我。"说着，一片云撩起外衣，拍了拍绑在肚子上的棉垫子，"大伙儿看见了吧。假的！我一片云贼心不死，最后想出了假装怀孕的法子，想逼人家就范，可不巧，这戏还没演完呢，就被抓住了。"

侯立人愤愤地指着一片云："一片云，你弄虚作假，打家劫舍，罪大恶极，现处以死刑，等省城公文批示下来，立即执行！来人，把一片云押下去！"

"侯立人，不就是命的事吗？记住了，到时候把刀口磨得快点儿，给姑奶奶来个脆生的，别钝刀割肉磨磨唧唧……"一片云被警察押着，带出了人群。

从牌坊广场出来，黄老太太没有回家，而是直接去牢房探望一片云；赵长顺见黄老太太一个人来，也就放心地让她进去了。

"云丫头，今天我来就是想跟你开诚布公地说两句话，你要是想活，我有救你的法子，但你得答应我一个条件。"

"什么条件？"

"逃命之后，你要答应从此不再纠缠子荣。云丫头，我知道你对子荣一往情深，可你也知道，黄家家风严明，历来官匪不通，你跟子荣这辈子是一段孽缘哪。"

"老夫人，为了黄老爷我可以弃匪为民，为了黄老爷我啥都能做。"

"为了子荣，你啥事都能做，我信，可他做不到！你是天上一片浮云，想飘到哪儿就飘到哪儿；可子荣他不是云彩，他是个风筝，他飞得再高，这底下永远有条线在牵着他。"

"老夫人，您说的这条线是彩英姐？"

"是，也不是。"

"那这条线是啥？黄老爷他就不能把这条线给剪断了？"

"这条线剪不断哪！它是千百年传下来的血脉，是黄家祖祖辈辈用性命换来的名声。别说是你，为了这根线，豁上老太太我这条命都不算啥！云丫头，听我一句劝，对子荣你就死了这条心吧。这对你、对子荣，都好，这辈子，你跟子荣没缘分！"

一片云凄楚地笑了笑，她忽然想起当年她爹也这样说过。既然黄老太太都把话说到这份上了，那她也只能认命了。一片云点头答应后，黄老太太悄声在她耳边嘀咕起来。

黄老太太走后，一片云把赵长顺叫了过来，说要跟他做笔买卖，她要拿钱买命。她告诉赵长顺，这些年来她在岛外藏了不少银子，只要赵长顺肯放自己一条生路，这些钱就都送给他了。

赵长顺起初有些怀疑，一片云便让他去河神庙去找找看，她说自己在河神爷的塑像后面藏了一包现大洋。赵长顺心想，试试也无妨。他来到河神庙，果然在一片云说的地方找到一个布袋，里面包着一百个现大洋。赵长顺欣喜地拿着钱回到牢房，可是他还不满足，想要一片云多出点儿血，一片云见他有心做这笔买卖，便告诉他太白楼顶的房梁上还有二百。赵长顺没有迟疑，趁着夜色来到太白楼，房梁上果然还有一个布袋，赵长顺掂量着布袋，心想：一片云还真有存货。

赵长顺再次来到牢房，一片云开始和他谈条件："赵队长，钱我有的是，不过我这条命到底值多少钱？你这总不报价，我心里没底呀。"

"再给我一千大洋，我就放了你。"

"钱可以给你，可事我得问明白了，你打算咋放我？"

"咋放你是我的事，你就不用操心了。"

"你说话算话？"

"放心，说话算话！"

一片云指引赵长顺到城外运河边的树林里去找，说自己在一颗老柳树下埋了一千大洋。赵长顺听后，拿着铁锨就去了树林，他在树下刨了许久，手上都起了血泡，可还是什么都没有，他擦了擦汗，暗骂一片云耍了他。

赵长顺摊开双手，不满地说："看看我这手上的血泡，别说大洋，连个铜子都没挖着，你是耍老子玩吧？"

"啐！钱就在第三棵大柳树下头，你不会是拿了钱不认账吧？"

"老子要是想昧大洋，还跟你在这儿废什么话？"

"钱就在树下头，是我当初亲手埋的，绝对不会有错。除了那个布袋子，旁边不远的地方我还埋了六条小黄鱼。咋会挖不着呢？"话音刚落，一片云意识到自己说漏了嘴，不安地瞥了眼赵长顺。

"感情大当家的还给我留着一手呢？"赵长顺意味深长地看着一片云。

"地方没找对，留十手也没用。"一片云避开赵长顺的视线。

"不会吧？那个地方我都快挖遍了。"

"东西就埋在那儿，肯定是你找错了。要不信，我跟你去。"见赵长顺不说话，一片云摆了摆手，"算了，看来我这条命是保不住了。赵队长，你没有发大财的命啊。"

"一片云，我要是带你出去，你能帮我把钱找出来？"赵长顺在心里盘算了半天，还是舍不得这一千大洋。

"废话，我亲手藏的，能找不到？"

"行，你等我信儿。"

赵长顺来到侯立人办公室，谎称飞鱼岛要劫法场，为避免夜长梦多，他提议神不知鬼不觉地把一片云给做了。侯立人点了点头，让赵长顺亲自动手，千万别出了岔子。赵长顺得到应允，心中大喜，带着两个警察，押着一片云来到运河边的树林。

一片云停在一棵大树旁，用手指着说："就是那儿。"

"那不是第七棵吗？你咋说是第三棵？"赵长顺一阵狐疑。

"我是说从那边数。"

赵长顺没多做计较，让手下人赶紧挖坑，他们以为要活埋一片云，便乖乖地挖了起来，不多时，就挖出来一个布包。赵长顺着急地跑上前去看，一片云见赵长顺远离自己，便蹲下身子，用绑在背后的双手在树下的石块处急切地摸索着，石块被扒开，露出一把匕首，一片云拿起匕首，用力割着手上的绳子。

赵长顺解开布包，里面是一包现大洋，他笑眯眯地看着银圆，对身旁的人感叹道："这可真是天上掉馅饼啊。"

"一片云，你说的小黄鱼呢？"赵长顺越发得寸进尺。

"就在第八棵树下。"

赵长顺听后，赶紧让人去挖，果然刨出的土坑里露出一个小布袋子，布袋子里装着几根金条。

"队长，这是咋回事？"两个警察看着金子，眼里露出贪婪的目光。

赵长顺扯了下嘴角，突然掏出手枪向他们射击，二人当场倒地毙命。

已经悄悄割断绳索的一片云淡定地问道："赵队长，你把他们杀了，跟侯立人咋解释？"

赵长顺冷冷一笑："杀了你，我就有法子解释了。一片云，今天就是你的忌日。"说完，举枪指向一片云。

一片云突然飞起一脚，踢在赵长顺的手腕上，将他手中的枪踢飞，又将手中的匕首投向他，飞来的匕首插在赵长顺的左肩膀上。趁着赵长顺还没回过神，一片云飞快逃进树林。赵长顺拾起地上的手枪，向逃跑的一片云连开数枪，一片云的左臂被打中，她顿了一下，然后继续奋力奔跑，最终消失在夜色中。

赵长顺负伤来报，说一片云跑了，还把跟去的警察给杀了，侯立人听后大为恼火。然而一波未平，一波又起，更令侯立人想不到的是，郑三民居然这时候跑来，说要接黄子荣出狱。郑三民告诉他，接黄子荣出狱，是督军的意思，洋人来山东考察，正巧看到了报纸上登着黄子荣的事迹，他们为此去见了督军，督军迫于压力，这才让他过来接黄子荣出狱，并且下令官复原职。

郑三民来到牢房请黄子荣出狱，说督军不但不怪他，还要嘉奖他。

黄子荣平静地说："督军的好意，子荣感激不尽，时候不早了，您赶紧回去吧。"

"子荣啊，既然你执意不走，我也就不强求了。可你看看这牢房，是人住的地方吗？侯局长，你是怎么安排的？"郑三民向侯立人使着眼色。

侯立人会意，立马让赵长顺收拾出一间朝阳的牢房。

郑三民继续道："子荣，临来之前督军特意嘱咐，如果你实在不愿出狱，一定得给你换个像样的地方。这你要是还不答应，督军那里我没法交代，还望体谅体谅老兄我。"

黄子荣答应了，抱起被子朝外走，只是刚走出牢房，侯立人便迅速锁上了牢门。

看着黄子荣不解的目光，郑三民得意地说道："子荣，兵不厌诈，中计了吧！放你出来，是督军的命令。实不相瞒，今天如果不能把你接出去，我就得陪你一块儿坐牢，你就当帮老哥一个忙吧。"

黄子荣无奈地笑了笑，快步来到隔壁的牢房前，刚要开口，董民生抢先道："黄知事，我都听见了，啥也别说了，本来你就不该陪着我坐牢，快回家吧。"

"子荣啊，督军说了，把民生带回济南接着服刑，车在外头等着呢，你就放心吧。走！"郑三民不由分说，拉着黄子荣就向牢外走去。

第二十一章

逃脱后的一片云回到了飞鱼岛。看到一片云活着回来了，本想趁机控制飞鱼岛的老猫子心里害怕起来。他想，与其等到一片云回过神来追查，倒不如自己先下手为强。

老猫子来到一片云的房间，关切地问候道："大当家的，听说您受伤了，好些没？"

一片云看了眼自己的左小臂："刮破点儿皮，没啥事。"

老猫子脸上堆着笑："承蒙大当家的收留，老猫子才有安身之地，心里感激不尽。我也没啥能报答的，听说您受了枪伤，这是我从东北长白山带回来的一根百年老山参，您让人熬成汤补补身子，养养气血吧。"说着，将手中的木盒递上。

"谢了。"

"您快歇着吧，我走了。"

老猫子走后，一片云看着盒子中的山参，心想她这次能活着回来，多亏了黄家，又出点子，又花钱，不如干脆把这根老山参送给黄家，更何况黄子荣刚从大牢里出来，身子弱，得补补。虽然答应了黄老太太要断了对黄子荣的念想，可她还是会不经意想起他。

黄老太太推辞不过，只得收下山参。她将山参交给马彩英，马彩英当晚便给黄子荣熬了碗参汤。

马彩英来到书房，把一碗参汤端到黄子荣面前："老爷，娘让我熬了碗参汤，给你补补身子。"

黄子荣摸了摸碗的外沿："太烫，不急着喝。彩英，你坐下，我有话和你说。我之所以这么快就从大牢里出来，主要是因为那张报纸。今天我给省里的朋友打电话，托他们到报馆打听了一下，他们给我的回复是，报馆的人说是个穿红衣服的姑娘送去的消息。听他们的描述，我觉得那个人像是樱桃。"

"看来又是一片云帮的忙。"马彩英垂眸感慨道，心情复杂，她犹豫了半天，还是开口问道，"老爷，眼下就咱们夫妻俩，你跟我说句心里话，你心里到底有没有她？你要是心里有她，就明媒正娶地把她娶进咱黄家。"

"彩英，你咋又说这个话，我不是说过了吗？官匪不通，我咋能娶一片云呢。"

"官匪虽说不通，可人心是相通的呀！同是女人，一片云的苦楚我最清楚。她年纪也不小了，要是再不给她个说法，恐怕真就要误她一辈子了。老爷，这事我也想开了，如今天楷在南边是啥样子也不清楚，老疙瘩他又……唉，要能把一片云娶进黄家，再添个一男半女，也不是坏事。"

黄子荣苦笑着，一时无语。马彩英端起参汤尝了一口，然后放到黄子荣面前："老爷，不凉不热，正好，快喝吧。"

黄子荣点了点头，刚端起参汤，忽然，马彩英捂着肚子，满脸痛苦地说："老爷，不能喝！"

黄子荣愣住了，只见马彩英嘴中喷出一口黑血，随即歪倒在了地上。黄子荣连忙抱起马彩英，一边把她放到床上，一边呼喊着吴兴安，让他去请丁大夫。

丁德庸来到黄家时，马彩英已经毒发身亡，老疙瘩跪坐在她身旁哭喊着，黄老太太眼含热泪地注视着马彩英。

丁德庸将变色的银针从参汤碗里拿出来："黄知事，这参汤里有毒哇。"

黄子荣转向黄老太太："娘，人参是从哪儿来的？"

"人参是一片云派樱桃送来的，我寻思给你补补，就交给了彩英。"

"一片云？！"黄子荣吃惊道。

一片云一直没有中毒的迹象，老猫子整日坐立不安，终于他按捺不住，决定向樱桃打探一下，这才知道一片云把山参送人了。他不能再等了，要是别人吃了人参出了事，他就露馅了，唯恐夜长梦多，他决定马上动手。

这一日，老猫子偷偷来到一片云房外，见她正盖着被子睡觉，他一脚踹开屋门，端着枪冲进屋内，冲着炕上一通射击，被子被打得棉絮乱飞。他觉得有些不对劲儿，连忙上前掀开被子，发现被子里不是一片云，而是一床卷成卷的被子。老猫子心想不好，刚想逃走，只见一片云和樱桃站在门口，举枪对着他。原来这几日老猫子总是向樱桃打听一片云的情况，樱桃对他起了戒心。

老猫子扔掉手枪，跪在地上："大当家的，我一时糊涂，大当家的饶命啊！"一片云走近老猫子，把手枪顶在他脑门上。这时，王小义慌张地跑进来告诉她，马彩英吃了山参被毒死了。

一片云大惊，恶狠狠地盯着老猫子："说，到底是咋回事？"

"大当家的，您不是想嫁给黄子荣吗？这不正好给您腾出位子来了——"

"王八蛋！"一片云把枪把子重重地砸在老猫子脸上，老猫子惨叫着倒在了地上。

一片云来到黄家，只见院子里已搭起了灵棚，灵棚四周挂着白色的灯笼，一口棺材放在两条横放的长条凳上，棺材前摆着一个矮木案子，上面放着两个点着白蜡烛的烛台。老疙瘩身着重孝，跪在瓦盆前默默地烧着黄纸。黄子荣站在灵棚一侧，他腰上系着一条白布带子，眼睛直盯着棺材。

"黄老爷，我来给彩英姐吊孝。"一片云走到棺材前，愧疚地对黄子荣说道。

黄子荣抓起矮木案上的一个烛台，冲向一片云："吊孝？今天我要让你给彩英偿命！"

樱桃上前抓住黄子荣的胳膊："黄老爷，毒不是我们大当家的下的，是有人想害大当家的，这里面有误会。"

"黄老爷，我知道如今我说啥都没用，下毒的人就在城外，到底是咋回事，您一问便知。"一片云说完，带着黄子荣和老疙瘩来到城外运河边。

老猫子跪在黄子荣面前，一片云递给黄子荣一把短枪，黄子荣迟疑了一下，然后缓缓接过手枪，指向老猫子的脑袋。

"黄知事，您是清官，得遵照法律行事呀。案子还没审，您不能随便杀人！我跟您到案堂打官司，您快把我关到大牢里去吧。"老猫子求饶着，抬头瞥见黄子荣面色犹豫，突然夺下他手中的枪，准备还击，不想却被一片云提前发觉抢先开了枪，老猫子连中数枪，当即毙命。

一片云把枪插在腰间，向黄子荣请求道："黄老爷，彩英姐的仇报了，让我回去给她烧两张纸吧。"

黄子荣脸色漠然地说："一片云，彩英虽不是你下毒所害，却是因你而死。你走吧，从今往后，我不想再见到你。"

"大当家的，"一直沉默的老疙瘩这时走近一片云，"我娘临死前跟我说……"

一片云转向老疙瘩，以为马彩英有遗言留给她。没想到老疙瘩趁其不备，从左衣袖里抽出一把匕首，直直地刺向一片云的腹部，鲜血瞬间染红了外衣。

黄子荣目瞪口呆地看着眼前的一幕，不知所措。一片云按压着腹部，百感交集地放下狠话："黄子荣，我一片云与你从此两不亏欠！"

马彩英的棺材停放在黄家坟地的正门前。棺材周围站着八个抬棺材的壮汉，另有八个人分别打着白幡儿和花幡儿聚在周围。

黄二叔、黄五叔等黄家族人，拦在门口，不让黄子荣把棺材抬进去。

"子荣啊，彩英毕竟是你的续弦，不是正妻，按咱黄家的规矩，灵柩不能走祖坟的正门，得走侧门。"黄二叔神情严肃地说道。

黄子荣向两位长辈拱了拱手："二叔、五叔，发妻刘氏与子荣成婚一年后不幸离世，很快彩英就进了黄家家门。彩英虽说不是子荣的发妻，但她自从嫁到黄家后，一直遵守妇道、孝敬公婆，是人尽皆知的贤妻良母，且与子荣情义弥笃，不是发妻胜似发妻。子荣恳请二老能为彩英破一回规矩。"

"子荣啊，你是咱黄家的长房长孙，又是济宁城的知事，祖宗定下来的规矩，你更应该带头遵守才对，咋能带头违背呢。不可，不可呀……"黄五叔态度坚决。

黄子荣无奈地看着族人，忍着心中的不满，让人又把棺材抬了回去。回到家，黄子荣跪求黄老太太劝说族人允许彩英的棺材走正门，可黄老太太也颇感为难。子荣身为黄家和济宁城的"一家之主"，要是他破了祖宗定下来的规矩，日后别人也都效仿，这家规祖训岂不形同虚设了？见黄老太太并未答允，黄子荣也没有再说什么，但他心里已打定主意，彩英必须从正门进去，这是他最后能为彩英做的事了。

晨光映照下，一座宽约三米、斜度约三十度的木质拱形天桥从门外不远的地方跨过大门，延伸至墙内，天桥上铺着厚厚的木板。

"上桥！"黄子田高喊。

送葬队伍走上木桥，老疙瘩在前面边走边撒着纸钱，几个举着白幡儿、花幡儿的男子跟在他身后，黄子荣和几个壮汉抬着棺材也走上木桥。

"彩英吾妻，一路走好……"黄子荣哭喊着。

五叔不满地看着送葬队伍："二哥，这成何体统啊……"

"睁只眼闭只眼吧，这祖制呀，有些地方是得改改了。"二叔苦苦一笑。

桥上再次传来黄子荣的声音："彩英吾妻，一路走好……"

宋鲁生再次踏上了去南方进松茸的火车。不过去南方之前，他还专门去了一趟济南，毕竟济宁城的盘子本就不大，还被白家的半干松茸都占了，他想，不如把新鲜松茸先发到省城去试试，一来是为了锁死买主，二来也是为了防备有人使坏。他最后选择跟济南德胜楼的刘掌柜合作，因为他知道督军是德胜楼的常客，只要刘掌柜跟督军打声招呼，铁路保准一路畅通。与德胜楼签好订货文书后，宋鲁生便带着宋二乖去了南方。

白大可听说了此事，赶紧去找侯立人。他们想让郑三民再在铁路上做做文章，可郑三民告诉他们，这回宋家运输松茸的事惊动了督军，督军给各地铁路站点都下了严令，要确保宋家所乘车次一路通畅，他也无能为力。

白大可不安起来："侯局长，要是宋鲁生把新鲜松茸运回来，那咱们这半干松茸的生意可就彻底黄了！"

侯立人笑道："白掌柜，活人不能让尿憋死，铁路上做不了文章，你就不能想点儿别的法子？"

从警察局出来，白大可一路思索着，他知道这回指望不上侯立人了，只能靠自己。他吩咐钱三亲自跑一趟徐州，这回他要给宋家的松茸加点儿料。

返程的火车到达徐州车站，一个穿铁路制服的人拎着一个铁桶来到一节货车车厢前，他拉开车门，看到车厢内摆放着大小不一的木头箱子，箱子旁还有一口棺材。他打开木箱的盖子，见里面摆放着一层新鲜的松茸，笑着将铁桶里的石灰撒在了松茸上，然后盖上盖子迅速离开了。

宋鲁生跟着铁路工人去给松茸换冰，快到跟前时，看到车厢的门开着，又看到一个陌生人迎面而来，而且在看到他们走过来后，便立马转头跑了。

见此人鬼鬼祟祟，两个铁路工人喊叫着追了过去。

宋鲁生赶忙跑到车厢前，扒开箱子的盖子，看到里面撒满了石灰，正泛着白气。

宋二乖呼喊着："东家，松茸毁了，咱家的松茸毁了！"

宋鲁生呆呆地看着木箱。这时，铁路工人押着逃跑的人走了过来。

宋二乖一把抓住那人的领口："你个王八蛋！说，谁让你干的？"

"有人给我五十块现大洋，那个人我不认识。"那人如实相告。

"天要亡我宋家！"宋鲁生绝望地瘫坐在地上。

不远处，钱三躲在一个墙角后，看到这一幕后，转身离去。

火车驶到济南站，德胜楼的四个伙计过来接货，宋鲁生带着他们来到车厢，让搬运工将木箱旁边的棺材搬到德胜楼的马车上。

德胜楼的大门外，围了一堆人，除了德胜楼的人，还有记者和百姓。原来，督军听说今天能吃上新鲜松茸，一早便来德胜楼等着了，引来众人围观。

见接宋鲁生的马车停在门前，刘掌柜急忙迎上："宋掌柜，松茸呢？"

宋鲁生用手指了指棺材，刘掌柜顺着他手指的方向看去，一脸不解。宋二乖和几个伙计爬到马车上，打开棺材盖，刘掌柜凑上去看，只见棺材里摆放着一个透气的大竹篮子，竹篮子分作四层，每层都有许多透风的小格子，每个格子里整齐地摆放着十个新鲜的松茸。竹篮子周围堆积着大小不一的冰块和中草药小布包。

"刘掌柜，这是宋某自制的家伙什，松茸就是靠它运过来的。"宋鲁生早就料到会有人使坏，所以提前备下了这口棺材，谁也想不到他会把松茸放进棺材里。

刘掌柜佩服地点了点头："我干这行多年，新鲜松茸还是头一回见。只是，宋掌柜，你用棺材运松茸，这要是让督军看见了，恐怕——"

"啰唆啥呢！"督军坐在德胜楼二楼的房间里，听到楼下议论纷纷，朝窗口不耐烦地嚷道，"棺材棺材——升官发财。这个你们都不明白，还不如我这个大老粗呢！快点儿！老子肚子里的馋虫都给勾出来了！对了，先让老子瞅瞅，这新鲜松茸到底是个啥模样？"

宋鲁生捧着一碗松茸上楼，突然他看到一个小虫子趴在松茸上面，脸色一沉，轻轻捏住小虫，握在手里。

督军看着碗里的松茸，一脸失望："都说北人参南松茸，这看着跟蘑菇也没啥两样啊。"

一个面目清秀的军官感叹着："督军，当年我在云南吃过新鲜松茸，的确是这模样。一晃五年了，此生能在济南吃上这么新鲜的松茸，真是沾了督军的光了。"

督军摆手落座："要不是宋掌柜历尽千辛万苦把这松茸运了来，咱能吃上这么新鲜的东西？咱都是沾了人家宋掌柜的光才对。"

宋鲁生拱手施礼："督军过奖了。"

"行了，眼瘾过完了，该尝尝是啥滋味了！"

"等等！"宋鲁生歉疚地向众人鞠了一躬，"督军，实在是对不住，这松茸不能给您吃了。"

"你啥意思？怕老子给不起钱？"督军不满。

"宋某不是那个意思。"宋鲁生摇了摇头，伸开手，露出手里的虫子，"您看！"

"这是啥？"督军不解。

"督军，松茸娇贵，长途押运最怕两样东西：一是怕腐，二是怕这松茸虫。如今宋某虽然保住了松茸这股子鲜劲儿，可路上还是让它招了虫子。松茸招了虫子，养分自然就让虫子给吃了，因此让督军扫兴了。"

督军不满地叹了口气。这时刘掌柜走近宋鲁生，说道："宋掌柜，既然松茸招了虫子，那就不能怪我们德胜楼食言了，您这松茸，我们不能收了。"

"自然，那是自然。"宋鲁生点了点头，拿着瓷碗，向门外走去。

"等一下。"那个面目清秀的军官忽然想到什么，开口道，"宋掌柜，你把碗拿过来，我再看看。"

宋鲁生把碗递给他，他端详着碗里的松茸说："误会，我看纯属是误会。要说招虫，不能就招这一个。督军，您看看，这松茸干干净净的，哪儿还有别的虫子呀？"

督军看完，发现确实如此，他让人又拿了一些松茸过来，没再发现一个虫子。他面色冷峻地看向宋鲁生："宋掌柜，就因为你这一句话，差点儿耽误了老子一顿美味！你知罪吗？"

宋鲁生不安："宋某愚钝，请督军治罪！"

督军突然大笑起来："把楼底下那帮子记者给老子招呼上来。平时净写啥床头枕头，明天都给老子改改调性，替人家宋掌柜说道说道！因为一只虫子，人家宋掌柜差点儿赔上全部身家。这叫啥？这叫大义。宋掌柜是咱全省商界的楷模。快给老子做汤去，今天这顿饭吃得有意思，不光是尝个鲜，还吃出了'信义'二字。好，好哇！"

宋鲁生听后，暗暗松了口气。

为表彰宋鲁生的信义，督军又特意命人重新做了块信义碑送到宋记皮行，上面刻着"信义为本"，就立在旧石碑被砸碎的地方。宋鲁生为义轻利的事迹传遍了整个济宁，济宁几家大馆子都纷纷来找他合作，争着要进宋家的新鲜松茸，不再要白家的半干松茸了。

宋家的一盘棋又活了。靠着松茸赚来的钱，宋鲁生很快就赚回了从查爷那里借来的钱。

"查爷，您请过目。"宋鲁生把几张银票放到木案上。

查爷看罢，把一个小盒子推到宋鲁生面前："宋掌柜，房契和地契都在这里，查某完璧归赵。"

宋鲁生并未急着伸手收回，而是先开口问道："查爷，当初您说有人替我们宋家做了担保，还请查爷告诉宋某这恩人的名字。"

"你自己看。"查爷示意着盒子。

宋鲁生打开木盒，里面有两份不同的房契和地契，他拿起其中一份，待看清后，不禁哑然无言——这居然是黄家的房契，他这才知道当初救宋家的人是黄子荣。

宋鲁生将地契和房契送到黄家，还在里面多放了一张银票。

"宋掌柜，这钱我不能收。"黄子荣将银票退还。

宋鲁生又把银票推过去："黄知事——"

"宋掌柜，"黄子荣连忙按住宋鲁生的手，"此事伸手相助，完全出于公道，并无所图。津浦铁路为南北动脉，民生所系，而有些人，竟然官商勾结，图谋私利。子荣虽然无权彻查此事，但也不能眼睁睁地看着正经商人被小人陷害，助长歪风邪气！宋掌柜，还望宋家可以把这份信义代代相传，给咱济宁城的商家树立一个好榜样。"

宋鲁生起身拱手施礼："黄知事的话，宋某牢记于心！"

宋鲁生回到家中，刚将房契和地契交给章云芳，有人来传话，说三脚把宋秋安从南边带回来了。两个人忙跑出去，只见宋三脚和一个伙计架着瘦骨嶙峋、面容发黑的宋秋安朝他们走来。

宋鲁生快步走近："三脚，这是咋回事？"

"东家，二少爷在南边染上了毒瘾。"

"我的儿啊……"章云芳情不自禁地抱住了宋秋安。

宋秋安被抬到自己的房间，他满脸泪水，蜷缩着身体侧躺在炕上，浑身控制不住地抖动着。

丁德庸瞧完宋秋安，叹了口气："二少爷毒瘾不轻，没有别的法子，只能戒毒。"

宋秋安的手颤动着，用力抠着炕沿。他流着口水，脸上的肌肉颤抖着，乞求别人给他抽一口。

宋鲁生看着秋安，心被紧紧地揪了起来，他知道要让秋安彻底戒毒，就必须狠下心来。他让人打了一个铁笼子，又在笼子里铺上厚厚的草苫子，然后直接把宋秋安关进了笼子里。

"爹,放我出去,我不抽了,我保证不抽了……"宋秋安跪在笼子里,对着宋鲁生等人连连磕头。

宋鲁生内心悲痛:"秋安,爹是为了你好,这回要是再让你跑了,你这条命就没了。"

"爹,我不跑,绝对不跑了。"宋秋安眼泪汪汪。

宋鲁生不顾宋秋安的苦苦哀求,对章云芳等人严厉地说:"都给我听好了,二少爷的毒瘾戒不了,谁也不能把他放出来,否则家法伺候!"

章云芳蹲在笼子旁边,递上几个包子:"秋安,吃点儿东西吧……"

宋秋安打了个哈欠:"娘,求求您给我抽一口吧,就一口,我受不了了,真的受不了了……"

"秋安,鸦片不是好东西,你要是再抽,这辈子就毁了。"

宋秋安听后,古怪地笑了笑,双手抓着笼子,头用力撞着铁条:"娘,就一口,求求你了,要不我真的就死了……"

章云芳慌忙不忍地伸出双手抱住宋秋安的头,内心挣扎片刻后,悄声说:"秋安,先吃饭,晚上等着我。"

是夜,章云芳拿着布包悄悄来到铁笼前,压低声音说:"秋安哪,娘厚着脸皮,求爷爷告奶奶,才托人买来这些东西。"章云芳刚想把布包塞进笼子里,突然感到后面有人,她转头看去,宋鲁生不知何时站在了她背后,正冷冷地看着她。

宋鲁生气愤不已,他一怒之下,将章云芳也关进了笼子里。杨春早和黄子荣听说后,立马前来劝解。

"这是宋家的家事,你们请回吧。"宋鲁生还处在气头上,任何话都听不进去。

黄子荣见宋鲁生一时半会儿消不了气,施压道:"宋掌柜,宋家的家事黄某本不该多管,不过将妻儿关在铁笼子里,有私设牢房之嫌,你若一意孤行,那黄某身为知事,怕是不能坐视不管了。"

宋鲁生一时语塞,无力反驳,只得答应把人放出来。

宋鲁生虽然做出了让步,但并不打算轻饶了宋秋安。他把宋秋安用绳子绑了,锁在屋子里,又命人看守,一步也不许宋秋安离开。然而夜里,宋秋安想办法支开了看守的人,用蜡烛烧开了手上的绳索,还是逃出了宋家。毒瘾还在发作，他浑身难受得厉害，迫不及待地想抽一口，可是身无分文，要到哪里弄钱呢。

宋家的人找了一宿，直到天亮，还是没找到宋秋安。就在宋鲁生打算亲自去找时，宋三叔和宋四叔来到了宋家。

宋鲁生意外："三叔、四叔，你们大早晨的咋过来了？"

三叔把一个布袋子放在桌上："鲁生，拿着，钱不够我们回去再帮你凑，无论如何不能让官府把你给拿了去。"

宋鲁生一愣："三叔，您这话是从何而来？"

"昨天大半夜的，秋安满头大汗地跑去敲门，说你犯了事，必须凑齐五千块大洋官府才不抓人。大晚上的，我跟你四叔手头没那么多现钱，当场给秋安凑了一千块大洋，这不天一亮，赶紧把剩下的钱凑齐，给你送过来了。"

弄清原委的宋鲁生一声怒喝："畜生！"

最后，在一家小客栈里，宋鲁生找到了正吸着大烟的宋秋安，当即命人将他绑到了宋家祠堂。

祠堂的木案子上，摆放着宋家先祖的牌位，牌位一侧放着专门开族谱的大木架子，木架子上放着三米多长的族谱卷轴。宋三叔、宋四叔等几十名宋家族人也聚集在祠堂里，一脸肃穆地分坐两旁。

跪在地上的宋秋安惶恐地看着宋鲁生，宋鲁生根本不看他，面对族谱庄严地说："开族谱！"

宋三脚、宋二乖小心翼翼地自上而下展开宋家族谱。

宋鲁生注视着族谱宣布："宋家第二十七代传人宋秋安，偷盗财物，寻花问柳，欺上瞒下，吸食鸦片，劣迹斑斑，屡教不改，罪不可恕，不配再为宋家子孙！宋家第二十六代传人宋鲁生，今日当着列祖列宗之面，当着族内各位长辈之面，秉承祖训，严守家规，对宋秋安予以当众除名。"

"爹，我错了，再给我一次机会吧！爹，我求你了……"宋秋安哭喊着。

宋鲁生拿着毛笔，手微微颤抖地蘸了蘸墨汁。

宋秋安爬到宋鲁生身侧，抱住他的腿，哀求着："爹，不要除我的名……"

"把他拖开！"说完，宋鲁生拿着毛笔走到族谱前，在宋秋安的名字上重重地画了几笔，直到墨汁盖住了名字。

随后，宋鲁生忍痛将宋秋安送进了县公署："黄知事，宋秋安吸食鸦片，招摇撞骗，宋某特意将其押送官府。"

"宋掌柜，你这是何苦呢？"

"黄知事，此人已被宋家除名，与宋家再无瓜葛，请您依律治罪。"说完，宋鲁生转身离去。

黄子荣无奈地看着呆站在堂下的宋秋安，命人先将他关到大牢里，权当帮着戒毒瘾。

天空飘起了纷纷扬扬的雪花。

这日是大年三十，宋秋安躺在床上，默默想着心事，远方不时传来热闹的鞭炮声。

一个狱警打开牢门，来到床前："二少爷，黄老爷特意嘱咐我们给你送饺子过来。"

宋秋安凄凉地笑了笑，气息微弱地说："大哥，麻烦你给我爹带个话，就说过年了，我想回家，想回去给祖宗磕个头。"说着，泪水默默地流了下来。

"行，你等着。"

狱警将话带到宋家，宋鲁生的心也软了，他跟着狱警来到牢中，看着双眼无神的宋秋安，百感交集。

宋秋安眼眶通红："爹，我错了。"

宋鲁生蹲下身，哽咽着说："咱回家过年。"

雪花飘舞，街上为数不多的行人行色匆匆，街两边的铺面都已经关门歇业。

宋鲁生背着宋秋安默默地走着，趴在他背上的宋秋安吃力地说："爹，我要是死了，求您把我埋到咱家祖坟里。我不想当孤魂野鬼，我想陪着爷爷，陪着祖宗们，求您了……"

宋鲁生的眼眶渐渐湿润。

"爹，求您答应我，答应我……"宋秋安的声音越来越微弱，搭在宋鲁生背上的手也无力地滑落了下来。

宋鲁生愣了一下，停下脚步，转头呼唤着："秋安，秋安……"

趴在宋鲁生背上的宋秋安好像睡着了，睡得很安详。

宋鲁生泪水直流，他继续往前，在漫天飞舞的雪花中朝着宋家一步一步走着。

第二十二章

一晃五年过去了。

这天,一个样貌周正、一表人才的青年提着柳条箱走进了黄家,来者不是别人,正是远走他乡的黄天楷。

黄天楷的归来使黄家充满了久违的其乐融融的氛围,自从马彩英去世后,家里便很少再听见笑声。黄老太太做了一桌丰盛的饭菜,黄子荣和老疙瘩也早早地回了家。

酒过三巡,黄子荣问起黄天楷这几年的经历。

黄天楷回道:"爹,我离开济宁后,到了南方,先是读了两年书,后来就在一家工厂上班。"

"你在工厂具体干什么?"

"记账、监工,什么都干。"

黄子荣来了兴趣,又问道:"你从南边回来,有件事爹想请教请教你,如今南北对峙,形势紧张,你跟爹说说,这个国民革命政府,到底是好还是坏?"

黄天楷迟疑着:"您是想听真话,还是想听假话?"

"真话。"

"现如今北洋政府一片黑暗,而国民革命政府以民为本、为民着想,前途一片光明,要我说,比北洋政府要强百倍。"

旁边的老疙瘩插话:"爹,大哥说得对,山东老百姓这几年可是遭老罪了。"

黄子荣不满地瞪了老疙瘩一眼,黄天楷笑着问老疙瘩:"你现在还玩鹰吗?"

老疙瘩瞟了眼黄子荣,有意抬高嗓门:"爹管得严,在家不敢玩了,鹰都放我师傅那儿了。"几年前,老疙瘩拜查爷为师,查爷也就代管了他的鹰。

酒足饭饱之后,老疙瘩拉着黄天楷出去说话,屋里只剩下黄老太太和黄子荣二人。

"子荣，你没觉出来天楷有事瞒着我们吗？"黄老太太说出了心中的忧虑。

黄子荣也有所察觉："但愿别出啥事呀。"

黄老太太和黄子荣并非多虑，眼前的黄天楷确实已和往日不同。只是作为一名革命军，他也有自己的考量，近来省里正下令严查革命军卧底，若是身份暴露，势必会给家里带来麻烦，更何况他还有革命任务在身。

这一日，黄天楷在一家茶馆里找到乔镇山，将一封信交给了他，那是乔镇山的弟弟——黄天楷的团长写的。

乔镇山看着信，黄天楷悄声说道："乔会长，如今战事吃紧，军费短缺，乔团长让我转告您，万望抓紧时间。"

乔镇山思索后说："你们要的军费，不是小数，得容我几天调配调配。"

"明白。"

就在国民革命军筹备军费之时，郑三民受督军之令也来到了济宁。他一来是为了严查敌军卧底，确保济宁城固若金汤；二来就是筹备军粮，以供军需。严查敌军卧底之事还可以慢慢进行，当务之急是要为前线征集粮草。一到济宁，他便找来济宁的几大粮商，一起商讨此事。

虽说这次的军粮筹备由省里统一出资，价钱也定得公道，但众商家都不敢轻易接下。郑三民看向宋鲁生："宋掌柜，宋记粮栈是咱济宁城粮行里最大的字号，不知你对这笔买卖有没有兴趣？"

宋鲁生谨慎地回道："郑厅长，此次军粮所需数量不小，筹措时间实在过于紧急，事关重大，容宋某好好思量思量。"

旁边的白大可接话："郑厅长，疾风知劲草，患难见真情，如今军情紧急，白某愿意担此重任。"

郑三民赞许道："白掌柜愿意替政府分忧，实在难得，不过此次所需军粮数量不是小数，只怕你一家筹备不过来。郑某给诸位三天时间，都好好考虑考虑。"

回家的路上，宋鲁生就已经想好了，三天后他会直接拒绝郑三民。这笔生意虽能赚钱，可宋家以信义为本，这些年，老百姓日子过得苦不堪言，他听说国民革命军军纪严明，对百姓秋毫不犯，要是真能易主，老百姓的日子肯定比过去要强，所以这笔钱不赚也罢。

白大可可不这么想，这笔生意大有赚头，他怎么能轻易放过。他托侯立人向郑三民表示，自己一人便可以担此重任。可郑三民却觉得此事重大，有宋家托底，他心里才真正踏实，最好的办法就是一家承担一半。侯立人将郑三民的顾虑转告给白大可，白大可听后有些丧气。

"我明白你的心思，这些年你不就是一直想压过宋家，吐出胸中这口恶气吗？"侯立人点破白大可的心结。

"侯局长有何高见？"

"白掌柜，要是让你跟宋家打赌筹粮，你有把握赶在前头吗？"

"请侯局长明示。"

"看宋鲁生的架势，三天之后恐怕会推脱差事。"

"可郑厅长这边，他要如何交代？"

侯立人得意地笑了笑："窍门就在这儿。白掌柜，这三天里，趁宋鲁生还没有准备，你赶紧筹粮，到时候我帮你把这个赌约给夯实了，让宋鲁生吃个哑巴亏，你觉着呢？"

"打赌？宋鲁生他能上套？"

"到时候只怕就由不得他了。既然是赌约，那就要有点儿彩头。你看，你是想要点儿什么好呢？"

"侯局长，白某别的什么都不要，就要宋家堂屋里挂着的那块'信义为本'的大匾！"

"这个彩头要得好，比宋鲁生那条命还值钱哪！摘了宋家的匾，就等于抽了宋家的筋，散了宋家的魂，到时候宋家也就没脸留在济宁城了。"

白大可把一张银票放到侯立人面前："侯局长替白某操心，一点儿心意，请笑纳。"

侯立人的眼角又多了几分笑意："那我就不客气了。"

白大可走后，赵长顺前来报告，说这几天在跟踪黄天楷的过程中，发现他与乔镇山交往甚密，两个人几次约在茶楼，谈论什么钱和药品的事。

在得知黄天楷回来的消息时，侯立人就觉得他这时回来十分蹊跷，再加上他曾经发传单诋毁自己，便对他多留了个心眼，没想到果然有问题。

赵长顺问道："局长，黄天楷和乔镇山不会都是革命军吧？"

"黄天楷有可能是革命军，乔镇山呢，不好说。不过，乔家老二当年离家出走，这些年一直都没有消息。如今黄天楷从南边回来偷偷跟乔镇山见面，我琢磨着八成跟革命军有牵连。"

"局长，要不要跟郑厅长说一声？"

"乔镇山是南方商会会长，在济宁城举足轻重，要是没有铁证就忙着跟郑厅长说，不是找骂吗？"

赵长顺忽然想到自己的亲戚在乔家做工，便提议让他帮着查查，侯立人认为可以一试。

赵长顺的亲戚老刘趁着乔镇山出门，偷偷溜进书房，他翻箱倒柜找了半天，都没找到他想要的。就在他想放弃的时候，座钟忽然响了一声，把老刘吓了一跳。他恢复冷静后来到座钟面前，仔细端详，发现座钟的背面有个夹层，他小心打开，见里面放着一封信，正是黄天楷交给乔镇山的那封密信。

侯立人得到密信之后兴奋不已——这就是铁证，他让赵长顺赶紧抓人，他一定要从乔镇山嘴里撬出黄天楷的名字。

乔镇山被抓到警局的审讯室，赵长顺用了各种刑罚，可乔镇山就是不开口。

侯立人走到他面前："乔会长，你是明白人，还是说实话吧，省得皮肉受苦。"

乔镇山吃力地喘着气："侯立人，你让我说什么？我什么都不知道。"

侯立人冷冷一笑："看来乔会长是想尝尝红烧肉的滋味。"

赵长顺会意地从炭火盆里拿出烧红的烙铁，伸向乔镇山的胸口。

乔镇山顿时惊恐："别，我说……"

茶楼的雅间里，乔镇山坐在靠近窗户的地方，默默想着心事。侯立人坐在他一侧，悠闲地喝着茶水，他已经以乔镇山的名义传信给黄天楷，只等着黄天楷自投罗网。

黄天楷来到茶楼门前，此时的他还不知道自己已经被便衣警察跟踪。正要进门，一只手从后面拉住他的胳膊，黄天楷回头一看，竟然是黄子荣。

"天楷，干啥呢？"

"哦，渴了，想进去喝杯茶。"

"家里有上好的普洱，走，回家喝。"

"爹，我渴得厉害。"

"这点儿耐性都没有？快走吧，爹正好找你有事。"说完，黄子荣拉着黄天楷离去。

赵长顺见状，忙去报告："局长，黄天楷刚到门口，就让黄子荣给带走了。您看咋办？抓还是不抓？"

侯立人没有料到，正在思索之时，乔镇山突然起身，跑到窗前撞开窗户，跳了出去。侯立人连忙下楼，然而乔镇山已没了气息，鲜血从他的鼻孔和嘴角流出。

许多行人停下脚步，围在四周。黄子荣、黄天楷听到声响后也折了回来，只是没想到穿过人群看到的是惨死的乔镇山。

"侯局长，这是怎么回事？"黄子荣发问。

侯立人凑近黄子荣悄声说："黄知事，乔镇山私通敌军，今天押着他来抓捕同伙，没想到他忽然跳楼了。"

黄子荣一愣："乔会长私通敌军？不可能吧？"

侯立人从兜里掏出密信："乔镇山二弟乔镇宗如今是敌军团长，这是他的亲笔信。"

黄子荣回道："侯局长，此事重大，得尽快向郑厅长汇报。"

侯立人点点头，对赵长顺吩咐道："把尸体带回去。"

几个便衣警察抬着乔镇山离去，围观的人也各自散去了，只剩下心有余悸的黄天楷还站在原地。

黄子荣看到黄天楷的样子，就知道自己猜得没错，要不是他一早发觉那些跟着天楷的便衣是侯立人的手下，也许今天死的就不只是乔镇山一个人了。他心想，不能再让天楷干这么危险的事了，便以家里田庄缺人手为由，让天楷到田庄给子田帮忙去了。

不但没有抓到黄天楷，还失去了乔镇山这么一个重要的人证，侯立人气不打一处来。他将此事告诉郑三民后，郑三民直接让他以私通敌军、出卖情报的罪名，抄了乔镇山的家。

三日期限已到，郑三民从宋鲁生那里没有得到自己想要的答案。他不满地盯着宋鲁生："这么说，宋掌柜是不愿接筹粮这个差事了？"

宋鲁生诚恳地解释道："郑厅长，这几年宋某把精力大多放在了皮货生意上，疏于打理粮栈，如今关系军情大事，宋某没有十足把握。真耽误了军情，怕吃罪不起。"

"宋掌柜，若是要让你承接一半军粮呢？"

"郑厅长，白家粮栈货源充足，白掌柜更是精明干练，事情交给白掌柜，准保顺顺利利，比交给宋某要强百倍。"

郑三民愤愤地说："宋鲁生，如今军情紧急，筹备军粮就是替政府分忧，可你却推三阻四，到底是何居心？你不会跟乔镇山一样，跟敌军也有勾连吧？"

"郑厅长息怒，宋某对政府决无二心。"

"决无二心？那就让我看看你的实际行动吧。"郑三民示意秘书，秘书将两份合约摆在桌面上，郑三民继续说道，"此次军粮筹备，宋家和白家，一家一半。军粮筹齐，送匾嘉奖；筹备不齐，军法伺候。二位，请签字吧！"

宋鲁生没想到郑三民会强逼于他，见白大可毫不犹豫地就在合约上签了字，他不得不也上前签字。

"宋掌柜、白掌柜，你们的军粮什么时候能筹齐呀？裘旅长已经带兵到达前线，他来电报说前线军需吃紧，让尽快供应。"

宋鲁生和白大可都不愿先发声，心里默默盘算着。侯立人接话："郑厅长，侯某有个督促筹粮的点子，不知当说不当说？"

"侯局长有何高见？请讲。"

"如今前线吃紧，军粮的筹备自然是越快越好，能不能让宋掌柜和白掌柜打赌筹粮，谁先筹备齐了军粮，谁就是赢家。"

郑三民拍了拍手："好主意！两位的意思呢？"

"白某愿意打赌筹粮。"

"郑厅长，宋某一定尽心筹粮，但是这赌，就不打了吧？"

侯立人看向宋鲁生："宋掌柜，如今战事正酣，正是向政府表示忠心的时候。之前您不愿承接军粮，这了解内情的明白您是小心谨慎，可这不知道的心里咋想，就不好说了。张督军的脾气秉性您也有所耳闻，将来战事结束，今天这事要是传到他耳朵里，只怕……"

"侯局长说得有理。"郑三民接过话，"张督军最恨与其离心离德之人，宋掌柜，届时就算有郑某替你说话，也未必管用啊。"

宋鲁生苦苦一笑："那好吧，宋某愿意跟白掌柜打这个赌。"

侯立人看向二人："打赌总得有点儿彩头才好，两位看这彩头……"

"郑厅长、侯局长，白某要是输了，愿以全部身家相抵。"白大可率先表态。

宋鲁生有些意外："白掌柜，不过是个玩笑，何必如此？"

白大可摆了摆手："军情大事岂是玩笑！宋掌柜要是害怕，白某也决不苛求，宋掌柜到时候要是输了，白某不会要你们宋家一块大洋。"

侯立人故作不解："白掌柜，那您总归得要点儿彩头才好哇。"

"侯局长，要是白某侥幸获胜，我只求宋家一样东西，就是宋家堂屋上高挂的那块大匾。"

宋鲁生沉默不语。郑三民拍板："就这么定了，军情紧急，两位赶紧回去筹粮吧。"

宋鲁生走出县公署，其他粮商好心提醒他，白大可这几日已经带人没白没黑地筹备粮食了，让他也抓紧。宋鲁生这才知道白大可早就做好了套，可他这次没处躲，没处藏，明知是火坑，也得硬着头皮往里跳。他已经落后白家三天了，想撵恐怕没那么容易，如今只能去找白大可，看看能不能解开两个人的疙瘩了。

打听到白大可正在澡堂洗澡，宋鲁生也进了浴池，里面除了白大可一个人都没有。

白大可眼神冷冽地看着宋鲁生："宋掌柜，找我有何指教？"

"白掌柜，咱俩这个赌不打不行吗？"

"咋的？你害怕了？"

宋鲁生恳切地点了点头。

白大可忽然大笑起来："宋掌柜，都这把年纪了，你还是改不了胆小怕事的毛病啊。"

宋鲁生淡淡一笑："都这么多年了，你心里那个疙瘩还没解开？"

"解开？你觉得解开这个疙瘩是那么简单的事吗？"白大可忽然从浴池里站起来，转身背对着宋鲁生，背上露出"无耻奸商"四个字，字迹潦草，疤痕狰狞。"宋掌柜，绳子上系了疙瘩，只要花功夫，就解得开，可是这脊梁上刻的字，你觉得几句话就能磨平了？"

宋鲁生拱手施礼："师弟，都怪我当年一时糊涂，错生邪念，拉你下水。今天师兄给你赔礼认错。"

"师弟？你也好意思叫出口！想当年，我从乡下进城，投奔到你们宋家，跟你爹学艺经商，你爹指着堂屋那块大匾跟我说，'信义为本'这四个字是经商做人的根本，让我一辈子要守住了。我那时候傻呀，你爹咋说，我就咋信。我当时在心里告诉自己，以后不管贫富，都要像宋家人一样，清清白白做人，坦坦荡荡经商，可是后来，谁承想你宋鲁生竟然办出那样的事！"

宋鲁生内心愧疚："别说了。"

"我说，我得说！这一池子热水泡得我浑身是火，今天要是不说出来，我就得憋死！你宋鲁生心生歹念，动了歪心思，琢磨出了羊皮造假的旁门左道，还逼我入伙。在北上贩皮子的时候，我们被人家发现，结果就被人在背上留下了这四个字。后来，回到济宁城，我原以为你能把事情原委都讲清楚，可你却胆小怕事，一声不吭，最后你爹把一切罪责都算到我白大可身上，寒冬腊月，一顿竹鞭把我赶出你们宋家。师兄？你配吗？天底下有你这样无情无义的师兄？你知道我一个无爹无娘的孩子，身无分文，又坏了名声，会是个什么下场？"

宋鲁生深深叹了口气，白大可泪水直流，酸楚地说："那一天，大雪纷飞，天寒地冻，我蜷缩在破庙里。不知从哪儿来了一条狗，它叼着一块硬饼子，我饿急了，跟狗抢食，饼子是抢到了，小腿肚子却被狗咬了一口，当时也许是腿冻麻了，没觉得疼，后来半夜发烧，一连三天，人事不知。可天不灭我，我白大可起死回生，又活过来了！从那刻起，我明白了，人在做，天在看，老天爷脑子灵光，眼睛亮堂，他给我留口气，就是要让我把失去的东西拿回来。你说有老天爷给我撑腰，我能不要回这口气吗？"话说到此，他已是满脸泪水。

宋鲁生缓缓抬头，歉疚地说道："其实这些年，我心里也一直堵着一块疙瘩，上不去，下不来。那年你走后，我跟我爹把事情全说清楚了。我爹也后悔把你赶走，他让我带人四处找你，可没有找到。后来你回来了，我爹想当着你的面把话讲清楚，可你不理不见，他老人家直到临终之时，都还牵挂着你。秋安的事，我知道跟你有关，但他走邪路，根在自己身上，我不怪你。眼下你我也都过了不惑之年，有些事是不是该放下了？"

白大可淡淡一笑："快了，等运完这趟军粮，有些事确实也就能放下了。你要是现在认输，也行，我还是那句话，别的我什么都不要，就要你们宋家那块大匾。我要把它垫在茅坑里，放到猪圈里，扔到地上踩来踩去，一解心中之恨！"

宋鲁生失望地叹了口气，披着浴巾走出水池。

"宋掌柜，赶紧回去准备粮食吧。"白大可双手拍打着池水，大声喊叫着，"痛快，痛快呀！"

与白大可和解看来是不可能了，宋鲁生只能赶紧着手筹备粮食。本来他已决定听天由命，可谁知又有变故，宋家和白家的粮食都被烧了。虽然不知道是谁放的火，损失了些粮食，可宋家也算因祸得福，因为白家损失的更多。一局麻将被重新洗牌，宋鲁生赶紧命人去筹备新的粮食。

军粮被烧，郑三民和侯立人最先想到的纵火者就是黄天楷，可侯立人派人一直盯着田庄，黄天楷这两天一直在田庄，规规矩矩的，没有作案的时间。

郑三民轻笑一声，推测道："黄天楷没时间干，别人不一定就没时间。"

"您的意思是说，黄天楷还有同伙？"

"当年的传单,我记得就不是他一个人贴的。立人,立刻派人去秘密调查,一定要把黄天楷的同伙挖出来。有了人证,黄天楷也就没跑了。"

赵长顺来到杂货铺询问,杂货铺老板告诉他前两天有个四川口音的人来买过几桶煤油,赵长顺又顺藤摸瓜地找到客栈,最终将罗浩和他的同伴一网打尽。

黄子荣听到风声,赶紧来到田庄。他把一个包袱递给黄天楷:"钱都给你准备好了,马在后门外,赶紧走。"

黄天楷抱着包袱:"走?上哪儿?"

"罗浩让赵长顺给抓住了。"

黄天楷装糊涂:"爹,您说啥?我咋听不懂——"

"天楷,你是什么人,爹心里明白。"黄子荣打断他,"赶紧走,走晚了,就走不了了。"

黄天楷迟疑:"爹,我要是走了,你怎么办?"

"放心,爹是县知事,不会有事。"

这时,吴兴安慌乱地跑来:"老爷,侯立人带人来了。"

黄子荣让黄天楷赶紧从后门走,黄天楷无奈,跪地给黄子荣磕了个头,然后慌忙离去。

吴兴安靠近黄子荣:"老爷,眼下一片乱局,要不您也躲躲?"

黄子荣苦苦一笑,缓缓坐到门前台阶上:"兴安,我不能躲哇,我要是躲了,娘怎么办?这个家怎么办?"

侯立人带着赵长顺和十余个警察冲进院内:"马上搜查!发现罪犯,立刻抓捕!"

见黄子荣坐在台阶上,侯立人故作意外:"哟,黄知事,您不在县公署,咋来田庄了?"

黄子荣淡淡一笑:"田庄有些事需要我处置一下,侯局长,你咋来了?"

"我也不想来呀,可是郑厅长命令我前来捉拿令公子黄天楷。"

"天楷他犯了什么法?"

"现已查明黄天楷是敌军卧底,军粮就是他与同伙烧毁的,其同伙现已悉数归案,且均已招供,目前只有他一人在逃。"

黄子荣佯装不知:"天楷啥时候成革命军了?我咋不知道呢?"

"黄知事,您真不知道?"

就在二人说话之际,赵长顺带着警察已经搜遍了整个院落,并没有发现黄天楷的踪影。

　　黄天楷骑着马在林中的土路上奔驰着。突然，路上拦起一条绳索，奔跑的马被绳索绊倒，黄天楷也摔下了马。他就势翻滚了两下，躲在一棵树后，一边又动作迅速地从后腰处掏出驳壳枪。

　　几个警察举着枪从树后闪出身来，一步步围向黄天楷。就在他们快要逼近黄天楷之时，林中传来几声枪响，围住黄天楷的警察纷纷倒地身亡。

　　黄天楷小心翼翼地从树后走出来，正疑惑是谁救了他，只见樱桃、王小义和两个土匪拎着枪向他走来。

第二十三章

一条小船行驶在运河上，黄天楷和樱桃站在船头。黄天楷此次脱险，多亏了飞鱼岛的人，要不是一片云得知警局正盯着黄天楷，派樱桃出来暗中保护，黄天楷准被侯立人逮个正着。樱桃想带黄天楷去岛上躲躲，可黄天楷告诉她，他还有一件重要的事要办。

黄天楷带着樱桃等人来到铁路桥，将几个炸药包安放在桥墩上，他手里牵着引线，静静地注视着远方，他在等运军粮的火车。可他还没等到火车，便被巡逻的警察发现了，没有办法，他只能提前拉了引线，将桥炸毁，这样也能把军粮拖个五六天了。

任务完成后，黄天楷没有跟樱桃去飞鱼岛，他打算离开济宁，重回南方。

"你非得走吗？"樱桃有些不舍。

黄天楷态度坚决："革命尚未成功，同志仍需努力，这是孙总理的教诲。樱桃，谢谢你，也替我谢谢大当家的。放心吧，我和同志们很快就会杀回来的。"说完，他独自划着小船离开了。此时，黄天楷还不知道，受自己影响，黄家被侯立人搜了个遍，他们想找黄子荣通敌的罪证，可什么也没搜到，只好暂且将黄子荣羁押入狱。

铁路桥被炸一事传到白家，可愁坏了白大可。他刚将军粮运上火车，正得意于早宋家一步，没想到粮食又被困住了，这可如何是好！他急忙去找侯立人帮忙疏通。

宋鲁生也没料到铁路桥会被炸，他看到白大可的粮食运走了，原以为铁定要输了，可谁承想又有人把铁路桥给炸了。宋鲁生心想，既然老天有意要帮他，他就必须打赢这一仗。至于要不要继续走铁路呢，宋鲁生犹豫了，为了毁掉这批军粮，革命军可是想尽了各种法子，就算把铁路修好了，谁又能保证中途不再出啥差错。思来想去,他决定走运河。宋鲁生先来到微山湖,找到以前在宋家船队的丁老大,又请来押粮的赵连长跟自己一同上路。安排妥当后,宋鲁生等人就沿着运河南下了。

已是黄昏,五条中等规模的货船排成一列纵队行驶在河中。各船的船老大站在船尾,把着船舵,每条船上还有两名伙计和五六名士兵。宋鲁生和赵连长坐在头船甲板的竹椅子上,看着远方。

把舵的丁老大忽然感到舵有问题,对后面的船大声喊道:"你们都把船靠岸!"

宋鲁生不解,起身快步走向船尾:"丁老大,咋了?"

"下面有东西,把舵叶缠住了,舵失灵了。"说完,丁老大忙吩咐人把帆落下来。几个船家下水,发现原来是些破渔网把舵叶给缠住了。

丁老大一脸严肃:"这些破渔网来得蹊跷,幸亏发现得早,要不然后面的船撞上来咱可就麻烦了。"

赵连长走上前:"船老大,听你的意思,是有人故意使坏?"

"八成是这样。"丁老大点点头。

赵连长愤愤道:"谁胆子那么大,敢对军粮下手?"

"赵连长,但愿只是碰巧。"宋鲁生没有追究,但他心中已知是谁在搞鬼。

丁老大见天色不早了,让人剪掉渔网,便靠岸歇息了。

岸边的平地上升起两堆篝火。丁老大和船家们聚在一堆篝火旁,或坐或蹲,吃着馒头和咸菜;另一堆篝火旁,众士兵围在一起,喝着瓦罐子里的水,吃着干粮。

这时,一辆马车驶来,车上装载着粗细不一的原木,缓缓停在众人面前。车老板勒住马,请求他们让道,众人连忙起身让路。

马车穿过人群,有两个士兵闻到了香味,朝车老板问道:"这里面是啥?"

车老板支支吾吾:"没啥。"

"没啥?打开看看。"

"兵爷,真没啥。"

士兵一板脸:"打开!少废话!"

车老板打开竹筐子的盖,只见里面放着两个大竹篮子,一个里面装满了烧鸡,还有一个竹篮子里铺着棉垫子,棉垫子下都是热腾腾的包子。

士兵大喜,转头向赵连长汇报。赵连长听了后,走上前指着竹筐问车老板:

"你这些东西是咋回事？"

"老总，我雇了些伙计，给家里盖房子，我这是去送木料，顺便买了些吃的给他们送过去。"

"既然这样，能不能匀一半出来？"

旁边的宋鲁生连忙接话："赵连长，咱们不是带吃的了吗？"

"干巴巴的硬馍馍，能跟这烧鸡和肉包子比吗？宋掌柜，你看大伙儿馋得眼都绿了。"赵连长又转向车老板，商量道，"这位兄弟，你这烧鸡和包子卖给我们一半，咋样？"

"老总，这些东西要是卖给你们一半，我那些伙计就得饿肚子。"车老板一脸为难。

赵连长冷冷一笑："别不知好歹，又不是不给你钱，就这么定了。卸货！"

几个士兵刚要动手，宋鲁生连忙制止："慢着！这来路不明的东西不能乱吃。"

车老板不满："来路不明？你啥意思？好哇，这东西本来我就不想卖给你们，既然你们觉得是来路不明，正好，走了。"

"宋掌柜，舍不得花钱你就直说，不就是点儿吃的嘛。兄弟们，今天我请客，咱们不欠宋掌柜的人情。"说完，赵连长从兜里掏出一块大洋，塞到车老板手里，"够了吧？"

车老板勉强回道："够了，够了。"

赵连长一挥手，众士兵连忙抬下竹筐子，往外拿烧鸡和包子。宋鲁生在一旁看着，很是无奈，待车老板走后，他凑近赵连长悄声说："赵连长，不怕一万，就怕万一呀，这些东西还是不吃的好。"

赵连长却不理会，对众士兵大声说："弟兄们，抓紧吃！吃完了睡个好觉！明天还要赶路呢！"说完，又让人给丁老大他们送去了一些。宋鲁生见阻止不住，叹着气摇了摇头。

深夜，士兵和船家横七竖八地躺在篝火旁，酣然入睡。忽然，一个士兵坐起身，哼哼唧唧地揉着肚子，躺在旁边的赵连长被吵醒，问他怎么了，那士兵还没来得及回答，便捂着肚子跑向一边。随后，又有几个人也疼得醒来，有士兵，也有船家的人。赵连长不安地看着他们，忽然自己也感觉腹中一阵绞痛，心中暗骂果真被人算计了。

折腾了一宿，少数没有吃包子和烧鸡的人将病员扶上船，继续行驶。船走了没一会儿,又出现了新的情况,船头像是碰到了什么东西,船缓缓停了下来。丁老大拿起旁边的一根竹篙,伸到水里试探,不长的一节竹篙很快触到了河底。

宋鲁生走近丁老大,急切地询问:"丁老大,咋了?"

"东家,船搁浅了,只怕得拉纤。"

"那就拉吧,反正得往前走,不能停。"

丁老大收起竹篙,对后面的船大声说:"兄弟们,船搁浅了,下去拉船!"

坐在甲板上的一个伙计叹了口气:"老大,闹了一宿的肚子,腿都拉软了,哪儿还有力气拉船。"

"都给我起来!"丁老大不满地大喝了一声。几个伙计不情愿地起身,还没站稳,又摇摇晃晃地坐了下来。

宋鲁生见状,走到桅杆旁,拿起绳子跳到河里。河水仅到他的大腿根部,他走到岸边,把绳索套挎在肩上,双脚用力蹬地,吃力地拉着货船,可是货船依旧纹丝不动。丁老大也连忙跑向岸边,套上了纤绳。此时,躺在竹椅上欷疚地看着二人的赵连长也缓缓站起,把军帽放在竹椅上,来到他们身旁,主动套上了纤绳。船家和士兵们也没人再犹豫,纷纷加入。

"老河水呀,流呀流呀,哥哥拉船吼一吼哇。前腿绷啊,后腿蹬啊,妹妹前头招着手哇。招着手哇,哥哥走哇;招着手哇,哥哥走哇……"丁老大唱起号子,众船家和着丁老大,也大声唱了起来。

货船动了,在河水中缓缓行驶起来。

此时,白大可正悠闲地坐在火车包厢里喝着茶。铁路桥修好之后,他即刻将军粮运上火车南下,眼看就要到徐州了。白大可心想,宋鲁生这回就是插上翅膀也追不上他了。就在他暗自得意之时,火车突然停了,一伙被革命军打散的乱兵拦下火车,要求用火车拉伤员原路返回。

白大可急忙下车,来到火车头,见前面已经围满了溃兵。他们有的头上缠着绷带,有的吊着膀子,还有的躺在担架上。

押车的孙连长对溃兵们大声喊叫着:"你们敢拦截运送物资的专列,不想活了?赶快闪开!"

溃兵的连长上前:"少吓唬人!老子什么阵仗没见过?今天这趟车必须把弟兄们给我拉回去!"

孙连长威胁:"谁再敢往前走一步,别怪老子不客气!"

溃兵的连长也毫不示弱:"弟兄们,上!"

两拨人挥舞着长枪打成一团，白大可仓皇躲避，还是被士兵撞倒，连踩了好几脚。直到混乱结束，白大可才被人抬进驿馆，他的额头上缠着厚厚的绷带，左臂吊在膀子上，右小腿上打着石膏，绑着竹夹板。

侯立人听到消息，立马赶到驿馆，对白大可表明态度："白掌柜，你的事我给郑厅长说了，郑厅长的意思是你和宋家属于私人恩怨，他爱莫能助。郑厅长希望你按当时签的合约去办，以免给政府再添麻烦。"

白大可凄惨地笑了笑："明白了。"

没过多久，宋鲁生带着空船回到了济宁。他前脚刚回到家，白大可后脚就来到了宋家，他身上还有伤，是被人用竹椅抬来的。

宋鲁生静静地看着白大可，白大可将一个木盒递给钱三，让钱三拿给宋鲁生："白家的家底都在这个木盒子里，拿去吧。"

宋鲁生并未接过来，而是反问道："白掌柜，路上那个车老板和食物里的泻药都是你安排的吧？"

见白大可默默地点了点头，宋鲁生继续问道："河道也是你堵的？"

白大可再次点头，宋鲁生轻笑一声："你可真费了不少心思。"

"好了，成王败寇，没那么多废话。没能困住你，我认输了。"

"既然如此，跟我走吧。"

白大可一愣："去哪儿？"

两个伙计抬着白大可跟着宋鲁生来到运河边。

宋鲁生看着流淌的运河，对白大可说："守了老运河几十年，你舍得走吗？"

"愿赌服输，舍不得也得舍，宋鲁生，你不用羞臊我了，白某这口气还赔得住。"

"这是咱俩当初签的对赌协议，你还想再看看吗？"宋鲁生从兜里掏出合约。

"不看了。东西我都让人收拾好了，今天我就离开济宁城，从此以后，白某再也不踏进济宁城半步。"

宋鲁生笑了笑，突然把手中的文书撕碎，扔到了河里。

白大可一愣："你这是何意？"

"我们宋家欠你的，今天算是还清了。师弟，从今天开始，你我再无恩怨。"

"你不恨我？"

"换作是我，我也会选择报仇的。"

"今天你放了我，就不怕将来我继续纠缠你们宋家？"

"一口怨气憋了几十年，一口两口喘不匀也是常情。师弟，你心里要是还不舒坦，想打两拳，踢两脚，我不怪你，是我这个做师兄的，当年欠你的！"

白大可深受感动："师兄，我错了。"

宋鲁生再也控制不住内心的激动，他拉住白大可的右手："你这声师兄，我等了二十多年哪！是我错了，我早就该跟你认错……"

白大可眼含热泪："师兄，是我的错，我心胸狭隘。今天，我心里的这块冰化了，化了……"

"啥也不说了，从今天开始，咱们师兄弟联起手来好好做生意。"

白大可摇摇头："师兄，我要走了。"

"你要去哪儿？"

"济宁城我不愿待了，我想回老家去。"

"可是……"

"师兄，我意已决，你不用劝我了，不过你放心，我会好好活着，重新做人。师兄，保重。"

宋鲁生擦了擦白大可脸上的泪水："师弟，保重。"

两个伙计抬起竹躺椅，白大可渐渐在宋鲁生的眼前远去。

溃兵一拨又一拨地回到济宁。裘大炮打了败仗，自己身上还负了重伤。他想不明白，这革命军一个个是真不要命啊，以后这仗还咋打？要不是他见局面失控，及时收兵，这条命说不定就交待了。

裘大炮将马副官叫到身边，商量道："老马，眼下没外人，你说说，这场仗还有打头吗？"

"旅长，要是守着外人，我不敢说，可今天，我得说句心里话，我觉得这回没啥戏了。照现在这个势头，估计用不了多久，山东就得易主，依我看，咱也得抓紧琢磨退路了。"

裘大炮点了点头："你说咱要是投靠革命军，咋样？"

"真要是能投靠上，那自然最好，只是咱跟革命军挂不上钩，说不上话，况且还刚刚干了一仗，就怕人家记仇不肯收留咱哪。"

"是呀，眼下最要紧的，就是想法子赶紧跟他们挂上点儿关系。"裘大炮嘴里嘀咕着，突然他想起了黄子荣，他一回来就听说黄子荣因为儿子黄天楷是革命军被抓到了监狱里，督军已经下令要除了黄子荣，要是他出手相救，岂不是给革命军备下了一份见面大礼？

这日，侯立人接到两份省府的批文。一份是处决黄子荣的布告，只要张榜七天，就可以将黄子荣就地正法；另一份是任命文书，他将接替黄子荣成为新一任济宁城县知事。多年夙愿成真，别人都祝贺他，侯立人却怎么也高兴不起来，如今革命军势如破竹，锐不可当，真要是让他们打进来，别说当县知事了，到时候要保住这身骨头架子都难。可他又不敢拒绝，连黄子荣都给判了死刑，他有几个脑袋说不，眼下也只能见机行事了。

侯立人询问郑三民什么时候张贴黄子荣的死刑布告，郑三民表示不急："眼下南军北上，马上就要围攻济宁，如何守住济宁城，打个胜仗，才是当务之急。黄子荣这条命先留着，他还有用。"说完，带着侯立人来到警局大牢。

郑三民将公文交给黄子荣，黄子荣看罢，淡淡一笑："军令如山，既然督军要杀黄某，郑厅长也不必为难。"

郑三民看着黄子荣："子荣啊，你我多年同僚，我哪能眼看着你人头落地？我想了个能保你性命的法子，不知你想不想听？"

"郑厅长请讲。"

"如今天楷在革命军供职，要是你能给天楷写一封密信，让他透露一些革命军的军情机密，帮我军守住济宁，让我打一个漂亮的胜仗，你就是戴罪立功，到时候郑某一定说服督军，将你官复原职，你看如何？"

黄子荣立刻回道："郑厅长，天楷做事一向我行我素，当面说他，他都不听，更别说是一封信了。"

"关键得看这信怎么写了，黄家历来只出孝子忠臣，要是天楷知道你性命不保，我想他不会不念父子之情的。"

"郑厅长，刚才你说，我们黄家后代出的都是忠臣孝子，我如果劝说天楷背叛革命军，那他就成了违背家规的不肖子孙，我不能拉儿子下水，败坏他的名声。"

"黄子荣，你顾全儿子的名声，我理解，可你的名声呢？别忘了，这些年，督军对你可是不薄呀。眼下军情紧急，正是用人之际，可你不思报答，对得起督军这些年对你的栽培吗？"

"这些年督军对我确实不薄，可他对齐鲁百姓却刻薄寡义，闹得民生凋敝，民怨沸腾。黄某如若给天楷写信，那是顾小义而舍大义！"

"黄子荣，郑某给你机会你不要，就别怪我心狠了。"郑三民冷冷地看了黄子荣一眼，说完吩咐手下，"把告示贴出去，七日之后，将黄子荣押赴刑场，枪毙示众！"

黄子田看到布告后，赶紧回家商量救人的法子。可黄老太太知晓后还如往常一样，好像什么也没发生。

没多会儿，老疙瘩慌忙来到黄老太太身旁："奶奶，郑三民要杀我爹，牌坊那儿和城门口都贴出告示来了。"

黄老太太淡淡一笑："这事我知道了。"

老疙瘩不解："奶奶，我爹要掉脑袋了，您咋不着急呢？"

"盛世为民谋福，乱世为民舍生。为了'正气'二字舍生取义，值。"

"奶奶！"

"你爹这条命，丢得光荣，列祖列宗在天上看着都得竖大拇指。"

"奶奶，不能眼看着爹让他们杀了，咱得救他。"

"咋救？"

"真要逼急了，我就杀进大牢去。"

"如今郑三民他们杀人杀红了眼，枪把子握在他们手里，讲道理已经没有用了。你爹这条命怕是保不住了，如今咱黄家总共就没几条血脉，你千万不能再因为一时冲动把命也给赔上。真要那样，你爹这条命就白丢了。"

"可我不能眼睁睁地看着爹丢了性命啥也不干哪！"

黄老太太笑了笑："谁说啥也不干？一会儿吃完饭，你给杨先生送两坛子十里香过去，就说我老太太请他写一篇墓志铭。子荣一辈子勤勤恳恳做官，我这当娘的，一定得让满济宁城的老百姓看看他这辈子的功绩，让后世子孙记住，咱黄家又出了个一身正气、两袖清风的好官！"

杨春早不能看着不管，他急忙找宋鲁生一同想办法。

"要说救人的办法，不是没有，只是……"宋鲁生说了一半，又咽了回去。

"只是什么？"

宋鲁生叹了口气："不说也罢。"

杨春早急了："宋掌柜，你这人哪儿都好，就是这话留半句，能憋死个人，到底是啥办法？快说！"

"杨先生，眼下济宁城里恐怕没人能救得了黄知事，可城外……"

"宋掌柜莫非说的是一片云？对呀，我咋没想到呢？要救子荣，恐怕还真得请一片云出岛才行。"杨春早忽然想到了什么,脸色瞬间暗了下来,"不过当初子荣跟人家说了狠话,一晃这么多年,两个人也没啥交往,如今平白无故让人家救人,只怕没那么容易。"

宋鲁生接着说:"杨先生,想当年,不管是牛震山还是河上飞,都得给你几分面子,眼下也只有你能说服一片云出岛救人了。黄知事这条性命,就托付在你的手上了。"

"我明天就上岛去见一片云。"杨春早一口答应。

第二天一早,杨春早来到飞鱼岛,求见一片云。一片云知道他的来意,可她不想见他,她让人传话给杨春早:黄子荣跟飞鱼岛早就没了关系,是死是活,听天由命。杨春早还想找她理论一番,可三头鹰等人不待他说,便架着他朝门外赶,气得杨春早直骂一片云无情无义。

杨春早走到码头,打算坐船离开,樱桃从后面叫住他:"杨先生,请留步。"

杨春早转身,见是樱桃,又苦口婆心道:"樱桃姑娘,如今子荣命在旦夕,还请转告大当家的,赶紧救人。"

樱桃苦苦一笑,无奈道:"马彩英死后,黄老爷说过,他这辈子不想再见到我姐姐。杨先生,您看,都说了那么绝情的话,您让姐姐如何出岛相救?"

"当时子荣说的都是气话,不能当真哪。"

"可那句话刺骨入心,现如今就算姐姐心里还有黄老爷,可没个台阶,也下不来呀。杨先生,您学问大,见识多,赶紧想个法子给我姐姐一个台阶,真要等人死了,啥都晚了。"

"说得对,我这就去见子荣,让他向大当家的服个软,认个错。"

樱桃心里也松了口气:"好,只要黄老爷能说两句软话,我相信姐姐一定会去救人的。"

"多谢樱桃姑娘点拨,告辞了。"

樱桃顿了一下,又问道:"杨先生,黄天楷有消息没有?"

杨春早脸色瞬间又暗了下来:"这小子,惹了一屁股麻烦出来,自己倒是跑得飞快。等我见着他,得好好说他两句。"

"天楷是干大事的人,将来见了他,您就别说他了。"说完,樱桃尴尬地笑了笑,"杨先生,时候不早了,赶紧回去吧。"

第二十四章

离开飞鱼岛的杨春早直奔警局大牢,他劝说黄子荣给一片云写封信,低头认错,说句软话,一片云也许就能来救他了。可黄子荣不想让别人搭上性命,拒绝了杨春早的好意,杨春早苦劝无果,只得先行离开。

他一脸郁闷地回到家,对秋香抱怨道:"都说我杨春早倔,要我说,济宁城第一倔驴非他黄子荣莫属。"

秋香给他倒了杯茶:"别说怪话了,还是赶紧想法子救人吧。"

"要说写篇文章,杨某信手拈来,可把两个人撮合起来,还真是不容易呀。"

"这事儿有啥难的,你替黄子荣写封信,给一片云送了去,反正现如今黄子荣关在大牢里,一片云又没处核对。当务之急是先把人救出来,就算将来弄清楚了,那也是一笔糊涂账,算不明白。"

杨春早恍悟:"哎呀,有理,你说得有理呀!"

第二天,杨春早又来到飞鱼岛。有樱桃在一旁劝说,一片云也就勉强出来见他了。

杨春早掏出一封信:"大当家的,这是黄子荣让我给您捎来的信。"

"杨先生,我土匪一个,承受不了黄老爷的信,请拿回去吧。"一片云冷淡地回道,又吩咐手下,"送杨先生下岛。"

"慢着!一片云,你真是无情无义之人,枉费子荣一片真情。不用送,杨某自己走!"杨春早转身,背着双手向厅外走去,一边走一边抑扬顿挫地背诵着诗文,"细雨飘零冷风嘲,寒冰挂梁炉火烧。花开花落随波去,情来情往难逍遥——"

一片云打断道:"杨先生,你念的这是什么?"

杨春早停下脚步,转身说道:"这是黄子荣对你的一腔深情厚谊。可惜,可惜呀！子荣啊，昨日你回顾往事，狱中赋诗，感天动地，花草含泪，字字句句都刻在了杨某心里呀！后头还有呢，大当家的还想听吗？"

见一片云看他的眼神中似有期待，杨春早继续念道："沉浮半生空浮云，功名退尽难为笑。转世来生化磐石，唯望白云晴空笑。大当家的，子荣这首诗，你能听明白吗？"

一片云默默地思索着，杨春早怕她难解其中含义，便解释道："黄子荣的意思是说他一辈子起起伏伏，官事不顺，情事也错过了。等功名退尽，才发现一切都是空的，他只求转世来生做块石头，望着天上那一片白云，以笑相对。白云是什么，大当家的应该明白吧？"

一片云顿了一下："樱桃，把信拿过来。"

杨春早把信递给樱桃，他早料到一片云会怀疑，因此写信前特意研究了黄子荣的笔迹，一片云不仔细比对是看不出来的。果然，一片云看罢，没有生疑，只说让他回去，至于救不救黄子荣还要另说。虽然嘴上这么说，但她的心早就软了，本来她就没打算袖手旁观。

裘大炮也猜到一片云一定会来救黄子荣，他知道人一旦痴情，为了所爱之人能豁出命去，想当年他当土匪的时候，美琪的娘就是为了帮他引开官军才命赴黄泉。黄子荣可是他投诚的敲门砖，这份功劳不能让别人抢了去，于是他让人到警局外面，帮侯立人手底下那帮废人把大牢看好了。交代妥当后，马副官将一位重要的客人带到他面前。

革命军的军代表走到裘大炮面前，裘大炮还未看清他的脸，便热情地说道："欢迎，欢迎啊！军代表大驾光临，我老裘的军营立马蓬荜生辉呀！"

只听那个军代表笑道："裘旅长，多年不见，一向可好？"

裘大炮这才认出，站在他面前的是牛震山，他万万没想到牛震山竟然成了革命军里的营长！

"牛老弟？多年未见，还是满面红光，牛气冲天哪！"

"裘旅长，你也是威风不减当年呀。"

"牛老弟，当年你咋说走就走了。你是不知道，当时你一走，真是把我的心都掏空了，老哥哥我那个后悔呀。"

"咋的，裘旅长后悔没斩草除根？"

"这是啥话，当年剿匪，我那也是被逼无奈，后来听说是冤枉了老弟，我这心里真不是个滋味呀。"

"裘旅长，过去的事咱就不提了，我这次来，是想跟你说说眼前的事。听说裘旅长有意投诚？"

"大丈夫得看清势头，眼下革命军为民心所向，老裘我也想弃暗投明，不过还得仰仗老弟多多引荐。"

"裘旅长过谦了，我不过就是个小小的营长，咋敢引荐裘旅长啊。"

"牛老弟，话不能这么说。给凤凰当尾巴，那也是凤凰，给鸡当头，那也是鸡呀，一个天上一个地上，没法比……"裘大炮嘴上恭维着牛震山，心里却暗骂，像牛震山这样的货色在革命军那里都能混得有模有样，他要是投靠过去，一准能弄个师长当当。

裘大炮私会革命军的事很快传到了郑三民的耳中，他本就不放心裘大炮，如今看来果真生了异心。杀了他容易，可这革命军马上就打到济宁城了，到时候军队群龙无首，济宁城还是守不住，看来得让裘大炮手上沾血才行。他秘密安排下去，让侯立人明日就杀黄子荣，给裘大炮个突袭，到时候他再让裘大炮亲自执行，他倒要看看，裘大炮怎么向革命党交代。

侯立人有些顾虑，裘大炮不傻，既然他私下联系了革命军，那就说明他做好了准备，让他杀黄子荣，他就能那么听话？郑三民早已想到这一点，遇强智取，遇弱活擒，只要捏住了裘大炮的七寸，不怕他不动手，而裘大炮的七寸，他一清二楚。

这一日，裘家来了一个眉目清秀的男青年，要见裘美琪。他说自己是宋秋鸣在日本的同学，早几天回国，宋秋鸣有东西托自己转交给裘美琪，东西就放在客栈，希望她能跟自己去取。裘美琪一听是宋秋鸣的同学，想也没想就答应跟他一起去了。两个人行至一个无人的小巷，裘美琪起了疑心，这附近并没有客栈，那青年见她不走了，吹响了口哨，几个身着便装的男子突然从院中冲出，合力抓住了裘美琪。裘美琪还没意识到怎么回事，便被他们带走了。

裘美琪被带走的当天，裘大炮还在兵营，他刚刚收到郑三民的传令，让他立刻去刑场，晌午就要对黄子荣处以死刑。郑三民突然改时间，裘大炮猜测他可能已经知道自己跟牛震山见面的事了。反正这层窗户纸早晚都得捅开，他让手下人都准备好，随时行动。

牌坊广场的木台上，黄子荣坐在一侧的太师椅上，两条胳膊被绑在椅子的扶手上。郑三民坐在中央，裘大炮、侯立人坐在他两侧。众多百姓聚在台下，宋鲁生、杨春早和黄家人也分散在人群中，密切关注着台上。

郑三民来到台前："枪毙黄子荣的布告，想必诸位都看过了。黄子荣的罪行我就不多说了，今天把大伙儿请来，就想让大伙儿看看叛贼内奸的下场。"接着，他对裘大炮说："裘旅长，你带军南下抗敌，死伤了不少弟兄，今天就给你一个手刃仇敌的机会。"

裘大炮顿了一下，起身走近黄子荣，掏出手枪，对着黄子荣一侧的太阳穴："黄知事，对不住了，你一路走好。"

这时，忽听台下一片喧嚣，女扮男装的一片云从人群里走出，她左手拿着一个火捻子，跳到台上。郑三民定睛一看，是一片云，忙让警察将她拿下。一片云突然将外衣扯开，露出一排绑在身上的炸药。众警察一惊，不敢上前。

郑三民说道："一片云，没想到你还有这一手，可你别忘了，这玩意儿要是炸了，你死得可比谁都早！"

"我今天敢到这儿来，就没打算活着回去。"

"你跟黄子荣的事，我也有耳闻，为了他，你搭上性命，不值呀。"

"值不值那是我的事，不用你费心。"

"今天郑某念你重情重义，不与你计较，赶紧走吧。"

"让我走可以，把人交给我。"

"我要是不交呢？"

"那我就跟你们同归于尽。"一片云刚说完，赵长顺忽然从身后一把抱住她，几个警察也扑了上去，一个警察从一片云手里夺下火捻子，其余几个警察把一片云按在地上。

郑三民得意地咧嘴笑道："一片云，你不是愿意陪着黄子荣去死吗？今天我就成全你！裘旅长，行刑吧！"

裘大炮也笑了笑，再次举起手枪，瞄向黄子荣，台下众人都不忍看下去，就在他们要闭眼之时，裘大炮突然将枪口对准了郑三民。

郑三民站在原处，神色并不慌张："裘旅长，你这是何意呀？"

"郑厅长，老裘打开天窗说亮话，我已经投靠了革命军，黄子荣你动不了，他归我了，连你也归我了。"他左臂一挥，马副官等人纷纷掏枪，瞄向裘大炮和侯立人。

郑三民突然大笑："裘旅长，这个玩笑可开不得呀。"

裘大炮一瞪眼："玩笑？把郑三民给我抓起来！"

郑三民双手击掌拍了两下，几个警察押着被五花大绑的裘美琪从台后一侧走来。这下裘大炮急了,他没想到郑三民居然抓了美琪。

"爹,别管我!把这个姓郑的干掉!"裘美琪大声喊道,见裘大炮迟疑,她又催促着,"爹,开枪啊!"

裘大炮挣扎再三,转身走向黄子荣:"黄子荣,实在对不住,我只能送你上路了。"

郑三民正自鸣得意,不远处三个全副武装的士兵骑马赶来,他们来到台前,禀报裘大炮:"旅长,紧急军情。直属第五旅在漕河被国民革命军全歼,旅长阵亡,敌军一个重装师已进入济宁境内,马上就要到达济宁城。"

听完军报,裘大炮大声说:"马副官、弟兄们,都把枪放下!"

裘美琪急了:"爹,不能这样!要是把枪放下,你就活不成了!"

"丫头,你是爹的心头肉,你没了,爹更是活不成啊!"裘大炮苦苦一笑,接着,他举枪瞄着黄子荣的后脑,"黄子荣,今天就是你的忌日。"黄子荣淡淡一笑,冷静地闭上了眼睛。

郑三民正目不转睛地等着裘大炮开枪,这时,站在他身后的侯立人突然把枪顶在他的太阳穴上。

郑三民始料未及:"侯立人,你要干什么?"

"长顺,你们都把枪放下!把人放了!"听到侯立人的命令后,押着裘美琪的几个警察立即收了枪,给裘美琪解开身上的绳索,赵长顺也松开了一片云。

侯立人又对着台下大声说:"诸位,当今执政者倒行逆施,天怒人怨,而国民革命军迎民心所向,实乃百姓之军队。我侯立人以县知事的身份,郑重宣布,即日起,济宁城改旗易帜,支持革命!"

郑三民冷冷一笑:"侯立人,你忘恩负义,两面三刀——"

"来人!"侯立人连忙打断他,"把郑三民给我押下去!"

几个警察跑向郑三民,押着他下台。侯立人走到黄子荣身边,边给他解着绳索边温和地说:"子荣,你可以回家了!"

黄子荣并未搭话。他在台上急切地寻找着一片云,他要当面好好谢谢她,可一片云早已悄悄离去。

郑三民被押进警局大牢,他愤愤地看着来探监的侯立人,破口大骂:"你这个小人,老天爷不会放过你的!他让你断子绝孙,让你死无葬身之地!"

"郑厅长,你就是再骂,能把我咋的?也就是过过嘴瘾呗。"侯立人并不恼怒,"眼下你在里面,我在外面,等革命军一进城,你是个啥下场,心里应该清楚。"

"立人,这些年我对你不薄,念在多年交情的分上,求你放了我吧。"

"对我不薄?郑厅长,这话你说着心不虚吗?这么多年,我是鞍前马后地伺候你、孝敬你,可你呢?根本就没把我看在眼里,记在心上。"

"立人,你误会我了。"

"误会?你是省里的高官,要真想帮我,我就不信我当不上这个县知事!你以为我不知道聊城的苏文贵是你的一个表亲?凭借这层关系,才几年工夫,他从一个卖肉的,一路升到县知事。郑三民,在你眼里,我侯立人就是一条出苦力跑闲腿的狗,连个卖肉的都不如!"

"你不能这么说。别忘了,当年要不是我,你连这个警察局局长都当不上。"

"对,我这个局长是你帮的忙,所以今天我来见你,就是来还你这份恩情的。"

"怎么,你要放我走?"郑三民满怀期待。

侯立人不屑:"是送你走,不是放你走。"

"你要杀我?"

侯立人把手里的一根绳子扔到牢里:"你知道的事情太多了,你要是自己下不去手,我可以让人帮你。"

郑三民突然丧心病狂地大笑起来:"你做得对,要是换了我,我也会这么做的,这就是官场!你做得对!"

"那你就快走吧。"说完,侯立人转身离去。

牢内,郑三民绝望地捡起了绳子……

之后,山东下属各地均归国民政府管辖。黄天楷以特派员的身份重返济宁,奉命代表山东省政府来济宁宣读人事任免安排。县公署更名为县政府,警察局更名为公安局。黄子荣官复原职,担任县长一职;裘旅长带兵起义有功,仍担任济宁驻军旅长;侯立人任济宁公安局局长,副局长之位交给了牛震山。此外,国民政府还颁布大赦令,其中也包括土匪,即凡在规定期限内弃匪为民者,以往罪责,一律不再追究。

赦令一出,飞鱼岛上的土匪们心也散了。他们中愿意弃匪为民的,一片云放他们走了。她也收拾了一下自己的行李,然后带着樱桃来到黄家。

黄子荣本打算登门道谢,没想到一片云先来了,他恳切地说:"救命之恩,恩同再造，如有机会，黄某定会报答。"

一片云笑了笑："啥恩不恩的，只要你兑现自己的承诺就行。"

黄子荣疑惑："我说过什么？你这话我咋听不明白。"

"和我装糊涂？我知道黄老爷脸面小，可我从小脸皮厚，有些话你不好意思说，我来说。我呢，也不为难你们黄家，到时候只要八抬大轿一顶，响器班子一支就行。对了，到时候你们黄家摆多少桌我不掺和，我那边至少留下二十桌大席，飞鱼岛上的兄弟们多，到时候别不够。这酒菜嘛，你们看着来就行。对了，新房你得给我好好布置布置，我喜欢荷花，门帘挂帐都得绣上，还有烫红的被子絮得暄腾点儿。黄老爷，这事不难吧？"

黄子荣愈加不解："一片云，你这话从何说起？"

"看看，还不好意思了？这些事本来就该你们黄家张罗，我这已经属于多插手了。"

"一片云，你误会了吧？我虽然说恩情必报，但不是说在这件事上。"

见黄子荣不像是开玩笑，一片云从兜里掏出一个信封，指着他责问道："黄子荣，当初在牢里性命不保的时候你把好话说尽，如今重新得济了，就不想认账是不是？好好看看，这是不是你写的！"说完，把信封扔给了黄子荣。

黄子荣拿出信展开，看完后反问道："这是谁写的？"

"少跟我装糊涂！"

"这真不是我写的。"

"黄子荣，你真不是个东西！这封信是杨春早给我的，他说是你写的。就为了这信上的几个字，我命都不顾，可现在你却翻脸不认账！好，既然你耍弄我在先，那就别怪我不客气！"

黄子荣明白过来："原来是这样。一片云，不管怎么说，这件事因我而起，春早模仿我的笔迹，是出自好心——"

"你说这是杨春早冒写的？"一片云打断黄子荣。

黄子荣点了点头："一片云，救命之恩黄某迟早要报，至于这婚配之事，完全是一场误会。"

一片云意识到自己被杨春早骗了，她从黄子荣手里抢过信，怒气冲冲地离开了黄家，来到西鲁学堂。

此时，杨春早正躺在竹椅上闭眼养神，忽然听到一阵急促的脚步声，随后有什么东西狠狠地摔在了他的脸上。杨春早睁眼坐起，见来人是一片云，瞬间明白东窗事发了。

"你给我说实话,这到底是谁写的?"一片云质问道。

"大当家的,当时的情势你也清楚,你要不救子荣,就没人能救他了,杨某也是走投无路了。更何况我这么做全都是为了你呀,你应该明白杨某的一片苦心。"

一片云不解:"为了我?"

"是呀,你仔细想想,黄子荣是死是活,跟我有啥关系,他死了,杨某最多就是哭两声,撒几个纸钱。过后该吃吃,该喝喝,该听戏听戏,该教书教书。你就不一样了,为了黄子荣,你这一等就是十几年,大好的时光都耗在了他身上,他要是死了,你说你亏不亏?"

"黄子荣是块石头,我就是掏出心来,也焐不热他。"

"子荣他又不傻,这么多年了,他不接受你,是因为他头上也有一道紧箍咒啊!"

"紧箍咒?"

杨春早点了点头:"就是他们黄家的家规家训。官匪不通是黄家祖训,你让他敲锣打鼓迎娶一个山大王回来,这实在是说不过去呀。"

"要真是这样,为了他,我可以出岛为民。"

"这句话说得好,过去子荣和你之间隔着个马彩英,彩英去世后,这么多年,子荣和你之间,其实就隔着那个匪字。大当家的,如今天下是革命军的,革命军发布了特赦大令,如果弃匪为民,过往一概不究,你说这是不是天意?这就是老天爷有意要成全你跟子荣。听杨某一句劝,赶紧出岛进城吧。机不可失,失不再来。不说别的,到时候天天低头不见抬头见的,子荣他就是想躲,都没有地方!"

一片云觉得杨春早说得十分有理,于是决定回去就把飞鱼岛的事安排妥当,然后彻底出岛为民。然而就在回去的路上,赵长顺带着几个警察围住了她们。

"赵长顺,你要干什么?"一片云警惕地看着他。

赵长顺冷冷一笑,示意着身旁的警察:"把这两个女匪给我拿下。"

众警察正要逮人,突然一个巴掌落在了赵长顺的脸上。赵长顺捂着脸转头看去,发现对面站着牛震山。

"混账东西!眼瞎啦?没看见贴在城门口上的省府告示吗?弃匪为民,一概不究,你想干啥?敢抗令不遵?"

"牛副局长，卑职不敢。"

"不敢就赶紧给我滚！"

赵长顺无奈，带着几个警察快步离去了。

一片云知道牛震山当了副局长，今时不同往日，可她并不想跟他说话，准备继续赶路，牛震山连忙拦住了她。

"云妹妹，这群兔崽子不懂规矩，别跟他们一般计较。"

一片云见躲不过去，开口道："牛副局长，谢谢你。"

"咱俩啥关系，不谢。云妹妹，多年不见了，走，我请你去吃顿好的。"

"免了吧。"

"云妹妹，我如今是公安局副局长了，好歹也算官了一把，给个面子吧。"

"要面子，管旁人要去，我这儿没有。"

见一片云要走，牛震山又紧跑了两步，拦住她："云妹妹，等等。我跟你说，自打我当了官，身后的大姑娘那可是一群一群的，那粉扑得，都能迷花了眼，可我老牛把眼皮儿一夹，谁都进不来，你可知道是为啥？"

一片云哭笑不得："还能为啥，你眼瞎了呗。"

"咋是瞎了，是里面站了个人，把门儿堵上了，旁人进不来。"

"你把那人抠出去，旁人不就进去了？"

"抠出去？我舍不得呀。"

"你舍不得，我帮你。"

"那人不但站得牢靠，还连着我的心哪，拴着我的老肠子老肚子，要是把她抠出去，不光眼瞎了，命都得交待了。"

一片云不耐烦了："那你找那人去，跟我说啥。"

"云妹妹，你就别装糊涂了。我老牛蹄子稳当，膀子厚实，擒得住你！"

"是吗？"一片云不屑。

"当然，不信你试试？"

一片云突然掏出手枪，顶在牛震山胸前："闪开！"

牛震山并不闪躲："云妹妹，我把话撂在这儿，你这辈子早晚是我的人，信不？"

"别说废话，闪开！"

牛震山笑了笑，让到一旁，一片云快步离去。

几日后，她将飞鱼岛交给三头鹰后，便带着樱桃离开了。她和樱桃骑马走在街上，樱桃手里拿着一面白旗，旗上写着"弃匪为民"四个字。

这时，裘美琪郁郁不乐地从一片云身边走过，她刚刚好不容易打发了她爹给安排的相亲对象，现在只想赶紧回家。

突然，对面驶来一辆轿车，横冲直撞，还不断鸣着喇叭，行人纷纷避让。裘美琪见这轿车如此嚣张，愈加烦躁，走到路中间，迎面拦下。

轿车猛地一个刹车，有人从车里走了出来，只见他一身洋装，颇有几分风度。

裘美琪嘲讽道："穿得人模狗样的，可一点儿规矩也没有。街上人这么多，你把车开这么快，万一撞到人咋办！"

那人愣了，仔细打量着她，忽然对她行了一个西方绅士礼："尊敬的裘美琪小姐，本人诚恳地接受您的批评教育。"

裘美琪纳闷儿："你咋知道我的名字？"

"十二年前我离开家乡，与我告别的最后一个人是你，今天我重返故土，见到的第一个故人又是你。难道这就是命运吗？"那人见裘美琪还是一脸疑惑，笑道，"我是宋秋鸣啊！"

裘美琪不可思议地看着他，一拳打在他的胸脯上，随后激动地笑了起来。

没有防备的宋秋鸣被打了一个趔趄，悄声说："裘大小姐，你咋还这个脾气呢？"

裘美琪玩笑道："哎，你刚才一眼就把我认出来了，这些年你是不是一直在想着我呀？"

"不是，"宋秋鸣连忙摆手，"是因为您的声音太有特色，济宁城没有第二个。"

"打住。"裘美琪一瞪眼，又接着说道，"你刚从日本回来，这一路肯定累坏了，先回家歇着吧。"

"好，咱们改日再好好叙叙旧，告辞了。"宋秋鸣鞠躬。

裘美琪看着驶去的轿车，一脸喜悦。

第二十五章

自从得知宋秋鸣回到了济宁，裘美琪再也不听她爹的话去相亲了。这天，裘大炮和裘美琪二人在大树下乘凉，裘大炮又想起了女儿的婚事，不禁叹了口气。

"丫头，济宁城的大户公子，凡是有点儿模样的，你可都看遍了。沉稳些的吧，你说人家太土太闷；那赶潮流的吧，你又说人家轻浮。你说你到底想要个啥样的呀？"

"爹，其实我眼不高，前几天在街上，就碰上一个。"

"谁呀？"裘大炮满怀期待。

"那人不高不矮，不胖不瘦，相貌堂堂，慈眉善目，举止优雅，风度翩翩——"

"咋越说越像你爹我呢？"

"爹，我说正事呢。"裘美琪撒娇道。

"好好好，正事。"裘大炮敷衍地点点头，"丫头，赶紧告诉爹那人是谁。"

"宋秋鸣。"

"就是你心里一直放不下的那小子吧。他回来了？"

裘美琪点了点头，裘大炮想了一下说："宋家大公子，还行，不掉份，等爹这两天忙完公事，抽空去见见真人。"

"爹，还过段日子干啥，咱现在就去。"

"急啥呀？"

"我怕别人给抢了去。"

"丫头，他要是早就有了相好的，那就算现在去也没用，要还没有，也不会三两天就定了亲。人家刚回来，咋也得让人家喘口气不是？"

"也行。"裘美琪觉得有理，"爹，到时候你可得带上我一块儿去。"

裘大炮摆了摆手:"带你干啥?姑娘家,得含蓄点儿。哪有头回进亲家门,这闺女就跟着的。"

"我不管,我得再去看看。"

"行,看清楚也好,省得看走了眼,害老子白费功夫。"

说定的第二天,裘美琪就拉着裘大炮来到宋家。宋鲁生迎他们进门,刚想问明来意,忽听见东厢房传来宋秋鸣的声音:"你再看这一个——你现在的丈夫,像颗烂谷子,就会危害他的同胞。你看看,这绝不是爱情啊。像你这样岁数,情欲该不是太旺,该驯服了,该理智了。而什么样的理智会叫你这么挑的,是什么魔鬼迷了你的心呢?"

众人都摸不着头脑,安静地听着。宋秋鸣继续高声说着:"羞耻呀,你不感到羞耻吗?如果半老女人还要思春,那少女何必再讲贞操呢?"

听到此处,宋鲁生不安地看了裘家父女一眼,然后快步来到东厢房门前,大喊:"秋鸣,开门!"

宋秋鸣打开屋门,看见裘家父女,很是意外。

宋鲁生责问道:"你在屋里胡言乱语什么呢?"

"我没胡言乱语,我在念书。"

"啥书?"

"莎士比亚的《哈姆雷特》。"

宋鲁生茫然:"莎……"

"莎士比亚是世界上杰出的戏剧家,《哈姆雷特》是他创作的一部悲剧。这个故事复杂着呢,简单点儿说,就是弟弟杀了自己的哥哥,既夺了权力,又夺了哥哥的女人。然后哥哥的孩子要替父报仇,中间还有浪漫而悲壮的爱情——"

宋鲁生大怒:"满嘴污言秽语,你咋能看这种书呢?"

"爹,这可是世界上著名的戏剧,怎么会是污言秽语呢?"

"书从哪儿弄的?"

"我从日本带回来的。爹,我打算在济宁成立一个话剧社,我要在济宁演出话剧。"

"什么乱七八糟的。"说着,宋鲁生夺过宋秋鸣手中的书就要撕毁,宋秋鸣连忙伸手去抢。

就在二人僵持之际,裘美琪一把抢过宋鲁生手里的书:"不就是本书嘛,叔，您至于大动肝火吗？"说完，将书还给了宋秋鸣。

裘大炮也走上前劝说："好了好了，不管啥书，只要爱看书，就是好事。宋掌柜，你说对吗？"

宋鲁生叹了口气："裘旅长，犬子不争气，让您见笑了。"

裘大炮摆了摆手："这算啥呀，我看挺好的，这洋人的书就是开放啊，还什么情欲，什么思春的，有点儿意思。宋掌柜，好不容易到你家来一趟，泡壶茶呗？"

宋鲁生无奈地笑了笑："请。"

裘大炮把宋鲁生支走，好让美琪跟宋秋鸣单独说说话。

裘美琪不知要跟宋秋鸣说些什么，踌躇半天，忽然想到他刚才提到要在济宁开话剧社，便问道："你要在济宁城开话剧社？"

"是呀。在日本，大学里都有话剧社，可在国内，除了北京上海这些大城市有一个半个的，别的地方都没人知道什么是话剧。我打算在济宁开第一个，让济宁的年轻人活得别那么土气。"

裘美琪兴奋地说："太好了，济宁城太土，喝个咖啡都是西洋景。这话剧我早就听说过，可一直没见过，你开话剧社，我第一个报名。"说完，她又表示自己可以出钱出力，帮他找地方。

看到比自己还积极的裘美琪，宋秋鸣以为找到了同道中人，不禁欣喜万分。

送走裘家父女后，宋鲁生一脸严肃地将宋秋鸣叫到跟前，问他这些年在日本都做了些什么，明明学的是商科，为什么又搞起话剧来了。宋秋鸣知道自己瞒不下去了，索性将这几年的经历都一五一十地告诉了宋鲁生。他坦白，到日本后，学的确实是商科，可学着学着，发现自己并不喜欢，上了两年实在学不下去，就转学起了西洋文明戏。他喜欢文明戏，一下就上了瘾。

宋鲁生勃然大怒："我花钱供你留洋读书，是为了让你多学本事，回来帮我执管家业。可你倒好，不务正业，还唱上了戏，咱宋家列祖列宗，有唱戏的吗？你真是给我丢尽了脸面！"

父子之间的争吵引来了章云芳，章云芳知道秋鸣从小胆子就小，身子骨又弱，担心宋鲁生真把孩子逼急了，再出了意外，于是她护着秋鸣，让他先回屋，自己留下来安抚宋鲁生。

"老爷，咱不能做牛不喝水强按头的事，如今儿子大了，你得顺着劲儿慢慢引导。"

"慢慢引导？我看他如今中毒太深，要是不抓紧给他把劲儿别过来，只怕人就废了。"

宋鲁生对秋鸣的态度，让章云芳不禁想起了秋安，她眼含热泪："秋安走了，如今咱就秋鸣这一个儿子了，我还指望他给我养老呢！他要再有个三长两短，我也不活了。"

宋鲁生也深深地叹了口气："我本来以为回来个帮手，结果回来个祖宗，我上辈子是造了什么孽呀！"

这之后，宋鲁生便不大管宋秋鸣了，宋秋鸣要搞话剧就随他去吧。可他近来发现裘美琪总来家里找秋鸣，有时候两个人一出去就是一整天。难道裘美琪看上秋鸣了？他越想越害怕，他可不想跟裘大炮结成亲家，虽说那闺女模样长得不错，可张嘴就是男人声，听着瘆得慌。不管怎样，他觉得还是提醒一下秋鸣才好。

宋鲁生还没来得及跟秋鸣说，媒婆就主动上了门。

"宋太太，男大当婚女大当嫁，贵公子不小了，按说该娶个媳妇了。不知贵公子有心上人了没有？"媒婆向一旁的章云芳问道。

章云芳笑了一下："这我倒没问，应该是没有。"

媒婆兴奋地拍了一下大腿："要是没有的话，我这里有个合适的闺女，跟贵公子是天造的一对、地设的一双。"

"你说的是谁家的闺女？"

"济宁城裘旅长的大闺女，裘美琪。宋太太，咱宋家是济宁城屈指可数的大户，裘家也是济宁城响当当的人家。宋掌柜信义为本，声名远扬；裘旅长兵权在握，位高权重。一家经商，一家做官，门当户对，要真能成就一段姻缘，是天大的美事呀。宋太太，您觉得咋样？"

章云芳勉强地笑了笑："秋鸣刚留学回来，心性未定，事业未成，他爹和我都打算让他先立业，后成家。"

"望子成龙，这是好事，可成家立业不矛盾哪，碰上哪个就先干哪个。老话讲得好，机不可失，失不再来。"

"实在抱歉，我家秋鸣暂时不想成家，还是过几年再说吧。"

媒婆还想再劝她，章云芳以身体抱恙为由谢绝了。看着媒婆的背影，章云芳心想，还真如鲁生所料，裘美琪看上秋鸣了，要是这块膏药粘上了，可就麻烦了。

宋鲁生回到家后，章云芳便把裘家提亲的事告诉给了宋鲁生，宋鲁生虽然也不同意这门亲事，但还是决定问清秋鸣的意思后再做打算。他来到秋鸣的房间，问道："听说裘美琪最近总来找你？"

"是，我刚回来，济宁城变化太大，路不大熟，她这个人挺热情的，自告奋勇，带我四处转了转。"

"秋鸣，你觉得这个姑娘咋样啊？"

"大大咧咧的，没有坏心，就是声音有点儿瘆人。"

"要是娶回来当媳妇呢？"

宋秋鸣一愣："爹，您要撮合我跟她？快拉倒吧，别的不说，就她那副嗓子，我就受不了。"

"你说的是心里话？"

"这种事我骗您干啥？您可千万别乱点鸳鸯谱！"

宋鲁生放下心来："秋鸣啊，你也老大不小了，有时候说话办事，得掌握分寸，更得留意外人的口舌。"

"您是说跟裘美琪？"

"明白就好。"说完，宋鲁生身心轻松地离开了。

媒婆来到裘家，将章云芳的话转告给裘大炮。裘大炮一听，两眼直冒怒火，要照他的脾气，他肯定要跟宋家翻脸了，可美琪像中了邪一样，就是看中宋秋鸣那小子了。为了遂女儿的心愿，他也只好拉下脸面，让媒婆再去宋家跑一趟了。

媒婆想直接跟宋鲁生谈，可去了三回，宋鲁生都不在家。裘大炮算是对宋家死心了，除了宋秋鸣，他就不信自己的闺女找不到一个称心如意的好夫婿！媒婆想到老秀才谭楚歌的四公子长得一表人才，至今还未婚配，便提议可以考虑一下。裘大炮没有争求裘美琪的同意便一口答应了，他觉得自己不能再惯着她了。

裘美琪心不甘情不愿地来到茶楼，见到谭家公子，只是一脸严肃地看着他。

谭家公子尴尬地笑了笑："裘小姐，你看什么呢？"

裘美琪审视着对方："我看看你都有啥本事？"

"裘小姐，您想让我有啥本事？"

"你会开汽车吗？"

谭家公子摇了摇头。

"懂话剧吗？"

谭家公子又摇了摇头。

"那能说洋文吗？"

谭家公子无奈地笑了笑，还是摇了摇头。

裘美琪突然一拍桌子："啥都不会，来相什么亲，滚！"

谭家公子愣住了，眼睛直直地看着裘美琪。裘美琪掏出手枪，威胁道："聋了？我让你滚！"

谭家公子这才缓过神，慌乱地跑了。

裘大炮听说后，气愤不已，他来到美琪的房间，见美琪正对着桌上的照片流泪。照片上，裘大炮搂着结发妻子，怀里抱着还是婴儿的美琪。

本来一肚子怒火的裘大炮一下子气消了，他坐在美琪身边，低声问道："想你娘了？"

裘美琪勉强地笑了笑，擦着脸上的泪水。

"闺女，爹对不住你娘和你。"裘大炮端详着照片，愧疚万分，他知道美琪为何伤心，又继续道，"不说这个了，你就那么喜欢那个小子？"

"我非他不嫁。"

"他有那么好？"

"就跟我娘看你那么好一样，不，比你还好。我和他曾在一个学堂里念书，小时候我没少欺负他，可他从来不还手。这个人善良、聪明，模样也好，就是有点儿胆小，嫁给他我不会吃亏的。"

"丫头，放心好了，爹一定想办法把这个小子给你拿下！"裘大炮心想，是时候让宋鲁生吃吃苦头了。

这日，宋鲁生、章云芳和宋秋鸣三人正在吃饭，突然门外传来一声枪响。金福匆匆来报，裘大炮带人在砸门。宋鲁生怕裘大炮是来找他谈婚事的，便让章云芳先应付着。

章云芳让人把门打开，裘大炮走进院中，问道："宋太太，请问宋掌柜在府上吗？"

章云芳尽量平静地说："裘旅长，您来得不巧，他刚出去办事了。"

"咋总这么不巧，媒婆来了好几回，也总见不上宋掌柜，我今天来，又没见上人。"说着，裘大炮对士兵们一挥手，"进去，给我搜！"

章云芳大惊："裘旅长，您这是要干啥？"

"宋太太，是这样，有个贼潜入兵营偷了枪，我们一路追来，有人看见他翻墙进了宋家。这个贼手上有枪，要不尽快抓住他，只怕会出大事。"

章云芳来不及劝阻，士兵们便大肆搜了起来，不一会儿，四个士兵押着一个人走了过来，说是抓到人了。只见那人双臂被绑在背后，脸上蒙着黑布条，嘴上勒着一条布带子，吃力地哼哼着。

裘大炮掏出手枪顶在他的脑门上："敢到军营偷枪，老子毙了你！"

"老爷！"章云芳急切地来到被抓的人面前，一把拿掉他脸上的黑布条，又解开勒在宋鲁生嘴上的布带子。

裘大炮故作意外："宋掌柜？误会，误会呀。刚才宋太太说你出去了，你躲在屋里干啥呢？"

宋鲁生尴尬地回道："我没出去，云芳弄错了。"

"哦，原来是这样。"裘大炮也不想跟他绕弯子了，说道，"前段时间我差媒人来了好几回，总见不上你，这儿女婚事不是小事，咋也得咱老爷们儿做主帮着拿个主意才是。都说这择日不如撞日，今天既然宋掌柜在家里，那咱就一块儿商量商量我们家美琪和你们家秋鸣这婚事吧？"

宋鲁生没想到裘大炮这般直接，只好回道："裘旅长，婚姻之事，虽然讲究父母之命、媒妁之言，但如今政府倡导婚姻自由，秋鸣又是从日本留学回来的，所以，秋鸣的婚事三分在我和云芳，七分还在他自己。"

裘大炮面色冷峻地看向宋秋鸣："宋秋鸣，你啥意思呀？"

宋秋鸣吓得一哆嗦，不知该如何回答。

裘大炮有意无意地摆弄着手枪："宋大公子，我们家美琪对你的心意你也知道，你到底是咋想的？说实话。"

"我……我……"

"咋了？我记得你不结巴呀？"

"不……不结巴。"宋秋鸣更紧张了。

宋鲁生在一旁说："秋鸣，别怕，有啥说啥。"

裘大炮点了点头："对，有啥说啥。我问你，你是不是不喜欢我们家美琪呀？"

宋秋鸣慌乱地摇了摇头："不……不……"

"到底喜欢还是不喜欢？"裘大炮抬高嗓门。

宋秋鸣彻底乱了方寸："我……我……"

"你什么你？咋又结巴上了！"

宋秋鸣害怕得说不出话来。裘大炮怕自己逼急了，宋秋鸣再一口咬定说不娶美琪，于是他摆了摆手，托词自己还要抓偷枪贼，改天再来。

裘大炮离开后，章云芳连忙走到宋秋鸣身旁："秋鸣，你刚才咋结巴了？"

宋秋鸣心有余悸地说："娘，我有点儿怕。"

宋鲁生一副恨铁不成钢的样子："就你这胆子，你平常不是挺会说的嘛。今天没把话说清楚，改天去找裘美琪亲自说。"

"爹，我……我不敢。"宋秋鸣叹了口气。

"她一个女孩子，你害怕啥？"

"她……她有枪。"

宋鲁生失望地看着宋秋鸣："你真不是个爷们儿。"

裘大炮这招打草惊蛇算是成功了，接下来就要看美琪的了。他把自己的计划告诉美琪，美琪摇头拒绝："爹，不行，不能这么办。你会把他吓坏的。"

"好，这不行，那不行，这事爹不管了，你愿意害这相思病，就自己害去吧。"

裘美琪来到裘大炮身旁，撒娇道："爹，您别不管哪。"

裘大炮故意不理她，这时马副官走进来，说："旅长，书都准备好了。"

裘大炮埋怨道："看看，为了你这点儿事，我和你马叔忙前忙后的，可如今到了要紧的时候，你又心软了。丫头，你是不是觉得自个儿配不上宋秋鸣啊？"

裘美琪撇了撇嘴："我有啥配不上他的。"

"那你是不是真心喜欢他？"

"我当然真心喜欢他了。"

"那你打不打算嫁给他，好好跟他过？"

"我这辈子就认准他了。"

"那不就得了，虽说爹使的是歪招，可这是为了你跟他好哇。白送他个媳妇，还有爹这么一个有权有势的老丈人，他宋秋鸣是积了八辈子德了。丫头，你就听爹的，这事儿准成。"

裘美琪点了点头。

裘美琪来到宋家找宋秋鸣，宋秋鸣一听是裘美琪，下意识想躲。宋鲁生看不惯他没出息的样子，逼着他出门跟裘美琪说清楚。

裘美琪站在门外，见宋秋鸣慢吞吞地走出来，问道："咋才出来呀？我等你半天了。"

宋秋鸣走到裘美琪身旁，冷冷地说："你找我什么事？"

"走。"

"去哪儿？"

"有好事。"

"什么好事？"

"你就跟我走吧，到地方你就知道了。"

"先说什么事。"

"你就别磨叽了，快上马！"

宋秋鸣摇了摇头，裘美琪一把抓住宋秋鸣的胳膊："咋的，非得让我把枪掏出来？"

"别……别。"宋秋鸣吓得后退了一步。

裘美琪笑了笑，松开宋秋鸣，半蹲在马旁边，双手叠在一起，然后抬头对他说："踩着我的手上，快点儿。"

宋秋鸣无奈地一脚踩在马镫子上，另一只脚踩在裘美琪的手上，吃力地骑到马鞍子上。等他坐稳后，裘美琪动作轻盈地起身跳到马背上，她一手揽着宋秋鸣的腰，一手抖动着缰绳，带他离开了宋家。

裘美琪带着宋秋鸣来到兵营，操场上，一队全副武装的士兵正在训练。

宋秋鸣边走边不安地打量着军营，悄声问裘美琪："你到底要带我去哪儿呀？"

"你不是一天到晚念叨剧本嘛，跟你说，我爹他们缉私扣下了一批书，里头有不少剧本。啥易卜生啊，莫里哀呀，都是洋人，我也记不清了。"

宋秋鸣惊喜："真的？"

"我能骗你吗？"

二人走进裘大炮的办公室，宋秋鸣四处扫视："剧本在哪儿呢？"

裘美琪关上屋门，指着靠墙的一个不大的木箱子，说道："在那儿呢。"

宋秋鸣打开箱盖，见箱子里真装着不少书，有中文书也有外文书。他蹲下身急切地翻找着，里面有易卜生的《玩偶之家》和莫里哀的《悭吝人》，看到这些难得的书，兴奋之情溢于言表。

"秋鸣，你坐下慢慢看，我去给你泡壶茶。"

宋秋鸣的注意力全在书上，随口答道："好，你去吧。"

裘美琪离开办公室，见裘大炮和马副官躲在拐角处正看着自己。她来到裘大炮身旁："爹，他胆小，可千万别吓着他。"

裘大炮答应道："放心吧，爹有数。"

宋秋鸣正专注地看着书，忽然听到门响，抬头一看，裘大炮推门走了进来。

"你咋在这儿？"裘大炮上前质问他。

宋秋鸣一下愣住了："裘旅长，我……我……"

裘大炮掏出手枪，走近宋秋鸣："小子，知道这是啥地方吗？"

宋秋鸣缓了缓神："这……这是您办公的地方。"

"我是干什么的？"

"您是旅长。"

"旅长是干啥的？"

"是带兵打仗的。"

"知道就好，我问你，谁派你来的？"

宋秋鸣慌乱："没谁派我，是裘美琪领我来的。"

裘大炮有些不相信："美琪领你来的？那她人呢？"

"她说去给我泡壶茶。"

"想喝茶就规规矩矩坐着，你这是干啥呢？"

宋秋鸣抓起书："看书，裘美琪说您这里有一批剧本，带我来看。"

裘大炮忽然像是发现了什么："看剧本？不对吧，我这城防图是谁动了？"

"不知道，反正我没动。"

裘大炮把手枪重重地拍在桌上："大胆！竟敢到军营刺探情报。来人，把这个探子给我抓起来，大刑伺候！"话音刚落，几个卫兵冲进来，分别抓住宋秋鸣的两条胳膊。

宋秋鸣挣扎着辩解道："裘旅长，我什么也没看，我冤枉啊！"

这时，裘美琪拎着茶壶跑进来："爹，您这是要干什么！"

"美琪，这小子擅闯军事重地，想要偷取机密文件，爹得仔细审审！对了，这小子不是去日本留过洋吗？一定是小日本的探子，这事儿可大了，我得赶紧上报省府！"

"爹，他不是探子，他是我带进来的。"

"丫头，一定是他花言巧语骗你带他来的。"

裘美琪急切地摆了摆手："爹，就是我带他来的，跟他没关系，都是我的错，要杀要罚，我替他领。"

裘大炮想了一下，让卫兵放了宋秋鸣，然后将无关人士都赶了出去，屋里只剩下他和宋秋鸣二人。他语重心长地对宋秋鸣说："你说你小子是哪辈子积了德,让我闺女对你五迷三道的。她的话你听见了吗?要杀要罚都替你担着,对你这是多深的情义。"

宋秋鸣缩着脖子,勉强地笑了笑。裘大炮指着桌上的城防图,严肃地说:"小子,这城防图是军事机密,如今我就这么轻易地把你放走了,要让省里知道了,老子这个旅长就当到头了。"

宋秋鸣连忙说:"裘旅长,今天这里没有外人,省里不会知道的。"

"不会知道?你敢保证?"

"我——"

"我看这样,"裘大炮打断他,"既然美琪替你求情了,你这条命我就不要了,到大牢里去待几年吧,等过两年这城防布局变了,我再把你放出来。"

宋秋鸣立即求饶道:"裘旅长,求求您放了我吧。大恩大德,我牢记在心,来日一定报答。"

"小子,看你这可怜兮兮的,说句实话,我也有些不落忍,可是你说今天这事儿要是让上头知道了,让我咋交代?你一个外人,我也没法给你作保。"

"裘旅长,我不是外人哪,我跟美琪是同学,自小就要好。"

"跟美琪要好的同学多了,这个摆不上台面。你要是老裘的啥亲戚吧,就算上头追究下来,我也敢给你作保。这非亲非故的,我是真帮不了你。不就是关几年嘛,你还年轻,关几年出来,照样过日子。"说完,就要喊卫兵进来。

宋秋鸣灵光一闪:"裘旅长,您不是派人去我家提过亲吗?我答应了,我答应了还不行嘛。"

"这不太好吧,如今遇上难事了你才答应,真要是让美琪嫁给你,你这颗心也不在她身上啊。"

"裘旅长,您放心,我一定对美琪好,一定。"

裘大炮故作无奈:"谁叫我这个人心软呢,既然你答应了,咱就是一家人了。一家人嘛,今天这事就好说了。不过,女婿哇,有些事咱得先小人后君子。你得给我写个东西,不然等你回去了,再翻脸不认账,我可就把自己丢进坑里了。"

"好,我写,我写。"宋秋鸣拿过纸和笔,认认真真地写道,"我宋秋鸣,非裘美琪不娶,一辈子对她好,永不变心。"

裘大炮看罢,满意地拍了拍宋秋鸣的肩膀:"女婿,这样我就放心了。"

这时,马副官急切地走进来:"报告旅长,那个偷枪的贼抓住了。"

"走,女婿,跟我一块儿去处理公务,也让你开开眼!"

裘大炮带着宋秋鸣来到操场上，只见一个血迹斑斑的犯人跪在地上，头上还套着黑布袋子。

"吃了熊心豹子胆了，敢到军营偷老子的东西。"说着，裘大炮拔出手枪，朝他胸口连开两枪。

宋秋鸣还未反应过来，那犯人已倒在地上，胸口流出一团鲜血。他双腿一软，也昏倒在地。裘大炮鄙夷地看了眼宋秋鸣，吩咐人将他送回家。

这边，只见那倒地的犯人毫发无损地爬起来，从怀里拿出一个瘪了的血红色的猪尿泡，得意地说："旅长，这戏演得咋样？没过吧？"

"不过，正好！"裘大炮满意地笑道。

第二十六章

被吓昏的宋秋鸣醒来后不安地环顾左右，发现在自己房中，才稍稍安心下来。他又想起裘大炮枪杀犯人那一幕，不禁打了个寒战。他不想娶裘美琪，可他更不敢违背裘大炮。唯一的办法就是跑，想到这儿，他连忙收拾行李，来不及跟父母打招呼，就朝门外走去。

刚走到大门口，宋秋鸣吓了一跳，裘大炮和他的卫兵就站在门外。

裘大炮冷冷地看着他："女婿，你这是要去哪儿啊？"

"不……不去哪儿。"宋秋鸣眼神闪躲。

"不去哪儿还拎着个箱子？"裘大炮厉声说，"不会是去给日本人送情报吧？"

"不——"

"女婿，别忘了你写的那个保证书。你知道吗？私通敌军，可是要抄家的。你得替你爹娘想想，你这一走不要紧，上头要是怪罪下来，你们家可就惨了。爹娘养你这么多年，还供你留学读书，不容易呀，你不会眼睁睁地看着他们受牵连吧。"

宋秋鸣彻底绝望了："裘旅长，我，你，别……"

"啥裘旅长，得喊丈人。"裘大炮摆了摆手，"女婿，听话，赶紧回去，跟你爹娘好好商量商量这婚事，我和美琪在家等你们的消息。"

宋秋鸣知道自己是逃不掉了，认命地点了点头。他放下行李，来到堂屋，向父母提出自己要娶裘美琪。

"什么，你要跟裘美琪成亲？"宋鲁生大为意外。

宋秋鸣面无表情地点了点头："爹，我喜欢她，我要娶她。"

章云芳也不解："秋鸣，你没发烧吧，咋说起胡话来了？那天你还说裘美琪张嘴就冒男人动静,你受不了。"

"我就是突然觉得裘美琪挺好的。"

宋鲁生觉得这件事有点儿蹊跷,他摆了摆手:"秋鸣,你先回屋歇着,此事改日再议吧。"

宋秋鸣突然抬高嗓门:"爹,不用再议了,跟你们说实话吧,这事我已经答应裘美琪。你们就赶紧派媒人上门提亲吧,你们要是不答应,我就死给你们看!"说完,快步向屋外走去。

本来宋鲁生还心存顾虑,见秋鸣态度如此决绝,也只好听他的意思,让媒婆上门去提亲。可裘大炮一想到之前宋家完全不顾及他的脸面,便想灭灭宋家的威风。他让媒婆传话给宋鲁生,说美琪眼眶子高,又看不上宋秋鸣了。媒婆将原话说给宋鲁生,本以为他会生气,没想到宋鲁生不但一点儿愠色都没有,反而高兴地给了她赏钱。媒婆现在是越来越搞不明白他们两家了。

宋秋鸣无精打采地躺在床上。章云芳劝他,既然人家不答应,就算了吧。宋秋鸣却不同意,他坚决表示自己非裘美琪不娶,要是娶不成她,就不吃饭了。宋鲁生大怒,让章云芳也不要再管他,饿了自然就吃了。可宋鲁生没想到,一连三天,宋秋鸣真的一口饭都没吃。这孩子从小就没有常性,更是吃不得苦,谁承想这回竟然为了裘美琪三天不吃不喝,看来是真动了心思。宋鲁生叹了口气,心想有必要去裘家跑一趟了。

裘大炮正在家里着急,听闻宋鲁生夫妇来谈婚事,心中大喜,可他偏又装作一副无所谓的样子:"宋掌柜,找我有啥事呀?"

宋鲁生答道:"裘旅长,我们夫妻今天过来,是为了孩子的婚事。"

裘大炮故作恍悟:"哦,你是说那事呀,宋掌柜,我记得不是跟媒婆把话说清楚了吗?这桩婚事我不同意。"

章云芳耐心劝道:"裘旅长,婚姻大事不是儿戏,您看是不是请大小姐出来再仔细问问。这毕竟是儿女们在一起过一辈子,咱们做长辈的,管得太多,怕不好。"

"这孩子呀,没有定性,这事美琪她又不愿意了。"裘大炮话音刚落,裘美琪就跑了进来:"爹,我愿意。"

宋鲁生忙接道:"裘旅长,您也听见了,大小姐同意这门婚事。"

裘大炮尴尬地笑了笑:"我听我闺女的,只是现在就成婚尚早,还是让年轻人先处着看看再说吧。"

"爹，不用试了，赶紧的吧。"

宋鲁生、章云芳都忍不住低头笑了。裘大炮心想，这孩子咋就沉不住气呀，他这一盘好棋让她给搅了个乱七八糟，只好妥协道："好吧，既然两个孩子都愿意，那就选个黄道吉日吧。"

"场面上的事，请裘旅长尽管放心，一定办得风风光光，不过这婚礼得有主婚人和证婚人。按照习俗，主婚人由宋家长辈担当。这证婚人得请咱济宁城有头有脸的人来担任。裘旅长，您看这个人选……"

裘大炮想了想，说道："黄子荣是济宁城的县长，请他来证婚，最有面子。咋样？"

宋鲁生有些迟疑："能请来自然最好，不过宋家跟黄家的恩怨，您也知道，只怕——"

裘大炮摆了摆手："你们宋家请不动无妨，我老裘准保能请来。宋掌柜，你就放心吧，黄子荣这个证婚人跑不了。"

与此同时，黄子荣正对着一张请柬发愁，这请柬是一片云送来的。她弃匪为民后，在城内开了一个饭馆，饭馆明天开张，想请他去捧场。黄子荣心想，一片云对自己有恩，再说只是去捧个人场，没什么见不得人的。

第二日，黄子荣来到一片云的饭馆，见里面宾朋满座，拱手道："云掌柜，恭喜恭喜，祝生意兴隆，财源广进。"

一片云欣慰地将他迎进前厅，她一直在等黄子荣，还以为他会因为那些繁文缛节不来呢。黄子荣坐定，一片云便吩咐开席。她今天还特地为黄子荣准备了一件礼物，准备挑个合适的时间送给他，可还没来得及开口，黄子荣便因公务繁忙，提前离开了。倒是牛震山一直待到了天黑，赖着喝酒，说有一肚子话要跟她说。一片云也没心情招呼他，便让樱桃将他打发了。真是该留下的没留下，不该留的反倒不愿走，一片云望着窗台上的礼帽盒子，发着呆。

樱桃听说黄天楷已经调到省里工作了，便兴冲冲地来到省政府找他。她将自己亲手做的布鞋送给黄天楷，可黄天楷说他现在是省副主席的秘书了，不能穿布鞋。樱桃有些失望，可她不死心，心想既然不能穿布鞋，那就买双皮鞋送他，可黄天楷一见樱桃买的皮鞋就直言样子太土，让她以后不要再买了。樱桃茫然地看着眼前这个西装革履的青年，感觉自己越来越不认识他了。

樱桃在省城的时候，一片云发了高烧，身边一个人也没有，她只好托人捎话给黄子荣。黄子荣有些犹豫，黄老太太知道后劝他去看看，说一片云的爹娘死得早，眼下弃匪为民，在济宁城里无亲无故，但凡有其他法子，也不至于来找他，能伸把手就扶一把。

　　黄子荣来到一片云的住处，见一片云额头上敷着湿巾，躺在炕上昏睡着。他摸了摸她的额头，发觉确实病得不轻。他来医馆找丁德庸，可灵官告诉他丁德庸回乡祭祖去了，一时半会儿回不来。黄子荣便把病状告诉给灵官，灵官建议他用凉水给病人擦洗腋窝、胸口和额头，先把热度降下来，千万别烧坏了。黄子荣也没有别的办法，只好照做。他隔着帘子解开一片云衣服的布扣，拿着湿巾轻轻地擦拭一片云的身子。果然，第二天早上，一片云便退了烧。黄子荣见她已经无碍，想要离开，一片云却拦住他，要他为昨晚的事给她个说法。

　　"昨晚的事？什么事？"

　　"赚了便宜，还装糊涂。"

　　"昨晚给你用水擦身子，是为了帮你退烧，再说，我隔着帐帘，什么都没看见。"

　　"这事动手就行，还用看吗？黄老爷，我可是黄花大闺女，昨晚让你又解衣服又擦洗的，你说将来我还咋找婆家？"

　　"一片云，给你擦洗，那是要救你，我对天发誓，决无非分之想，你千万不要误会。"

　　一片云忽然笑了："看把你给急的，我跟你闹着玩儿呢。"

　　黄子荣有些哭笑不得："你都多大岁数了，能不能正经点儿。"

　　"好，正经点儿。"一片云不笑了，她注视着黄子荣，诚恳地问道，"今天没有旁人，你给我交个底，咱俩也这么多年了，你心里到底有没有我？"

　　黄子荣也收了笑意，真诚地说："一片云，你为我几次出生入死；为等我，白白浪费了十几年大好年华；现在，你又为我舍弃飞鱼岛的自由富贵，甘心进城开这个小店。我不是木头，你的心意我怎会不明白。我这一生，亏欠最多的就是你呀！"

　　一片云出神地看着黄子荣，忽然伏到他的肩上，轻声哭泣起来。黄子荣也十分动容，轻轻地抚摸着一片云的肩膀。这时，屋外传来樱桃的声音，两个人下意识分开。樱桃回来了，黄子荣也就放心离开了。

　　黄天楷也从省城回来了，这次他还带来一个好消息。他说财政厅空出来个位置，副主席很可能要把他安排过去。

　　黄子荣很是意外："你这才当了几天秘书，怎么又要提拔？"

黄天楷笑了笑："爹，时代不一样了，当官未必得论资排辈。"

"天楷，有些事确实变得快，不过有些道理是亘古不变的。要记住，把心放正，放平稳，秉公办事，老天爷的眼睛亮堂，亏不了人。"

黄天楷正要说什么，吴兴安走了进来，说樱桃来送帽子了。黄子荣请她进来，黄天楷感觉不自在，便主动离开了，樱桃见他对自己爱搭不理的，心里烦闷得很。

自从樱桃从省城回来后，一片云见她就一直郁郁寡欢，不怎么说话。她心想，肯定和黄天楷有关，便打算趁着黄天楷回了济宁，找他问个清楚。

对于一片云的邀约，黄天楷本想拒绝，可当初毕竟是一片云和樱桃救了自己，他也不好推辞，便跟着一片云来到了饭馆。

酒过三巡，一片云也不想再绕弯子了，直言相问："黄秘书，你说樱桃咋样？"

黄天楷打马虎眼："人？好哇。"

"哪里好？"

"我头晕得不行，这酒上头。"黄天楷有些吃力地扶着桌子站起，"我得走了，再不走，就走不动了。多谢款待，改日再约。"

一片云冷冷一笑："你给我坐下。"

黄天楷茫然地指着一片云："你怎么分身了？三个人影？"

一片云拿出一把尖刀，用力地插在桌上："这回几个影？"

见黄天楷不说话了，一片云愤愤地看着他说："别装了，屋里就咱俩人，酒没喝明白，你走不了。"

"一片云，黄某今天已给足了你面子，你到底想干什么？"

"干什么？就等你一句痛快话。"

"什么痛快话？"

"你说呢？"

"既然你把话说开了，那我也不装糊涂了，你应该知道我们黄家的家规家训，其中有官匪不通这一条。"

"官匪不通？"一片云不屑，"黄天楷，你用着人家时，就油嘴滑舌，一旦用不着了，就划清界限，把官匪不通给搬出来。"

黄天楷一脸尴尬，没了底气："这是祖宗们定下来的，我不能不守。"

"我问你，你说官匪不通，你是官，可匪在哪儿？现如今我和樱桃都是良民，哪儿来的土匪？"

"你喝多了，有什么话改天再说吧。"黄天楷想要离开。

一片云突然起身,拔起桌上的尖刀,拦住他:"黄天楷,你不是说我们姐妹是土匪吗?好,既然是土匪,今天就让你见识见识土匪的手段!我要留你一根手指。"

黄天楷不寒而栗:"你要干什么?你别胡来,我可是政府官员!"

一片云抬高嗓门:"姑奶奶今天收拾的就是你这政府官员!"

一片云举着刀朝他刺过来,黄天楷吓得直绕着桌子转。

"姐姐,"樱桃突然从后门跑进来,一把抓住一片云的胳膊,"姐姐,你就让他走吧!"

"樱桃,像他这样的负心汉,你护着他干啥?"

可樱桃还是死死地抓着一片云,她对黄天楷大声喊:"快走!"

黄天楷反应过来,慌乱地跑到门口,闪身挤了出去。一片云见黄天楷逃走,又看了看眼前的樱桃,无奈地叹了口气,语重心长地对她说道:"樱桃,黄天楷这个人不地道,听姐的话,你就别再想着他了。"

一片云正说着,牛震山走了进来,问道:"云妹妹,出啥事了?我刚看到黄秘书从这儿出去,他神态不对呀。"

一片云冷冷一笑:"牛副局长请回吧,今天小店歇业。"

牛震山看着桌上的饭菜说:"云妹妹,这一桌子饭菜,没动几口,我正好饿了。"

牛震山正要拿起筷子吃,一片云猛地拍了下桌子:"狗啃了,脏!"

吃了瘪,牛震山还是不死心:"樱桃,我跟云妹妹说点儿事,你——"

"樱桃不是外人,有啥事直说。"一片云打断他。

牛震山笑了笑,直奔主题:"云妹妹,咱俩这么多年了,你至今没嫁,我也没娶,你到底是咋想的?"

"你说呢?"

"云妹妹,莫非你还在等那个黄子荣?"

"牛副局长,要没别的事,请回吧。"

"别价,我还没说完呢。"

一片云举起尖刀,指着牛震山:"你走不走!"

"云妹妹,别生气,我走。"

牛震山无奈地离开了饭馆。他算是看清楚了,不让一片云断了对黄子荣的念头,他就永远没法跟一片云有结果。说来说去,根还是在黄子荣,他得去找黄子荣问清楚。

"牛副局长，有事？"黄子荣看着牛震山。

牛震山勉强地笑了笑："有点儿事。"

"什么事？坐下说吧。"

"黄县长，你一个人单着也这么多年了，我想问问你，打算啥时候再续一房啊？"

黄子荣不知牛震山何意，反问道："牛副局长，怎么突然问起黄某的家事来了？"

"黄县长，你我都是聪明人，有些话还用说透吗？"

"牛副局长，黄某真不明白你的意思，你还是说透的好。"

"痛快！"牛震山竖了竖大拇指，"黄县长，我对一片云的心思，你也知道，可一片云的心里只有你，你不给我腾地方，我就钻不进去呀。"

黄子荣突然大笑起来："腾地方？我为什么要给你腾地方啊？"

牛震山发愣地看着黄子荣："你……"

"牛副局长，不瞒你说，这些年我亏欠一片云太多了，我已经想通了，这几天就正式向她提亲。"说完，黄子荣看了眼前几日一片云送来的礼帽。

"黄县长，你没喝多吧？"牛震山很是意外。

"你看我像是喝多的样子吗？"

牛震山缓了缓神，拍了拍自己的脑门儿："乱了，全乱了。"

黄子荣回到家，还不知道如何向黄老太太开口，没想到黄老太太主动替他解了难。

"想娶一片云，对不对？"见黄子荣一副欲言又止的样子，黄老太太先开了口。

黄子荣意外："娘，您咋知道的？"

"子荣啊，从前你无论遇到什么事，就算心里急出了火，脸上也从来没见乱过。可自打从一片云那儿回来后，你步子也快了，说话也碎了。娘是过来人，看得出你的心思。"

"娘，子荣这些年实在亏欠一片云太多了，我不能再辜负她的一片情意了，还请娘成全！"黄子荣请求道。

黄老太太欣慰地点了点头，把戴在左手无名指上的戒指摘了下来，放在黄子荣面前："你总这么单着，也不是个事儿。一片云对你真心实意，娘也喜欢，只要你过了心里那道坎儿,娘不拦着。"

"多谢娘。"黄子荣向黄老太太深深鞠了一躬。

"子荣,虽说一片云年龄不小了,可人家毕竟还是黄花闺女,这婚事咱们黄家可不能马虎凑合。你告诉人家,咱这回一定办得风风光光的!"

黄子荣笑着点头,决定这就去告诉一片云。一片云见黄子荣突然来饭馆,有些意外,还没来得及问他何事,便被他带出了门。二人划着船来到湖中荒岛,这也是他们最初相识的地方。

看着杂草丛生的荒岛,一片云疑惑:"黄老爷,你带我到这儿来干啥?"

黄子荣站在杂草丛中,对一片云恳切地说:"这是咱俩第一次见面的地方。当年要不是你仗义相助,我只怕早就人头落地了。"

"大老远带我到这儿来,不会是为了叙旧吧?"

黄子荣笑了笑,解开手里拎着的布包,拿出那顶迟收的礼帽,庄重地戴在头上。一片云不解:"这大热天的,你戴它干啥?"

"我自有戴它的道理。"说完,他从怀里掏出一个小锦盒,"来而不往非礼也,你送我的礼帽,我十分喜爱,今天我也送你一样东西。"

一片云打开锦盒,里面装着黄老太太的戒指,这枚戒指她见过,曾经还保存过一段时间。她不解地看着戒指,不知道黄子荣为何要把它送给自己。

黄子荣托着一片云的手,温柔地说:"一片云,咱俩的事情我跟娘说过了,她老人家让我把戒指送给你,还让我告诉你,我们黄家一定风风光光地迎娶你进门。"

一片云泪水涌上:"你说的是真的?"

"半字不虚。"

"你不怕家规家训了?"

"你已为民,何谈官匪不通?"

"你不怕别人议论?"

"这些年我听的风言风语多了,放心,脏不了耳朵。"

"你不怕我犯起脾气来跟你动手?"

"凡事讲理,要是你真动手,我就当你给我捶胳膊揉腿了。"

一片云深情地看着黄子荣,泪水默默地流下。黄子荣给一片云擦了擦眼泪,继续说:"我既然决定娶你为妻,那就什么也不怕!就怕黄家规矩多,家务重,你嫁来后,让你受委屈。"

一片云泪眼婆娑地注视着黄子荣，缓缓地趴到他的胸前："黄老爷，我这不是做梦吧？"

"不是做梦。"黄子荣轻轻地抚摸着一片云的头发，"马上就是一家人了，不要再喊什么黄老爷了。"

偎在黄子荣胸前的一片云笑了，害羞地喊了一声："子荣。"

此时，远在省府的黄天楷还不知道自己的父亲要娶一片云。他现在对一片云是没有一丝好感，不单是因为她拿刀威胁他，更因为他受了一片云的牵连。今天一早，副主席将他叫去，告诉他财政厅那个位置他不用惦记了。黄天楷急问原因，副主席告诉他，本来这个位子是非他莫属的，可是有人提到他爹跟一个女土匪关系不清不楚，主席听后就把这事给搁置了。

黄天楷回到自己的办公室，气不打一处来，恰好这时侯立人来拜访他。见黄天楷一肚子火气，侯立人便拿出自己早已准备好的茶叶递上去，让他喝点儿茶败败火。自从黄天楷当上副主席的秘书，侯立人便有意攀附，虽说黄家人一向油盐不进，可他总觉得黄子荣是黄子荣，黄天楷是黄天楷，高矮肥瘦不同，也许不是一个路数的，可以亲近试试。这一阵子，他一直送礼，黄天楷虽然从来不收，对他的态度却有了些许变化。侯立人见他心情不好，也没长待，奉承了几句便离开了。

侯立人走出省政府，赵长顺悄声说："局长，刚才我跟门房闲聊，听说黄天楷的位子让人家给顶了。"

侯立人一愣："不能吧，要是丢了官，他咋还在原来的办公室？"

"不是现在秘书的位子，听说黄天楷本来要往上提拔的，结果因为黄子荣跟一片云的传闻，被拖累了，主席提拔了别人。"

侯立人恍悟："难怪刚才他不高兴，八成是为这事儿。"

"局长，要是这样的话，黄天楷这棵大树咱们是不是抱错了？"

"长顺，树没抱错，只是这棵树不经风不见雨的，还是嫩啊。黄子荣跟一片云那事儿，只怕也就是个说辞，关键还是没使上钱哪。"

"局长说得对。不过没提拔上去也好，过去他还跟他爹学，装清高，这回也让他彻底明白，清高没用，还是真金白银好使。"

侯立人意味深长地笑了笑："咱过两天还来，就黄天楷这点儿道行，表面看着是块石头，实际就是块木头，再有两回就给他泡酥了。"

第二十七章

宋家的院门上贴着大红的"囍"字,门框两侧,长长的红绸垂落到地。今天是宋秋鸣和裘美琪成亲的日子,军乐队一早儿就站在门外奏起了西洋乐,引来许多百姓驻足观看。

宋三叔和宋四叔一脸气愤地从院内走出,打算离开,宋鲁生忙追了出来。

"三叔,您是今天的主婚人,您不能走哇。"

宋三叔停下:"我不走也行,可证婚人绝不能让黄子荣来当!"

"三叔,人家黄子荣都不计前嫌,愿意来给秋鸣做证婚人了,咱宋家咋就不能有几分气度?"

"鲁生啊,看来你是忘了咱家跟黄家祖上的恩怨了。想当年,他们黄家祖上在运河上做闸官,咱家先祖回济宁奔丧,在闸口被拦,先祖怕耽搁时辰,苦苦哀求,可黄家人拿着鸡毛当令箭,非逼着排队过闸,因此起了争执,结果先祖被打成重伤,不治身亡。你说这笔账能了吗?"

"三叔,虽说咱家先祖因此不幸丧命,可黄家那位祖上也为此付出了代价,丢官坐牢,终身不得从政。"

宋三叔冷冷一笑:"他那是罪有应得,可咱宋家丢的那是一条人命啊。"

宋鲁生正不知如何劝解,黄子荣听说了此事,连忙过来劝和:"宋掌柜,今日是令郎的大喜之日,千万别因为黄某把喜事给搅了,黄某建议请杨春早做证婚人,以免误了良辰。"说完,告辞离开了。

宋鲁生对黄子荣深感歉疚,但好歹把宋三叔他们留下来了,可就在这时,裘美琪这边又不乐意了。

裘大炮来到布置成婚房的东厢房,见裘美琪穿着婚服坐在炕沿上,一脸不悦,红盖头放在了旁边的炕桌上。

"闺女，大家伙儿都等着你呢，你咋还四平八稳地不动弹呢。"

"爹，这个婚我不结了。"

裘大炮一愣："不结了？闺女，当初哭着喊着要成婚的是你，咋突然又变卦了？你到底演的是哪一出？"

"今天为了证婚人的事，闹得乌烟瘴气的，我心里不舒坦。"

"说心里话，我心里也不舒坦，可总归还是找着了法子，你就将就一下吧。"

"爹，今天本来是大喜事，可让他们宋家闹得乱七八糟的。我这辈子就结这一回婚，能将就吗？今天要是将就了，我这心里一辈子不舒坦。"

"那你说咋办？就因为这点儿事不成婚了？满院子那么多人，说不过去哇。"

"要想让我成婚也行，得让宋家答应给我换个房间，去去晦气。"

裘大炮发蒙："换房？你想往哪儿换？"

"我看正房就挺好，当年我跟爹来宋家看房的时候，一眼就相中了。"

"闺女，那可是你公公婆婆住的地方，你抢了他们的屋，就不怕他们将来给你穿小鞋？"

裘美琪笑了笑："爹，我这么做，也是让他们明白，裘家的闺女不是软柿子，任着他们揉来捏去。"

"是这个理儿，头一天进门就这么不痛快，要是不表明态度，往后还不得腆受屈？闺女，放心吧，我去办。"

裘大炮从东厢房走出来，宋鲁生忙上前问："亲家，美琪咋还没出来？"

"亲家公，今天这证婚人的事闹得人心里憋屈，美琪想换个房间，去去晦气。"

宋鲁生顿了一下："亲家公，美琪她想换到哪间哪？"

"她说这间就不错。"裘大炮指了指正屋。

章云芳一听，立刻变了脸："这间屋子是我和他爹住的，咋能——"

"亲家母，"裘大炮打断章云芳，"美琪是我的心头肉，我辛辛苦苦养到这么大，现在把她嫁到你们宋家，我都舍得，咋的，你们连间屋子都舍不得？"

宋鲁生赔笑道："亲家公，别生气，不就是换房子嘛，行，我这就让他们赶紧收拾出来。"

裘大炮这才满意地点了点头。章云芳心里直蹿火，自古正房都是公公婆婆住的，咋能让给儿媳妇住。裘美琪这刚来就抢公公婆婆的屋，后头还不定折腾出啥事来呢。

一个丫鬟推开屋门，搀扶着裘美琪走了出来。坐在主桌的裘大炮乐呵呵地看着美琪。杨春早宣布婚礼正式开始。本来宋鲁生要先上场致辞的，可裘大炮径自走到台上，要先说几句，宋鲁生虽有不满，也只好由他。

"诸位都知道，我老裘是个粗人，场面上的话不太会说，可今天这个话，打俩孩子订了婚，我就开始琢磨了。老裘我一共七个闺女，美琪是老大，说心里话，我最心疼她，为啥呢？我这个当爹的亏欠她呀。当年我摊了人命，被官兵追赶，美琪她娘为了保护我，让我抱着美琪逃命，我抱着美琪一头扎进了深山老林，她一个人把官军引开了，结果丢了性命。孩子那时候小，缺吃少喝的，发了高烧，等风头过了，我抱着她出来再找大夫，她的嗓子就……"裘大炮越说越激动，鼻子有些发酸，他缓了缓神，转头对宋秋鸣说，"姑爷呀，今天我把美琪交给你了，她对你是一片真心，你可一定得好好待她呀！"

宋秋鸣点了点头。裘大炮轻轻地抓起裘美琪的一只手，又抓起宋秋鸣的一只手，把裘美琪的手郑重地放到宋秋鸣的手里。

杨春早带头鼓掌，众人也先后鼓起掌来。

蒙着红盖头的裘美琪早已泪流满面。

婚礼结束后，裘大炮骑马准备回家，走在大街上，他忽然想到刚才章云芳听说美琪要换房时一脸不情愿，担心她因此再给美琪穿小鞋。他实在不放心，于是掉头折回了宋家。当他赶到时，章云芳果然正为换房一事向宋秋鸣大倒苦水。

"人家是将门虎女，说一不二，咱就是个买卖人家，巴结还来不及呢，哪还敢生气呀。"章云芳委屈道。

"娘，这事是她做得不对，待会儿我狠狠地说她。"

"姑爷，你打算狠狠地说谁呀？"裘大炮慢悠悠地问道。

"没谁。"宋秋鸣有些慌乱，他怎么也没想到裘大炮又折了回来。

章云芳连忙起身："亲家公，这刚走咋又回来了？还担心我不给腾房啊？"

裘大炮摆了摆手："婚礼折腾了一天，再一调一换的，得弄到啥时候？别费劲儿了，我那里铺的盖的，都是一码新，屋子也都刚粉刷过。今天晚上我先把美琪他们两口子接过去，等明天这边收拾好了，我再把他们送回来。"

"亲家公，新媳妇进门第一天就回娘家住，不妥吧？"

"有啥不妥？只要他们两口子乐意就行。"裘大炮转向宋秋鸣，"姑爷，你乐意吗？"

"我乐意，乐意。"宋秋鸣丝毫不敢反抗。

就这样，裘大炮乐滋滋地将女儿和女婿带回了裘家。

裘美琪原来住的屋子布置得喜气洋洋，裘美琪蒙着红盖头，盘着腿坐在炕上，默默等候着。宋秋鸣推开屋门，浑身带着酒意，他不满地看着坐在炕上的裘美琪。

蒙着红盖头的裘美琪悄声说："喝多了吧？就你那酒量，我爹能喝你六个。"

宋秋鸣冷冷一笑，突然抓起炕头上的一床大红被子，盖在裘美琪身上，顺势把她按倒在炕上，挥起拳头就是一通乱打："你和你爹合伙下套骗我，还要霸占我爹娘的房子，现在又逼我到你家住，这是要让我倒插门哪。真是欺负人欺负到家了，我今天打死你！"

宋秋鸣乱拳打着，忽然，他停下手，缓缓低头，看到自己腰上顶着一把枪。他连忙从炕上爬下来，站到炕前。

裘美琪一把掀开被子，拿枪指着宋秋鸣："靠墙站好。"

宋秋鸣二话没说，贴着墙站在炕沿一侧。

"立正！站好！"裘美琪抬高嗓门。

宋秋鸣吓得一哆嗦，连忙立正站好。

"一进门就来了顿雷烟火炮，要造反哪？"

"我喝多了，一时糊涂。我错了，要打要罚你随便。"

裘美琪瞥了他一眼，拿过镜子看着自己脸上的淤青："你是出气了，我这脸咋办？要让我爹看见了，他不得扒了你的皮？"

宋秋鸣一听，害怕起来，赶紧讨好道："媳妇，千万不能跟你爹说呀。"

"我爹？"

"咱爹，千万别让咱爹知道。"

裘美琪叹了口气："丢人现眼的事，谁愿意满大街吵吵，可要是捂着盖着，那这往后的日子……"

宋秋鸣连忙接话："从今往后，我全听你的，你让我干什么我就干什么。"

听到宋秋鸣的承诺，裘美琪这才勉强原谅了他。

第二天一早，裘大炮早早地就命人准备好早饭，等着美琪两口子吃饭。桌上摆着四个小瓷盆，分别盛着糊粥、小米粥、豆腐脑、胡辣汤。一个竹笸箩里盛着小馒头、小花卷、小包子。一个四格方盘里放着四个一切为二的咸鸭蛋。

一个六格的方盘里装着六样玉堂酱菜。此外，还有一盘大葱炒鸡蛋、一盘韭苔炒肉丝、一盘黄豆芽炒粉条和一盘清炒丝瓜。

裴美琪和宋秋鸣走出屋子，裴大炮一眼就看到了她脸上的伤，问道："丫头，你脸上的伤是怎么弄的？"

裴美琪一脸淡定地回道："夜里去茅房，迷迷糊糊的，让石头给绊了一跤，摔的。"

裴大炮不相信，冷冷地看向宋秋鸣："姑爷，是吗？"

宋秋鸣心虚地移开视线："是，是。"

裴大炮疑惑地盯着宋秋鸣，接着问："闺女，跟爹说，在哪儿摔的？"

"就是后院，石榴树下那块石头。"

裴大炮起身，对门口大喊："来人！"

一个卫兵快步走进屋："旅长，有何吩咐？"

"去把后院石榴树下的那块石头刨出来，绑上炸药，给我炸了。"

"是！"

裴大炮用力一拍桌子，盯着宋秋鸣："姑爷，谁要是敢欺负我闺女，它就是块石头，我也要把它碾平了，炸碎了，记住了吗？"

宋秋鸣连忙起身："是，爹，记住了，记住了。"

裴大炮吩咐丫鬟弄些冰块给美琪敷脸，又嘱咐美琪道："今天别走了，再住一晚上，养养脸上这伤再走，别让你公公婆婆得了话把子，说一回娘家就挂了彩。好了，你们慢慢吃，我去军营了。"

裴大炮走后，裴美琪拉了拉宋秋鸣的胳膊："坐下吃饭哪。"

宋秋鸣这才醒过神来，颤抖地拿起筷子，哆哆嗦嗦地夹着菜。

裴美琪哭笑不得："哆嗦啥呀，打鼓呢？"

宋家忙完了婚事，黄家也定下了日子，黄老太太查了皇历，下月初八就是个好日子。虽然还有些时候，但要准备的东西还不少。黄子荣刚刚拟完宾客名单，这时黄天楷气冲冲地回到了家。要不是侯立人给他打电话，他都不知道自己的爹竟然要娶一片云，挂了电话，他就马不停蹄地赶了回来。

"您知道吗？本来上面要提拔我去干财政厅厅长的，就是因为您跟一片云纠缠不清，最后硬是安排了别人。如今您要是再把她迎娶进门，那我的前程就彻底被断送了。爹，今天我把话撂在这儿，这门婚事，我不同意！"

黄子荣大怒："放肆！爹的婚事用得着你在这儿多嘴？一片云几次舍命救我，救咱黄家，人家对你爹和黄家有情有义！你要是觉得我碍了你的大好前程，放心，只要你开口，我立刻就登报声明与你断绝父子关系。"

黄天楷觉得他爹已经到了不可理喻的地步。他怒气冲冲地离开黄家，心想自己阻拦不了，就让黄家的族人来评评理。果然，黄家的二老太爷听说了此事后，急忙赶来质问黄子荣。

"清水里倒进了墨，那就是墨水，不管想什么办法，永远也变不回清水了。土匪就是土匪，就算脱下匪皮进了城，这匪气一辈子也去不干净。黄家男丁娶妻，新媳妇的名字是要添到族谱里的，把一个土匪的名字写上去，你让我们到时候咋好意思打开族谱，又怎么去跟列祖列宗交代？"

黄子荣解释道："二叔，穆桂英和樊梨花当年也是啸聚山林的土匪，后来不也都嫁给忠良，成了保家卫国的巾帼英雄？"

黄二叔冷笑："穆桂英、樊梨花那都是说书唱戏的编出来哄人的，当不得真。"

"英雄豪杰都不能当真，请二叔说说什么能够当真？"

见黄二叔气得说不出话来，黄老太太连忙端上一杯茶："他二叔，先别着急，喝口水，败败火。事情没你们说的那么严重，一片云这孩子我见过，人不错——"

黄二叔摆了摆手："嫂子，今天咱们不说为人，只说规矩。子荣是一县之长，是一城的表率，今天他若开了这个头，娶个女匪进门，后天就有人有样学样。济宁城以后就毫无规矩可言了。"

黄子荣突然跪地："您的意思子荣明白了，不过子荣已经打定主意迎娶一片云。今天您正好在场，我就把话说在明处，既然因为县长这个官衔，子荣娶不了一片云，那这个县长，我索性就不当了，子荣明日就给省府上交辞呈。只要子荣不再为官，一个平头百姓拜堂成亲，就没有那么多讲究和规矩了吧？"

"为了个女匪，竟然舍下县长不做，咱们黄家真出了一个风流人物！"黄二叔愤然起身离去。

黄子荣辞官的消息很快传遍了济宁城的大街小巷。杨春早得知后，心中不禁责备黄子荣不知变通，婚事照办不就是了，何必为了他人的风言风语而辞官呢。这样一来，岂不是将济宁城拱手送到侯立人手里？到时候苦的可是济宁城的百姓啊！杨春早找到黄子荣，将其中的利害说与他听，可黄子荣却觉得自己已经亏欠一片云很多了，要是他为了县长这个官位，让一片云成婚时不能回乡祭祖，成婚后上不了黄家族谱，百年后也进不了黄家的祖坟，那他岂不成了无情无义之人。

杨春早苦劝无果，一帮百姓也来到黄家恳请黄子荣不要辞官。可黄子荣告诉他们，他已经将辞呈上报省府，心意已决，谢谢他们的一番厚爱。百姓见劝不动黄子荣，便集体来到一片云的饭馆，让一片云去跟黄子荣说。

一片云反问道："你们想让我跟他咋说？说我出身低贱，不配他们黄家明媒正娶？还是说我不在乎名分，愿意偷偷摸摸？我等了这么多年，等的就是明媒正娶，等的就是坐黄家的八抬大轿，等的就是上黄家的家谱牌位！姑奶奶要听了你们的，不白等十几年了吗？赶紧的，该干啥干啥去，别耽误了我的生意！"

众人不满，纷纷指责她只考虑自己，完全不为黄县长着想，这可事关他一生的名声。

一片云听罢，一时无语。就在这时，听到消息的黄子荣跑了过来。

"诸位，我已经把话说明白了，你们怎么又跑到这儿来闹呢？黄某的名声，黄某自己做主，大家请回吧。一片云，我娶定了！"

一片云感动地看着黄子荣。众人对黄子荣算是彻底失望了，他们摇头叹气地散开了。一个中年妇女突然愤愤地走近一片云，朝她啐了一口唾沫，又有几个女人也纷纷向她吐唾沫。一片云想要发作，被黄子荣拦住了。

众人散去之后，吴兴安神色慌张来报：嘉祥发了山洪，几十个村民被洪水淹死了。黄子荣听后，连忙带着吴兴安离去。望着黄子荣的背影，一片云陷入沉思。

一片云摩挲着黄子荣送她的戒指，回想着白天发生的事，一夜未眠。坐了一晚，她想明白了，也想开了。第二天天一亮，她来到西鲁学堂找杨春早，希望他能做一回自己的媒人。

杨春早笑道："这事不用你说，你和子荣的媒人，别人想抢都抢不去的。当初要不是我一封假书信，骗你法场救人，也成就不了你们俩这段可歌可泣的姻缘。"

一片云摆了摆手："杨先生误会了，我是想请您替我去牛震山那里提亲。"

杨春早蒙了："你再说一遍？"

"杨先生，你没听错。子荣对我情深义重，为了我，破家规、舍名声，我知足了。子荣是个好官，他的名声千金不换，我就是个土匪，配不上他。"

"可是……"

"杨先生，这事我想了一夜，听我的，就这么办吧。"

杨春早没想到一片云能如此深明大义，为了子荣，也为了不辜负一片云，他无声地点了点头。

此时，牛震山正在公安局喝着闷酒。黑脸劝道："大哥，您在这儿喝酒，要让上头知道了，这个官可就当不成了。"

牛震山把酒碗重重地放在桌上："当不成拉倒，老子还不想干了呢！老子这个官就是为了一片云才当的，如今她跟黄子荣都要成亲了，这个官还当得有啥意思！把老子逼急了，再回鸡冠山占山为王。"

黑脸下意识看了看周围："大哥，这话可不能乱说。"

牛震山刚想说话，杨春早推门走了进来，牛震山意外地看着他："杨先生，来得正好，陪老牛喝一杯。"

杨春早来到他面前："牛副局长，酒先不喝了，杨某今天是来给你道喜的。"

牛震山一愣："杨先生，你就别取笑我了。等了十几年的媳妇眼看着就要嫁给别人了，老牛死的心都有了，能有啥喜事？"

"一片云刚才去找我做媒人，她说要嫁给你。"

"你说什么？"

杨春早抬高嗓门："一片云说要嫁给你！"

牛震山缓了缓神："杨先生，你没事吧？"

"一片云还让我告诉你，这事要尽快办，并且要保密，特别是不能让黄家知道。"说完，不等牛震山回答，杨春早便转身离去。

牛震山还在发蒙，他不可思议地看着黑脸："兄弟，你听明白了吗？我不是做梦吧？"

黑脸笑了笑："大哥，赶紧商量商量怎么办喜事吧。"

牛震山盼这桩婚事盼了这么多年，他想，到时候场子一定要支开，能支多大就支多大，把全城有名望的人都请来。黑脸却告诉他账面上只有二百多块了，当初为了安顿兄弟们花了一部分，剩下的钱也花得差不多了。本想着回到济宁，能抽机会捞点儿油水，可谁承想黄子荣不贪不占，一双鹰眼还看得贼死，弄得他们也没了机会。

牛震山对黑脸说："没事的时候我就琢磨，咱爷们儿现在虽说是官，可根儿还是匪，万一哪天时局一变，先倒霉的还是咱们，我总觉得应该留条后路，我要是带你们再回鸡冠山，咋样？"

黑脸回道:"鸡冠山那是咱老家,真要是回去,弟兄们自然高兴,不过山寨都已经毁了,人手也不如过去多了,大哥要想回去重树山头,只怕没钱办不成事。"

　　"我听说这两天要从省里押来一批军饷,六万块大洋。"

　　"大哥,您是想……"

　　牛震山心里已经有了打算:"我琢磨着先把它拿下,等把婚事办完了,咱弟兄们就重新上山,到时候把队伍再拉起来,过他个痛快,自在。"

　　黑脸接过话:"大哥,那可是军饷,有军队押着,怕是不好夺。"

　　"硬夺肯定不行,咱们这回得智取。"

　　牛震山打听到军饷已经进了县政府的库房,他不能等了,一旦进了兵营,就没指望了,于是他安排手下夜里就动手。不过行动之前,他再三嘱咐,得手之后,先把钱埋在他指定的树下,等风声过了再分。

　　是夜,牛震山等人穿着便装站在库房的两侧,听着门外的动静。他们的腰间都系着腰巾子,腰巾子上别着十个布袋子。听到巡逻队的脚步声渐渐远去,牛震山等人这才悄悄离开门口,走进库房。牛震山打开套上白纱的手电筒,在库房搜寻着,他来到墙角处,见一个矮木案子上放着一口大木箱子,上面贴着封条,还上了铁锁。他用一把万能钥匙打开了铁锁,掀开箱子,果然里面整齐地摞放着成封的银圆。牛震山大喜,赶紧命人往布袋子里装。

　　这时,房顶上靠近屋脊的地方被扒开一个窟窿,一条粗麻绳通过窟窿垂落下来。房梁上,还用粗麻绳绑着滑轮,滑轮上两条长长的绳子延伸到后墙院外。后墙一侧的房顶上,斜铺着几块木板,木板抵到房檐处。

　　牛震山拎着装有二十封银圆的布袋子,来到粗麻绳前,用麻绳把布袋子系好,随后晃了晃绳子,在房顶上接应的人连忙提起绳子往上拉。拉出装钱的布袋子后,轻轻踏过一个又一个木板,将布袋子传递到滑轮处,另有人把布袋子仔细地系在滑轮的下绳上,将其缓缓滑向院外。院外已有等候接应的马车,马车上绑着一口棺材。车旁站着两个人,专注地等着滑过来的布袋子,一个负责接袋子,另一个负责将布袋子装进棺材里……

　　就这样,六万军饷在夜里"不翼而飞"了!

第二十八章

第二日，裘大炮来到库房，看到空空如也的箱子，气得大发雷霆。可眼下黄子荣还在外地公干，他只能让公安局的人过来先行查看。侯立人审察现场后，断定偷军饷的肯定是行家，而且还不止一人，他吩咐赵长顺派人多去商铺、茶楼、赌场、烟花柳巷搜查，贼偷了钱不会不花的。

裘大炮一脸忧虑地回到家，没想到裘美琪自己回了娘家。他前天刚把他们小两口送到宋家，怎么这么快就回来了？裘美琪告诉裘大炮，她是偷偷跑回来的，宋家的规矩太多，她受不了。天蒙蒙亮就得请安，新媳妇进门，还得跟新郎扫一个月的院子，吃顿饭就跟进了花子窝似的，花样少得可怜。

裘大炮踱着步："闺女，你不该偷着跑回来，既然嫁过去了，就得按人家的规矩来。"

"什么臭规矩！再这样下去我早晚得让他们家给折腾疯了！"裘美琪一脸委屈，她没有为难公婆，把主屋还给了他们，谁承想他们倒要为难自己，处处给自己立规矩。

"当初是你横着膀子、梗着脖子，死活非要进人家的门，如今受不了了，跑回来找我，你让爹咋办？听爹的话，我送你回去。"

"我不回去。就这么回去，也太没面子了。爹，得让宋家派人来接我回去才行。"

裘大炮有些不满："闺女，能把你相安无事地送回去就不错了，还想让人家来接你？想好事呢。"

"不接我，我就不回去了。"

"你爱回不回。爹这边军饷让人偷了，正闹心呢，你的事，我不管了。"

裘大炮生气地走出家门，虽然嘴上说不管，可哪能真不管哪，他思来想去，只能将女婿骗到自己家了。

裘大炮来到宋家，对宋秋鸣说："姑爷，赶紧跟我回去，美琪发了高烧，不吃不喝，一个劲儿地叨念就想见你。"说着，就拉着宋秋鸣向门外走。

宋秋鸣还没反应过来是怎么回事，便被裘大炮拉上了马。他来到裘家，看着行动正常的裘美琪，一脸茫然道："你不是病了吗？"

裘美琪一愣："病了，谁说我病了？"

裘大炮连忙接话："是我说的！姑爷一天不来，你这相思病就一天不好，行了，眼下姑爷来了，病该好了吧？都说小别胜新婚，你们俩别在这儿腻歪了，有啥话，回你们屋说去。"

二人回屋后，宋秋鸣不满道："你爹把我骗了来，你们裘家拿我当什么人了？"

"秋鸣，爹是好意。你也知道，我爹这规矩少，住着舒坦，咱在这儿多住上几天，过一阵子，咱再回去，不行吗？"

宋秋鸣一声不吭，不再理会她。

裘美琪无奈地离开房间，找到裘大炮："爹，这事您咋不跟我商量商量？"

"这事还用商量？你说除了这一招，还有啥好法子？"见裘美琪无语，裘大炮继续说道，"美琪呀，这一阵子，啥也别干，赶紧鼓捣个小人出来。都是当爹的，宋鲁生啥心思我看得一清二楚，他一共俩儿子，宋秋安不争气，死得早，就剩下宋秋鸣这一根独苗。你要是能给他们宋家传宗接代，生个孙子出来，他们还不把你当祖宗供起来？你也就不用受那些规矩了。"

裘美琪听后，点了点头。

黄子荣处理完嘉祥洪水一事后，起身去了济南，他要亲自见一见省主席。之前他手写的辞呈被撕得粉碎退了回来，这一次他想当面说清楚。可主席的秘书告诉他主席到国府开会去了，没个四五天回不来。黄子荣心想，最近具甲公事不忙，出来一趟不易，还是办利索了再回去吧，于是他便在济南住下了。来省城辞官一事他没有告诉一片云，他想给她一个惊喜，可他不知道，此时一片云已经将喜帖送到了黄家。

黄老太太接过喜帖，不解道："云丫头，你这是……"

一片云淡淡一笑："老夫人，明天我跟牛震山要拜堂成亲，别人家我让牛震山去送，您这边我得亲自过来。"

黄老太太心下了然，把喜帖放到桌上："云丫头，你和子荣……"

"老夫人，我配不上黄老爷，我们俩这辈子没有缘分。"

"可是子荣已经去省里辞官了。"

一片云没想到黄子荣做到这个地步，心里既欣慰又心酸，勉强地笑了笑："老夫人，酒席都备好了，要是方便，还请您老过去喝两杯喜酒。"说完，她掏出装戒指的小锦盒，把它留在桌上便走了。

黄老太太看着一片云的背影，叹了口气，她知道一片云这么做都是为了子荣，为了他们黄家。

牛震山正紧锣密鼓地准备着婚礼，没注意到自己的一个手下已经没了踪影。原来那个偷偷昧下一袋子钱的小子忍不住去了赌场，结果被赵长顺的人给盯上了，在严刑拷打之下，交代了实情，带他们找到了埋在树下的棺材。

牛震山知法犯法，赵长顺想立刻去抓他，侯立人却让他先等等，说第二天便是牛震山跟一片云成亲的日子，牛震山的那一窝死党肯定都会到场，到时候就可以将他们一锅端了。

成亲当天，一片云穿着大红嫁衣，静静地坐在梳妆台前，端详着镜子中的自己。

樱桃站在她身后，笑着说："姐，你今天真好看。"

"新娘子就得好看，不好看还是新娘子吗？女人一辈子，就数这出戏最要紧，唱不好，唱不顺，又或者唱错了，一辈子都翻不过身来，要唱就得唱出彩儿来！"说到后面，一片云的泪水禁不住流了下来。

屋外，牛震山带着迎亲队伍来了。她们听到饭馆门外，吹鼓手们高奏着欢乐的乐曲。牛震山刚下马要进门，黑脸凑上前悄声告诉他，一个跟他们一同偷军饷的兄弟没来。黑脸有些不安，觉得有些蹊跷，平白无故他肯定不会不来。牛震山担心事情败露，让黑脸赶紧带着兄弟们出城。

黑脸不放心："大哥，那你呢？成亲的事早一天晚一天不要紧，嫂子人在这儿，跑不了，可您——"

"别说了，千盼万盼，老牛终于盼到这一天。是月亮，我就是蹬着梯子，也得把它摘了；是日头，我就是烤秃了皮，也得把它扛下来。不然，我老牛这辈子就白活了，死了都闭不上眼！"

"大哥，留得青山在，不愁没柴烧。"

牛震山笑了笑："我现在要是溜了，让你嫂子咋办？满城人还不都得看她笑话。她性子烈，到时候还不得寻了短见？真要是这样，我还算个爷们儿嘛！

你带着兄弟们赶紧走。"

黑脸还想再劝，可牛震山命令他赶紧走，他也只好先行离开了。牛震山定了定神，笑着对屋内大喊："媳妇，你咋还不出来呀？再不出来，我这牛蹄子可就把不住了，要拱到屋里去了！"

聚在周围的人听到这话，忍不住哄笑起来。这时，樱桃打开门，搀着蒙着红盖头的一片云走了出来。

牛震山乐呵呵地来到一片云面前，背对着一片云蹲下身："媳妇，我老牛背你上轿子！"

一片云有些迟疑，樱桃笑道："牛震山，你可想好了，打下什么底儿，往后就是什么楼，你今天要是背了我姐姐，那就得背她一辈子，可改不了了。"

牛震山主动背起一片云，大声说："父老乡亲们都睁睁眼，亮起耳朵，今儿个，这底儿就打牢实了。我牛震山有的是力气，要让我媳妇在我背上靠一辈子！媳妇，这八抬大轿是我专门为你定做的，里面铺了三层被褥，听说孔府娶媳妇过门，也就这个行头。不过眼下，咱先不坐，为啥呀？它再暄腾，也没我的肉暄腾，我先背着你，路上啥时候觉着不舒坦了，想坐轿了，咱再上轿！成吗？"

一片云轻轻地点了点头。

"走了！"牛震山大笑着沿街走着，吹鼓手们和八抬大轿紧随其后。

就在众人一片叫好声中，一队警察端着长枪，在侯立人和赵长顺的带领下列队跑了过来。他们一见牛震山，便纷纷举枪对准他。吹鼓手们停止了演奏，一片云也半掀开盖头，不安地看着警察。

赵长顺指着牛震山大声说："牛震山，乖乖跟我们走一趟吧！"

"媳妇，你稍等。"牛震山放下一片云，一边朝着侯立人走过去，一边说道，"今天是我大婚的日子，你们也都知道我等这一天等了多少年，头发都快等白了。裴旅长、侯局长，我老牛请你们抬抬手，让条道，等我把媳妇背回家，把婚成了，再慢慢算账，行吗？"

侯立人笑了："牛震山，你盗取军饷的时候，咋就不想想抬抬手，让条道呢？来人，把牛震山带走！"

赵长顺等人想要上前，牛震山连忙摆手："要走我自个儿走，用不着旁人！"他又转身对一片云恳切地说："媳妇，我老牛对不住你，让你受委屈了。算了，不说了。"他压了压心中的酸楚，抬脚准备跟警察离开。

"等等！"一片云来到牛震山身旁，开口问道，"侯局长，我不知道牛震山到底做了什么？触犯了哪条王法？今天是我们俩大喜的日子，难道你就不能让我一片云有个男人，有个家吗？难道你就要让我一直盖着这蒙头红，没人来揭吗？"

侯立人回道："一片云，国有国法，家有家规，牛震山偷盗军饷，犯了死罪，侯某是按章办事，今天就算是黄县长在这里，也得公事公办。"

一片云还想要说什么，牛震山连忙拦住她："媳妇，你是女中豪杰，咱不求人！天人的事，有我顶着！侯局长，走吧！"

一片云看到牛震山被带走，愤愤地扯下了盖头。

牛震山对盗取军饷之事供认不讳，侯立人认为此案事实清楚、证据确凿，根据律法，判了牛震山死刑。

一片云听到消息后，忧心忡忡地坐在前厅发呆。黑脸刚刚来找她，与她商量如何营救牛震山，她还没想出办法，这时黄老太太走了进来。

一片云有些意外，连忙请她落座。两个人寒暄了几句，一片云说道："老夫人，我知道您想说啥，有些话咱就不说了吧。"

"我没别的意思，就是怕你难受，过不去这道坎儿，过来看看你。"

"您放心，我一片云是个明白事理的人，分得清是非黑白，牛震山知法犯法，罪有应得，这件事怪不得旁人。"

黄老太太叹了口气："话是这么说，可大娘心里还是难受。云丫头，说心里话，你是个重情重义的好孩子，大娘盼着你能找个好人家，能有个好男人捧着你、护着你，盼着你能过上安稳日子。可眼下出了这事，把大娘的心搅乱了。云丫头，你还有啥需要帮忙的吗？要是有，告诉大娘，大娘尽力去办。"

一片云犹豫了片刻，开口道："老夫人，我还真有个请求。"

"你说。"

"我想见见牛震山。"一片云知道牛震山案情重大，自己又做过土匪，侯立人是不会让自己见牛震山的，只得求助于黄老太太。

黄老太太答应了。她亲自来到公安局找侯立人，侯立人哪敢拒绝，点头同意了。

一片云来到牢房给牛震山送酒菜，她望着牛震山，不解地问道："日子过得好好的，为啥要偷军饷？为了钱，丢了命，值吗？"

牛震山爽快地说："值！单着的时候，想法简单，活得轻快，一人吃饱，全家不饿。可自打与你定下婚约，我这心就翻腾开了，咱当匪的，就算脱了匪皮，也脱不了匪味。上头今儿个高兴，说你是民，明儿个翻脸，保不齐就拿你开刀。我得给我媳妇、我的兄弟们留条后路哇。思来想去，想活得好，就得有钱，只要有了钱，不管世道咋变，咱都不怕，拿着钱想去哪儿就去哪儿，一辈子舒坦快活。"

"那你为啥不跑？"

牛震山无奈地笑了笑："跑，我往哪儿跑？"

"别装了，黑脸都跟我说了，你本来可以逃走的。"

"媳妇，拜堂成亲得俩人都在才行，这新郎官逃了，就剩下你个新娘子在那里单练，算咋回事？"

"你呀，就是个傻瓜，大傻瓜。"

"我是傻瓜，可我这傻人有傻福，娶了个这么好的媳妇。"

"我问你，当年在飞鱼岛比武招亲的时候，你为啥要让我？"

"没让你呀，第一局我不就赢了你吗？"

"我问的是文比的时候，黑脸说他当时偷着把王八蛋三个字告诉你了，可你故意装着不认识。"

"他那张嘴咋跟老棉裤的裤腰一样松，啥话都往外说。"

"别打岔，说，到底为啥？"

"那时候你心高气盛，当着那么多人，要是没个台阶下来，你就算不抹脖子，也要气伤了身，我不得心疼啊？男人对心爱的女人哪，就得哄着、宠着，留足面子才行。"

一片云百感交集："你这个骗子！"

"所以说，你被我骗了，你才是傻瓜呀。云妹妹，说句实话，我虽然表面大老粗，可心里不糊涂。我明白你为啥突然不嫁黄子荣，你是怕影响他的前程，嫁给我，是想让他断了念想，从此以后踏踏实实当官，当个好官，对吗？"

一片云沉默不语。

牛震山笑道："云妹妹，我老牛清楚心里一辈子装着个人的滋味，杨先生提亲的时候，我就想明白了。就算你一辈子心里装着黄子荣，我也高兴，毕竟能天天见着你，跟你说上两句话。我用一辈子护着你、焐着你，如果有一天你这扇大门，能给我开那么一小道门缝，我这辈子也就值了。可如今我没这福气了！"

一片云低声说："别说了。"

牛震山苦笑："我得说。云妹妹，黄子荣办事虽说古板了些，可他对你是真心实意的。我死了以后，你就嫁给他吧，千万别耽误了自己。"

一片云看了一眼牛震山，随手拿起酒坛子倒酒，把一碗酒递给牛震山。牛震山郑重地接过酒碗，大口喝着。突然，一片云拿过他手中的酒碗，把剩下的酒一饮而尽。

"喝完这一碗酒，咱们就是夫妻了。"

听到这话，牛震山只觉死而无憾，紧紧地盯着一片云。

一片云看了看牢门外，靠近牛震山悄声说："你等着，我想办法救你出去。"

牛震山刚想劝她别为自己冒险，一片云直接拎起篮子离开了。一片云一边走一边想，明日便是行刑的日子，她要救牛震山，单凭自己的力量太薄弱，她得召集飞鱼岛和鸡冠山的兄弟们一起才行。可她又一想，牛震山是要犯，官府必定重兵看守，他们这点儿人手，跟侯立人和裘大炮的一比，简直是以卵击石，不能让大伙儿把命都搭上了，于是决定自己单独行动。

这边，侯立人早做好了准备。他想牛震山一死，一片云八成就得回飞鱼岛，黑脸他们势必也得再上鸡冠山，一旦放虎归山，将来等他们成了气候，想再收拾就难了，倒不如借着明天给牛震山执行死刑的机会斩草除根，以绝后患。他不怕一片云和黑脸来劫刑场，就怕他们不来。

就在行刑的前一天夜里，黄子荣回到了济宁。他在济南一直等主席回来，一连在省政府坐了好几天，直到主席秘书告诉他，主席没去国府开会，只是不想见他，主席为了阻止他辞官甚至以死相逼。黄子荣知道辞职无望，便决定先回来，日后再做打算，可他没想到，在自己不在的这些日子里，竟然发生了这么大的事。

行刑的地方就定在牌坊广场，侯立人和裘大炮早就在广场周围安排好了人，只等一片云他们过来。就在这时，赵长顺骑马跑来，急匆匆来到侯立人身边，告诉他牛震山在牢里上吊自杀了。

侯立人一惊，看来牛震山对一片云还真是痴心，生怕她来救自己出事，干脆自己了结了，断了她的念头。可这是将飞鱼岛和鸡冠山一网打尽的好机会，若这次放过他们，日后再想找这样的机会，就难上加难了，侯立人不愿轻易放弃，他眼睛一转，忽然想出一条妙计。他将赵长顺唤到身边，趴在他耳边悄声细语，赵长顺听罢，点头而去。

围观的百姓越来越多，一片云就站在其中，她静静地等待着。今天她就算救不了牛震山，也要捎上几个人陪葬。等了没多久，一辆马车停在了广场上，四名警察押送着一个头罩黑袋、双手反绑的人走上前。

赵长顺对侯立人行礼："报告局长，牛震山押来了。"

侯立人指着犯人："把他头上的黑布拿下来，验明正身，准备行刑。"

赵长顺面露难色，连忙跑到侯立人身边，悄声解释。侯立人不满道："嘀嘀咕咕，有啥不能当着大伙儿的面说的？"

"是！"赵长顺大声说，"局长，刚才牛震山嘴里不干净，让弟兄们揍了一顿，脸上挂了彩，不好看。"

侯立人故作不满："都快死的人了，打他干啥？算了，行刑吧！"

一片云注视着马车上的犯人，刚要掏枪，忽然有人按住了她的手。见是樱桃，一片云松了口气，这才发现三头鹰、黑脸等人也来了。

三头鹰悄声说："大当家的脾气秉性我知道，您不让我们来是为了兄弟们好，这份情义，兄弟们心领了。"

黑脸接话道："嫂子，兄弟们跟大哥当年一个头磕在地上，不求同年同月同日生，但求同年同月同日死，嫂子不能陷我们于不义呀。"

一片云深受感动，樱桃也说道："姐姐，今天真要是交待在这儿了，你一个人上路多孤单，我陪着你，说说笑笑，还热闹。"

一片云听罢，默默地叹了口气。这时，马副官已经带着人来到了他们背后，随时准备抓捕。

"准备……"侯立人刚要宣布行刑，子弹也已上了膛，就在这时，忽然听见有人大喊了一声"住手"，众人循声看去，只见黄子荣骑马疾奔而来。

侯立人和裘大炮一阵意外。看到黄子荣走了过来，侯立人快步来到黄子荣面前："黄县长，您啥时候回来的？"

黄子荣冷笑："侯局长，你摆这个法场，是要杀谁呀？"

"黄县长，您有所不知，牛震山带人偷盗军饷，让我带人给抓住了，人赃俱获，牛震山对案情也供认不讳，所以就——"

黄子荣突然一个嘴巴子抽在侯立人脸上，然后走到犯人面前，一把扯下那人头上的黑袋子。只见一个年龄、身形跟牛震山相似的男犯嘴里堵着块破布，满脸扭曲地支吾着。

一片云等人直盯着男犯人，不知发生了什么。

黄子荣拿下堵在男犯嘴上的破布，只见那人舒了口气，大声喊："黄县长，我冤枉啊……"

黄子荣盯着侯立人，质问道："侯局长，这是怎么回事？"

"这……"

黄子荣见侯立人还不说实话，索性让人将牛震山的尸体抬了上来。要不是他在行刑前去了牢房，还不知道牛震山已经自尽而亡，更不会猜到侯立人要摆局设计一片云。

一片云冲到前面，来到牛震山的尸体旁，摇晃着他的肩膀："老牛！你咋了？"

吴兴安接话："云掌柜，牛震山今儿早在大牢里自杀了。"

一片云跪在地上，默默地流下了眼泪。

黄子荣关切地看着一片云，忍痛说："一片云，念你们刚刚成婚，牛震山的尸首就让你带回去自行安葬吧。"说完，他又转向侯立人："侯局长，你胆子也太大了！"

侯立人一脸尴尬："黄县长，我得到情报，说有土匪要劫持牛震山，所以——"

"所以你就擅作主张？"黄子荣突然抬高嗓门，"侯立人，你眼里到底还有没有律法？"

"黄县长，立人知错了，下次再也不敢了。"侯立人害怕了，立马求饶。

裘大炮见状，对旁边的马副官扯了下嘴角："老马，戏改了，没意思了，撤。"

一片云将牛震山的尸体运到饭馆，她收拾好行李，准备将牛震山送回鸡冠山安葬。

"你为什么不等我回来？"黄子荣后脚也赶到饭馆。

一片云顿了一下："等你回来有用吗？你官不是照样没辞成？"

"这次没成，还有下次。只要——"

"别费劲了。说到根上，你是官，我是匪，两座山永远走不到一起。这就是我的命，我认了。子荣，当好你的县长，别辜负了百姓对你的信任。"说着，一片云就要离开。

黄子荣连忙拦住她："你要去哪儿？"

"我先去鸡冠山把老牛安葬了，然后回飞鱼岛。"

"飞鱼岛毕竟不是长久的安身之处。"

一片云泪水涌上："我累了，想回岛上陪我爹待一段时间。子荣，你可一定要好好的。"

马车载着一片云和樱桃渐渐远去，黄子荣望着马车，红了眼眶……

第二十九章

　　军饷找回后，裘大炮终于松了一口气，他满心欢喜地回到家，正好撞见要出门的宋秋鸣。他问宋秋鸣去哪儿，宋秋鸣回答说今天话剧社有活动，他得过去一趟。裘大炮想让他带着美琪一起去，但宋秋鸣显然不愿意，称美琪没睡好，自己先出去了。裘大炮越看越觉得不对劲儿，这两口子根本不像新婚夫妻那样热络。男女之间的事，他又不方便直接问美琪，只好让四姨太去打听打听。

　　四姨太一问，这才知道原来宋秋鸣根本不近美琪的身，自从拜堂成了亲，他就一直疏远美琪，特别是一到晚上，总想法子躲着美琪。

　　裘大炮恼怒："怪事，美琪的模样没的挑，宋秋鸣这是犯啥劲儿了？"

　　四姨太疑惑："旅长，您说不会是姑爷有啥毛病吧？"

　　"毛病？啥毛病？"

　　"旅长，你看姑爷整天除了看戏就是演戏，完全没那方面心思，别不是有啥暗疾吧？"

　　裘大炮觉得不像，可不敢肯定，要是宋秋鸣真有啥毛病，美琪这辈子可就算是掉进火坑里了。思前想后，他决定试一试宋秋鸣。

　　这一日，马副官请宋秋鸣喝酒，直到宋秋鸣喝得迷糊了，马副官才带着他出了酒楼。二人来到妓院，马副官指定了两个年轻貌美的姑娘，对她们悄声低语了几句，便出去了。

　　一个姑娘倒了一杯红酒，走近宋秋鸣，坐在他身侧："公子，来这儿不就是图个乐嘛，绷着脸干啥呀？"

　　另一个也凑了上来："就是，来，把外衣脱了，看看这一脸的汗。"

　　宋秋鸣忐忑地看着二人。屋外，马副官正焦急地等结果。这时裘大炮也赶了过来，急切地问道："咋样？试出来没？"

马副官指着房间："还没出来。"

话音刚落，其中一个姑娘走了出来，得意地说："这位爷，试出来了。"

裘大炮忙问："咋样？"

"纯爷们，绝对的纯爷们。"

"没弄错？"

"瞧您说的，这点儿事我们要是看不准，还咋吃这碗饭？这位爷，您看这后头？"

裘大炮从后腰拔出手枪："后头的你们就不用管了！"

被脱掉外衣的宋秋鸣恍惚地坐在竹长椅上，剩下那姑娘正抓着宋秋鸣的手轻轻抚摸着，她笑眯眯地看着宋秋鸣："公子，你咋这么拘谨呢？"

宋秋鸣勉强地笑了笑："姑娘，不瞒你说，我是有贼心没贼胆哪。"

刚说完，裘大炮推门闯入，拎着手枪恶狠狠地盯着宋秋鸣："姑爷，你好大的雅兴啊！"

宋秋鸣瞬间清醒："爹，是马叔带我来的。"

"小子，跟你说实话，今天这场戏，是我安排的。"

"爹，您啥意思？"宋秋鸣一头雾水。

"啥意思？我问你，论模样，论身段，美琪哪点比这些女人差了？你在家里跟美琪躲躲闪闪，害得老子担心你不是个爷们，在这儿倒来了精气神。快说，到底是因为啥？"说着，把枪顶了宋秋鸣脑门上。

宋秋鸣吓得跪在地上："爹，我跟您说实话，美琪对我其实挺好，我也不是不喜欢美琪，可我受不了她那个动静啊，特别是晚上，她一跟我说话，我就瘆得慌。"

裘大炮突然举枪朝房顶连开三枪，又无奈地垂下手："老天爷，我裘大炮上辈子是造了啥孽了！"

离开妓院，裘大炮和宋秋鸣回到家。在进家门之前，裘大炮特别提醒宋秋鸣，今晚的事一个字都不准跟美琪提起，宋秋鸣惶恐地点了点头。

第二天一早，宋秋鸣醒来，见美琪不在屋，床头放着一封信，他打开信一看，不由得一惊，连忙拿着信去堂屋找裘大炮。

宋秋鸣慌乱地拍着门："爹，不好了，美琪走了！"

裘大炮忙打开门："走了，上哪儿去了？"

"不知道，我刚睡醒就看到这封信。"

裘大炮打开信，上面写着："父亲大人，见字如面。昨夜之事，女儿悉数尽知，虽属荒唐，但父亲大人对美琪拳拳疼爱之心，美琪铭记在心，感激涕零。家中不顺之事，皆因女儿口舌之病，女儿今日暂时离家，遍寻名医治病，望父亲不要挂念。秋鸣醉心戏剧，看似偏离正途，但心地善良，对女儿也善待有加，望父亲万万不要难为他。待女儿病情康复，定然回家，父亲尽可放心……"

裘大炮没想到美琪竟然知道了昨晚的事，他太大意了，竟然没发现美琪一直跟着他到了妓院。他连忙派人到火车站和码头去找，可美琪早已坐上了去北京的火车。

裘大炮一把揪住宋秋鸣的衣领："小子，我告诉你，美琪要是有个三长两短，老子要你的命！"

宋秋鸣也没料到美琪会因此而出走，内心愧疚不已。

就在裘美琪出走的这一日，黄天楷回到了济宁。上次因为一片云的事，他和黄子荣闹得不愉快，一直也没回家，可这次他不得不回来，因为他着急用钱。

"爹，您是不知道，如今省城的院落一个劲儿地疯涨，就我看中的那个地方，上个月还九百，这个月就敢要一千了。爹，这事你一定得帮我。"

"天楷，你年纪也不小了，爹帮你置办一处院落无可厚非，只是这房子究竟如何，爹得看看才好。"

"我都这么大的人了，您就放心吧，一准错不了。"

黄子荣不放心，说要跟他去省城，亲自看看再做决定。黄天楷一听，连忙摇头，没再说什么便离开了。

黄天楷来到船帮总舵，找查爷借钱，查爷说："黄秘书，钱我这儿有，只是借钱得有个保人才行。"

黄天楷心里有些打鼓："那您看谁做保人合适？"

查爷笑了笑："您借钱自然是黄县长做保人最合适不过了。"

果然不出所料，黄天楷急忙回道："查爷，这事不能让我爹知道。"

查爷不解："不就是借钱买个房子吗？为啥不能让黄县长知道？"

见黄天楷一副有口难言的样子，查爷开口道："这事若不让黄县长知道，这钱我不能借给你。"

"为什么？"

"查某在济宁城混口饭吃不容易，若是私自把钱借给了黄秘书，将来让黄县长知道了，真要怪罪下来，查某吃罪不起呀。黄秘书，一千块现大洋不是多大的数目，您还是回去跟黄县长商量商量的好。"

黄天楷听罢，无奈地点点头。

侯立人听说黄天楷去找查爷借钱买房，很不解："买房子？他没必要瞒着黄子荣借钱哪。"

赵长顺在一旁说道："局长，他是不是有啥事不想让黄子荣知道？"

侯立人突然一拍桌子："对了，我听说省里民政厅空出来个副厅长的位子，黄天楷上回没去成财政厅，这回不会是惦记上这个位子了吧？"

赵长顺恍悟："有道理，要是为了花钱买官的事，黄天楷铁定不敢告诉黄子荣。"

"长顺，我记得你刚刚卖了一处院落，是吗？"

"是呀。"

"长顺哪，这回你这个公安局副局长的位子，八成没跑了。"

"局长，你的意思是咱帮着黄天楷当上这个副厅长，他帮着我当上这个副局长？"

侯立人意味深长地笑了笑："各取所需，何乐而不为。你赶紧去荷香楼订个雅间，咱得好好宴请一下黄大秘书。"

黄天楷接到帖子后，满腹疑团地去了荷香楼，他不知道侯立人葫芦里卖的是什么药。要在以前，他是决不会赴约的，可近来侯立人屡次三番地去省政府给他送些稀罕物件，他对侯立人的印象也有所改观。

侯立人一边倒酒，一边说道："黄秘书，听说民政厅新空出来一个副厅长的位子，您说这回谁能担此重任哪？"

黄天楷淡淡一笑："这事没法猜，谁能当上，这得看谁能入得了上级的法眼了。"

侯立人笑了笑："黄秘书，我看您就行。"

"侯局长高看我了，我一个小秘书，够不上。"

"黄秘书过谦了，您虽然年轻，可阅历不浅哪。您是在广州就参加革命的老人，我觉着这回民政厅副厅长的位子，没有比你再合适的了。"

"侯局长，刚才我说过了，谁来当，得看上级的意思。"

"黄秘书，上边还不都是你的老上级？要我说，抽空多走动走动，说说心里话，该说的不说，人家咋知道你的想法。侯某在官场也混了多年，今天说句心里话，依侯某来看，您年轻有为，前途无量，只是……"

"只是什么？"

"只是有时候还略显清高呐。黄秘书，我听说此前财政厅有个副厅长的位子本来非你莫属，结果就因为有人花了钱，最后硬是把位子给抢了去。侯某听说后，为你万分惋惜。黄秘书，眼下就是这样一个世道，人不为己天诛地灭。"说着，侯立人把一张银票放到黄天楷面前的桌上，那银票是赵长顺卖院子得来的。

"侯局长，您这是？"黄天楷看着银票。

侯立人笑了笑："黄秘书想必知道奇货可居的故事吧？"

"你是说吕不韦和秦公子？"

"侯某愿学吕不韦，助黄秘书一臂之力。"

黄天楷略有迟疑，侯立人见他动了心，紧接着说："机不可失，失不再来。官场上的事，一步落下，步步落下。黄秘书，眼下您是青年才俊，可要再过几年，局势就不好说了。万望三思呀！"

黄天楷被说服了："侯局长，既然你这么看得起我，那我就试试？"

侯立人端起酒杯："长顺，咱一块儿敬黄秘书一杯，祝黄秘书步步高升。"

赵长顺连忙双手端起酒杯："黄秘书，祝您步步高升，等您发达了，千万别忘了我们这些兄弟。"

黄天楷不觉有些飘飘然："不会，不会……"

夏去秋来，运河还是按着原来的河道默默流淌着，只是河上却换了景致，在运河与微山湖的交界处，大片的芦苇荡随风摇摆，飘荡的苇絮在阳光的映照下，闪烁着白色的光辉。

黄天楷回来了。不同于以往，他这次归来是被轿车送回来的，秘书帮他打开车门，黄天楷从车里走下来，只见他脚上穿着锃亮的黑皮鞋，身穿薄呢大衣，头发梳得整齐光亮，很有几分官样。现在的他已经不是黄秘书，而是民政厅的黄副厅长了。

黄天楷升官，黄子田很高兴，要去为他准备酒菜，谁知转身落脚的时候，不小心踩到了他的皮鞋，黄天楷脸上立马露出嫌弃的表情，从衣兜里掏出手绢，仔细擦着皮鞋。

黄子荣注意到了，走了过来："天楷，又买新鞋了？"

黄天楷直起身："爹，去年那双鞋样式旧了，我又换了一双。"

"能穿就行呗，你不穿给我拿回来，我穿。"

黄天楷笑道："爹，鞋是一个男人的门面，您是堂堂县长，咋能捡我穿剩下的鞋呢，传出去还不让人笑话。再说了，您就是想穿也晚了，我早给扔了。"

"刚穿了不到一年就扔了？你忘了咱黄家家训里有勤俭持家这一条了？"

"爹，不就是一双鞋吗？用得着扯到家规祖训上吗？"

"鞋是小事，可人是大事，我就怕你这官越做越大，人却越做越不像个人了！"

听到黄子荣的厉声斥责，黄天楷突然有些情绪失控："这话一说就大了。爹，如今我是民政厅副厅长，官可比您大，试问天下，哪有小官训大官的？"

"不管大官小官，官帽下站的都是人。是人，就得讲理讲规矩！"

黄老太太听到争吵声，快步从屋里走出，拉着黄天楷进了屋。她拿出自己为黄天楷新做的中式便衣，让他试穿。黄天楷拿着衣服，勉强地笑了笑。黄老太太见他不情愿的样子，问道："咋的，你不喜欢？"

黄天楷敷衍道："奶奶，您做的衣裳，我咋会不喜欢？只是……等我回省里再穿。"

"有新的就穿呗，不用舍不得。"

"奶奶，您以后不用给我做衣裳了，省里裁缝店有的是，款式多着呢。"

"裁缝是裁缝，奶奶是奶奶，能一样吗？"

"我不是怕您老受累嘛。"

黄老太太看着黄天楷，语重心长地说："天楷呀，奶奶知道你长大了，主意也正了，为人处事有自己的一套，可人不管走到哪儿，做多大官，吃哪口饭，都不能忘本哪。"

黄天楷会意，默默地点了点头。黄老太太刚要起身做饭，黄天楷拦住了她，说自己已经约了几个朋友一起吃饭了。而他所谓的朋友就是侯立人和赵长顺。这次多亏了侯立人的支援，他才得到副局长这个职位，怎么说也要好好谢谢他才是。

三人再次聚在荷香楼的雅间，黄天楷举杯敬酒："侯局长、赵队长，黄某今天敬你们二位一杯。"

两个人连忙起身，侯立人双手端起酒杯："黄副厅长，这是什么话，您是长官，要敬得我们敬您才对。"

黄天楷摆了摆手："侯局长、赵队长，你们不要客气，黄某是个知恩图报的人，这杯酒一定得敬。"

侯立人笑意见深："既然黄副厅长执意敬酒，长顺哪，咱们就恭敬不如从命了。来，我们兄弟也敬黄副厅长步步高升。"

三人碰杯，一饮而尽。侯立人顺口说道："长顺哪，赶紧去催催菜。"赵长顺听后，会意地答应着，离开了雅间。

侯立人拿起酒壶给黄天楷倒酒："黄副厅长，牛震山死了以后，公安局副局长的位子空了出来，偌大的公安局，就侯某一个人挑着，说句实话，有些累呀。"

"侯局长的意思是……"

"黄副厅长，长顺跟着我鞍前马后的，也是公安局的老人，这么多年一直就是个队长，要不借着这次机会，给他往上挪挪？"

"侯局长，济宁城的情况你也知道，我爹那边我不好说话呀。"

"黄副厅长，您这话就过谦了，虽说令尊是县长，可如今您是民政厅二把手，管的就是全省的官员调配，一个小小的公安局副局长，就是您一句话的事儿，根本就不用惊扰黄县长。当官靠的就是一张网啊，关上门咱说句话，您这手底下得慢慢搭起自己的班子才是呀。"

黄天楷觉得侯立人的话有理，也不好再驳他的面子，便答应了："侯局长，这事你容我回去安排安排。"

"明白。"

有了黄天楷的帮忙，赵长顺的任命函很快就下达到了县政府。黄子荣大为诧异，公安局副局长的位子是要职，怎么能让赵长顺担任呢？他要是有了实权，还不得把济宁城弄得乌烟瘴气。想到这儿，黄子荣决定明天便去省城见天楷，如今他在民政厅供职，这事究竟如何，他应该知道。

黄子荣来到黄天楷新的办公室，见茶几上摆着一套讲究的茶具，还放着十几个装茶叶的小瓷罐子，有正山小种、碧螺春、铁观音、大红袍、西湖龙井……

黄子荣指着茶罐："你这儿都可以开茶铺了。"

黄天楷回道："客人多，天南海北的，口味不一样，得多备点儿。"

黄子荣开门见山："天楷，任命赵长顺做济宁城公安局副局长，这是谁的主意？"

"这是上面的意思。"

"哪个上面？"

"爹，这件事是会上研究决定的，不是一个人的意思。"

"不是一个人，那我就挨个见见。"

"您这是啥意思？"

"啥意思？天楷，上面未经调查就突然任命，这是拿官职当儿戏。既然让我当济宁县长，我就得找上面说说这事。"

"没那么严重吧。赵长顺在警局那么多年，最熟悉济宁的情况，不管是论资历还是论能力，他当这个副局长，也属应该。"

"论资历能力，赵长顺当这个副局长都没问题，可是当官除了资历和能力，还得看人的品性。天楷，赵长顺的人品，你应该清楚，要是让这样的人当了要职，那还不得把济宁城闹得乌烟瘴气。"

"不就是个县公安局副局长吗？又不是什么大官。现在牛震山已经死了，除了赵长顺，也没有更合适的人选哪。这事儿您就别操心了。"

"听你这意思，咋还替赵长顺说话呢？"

"这事儿都已经决定了，谁也改不了。"

"天楷，你赶紧给我安排，我得跟上面挨个儿把事情说清楚。"

黄天楷有些着急："爹，这是会上定了的事，您如今去找，那不就是说一屋子的人都错了，别到时候赵长顺您弄不下来，再把您这个县长的位子给弄丢了。爹，您听我一句劝，别看赵长顺当上了公安局副局长，可说到底，他还不是归您管吗？他要是干得不好，是去是留，最后还不是您说了算？何必急于一时呢？"

见黄天楷百般推托，黄子荣疑惑地看着黄天楷："天楷，我咋觉得你变油滑了呢？"

"这话咋说的，我这叫成熟老到，您不是老说我嫩，欠磨炼嘛，我老到点儿，您该高兴才对。"

黄子荣若有所思地看着天楷，他感觉自己和儿子之间的距离越来越远了，他没再说什么，直接回了家。天楷已经变了，他希望老疙瘩不要再让他失望了。

老疙瘩和黄天楷不同，比起学文，他更喜欢舞枪弄棒和驯鹰。虽然黄子荣和查爷平日里对他教导严厉，但黄老太太一直把他当成宝贝疙瘩一样护着，所以他可以活得无忧无虑、肆意洒脱。可这样的日子在这一天戛然而止了。

这日，老疙瘩从船帮回家，刚走到一处街巷，一个人忽然抓住他的右手，撸起他的衣袖。看到了他手臂上的红痣，那人松开老疙瘩，问道："你是黄家二少爷？"

老疙瘩警惕地看着他："大叔，您认得我？"

"眼熟。我认识一个人，你们俩长得可像了，就跟一个模子刻出来似的。"

"天下相貌相似的人多了，不奇怪。"

"爹不是亲爹，娘不是亲娘，认贼作父，这是什么世道！"

"你到底是啥人？"

"落难之人。"

老疙瘩掏出一把尖刀："别跟我说这些没用的，你刚才那些话到底是啥意思？还有，你咋认识我？"

"我盯你好长时间了……"

直到吃晚饭的时候，老疙瘩才回到家。回来的路上，他一边走一边想着那个叫麻三的人对自己说的话。他本不相信那人说的"事实"，可又忍不住想去验证。睡觉之前，他来到黄老太太屋里，问起黄家的家史。

黄老太太纳着鞋底，看着他说："咋突然想起听家史了？"

"我是黄家人，当然得知道咱黄家的家史了。"

"既然你想听，那我就讲讲，从哪儿讲起呢，你想听哪一段？"

"奶奶，就从我爹在德州当官讲起吧。"

"要说你爹当年在德州做了些什么事，奶奶也不知道呀，但听说做了不少好事，留下了个好名声。"

"我爹哪年回的济宁？"

"我想想，对了，是你娘怀你的时候。"

"我娘到家就把我生下来了？"

"那年你们一家三口刚到家，正赶上你爷爷他……"黄老太太叹了口气，继续说道，"你爷爷的丧事一过，你就出生了，那年是丧事喜事前后脚，一会儿哭一会儿笑，把咱黄家折腾得不轻。"

"奶奶，是谁给我娘接生的呀？"

"我就记得那个产婆叫赵大脚，也不知道去哪儿了，这都多少年了，再没见到人影。"黄老太太看着老疙瘩，"孩子，你还想听啥呀？"

老疙瘩摇了摇头："时辰不早了，奶奶，您早些睡吧。"说完离开了。

黄老太太不安地看着老疙瘩的背影，心想这孩子怎么突然问起以前的事了。

第二天一早，老疙瘩来到丁家医馆，恰逢丁德庸外出坐诊，只剩灵官一人。

老疙瘩凑上前，问灵官："灵官哥，我最近看了本书，书上写的故事可热闹了。说一家两兄弟，他们的爹快死了，两兄弟为财产的事争了起来。哥哥说弟弟不是自己爹娘生的，弟弟火了，说哥哥不是自己爹娘生的，最后也没吵明白，到底咋样才能弄明白这两兄弟是不是爹娘生的呢？"

灵官笑道："这事儿简单，滴血认亲。"

"滴血认亲？"

"就是把那两兄弟的血分别和他爹的血滴在一处，看能不能融合。要是能融到一块儿，就是亲生的；不能融到一块儿，就不是亲生的。"

"这个法子灵吗？"

灵官有些迟疑："谁知道呢，反正古书上都是这么说的。"

老疙瘩点了点头。他回到家，划破了自己的手，将鲜血滴到一碗清水中。就在这时，黄子荣走了过来，他不解地看着碗里的鲜血，问道："你干啥呢？"

老疙瘩内心慌乱："我……哦，我养的那头大鹰受伤了，我从来没见过鹰的血是啥样的，我想看看鹰血和人血有啥不同，所以就……"

黄子荣淡淡一笑，没多说什么就离开了。老疙瘩见黄子荣离去，长长地舒了口气。

这天傍晚，黄子荣推门走进东厢房，忽然脚下一阵疼痛，他抬起左脚，见脚底下扎了一个铁钉，他坐下来，用力拔下了钉子。

"爹，奶奶让你吃饭……"老疙瘩这时候跑了进来，他看黄子荣面色有些异常，问道，"爹，您这是咋了？"

"不知哪儿来的钉子，把脚给扎了。"

"爹，快让我看看，厉害不？"

老疙瘩蹲在黄子荣面前，帮他脱下鞋袜，搬起黄子荣的左脚，吃惊道："出血了，得赶紧把脏血挤出来。爹，你等着，我去拿个家什。"说完，跑了出去。

黄子荣确认老疙瘩转身离去后，起身拉开旁边矮柜的抽屉，从抽屉里拿出一小包细盐，用手指甲抠了一点儿盐，藏在了指甲缝里。

不一会儿，老疙瘩拿着一个白瓷碗，回到黄子荣面前："爹，我帮您把脏血挤出来。"

老疙瘩用力挤着黄子荣的伤口，鲜血滴落到瓷碗里。黄子荣面色平静地看着老疙瘩，心情复杂。

"爹，脏血挤干净了。"老疙瘩把黄子荣的左脚轻轻地放到鞋面上。

黄子荣点了点头："老疙瘩，里间矮柜里有刀伤药，你去帮爹拿来。"

　　老疙瘩把白瓷碗放到方桌上，走进里间。黄子荣见他走远，将指甲缝里的盐弹到了碗里。

　　老疙瘩拿着一个小纸包，从里屋走了出来："爹，是这个吧？"

　　黄子荣接过纸包："好了，你先去吃饭，爹自己包扎就行。"

　　老疙瘩点点头，端着白瓷碗离开了。

　　老疙瘩端着瓷碗来到西厢房，把盛着黄子荣鲜血的水倒进滴有自己鲜血的瓷碗里。他站在桌旁，眼睛一眨不眨地看着碗里的血渐渐融合在了一起。

　　他如释重负："麻三在骗我！"

　　与此同时，黄子荣坐在黄老太太屋里，心事重重地看向西厢房，他早就猜到了老疙瘩要干什么。

　　黄老太太纳着鞋底，不经意地说道："对了，老疙瘩这几天不知道咋了，总缠着我讲家史，特别是对你当年在德州当官那段感兴趣。可你当年那些事，娘没在身边，我讲不明白呀。要不然，你抽空给他说说，让他也知道知道当年他爹这官当得不易。"

　　黄子荣苦笑："娘，有些事，我早想跟您说清楚了——"

　　黄老太太摆了摆手："啥清楚不清楚的。娘老了，胆子小了，有些故事不想听了，娘就盼着这老运河风平浪静，别再起风浪了。"

第三十章

老疙瘩打算去找麻三问个清楚,他想起麻三还提到过自己的长命锁,难道这锁也有玄机?他拿着锁找到麻三。

"我跟我爹已经滴血认亲了,我是他的儿子,错不了。"说着,老疙瘩把一个装着血液和清水的玻璃瓶放到麻三面前。

麻三拿起玻璃瓶仔细看了看,又打开闻了闻,他没有说话,起身准备了一碗清水,抽出一柄刀递给老疙瘩,说道:"把你的血滴进去。"

"啥意思?"

"想知道自己的身世,就照我说的做。"

老疙瘩犹豫地接过刀,割破自己的手指,滴了两滴鲜血进去。麻三又拿过尖刀,割破了自己的手指,也把血滴到了碗里。

老疙瘩见两个人的血互不融合,笑道:"咱俩的血咋能融到一起呢?"

麻三没理会老疙瘩,拿起灶台上的盐罐子,捏了一点儿盐丢到碗里,轻轻地晃了晃,只见两个人的血竟然慢慢地融合了。

老疙瘩瞠目结舌地看着碗里的血,半天没说出话。

"看明白了吧?这都是江湖上用滥了的把戏,也就是哄哄你这样的毛孩子。"

老疙瘩突然拿起匕首,退后两步指着麻三:"你到底是谁?想干什么?"

"你终于想仔细听了。孩子,你不姓黄,你姓盖。你是不是有一把长命锁?"

老疙瘩不可思议地拿出自己的长命锁看着,在长命锁底部,有一个字已经模糊得认不清楚。麻三指着上面的字说:"这就是你的姓啊。这把长命锁是你爹娘在你出生前就给你打好了的,当年还是我跑金店取回来的呢。"

"不对吧,我咋看着像是个黄字呢?"

麻三笑了笑："你还是不相信我呀。这样，你给家里说一声，我带你去趟德州。"

"干啥去？"

"去了你就知道了。"

老疙瘩想彻底弄清自己的身世，便大着胆子跟麻三坐火车来到了德州。麻三带他来到一处树林，林中空地上立着一座坟头，坟前摆放着各种祭品。

麻三拿出一张三寸的黑白照片交到老疙瘩的手里，照片上是三十岁左右的盖三山和年轻的麻三以及其他几个面带厉色的人的合影。

麻三指着盖三山对老疙瘩说："天行，你说你和你爹像不像？"

老疙瘩看着模样与自己确有几分相似的盖三山，内心已有些动摇："你说你跟我爹是过命的兄弟，可这些年你上哪儿去了，为啥不早来替他报仇？"

"当年我被官府追杀，危难之时，让一个女人救下了，后来有了家室，我这胆子就小了……"

"那你为啥不好好过日子，如今又到济宁城干啥？"

"前些日子，我听说你还活着，本来我是想到济宁找黄子荣问问这事儿，没想到有一天在街上看见你了，我觉着你跟大当家的长得太像了，就一直跟着你。老天有眼哪！"

老疙瘩眼神冷峻地看着土坟，把照片放进贴身的衣兜里，向前走了两步，缓缓地跪在坟前。他眼含热泪，喃喃地念叨着："爹……"

再回到济宁时，老疙瘩仿佛变了个人，他面色沉郁地回到家，来到书房找黄子荣。

"爹，您知道我这几天去哪儿了吗？"

"去哪儿了？"

"德州！我去给 个人上了坟。"

"谁？"

"盖三山！"

黄子荣平静地问道："为啥给他上坟？"

"我听说他死得冤枉。有人说爹当初答应招降盖三山，可后来爹出尔反尔，借招安之名，杀了他全家，爹，有这事儿吗？"

黄子荣没有回答。老疙瘩审视着黄子荣，继续说："在德州，有人说我长得像盖三山，您觉得像还是不像？还有人说我就是盖三山的儿子。爹，您说我该不该信？"

黄子荣反问道："天行，你觉得是还是不是呢？"

老疙瘩笑了笑，从贴身的衣兜里拿出那张盖三山的照片，放到黄子荣面前。这时，门外忽然传来黄老太太的声音："子荣，这大半夜的咋还不睡呀？"

黄子荣起身打开屋门，黄老太太进了屋，看见老疙瘩也在："哟，老疙瘩，你咋也没睡呀？"

老疙瘩回道："奶奶，睡不着，听爹讲故事呢。"

"你爹给你讲啥呢？"

黄子荣连忙接话："娘，您不是让我抽空给老疙瘩讲讲德州那一段嘛。"

黄老太太点了点头："哦，讲到哪儿了？"

"讲到我剿匪那一段了。"

"是不是该讲盖三山了？"

黄子荣点了点头。黄老太太看向老疙瘩："老疙瘩，你是不知道哇，当年德州有个土匪姓盖，绰号'盖三山'，劫富济贫，是个义匪。你爹当年有意招降，于是跟他定好招降的时间和地点。可是当年省里的都督年轻的时候跟盖三山结过仇，听说之后，命令你爹借招降之机杀掉盖三山。你爹不听，于是那个都督就假借你爹的名义把盖三山和他的手下骗来，一个不留，全给杀了。等你爹发现的时候，已经晚了。"

老疙瘩疑惑："奶奶，您不是说您对我爹在德州那一段不熟吗？"

黄老太太笑了笑："有些事儿我确实不熟，可是这一段你爹回来之后，老是念叨，说他对不住这个盖三山，说的遍数多了，自然也就熟了。行了，时候不早了，剩下的抽空再说，都赶紧歇着吧。"

老疙瘩起身："奶奶，您也早点儿歇着吧。"说完，回自己屋去了。

黄子荣叹了口气，老疙瘩还是个孩子，没铁证，他是不会信的。这事儿也不能着急，现在他最不安的是天楷。今天杨春早气势汹汹地来找自己，说赵长顺的官是天楷卖给他的。起初杨春早也是不信的，要不是赵长顺想巴结他上县志，他也不会在赵长顺醉酒后得知了事情的来龙去脉。

上次去省城，黄子荣就觉得天楷油滑了不少，只是卖官这件事是不是真的，他还需要试探一番才能确认。

这一日中午，吴兴安在省政府的办公室里等黄天楷，等了许久，才见有些醉意的黄天楷走了进来。

黄天楷看到吴兴安，有些意外："吴叔，你咋来了？"

吴兴安恭敬地说："大少爷，看您这样，喝了不少哇。"

黄天楷摆了摆手："没喝多少。"

"大少爷，你爹常说，公事未了，不能喝酒。"

"我爹那叫纸上谈兵，他在济宁城是官最大的，他说不喝谁还敢劝？可在这里行吗？满桌都是比我大的官，不喝？我这个官还想不想当了？对了，吴叔，我爹让你来的？家里有事？"

吴兴安不好意思地说道："大少爷，放心吧，家里一切都好，叔这回过来，是有件私事要求你，没敢惊动老爷。"

"都是一家人，说什么求，吴叔，有事尽管说。"

"是这么回事，我家有个亲戚前两天来找我，他听说你在省城当了大官，所以想在省城给他儿子谋个官儿当。大少爷，你看能不能想办法疏通疏通？"

黄天楷意外："吴叔，这可不像你说的话呀。"

吴兴安叹了口气："人情大过天哪，都是老家的至亲，叔当年能从村里出来，人家那是帮了大忙的。如今人家求上门来了，我不能不帮忙啊。大少爷，我知道运作这种事得花钱，这个不怕，我那亲戚是财主，别的没有，就是不缺钱。"

"吴叔，都是当官，在县里谋个差事不更好吗？离家还近，非到省里来干啥？再说，就凭您跟我爹的关系，安排个人那还不是一句话的事。"

"大少爷，不怕你笑话，这事我跟老爷提了，结果……唉，让他大骂了一顿，要不是老夫人拦着，差点儿就把我给撵走了。"

"我爹这个人哪儿都好，就是太死板了，至今也不明白，官场上哪儿那么多正事呀。要是听他的，我能当上这个副厅长？"

吴兴安附和道："您说得有理。大少爷，我那个亲戚要求不高，他说了，不要啥大官，能有个名头，说出去好听就行。"

黄天楷笑了："咋跟赵长顺想的一样？"

吴兴安顺着接话道："大少爷，赵长顺的官是你给他办的？"

黄天楷摆了摆手："赵长顺是什么人，我能理他？"

"对，对。大少爷，你看这事儿，钱备多少合适？"

黄天楷想了想："吴叔，省里新成立了盐务科，我给他在那儿安排个差事吧，这上下打点，怎么也得一千块现大洋吧。"

吴兴安惊喜："不贵，不贵，我这就回去让他准备。大少爷，你赶紧歇会儿，下午只怕还有公事。我走了。"

"行，吴叔，这酒上头儿，我就不送你了。"黄天楷看着吴兴安离去，然后躺在沙发上，闭上眼睛，得意地哼起了《毛毛雨》，"毛毛雨，打湿了尘埃，微微风，吹冷了情怀。雨息风停你要来，哎哟哟，你要来……"

这时，屋门被悄悄推开了，黄子荣走了进来，停在黄天楷面前。听到动静，哼着歌的黄天楷突然睁开眼睛。

"爹，您……您怎么来了？"黄天楷缓了缓神。

"酒醒了？"

"醒了。"

"醒了就好，说说吧，卖了几个官了？收了多少钱？赵长顺的官值多少钱？你这个官又值多少钱？"

黄天楷慌乱地辩解道："爹，我……不是就我一个人这样做，他们——"

"别说了！"黄子荣用力一拍茶几。

黄天楷吓了一跳。黄子荣愤愤地指着他："眼下，你有两条路可走。第一条，你将自己的过错上报省府，负荆请罪，听候发落。若能如此，我想省府念你初犯，又是自首，或许能减免你的罪责。第二条，若你执迷不悟，不思悔改，我就写状子告到省里，拉你下马。何去何从，你自己掂量掂量吧。"

黄天楷连忙跪在黄子荣面前："爹，我错了，我再也不敢了。您骂我，打我，用家法罚我，我都受着，可您说啥不能把这事儿张扬出去哇，您要是说出去，儿子的前途就毁了。再说这事要让外人知道了，对咱黄家的名声也有损哪！"

"你还有脸提黄家的名声？黄家的名声已经让你给污损了。此刻你要还不能悬崖勒马，黄家的名声就彻底给毁了。官没了可以再当，名声没了可以再赢回来，可要是心歪了，腰塌了，一辈子就正不过来了！"

黄天楷不满："爹，如今官场上很多人都在买官卖官，您为啥非要揪着儿子不放啊？"

黄子荣厉声说："因为你是黄家子孙，因为黄家的列祖列宗在天上瞪着眼看着你我，爹要是包庇纵容了你，爹就对不起祖宗。"

黄天楷还想说什么，黄子荣打断他："不用多说了。十日之后，我等你的消息！"

看着远去的黄子荣，黄天楷一下慌了，他以为是侯立人说漏了嘴，赶紧将侯立人找来求证。侯立人一听也惊了，他向黄天楷保证自己绝没说漏过半句，也劝他千万不能去自首请罪，真要那样，他之前的心血就付之一炬了。

回到济宁，侯立人把赵长顺叫到家里问话，这才得知是他喝醉了酒，在杨春早面前说漏了嘴。赵长顺追悔莫及，求侯立人一定要救他，要是黄子荣真去上告，不但官做不成了，他还得坐牢。侯立人想了想，如今唯有走一步险棋了。

侯立人将自己的计划告诉黄天楷，黄天楷一听，一口否决，要是真这么做，他怎么对得起他爹，对得起列祖列宗。侯立人劝他说，这叫大义灭亲、忍辱负重，黄家的列祖列宗称赞他还来不及呢。黄天楷犹豫了，他希望他爹能回心转意，最好双方相安无事，为此他决定先回家劝劝他爹。

可黄子荣一见黄天楷就像看见犯人一样，质问道："你想好了吗？"

黄天楷恳求："爹，您就饶我这一回吧，我再也不敢了。"

黄子荣根本不看黄天楷，冷冷地说："还剩五天。"

"爹，人非圣贤，孰能无过，您就给我一次痛改前非的机会，不行吗？"

"人非圣贤孰能无过，这句话只说了犯错，却没说责罚。有些错可以饶恕，有些错不能饶恕，犯了不能饶恕的错，就得承受责罚。"

黄天楷的脸沉了下来："爹，您别逼我。"

"你什么意思？"

"意思就是你不要逼人太甚。"说完，黄天楷气冲冲地离开了家。

老疙瘩相信黄老太太的话，他也相信黄子荣不是那样的人。麻三见老疙瘩已全无报仇之心，便拿出了当年黄子荣亲笔写给盖三山的招降信，信上明明说好十三日招安，可那天，黄子荣没来，来的是一队提前埋伏好的官军。

麻三不满："天行，白纸黑字放在这里，你还怎么替黄子荣辩白？我追随你爹多年，他是条顶天立地的汉子，怎么生了你这样窝囊的儿子！我千辛万苦找到你，可到头来，我想错了，找错了，看错了！"

老疙瘩左右为难："如果是他杀了我爹，那他为什么还要养我这么多年？"

"那是因为他心里有愧！他养你是为了赎罪。"

"那我娘呢？"

"你娘当时抱着你逃亡，遇上了官军，你们母子被冲散了。听说你三岁那年她来过济宁，不过不知道为什么，后来又离开去了东北。"

"东北？这事儿我得问问她的意思。"

"你娘已经死了。我去年从一个当年失散的兄弟那里听说的。"见老疙瘩不言语，麻三愤怒道，"算了，本想把报仇的机会留给你，现在看来是指望不上了，既然你舍不得，那就我去替你爹报仇！"

是夜，麻三拎着一把长刀悄悄闯进黄家，他来到黄子荣的书房。

黄子荣听到开门声，吓了一跳，问道："什么人？"

麻三拎刀走近黄子荣，冷冷地说："黄老爷贵人多忘事，还记得当年德州的二龙寨吗？"

黄子荣脑海中闪过许多往事，他仔细端详着麻三："你是二龙寨的二当家麻三？"

麻三目光冷厉："没错，是我。"

见来者不善，黄子荣不安道："多年不见，你来黄家有何贵干？"

"找你索命。"

"当年的事是你告诉天行的？"

"是我，这孩子太过仁厚，让你的假仁假义给蒙骗了，可我不好糊弄。黄老爷，还有啥话要说吗？要是没有了，就准备上路吧。"

"该说的都已经给天行说了，他既然不信，黄某也没有办法，动手吧！"

麻三举起长刀，刚要朝他砍去，这时一颗石子突然射了进来，打在了刀片上。

麻三、黄子荣都一愣，转头看去，只见老疙瘩拿着弹弓站在门口。

"麻三叔，事情还没完全弄明白，不能杀他。"老疙瘩疾步上前阻拦，走到黄子荣面前说道，"爹，事没弄清楚之前，我还喊你声爹。你告诉我句实话，当年盖三山到底是不是你设计害死的？"

黄子荣看着老疙瘩："天行，你奶奶已经把事情说清楚了，我是要招安盖三山，并无心害他。当时我写信劝他接受招安，盖三山他也回信答应，可是到了事先约定的时间，他却没来，我以为他反悔了，大为失望。刚好都督命我去别处办事，我就离开了德州，等我两天后回来，才知道都督带人血洗了二龙寨。我带人赶往二龙寨，正巧在路上遇到官兵追捕你娘，混乱中你娘与你失散，我就把路边的你偷偷抱回黄家收养至今。"

麻三冷笑："黄老爷，你这个谎撒得可真是天衣无缝啊，可你千算万算还是失算，当年你那封招降信，我还留着呢。"

麻三掏出那封信，递给黄子荣："你仔细看看，是不是你的字迹？"

黄子荣接过信，越看越觉得不对劲儿："麻三，信是我写的，不过让人动了手脚。当初我跟盖三山定的是十二日招安，可是这上头是十三日。"

麻三一听，从黄子荣手中夺过信："黄子荣，你说有人动了手脚，证据呢？"

"证据就是有人把'十二日'改成了'十三日'。就是这多加的一横，酿成了二龙寨的血案。"

"黄老爷，你不愧是官场上的老油条，事到如今，还在狡辩。没有人证，你自个儿说破大天也没用，今天你死定了。天行，来，你动手最合适。"说着，麻三把长刀递给老疙瘩。

黄子荣并不反抗："既然你们不相信，那就动手吧。"

老疙瘩拎着长刀，左右为难地看着黄子荣，突然转身离去，边走边急切地说："麻三叔，咱们走。"

麻三迟疑："天行……"

"走！"

麻三无奈地跟着老疙瘩走出了黄家，老疙瘩让他先回住处，自己则独自来到了杨家。如今能辨认这封信真假的只有杨先生了。

杨春早小心翼翼地打开信，来来回回看了好几遍，然后断言："这封信确实是子荣的字迹。不过有一处十分可疑。"

"先生，哪一处可疑？"

"就是这个'三'字。"

杨春早拉开旁边矮柜的抽屉，抽出里面的几张纸展开，铺在木案上。

老疙瘩不解："先生，这是啥呀？"

"这是你爹的亲笔。当年我为了救你爹，模仿他的笔迹给一片云写过情诗，这还是当初跟吴兴安要的。"杨春早拿起那封信，和文章上的字对比着，然后肯定地说，"这封信让人改过了。你爹的书法自有风度，这一横的顿笔起势有力，收笔也迅猛，可你看看信上这一笔横，规规矩矩的，毫无生气。造假之人因为做贼心虚，落笔之时必然小心翼翼，绝没有一气呵成的潇洒气度。"

老疙瘩半信半疑地看着杨春早，杨春早继续说："现在看来，一定是当初那个都督为了诱骗盖三山，故意修改书信，让你爹误会盖三山反悔，又故意将其支开，然后第二天设伏将盖三山剿灭。天行啊，事情过去多年，北洋政府早已倒台，有些话也方便说了。收养土匪之子，在当年可是杀头之罪，你爹那时为了救你养你，可谓煞费苦心，当年那些事情，我历历在目，可谓是身处悬崖，步步惊心哪……"

"杨先生，您别说了。"老疙瘩拿起那封信，心情沉重地离开了。他来到麻三的住处,当着麻三的面将信烧毁。

麻三不甘心地说:"天行啊,难道事情就这么算了?"

老疙瘩看着燃烧的信纸,语气平缓地说:"麻三叔,大丈夫要有大胸怀,当年我娘都能原谅黄家,我不能一辈子怀恨在心。"

"以后你打算咋办?"

"麻三叔,你带我去趟东北吧。我想去看看我娘,给她上个坟。"

第二天清晨,老疙瘩向黄子荣辞行,黄子荣并未阻拦,他沉默了一会儿,然后嘱托道:"记得帮我给她烧刀纸。"

"好。"

就在老疙瘩转身欲走之时,黄子荣叫住他:"天行,那个长命锁上的'盖'字,是你娘磨去的,我当着她的面发过誓,不说你的身世,你替我向她道个歉,就说'黄某食言了'。"

老疙瘩百感交集,默默地点了点头。

黄子荣看着老疙瘩的身影逐渐从自己的视线里消失,内心涌起无限波澜,天行长大了,已经知道该干什么,将来的路如何走了。这时,吴兴安也套好了马车,在一旁等着他。

"兴安,咱们也走吧。"

"老爷,如今二少爷去东北认祖归宗,黄家可就只剩下大少爷这一根血脉了。您看——"

黄子荣打断吴兴安:"别说了,走!"

二人来到黄天楷的办公室,黄天楷直接跪在地上,再度哀求道:"爹,我可是您的亲生儿子呀。"

"就因为你是我的亲生儿子,我才要这么做,爹这是帮你。天楷,十天的期限到了。我再给你最后一次机会。你马上去自首请罪,不然我就把亲笔的检举信递上去。"

黄天楷忽然笑了,笑声由弱到强,直至狂笑,他笑出了眼泪,然后缓缓地说:"爹,您老了,黄家不再是您一个人的黄家,它也是我的!我黄天楷不能眼看着黄家的前程让您给毁了!"

"你说什么?"黄子荣不解地看着黄天楷。

黄天楷快步走到门口,打开房门:"爹,您去吧,我就在这儿等着。"

黄子荣见儿子毫无悔改之心,痛心地将检举信交了上去。几天之后,调查科的人便将黄天楷和赵长顺押进了公安局。

在调查科的审讯室中，赵科长严厉地训诫着赵长顺："你要老实交代向黄天楷行贿买官的罪行，争取宽大处理。"

赵长顺笑了笑："长官，您弄错了，我没有向黄副厅长行贿。"

"赵长顺，如果没有行贿，你这个公安局副局长的位子是怎么来的？"

"禀告长官，我这个官是跟黄县长买的，不是黄副厅长。"

第三十一章

赵长顺指证黄子荣卖官，黄天楷也贼喊捉贼，撒谎说自己无意中发现了黄子荣收受赵长顺贿赂的证据，劝他到省城自首，却遭到了威胁。在一堆证词和文书面前，黄子荣有口难辩，他悔恨自己当初妇人之仁，给了天楷应对的时间，让他有机会动手脚，如今再说什么也晚了。

裘大炮听说黄子荣被儿子告发关进了省城的监狱，不禁唏嘘了好一阵儿。老子告儿子，儿子又告老子，什么乱七八糟的，他通通不想去管，他现在满心担忧的都是自己闺女。

这一天，裘大炮正在郊外炮兵阵地上带兵训练，家里忽然来人告诉他美琪回来了，他听后马不停蹄地回了家。只见美琪脖颈处缠着绷带，正安安静静地坐在堂屋里。

"闺女，快让爹看看是胖了还是瘦了？"裘大炮来到裘美琪身前，指着她脖颈处的绷带，"闺女，你这是咋了？"

裘美琪只是冲着他笑，一句话也不说。

四姨太上前说道："旅长，你别急，美琪在北京请洋大夫给做了个手术，人家说等伤好了，摘了绷带，声音就变过来了。"

"闺女，真的？"

裘美琪拿起笔在本子上快速写着，又将写好的本子递给裘大炮，上面写着："爹，您放心，没事，快好了。"

裘大炮安心地点了点头，对一旁的宋秋鸣说："姑爷，美琪是为了你才遭了这么大的罪，这几天你得给我照顾好她！"

美琪能平安回来，宋秋鸣也十分高兴，他爽快地回道："爹，你放心。"

晚上，宋秋鸣一边给裘美琪洗脚，一边自嘲道："美琪，你还是我从小到大第一个伺候的人。"

美琪默默地注视着他，宋秋鸣继续说："美琪呀，你说这是何苦呢？脖子上拉一刀，多危险。你走的这些日子，我想了挺多，虽说咱俩感情基础不怎么牢固，可毕竟成了婚。你除了声音粗了些，不大会干活，别的也挑不出什么大毛病。我这个人，你也知道，从小娇生惯养的，穷毛病也不少，咱俩半斤八两，凑合着过，也挺好……"

宋秋鸣睡着了，美琪还睁着双眼，想着心事。在手术前，洋大夫曾告诉她，如果手术失败，她有可能一辈子都不能再说话了，想到这儿，她害怕地摸了摸自己的脖子，期盼明天摘除绷带后，不会是最坏的结果。

炕桌上，放着一面镜子。裘美琪坐在炕桌前，对着镜子轻轻地解开缠在脖子上的绷带。裘大炮和宋秋鸣屏住呼吸，一直盯着裘美琪。裘美琪把解下的纱布放在桌上，对着镜子想要说话，可是嘴张了两下，都没有声音。

裘大炮不安起来："闺女，再试试。"

裘美琪再次张嘴试图说话，依然发不出声音，她的眼泪一下子涌了上来。

"闺女，你不是说洋大夫说就算变不成女声，也不碍说话吗？"

裘美琪趴到方桌上，无声地哭泣着，裘大炮这才意识到原来美琪之前说的都是骗他的，她这是何苦哇！

裘美琪直起身，擦了擦脸上的泪水，对宋秋鸣示意了一下。

"美琪，你让我出去？"

裘美琪点了点头，宋秋鸣叹了口气，走了出去。她拿起炕桌上的钢笔，在小本子上快速写着："爹，我要离婚。"

裘大炮看着本子上的字，惊讶道："闺女，你疯了？你是为了这小子才去做的手术，如今不能说话了，得让他照顾你一辈子才对，不能就这么便宜了他。"

"爹，让他走吧。"裘美琪写道。

"不行！闺女，你就是说下大天来我也不答应。"

裘美琪突然跪下，哀求地看着裘大炮，裘大炮连忙扶起她："闺女，你这么做，到底是为了啥？"

裘美琪写下三个字："我爱他。"

"闺女，可他不爱你呀！你掏出心来给他，可换来的是人家的嫌弃。"

裘美琪郑重地给裘大炮磕了个头，裘大炮无奈，只得照美琪的意思将宋秋鸣赶回了家。

章云芳见儿子回来，自然高兴，她让秋鸣赶紧写休书，万一裘家变卦了就错失良机了，可宋秋鸣却迟迟下不了笔。

章云芳在一旁干着急："你傻呀？本来嗓子粗也就忍了，可眼下她把自己折腾成了哑巴，这可不是咱的错。娶个哑巴在家里，你这辈子咋过？"

"娘，美琪去做手术，都是为了我。"

宋鲁生提醒道："秋鸣，假如你这回不和裘家撇清关系，你就得跟裘美琪过一辈子，你可得想明白了。"

"爹，能不能过一辈子我不敢说，可我觉得眼下是美琪最难的时候，我不能撇下她就这么走了，我得回去照顾她。"

章云芳还想要说什么，宋鲁生制止了她，对宋秋鸣说："既然你愿意回去，爹娘不拦着你。"

宋秋鸣感谢父亲的体谅，起身告辞。

章云芳不明白宋鲁生为什么要把自己的儿子往火坑里推，宋鲁生却不这么认为，通过这件事，他忽然觉得秋鸣长大了。

裘美琪没想到宋秋鸣会回来，可她已经打定主意要离婚，所以坚持不让宋秋鸣进门。被拒之门外，宋秋鸣就一直站在门外等，声称要是不让他进门，他就赖在裘家门前不走了。两个人一直僵持到深夜，裘美琪实在见不得他受苦，便开了门。

宋秋鸣明白了裘美琪的意思，他走上前故作不满："你早这样多好，天凉了，真把我冻病了，还不得你伺候？"

裘美琪默默地看着他，让他进了房间，但并没因此退让，她让他住一宿，明天就回家。

宋秋鸣看着本子上的字，笑着说道："美琪，我不傻，我知道你休我，不，是让我休你，是为我着想，可咱俩毕竟是夫妻，一日夫妻百日恩，百日夫妻似海深，如今你有难处了，我不能不管。"

"你是我骗来的，咱俩没有恩情。"裘美琪写道。

"是，我是让你给骗来的，可是来了之后吧，我觉得你们爷俩对我也挺好的。"

"都是装的。"

"美琪呀，你还真拿我当孩子了？是不是真心我还看不出来？你知道我喜欢话剧，为了给我弄剧本，你费了多大的劲儿。为了顾全我的面子，你宁愿跟我回宋家受家规家训的约束。这些难道都是装的吗?"

"我哑巴了,配不上你。"

"美琪,这世上的大夫多着呢,咱再找人看去,咱找最好的大夫,用最好的药……"

宋秋鸣安慰她不要胡思乱想,让她早点儿休息。

裘家彻底安静了下来,可过了不一会儿,宋秋鸣的一声号叫划破了静谧的夜。

裘大炮听到声音,慌忙赶了过来,他踢开门,见宋秋鸣抱着被子,一脸惊恐,问道:"姑爷,大半夜的,你发什么疯?"

"爹,这屋里闹鬼,一个女鬼。"

"哪来的女鬼?是你心里有鬼吧?"

"爹,你要是不信,你问美琪,她也听见了。"

裘大炮看着炕上背身侧躺的裘美琪,问道:"闺女,到底是咋回事?"

裘美琪坐了起来,激动地看着裘大炮,突然放声大笑:"爹,我能说话了!"

宋秋鸣缓了缓神:"美琪,刚才是你?你能说话了?"

"爹,刚才我睡不着,就自己跟自己说话,说着说着就说出声来了。我以为是在做梦,就想吓唬秋鸣。"

裘大炮不敢相信:"闺女,你真能说话了?快,再说两句让爹听听。"

裘美琪兴奋地看着裘大炮:"爹,我说啥?"

"老天爷开眼了,老天爷终于开眼了!"裘大炮抑制不住内心的激动。

宋秋鸣走到裘美琪身旁:"美琪,你说话的声音真好听。"

裘美琪泪眼婆娑地看着宋秋鸣:"你喜欢吗?"

宋秋鸣由衷地点了点头,将裘美琪一把揽入怀中。

后来,他们请来丁德庸为裘美琪看诊,这才解除了众人心中的疑惑。原来美琪一开始是因为纱布包裹脖颈时间过长,导致声带充血,再加上过于紧张,这才不能发声说话。

美琪彻底治愈了嗓子粗的毛病,她与宋秋鸣的感情也日渐升温。裘大炮见了心情大好。可近来出了另一件让他发愁的事。老家的亲戚说要写一个名人录,头一篇就要放他的传记。这本来是光宗耀祖、脸上贴金的好事,可需要他写一篇自传,这可难倒他了,动枪动炮他是行家,可动笔杆子他就不在行了。他左思右想,觉得这个自传还得请杨春早来帮他写,但他们俩向来不对付,他要是直接去找杨春早，杨春早肯定不写，于是他想让宋鲁生帮他出面试试。

碍于亲家的关系，宋鲁生不得不替裘大炮走这一趟，可杨春早没留任何商量的余地，当场拒绝了。

"不用想！杨家这些年日子是过得不宽绰，筹米借面，没少麻烦你宋掌柜，这份恩情杨某都记在心里。杨某亏欠的人情，将来一定找机会报答，可一码归一码，给裘大炮写传一事，绝无可能。"

宋鲁生太了解杨春早了，他早就猜到是这样的结果，所以没有再多说什么就起身告辞了。

宋鲁生走后，秋香埋怨道："先生，我可都听见了。这些年，人家宋家对咱不薄，从没求过咱一件事，头回张嘴，就让你给顶回去了，人家脸面上过不去。"

"我要是答应给裘大炮头上擦粉插花，宋家这边脸面倒是过去了，可你让我以后在济宁城怎么见人？人家以后谁见了，还不都得笑话我阿谀军阀，谄媚权贵！"杨春早心想，就算自己穷死饿死，这根脊梁骨也不能弯。更何况他刚从吴兴安那里听说黄子荣被关进了监狱，正打算去省城替黄子荣讨回公道，哪有心思替裘大炮写自传。

杨春早来到省政府要见黄天楷，黄天楷推脱不见。杨春早恼了，直接找到调查科，把自己从赵长顺那里听到的通通说了出来。赵科长听罢，让杨春早先回馆驿等消息，转身便拿着笔录去找了黄天楷。

黄天楷看完笔录，愤愤道："一派胡言！赵科长，此事你可一定要替黄某做主。"

"黄副厅长，有人告到省府上，赵某职责所在，不能不接待。上次令尊诬告一事，有赵长顺的口供，算是人证，民政厅这边又提供了物证，案子自然清楚明白。可现在又冒出来个杨春早，他说是亲耳所听，此事让兄弟十分为难哪。"

"赵科长，此事不必为难。这个杨春早，虽说是天楷的启蒙恩师，可他的脾气秉性实在让人不敢恭维。你可以去济宁城打听打听，你知道大伙儿都叫他什么吗？——杨疯子。"

"杨疯子？"

"是呀，此人脾气火爆，行事疯癫，酷爱饮酒，沾火就着，一言不合，张口骂娘，稍不如意，横生是非。他跟我爹是少时同窗，如今到省城来，定是受人煽动。赵科长，您说这种人的话，能信吗？"

赵科长思索后说："说得也是。"

"对了，赵科长，听我的秘书说，你妻弟今年从师范毕业，正在找地方安排？"黄天楷赶快转移了话题。

赵科长苦笑："高不成低不就，让人头疼。"

"赵科长过谦了，师范毕业的青年学子，是国家栋梁，如今盐务局正在招人，不知赵科长舍不舍得让他过去。"

"盐务局可是个好地方，求之不得。"

"像令妻弟这样的人才，到盐务局那是屈就，将来有了更好的机会，黄某一定大力举荐。"

"有黄副厅长的举荐，那是他的福气。"说着，赵科长一把撕毁了杨春早的笔录，一边扔进旁边的垃圾桶，一边说，"弄了半天，感情是个疯子的胡言乱语。"

杨春早还在馆驿等消息。他想，既然赵长顺的证词是证词，那他的证词也是证词，这回他一定能把黄子荣救出来。然而等来的结果却让他大失所望。

"杨春早，你说的事情我们都已经查清楚了，纯属子虚乌有。你诬告政府官员，本该对你严惩。多亏黄副厅长替你苦苦求情，说你是他的恩师，所以才决定对你免除惩罚。赶快回去吧，以后要管住这张嘴，不要再诬陷好人，否则对你严惩不贷。"

调查科的人离开后，杨春早气得大吼："小人当道！官官相护！正不压邪！"说完，他腿一软，一屁股坐在了地上。杨春早气得病倒了，最后还是吴兴安将他带回了家。

裘大炮得知杨春早回来了，又专程前去拜访："杨先生，只要你肯帮老裘写传，你说吧，不管啥事我都答应。"

杨春早考虑了片刻后，开口道："那请裘旅长把子荣救出来吧。"

裘大炮愣住了，黄子荣作为县长都还没办法自救，他哪有那等本事。

"你不是说不管啥事都能办到吗？"

裘大炮看到杨春早不屑的神情，起身离开了。他生了一肚子闷气回了家，听女儿女婿说要回宋家住，更是火大。

"回去？去哪儿？就这么好好住着，爹这里吃得好，住得舒坦，比他们宋家强多了。"

宋秋鸣看了眼裘美琪。裘美琪刚想开口，裘大炮打断道："姑爷，你别给美琪添炭烧火，当初美琪为啥跑回来？回去？你家那些破规矩谁受得了？想让美琪回去也行，你先回去告诉你爹娘，把那什么家规家训都给我收起来。你们宋家人愿意遭罪，那是你们的事，我闺女姓裘，不受你们那些家法。"

宋秋鸣回到宋家，想替美琪免去家规，可宋鲁生不答应，祖宗传下来的家规家训哪能随便改。说完，拿起布褡裢准备离开。

"爹，事还没说完呢，您要去哪儿？"

"咱宋家的老规矩，每年这个时节要去乡下那几个粮食大户转转，提前把明年的事安排好。本来指望你能帮我分担些生意上的事，没承想回来一个莎什么亚。你回去吧！"

宋秋鸣连忙拦住宋鲁生："爹，你看这样行不行，从今往后，我跟着您学做生意，您呢，就免了美琪的家规，怎么样？"

"你那话剧社不搞了？"

"业余时间搞话剧，其他时间学着做生意。"

"秋鸣，做生意是个苦差事，你能扛得住？"

见宋秋鸣坚定地点着头，宋鲁生颇感意外，秋鸣竟然为了美琪想学做生意，这对宋家而言可是天大的好事。他答应了秋鸣的要求，并立下字据为证。

宋秋鸣拿着字据，神采奕奕地走在路上，忽然看到杨春早迎面走来。

杨春早一见他，便着急地问："秋鸣，你爹在家吗？"

"杨先生，我爹去乡下了，刚走。"

杨春早叹了口气："真是不巧。秋鸣，你身上有钱吗？"

"您要钱干什么？"

"我不是一直在凑我们杨家那套县志吗？刚才我在文雅书店发现了最后一本。我跟梁掌柜谈好了价钱，他说等我三天。"

宋秋鸣恍悟，从衣兜里摸出七八块现大洋，递给杨春早："杨先生，这可是喜事，我只有这些，您先拿着用。"

"这些不够哇。"

"要多少？"

"一百块大洋。"

宋秋鸣诧异："杨先生，梁掌柜这不是坐地起价吗？"

杨春早无奈地摇了摇头："有钱难买一本鲜，如今梁大嘴捏着我的命门，别说一百，他就是要五百、一千，我也得认哪。"

拜别了杨春早，宋秋鸣回到裘家，将字据交到美琪手中，只见上面写着：

宋家儿媳，网开一面，违背家规，只教不惩。

宋秋鸣得意地说："咋样？障碍消除！"

裘美琪笑道："但愿我爹能认可这十六个字。"

"肯定没问题。美琪，你那儿还有钱吗？"

裘美琪不解："昨天不是才给了你几个大洋，花完了？"

"没花，刚才碰见杨先生，他说在文雅书店发现了他一直在找的那本县志孤本，老板给他喊了个高价，他正急着凑钱买书呢。看那架势，为了这本书，把家卖了他都愿意。"

裘美琪来回走了几步，笑着说："秋鸣，有这张字据垫底，再加上杨先生这事儿，估计我爹这个障碍，真的就能消除了。"

宋秋鸣听得一头雾水，直到美琪让她爹把县志买回来，他才明白，原来美琪是想按住杨先生的命门哪。

裘大炮从文雅书店回到家，一把将县志扔到桌上："闺女，看见了吗？就这么一本破书，花了我一百块大洋。"

裘美琪安慰道："爹，您当初不是还想花五百块大洋请杨先生写传吗？我替您省下了四百，您赚了。"

"鬼丫头。"裘大炮心情大好。

裘美琪拿起那本县志翻了翻，又提醒道："爹，虽说有了书，可礼节上您该咋办还得咋办，杨先生向来最爱面子，真要把他惹毛了，就是有这本书，怕也不管用。"

"他那个疯劲儿，爹见识过，放心，爹这回敬着他。"

"爹，你看我和秋鸣啥时候回去好哇？"

"都说女大向外，这话没错，我就是掏出心来，转头她就得拿回婆家。"

"爹，看您说的，我不是一直在这儿住着嘛，总不能住一辈子吧。"

"行了，说吧，你们打算啥时候走？"

"公公去乡下农户家里，过几天就能回来，等他回来以后我们就走。"

裘美琪刚说完，忽听院内传来了杨春早的声音。裘大炮胜券在握地笑了，没想到他这么快就找来了。裘美琪放下县志，三步并两步地躲到了侧屋。

杨春早进门，直接掏出一张字据放到桌上："裘旅长，这是杨某写的字据。"

"字据？杨先生平白无故为啥给我写字据？"

"杨某就有话直说了，还请裘旅长把那本县志匀给杨某，这是一百块现大洋的字据，我一时没那么多钱，等凑齐了立刻给裘旅长送过来。"

"杨先生，你这话就见外了，咱俩是啥交情？谈啥买卖呀。"裘大炮把字据推了回去，然后将桌上的县志递给杨春早，"这本书你要是喜欢，就送你了。"

"真的？"

"真送给你，不过我有个小小的条件。"

"给你写传？"

"杨先生真是聪明人，一点就透。只要你答应给老裘写传，这本书只算定礼，等写好了，我再给你五百，不，一千大洋的润笔费，咋样？"

"说句真心话，您出的这润笔费，确实诱人。只是裘旅长这一生的功绩过于丰伟，杨某只怕担不起这份重担，写不好。"

"杨先生，要是我另请了旁人，这本书就不能送给您了。"

"那你就留着它下崽吧！"杨春早拿起字据，赌气离去。

裘美琪从侧屋走出来："爹，你刚才不是说要敬着杨先生吗？"

裘大炮把县志扔到桌上，恼火道："我没敬着他吗？是他跟我装横，我看他能硬到啥时候！"说完，也大步流星地出了门。

事后，裘美琪越想越后悔，杨先生是有骨气的人，她不该出这样的馊主意。第二日，她对裘大炮恳求道："爹，您能不能把那本县志还给杨先生？"

"闺女，出这个主意的是你，如今咋又变卦了？"裘大炮反问道。

"当时我只是为您着想，可我没想到昨天杨先生犯了倔脾气。他毕竟是我和秋鸣的老师，真要把他急出个好歹来，我们对不住他。爹，秋鸣的文笔不错，我写东西也还行，要不我们俩给您写这个传吧，到时候您哪儿不满意，咱再改。"

裘大炮摇了摇手："闺女，别的事爹都能答应，唯独这件事，不行。"

"爹，不就是写个传吗？至于这么较劲儿？"

裘大炮叹了口气："闺女，你知道当年爹为啥要花钱办那个诗词雅集吗？爹还不是为了你们这几个丫头。因为当时有人背地里笑话爹是土狗，装大尾巴狼！他们说爹是土狗，爹不在乎，可爹不能让他们笑话你们也是土狗，说你们是土狗的闺女！"

裘大炮继续语重心长地说："闺女，知道当初你进宋家为啥那么难吗？爹不傻，你嗓门虽然粗点儿，可那不是最要紧的。就因为你是我的闺女，他们宋家瞧不上咱！你要是黄子荣或是杨春早的闺女，咱们爷俩能受那些个难为？闺女，别的事爹都能依着你，顺着你，可是这回爹不能答应。这篇传是要进祖坟、

309

上石碑的，写好了，爹的名声，咱全家人的名声就能一把给转过来。将来你和秋鸣有了孩子，也不会让人家笑话了。"

说完，裘大炮拿起那本县志，把封皮撕了下来，吩咐卫兵送到杨家。他就不信，杨春早舍得这书被撕毁。

杨春早从卫兵手中接过撕下来的封皮，问道："你们旅长没说什么吗？"

卫兵摇了摇头，离开了。

杨春早无奈地端详着封皮，喃喃自语道："裘大炮,想吓唬我？做梦去吧！"

裘大炮一连等了杨春早几天，仍不见他来，便又撕下一页，让卫兵送去，并传话说："这一页让他留着当个纪念，转告他，从明天开始，我上茅房就用这书瓤了。"

杨春早接过书页，对卫兵说道："你回去告诉裘大炮，就说杨家写史的纸有棱有角，让他小心着用。"

见卫兵离去，杨春早痛惜地看着手中的书页，将它仔细叠好，与封皮放在了一起。

眼看就要过年了，黄子荣的事儿再也瞒不住黄老太太了。于是吴兴安寻了个时机，将黄子荣的事情和盘托出，原以为黄老太太会受到惊吓，没想到她只是淡然一笑："我还以为出了多大的事呢，不就是在牢里待两天嘛，子荣之前又不是没进去过。他在牢里过得咋样？"

吴兴安回道："还行。大少爷派人专门做了安排。"

"兴安，赶明儿你去趟电报局，给天楷发封电报，让他抽空回来一趟，就说我想他了，想跟他说说话。"

黄天楷很快就收到了电报，但一直犹豫不定。他猜想奶奶让他回去也是为了他爹的事，一想起来就心烦，于是他吩咐秘书替自己回趟济宁，看看家里的情况，还安排说，要是奶奶问起他来，就说他随着副主席去外地了。

秘书带着礼品来到黄家，黄老太太见黄天楷没有回来，有些失望。她对秘书说道："孩子，麻烦你回去给天楷带个话，就说他爹出了事，一时半会儿怕是回不来了。过年的时候，家里要祭祖、上坟，我跟他二叔忙不过来，他是长房长孙，到时候切记回来给祖宗们上炷香、磕个头。"

"我一定把话带到。"

秘书离开后，黄老太太去了祠堂，她边擦着黄四海的遗像边念叨着："他爹，人生在世，谁没个迷了眼、走差道的时候，错个一两回不算啥。天楷这孩子是我从小看大的，虽说爱面子，脾气急，可本性不坏，等到过年的时候，他只要能回来给祖宗磕个头，认个错，事情就让它过去吧。如今咱黄家人丁不旺，不能再节外生枝了。"

第三十二章

　　杨春早辗转反侧了一晚上，终于忍不下去了。为了这最后一本县志，该低头就低头吧。他答应为裘大炮写传记，但表示只写实情，决不吹捧。裘大炮乐不可支，满口答应。

　　起笔前，杨春早让裘大炮先讲讲自己的人生经历，裘大炮想了想说："老子吧，二十岁当兵，二十三岁任协参领，二十八岁任副参领——"

　　"等等。"杨春早打断他，"请问你二十岁以前干什么了？"

　　"之前的事就不用写了，那时候还是孩子。"

　　"孩子？没占过山头，当过大王？"

　　"占山头那是玩过家家，孩子把戏，不用写了。"

　　"裘旅长，传记乃一人平生所经历之事，发生之事那就是真实存在的，怎么能不写呢。"

　　"我说不写就不写，你还要不要书了！"裘大炮顿时口气不善。

　　杨春早自知有求于人，只好无奈道："好，你接着说。"

　　裘大炮挺了挺胸："这些年，我作为旅长，镇守济宁城，为国家立下汗马功劳——"

　　"什么功劳？"

　　"远的不说，就说近的，自打到了济宁城，我带兵剿匪，屡立战功——"

　　"等等，你剿的是什么匪？"

　　"飞鱼岛和鸡冠山的土匪呀。"

　　"裘旅长，飞鱼岛和鸡冠山的匪你没剿成啊。牛震山是自己跑的，一片云是自己归顺的。"

　　"你这话说的，我不剿他们，他们能逃跑？能归顺吗？"

"不对，是你没剿成，政府才招安的。"

裘大炮反驳道："错，是他们害怕被我剿灭，所以才答应招安的。"

杨春早摇了摇头："你这话不实，不能写。"

"那不说剿匪的事了。对了，因为我治军有功，所以济宁城的治安一直很好。"

"济宁城的治安跟公安局有关系，你是带兵的，管不着哇。再说，谁说济宁城的治安好了？那些匪说来就来，说走就走。他们还进过黄县长的宅子，还劫走过黄天行和宋秋鸣呢。对了，当年税银是不是被河上飞劫走过？官印是不是被牛震山偷走过？剿匪不力，匪盗横行，这些事倒都是真的，得写进去。"

"不行，这事不能写。"裘大炮当即否决。

"要写就得写真的，老百姓的眼睛亮堂，假的骗不了人。"

"好吧，我的功过都可以写，但要写得讲究点儿，功过八二开。"裘大炮妥协道。

杨春早坚持道："裘旅长，写史最要紧的就是真实，否则史就变成了粪，那可真成屎了。"

"那你想咋办？"

"这样吧，这篇传记我写完以后，先让裘美琪和宋秋鸣过一遍，他们是你家里人，又都是我的学生，如果他们觉得写得可以，这事儿咱们就了了。"

"也行。可他们要是觉得不行呢？"

"那我就没办法了，你只好去另请高明。书我也不要了，我总不能为了一本书，昧着良心，为你裘旅长弄虚作假。"

裘大炮知道杨春早已经做了让步，便也不再固执己见，只等着看成果。

两天之后，裘大炮拿到了杨春早写的传记。他看罢，皱着眉头说："我就料定杨疯子会把我乱七八糟，果不其然！"

一旁的裘美琪却不这样认为："爹，杨先生写的这篇传记我和秋鸣都看了，我们觉得这篇传记真实、公正，比那些胡吹乱捧的文章精彩多了。"

"闺女，别糊弄爹，这传记里咋看不到我的一点儿好呢？"

宋秋鸣插话道："爹，看人不能看表面，得看他的具体作为。比如杨先生在这篇传记上写的您的拳拳爱女之心，此乃少有的慈父之情，就凭这一句，您就可以引以为豪。因为这说明您有爱心和真情啊。一个人有了这两点，足以顶天立地，流芳百世。"

裘大炮觉得宋秋鸣说得有几分道理，默默地点了点头："既然你们俩都这么说,那我也认了。"裘大炮将县志和一张五百块大洋的银票交给宋秋鸣,让他送去杨家。

不一会儿,宋秋鸣就回来了,他笑着把银票放回桌上,回道:"杨先生早就说了,他只要书不要钱。"

与此同时,杨春早正轻轻地抚摸着从宋秋鸣手中接过的县志,他激动地走到木案前,将之前裘大炮撕下的两页重新贴好。终于集齐了一整套县志,他如释重负,立即将这个好消息告知杨家的列祖列宗:"春早不辱使命,这套书到底是全都回家了。"

天空中,鹅毛大雪纷纷扬扬。

年关将至,可对于黄家而言,今年并非是一个团圆年。黄子荣还关在监狱中,不仅职位已经被侯立人顶替,还即将面临被判刑。

这日,吴兴安收到黄天楷的电报,上面说他要在省里陪黄子荣过年就不回来了。黄老太太得知后,便让黄子田带些吃的穿的送到监狱去。

省城的监狱中,黄天楷还在苦劝黄子荣:"爹,您这是何苦呢?儿子走到今天不容易,再努把力,兴许将来还能往上提拔,当个省主席什么的也不是没有可能。咱黄家祖祖辈辈这么多代,能当到封疆大吏的好像还没有吧?儿子要是做到了,那就是前无古人。"

黄子荣不屑,根本不拿正眼瞧他:"买官卖官,贪赃枉法,确实是前无古人!"

黄天楷也满不在乎:"爹,您用不着挖苦我,顺者昌逆者亡,现如今官场就是这样一个风气,你不顺着,这个官就当不长久。我知道您还在气头上,说啥您也听不进去。您再好好琢磨琢磨,只要保证从此以后不再提这事了,我就想办法把您救出去。"

"我要是不答应呢?"

"您这个案子,过完年就要判了,早打点兴许还能使上劲儿,真要等案情定了,儿子到时候就算想救您,怕是也没办法了。"

"不用你救,我黄子荣养下逆子,自作自受。"

黄天楷知道自己再劝下去也是枉然,只得另做打算。就在他转身要离开的时候,黄子荣叫住他,让他将自己送的怀表归还。那怀表曾寄托着自己对儿子的厚望,黄子荣希望天楷能像那块表一样,一丝不苟,坦荡做人,可如今看来,黄天楷他根本不配拥有。

黄天楷背影一僵，谎称自己没有带，便径直离开了。

黄子田去了省城，家里就剩下黄老太太一个人了。除夕之夜，她煮好饺子，看着空荡荡的屋子，不由得叹了口气。

这时，忽听有人敲门，黄老太太有些意外，询问道："谁呀？"

"老夫人，是我。"门外传来一片云的声音。

黄老太太连忙打开屋门，只见一片云站在门外，樱桃拎着几包点心站在她身后。

黄老太太喜出望外："云丫头、樱桃，真没想到你们能来，快，屋里坐。"

一片云一边走，一边笑着对黄老太太说道："老夫人，听说您这边肃静，怕您一个人闷得慌，就带着樱桃过来了，您要是不嫌弃，咱娘仨一起过个年？"

黄老太太内心感动不已："云丫头，没想到你还挂牵着大娘，我得谢谢你呀。"

一片云摆了摆手："老夫人，您就别客气了。"

黄老太太拉着二人进屋，摆上炸藕盒、猪蹄冻、饺子和一壶酒，一片云和樱桃又做了几个菜。三人边吃边喝，好不热闹。

黄老太太趁着酒劲儿，将一直压在心中的话说了出来："云丫头、樱桃，你们俩都是百里挑一、千里挑一的好闺女。老太太我是打心眼里喜欢，多少回都做梦，想让你们当大娘的儿媳妇、孙媳妇。可是……"

见黄老太太有些哽咽，一片云连忙接话道："老夫人，您的心思我明白。"说着，她端起酒杯，转向黄老太太："这一杯我和樱桃敬您，就当为我们饯行吧。"

"云丫头，你和樱桃要走？"

一片云点了点头："老夫人，我爹不是土生土长的济宁人，是为了避祸才到的济宁，我爹当年活着的时候，一直有个心愿，就是想回东北老家看看，可惜未能如愿。过完年，我想带着樱桃去东北，替我爹完成他的心愿，听说那边还有几个亲戚。"

"那你还回来吗？"

"到那边看看情况再说吧。要是有缘，我和樱桃再回来陪您吃饺子过年，要是缘分尽了，兴许这就是最后一面了。"

黄老太太依依不舍地看着二人。忽然，远处传来一阵礼炮声。黄老太太望着屋外，念叨着："过年了，裘大炮又在放炮了。都痛痛快快吧，人生在世，不容易呀。"

新年一过，黄子荣的案子有了结果，他被判了三年。黄老太太一听，当场就瘫倒了。黄老太太病重的电话打到黄天楷的办公室，黄天楷听说后，立马赶回济宁，但他没有直接回家，而是先到了县政府。他让侯立人先去打探一下虚实，他害怕是奶奶故意称病要骗他回家。

侯立人来到黄家，见黄子田正端着熬好的中药从后院走来。

"侯县长，咋惊动了您的大驾？"黄子田迎向侯立人。

侯立人回道："听说老夫人病了，侯某特意过来看看。听说年前还好好的，这刚出正月，咋就突然病了呢？"

黄子田苦笑："娘听说了大哥判刑的事，一着急，就……唉，不说了。侯县长，我娘在里屋，请。"

侯立人跟随黄子田走进黄老太太住的正房，只见黄老太太躺在炕上，双眼紧闭，嘴里低声呻吟着。黄子田走到她身边，轻声说道："娘，侯县长看您来了。"

黄老太太慢慢地睁开了眼，吃力地转头看向侯立人，含糊地说了句谢谢，话刚说完，她便剧烈地咳嗽起来。黄子田连忙拿起枕边一块干净的白布，给她擦嘴。黄老太太咳得越来越厉害，她用手将白布紧紧地捂在嘴上，等她终于不咳时，黄子田拿开白布，只见上面赫然沾着几滴鲜血。

侯立人看着白布上的鲜血，愣了许久。待他醒过神来，黄子田带他走出了屋子。

侯立人忐忑地问："老夫人病得不轻啊，丁大夫怎么说？"

黄子田叹了口气："丁大夫说，就看能不能挺过这几天了。"

黄子田刚送侯立人到门口，一驾马车拉着一口棺材停在了他们面前。马车旁的一个伙计冲黄子田说："黄二爷，棺材送来了。"

"抬到院里吧。"黄子田回道。

侯立人纳闷儿："这是……"

"这是我娘的意思。"

侯立人心想，黄老太太看来是真不行了，他连忙告辞离开，赶到县政府通知还在等消息的黄天楷。黄天楷听了侯立人的描述也不再怀疑，立马派人驱车回了黄家。

黄天楷急忙跑到黄老太太的屋中，他看到床上的人盖着被子，蒙着头，侧身躺在炕上。他来到炕前，唤了声奶奶，可炕上的人没什么反应。黄天楷又向前靠近了些，坐到炕沿上，又抬高声音唤了一声，炕上的人依然没反应。他疑感地看着炕上的人,轻轻地掀开被子。就在这时,躺在炕上的人倏地转身坐起,只见黄子田怒目圆睁地看着他。黄天楷还在发愣,忽听身后传来关门声,他转身看去,只见黄老太太站在关好的屋门前,手里拿着行家法用的木棍。

黄天楷这才明白过来,顿时慌了神。

黄老太太目光冷厉地质问道:"说吧!到底是谁害了你爹?"

"是赵长顺告的我爹,供词上写得清清楚楚。"黄天楷还是一口咬定自己是清白的。

黄子田瞪着他,抬高嗓门:"你敢再说一遍!"

黄天楷不敢吱声,黄老太太厉声斥道:"为官不正,贪赃枉法;为人不正,谋害忠良;为子不正,陷亲不义。官训不容,家训不容,祖训不容。人这一辈子,吃的是五谷杂粮,生的是疮疡杂病,谁也躲不过去。既然生了病,就得吃药。良药苦口,可不能不吃,不吃就好不了,等病好了,还是一个囫囵的人。怕就怕,得了病还硬挺着,不吃药,不悔改;到头来,混得人不像人,鬼不像鬼,天地不容啊!"

黄天楷还是沉默不语。

黄子田失望地说道:"娘,看来他是认死理了,动家法吧!"

就在这时,黄天楷忽然跪在地上:"奶奶,您听我说,主意不是我出的,不能怪我呀,我冤枉啊……"

"闭嘴!"黄老太太用力一拍桌面,指着黄天楷痛斥道,"我发电报让你回来,你说有公事来不了,让秘书回来糊弄我。我盼你回来过年,可你又编瞎话说要陪你爹。你以为奶奶看不明白?你是心里有鬼,不敢回来!你把奶奶逼得没办法,都把棺材抬回来了,你这才回家来看看。回到家,奶奶站在这儿,就盼着你能张开嘴,说句实话,向你爹道个歉,哪怕就说一句自己错了,奶奶今天也不舍得罚你。可你左躲右闪,就是不说,还想一竿子支到旁人身上,黄天楷,你让奶奶的心凉透了。"

"奶奶,我错了,我这就给您认错,我——"

"晚了!子田,行家法!"

黄子田抡起顶门棍,打在黄天楷后背上。黄天楷被打得差点儿趴在地上,他连忙爬起身,跑向门口。见黄老太太挡在门前,黄天楷下意识停下脚步,连退了两步。黄子田在后面再次抡起棍子,打在了黄天楷屁股上。黄天楷忍着疼痛,转身双手用力抓住棍子。两个人势均力敌,黄天楷见争夺不下,猛然一松手,黄子田被闪了个趔趄，一下坐在了地上。

黄天楷又冲到门前，对黄老太太乞求道："奶奶，您快让开。"

黄老太太一动不动地站在原地。这时黄子田已爬起身，他抡着棍子，打在黄天楷的腰上。毫无防备的黄天楷一下子撞到了黄老太太身上，他就势一推，黄老太太晃动着身子倒在了地上。

黄天楷顾及不得，趁机慌忙去抽门闩。黄子田急了，扔掉手中的棍子就冲上来，双手抱住黄天楷，把他摔在地上，就势骑在他身上："小兔崽子，敢跟奶奶动手！"

黄天楷奋力挣扎着，与黄子田在地上滚来滚去。黄老太太吃力地爬起身，抡起手中的家法棍，拼尽全力狠狠地砸向黄天楷的脚踝，一下、两下……

黄天楷疼得一声接一声地惨叫。

黄老太太边打边骂："不孝的东西！"

黄天楷忍着疼痛把黄子田推到一边，他爬起身，把黄老太太推到炕沿，然后一瘸一拐地打开屋门，逃了出去。

黄子田正要去追，黄老太太却叫住了他。她起身，走到门前，看到地上有一块怀表，那是黄天楷奋力挣脱时丢下的。黄老太太拿起怀表，对黄子田说："这是你大哥当年送给天楷的那块表，这个不成器的东西，辜负了他的一片苦心。"

黄天楷被侯立人送到丁家医馆，丁德庸仔细查看着黄天楷的脚踝，断定他脚踝的骨头断了，虽然能接上，但很可能落下毛病。

黄天楷一听呆了，他愤恨地看着侯立人："侯立人，我这辈子算栽在你手里了！"

黄天楷心想，也许西医还有办法，他急忙转到济南的医院，医生帮他用棉球擦拭着受伤的脚踝。

黄天楷忽然想到了什么，对自己的秘书说道："我家门的钥匙忘到办公室了，你去帮我拿过来。"

"是，厅长。"

秘书离开后，医生问起："先生在省府任职？"

黄天楷点了点头，医生接着问道："听说廖副主席给抓起来了？"

黄天楷愣了："不能吧？"

"怎么，你没听说？"

"我刚从下头公干回来。"

"难怪，听说就是昨天的事，好像是国府派来肃贪的人给抓的。据说，光金条，就在办公室搜出来几十根，这当官的，哪个不是一结一张网，只怕这回一抓也是一大片哪。你等一下，我去拿石膏，给你把骨折的地方固定起来。"

黄天楷听后，惶恐不安，他给廖副主席当了多年的秘书，他被抓了，还能少了自己？他越想越怕，也顾不上自己的脚了，急忙逃离了医院。他不知道就在自己逃走之时，赵科长已经带着警察将他的秘书带走了。

黄天楷逃跑的消息传到济宁，侯立人也慌了，虽说他跟廖副主席隔着十万八千里，只要黄天楷不被抓住，上头就查不到他这儿来。可现在最头疼的是赵长顺已经被逮进省监狱了，要是他听说黄天楷跑了，眼看没了指望，一时急了眼，指不定会不会和盘托出，于是他连夜赶到省监狱。

"长顺，廖副主席被抓了，黄天楷跑了。你这案子肯定要重审，后头该说啥，不该说啥，你可得好好掂量掂量。"

"大哥，放心吧，我心里有数。保住你，也就保住了我，等过个三年五年我出去了，大哥您还不得再给我安排个职位干干？"

侯立人放下心来，赞许地点了点头，他隔着监狱的栅栏抓住赵长顺的双手："好兄弟，有大哥在，就少不了你的。"

"大哥，如果真像您说的那样，黄子荣不就没事了？您说上头会咋安置他呢？不会让他再回济宁城吧？"

侯立人淡淡一笑："如今大哥我已经被扶正了，只要抓不住黄天楷，我这位子省里不可能无缘无故给我动了。我估摸着这回得给黄子荣调调了。"

"还能高升？"

"打一巴掌给个甜枣，这是官场上的规矩，八九不离十呀。"

果不其然，省里不但即刻释放了黄子荣，还要给他官升一级，让他来省里接替黄天楷的位子。可黄子荣对官场已经厌倦，他谢过上级的好意，辞官回了家。

黄子荣心情沉重地站在家门前，抬头看到堂屋上悬挂着的"正气传家"的木匾，气不打一处来，吩咐吴兴安去把匾摘了。

"不能摘。"黄老太太上前阻拦。

黄子荣许久未见黄老太太，激动地唤了一声"娘"。

黄老太太也十分想念儿子，她笑着走向黄子荣："为啥要摘匾哪？"

"娘，这块匾咱黄家擎不住了。"

"谁说擎不住？能擎得住。子荣啊，匾脏了可以擦，擦干净了，照样光彩照人。可匾倒了，那精神头就没了，没了精神头，黄家还有盼头吗？孩子，一只草蜢子搅不动老运河，一个屎蛋子砸不倒咱黄家，黄家的后人多着呢，擎得住这块匾！"

黄子荣听后，默默地点了点头。

临近黄昏之时，黄子荣提着两坛酒来到西鲁学堂，此时杨春早刚刚构思好一篇文章，题目就是《黄子荣被诬入狱，得昭雪出狱回乡》。

"子荣，你来得正好，我正在写你蒙受不白之冤的事，好让后人看看，应该怎样为官。"

黄子荣听后并没有表现出多大的兴趣："啥官不官的，春早，我已经辞官了，准备回家耕读了。"

杨春早大为意外："子荣，你好不容易沉冤昭雪，正是大展宏图的时候，咋突然辞官了呢？"

"春早，不瞒你说，我对官场已经寒心了。"

"此前起起伏伏，你遇到的坎坷也不少，为何这次就寒心了呢？"

黄子荣叹了口气："赵长顺诬告不算什么，判我入狱三年也不算什么，可突然放人，把我给放寒心了。"

"你把我说糊涂了。"

"春早，我是被天楷和赵长顺联手诬告、蒙冤入狱的。为了昭雪，我申冤的状子写了不少，可送上去以后都石沉大海，无人理会。那些了解我品性的人，知道我是蒙冤受屈，可在外人眼里，我就是那贪赃枉法、买官卖官的赃官。如今派系争斗激烈，官场尔虞我诈。那个姓廖的一倒台，我顿时就成了蒙冤受屈的清官，上头为了安抚我，拿着官帽任我挑选。春早，这顶官帽在我黄子荣眼里就是名节，它重有千金，可是在某些人眼里，它就是个皮球，被踢来踢去，任意糟践。我累了，真累了。"

杨春早端起酒碗："明白了，累了就歇歇，喝酒。"

二人碰碗，一饮而尽。

"子荣，今后你有啥打算？"

黄子荣淡淡一笑："把我娘照顾好，把家里和老家田庄的事情处理好，耐心地等她回来。为了这个官位，我欠了一片云十几年的情债；情债未了，我得还哪。"

第三十三章

时间一晃,已是1938年。全国性抗日战争已持续一年,济宁城随时面临日本人的入侵。

裘大炮兵败回到济宁,如今他的兵已所剩不多,大多数还在与日军作战时受了重伤。百姓见到如此景况,都慌张起来,大家都看得出来,济宁城怕是保不住了。

侯立人坐立难安。他是县长,要是弃城而逃,一旦有人举报,他的命就没了,可要是等日本人攻进来,第一个杀的不就是他吗?他越想越憋屈,当初为了当这个县长,他费了多大的劲儿啊,如今这官衔反倒成了累赘。桂花见他心烦,主动献计,让他对外宣称病重卧床。这样一来,济宁城将来要是守得住,那是他操劳过度,上头得给嘉奖;要是守不住,就算日本人进了城,也怪不到他头上。侯立人大喜,连忙让人放风出去,自己也不再管政务。

济宁城群龙无首,人心惶惶,黄子荣也担忧起来,黄老太太如今身患疾病,咳嗽不止,他本打算送她回田庄老家,可黄老太太心里惦记着天楷和老疙瘩,更何况祖宗牌位和家业都在这里,怎么能独自离开呢。

就在黄子荣发愁之时,杨春早来到黄家,告诉他裘大炮打算带兵南逃。

黄子荣不相信:"不能吧,昨天他还贴出安民告示,说要跟济宁城共存亡呢。"

"他那是演戏安定人心,南逃这事是刚才秋鸣过来偷着跟我说的。"

"那你下一步是如何打算的?"

杨春早不屑:"谁愿意走谁走,我杨春早哪儿也不去!司马迁受了宫刑还坚持把《史记》写完了呢,我得亲眼看着日本人滚出济宁,滚出中国,我得把这一幕幕都记下来。子荣,你呢?"

"如今侯立人病在床上啥都不管,裘大炮这边又准备弃城逃走,一文一武都不管事，这济宁城的魂不就散了吗？"说着，黄子荣拉着杨春早往院外走去。

"你拉我去哪儿啊？"

"跟我去劝裘大炮守城！"

二人来到兵营时，下起了大雪。裘大炮正命人收拾东西，随时准备撤离。现在趁着上头乱，还没个明确说法，自己得赶紧走，要是突然下个命令，让他死守，那就不好办了。士兵进来报告，说黄子荣和杨春早在兵营外等着见他，裘大炮心想，他们这时候来见自己，准没好事，于是也不理会他们，继续收拾。直到他要离开时，才看到二人还站在大门外，身上已经披着厚厚的雪花。

"狗皮膏药粘身上，还甩不掉了！"裘大炮暗骂了几句，走到二人面前说笑道，"你们俩这是在玩堆雪人呢？"

黄子荣淡淡一笑："多亏裘旅长成全，不然我们俩这雪人还堆不成呢。"

裘大炮倒是不客气："看来还得谢谢我。"

"就我们俩谢你怎么行，裘旅长带兵拼死抵御日寇，济宁城的百姓都应该谢你呀。"

裘大炮笑道："这话暖心窝子。"

黄子荣继续说："如果裘旅长能继续带兵守城，不但会倍加受到百姓拥戴，还必会名留史册。"

裘大炮摆了摆手，敷衍道："放心，这个名老裘留定了，看看你们俩这一身的雪，赶紧回去吧。"

杨春早憋不住了，质问道："裘旅长，听说你打算弃城南逃？"

"瞎扯！老子昨天才贴了安民告示，要与济宁城共存亡。"

"可秋鸣说你今天让他抓紧收拾东西，准备南下。"

裘大炮神色慌张，低声骂道："这个小王八羔子，这张破嘴。"

黄子荣板着脸严肃地说道："裘旅长，您可是济宁城守将，如果没有上峰指示，你擅自弃城脱逃，只怕到时候军法不容吧？"

裘大炮冷笑："上峰？现如今上峰们都不知逃去哪儿了，你让我听哪个上峰的？我也想拦住日本人哪，可这一交手，你猜怎么着？根本不是人家的个儿，跟日本人硬来，那就是拿头撞石头，一撞一个窟窿眼。"

杨春早接话："明知不可为而为之，方为大丈夫也！明朝的戚继光、郑成功——"

"杨春早，你别跟我拽词，"裘大炮不耐烦地打断他，"你说的那些人，老裴我都不知道，也不想知道。如今我就知道一件事，我和我手底下这些兄弟的命，都是父母所生，是拿咸盐一口一口喂起来的，不能稀里糊涂地白白送命。"

"裴大炮，你就不想留名千古吗？如果你能带兵守城，我就在史册上给你重重写上一笔，题目我都想好了，《裴大炮豪情守故土，东洋寇溃败撤济宁》。"

"杨春早，你还记得当年我让你给我写传的时候说的话吗？你说这写传写史，不是说书唱戏，不能瞎编，听听你刚才说的，你这一套哄三岁的小孩还差不多。还豪情？还溃败？被人家打败还差不多。"说完，带人离开了。

杨春早沮丧不已，黄子荣心想他们劝不动，或许宋鲁生可以。二人来到宋家时，宋家一切如故。

黄子荣心里重新燃起一丝希望，对宋鲁生欣慰地说道："贵府静悄悄的，不慌不忙，看来宋掌柜是没打算走哇。"

宋鲁生反问道："黄老爷，宋某为啥要走呢？我生在济宁城，从小喝着老运河的水、吃着老土地的粮长大。我这一身皮肉都是这方水土给的，我怕到了外面，这身皮肉不答应啊。再说我就是个经商的，就算日本人来了，跟我有啥关系？"

"这倒是句实在话。宋掌柜，我和春早此次前来，有一事相求。"黄子荣言归正传。

"你们是想让我劝说裴大炮守城吧。"宋鲁生直言。

二人没想到宋鲁生一语道破他们的来意。杨春早问道："宋掌柜，你咋知道我们去劝过了？"

宋鲁生指着他们解释道："二位身上湿漉漉的，一定是在军营门口等了多时吧。只是，二位都劝不动，我就能劝动？"

黄子荣振奋道："宋掌柜，倘若日寇每到一城，我军都一枪不放就弃城而逃，这不仅会助长日寇嚣张气焰，也势必折损我中华军民抗日的士气与决心。打仗，流的是血，顶的是骨气与士气。仗可以输，输了还能再赢回来；血可以流，流了还能再养回来。可若失了这骨气和士气，那堂堂中华就离灭亡不远了。"

宋鲁生被黄子荣的爱国之情感染了，回道："黄老爷这番话说得慷慨激昂，掷地有声，宋某钦佩之至。二位，劝说裴大炮守城之事，容我再想想。"

黄子荣满怀心事地回到家，见门外聚集了一群商家士绅。他们都在等黄子荣拿主意。眼看日寇逼近济宁城，商会募捐了一批物资和钱却送不出去。他们去找侯县长，可侯夫人说他重病卧床，不能理政，又让他们找裴旅长；裴旅长推辞说募捐来的东西应由县里统一调配，让他们再回去找侯县长。这皮球推来踢去，把他们的心都伤透了。他们想来想去，一致认为只有黄子荣能够服众，组织他们一起守城。

黄子荣对他们的信任很是感激。可如今自己跟他们一样是平民百姓，怎么能担此重任呢？

孙敬谱站出来说："黄老爷，官大未必就能聚得起人心。说实话，别看侯立人是省里任命的县长，可眼下是保家卫国的危急时刻，他却突然病了，这病生得蹊跷，我琢磨着，八成是贪生怕死，装病。像他这样的人，根本就不配当济宁城的县长。"

众人也纷纷点头应和。

黄子荣还在犹豫之际，黄老太太走出来，劝他道："子荣，你还记得咱黄家三世祖带领济宁百姓抗击清军的事吧？当年黄家三世祖也是无官无权，可是他号召乡邻抵御清军，流芳百世，名垂千古。子荣啊，既然大伙儿对你一片信任，你就别再推脱了，千万不能冷了大伙儿的这片心哪。"

"娘，裘大炮已经决定带兵弃城南逃了，虽说大伙儿士气旺盛，可就凭这点儿人手，守不住济宁城的。真要硬守，这不是把大伙儿往火坑里带吗？"

孙敬谱带头回应："黄老爷，只要你站出来主事，守卫济宁城，我们这些人就是豁出身家性命，也万死不辞！"

黄子荣见众人心意已决，自己再不答应就说不过去了，于是他点头应了下来。

杨春早也使出浑身解数。他在牌坊广场上拉了一条红布横幅，上面写着"募兵守城"四个大字。他站在一张长桌上，对围观的百姓激动地宣讲道："咱们都是喝运河水长大的，祖祖辈辈皆生于此。现如今日本人要来了，他们要是占领了济宁城，咱们的安生日子也就到头了！就沦为亡国奴了！以后就要看日本人的眼色行事，稍有不慎，就会丢了性命！"

丁老大朝他摆了摆手："咱不说那些没用的，募兵守城可以，军饷咋给呀？"

"军饷？"

丁老大回道："是呀，当兵拿饷，天经地义。"

"君子喻于义，小人喻于利——"

"你别给我们拽文，拽了我们也听不懂，我和我的弟兄们就明白一个理，想让大伙儿卖命，没钱不行。大伙儿说，对不对呀？"

围观的人接二连三地呼应着丁老大的话。

杨春早被问住了，孤零零地站在桌子上，心急如焚，又窘迫不安。这时候黄子荣带着商会的人走了过来："大伙儿放心好了！济宁城的诸位老板为了守城募捐了许多物资和钱款。大伙儿有力出力，有钱出钱，抱成团，守住咱们济宁城！"

杨春早跳下长桌："子荣，你终于出山了。"

黄子荣信心十足地向他承诺道："春早，这兵你就放心大胆地招，军饷短不了。"

杨春早得意地转向丁老大说："你听到了吧？军饷少不了大伙儿的！"

丁老大摆手："杨先生，我是跟你闹着玩呢，现在是啥时候？别说给钱，就是不给钱，咱们兄弟也得来报名守城。这是咱家，就是豁出命去，也不能让外人打进来。先把我的名写上！"

还躺在炕上装病的侯立人一听说黄子荣和杨春早带头募兵守城，立马不安地坐了起来。他们这是没把他这个县长放在眼里呀。可他转念一想，既然他们愿意管，就让他们管去吧，他就在家里静观其变，真要是日本人攻进城来，有黄子荣顶缸，他反倒可以撇得更干净。再说，如果黄子荣防住了，到时候他这病一好，岂不捡现成的功劳嘛。想到这儿，他又心安理得地躺了回去。

见众商家都出钱出力，宋鲁生觉得自己作为济宁商会会长，更责无旁贷，于是他决定劝服裘大炮留下来守城。当宋鲁生来到裘家时，裘家屋内凌乱，裘大炮正急着让人收拾行李。

裘大炮请宋鲁生就坐，先开口问道："亲家公，东西收拾得咋样了？要是差不多，咱明天就开拔，日本人离着济宁城也就两三天的路程了。"

"非走不可吗？"

"你啥意思？"

"虽说日军嚣张，可咱济宁城城坚炮利，再加上百姓万众一心，未必就不是日本人的对手。再说，就算敌我实力悬殊，可就这么一枪不放、一炮不开地跑了，这有损你的威名啊。"

裘大炮的脸瞬间拉下来："我听明白了，你是劝我守城来了？"

宋鲁生点了点头："亲家公，咱们宋裘两家祖辈的根都在济宁，你说就这么走了，我们宋家还好说，只怕你要落个逃跑将军的名声，一辈子都抬不起头来呀。"

"宋鲁生，我是看在亲家的分儿上好心好意给你捎个信儿，你倒好，把好心当了驴肝肺，还变着法地骂我。你爱走不走，老裘不稀罕，明天只要把美琪和秋鸣给我送过来就行。"

"裘旅长，这不妥吧，美琪是宋家的儿媳！"

"呵！美琪姓裘，那是我闺女，你们愿意等着挨日本人的枪子，那是你们的事，老子决不能让我闺女和她肚子里的孩子冒那个风险。"

"裘旅长，我要是不答应呢？"

"那老子就派人去抢！"

"你敢！"

就在二人争吵之时，宋家来人叫宋鲁生回去，说是美琪要生了。裘大炮一听，马不停蹄地赶到宋家。屋内不时传来裘美琪痛苦的叫喊声，裘大炮急得团团转，宋秋鸣在外面朗诵着话剧台词帮美琪分散注意力。不久，屋内传来婴儿清脆的啼哭声，美琪生了，生了个男孩。

裘大炮激动地进屋看望美琪和孩子，笑着对宋秋鸣说："姑爷，美琪给你生了个儿子，你们宋家有后了！"

宋秋鸣欣喜地看着孩子，连连点头："是，是。"

"姑爷，东西都收拾好了吗？"裘大炮突然话锋一转。

宋秋鸣支支吾吾："收拾好了，可是我爹……"

"你爹是你爹，你是你，他不要命是他的事，你和美琪得带着孩子跟我走。"

宋鲁生在一旁接话："亲家公，不妥吧？"

"宋鲁生，你啥意思？当着孩子的面，你别逼我老裘发飙！"

"裘旅长，有火你冲日本人发去。一枪一弹不放就弃城而逃，你让孩子将来长大了怎么看你？有你这么个只会逃跑的姥爷，他一辈子都抬不起头来！"

裘大炮刚要掏出手枪，裘美琪出声制止了他："爹，非走不可吗？"

"闺女，日本人眼看着就来了，再晚就走不了了。"

"爹，我要是不走呢？"

"不走？为啥？"

"爹，闺女现在是宋家的儿媳妇，公公、婆婆和秋鸣不走，我也不能走。爹，您快走吧。"

裘大炮无奈地离开了宋家。他边走边想，到了自己这个年纪，该吃的吃了，该喝的也喝了，就是明天死了，也没什么遗憾。可他手下那些兄弟大多还是孩子呀，好不容易逃回来保住了命，他怎么舍得再把他们往枪口上送？都骂他胆子小，可要是真能打得过，他怎么可能愿意背上这个臭名声？想到这儿，裘大炮还是决定照原计划进行，明天出发，离开济宁。

黄子荣和杨春早还在广场上招募士兵，几十个年龄不一的百姓排着长队等候着报名登记。黄子荣坐在桌旁，一一记录着。

上一个刚离去，下一个人来到桌旁。

黄子荣埋头问："姓名？"

"一片云。"

黄子荣一愣，抬头看去，只见一片云头上戴着皮帽子，身上穿着毛皮上衣，笑盈盈地看着自己。黄子荣出神地看着一片云，坐在他旁边的杨春早用胳膊肘捅了捅他，他这才缓过神。

一片云笑着说："黄老爷，别来无恙啊？"

黄子荣抓住一片云，激动地端详着她。十年了，他到底把她等回来了。

第二天清晨，众士兵全副武装，聚集在操场上，他们各自背着背包，列队而立。裘大炮看了看队伍，大声高呼："出发！"

这时，一连长从队伍里走出来："旅长，咱们不走了，行吗？"

裘大炮皱了下眉："不走？"

他回道："旅长，兄弟们多数都是咱济宁的子弟，日本人要是来了，家里人咋办哪？昨天我回家告别，我爹就没让我进门，他说我当兵这些年，打内战有本事，可外敌一来，跑得比兔子都快，说我给他丢人。"

其他士兵听后，也纷纷应和："旅长，兄弟们不想走，就让兄弟们痛痛快快打一场吧。"

"弟兄们，咱们跟日本人不是没交过手，你们觉得就咱们这点儿人马、这些枪炮，能打过人家吗？今天你们要是不走，打起来那就是个死呀！几百个弟兄，我眼睁睁地看着他们在战场上丢了命，我不能让你们再把命都搭进去了。"

"旅长，眼下全国都在打仗，说句不吉利的话，只要还穿着这身军装，早晚都是个死，我们宁愿死在济宁，总比在外头当孤魂野鬼强。旅长，咱们别走了，豁出命来和日本人干一仗！"

裘大炮见众人留意坚决，一时有些犹豫。这时，一个士兵快步跑到裘大炮面前，从随身背着的皮包里拿出一份公文："报告旅长，上峰有令，命您带领部下，保存实力，火速撤离济宁城，如有违抗，严惩不贷！"

裘大炮举着文件，对众士兵恳切地说："上峰的命令，大家都听见了吧？军令不可违，出发！"

士兵们不再说话，他们低下头，回到队伍中，列队走出军营。裘大炮坐在吉普车的后座上，默默想着心事。就在这时，一辆带篷的马车停在了吉普车前面。宋鲁生和宋秋鸣从马车上跳下来，接着，美琪也带着孩子从车篷内走了出来。

裘大炮打开车门，朝美琪走去："闺女，天寒地冻的，你咋来了？"

裘美琪满眼不舍："爹，公公让我和秋鸣带着孩子来送送您。"

宋鲁生接话："不只是送行，我还是想劝你留下来守城。"

裘大炮拿出公文递给宋鲁生，理直气壮地说："亲家公，你前几天劝我留下守城，我发脾气归发脾气，可多少还有些理亏。眼下不一样了，上峰有令，命令我带兵立刻撤离济宁。宋鲁生，你不是笑话我给我外孙丢人吗？有了这个命令，老裘将来见着我外孙，也就有话说了，我可不是他爷爷说的什么逃跑将军，我这叫奉命行事。"

宋鲁生冷不丁地说："亲家公，刚才你这称呼弄错了吧？"

裘大炮不解："弄错了？什么弄错了？"

"这个孩子怎么能是外孙呢？他是你裘大炮的孙子，你是正儿八经的爷爷，咋成姥爷了？"

裘大炮发蒙地看着宋鲁生。宋鲁生继续说："亲家公，你不是一直挂心裘家无后吗？今日苍天在上，厚土在下，我对天地发誓，诸位兄弟也都请做个见证，只要裘旅长答应留下来守城，我就把这个孩子过继给裘家，让他姓裘。亲家公，咋样？"

裘大炮苦笑："宋鲁生，你这是把我往死路上逼呀！"

"宋某宁肯孩子能有个为国尽忠的英雄爷爷，也不希望他有个背负逃跑骂名的狗熊姥爷。"

裘大炮叹了口气，看向众士兵，不知何去何从。

一连长再次带头说："旅长，下命令吧，兄弟们不走了！"

裘大炮严肃地问："兄弟们，违抗军令，就算战死，也得不着上头一句好话，保不齐将来等打走了日本人，咱们兄弟还得让人家当叛军给记上一笔。真要那样，你们心里舒坦吗？"

话音刚落，队伍里一片窃窃私语。这时，杨春早和黄子荣走了过来，杨春早站在众士兵面前说道："诸位放心，杨某这支笔虽说分量不重，可一笔一画写的也是史书，在杨某笔下，诸位都是名垂千古的抗日英雄！"

黄子荣接着说道："裘旅长，您是个明白人，当英雄还是当狗熊，您可要想好了。"

"我老裘今天不光得了个大孙子，这史册上还有了一笔好名声，这买卖做得不吃亏。就算丢了这条老命，也值了。兄弟们，老裘决定抗令留下守城了，有愿意走的，我决不强留！"

众士兵纷纷举起手中的枪，大声喊着："抗日杀敌，誓与济宁城共存亡！"

看到这一壮观的场面，宋鲁生、黄子荣和杨春早等人都一脸欣慰。

裘大炮走近仔细瞧了瞧裘美琪怀中的孩子，转身对杨春早说："杨先生，您学问大，能不能帮着给孩子起个名？"

杨春早想了想说："国家危亡之际，裘旅长不惧日寇，带兵英勇作战，誓死保卫济宁城，就叫'卫宁'如何？"

"卫宁，响亮。"裘大炮点了点头。

"宋卫宁，好名字！"宋鲁生也十分满意。

裘大炮不满地纠正道："是裘卫宁！"

宋鲁生笑着应和道："对，裘卫宁！"

裘大炮小心翼翼地从裘美琪怀里接过孩子，然后缓缓地跪在地上："老天爷开眼，列祖列宗保佑，我们裘家后继有人了，裘卫宁。"说着，他流下了激动的泪水。

黄子荣从兵营回到家时，黄老太太正捂着嘴剧烈地咳嗽着，听到黄子荣回来的声音，她连忙将带血的手巾藏了起来。黄老太太告诉黄子荣自己想看戏，已经请了戏班，明天来家里。黄子荣有些意外：娘怎么会突然想看戏呢？

这一日，黄老太太坐在堂屋前的椅子上，她身下垫着一床被子，头靠在椅背上，时不时咳嗽一声。

黄子荣看她旁边还摆着空凳，问道："娘，您是不是还请什么人了？"

黄老太太笑着点了点头。不一会儿，一片云和樱桃来了，黄老太太吃力地指着身旁的凳子，让她们就座。

黄子荣若有所思地看着一片云，又向黄老太太问道："娘，开始吧？"

看到黄老太太微微点头，黄子荣向乐队做了个手势，示意他们可以开始了。

"想当年守孤灯将儿教训，幸喜他怀忠义奋志鹏程。但愿他灭贼寇山河重整，迎二圣转还朝共享太平……"

戏班演的是《精忠报国》，黄老太太特意点的。她一脸平静地看着演出，一只手缓缓伸向黄子荣抓起他的手，另一只手抓过一片云的手，然后将二人的手握在了一起。

黄子荣明白了娘的用意，一片云也感动地看着黄老太太。二人望着对方，紧紧握住了彼此的手。

台上还在继续表演，黄老太太的手却缓缓地松开，垂落了下去。

黄子荣一愣，立马转头看向黄老太太。此时，黄老太太已闭上双眼，脸上还挂着淡淡的笑意。

"娘？"黄子荣突然有一种不好的预感。

"老夫人？"一片云也起身呼唤。

可黄老太太已没任何反应。

黄子荣在收拾遗物时，在屋里发现了一封信，信是黄老太太临终前写给他的，信上写道：

子荣吾儿，娘病情日重，深知命不久矣。值此日寇入侵，城池危亡之际，不能因娘病重之躯，耽误守城大事。娘走后，万望丧事从简，一口木棺将娘葬与汝父身侧，让我们夫妻团聚，即遂娘之所愿。子田为人忠厚，望吾儿与其兄弟和睦，共守祖业。为娘一生坦荡，未觉亏欠于人，唯有一片云，为娘只觉对其不住。当年，娘本以为一片云与你缘分已尽，未曾想如今她再回济宁城，这就是你们俩缘分未尽。望吾儿能与其携手同心，白头到老。天行心地善良，虽因往事一时负气而走，为娘深信，总有一日其必重归黄家，与吾儿父子团聚。天楷年轻气盛，贪慕虚荣，一时铸成大错，为娘已然惩戒，再见之时，望吾儿容其悔过，务必，务必。陆放翁有诗云："王师北定中原日，家祭无忘告乃翁。"待驱走日寇，山河恢复之日，望吾儿清香三炷，将喜讯告知爹娘……

第三十四章

武田带领日军对济宁城发起了猛烈的进攻。

六门九四式迫击炮一字排开,朝着济宁城楼发射炮弹,城墙上已是硝烟弥漫,炸起的石块、泥土四处飞溅。

裘大炮脖子上挂着望远镜,他站在几门山炮旁大喊:"第一炮,为我裘家后继有人,开炮!"

一个炮手拉动炮绳,炮弹发射成功后,其他炮手连忙退出炮弹壳,装填炮弹。

"第二炮,为了老裘和兄弟们都能在史册上留下一笔好名声,开炮!"

"三为济宁城的百姓,为了老运河和祖宗们,开炮!"

炮口喷出火焰,炮弹朝着日军猛烈地回击着。

日军的山炮中队遭到重击,武田连忙命令山炮中队转移到第二阵地。日军炮手移动炮身,对着城墙重新支开炮架,继续发动进攻,炮弹很快就炸开了一处城墙,硝烟弥漫之际,日兵手持武器,冲向城墙。

裘大炮放下望远镜,对城墙两侧的士兵发号施令:"敌军开始冲锋了!大家准备!"

隐藏在城垛子后的众士兵纷纷举枪,一片云、三头鹰等人也在其中,他们手持步枪,朝着日军持续射击。

牌坊广场上临时搭起了大席棚子,棚内摆放着济宁商家捐赠的东西,玉堂的酱菜、高庄的馒头、一品香的菊花包、老孙家的猪头肉、老董家的糊粥、太白楼的炒菜……

广场的另一侧,还搭着一个草棚子,卫生队和丁德庸正忙着给受伤的士兵包扎伤口,丁老大带着二十名渔帮的兄弟抬着受伤的士兵进进出出。

双方相持到黄昏时分。春野看了看天色,对武田说道:"大佐,经过试探,我们已经了解了敌人的实力。天快要黑了，贸然进攻损失会很大，让士兵们撤回来休整一下吧。"

武田放下望远镜，走到三木身旁吩咐道："三木，立刻给师团发电，请求炮兵支援，明天无论如何都要把济宁城打下来。"

城楼下的空地上，燃烧着十几堆篝火，篝火旁铺着苇席，伤兵或坐或躺在上面，士兵和飞鱼岛的人坐在篝火前吃着馒头、咸菜，喝着胡辣汤。

这时，马副官和几个卫兵押着一个五花大绑的士兵从不远处走过来。黄子荣看向旁边的一片云，问道："这是怎么了？"

"是逃兵。"

"今天这一仗打下来，我发现大家士气有些低落，有的人撑不住了。"

一片云点了点头："是呀，得想办法鼓舞鼓舞士气，不然的话，明天就撑不住了。"

一片云问他有没有办法可以振奋军心，黄子荣想了想，然后放下手里的饭碗，说要回家取东西。一片云怕路上不安全，主动提出陪他一起回去。两个人来到祠堂，黄子荣从祠堂里拿出一个卷轴。

一片云不解："这是啥？"

"宗谱！"

黄子荣用手托着卷轴，徐徐展开黄家的宗谱，上面密密麻麻地写着黄家每代传人的名字。

一片云凑近宗谱，问道："黄老爷，这么多年，你就是为他们而活的？"

"是，可他们也是为我们这些子孙后代活的，列祖列宗为我们后辈树立了做人做事的楷模。"黄子荣说完，又带她赶到杨家。杨春早听黄子荣说明来意后，毫不犹豫地交出自家的宗谱。

为了收集到更多的宗谱，杨春早敲响了西鲁学堂钟楼上的铁钟。铁钟发出巨大的声响，引来许多百姓，他们聚集在西鲁学堂，商量着要把宗谱挂到城楼上。

杨春早对着众人说道："经过今天的激战，守城的将士们士气有些低落，人困马乏，而敌军兵强马壮，今晚养精蓄锐，明天免不了一场血战。必须尽快鼓舞一下将士们的士气，否则，明天济宁城能不能守住，恐怕就难说了。"

黄家的宗谱已经挂在竹竿上，黄子荣举着宗谱，慷慨激昂地宣讲道："乡亲们，把宗谱挂在城楼上，就如同列祖列宗在身后督战，将士们为了先辈，定然会拿出百倍士气来守城杀敌。"

有人站出来说:"二位的话有道理,可这宗谱是祖祖辈辈传下来的,要是损毁了,岂不成了不肖子孙!"

杨春早回道:"此言差矣!等日军攻进城来杀人放火,拿枪闯进你们家祠堂时,你还能守住宗谱?你就对得起列祖列宗了?"

那人尴尬地笑了笑。

这时候,宋鲁生也赶来,他主动将自家的宗谱递上:"黄老爷、杨先生,这是宋家的宗谱,我愿意助一臂之力。"

众人一看,济宁三杰都带头了,便也纷纷回家,取出自家的宗谱。

第二天一早,数百条竹竿直立在城楼上,竹竿上挂着大小不一、薄厚不同的宗谱。裘大炮站在城楼一侧,指着宗谱大声说:"弟兄们,列祖列宗都在这儿看着咱们呢!今天这场恶仗宁可战死也不能被吓死!不然的话,咱们对不起祖宗!"

守城的战士士气瞬间高涨,他们举着枪支,誓与济宁共存亡。

日军发起了总攻,城楼上爆炸连连,士兵的尸体夹杂着泥土与石块,溅向四方。

裘大炮对炮手们下令:"目标——敌军炮阵地,开炮!"

六门山炮后的炮手纷纷拉动炮绳,发射炮弹。忽然,日军发射的几枚炮弹朝城墙飞来,几门山炮被当场炸毁了,宗谱也被炸飞,纷纷扬扬地掉落下来。已身负重伤的裘大炮还在作战指挥着,他见一个炮手中弹倒下,立马接替上前拉动炮绳,就在这时,他的周围落下几发炮弹,爆炸声连成一片,裘大炮等人瞬间被吞没在硝烟和火光中。

黄子荣、宋鲁生和杨春早呆呆地看着城楼,城楼上已是一片火海,宗谱在火海中燃烧着。望着死去的士兵和被炸毁的城楼,城下的百姓绝望地跪倒在地。

战火停止了,守城的士兵伤亡惨重。兵败之后,一片云带着剩下的兄弟回到飞鱼岛。

侯立人听见远方的炮声停了,叹了口气:"看来是完了。"

这时,赵长顺慌乱地走了进来。出狱之后,他又回到了侯立人身边,担任队长一职。他来到侯立人面前,禀报:"县长,咱们输了。听说裘大炮为国捐躯了。"

侯立人苦笑:"不是咱们,是裘大炮他们。"

"县长,咱们咋办哪?"

"还能咋办?把咱们的人召集起来,准备迎接日本人进城。"侯立人认命道。

日军的队伍朝着济宁城驶进。走在前面的是四辆三轮摩托车,接着是一辆军用吉普车和几辆卡车,车上载满了头戴钢盔、背着枪支的日军。卡车后还拉着迫击炮。

吉普车内,武田坐在后座上,对春野说:"春野君,听说你以前来过济宁?"

春野点了点头:"当年做生意的时候来过几次,还算熟悉。济宁是孔孟之乡、运河之城,有很长的历史。"

"有什么值得一看的地方吗?"

"济宁城有三个地方是一定要去看的——城外的河神庙、城内的西鲁学堂藏书楼和玉堂的酱菜园。"

"有机会一定要见识见识。"

日军来到城门口,侯立人携赵长顺及县政府的十几个工作人员身着便装,站在城门处迎接。侯立人快步走到武田面前,先深深鞠了一躬:"太君你们好,一路辛苦。"

武田闻声,斜眼打量着侯立人,用生硬的中国话问道:"你是什么人?"

侯立人赔笑回道:"我叫侯立人,是济宁的县长。"

武田一听,突然抽出腰间的指挥刀,拍在侯立人肩膀上:"混蛋!你知道为了攻打济宁城,牺牲了多少日军吗?"

侯立人惶恐地觑了眼肩上的刀,佝偻着回道:"太君,你们攻城的时候,我生着病,什么都没管哪,不信您可以打听打听。"

"那是谁指挥的战斗?"

"裘大炮,还有黄子荣。对了,裘大炮是守军旅长,已经战死了!"

"那黄子荣呢?"

"他是前任县长,应该还在城里。"

武田刚想命人把这个黄子荣抓来,春野上前阻拦,提议先去看看河神庙。因为他听说中国不管哪一代的统治者,第一次到济宁,都要先拜河神,据说那样就能够心想事成。武田点了点头,让侯立人带路。

侯立人带着日本人来到河神庙前,武田盯着庙外一侧的石碑,问道:"侯县长,这上面写的是什么?"

侯立人回答:"这块碑是元代开凿运河时留下的,正面的四个字是'运河之魂',背面记录的是当时修建运河时的一些情况。"

春野围着石碑来回看了看,然后凑近武田,在他耳边低语了几句。

"好,你这个主意很好。"武田听完,看向侯立人,"侯县长,你愿意为大日本帝国效力吗?"

侯立人连忙点头:"愿意,愿意。"

"很好。我们要在济宁成立维持会,你来当维持会会长吧。"

"我当维持会会长,那谁当县长呢?"

春野解释道:"维持会会长就是县长,不过你的任务不再是替中国政府办事,而是为我们大日本皇军服务,为我们筹集钱、粮,还要提供所有反抗者名单和军事情报,你愿意干吗?"

"侯某愿意效劳。"侯立人躬身回道。

春野继续说:"侯会长,现在就有一件重要的事情要交给你办。"

"太君尽管盼咐。"

"明天皇军要举办祭河神仪式,你要把济宁城的头面人物都请过来。到时候,武田大佐要向他们讲述关于'日中亲善'、共建'大东亚共荣圈'的计划。还有,别忘了找几个石匠过来。"

侯立人虽不明白为什么要找石匠,但还是赶快派人去办了。

迫于日本人和侯立人的威慑,济宁的百姓和商人士绅不情愿地来到河神庙。庙外摆着一张方桌,上面放着香、香炉等祭品。

武田走上前对众人说:"我们来到济宁,是为什么呢?为的是带领整个东亚民族,建立'大东亚共荣圈',实现真正的王道乐土。今天,为了体现'日中亲善',我决定将这块石碑上的文字磨掉,在正面刻上'日中亲善',在背面刻上皇军这次进城的盛况,作为永久的纪念。"说完,就让石匠们动手磨字。

石匠们相互看了一眼,迟迟没有动手。侯立人在一旁急了,他见武田脸色越来越难看,不满地催促道:"别愣着了!还想不想要命了!"

见石匠们拿着石磨走近石碑,杨春早上前阻拦,他指着侯立人大骂道:"侯立人,你好大的胆子!这块石碑是先辈当年为了庆贺运河贯通而立,碑文是运河开通的见证,上面记录的都是列祖列宗的丰功伟绩,岂能随意损坏!"

春野看了眼杨春早,问侯立人:"他是什么人?"

"春野太君,他叫杨春早,是西鲁学堂的教书先生。"

"西鲁学堂?"春野瞬间来了兴趣,好奇地问道,"萃文阁藏书楼不就在那里吗?"

"是的。"

春野走到杨春早面前，微微鞠躬："杨先生，久闻大名，幸会幸会。"

杨春早意外："中国话说得不错。"

春野笑道："鄙人春野，出生在东北，在中国已经待了很多年。杨先生，如今皇军进驻济宁，给济宁开启了新的时代。这是个非常重要的历史时刻，我想它有资格被刻在石碑上。"

杨春早冷笑一声："春野，你认识中国字吗？"

春野微笑着点了点头。

杨春早指着石碑："在中国，树碑是大事，碑上的碑文更是讲究，上面记录的都是丰功伟绩。请问，你们打算在这上头刻什么？难不成刻上你们烧了几座城，杀了多少人，抢了多少东西，奸淫了多少妇女？"

春野听后十分恼火，但因对杨春早心存几分敬意，所以暂且咽下这口气，只是命人把他拉走，让石匠继续磨碑。杨春早猛地挣脱，冲到石碑前，双手紧紧抱着石碑，大喊："谁都不许动手！要磨碑，先磨我！"

武田大怒："既然这位杨先生如此喜欢这块石碑，那就成全他。"说着，他抽出指挥刀，劈向杨春早的后背。随着指挥刀自上而下快速划落，杨春早的棉袄裂开了一道口子，细细的血迹从他的后背渗出。

杨春早感到来自后背的疼痛，但他还是紧紧地抱着石碑。武田没想到杨春早如此强硬，命石匠立刻磨他，磨完之后再磨碑。

石匠们无奈地走向杨春早，他们把石磨按到杨春早的后肩上，用力向下一拉，石磨磨过的地方渗出越来越多的鲜血。抱着石碑的杨春早紧咬牙关，默默忍受着彻骨的疼痛。

就在这时，黄子荣和宋鲁生挤进人群，他们冲上前，将杨春早从石碑上架了下来。

杨春早用力挣扎着："你们俩别管我，我今天宁肯一死，也决不能让他们把碑磨了！"

二人使足了劲儿，架着他走出了人群。

武田问道："那两个是什么人？"

侯立人指着其中一个回道："那个就是黄子荣；另一个叫宋鲁生，是济宁商会会长。"

武田若有所思地看着他们离开的方向,随后命人继续磨碑,石碑终是没能保住。

古老的大运河依旧按照原来的河道流淌着,从冬天流到了来年的夏天。

这一天,武田收到总部的命令,说是日军主力部队将南下,因此驻守济宁兵力有限,让他们在济宁组建皇协军保安队,辅助皇军治理济宁。武田把组建皇协军保安队的任务交给了侯立人,让他赶紧扩充警察局的人数。可招募皇协军的事并不顺利,张榜了好几天,就两个报名的。这日,侯立人正一边开着车,一边为此事发愁,一慌神撞到了一个人。

侯立人下车,见一个蓬头垢面、衣衫褴褛的人倒在车前,旁边还扔着一个破旧的包袱。他走上前,待看清那人后,一脸惊讶地问道:"你是……黄天行?"

侯立人连忙让人把他扶到车上。经过询问,他这才得知,当年黄天行去东北给他娘上完坟就和麻三一起去北平谋了个看家护院的差事。结果日本人打进北平,东家一逃难,他们的差事就没了。后来他们随着逃难的人一路南下,在路上他与麻三走散了。当时他们约好,要是失散了,就回济宁汇合,可他刚走不远,又遇上了乱兵,身上的钱都让乱兵抢走了。实在没了办法,他就一路边打零工,边要着饭往南走,没想到快到济宁城的时候,被一场大雨给浇病了,这才神志恍惚地撞到了车上。

侯立人问他:"天行啊,你都沦落成这个样子了,咋不回家呀?这些年,你爹都想死你了。"

黄天行冷漠地回道:"侯叔,我家里人都死了,我没家。"

"别说气话了,一笔写不出两个黄字,毕竟黄家把你从小养大,这份恩情你不能不认。"

"我姓盖,不姓黄。侯叔,多谢你的救命之恩,我走了。"

黄天行刚要走,侯立人连忙拦住他:"叔错了,叔说得不对。天行啊,你不愿意回家也就算了,可为啥不去找查爷呀,一日为师终身为父,他还能不管你口饭吃?"

黄天行顿了一下,转身撩起自己的上衣,只见他后背上刺着一条黑龙。

侯立人诧异:"天行,你入了匪道?"

"侯叔,实不相瞒,在东北的时候,实在活不下去了,就当了几年土匪,可后来那股绺子投奔了抗日联军,我和麻三叔不愿意跟着送死,就跑了。"

侯立人感慨道:"不容易,不容易。将来你是怎么打算的?"

"我打算跟麻三叔在这儿汇合后,继续往南边去。"

"去南边干啥？"

"不知道，走一步看一步吧。"

"天行，眼下兵荒马乱的，到哪儿都安生不了，你要是听侯叔的，就别走了，留在济宁，咋样？"侯立人心里打起了算盘。

"留下？我啥也不会，能干啥？"黄天行一脸茫然。

侯立人继续劝道："谁说你啥也不会？你有一身的好本事，留在叔这儿，那就是叔的左膀右臂。"

黄天行思考了片刻，答应道："听人劝，吃饱饭。叔对我有救命之恩，以后我就跟着侯叔干了。"

"这就对了。"侯立人亲切地拍了拍黄天行的肩膀。

侯立人将黄天行安排到了保安队。他留下黄天行其实是有目的，有了黄天行这面黄家大旗，保安队还愁招不起人？连黄家都为日军效力，其他人还顾及什么名声啊！

黄子荣听说老疙瘩回来了，还进了保安队，连忙来到维持会找他。可老疙瘩并不想见他，只让人带话给黄子荣，说自己是盖天行，不是黄天行，请他回去。

黄子荣无奈地离去。他心想，如今有可能劝动老疙瘩的只有一个人，就是查爷。

查爷一边喂着鹰一边说："黄老爷高抬我了，您这一身正气都压不住他，我这一身江湖气，就能管用？"

黄子荣回道："查爷，侯立人重金招收保安队，可您老当年手下的兄弟没一个报名的，子荣听说您在里头费了心思，这江湖气关键时候还是管用啊。"

"黄老爷误会了，我只不过跟兄弟们讲了几句俗语，腿长在他们身上，人家要是不听，我也没有办法。"

黄子荣叹了口气："查爷，船帮那么多徒子徒孙，没出一个汉奸，您就忍心看着老疙瘩走上邪路？老疙瘩可是你最喜欢的徒弟呀，要真等他深陷泥坑，您就不怕无法跟船帮的祖师爷交代？"

查爷望着老鹰，许久没有说话。

武田、春野和三木来到维持会，巡视着刚刚组建起来的保安队。

武田停在一个士兵前，让他出手打三木，可士兵摇头称不敢。武田命令他打，士兵只得挥拳冲向三木，三木轻巧地躲过，一拳用力打在对方后背上。武田看后，不满地叹了口气。接连几个士兵倒在三木的脚下后，武田发怒："侯会长，这就是你组建的保安队？"

侯立人尴尬地解释道："太君，刚刚组建，还没训练。"

"还没训练就敢向皇军索要军饷？"武田说完，转头吩咐春野，"春野君，保安队只发一半军饷，什么时候训练成了，再把军饷发齐。"

"太君，弟兄们扛枪打仗都不容易，军饷还是不要拖欠的好。"保安队里突然有人发声。

武田循声看去，上下打量着他："你想怎么样？"

那人看向三木，问道："我能跟这位太君过过招吗？"

武田有些意外，对三木点头示意。三木会意，煞有介事地拉开架势，冲向那人，那人灵巧躲闪着。三木连连出拳，只见那人出手反击，几下将三木击倒在地。三木气急败坏地爬起身，拔出腰间的手枪，指向他。

武田连忙制止，他赞赏道："很好，你叫什么名字？"

"盖天行。"

武田点点头，指着他对侯立人说："侯会长，刚才你说保安大队还没有副大队长，我看就让他来当吧。"

侯立人爽快地应道："是。"

换上一身副大队长制服的黄天行正要出门，突然看到查爷正等在门外。

查爷打量着黄天行的行头，恨铁不成钢地说道："天行啊，这身皮能脱下来吗？"

黄天行回答："师父，顺势而行这句话，您老过去总挂在嘴边。您是个明白人，如今日本人得了势，中国早晚都是人家的，徒弟这么做，也是顺势而行。师父，您老了，有些事就别管了，您就塌下心，安安稳稳地回家享两天清福吧。"

"是该享享福了，不过有样东西拿不回来，我这心里总是不踏实。"

"啥东西？我帮您去拿，您告诉我在哪儿？"

"就在你身上。"

黄天行还在发愣，查爷突然出手。他一边闪过，一边问："师父，您要干啥？"

"你不是问我要拿啥吗？我就要拿你身上这身功夫！我教你功夫，是为了让你行侠仗义、除暴安良，不是让你助纣为虐、认贼作父！"

"师父，您不要逼我！"

"当年我看你是棵习武的苗子，费了那么多心血，谁承想教出来一个不忠不孝的叛徒，拿命来吧！"

说完，二人缠斗在一起。查爷的攻势越来越凶，黄天行先是连连防守，被逼无奈，只好出手，没想到一不小心一拳打在了查爷的胸口上。查爷趔趄着倒退了几步，突然一口鲜血喷了出来。

"师父！"黄天行一下慌了。

查爷凄楚地苦笑了一声："黄天行，算我查某瞎了眼！"

黄天行呆呆地看着查爷渐行渐远的背影，忽听身后传来一阵鼓掌声。只见侯立人、赵长顺和几个军官站在他的身后。侯立人对众人说："今儿中午我做东，去荷香楼给盖副大队长庆贺庆贺！"

荷香楼的雅间里，侯立人正举杯向黄天行道贺，这时，楼下突然传来嘈杂的吵闹声。黄天行隐约听到了熟悉的声音，放下酒杯，对侯立人说："我咋听着像麻三叔呢？侯会长，我下去看看。"说完，起身下楼。

黄天行来到一楼大厅，一看，果然是麻三叔，他正和酒楼的伙计争吵，伙计让他给钱再走，可麻三没带钱，说要先欠着。

"麻三叔！"黄天行来到麻三身旁。

"天行？你咋在这儿？"麻三没想到会在这儿碰到天行，"对了，你带钱了吗？先帮我打发了这帮势利眼。"

黄天行二话没说，掏出一块大洋丢给伙计，带着麻三上楼来见侯立人。

麻三听说是侯立人救了天行，对他万分感激，继而又问黄天行什么时候去南方。

黄天行摆了摆手："麻三叔，我不想走了。"

"不走了？"

"麻三叔，我如今跟着侯会长，大小也混了个官儿当，我打算以后就跟着侯会长干了。麻三叔，你也留下吧，咱们爷俩在一起，吃香的喝辣的，这比一路往南没个着落要强啊。"

麻三考虑了一下，然后端着酒盅起身："侯会长，既然天行不走了，那我也不走了，以后在您手底下当差，还望您多多关照。"

侯立人举杯笑道："都是兄弟，不说外话。来，喝酒！"

第三十五章

这一日，武田收到一份公文，上面说日本修建的铁路接连遭到共产党游击队的破坏，金乡的百姓也武装抵抗他们，多名日兵牺牲。见武田一筹莫展，春野说他想到了一个办法，他想请杨春早为日军和济宁民众做一场报告，来消除中国人对他们的偏见。只是他没想到，杨春早当场就拒绝了。春野虽然恼火，可一时也束手无措。

就在春野绞尽脑汁想对策时，两个日本士兵上前来报，说宪兵队抓到了两个袭击皇军的抗日分子。侯立人在宪兵队审讯室里见到二人，原来是小六子和董二虎，听说他们去津浦铁路当工人了，怎么会跟日军发生冲突。

春野看过二人后，问侯立人："侯会长，这两个人杨春早认识吗？"

侯立人回道："认识，都是街坊四邻，咋能不认识。对了，那个小六子当年还跟着杨春早念过几年书呢。"

春野一听，计上心来，命人去请杨春早来一趟宪兵队，杨春早不明所以地来到审讯室，看到满脸污血的董二虎和小六子，大吃一惊。

春野走到杨春早身旁，轻巧地说："杨先生，如果你答应我的条件，我就可以饶他们不死。"

见杨春早并不理会自己，春野掏出手枪，把枪顶在董二虎的脑袋上，威胁道："杨先生，我数三个数，一、二、三。"

一声枪响之后，董二虎垂下头，脑袋上的鲜血顺着他单薄的身躯流到地面，触目惊心。

杨春早怔住了，他见春野又把手枪顶在小六子头上，连忙阻拦："我答应！答应。"

计划得逞，春野歪着嘴角笑道："识时务者为俊杰，杨先生是个聪明人。"

从宪兵队出来，杨春早心事重重地走在街上，不知不觉来到丁家医馆，他停下脚步，想了片刻，然后毅然走了进去。

晚上，杨春早早地上了炕，可他睡不着，靠着墙坐在炕上，跟秋香有一搭没一搭地说着话。

"秋香，你猜我想起啥来了？"

"我哪儿知道？"

"我想起咱俩成亲的时候了。那年冬天，我赶着马车去接你……"

秋香忽然笑了，杨春早纳闷儿："你笑啥呀？"

"你还有脸说这事呢？当时看你五大三粗的，像个爷们，可进了洞房就不是爷们了。"

"我哪儿不是爷们了？"

"那天也不知道你灌了多少酒，那股子酒气，熏得我差点儿吐了。当时我琢磨着，你要是揭了我的红盖头，我该咋办？没承想，等了一会儿就听见你的呼噜声了。我这个气呀，你说我摘了红盖头吧，不合规矩，不摘吧，也不能干靠一宿。后来我实在困极了，就顶着红盖头坐在炕上靠着墙睡了。"

"我想起来了，第二天蒙蒙亮，我迷迷糊糊睁开眼，看你满身通红，头上还顶着红布，吓了我一身冷汗。"

"洞房花烛夜，你让我顶着红盖头过了一宿，你说你是爷们吗？不过说实话，咱俩成亲这么多年，有一件事你是真爷们。"

"哪件事呀？"

"这些年，不管碰上啥事，我只要说一句'听话'，你还都仔细地琢磨了，这挺像个爷们。"

"听你话就是怕媳妇，咋还是爷们呢？"

"我爹跟我说过，有本事的男人在外面横膀子，没本事的男人在家横膀子。你名声在外，能折腾，可在家听我的话，疼我，是个好男人，真爷们。"

秋香打了个哈欠，想要睡了，可杨春早还想再说会儿话，秋香让他明天再说，杨春早叹了口气，将嘴边的话咽了下去。

听到秋香发出了轻微的鼾声，杨春早下炕，走到水缸前，用葫芦瓢舀起一瓢水，又从衣兜里拿出一个小白纸包，纸包里是他从丁家医馆买来的药，他将黄白色的药末倒进水里，一口把药服了下去。

堂屋的门开了，淡淡的炊烟从屋内飘出。秋香在锅灶旁拾掇早饭，将馒头、咸菜和一个煮鸡蛋摆在杨春早面前。

秋香坐到方凳上,随口说道:"先生,吃完饭你陪我去集上把鸡蛋卖了。"

杨春早点了点头。

秋香忽然想到什么,又说:"你的鞋都磨漏了,等卖了钱,给你买双新的。"

杨春早再次点了点头。

秋香抱怨道:"你就不能说句话呀?哑巴了!"

杨春早还是点了点头。

秋香哭笑不得:"你那张刀子嘴,真哑巴了就好了,省得到处乱惹事。赶紧吃饭。"

杨春早淡淡一笑,出神地看着秋香。

秋香终于察觉出异样,不安地问道:"你到底咋了?说话呀!"

杨春早张着嘴,无声地摇了摇头。

"先生,你咋了?"秋香着急地看着杨春早,杨春早双手比画着,嘴里只能发出咿咿呀呀的声音。

杨春早哑了。春野不相信,让日本军医来看,军医也表示杨春早的声带确实受损,不能说话了。至于是暂时不能说话,还是永久不能说话,现在还无法确诊。春野知道杨春早是故意弄哑了嗓子,不过到底是真哑还是假哑,他还需要再测试一下。

春野带着杨春早再次来到审讯室,他将枪口抵在小六子的脑袋上,威胁道:"杨先生,我还是数三个数,如果你能够说话制止,我们的协议继续有效,否则就作废了。一——二——"

杨春早无奈地看着小六子,极力挣扎着。

"三。"

一声枪响之后,杨春早停止了挣扎。他绝望地看着死去的小六子,泪水直流,身子一软,沉了下去。

看来杨春早是真的哑了,春野只好放他回去,并将此事转告给了武田。

武田思索后说:"我刚才反省了一下,过去我把事情想简单了,看来要征服中国人,还是得慢慢来。春野君,记得进城以前,你跟我说过济宁城有三个地方一定要看,河神庙我们已经去过,与杨春早刚刚发生了冲突,藏书楼就先不去了,现在还剩下玉堂酱园没有去看。"

"大佐想去看看酱园?"

武田点了点头："上次我们筹集的军粮已经送达前线，送去的玉堂酱菜反响非常好，而且耐储存，方便携带，司令部让我们大量供应，必要时可采取专供的方式。"

"大佐，这个应该不难，只要价钱合适，商人不会放弃赚钱的机会。"

二人来到玉堂酱园，见前厅的墙上挂着一块木匾，上面写着四个鎏金大字——玉堂酱园。孙敬谱告诉他们，这四个字是当年乾隆皇帝题写的。

孙敬谱自豪地说道："我们玉堂酱园建立于康熙五十三年（1714年）。1915年的时候，我们的酱菜在巴拿马太平洋万国博览会上还荣获过金奖。"说着，他指着挂在墙上的两幅书法——"京省驰名"和"味压江南"——继续说，"这八个字，是当年慈禧老佛爷尝了我们的玉堂酱菜之后给予的赞誉。"

武田看向春野说："春野君，如果我们大日本帝国的士兵在战场上都能吃到中国的慈禧太后吃过的东西，相信一定会更加勇敢。"春野点了点头，让孙敬谱带他们去酱园看看。

玉堂酱园的后院中，放着上百口大酱缸，每口酱缸的下半截都埋在地下，缸上都盖着竹席做的缸盖。

孙敬谱知道他们的来意，先行表明了态度："这酱菜都是靠人工一道道工序做出来的，加上清洗发酵的时间，短时间内产量根本就上不去。济宁和周边的乡下都供应不过来，更别说是供应前线了。"

武田停下脚步："孙掌柜，你可能没明白我的意思，我是说，以后玉堂酱菜就不对外销售了，只供应前线皇军。"

孙敬谱始料未及："这恐怕不太合适吧？老百姓都吃惯了这口，突然不卖了，您让人家怎么说我们玉堂？"

"如果有什么不满，让他们到宪兵队来，我可以给他们解释。孙掌柜，事情就这么定了。"武田没有给孙敬谱商量的余地，直接下了命令，"春野君，明天就安排人来给孙掌柜办理通行证和相关的专供手续。"

"可是——"孙敬谱被武田冷厉的目光吓得不敢再说下去。

"孙掌柜，皇军不会亏待你的。"说完，武田带着春野离去。

他们离开后，孙敬谱就把黄子荣、宋鲁生和杨春早请了过来。

"今日请三位过来，就是想请你们帮孙某做个见证，孙某宁肯明日把酱菜园子关了，也决不当日本人的帮凶。"孙敬谱坚决地说。

杨春早亮出大拇指，黄子荣对杨春早摆了摆手："孙掌柜，此言差矣，酱菜无罪,把酱菜卖给日本人怎么就成他们的帮凶了呢?"

"他们吃着我玉堂的酱菜,在前方烧杀抢掠,我孙敬谱不就间接成了侵略祖国的帮凶了吗?"

宋鲁生接话:"孙掌柜,我觉得子荣所说有理。酱菜园子多了去了,没了玉堂,他们就没咸菜吃了?不吃你的酱菜,日本人就不杀咱中国人了?"

黄子荣接着问:"你担心给日本人专供酱菜,自己就成了汉奸,对不起祖宗?"

孙敬谱点点头:"是呀。人家杨先生,为了大义,宁肯药哑自己,我虽然赶不上杨先生壮烈,可也不能做贪生怕死的怂包吧?"

黄子荣却不完全认同:"孙掌柜,供应酱菜未必就是投敌,不供应酱菜也未必就是抗日。"

孙敬谱疑惑:"子荣、宋掌柜,你们俩葫芦里到底卖的是什么药?难不成真把我撺掇成汉奸,你们就高兴了?"

宋鲁生说道:"孙掌柜,如今日本人管制一切,特别是交通,没有他们的通行证,所有物资都无法通行,虽说给他们供应酱菜有辱玉堂的名声,可是若能因此弄到一张通行证,说不准啥时候就能派上用场啊。"

孙敬谱默默思索了一阵,拍着大腿说道:"行,我孙敬谱这次就忍辱负重一回。不过你们济宁三杰将来可得给我作证,我这叫苏武牧羊,杨四郎投辽,跟侯立人他们那些卖国求荣的汉奸可不一样。"

黄子荣和宋鲁生笑着点了点头。

运河上,一艘中型货船张着布帆缓缓地行驶在河道中,赵长顺和几名日兵拿着枪,警觉地察看着两旁。货船的船舱内,摞放着许多木箱子,大小不一,里面装的都是军火。黄天行靠着木箱,坐在夹缝里,闭目养神。货船前后还有两艘汽艇护着,汽艇上架着歪把子机枪,三木站在前面的汽艇上,注视着前方。

飞鱼岛上的人看到日军的货船后,回来禀报一片云。一片云心想,这么多日兵押运,一定是好东西,这时候往南运的,不是粮食就是军火,他们前两天在金乡杀了好几千手无寸铁的老百姓,要是让他们把这批东西运过去,不知又得祸害多少中国人,这笔买卖必须做!

货船继续向南行驶着,这时河道中忽然出现一条小木船,船上盖着厚厚的芦苇。三木目不转睛地注视着渐渐漂近的木船,他拔出手枪,向木船射击,木船突然爆炸，汽艇一下子被掀翻在河道中。

随后，货船后的汽艇也突然熄了火。汽艇一侧忽然冒出十个蒙面人，他们手中拿着短枪，向汽艇上的日军射击着。日军有的中弹身亡，有的栽入水中。

赵长顺知道中了埋伏，慌乱地躲在桅杆后，连连开枪。麻三趴在货舱的舱口处，也朝着蒙面人射击，可他每一枪都是空枪。

这时候，黄天行从货舱内连滚带爬地跑到赵长顺身旁："队长，不好了，船漏水了！"

赵长顺一惊："漏得厉害吗？"

黄天行点了点头："我估计船底下有他们的人，把船底给凿开了！队长，咋办？"

赵长顺看了看舱底，对船上的众人大喊："弟兄们，船漏水了！东西保不住了，逃命要紧，跑吧！"说完，率先跳到河里。黄天行也跟着跳了下去。众人一看队长和副队长都跑了，也都纷纷跳到河里。

货船上没了人，十个蒙面人快速游近货船，带头的蒙面人让人把漏水的地方赶紧堵住，自己则带着其他人来到货舱。

赵长顺、黄天行和麻三逃到一片小树林。休憩之时，赵长顺揣测道："黄副队长，押运军火这么严密的事，你说这些人是咋知道的？我琢磨着，肯定是出了内奸。"

"你说得没错，有内奸。"黄天行点了点头。

"你说能是谁呢？"赵长顺在脑海里一一排查，没有头绪。

黄天行冲着赵长顺笑了笑。

赵长顺不解："你啥意思？"

赵长顺背后的麻三忽然用右手勒住他的脖子，黄天行这边连忙用手用力按住他的脑袋，猛地一拧，赵长顺的一只手瞬间无力地垂落下来。

黄天行从赵长顺的腰上拿下驳壳枪，麻三说道："天行，我来吧。"

黄天行笑了笑："麻三叔，这事还得我来。"说着，拿起枪朝着自己的左小臂开了一枪。

日军货船被抢之时，武田和侯立人正在临街的一间茶楼里喝茶。武田望着窗外，无意间看到一个日兵在调戏一个妇人。那人伸手去摸妇人的脸，被妇人狠狠甩了下来。日兵不罢休，又去抓她的手，那妇人一下子掏出手枪对着他，显然这一举动吓住了他。这时一个男子跑到妇人身边，给了那人一个耳光，还用日语冲着他喊道:"你知道她是什么人吗?她是武田大佐重要的客人,你们的行为要让大佐知道了,是要受到严惩的!"那个日兵一听,吓得赶紧逃了。

武田觉得他们很有意思,让侯立人请他们上楼。侯立人一看,这二人不是别人,正是宋秋鸣和裘美琪夫妇。侯立人来到他们面前,请他们上楼见武田,宋秋鸣摇了摇头,表示拒绝。

武田在楼上冲他们喊道:"二位不是我的重要客人吗?请上来吧!"

宋秋鸣见他们人多势众,只好带着美琪上去了。武田仔细端详着裘美琪的手枪,说道:"比利时产的勃朗宁M1900,枪不错。二位知道私自拥有枪支的后果吗?"

宋秋鸣解释:"大佐,这枪是老辈给的,就是个纪念,没有别的用处。"

武田没说什么,只是又问道:"宋先生,怎么不说日语了?"

"我刚才那是急了,乱说一通。"

"侯会长说,你在日本读过大学,学的什么专业?"

"先是学商科,后来改学戏剧。"

"戏剧?莎士比亚?易卜生?"

"大佐也懂戏剧?"

"当年我读大学的时候,也非常喜欢。生存还是毁灭,这是个问题!"

"《哈姆雷特》。"

武田看向一直冷着脸的裘美琪,问道:"宋太太,我非常欣赏你先生的才华,皇军正需要他这样的人才,我想请他到宪兵队做翻译,你看可以吗?"

裘美琪避开武田的目光,不说话。

武田阴笑道:"宋太太持枪威胁大日本皇军,宋先生则是对大日本皇军不敬,如果按这两项罪名定罪,你们的孩子马上就会成为孤儿。"

裘美琪愣住了,宋秋鸣惶恐地说:"大佐,你说的事好商量。"

"这事需要商量吗?"

"不用,不用,我愿意做翻译。"宋秋鸣连连点头。

"很好,你们可以回去了,明天我等你来宪兵队报到。"

裘美琪不满地瞥了眼宋秋鸣,想拿枪走人,可武田却把枪扣押了下来,称如果宋秋鸣工作优秀,他会归还的。裘美琪还想说什么,宋秋鸣连忙拉着她离开了。

武田转头问道:"侯会长,你觉得明天他会来吗?"

侯立人回道:"大佐,不好说。宋秋鸣吧,胆子小,让他来,他不敢不来,可他爹宋鲁生那人,轴得很,就怕他从中作梗啊。"

武田计上心来，靠在侯立人的耳边悄声低语了几声，侯立人听完，保证道："大佐，您放心，我一定把这事办好。"

这时，一个日军少佐进来报告："大佐，我们的船队在运河上遭受了伏击。"

武田大惊："立刻派兵增援！"

"离那儿最近的两艘巡逻艇已经赶过去了。"

"走，我要亲自过去看看！"

日军的两艘巡逻艇即刻赶来支援，向货船疯狂扫射着。蒙面人被机枪打得抬不起头，就在他们准备撤退之时，忽然听到一阵猛烈的枪声和手榴弹的爆炸声。十几条小船从芦苇荡中划了出来，船上载着飞鱼岛的土匪，他们向巡逻艇上的日军开枪射击着。蒙面人见有人帮忙，又纷纷向驶来的巡逻艇射击。巡逻艇上的日兵招架不住，灰头土脸地逃走了。

一片云坐在一条小船上，冲着货船上的蒙面人喊道："哪路的朋友？露个脸吧！"

蒙面人的头领站在船尾，扯掉了蒙在脸上的黑布。一片云定睛一看，竟然是丁老大。

一片云爬上货船，走到丁老大面前："真没想到，你丁老大也是条汉子。"

丁老大淡淡一笑。这时，三头鹰从船舱里爬出，告诉一片云货舱里都是军火，一片云兴奋地让人去抬出来。

丁老大抱拳施礼："多谢大当家的义伸援手，可这些货你们不能动。"

"丁老大，你这人挺有意思，我来就是为了这批货。"一片云态度也很强硬，然后转头吩咐道，"三头鹰，给他们留两箱东西，其他都运回去。"

一片云话音刚落，丁老大立刻拿枪指着她："这些东西是我们的！"

三头鹰等人见状，也纷纷举枪指着对方。

"丁老大，我敬佩你们是抗日的好汉，不难为你们。拿上两箱弹药，赶紧走吧。"一片云做出让步。

"大当家的，我们要用这些弹药打鬼子。"丁老大坚持道。

"我们不打？丁老大，运河是我们飞鱼岛的地盘，在河上丢了东西，这笔账他们肯定要算到我一片云头上。你把东西都拿走了，想让我白替你抗雷呀？行了，两箱不少了，再不走，这两箱也没有了。"

丁老大无奈，把手枪插回了腰间。

武田赶到时，河道中只剩下两艘歪斜损坏的巡逻艇。

武田面色冷峻地看着河面，向一名当时在场的伪军问道："伏击你们的是什么人？"

"一共两拨人。第一拨都蒙着面，不知道是什么人，后面那一拨我看清楚了，是飞鱼岛的，带头的是一片云。"

"军火呢？"

"让一片云带走了，第一拨好像没捞着什么。"

春野一把揪住伪军的衣领："赵长顺和盖天行呢？他们去哪儿了？"

"当时我看见赵大队长和盖副大队长跳河逃了，去哪儿就不知道了。"

就在这时，黄天行神色慌张地向他们跑来，只见他的左臂上绑着布条，麻三拎着步枪紧随其后。

武田突然掏出枪，指向黄天行："身为队长，临阵脱逃，死罪一条！"

黄天行跪在地上："大佐，枪下留人，我有话说。"

"你要说什么？"

"大佐，赵长顺是奸细，咱们都中了他的计了。"

"据实禀报，怎么回事？"

"大佐，遭遇伏击后，我跳船逃走，在树林里跟赵长顺碰了面。我劝他回去向大佐请罪，他却突然掏出枪来，说他是共产党游击队的人，还劝我也投奔游击队，我不答应，他就开枪，幸亏我躲得快，才保住了性命。"

"他人呢？"

"跑了。"

武田气急败坏地下达了两条命令：一条是立刻通缉赵长顺；另一条是集合部队，全力攻打飞鱼岛，势必要把军火夺回来。

赵长顺的事虽然在日本人那里糊弄过去了，但黄天行知道侯立人那里怕是瞒不过去，于是他主动来到侯家。

黄天行一见侯立人，便跪在了他面前："会长，我办了错事，向您请罪。"

侯立人诧异："咋了？"

"会长，其实赵长顺没跑。"

"没跑？那他人呢？"

"我把他杀了。"

侯立人愈加惊疑："你把他杀了？到底是咋回事？"

"会长，当时从船上逃下来以后，我们在树林里遇见了。他说他是大队长，把军火弄丢了，日本人肯定饶不了他。我劝他回来求您保他，可他说您这回也保不了他，我问他咋办，他说要跟我借样东西，我说是啥，他就突然掏出枪来，说要借我的人头使使。我当时就蒙了，问他到底想干啥，他说他要栽赃我是共产党的内奸，只有这样，他才能向日本人交代。他朝我开枪，幸亏我躲得及时，没被打中要命的地方，麻三叔正好赶来，我们就……"

"糊涂，赵长顺真是糊涂哇！"黄天行没来之前，侯立人还在暗自嘀咕，长顺怎么可能是共产党，原来事情是这样的。他叹了口气，扶黄天行起身。

"侯叔，您不会怪我吧？"

"这事不能怪你。天行，从明天开始，你就是保安队大队长了，往后，咱们爷们联起手来，不能再出啥差错了。"

黄天行郑重地点了点头："是，会长放心。"

"以后没人的时候，喊叔就行。"

"是，侯叔。"

侯立人拍了拍黄天行的肩膀，笑道："这就对了。天行，明天一早带几个人跟我去办趟差事。"

侯立人让黄天行办的差事很简单，就是围堵宋秋鸣。以他对宋鲁生的了解，宋鲁生决不会让儿子给日本人当翻译，最直接的办法就是将宋秋鸣和裘美琪送走。果不其然，一大早，宋家人就将宋秋鸣、裘美琪和他们的孩子送上了马车。然而马车没跑出几步，便被侯立人的人拦了下来。宋秋鸣知道自己是走不了了，只好认命地跟他们去了宪兵队。

天才刚刚亮，杨春早趴在鸡窝前，用手扒拉着看鸡有没有下蛋。

秋香上前问道："下出来了没有？"

"别说话，小心让你给吓回去。"

秋香原本只是顺口一问，没想到杨春早竟开口回了话，一时没反应过来，不敢相信地问道："先生，你能说话了？"

杨春早转过身回道："没吓着你吧？"

确定是杨春早的声音，秋香又惊又喜。

"行了，你在这儿看着吧，我得去找丁德庸算账。"

"你找人家算啥账啊？"

"这个丁德庸，做人一向厚道，为啥给我用假药呢？"

说完，杨春早乐呵呵地走出院门，忽然他听到背后有人叫他，转身看去，只见一个人一瘸一拐地走了过来。

杨春早眯着眼，渐渐看清来人的面孔："黄天楷？你个小兔崽子，还敢回来？"

黄天楷愧疚道："杨先生，您能不能先听我解释？说完之后，要打要骂，悉听尊便。"

杨春早语气缓和道："你说吧。"

黄天楷看了看周围："杨先生，这不是说话的地方。"

杨春早带他进屋，黄天楷拿出一份委任状，递给杨春早，上面写着"兹委任黄天楷为济宁地区军事联络员"。黄天楷告诉杨春早，他现在是军统的人，这次上面派他来，就是让他联合各方抗日力量，执行抗日任务。

杨春早看到委任状，对他卸下防备："如果真是这样，那你就是浪子回头，暂且饶你一次。见过你爹了吗？"

黄天楷心虚地说："当年我犯的错太大了，不敢回去。"

杨春早好言相劝："血浓于水，爹跟儿子不分心哪，有错就认，认完错，那还是一家人。你还是去见见你爹吧，你要是不敢去，我陪你去。"

"杨先生，我爹的脾气你也知道……"

"你爹要是冥顽不化，非认死理，我就给他好好通通血脉，走！"

二人来到黄家，黄天楷主动跪在祠堂，面对祖宗牌位，忏悔道："列祖列宗在上，不肖子孙黄天楷向你们请罪来了！天楷当年一时糊涂，做下错事，愧对列祖列宗。今后我一定洗心革面，重新做人，一定给列祖列宗争光，誓不给黄家蒙羞添耻！"

黄天楷正磕着头，黄子荣拎着烧火棍气冲冲地大步走了进来。看到黄子荣，黄天楷立刻转身哀求道："爹，天楷知错了，您要是不解气，就狠狠打我，这都是我该受的。"

黄子荣二话没说，拎着棍子走到黄天楷面前，他举起烧火棍，然而棍子最终只是轻轻地落在了黄天楷肩上。

黄天楷意外地看向黄子荣，黄子荣还是一句话都没有说，把棍子扔在地上后就转身离去了。

黄天楷默默流下眼泪，杨春早走到他旁边轻声说："天楷，起来吧，你爹的气消了。"

第三十六章

得到黄子荣的原谅后,黄天楷又来到飞鱼岛找一片云,想要联合她一同抗日。可一片云一想起黄天楷之前的所作所为就气不打一处来,直接让人将他撵出了岛。出岛之时,黄天楷留下了一个布包,里面装着给樱桃的一件洋装衬衫和一张纸条。

当天晚上,黄天楷正在自己屋内看着地形图,突然听见一阵敲门声,他连忙藏起地形图,问道是谁。屋外没有人回答,黄天楷轻手轻脚地从枕头下拿出一把手枪,然后蹑着脚来到门口,他猛地打开屋门,只见樱桃就站在他面前。

自从白天收到黄天楷的布包,樱桃就在犹豫要不要去见他。她反复看着黄天楷留给她的写着他想见她的纸条,最终还是没有抗住对他的思念,主动来了黄家找他。

"樱桃,你怎么来了?"黄天楷吃了一惊。

樱桃板着脸,将布包递给他:"我来还你东西。"

"樱桃,你跟我还客气啥?衣裳是我专门给你买的,喜欢吗?"

"我只是一个乡野村姑,受不起你黄大厅长的东西。"

"还生气呢?当年是我错了,你看看我这条腿,我已经为当年的事付出代价了,我知道错了,你就不能原谅我吗?"

樱桃低着头,问道:"今天你为啥去飞鱼岛?"

"我想劝一片云抗日。"

"你要抗日?"樱桃抬起头。

"不瞒你说,我现在是国民党军统济宁的负责人。这次回济宁潜伏,就是要联合各方抗日力量,共同抗日。我这边人手不多,今天上岛,是想联合你们共同抗日。"

"你说的话,我还能信吗？"

黄天楷进屋,把委任状递给樱桃,恳切地说:"你要是还不信,我可以指天发誓,我所说的句句属实,如有半句假话——"

"好,我就再信你一回。"樱桃打断他,"可联合我姐姐抗日这事,你办不成。"

"那谁能办成？"

"解铃还须系铃人。一个男人假如进到一个女人心里,那就是一座山！你爹在我姐姐心里,就是一座大山。要想劝动她,得先跨过这座山。"

"樱桃,那你说我该怎么办？"

"让你爹上岛求亲。我姐姐跟我这次回来,有一半也是为了你爹回来的。只要能给我姐姐一个台阶,促成亲事,联合抗日这事也就成了。"

黄天楷认真地点了点头。樱桃转身要走,黄天楷突然拦住她:"樱桃,我在你心里,也是座山吗？"

樱桃避开黄天楷的目光,没有回答他。

黄天楷伸手轻轻抓住樱桃的双肩:"樱桃,等我爹和你姐姐的亲事成了,我就娶你。"

樱桃讶然,脑子突然一片空白,不知如何回应,唯一的念头就是逃走。她走在夜色中,快步如飞,她的心跳就如同她此刻的脚步一样,快得停不下来。不知走了多远,当她停下时,她发现自己已经泪流满面。

黄天楷本以为让他爹去飞鱼岛提亲是件容易的事,可没想到自己刚开了个头,就被他爹制止了。黄天楷知道自己是说不动他爹了,于是他找到杨春早帮忙。杨春早心想,两个人纠缠了这么多年,至今还没个结果,黄子荣怕是不好开口,不过有他出马,这事八九不离十。他让黄天楷放心,说自己会去劝的。他还好心提醒黄天楷,让他去动员老疙瘩一同抗日,毕竟是黄家的子孙,怎么能为日本人效力呢？

黄天楷瘸着腿到维持会大队部来找黄天行,黄天行一边给他倒水,一边关切地问道:"大哥,你挺好的吧？"

"除了这条腿,都挺好。"黄天楷指着自己的右腿,叹了口气,"大哥这条腿是让奶奶砸断的,可是大哥不但不恨奶奶,反而很感激她老人家,要不是她,我回不到正道上。"

"大哥，你的意思是说我走的不是正道？"

"二弟，这世上的道千差万别，有的道你刚开始看着是金光大道，可走着走着就发现其实是死胡同。有的道刚开始是泥泞小路，走着费劲儿，可是你越走越宽敞，越走越发现这才是正途。"

"大哥，你如今走的是条啥道呢？"

"大哥如今腿虽然瘸了，可是路走得不歪。"

"人生在世，各有各的活法，大哥你就别为我操心了。"

"但愿你不要误入歧途。"

就在黄天楷劝说黄天行之时，杨春早已赶到黄家，正对着黄子荣一番苦口婆心。

"子荣啊，只要你娶了一片云，她就能解开心结，跟天楷联合抗日，这是两全其美的好事呀！"

黄子荣不为所动："一片云刚刚劫了日本人的军火，这不叫抗日？你赶紧回去吧，你自从嗓子好了以后，比过去可是聒噪了不少。"

杨春早急了："你这个人咋就油盐不进呢？好，给你个撒手锏。"说着，他掏出一个锦盒，锦盒里装的是黄老太太的戒指。

黄子荣很是意外：它怎么会在杨春早手上呢？杨春早告诉他，黄老太太临走之前，曾把自己叫到身边，将戒指以及他与一片云的婚事一并托付给了自己，等到时机成熟，便促成两个人的好事。

"子荣，择日不如撞日，现在就是最好的时机。你与一片云佳偶天成，择日成婚，天楷代表国民政府与飞鱼岛达成合作，共同抗日。这段佳话听着就让人激动。"

黄子荣叹了口气，坦白道："春早，你我不是外人，有些话我也不背着你。一片云回来之后，我也曾想跟她开口，可她要么岔开话题，要么不予回应，我是剃头挑子一头热，有劲儿使不上啊！"

"我问你，你心里到底有没有一片云？"

"有。"

"让你现在娶一片云，你愿不愿意？"

"现在？大敌当前——"

"你别想那么多，我就问你愿不愿意？"

"愿意。"

第二天一早，杨春早和黄天楷一同陪着黄子荣上岛提亲，他们的船上插着竹竿，竹竿上是一块红布做的旗子，只见旗子上写着两个大字——提亲。

樱桃远远看到后忙跑到大厅告诉一片云："姐姐，黄老爷这回来真的了，杨先生还打着一面提亲的红旗，你快去看看吧。"

一片云矜持道："你去告诉黄子荣，就说我跟他缘分还不到，眼下的头等大事是抗日，让他回去吧。"

樱桃忍不住笑道："姐姐，别再装了，差不多就行了。"

"就这么说，快去。"一片云急了，催促道。

樱桃来到广场，对黄子荣说："黄老爷，我们大当家的说了，跟你缘分还不到，眼下的头等大事是抗日，你回去吧。"

杨春早靠近黄子荣，悄声说："子荣，人家这是给你出题了，答得好，你就能抱得美人归了。"

黄子荣一言不发，径直快步走进大厅，来到一片云面前。一片云正要发火，黄子荣二话没说，抓住她的胳膊，抱住她的腿，把她扛在肩上，大步向厅外走去。

趴在黄子荣肩上的一片云笑了，双手佯装捶打黄子荣的后背，边捶边夸张地喊着："黄子荣抢人了！弟兄们，你们不能在一旁看笑话呀！"

黄子荣扛着一片云来到众人面前，这才开口道："飞鱼岛的诸位兄弟，今天是我跟你们大当家的大喜的日子，我这就接她回黄家老家拜堂成亲。到时候，请大家去喝喜酒！"说完，扛着一片云大步上船离去。

黄子荣带着一片云来到黄二叔家，恳请黄家族人能同意这门亲事，没想到以前极力阻拦的黄二叔竟一口答应了。官匪不通虽是家规祖训，但眼下日本人来了，爱国抗日就是家规祖训，一片云敢打日军，敢抢日军的军火，她是女中豪杰，这门亲事是他们黄家高攀了。黄二叔不仅答应了，还即刻带他们去祖祠上香。

黄子荣与一片云跪在祖祠中。黄子荣注视着牌位，说道："黄家列祖列宗在上，第二十八代孙黄子荣携妻一片云来给祖宗们上香叩头。"

黄子荣叩头，一片云随之叩头。

"开宗谱！"黄二叔高喊一声。

旁边的两个族人，把卷着的宗谱慢慢打开，宗谱上写满了人名。

一片云对黄子荣悄声说："守城的时候不是烧了吗？"

"新做的。"黄子荣低声回道。

黄二叔对黄子荣说："子荣，把云姑娘的名字添上去吧。"

一片云抢先问道："二叔，还没过门就拜祖宗，上宗谱，不合规矩吧？"

黄二叔反问道："一片云，你愿意嫁给子荣吧？"

一片云点了点头。

"那就是了，过去就因为这规矩，你们这段好姻缘几次未果，一直是我们黄家对不住你，这回咱们就破破这规矩！"

黄子荣拿起笔，快要落笔时却停了下来，他转头问一片云："这么多年，还真不知道你尊姓大名。"

"苏锦云。"一片云看着黄子荣回道。

黄子荣在自己的名字旁边，郑重地写上了"苏锦云"三个字。

黄二叔与二人商量成婚的事宜，他们都认为第二天就是个好日子，不如早早办了，省得夜长梦多。一片云点头答应了，然后就先回了岛，等着明日黄子荣上岛迎亲。

可一片云万万没有想到，就在飞鱼岛的人为她摆酒庆祝之时，武田带着军队杀进了飞鱼岛。

一片云不敢相信，黑灯瞎火的，他们连北都找不清，怎么可能上岛呢？再说，飞鱼岛地形复杂，没人带路，外人根本上不来岛。可当她看到聚义厅的屋顶被炸开两个大窟窿时，她不得不相信这是事实。

一片云大喊："弟兄们，日本人来了！准备战斗！"

众土匪纷纷跑到墙边，抓起自己的枪支，慌乱地把子弹带背在身上。可很多土匪们已经醉得不省人事，依然在呼呼大睡。

几颗炮弹接连落下，许多土匪被炸身亡，"替天行道"的大旗连同被炸断的旗杆一齐倒了下来。

一片云看着接二连三倒下的弟兄们，痛心喊道："跟他们拼了！"

三头鹰拦住她："大当家的，留得青山在，不愁没柴烧，黄老爷还等着你呢。赶紧跑吧！"

众人不顾一切地拉着一片云朝岸边跑去，他们坐上船，飞速划离飞鱼岛。一片云站在船尾，回望着飞鱼岛的方向，只见岛上火光闪闪，硝烟弥漫，密集的枪炮声震耳欲聋。看到此情此景，一片云红了眼眶。

武田带人来到岛上时，被炸塌的聚义厅还燃烧着残火，地上血迹斑斑，遍布残骸。

宋秋鸣用手捂着鼻子跟在武田旁边，惶恐地看着战场，禁不住一阵恶心干呕。

黄天行停在武田面前："报告大佐，搜查完毕，发现敌人用的枪支有一部分是我们丢失的武器。"

"剩余的军火呢？"

"还没有找到。"

"找到一片云了吗？"

"没有。"

天还没亮，一身新郎装扮的黄子荣正打算带着花轿和迎亲队伍去飞鱼岛，这时吴兴安急匆匆跑来，告诉他昨夜日本人偷袭了飞鱼岛，飞鱼岛伤亡惨重，一片云也下落不明。昨日留下来帮忙的樱桃一听，连忙跑去找一片云。黄天楷担心她一个人不安全，也跟着去了。

吴兴安不安地问："老爷，咋办？"

黄子荣思忖着："没有消息也许是好事，等。"

飞鱼岛被日本人攻下的事传到了裘美琪的耳朵里，气得她拿着鸡毛掸子直追着宋秋鸣打。宋鲁生撞见，问他们为何事动手。

宋秋鸣迟疑了一下，回道："爹，美琪让我报信，我没报，她就打我。"

宋鲁生不解："报什么信？"

"就是日本人攻打飞鱼岛的信，她说不报信就是汉奸。"

"那你提前知不知道日本人要攻打飞鱼岛？"

"我……我知道一点儿。"

"一点儿是多少？"宋鲁生突然抬高嗓门。

"我本来想报信来着，可我怕报完信，以后被日本人知道了……"宋秋鸣越说声音越小。

宋鲁生叹了口气："秋鸣，美琪打你不冤枉啊。你咋这么没有大丈夫担当呢，爹如今就你这一个儿子，你得活出个人样来，得对得起宋家的门面，对得起列祖列宗。美琪打你是轻的，飞鱼岛那么多人命就这么没了，那都是像美琪她爹一样的英雄好汉哪。"

宋秋鸣听后，惭愧地点了点头。在回宪兵队之前，他害怕美琪还在气头上，没有告诉她，没想到美琪还是来送他了。

宋秋鸣惶恐不安地看着她："媳妇，我错了，别打我了。"

裘美琪叹了口气，轻轻抚摸着宋秋鸣的脸颊："还疼吗？"

宋秋鸣下意识哆嗦了一下："不动不疼，一动就疼。"

裘美琪放下手，主动道歉："都怪我没把住性子，对不起。我对天发誓，以后再也不打你了。"

宋秋鸣自知理亏，惭愧道："媳妇，我……我不怪你。"

裘美琪知道性格不是说变就能变的，宽慰他道："你呀，胆子小就小吧。胆小不会舞枪弄棒，也不会出去惹是生非，还知道护着自己，爹娘放心，媳妇放心，孩子放心，胆小也是件好事。好了，走吧。"

裘美琪目送宋秋鸣的马车离去。宋秋鸣坐在马车上，自嘲地笑了笑，泪水渐渐涌上。

茂密的芦苇荡中，樱桃与黄天楷划着一条小船，随着蜿蜒的水路缓缓前行，不远处，一座小荒岛渐渐显现出来。这座小岛还是当年老当家的河上飞为备不时之需，专门准备的落脚点，樱桃想，一片云没地方去，肯定会来这里。

见荒岛上飘着炊烟，樱桃大喜，她快速摇着桨，很快靠近了荒岛。她和黄天楷上岛，来到地窝子，推开用树枝做成的屋门，找到了一片云。

"姐姐！"樱桃激动地抱住一片云。

"樱桃，我没事。"一片云松开樱桃，向屋外走去。

三头鹰连忙挡住她："大当家的，你要干啥去？"

"死了那么多兄弟，不杀武田，我一片云誓不为人。"

"大当家的，眼下咱们就这几个人，不能硬来呀。"

"那你说咋办？总不能让这么多兄弟白白牺牲吧？"

这时，黄天楷走到她面前，说道："大当家的，我有个主意，不知道可不可行……"

黄天楷带着女扮男装的一片云和樱桃来到月荷茶楼对面，暗暗观察着对面的茶楼。茶楼外停放着一辆吉普车，两个日本士兵背着枪站在车旁。

三人拐进街巷，躲在一个大门的门洞里。一片云对黄天楷悄声说："你说得对，武田确实每天下午都在茶楼喝茶，我查看过了，里外一共六个守卫，只要算计好了，杀他应该不成问题。"

黄天楷问道："大当家的准备什么时候动手？"

"明天。"

黄天楷点了点头。

"天楷，你带着樱桃先去准备，我还有点儿事要办。"

樱桃有些担心："姐姐，你要去哪儿？"

"你别管了，放心，我不会办傻事的。"说完，一片云就走了。

一片云离开后，黄天楷带着樱桃来到一家酒楼吃饭。黄天楷一边给樱桃夹菜，一边漫不经心地问道："樱桃，你说那批军火不会被日本人搜走了吧？"

"你咋突然问起这个来了？"

黄天楷解释道："要是他们找不到就好了，只要有枪有炮，凭借大当家的名号，想再拉支队伍，不是难事。不过说这些怕是没用了，日本人偷袭飞鱼岛，八成就是为了那批军火，眼下只怕早被他们拿走了。"

樱桃冷冷一笑："他们拿不走。"

黄天楷不解："拿不走？为啥？"

樱桃得意："我们藏起来了，他们根本找不到。"

"大当家的有先见之明。可万一让日本人找到了呢？"

"我姐姐藏的东西，谁都找不到，这事你就别问了。"

黄天楷答应着："好，不问了，你先吃着，我去结账。"

一片云来黄家找黄子荣，吴兴安告诉她，黄子荣去祖坟了。一片云骑着马来到黄家祖坟，见黄子荣正拿着铁锹挖坑。她来到黄子荣面前，笑盈盈地看着他，问道："这个坑是给我挖的吧？"

看到一片云安然无恙，黄子荣悬着的心终于放下了，便也玩笑道："你为国尽忠，得有个安身之地呀，我给你留个窝。"

一片云看了看周围大大小小的坟头："这是你们黄家的祖坟，我埋在这儿不合适吧？"

"咱们已经定了亲，你的大名都上了我们黄家的族谱，不把你埋在这儿，还能埋到哪儿？"

"上了族谱可以勾掉，只要一天没拜堂成亲，我就不能算你们黄家的人，不是黄家的人，埋在这儿，就不合规矩。"

"你怎么那么多规矩？"

"这话听着耳熟。"

黄子荣上前抓起一片云的手："行了，你就别挖苦我了。你总算是回来了，咱们明天就拜堂成亲。"

"黄大老爷,你没觉得我变老,变丑了吗?"

黄子荣看着一片云说:"老是老了,不过比我年轻多了,我觉着你现在是越看越有滋味。"

"瞎说。还有我这个人脾气大,不讲道理。"

"没事,我宠着惯着,不招惹你就是。"

"我匪气太重,不守规矩。"

"规矩是人定的,可以改。"

"我睡觉不老实,咬牙说话。"

"做梦还能聊天,这媳妇上哪儿找去?"

一片云只是深情地看着黄子荣,不再言语。黄子荣继续说:"多好的媳妇,在我心尖上唱着、跳着,扑腾了这么多年,该歇歇了。要真等进了棺材,我这辈子可就亏大了。"

听到这番话,一片云心里愈加不舍,她控制着渐渐涌上的泪水,再度开口:"我今儿个来,就是想看看你,说两句话,现在看也看了,话也说了,我也该走了。"

黄子荣紧紧地拉着一片云的手:"你要上哪儿去?"

"去哪儿都行,就是不能在你这儿待着。"

"日本人四处找你呢,你还是跟我回家吧,到了家,只要不出门,他们就找不到你。"

"多谢黄大老爷的好意,只是我还有更重要的事要做,等做完再说吧。"一片云收起嬉笑。

"你要去做什么?"

一片云没有再多解释,只是抽出手,走到马匹旁,翻身上马。

黄子荣跟上来,追问道:"你到底要干什么去?"

"我去会个朋友。明天晚上咱俩在新房见,你可一定等着我!"

第三十七章

扮成乞丐的一片云戴着一顶破草帽,背着一个不大的破铺盖卷,手里拿着一个黑碗,漫不经心地向行人乞讨着,她的眼睛一直盯着朝月荷茶楼驶来的武田车队。

车队停了下来,武田、春野各自打开车门,从车的后座下车。而另一边,黄天楷赶着马车快速驶来,樱桃坐在车内厚厚的干草上。一片云见时机已到,当即从铺盖卷里抽出短枪,向武田连续射击。

谁知武田和春野早有防备,先一步趴在地上,一片云射空。等她再想靠近时,十几个日兵持枪从茶楼内冲出,聚在武田和春野周围,举枪对着一片云。一片云诧异:茶楼里怎么会有日兵呢?

武田看着一片云,淡定地说:"一片云,你跑不了了!"

一片云心想不好,中了埋伏,准备撤退,就在这时,黄天楷驾着马车快速驶来,一片云赶紧飞身跳上马车。可没跑多远,马车的缰绳突然断了,马脱缰而去,车厢前倾,一片云、黄天楷和樱桃随着倾斜的车厢滚落在地,日兵端着枪快速围住了他们。

春野来到他们面前,挑衅地说:"一片云,请到茶楼里喝杯茶吧?"

就在这时,几个飞鱼岛的头目从对面的布店、杂货铺冲出,各自手持短枪发起进攻,日兵接连中弹倒地。一片云迅速躲到马车一侧,向日兵开枪射击。三头鹰骑马来到一片云身旁,他将一匹空马的缰绳递给一片云,两个人正要上马逃跑之时,三头鹰后背中弹,跌下马,一片云的左肩胛也中了一弹。她回望着奄奄一息的三头鹰,身体晃了晃,连忙伏在马背上,仓皇逃走了。

武田命人赶紧去追一片云,他走到樱桃和黄天楷面前,疑惑地盯着他们:"你们是什么人?"日兵已经给他们搜了身,什么也没发现。

黄天楷回道："太君，我们是路过的，什么都不知道。"

"我们不会冤枉良民，让你们受惊了，走吧。"

"皇军圣明。"黄天楷说完，拉起还在发呆的樱桃快步离去。

天渐渐变黑，一片云骑着马在树林中狂奔，她的背上已是血迹斑斑，她硬挺着挨到黄家的田庄。自打昨天一片云离开后，黄子荣心里一直忐忑不安，没想到一片云真出了事。黄子荣将她抱进屋，让吴兴安去请大夫，可一片云即刻阻止了他，要是去找大夫，日本人就知道她在这儿了。黄子荣这才知道一片云是去行刺了，刺杀的还是武田。

一片云对黄子荣说："别愣着了，赶紧拿刀，帮我把子弹抠出来。"

黄子荣观察着她的左肩，刚要用剪子把伤口周围的衣服剪开。忽然，院门外传来猛烈的砸门声，侯立人带着保安队来黄家搜人了。他们不顾黄子田的反对，直接闯门而入，黄子荣连忙找地方将一片云藏好，只身出门应对。

黄天行率众伪军走进院内，在几个屋子里来回搜索着，黄子荣和黄子田一脸不屑地看着黄天行。这时，一个伪军上前来报，后院酒坊的门锁着，进不去。侯立人让黄子荣开门，黄子荣不准，称黄家的酒坊，外人不准入内。黄天行冷冷地看了黄子荣一眼，对着锁头连开数枪，铁锁被打烂，黄天行一脚踹开门，走了进去。

黄天行命人把灯点上，侯立人、黄子荣和黄子田先后走进屋。靠墙处摆放着许多口大缸，缸上盖着木盖和棉布垫子，棉布垫子用麻绳绑在缸沿上。

侯立人指着旁边的一口大酒缸命令道："打开。"

黄子田连忙阻拦："不能开，缸里的酒正在发酵，打开跑了香，味儿就不对了。"

"打开看看，接着就盖上了，放心，味儿跑不了多少。"

"不行！"黄子田用身子拦着，不让人上前。

黄天行一把把黄子田推到一旁，解开棉布垫子上的麻绳。他打开酒缸盖，仔细察看着缸内。侯立人凑到缸前，感慨地说："黄家的酒真好，闻着都醉人。盖上吧，别跑了味儿。"

黄天行盖上木盖，接连又打开了好几口酒缸。黄子荣手心有些出汗，他摸了摸袖子里的尖刀，眼睛一动不动地盯着黄天行。黄天行掀起第十三口酒缸的木盖，他见缸沿处微微露出一点儿麦秸秆的头，缸里似乎有东西，但是光线昏暗，看不太清，他停顿了一下，然后平静地盖上了盖子。

黄子荣诧异地看着黄天行，同时悬着的一颗心缓缓落了下来。

酒坊没有搜到人，侯立人悻悻地带人离开了。关上大门，尖刀一下子从黄子荣的袖子中滑了出来，他马上来到酒坊，打开第十三口酒缸的盖子，将湿漉漉的一片云从缸里扶了出来。

一片云难受地呻吟着，黄子荣把她抱到炕上，心疼地说："你刚才算是把这辈子的酒都喝了，身上热得都成木炭了。"

"黄家的十里香果然名不虚传，好酒，好酒……"

黄子荣拿着尖刀，在油灯上烤了一阵，接着掀开一片云伤口旁边的衣服，把尖刀小心扎到肉里，一片云疼得倒吸一口凉气。

黄子荣听见后，手里的刀停了下来："疼吗？"

一片云勉强笑了笑："跟挠痒痒似的，舒坦。"

黄子荣继续小心翼翼地割着伤口，几刀下去，终于将一颗子弹从肉里剜了出来。最后他又拿起一块白布，把它仔细地敷在一片云的伤口上。

一片云舒了一口气，疼得昏睡了过去。黄子荣看着一片云，轻轻地给她缠上布条。

黄天楷和樱桃赶回荒岛。见一片云没在地窝子，樱桃十分担心，想去找她。黄天楷却拦住她："樱桃，现在日本人肯定在全城搜查，戒备森严，你能救得了她吗？再说，你也不知道她去哪儿了。你先别急，等天亮后，我马上进城打探。"

樱桃定了定神，忽然想到了一件事："天楷，马车咋会脱缰呢？"

黄天楷点了点头："我也琢磨呢，当时前前后后都检查过，牢靠得很，也许是赶巧了。"

樱桃又问："天楷，你当时为什么不让我拿枪？"

"对方那么多人，你拿枪有什么用？与其白白送命，倒不如留着命，日后再找他们算账。"

樱桃越想越觉得不对劲儿："不对，他们咋这么容易就把咱俩放了？"

"可能看咱们是庄户人，又没搜到枪，觉着咱们和大当家的不是一伙的呗。樱桃，你就别琢磨了，有仇不怕报，咱们慢慢来。"黄天楷安抚道。

一缕晨光照到黄子荣身上，黄子荣醒了过来。昨晚为照顾一片云，他和衣倒在炕桌上睡着了，可当他醒来的时候，炕上空荡荡的，已不见一片云的踪影。他知道一片云走了，也清楚她是怕连累自己，可有件事黄子荣一直没想明白，昨晚黄天行明明察觉酒缸有问题，可他为什么没说话呢？

一片云来到荒岛上，见樱桃和黄天楷没被抓，顿时松了口气。樱桃连忙给她做饭，黄天楷说要回家一趟，离开了荒岛。

樱桃担忧道："姐姐，你都把我急死了，你去哪儿了？"

"先别问我了，你们俩是咋回事？"

"我们俩？你跑了以后，他们以为我们是赶车的庄户人，也没多问啥，就把我们放了。"

"你们俩昨儿晚上是不是抱一个窝去了？"一片云打趣道。

樱桃不好意思地回道："姐姐，我已经是黄家的人了，他说会照顾我一辈子。"

一片云自嘲："后脚赶上前脚，这上哪儿说理去。"

"姐姐，你别怪我，我心里真放不下他。"

"我不是怪你，是怪月老的红绳呀，牵来拽去，到底是差了辈分。"一片云感叹完，想起了正事，"樱桃，我一直没琢磨明白，那辆马车咋会脱缰呢？不是你和黄天楷一块儿绑的吗？"

"我也纳闷呢，我和天楷提前绑得牢牢实实的，还检查了好几遍呢。按照计划，马车一到，你就开枪打死武田，然后上车逃走，可它咋就突然脱缰了呢，当时我都吓死了。"

"我刚掏出枪来，武田就趴在地上了，后来他和春野还叫出了我的名字，难道他们提前知道我要去刺杀他？"

就在她们猜测之际，侯立人带人划着船来到荒岛。他们直奔着地窝子而去，黄天行拔出短枪，踹开地窝子的门，带人冲了进去。可是，屋内空无一人。

湖中，一条小船从茂密的芦苇荡中穿行而过，丁老大、一片云和樱桃坐在船上。

刚才走得急，一片云这才问出心里的疑惑："丁老大，你是咋知道他们要来的？"

丁老大笑了笑："这个你就不用问了。"

"那他们是咋找上我们的？"

"据说，是你在回来的路上被人盯上了。"

"你们是共产党游击队？"

"你说呢？"

"我看着像。为啥要帮我们？"

"因为你们也是抗日的。"

对面不远处驶来一条小船,丁老大对一片云说道:"大当家的,我该走了。"

一片云感激道:"谢谢你,丁老大。"

"你是不是打算用军火谢我?"

"军火我藏起来了,还不知道日本人搜没搜出来,如果没搜出来,我原物奉还。"

"好,有这句话就行了。"丁老大起身,跳到另一条船上,"大当家的,这条船归你了,我走了。"

一片云看着丁老大离去的背影,陷入了沉思。这时,樱桃对她说:"姐姐,我得回去。天楷要是回来,非得被他们抓住不可,我得给他报个信。"

"樱桃,现在回去太危险了,咱们看能不能截住他。"

在靠近荒岛的港汊口,樱桃看到了划船而来的黄天楷。黄天楷见到二人,显然有些意外,问道:"你们这是去哪儿啊?"

樱桃回答:"敌人找到咱们藏身的地方了,我和姐姐听丁——"

"我们听见了丁点儿动静,就赶紧跑了。"一片云连忙打断她。

"那你们怎么又回来了?"

一片云笑着说:"樱桃怕你被他们抓住,所以回来找你。"

"日本人是怎么找来的?难道咱们哪里露了马脚?"

"别想了,想也想不明白,樱桃,你们俩走吧。"

樱桃不解:"姐姐,你一个人要去哪儿?"

"找个地儿还不容易,天下大着呢。"

"姐姐,要走咱们一块儿走,不能拆帮。"

黄天楷也说道:"是呀,要走一块儿走,还有个照应。"

"你们俩都钻一个被窝了,让我在旁边看眼儿吗?赶紧走!"

樱桃不舍,眼泪直流。一片云安慰她:"咱们就是暂时分开一段时间,又不是见不着了,哭啥?"

"姐姐,我不放心你一个人在外面闯荡。"

"樱桃,人活一辈子,高兴也好,难受也罢,该说的话可以说,不该说的话就不能说,不然惹了天大的麻烦,就得后悔一辈子。"

樱桃会意:"姐姐,我明白。"

一片云说完,自己摇着船橹,划离了荒岛。

天气逐渐变凉，转眼又到了秋天。

身穿和服的武田在一间日式餐厅里，认真地看着一份电报，看罢又将电报递给春野，说道："春野君，如今司令部在中国占领区实施'猎文计划'，要求下属部队搜集各地历史文献资料，汇集后运往日本。孔府因为地位过于特殊，不能轻举妄动，因此济宁地区的重点目标就是西鲁学堂的藏书楼。"

春野点了点头："这是个伟大的构想，文化上的占有与征服会比武力更深入。杨春早不过是个教书先生，没有反抗能力，这件事不难办。"

"对付杨春早确实不难，不过济宁靠近曲阜，为避免引起国际舆论的谴责，司令部要求我们尽量不要动用武力。春野君，你看这件事情……"

春野会意："大佐，这件事情我来办理吧。"

春野带着侯立人来到西鲁学堂，见杨春早正在看书，笑道："杨先生手不释卷，真乃修学之人哪。"

杨春早以为春野又要让他演讲，一声不吭。

侯立人看透他的心思，戳穿道："杨先生，你用不着再装聋作哑了，今天来不是让你讲孔孟的，那件事早就过去了。"

杨春早不耐烦地开口回道："那件事过去了，这是又有啥新的幺蛾子了？赶紧说，让我杨某人也提前有个防备。"

春野客气道："杨先生，你千万不要误会，此次前来完全是出于私心。我这个人酷爱中国文化，久闻杨家藏书楼里珍藏了历代典籍，不知能否参观参观？"

杨春早警觉，搪塞道："藏书楼有什么好参观的？满屋子的霉味，别熏着你。"

"杨先生说笑了，您是爱书的人，听说定期都会晒书，怎么会有霉味，应该是满屋的书香才是。"

"我那儿都是中国古书，你看不懂，就不要看了。"

"杨先生，虽然看不懂，但参观瞻仰一下还是可以的。在中国唐代，我们日本就曾经派了很多遣唐使来到中国，我记得那时候大唐的胸怀可是很开阔的，不像你这么小气。"

"遣唐使那是坐着船来的，可不是拿着枪拉着炮来的。"杨春早冷笑道。

杨春早不屑的态度和嘲讽的语气，让春野瞬间变了脸色，一旁的秋香见状，立马上前缓和气氛，称自己可以带他们去参观。

杨春早无奈地看了看秋香，叹了口气："还是我去吧。"

春野跟着杨春早来到萃文阁，见书架上整齐有序地摆放着这么多的古书，既惊喜又意外，由衷赞叹道："杨先生，真没想到在这小小的济宁城，还藏着这么多的宝贝。"

杨春早得意地笑了笑，他寸步不离地跟着，见春野想要拿书架上的一本书，手疾眼快地制止道："住手！只许看不许摸，这是规矩。"

侯立人愤愤地说："摸摸咋了？哪儿那么多规矩？"

"侯立人，你懂什么？告诉你，书有书味儿，纸有纸味儿，笔有笔味儿。这些书有的是我收的，有的是我整理过的，还有我编写的，它们都经过我的手，留着我的味儿，也是中国人的味儿。可它们要是被日本人摸了，这味儿就变了，就不干净了。"

"放肆！"侯立人刚想上前教训杨春早，春野制止了他。

"杨先生说得有道理，书是圣洁之物。好，我不动。"春野继续沿书架巡视着。

出了西鲁学堂，春野悄声问侯立人："人手都找好了吗？"

"都找好了，全是外头的生脸。"

"今天晚上，我会让宪兵不到这边巡逻，记住，一定要秘密进行。"

"春野太君放心，一定办好。"

春野兴奋得两眼发光，感慨道："一家民间藏书楼竟然有那么多珍贵的史书，太不可思议了！明天一早，这些宝贝，就都属于大日本帝国了。"

春野走后，杨春早心里一直不踏实。春野脸上露出的贪婪之色，他一眼就看出来了。只是他没想到，为了得到书，对方竟会用如此下三烂的手段。

是夜，三辆马车缓缓停在了西鲁学堂外，十几个蒙脸的黑衣人从马车上跳下，悄悄翻墙溜了进去。

此时，秋香已经睡下了，杨春早要方便，便独自下炕出门。他刚打开屋门，忽然，一个黑衣人从后面用胳膊肘扼住他的脖子，将他拖到一旁。杨春早下意识地挣扎喊叫，黑衣人连忙把一团黑布塞进他的嘴里。秋香听到动静，披着外衣走了出来。两个黑衣人按住秋香，也用黑布堵住了她的嘴。将二人关到屋里后，黑衣人直奔萃文阁。

被捆绑在一起的杨春早和秋香用力扭动着身子，可绑得太紧，他们根本无法挣脱。这时，秋香注意到不远处的矮柜，朝杨春早示意，杨春早循着秋香的目光看去，见矮柜上放着针线笸箩。他们吃力地移动到矮柜旁，用力撞击着矮柜，放在柜子上的笸箩掉在了地上，针线散落了一地，一把剪刀落在二人不远处。秋香用被绑着的手吃力地摸起剪刀，然后使足了劲儿剪断了杨春早手腕上的绳子。

杨春早腾出手，拿下堵在嘴上的黑布，又帮秋香松绑。

"那些贼人肯定是冲我的书来的！"杨春早急着要去萃文阁。

秋香连忙抓住他："你去哪儿？"

"抓贼去！"

"你一个人咋抓！"

"那也不能眼睁睁地看着书被抢走！对了，你快去敲钟叫人！"

杨春早来到萃文阁时，黑衣人正往麻袋里装着书，门外已经堆了二十几个装满书的麻袋。杨春早拿着剪刀冲进去，厉声道："哪儿来的毛贼草寇，住手！"

黑衣人始料未及，纷纷停下来，拿手电照向杨春早。杨春早气得发抖："大胆毛贼！用这种下三烂的手段抢我的藏书，看来你们是不想要命了！"

只听那头目吩咐手下："他就一个人，拿下！"

几个黑衣人正要上前，杨春早拿着剪刀煞有介事地说："谁都别动！你们听着，我已经布下了天罗地网。看在你们还没有夺走藏书的份上，我饶你们小命，赶紧走！不然我一声令下，你们一个都走不了！"

"弟兄们，他是吓唬咱们，上！"

几个黑衣人冲向杨春早，抢夺着他手上的剪刀。这时，一阵钟声传来，那是秋香在钟楼上撞铁钟。

钟声回响在夜色中，许多人家里先后亮起了灯火。

黑衣人见事情不妙，急忙跑上钟楼，一把拽住秋香将她扔到一边。秋香爬起来，奋不顾身地扑向黑衣人。黑衣人恼了，从腰间拔出一把匕首，刺向秋香的腰部，接着，又在秋香身上连捅了几刀，秋香缓缓地倒在了地上。

这边，黑衣人将杨春早装进麻袋，打算把他和书一起带走，可他们没想到钟声将许多人引到了西鲁学堂，见人多势众，索性丢下书和杨春早，快速逃走了。

杨春早从麻袋里爬出来后，立刻跑向钟楼，他不可思议地看着倒在血泊中的秋香，连忙蹲下身将她拥在怀里，声嘶力竭地呼喊着："秋香！秋香！"

秋香缓缓睁开双眼，吃力地喘息着："先生……书是死的，人是活的……不能为书把命丢了……听话……"

"听话，我听话。"杨春早泪水涌上，不住地点头。

秋香欣慰地笑了笑，缓缓地闭上了双眼。

"秋香——"杨春早把秋香抱在怀里，号啕大哭。

众人站在钟楼下，默默地望着钟楼。杨春早泪流满面，抱着死去的秋香，沿着钟楼的楼梯一步一步走了下来。

黄子荣和宋鲁生赶来，看到这一幕，不禁哽咽。

这时，侯立人带人也赶了过来，他明知故问："杨先生，您的夫人……"

杨春早瞪了一眼侯立人，转身把秋香交给旁边的黄子荣，然后一把揪住侯立人的衣领，怒喊道："秋香死了！"紧接着，一个大嘴巴子扇在侯立人的脸上。

侯立人被打得一个趔趄，险些倒地，杨春早不依不饶地扑了上去："侯立人，你贼喊捉贼，你就是背后真凶！我饶不了你！"

黄天行等人将杨春早拉开，侯立人灰头土脸地站起来，气急败坏地威胁道："杨疯子，你无凭无据，殴打诬陷本官，就凭你这句话，我就能把你投入大牢！"

黄子荣见场面失控，对宋鲁生说："鲁生，春早受了刺激，劳烦你把他带回屋里。"

宋鲁生点头，和街坊邻居一起把杨春早架走了。

杨春早一边挣扎，一边骂道："侯立人，你这个王八蛋！老天爷不会放过你的！"

侯立人冷哼了一声，整理着自己的衣领。黄子荣走过来，示意着抱在怀中的秋香，郑重其事对他说："侯会长，这桩命案摆在眼前，全济宁城的百姓可都看着呢。望你能秉公办案，查明真相，早日还杨夫人一个公道，还济宁百姓一个公道。"

见黄子荣态度客气，侯立人一脸受用："这话还中听。天行，检查现场！"

第三十八章

杨家祖坟中又添了一座新坟。

杨春早跪在坟前烧着黄纸，黄子荣和宋鲁生站在他旁边，只听他嘴里念叨着："如果是我敲钟，死的人就是我，秋香，你是替我死的呀。"

黄子荣问道："春早，你为什么说侯立人是凶手？"

"他昨天白天带着春野来藏书楼看书，紧接着晚上就发生了偷书的事，不是他还能是谁！"

宋鲁生听后很不安："子荣，看来日本人盯上了藏书，他们手里有兵有枪，如今又图穷匕见，要是他们以护书的名义来抢，可就真麻烦了。"

杨春早站起身，商量道："子荣，说什么也不能让日本人把书抢走了，真要那样，秋香就白死了，你看能不能找人赶紧把书转移走？"

黄子荣无奈地摇了摇头："日本人已经动了抢书的心思，只怕学堂内外都布满了眼线。那么多书，要想运走必然兴师动众，一旦安排不好，反而会让日本人借机把书夺了去。没有十足把握，书暂时不能动。"

杨春早一筹莫展，皱着眉问道："他们若真要来抢咋办？"

"鲁生，请你帮个忙。"黄子荣看向宋鲁生。

宋鲁生回道："子荣，需要我做啥，尽管说。"

"趁着日本人还没对学堂戒严，你赶紧帮着运一批煤油过来。"

杨春早将宋鲁生运来的煤油放进萃文阁后，忽然想到自己还藏着一件不为人知的武器，正好可以派上用场。

春野和侯立人再次来到西鲁学堂，侯立人佯装关心道："杨先生，武田大佐得知藏书楼进了窃贼，很是担忧。他说萃文阁的藏书是杨家世代收藏所得，是杨家的宝贝，也是济宁的镇城之宝，绝不能再有任何闪失，否则有损日军保护子民的名声，所以想了一个万全之策。"

不知他们又打了什么坏主意，杨春早不屑地问："什么万全之策？"

春野接话："杨先生，藏书楼毕竟是民宅，非常不安全，武田大佐的意思是，把藏书全都拉到宪兵队保管，等擒获凶手，再把书拉回来，你看怎么样？"

杨春早煞有介事地点了点头："主意不错，宪兵队自然是安全，不过我已经找到了最为安全的保护办法，杨家的藏书就不劳你们费心了。"

春野一愣："什么办法？"

"想看看？走，我带你们去开开眼。"

杨春早带着他们来到萃文阁，刚打开门，便闻到一股冲鼻子的味道。

侯立人眉头一皱，捂着鼻子问："什么味？这么冲！"

杨春早朝下指了指，只见每个书架下面都放着装着煤油的玻璃瓶子。

春野大惊："杨先生这是什么意思？"

"如今这屋里让我放满了煤油瓶子，我就等着那帮偷书的贼人一到，把他们烧死在此地，给我爱妻报仇雪恨。"

春野愣了一下，试探道："杨先生，你在明处，那些人在暗处，他们不会给你放火的机会。"

杨春早听后大笑，解开外衣，露出腰间绑着的两枚炸弹："这是杨某当年去鸡冠山的时候，土匪牛震山送我的礼物，我把它们一直埋在后院的葫芦架下，没承想它们还能重见天日，甚至派上用场。如今爱妻已死，杨某苟活于世，已无所牵挂，只盼着与贼人早日同归于尽。"

春野见杨春早下定决心要豁出性命，只好作罢。虽然这次没得到书，但他自有别的办法。他命保安大队先盯好杨家，绝不能让杨春早把书运出西鲁学堂。

这一天，黄天楷来到西鲁学堂看望杨春早，安慰他道："师娘是为了大义而死，死得其所，您节哀顺变，保重身子要紧。"

杨春早叹了口气："天楷，我也想好了，那些书实在不行我就烧了，反正不能让日本人抢了去！"

"杨先生，那些书都是杨家祖祖辈辈积攒下来的心血，绝不能烧哇，得想办法运走才是。"

"我何尝不想把书运走，藏到个稳妥的地方，可是你看看，门外全是日本人的眼线。再说，就是能运走，又能藏到哪儿去呢？"

"杨先生，您要是信得过天楷，这事交给我吧。"

"交给你？你能有啥办法？"

"先生，您忘了我是干什么的了？"

杨春早恍悟："天楷，那你打算啥时候动手？"

"宜早不宜迟，我立刻去安排一下，您看今晚如何？"

杨春早大喜，感激道："天楷，你要真能帮我把书运走，你就是杨家的恩人。"

黄天楷回道："杨先生，天楷受您教诲多年，今天能帮先生了此心愿，也算报答师恩。"

黄天楷走后，杨春早连忙着手整理藏书。临近黄昏，眼看收拾得差不多了，宋鲁生慌慌张张地赶到杨家。原来，今天秋鸣放假回家，说宪兵队在收拾仓库，用来装书，他以为书已经被宪兵队抢走了，特意来学堂看看，没想到杨春早告诉他，书还没运，不过今晚黄天楷要来帮他运书。宋鲁生觉得这事有些蹊跷，宪兵队怎么知道书一定会落到他们手中呢？

萃文阁点上了灯，黄天楷带着几个人忙着搬书，外面的日兵已经被他们制伏了。众人纷纷扛起麻袋运书，最后装满了四辆马车。

临走前，黄天楷问道："杨先生，没有落下的吧？"

杨春早左右瞧了瞧，回道："都装上了，没有。"

黄天楷点点头："杨先生，夜长梦多，我们走了。"

这时，杨春早突然靠近黄天楷悄声说："天楷，你让他们先走，我还有件机密大事得交给你来办。"

黄天楷愣了一下，让手下人先行离开，自己跟着杨春早来到院子里。这时，宋鲁生走进来，告诉他人和车都在外面等着呢。

黄天楷听后一头雾水，杨春早这时才跟他说了实话。原来刚才运走的那些不是古书，而是一些他平时读的闲书和大批草纸，他之所以这么做，是因为他和宋鲁生猜测，黄天楷带来的人里面有内奸，所以他们就来了一个将计就计。

与此同时，就在这晚，一片云回来了。她养好伤之后，回了趟飞鱼岛，如今飞鱼岛毁了，她不能让她爹孤零零地留在那儿，便把坟迁了出来，把她爹和她娘葬到了一起。离开的这些天，她把刺杀武田的事来来回回想了很多遍，终于想通了，其实日本人的奸细一直就在她身边，那个人就是黄天楷！

一片云来到黄家，将自己的猜测告诉黄子荣，黄子荣听后难以置信。

一片云解释道："飞鱼岛地形复杂，日本人如果不是事先知道地形，怎么可能轻易摸上岛？"

"不会是飞鱼岛的人带的路吧？"

"就算那次是有别人领路，可我去刺杀武田时，临到节骨眼了，马车突然脱缰。还有，当时我乔装打扮，脸上抹了黑灰，武田从来没见过我，可他竟然能喊出我的名字。另外，武田不审不问，就轻易放了樱桃和黄天楷。你不觉得这一切都太可疑了吗？"

黄子荣听后，陷入深深的思考中。

"刺杀武田的事没几个人知道，三头鹰那几个兄弟为了救我都死了，如今只剩下樱桃和黄天楷。樱桃从小跟我亲如姐妹，她不可能在背后捅我刀子！你说不是黄天楷还能是谁？还有，我和樱桃躲在荒岛上，日本人竟然能知道地点，派侯立人上岛抓我，而当时黄天楷正巧又不在岛上，说是回家看看，他回来了吗？黄老爷，你断案如神，请你帮着断断这个案子，到底是咋回事？"

听到这儿，黄子荣忽然想到什么："不好，春早今晚要让天楷帮着运书，他要真是汉奸，可就麻烦了，咱们快去看看。"

黄子荣还没赶到，黄天楷已经原形毕露。他拿枪指着众人，不准他们将书运走。

杨春早还没反应过来："天楷，你到底是什么人？难道你是汉奸？"

"杨先生，您别管我是什么人，反正今天这些书谁都不许带走。"说完，黄天楷举枪对天开了两枪，然后笑道，"杨先生、宋叔，枪声一响，皇军马上就到，只要书放在这儿，今晚的事就过去了，我黄天楷保你们都没事。"

杨春早愤愤地指着黄天楷大骂："我瞎了眼了，你这个叛徒！"

黄天行听到枪声，带着麻三等人跑了过来："怎么回事？"

黄天楷连忙说："天行，你来得正好，快把他们都轰到院子里去。"

"到底是咋回事？"

"兄弟，看来你还没弄明白，咱俩是一道上的，我早就投靠了皇军，这些书得送给武田大佐。"

黄天行恍然大悟："原来你是日军的卧底呀！敢情你去保安队找我，是为了试探我。大哥，你不够意思，信不过我。"

"天行，武田大佐怀疑保安队有共产党卧底，我那也是没办法，今天不便多说，把书的事办成之后，我再跟你细聊。"

杨春早指着二人，对宋鲁生气急败坏地说："黄家咋出了这么两个败类？

丢人,丢人哪!"

黄天行看了看杨春早,退后两步,忽然举枪瞄准黄天楷。

黄天楷愣住:"兄弟,你……"

"把这个汉奸的枪下了。"黄天行一发话,麻三等人快步上前,拿下了黄天楷手中的短枪。

"大哥,你刚才说错了,我跟你不是一道上的人!"

麻三枪指黄天楷,对黄天行说:"天行,杀了这个汉奸,咱们快走。"

见黄天行有些犹豫,黄天楷突然跪在地上:"天行,念在咱们是兄弟的分上,饶了我吧。"

突然,不远处传来摩托车的声音,三个日兵从摩托车上跳下来,举枪朝他们射击。黄天行让人看好黄天楷,自己和麻三全力还击。对方火力太猛,就在他们快要抵挡不住时,一片云带着人出现在敌军身后,连连开枪,三个日兵先后中弹身亡。

黄子荣和一片云跑上前来,杨春早指着黄天楷,痛惜地说:"子荣,这小子是日本人的奸细。"

黄子荣愤恨地看着黄天楷,来的路上他还怀着一丝希望,没想到一片云说的都是对的,自己的儿子居然真的是个奸细。

"黄天楷,你给我说实话,到底是咋回事?"黄子荣斥问道。

"爹,事到如今,我也没必要瞒您了,我现在是为日本人做事。我冒充军统回来,一是要查出济宁城的抗日分子,再就是查明被劫军火的下落。"

一片云用枪指着黄天楷:"马车是你动的手脚?"

黄天楷点了点头。

"武田既然知道我要刺杀他,为什么不提前动手?"

"他是要把你和你的手下一网打尽。"

"你为什么要接近樱桃?"

"皇军知道是你夺了军火,我接近樱桃,目的就是找到军火。"

"你心里到底有没有她?"

黄天楷低着头,没有回答。

黄子荣突然从一片云手中拿过枪,对准黄天楷。"爹,我是您亲儿子呀,日本人攻城的时候,您带头守城,依着日本人的脾气,进城第一件事就是找您算账,可您知道为什么他们对您没动一手指头吗?那是因为儿子在背后说话了!"黄天楷惶恐地哀求道,他又看向黄天行,"还有天行,你把军火丢了,日本人为什么没杀你?那也是我替你求了情啊,没有我,你们谁都活不到今天。爹,您说我给黄家丢了人,不对,我才是咱黄家最大的功臣啊!"

这时,宪兵队的车开了过来,黄天行劝黄子荣先离开,可黄子荣放心不下杨春早的书。杨春早也劝他:"子荣,你们快走吧,书不要了,保命要紧。"

一片云知道黄子荣不舍得杀黄天楷,从他手里拿下枪,拉着他和天行等人先行离开了。黄天行和一片云不能再待在济宁城了,他们辞别了黄子荣,赶到湖边的营地,与丁老大一行人会合。

他们又陷入被动中。丁老大问道:"黄队长,上级让我们想办法保护藏书,可书让日本人抢走了,你的身份又暴露了,咱们下一步该咋办?"

黄天行想了想说:"咱们跟敌方兵力相差太大,强攻肯定不行,得想办法智取。"

一片云接话:"天行,你爹他们一定也都在想办法呢,可以跟他们先取得联系,看看他们有啥好办法?"

黄天行点了点头:"丁大叔,你的身份还没暴露,劳烦你进趟城跟我爹他们见个面,听听他们的意思。"

丁老大离开之后,一片云盯了黄天行半天,然后笑着说:"天行,你戏演得不错哇,我说啥也没想到你是共产党。你爹以为你当了汉奸,为这事,没少难过。"

黄天行不好意思地笑了笑:"云姨,我这是把脑袋别在裤腰带上的差事,露一点儿馅,命就没了。"

"也是。天行,你还恨你爹吗?"

"云姨,我爹当年为了收养我,不顾自己的性命,黄家一家人将我视如己出,我不是那种不懂得感恩的人。"

"怎么,你还愿意姓黄?"

"当年我娘离开济宁的时候就说过,我这辈子就姓黄了,不改了,我得听我娘的。"

一片云欣慰地说:"是个懂事理的孩子,天行,这话有机会你得亲自跟你爹说一遍,自打你离开济宁以后,他做梦都盼着这一天呢。对了,上次是你派丁老大去荒岛上给我和樱桃送的信吧?"

黄天行点点头。

"云姨欠你一条命，这份情得还。走，带人跟我去趟飞鱼岛。"

黄天行一愣："去飞鱼岛干啥？"

"上回夺了你们的军火，云姨还给你们。"

"云姨，咱现在都是一家人了，不能说还，咱们是一起用那些军火抗日。"

一片云笑道："这话说得中听，比你爹嘴巧。"

黄天楷将书送到宪兵队，立下了大功，武田让他顶替了黄天行，做了保安队大队长。樱桃这时候才知道黄天楷的真面目，她不是没有怀疑过他，可她总跟自己说，他绝不是那样的人，现在看来是她看错了人。

樱桃拿枪指着黄天楷，威胁道："眼前你只有一条路，马上跟我走，去给我姐姐认个错，去给飞鱼岛的兄弟们上炷香、磕个头，听凭我姐姐处置。不然，我立刻拿你的命祭三头鹰和那些牺牲的兄弟！"

"樱桃，我可以跟你走，但有些话，你得听我说完。当年，我一个人瘸着腿离开济南，到处贴着我的通缉告示，我是叫天天不应，叫地地不灵，只好一路要饭去了东北。在那儿我大病三天，要不是遇上日本人，我早就死了，咱俩也不可能再相见。"

"再怎么苦，也不能给日本人当狗！我不能让孩子一出生，就因为有个汉奸爹被人耻笑！"

黄天楷始料未及："你……你怀孕了？"

樱桃叹了口气，放下枪，苦口婆心地劝道："天楷，看在孩子的面上，不要再给日本人做事了。这个骂名我们背不起呀。你跟我走，咱俩找个没人的地方，谁也不用靠，谁也管不着，自由自在，过我们自己的日子，行吗？"

"找个没人的地方？樱桃，你看看眼下这个局势，咱们能去哪儿？我好不容易在日本人那里有些功劳，只要好好干，咱们将来有享不完的荣华富贵。"

"我明白了，你亨你的荣华富贵吧，我和孩子不愿跟着你做汉奸。"樱桃彻底失望了。

樱桃想要离开，黄天楷连忙拉住她："好，我听你的。不过，现在日本人还一直盯着我，就是想走，也走不了。再说，如今我罪孽深重，我爹、你姐姐，肯定不能饶了我，眼下我要想赎清罪过，只能是继续留在日本人那边，暗中刺探情报，要是能给我爹他们帮上大忙，也算将功补过了。"

樱桃迟疑："你说的都是真的？"

黄天楷点头："为了你和孩子，我什么都愿意做。等事成以后，我一定带着你和孩子远走高飞,我们一家人好好过日子。"

"但愿你说的都是真的。"

黄天楷笑着把樱桃拥在怀里:"樱桃,你放心好了,我对天发誓,如果我说的有一句假话,将来就死在你的手里。你在家安心保胎,我一定尽快寻找立功的机会。"

春野翻阅着黄天楷运来的书,他发现萃文阁保存的珍品和孤本都没在里面,猜想一定是被杨春早悄悄留下了。这些书他势在必得,于是他传话给杨春早,让他在十天之内把书交出来,否则,宪兵队就会用自己的方法将书取走。

如何才能在十天之内将书运出去呢?这可愁坏了杨春早,好在他还有黄子荣和宋鲁生帮他想办法。虽然黄天楷派人包围了西鲁学堂,可他拦不住黄子荣,例行搜身之后,黄子荣还是可以自由出入。黄子荣告诉杨春早,他已经见过丁老大,双方约好由他和宋鲁生来想办法运走剩下的书,那些被宪兵队抢走的书就拜托给一片云和黄天行他们了。

杨春早听后十分感激,可是现在他们怎么才能从日本人的眼皮子底下把书运出去呢?他晚上睡不着,一直在想,他首先想到了通道,又受"道"字启发,联想到地下排水道。在西鲁学堂后院的葫芦架下,不就有一条排水暗道吗?

到了白天,他带黄子荣和宋鲁生来到后院,指着已经扒开石板、露出来的排水道,说道:"在我很小的时候,每逢下雨,这个院里从来都没有积水,我就琢磨呀,水都去哪儿了?那时候我爷爷还活着,他告诉我这院里有一条排水渠。"

宋鲁生领会,急忙问:"春早,它通向哪儿呢?"

"听我爷爷说,好像是通往运河,可出口在哪儿就不知道了。"

黄子荣想到一个办法:"春早,你家不是养鸭子吗?抱只鸭子来。"

杨春早抱着一只腿上缠着红布条的鸭子,把鸭子放到排水道里,鸭子顺着水流漂走。通往运河的排水口有很多,黄子荣和宋鲁生就逐个找,终于在其中一个排水口找到了那只鸭子。

黄子荣抱着鸭子回到学堂,黄天楷见带的是只鸭子,也没多说什么。杨春早心中大喜,通道探明了,现在就看用什么工具能把书带出去了。

杨春早提议道:"要不用木板当浮子?"

宋鲁生摇头:"木板当然好用,可眼下门外全是眼线,突然往里运木头,他们肯定要怀疑。"

杨春早想了想说："不行就把书架都拆了？"

黄子荣摆手："拆拆打打，动静太大，门外听着动静进来一看，更藏不住。"

杨春早有些烦躁："这不行，那不行，到底咋样才行？"

黄子荣不疾不徐地笑着说："后院的架子上长的是什么呀？"

宋鲁生立刻会意，敬佩地看着黄子荣："妙！干葫芦可以做浮子，把书运出去。"

杨春早如释重负地感慨道："怪不得人家说三个臭皮匠顶个诸葛亮。子荣，我的库房里有不少干葫芦，这下妥妥的了。"

黄子荣还有顾虑："先别高兴得太早，现在水道有了，葫芦也有了，但是还差一场大雨。现在下水道的水量不足，葫芦漂不出去。"

宋鲁生想到一件事，黄宋两家因为今年是大旱天，决定放下往年恩怨，共同操办祭河神求雨之事。他说道："三天以后就是黄宋两家联合求雨的正日子，谋事在人，成事在天，就看河神爷他老人家成不成全了。"

黄子荣点了点头："只能这样了。"

月光洒在黄家的院内，南厢房的屋里透出微弱的灯光。

一片云偷偷来找黄子荣商量运书的事："丁老大有俩过命的兄弟负责给日本人送粮食，他们答应帮天行混进宪兵队，到时候看准机会就把书夺走。"

"好，我和春早、鲁生也想到了运书的办法。"

"啥办法？"

"我们在杨家后院发现了前人排水用的水道，路都探明白了，直接通到运河，到时候我们用葫芦做浮子，直接把书从排水道运出去，然后再安排人把书捞上来。不过眼下排水道里水太少，书还托不起来，必须得等一场大雨才行。"

一片云担忧道："这老天爷的事，谁能说了算？"

"前几天，我们黄家和宋家为了抗旱，商定了联合祭河神求雨的事，这回又让我们发现了西鲁学堂的下水道，兴许这就是老天爷有意的安排。明天我和鲁生，以黄宋两大家族的名义，请武田和春野去河神庙看求雨。只要他们离开了宪兵队，宪兵队的人手势必就少了，你们提前带人混进城里，咱们以下雨为信号，到时候你们动手夺书，我们这边从下水道运书。你觉得怎么样？"

一片云点头："是个好点子，下着雨也便于伪装和藏身。行，先这么定下来，我这就回去跟天行他们说一声。"

第二天，黄子荣和宋鲁生拿着请帖去拜访武田，希望他能参加黄宋两家的求雨仪式。

武田将请帖递给春野，询问他的意见："春野君，你看呢？"

春野看后回道："大佐，求雨在中国是件大事，如果您能够参加，确实对'日中亲善'会有好处，我建议您去。"

武田点点头，觉得有理。

二人离开宪兵队后，直奔学堂。

黄子荣将整个计划告诉杨春早和宋鲁生："我跟天行和一片云那边约好了，以下雨为信号，只要雨能下下来，他们就去送粮夺书。兴安到时候带人守在排水口，书一出来，立刻捞到船上。鲁生，家眷那边安排得如何了？"

宋鲁生回答："明天二乖就拉着云芳和美琪她们撤离济宁城。"

杨春早忽然想起一件事："子荣，明天我要是去主持求雨，藏书楼谁来看着？要是日本人趁着没人进去找书咋办？"

"你不是说藏书的地方谁都找不到吗？"

"楼里确实是有暗格，可到时候要是没人在，不怕一万，就怕万一呀。"

"明天求雨你是主事司仪，不去不合适，我和鲁生负责求雨也都得到场，兴安负责守着排水口捞书，也来不了。这样吧，我让子田明天过来帮忙看着，既然春野说了十天以后来要书，统共没几天了，他们还不至于这么沉不住气。"

杨春早点了点头："行，运书的事子田也知道，又是咱自己人，他要是能来帮忙看着，我就放心了。到时候等事情办完了，咱们几个一起撤离。"

黄子荣舒了口气："好了，咱都回去好好歇歇，事能不能成就看明天了。"

第三十九章

求雨的日子到了。

河神庙外摆放着一张香案,案子上放着生猪头、大鲤鱼、生鸡和生鸭子。香案一侧一字排开六面大鼓,每面鼓前站着两个鼓手;另一侧,十几名乐手手持不同的乐器,站成两列横队。他们都统一穿着白布坎肩,系着黑色的腰巾子,头上戴着柳条编的帽子。

越来越多的百姓聚了过来。黄宋两家的族人坐在人群前的长板凳上,等候仪式开始。在人群一侧,搭着一个简易的草棚子,武田和春野坐在棚下喝茶,侯立人站在一旁为二人倒着茶水。

司仪杨春早看了看天色,高喊:"吉时已到!准备求雨!"

鼓手们擂响了大鼓,乐手们也演奏起悠扬缓慢的乐曲。

武田见黄子荣和宋鲁生走上前来,好奇地问道:"侯会长,为什么是他们求雨呢?"

侯立人回答:"大佐,黄宋两家是济宁的大家族,按照规矩,就应该他们来求雨。"

武田听了眉头一皱,不满地责问道:"侯会长,求雨是济宁城的大事,是向皇军展示威望的好机会,你怎么能让给别人呢?"

春野在一旁附和道:"侯会长,武田大佐的话非常有道理,如果你能够把雨求下来,你的威望也就树立起来了。"

侯立人被逼无奈,只好听从安排,代替黄子荣和宋鲁生跪在了香案前。

杨春早见状,走上前对他说:"侯会长,你包得严严实实的,不合规矩。"

侯立人口气不善地反问:"啥规矩?"

宋鲁生回道:"侯会长,按规矩,祭拜人得脱了衣裳、光着膀子,让河神爷好好看看求雨之人的一片赤诚之心。"

侯立人愈加恼火:"胡扯!"

"侯会长,求雨的规矩在黄宋两家的家规家训里写得清清楚楚,怎么是胡扯呢?"

侯立人被堵得说不出话,他偷偷瞟了眼武田,见武田已经有些不耐烦,只得脱下了外衣。

一切准备就绪,杨春早点燃侯立人手里的香,大声喊道:"求雨开始!"

上香参拜后,侯立人就一直跪在香案前。秋日的阳光依旧毒辣,汗水不断地从他的额头和裸露的后背上流下,他闭着双眼,心里暗骂日本人真不是东西,让他受这种罪,自己却在一旁看热闹。他实在不想再撑不去了,身子微微一晃,歪倒在了地上。

伪军上前来报,说侯立人中暑晕过去了,武田大骂他是饭桶,可求雨还要继续,只得按原计划,让黄宋两家求雨。

与此同时,黄子田在西鲁学堂后院的库房里,准备好了麻绳、剪刀和葫芦,只等着天下雨。黄天楷躲在一旁的大树后,默默地注视着走出库房的黄子田。杨春早告诉他,让他二叔来帮忙看守萃文阁,可他总感觉哪里有些不对劲。

黄子荣裸露着上身,跪在地上,对着香案,虔诚地祈求道:"河神爷您老人家在上,求您保佑今天一定把雨下下来呀。"

一旁的宋鲁生犹豫着脱下外套,身上留了一件短褂。刚刚假装昏倒的侯立人眯着眼瞧见后立马"清醒"了,他走到宋鲁生旁阴阳怪气道:"宋掌柜,刚才你还说,脱光露膀子是你们求雨的规矩,你咋还留了一件短褂呢?"

"我——"宋鲁生一时语塞。

"大伙儿都知道宋掌柜是最守规矩的人,今天要是因为你心意不诚,求不下雨来,整个济宁城可都得跟着遭殃啊。"侯立人不给宋鲁生解释的机会,抢先给他定了罪。

宋鲁生有苦难言,这时候宋三叔走上前来,询问道:"鲁生啊,你犹豫啥呢?你这是为百姓求雨,人家黄家都脱了,咱宋家不能矮了台阶。"

宋鲁生为难地将身上的短褂脱下,后背上赫然露出"造假奸商"四个字,字迹歪七扭八,伤痕丑陋不堪。

围观的百姓对着宋鲁生指指点点,宋鲁生转身,面对众人坦白道:"各位父老乡亲,当年鲁生年少无知,在外头造假羊皮坑了人,结果让人家给留下了这记号。从那时起,再热的天,我都把自己捂得严严实实,就怕人看见哪!诸位,祭河神求雨,要求身家清白,我实在没资格跪在这里呀。"

黄子荣站出来说道:"人非圣贤,孰能无过。鲁生,这些年你把宋家的金字招牌擦得亮堂堂的,都照到了济南和上海,满济宁城谁不称赞你信义天下?金杯银杯,不如大伙儿的口碑,就凭这些年大伙儿对你的认可,你来祭河神,当之无愧!"

宋鲁生苦笑:"河神爷他老人家不会嫌弃我吧?"

杨春早也安慰道:"像你这样良心的买卖人河神爷都嫌弃的话,天下就没几个好人了。"

宋鲁生舒了口气:"我背着这四个字活了大半辈子,今天终于轻快了!"

黄子荣双手合十,再次祈求道:"河神爷,求您开恩下雨吧!"

宋鲁生、杨春早也双手合十:"河神爷,求您开开眼吧!"

黄宋两家族人及围观的百姓们深受感动,纷纷跪在地上:"河神爷,求您开恩哪!"

黄子田在萃文阁门前踱来踱去,忽然他感觉一滴水落在了自己的头上,他抬头看向天空——真的下雨了。黄子田惊喜地摸了摸脸上的雨水,快步朝着库房走去。他走进库房,关好屋门,拿剪刀剪断一个葫芦藤,把葫芦放到木案上,又剪着另外的葫芦。

黄天楷走到窗户旁,用沾水的食指轻轻地在窗纸上戳开一个小洞,透过纸洞看着屋内。二叔剪葫芦藤干什么?黄天楷陷入了深思,他转过身,忽然发现葫芦架下的石板处被雨水冲刷出一条缝隙。黄天楷走到葫芦架下,疑惑地看着脚下的缝隙,他蹲下身,用手扒开石板上的泥土,拉起石板,只见石板下是年数已久的地下排水道。黄天楷原本没太在意,忽然,他联想到他爹前几日拎来的鸭子,一下子明白了。

黄天楷擦了把脸上的雨水,正要前去报信,忽然,他感觉有尖锐的东西抵在自己的腰上,他转头看去,是黄子田用剪子顶着他。

黄子田冷眼看着黄天楷,讽刺道:"咋的,你要去给日本人报信?"

黄天楷指着下水道:"二叔,我爹他糊涂哇,日本人不能得罪。"

"闭嘴!跟我进屋!"

"二叔,你怎么也跟着犯糊涂呢?"

"快进屋,不然我就对你不客气了!"

黄天楷佯装走向库房，就在黄子田放松警惕之时，黄天楷突然转身，抓住了黄子田的手。几番撕扯之下，最终黄子田将黄天楷压在身下，他缓缓地把剪刀逼向黄天楷："今天我就替黄家的列祖列宗杀了你这个不争气的东西！"

黄天楷的脚胡乱蹬着，突然猛地发力，顶了一下黄子田的下身，黄子田猝不及防，从黄天楷身上滚落下来。黄子田紧接着爬起身，拿着剪刀冲向黄天楷。黄天楷毫不犹豫地抽出枪，射向黄子田。子弹正中黄子田的胸部，他不可思议地盯着黄天楷，缓缓倒在了地上。黄天楷冷静后，命人赶紧将黄子田的尸体抬走，然后蹲下身子，慌乱地盖上石板。

天空下起了瓢泼大雨，河神庙前求雨的人群早已散去。

武田坐车回到宪兵队，他没想到真能把雨求下来，就在他还在为此感叹之时，黄天楷急匆匆地赶来向他禀报："武田太君，杨春早他们要从下水道把书偷偷运出去。"

武田惊道："你慢慢说，到底怎么回事？"

"我刚才在西鲁学堂发现了地下排水道，他们还准备了很多干葫芦，我估计他们要用干葫芦，借着雨水，通过排水道把书运走。"

武田听后，连忙让春野带着黄天楷去处理此事，并下令这次务必要把剩下的那些书全都带回来。

然而，黄子荣一行人比他们早一步回到了学堂。他们来到库房，见木案子上摆放着十几个干葫芦，却不见黄子田的人，不禁生疑。

黄子荣心想，子田平日里脾气虽然有些躁，可做事从来不含糊，而且心地耿直，这个时候他肯定不会平白无故离开的。想到这里，黄子荣来到葫芦架下，仔细察看地下排水道，他指着石板对杨春早和宋鲁生说："这块石板被人掀开过。"

杨春早也走近瞧了瞧，然后点了点头："我原来压在上面的泥土很多的，不可能这么快就让雨水冲没了。子荣，是不是事情败露了？"

黄子荣不安："有这个可能，子田突然不见了，没准跟这事有关。对了，刚才咱们进门的时候，没看见黄天楷吧？"

二人不约而同地点了点头。

"春早，书暂时不运了。"黄子荣让杨春早先到大门口看看。杨春早披着蓑衣来到门口，见门外来了不少日兵，还停着辆卡车。看来日本人确实是发现他们的计划了。黄子荣想了想，说道："他们停在外面不进来，或许是怕惊动我们，咱们先放一批干葫芦出去。"

杨春早不解："为啥？"

"把这批日兵就拖在这儿，天行他们要夺那批书，宪兵队里的人越少越好。"

杨春早恍悟："围魏救赵，声东击西！"

黄天行、麻三和丁老大带着十几个游击队队员混进了宪兵队的粮仓。黄天行披着蓑衣、戴着斗笠，一边卸着马车上的粮袋，一边暗暗观察着周围。卸完粮食，趁着两个日兵上前检查之时，黄天行和丁老大从背后将他们杀死，换上了日本军装。可就在他们准备离开粮仓之时，宋秋鸣无意间和他们打了个照面儿。宋秋鸣吃惊地看着二人，但他没有声张，低下头，疾步擦肩而过。

丁老大悄声对黄天行说："他可能认出咱们来了，咋办？"

黄天行从宋秋鸣的眼神中看到一丝鼓励，说道："他胆子虽然小，可还不至于出卖咱们吧？抓紧行动。"

他们来到宪兵队的仓库，杀死了看守仓库的人。随后，几个游击队队员进入仓库，拿着麻袋迅速装书，黄天行和丁老大站在门外把守，掩护他们把装好的书装进门外的马车上。

春野的车停在学堂外，他对黄天楷说道："黄队长，如果你是你爹，回家后发现你二叔不在了，会怎么想？"

黄天楷愣了一下："春野太君，事发突然，我还没来得及细想。"

"按照逻辑推理，他们肯定会想到出事了，并且很有可能会终止运书的计划，你说呢？"

"也许吧。可万一他们想不到这一层呢？"

"他们都是聪明人，况且是三个人。不过以防万一，立刻带你的人沿城内运河去寻找这个下水道的出口，他们既然要运书，肯定做了周密的计划，一定会有人在出口等着，明白吗？"

黄天楷点了点头："明白。"

雨还在哗哗地下着。吴兴安带人划着几艘小船，在地下排水道的出口处焦心地等待着。可被雨水冲入河内的却是一个又一个空葫芦，吴兴安正疑惑不解地注视着这一个个空葫芦，这时黄天楷带人骑着摩托车从远处赶了过来。吴兴安见状，连忙带着其他船只离开了。

黄天楷跑到河边，看着河面上漂浮着的都是空葫芦，心里也很纳闷儿。

这边，宋秋鸣来到武田办公室："大佐，您找我？"

武田感慨:"当年在家乡的时候,每到下雨天不能外出,大家就躲在屋里唱歌,讲故事。秋鸣君,我知道你喜欢戏剧,今天我们就聊聊戏剧吧。"

"大佐想聊什么?"

"就聊聊《哈姆雷特》吧。我读大学的时候也参加过话剧社,也演过《哈姆雷特》,不过后来参军,就没有时间了。秋鸣君,你还记得'我要从记忆碑上擦去什么'那一段吗?"

宋秋鸣点了点头:"记得。"

"看来你是真喜欢戏剧。这一段我以前很喜欢,但现在已经记不清细节了,请你帮我回忆一下好吗?"

宋秋鸣应下,找了找感觉,便开始表演:"我……我要从我的记忆的碑板上,拭去一切琐碎愚蠢的记录、一切书本上的格言……"

宋秋鸣还沉浸在表演之中,突然屋外传来一声枪响,他吓得立刻抱头蹲下。武田瞬间目光凌厉,警觉地站了起来,一个日兵进门报告,说是有外人混进了宪兵队,打死了换岗的士兵,现在已经被他们包围了。武田听后,拿起桌上的枪便跑了出去。

听到有外人被抓,宋秋鸣立马从惊吓中缓过神来,他跑向门口,忽然想到什么,又停下脚步,转身翻找着武田的办公桌,终于在一个抽屉里找到了裘美琪的手枪。他抓起手枪,拉动枪栓,推上子弹,把手枪插到后腰间,这才向屋外跑去。

武田带着几个日兵来到黄天行面前,冷笑道:"黄队长,没想到你竟然有胆量到这儿来。"

"武田,有账咱俩单独算,别为难我的这些兄弟。"

"这事可以商量,你们先把武器放下,咱们慢慢谈。"

"放下武器可以,让我的人先走。"

"那是不可以的,你们中国人狡猾——"武田还没说完,突然察觉有枪口抵在他的后脑上。

"武田,让你的人都放下枪,不然,我就开枪了!"宋秋鸣铆足了劲儿勒住武田的脖子。

武田没想到对准他的人竟是宋秋鸣,不安地问道:"秋鸣君,你要干什么?"

"我要帮他们,快,让他们放下枪!"宋秋鸣声音发颤。

"秋鸣君,如果你能放下枪,我一定既往不咎,你还做你的翻译,可以吗?"

武田察觉宋秋鸣有些犹豫，继续说，"秋鸣君，你要替你的家人着想，如果我死在你手里，你的父亲、母亲、妻子、孩子，一个都活不了，别忘了，你的妻子是那么爱你！"

黄天行知道武田在危言耸听，急忙喊道："秋鸣，你不用担心，你的家人我们已经接走了，他们很安全！"

宋秋鸣相信黄天行所言非虚，不再动摇，他对天开了一枪，又把枪顶在武田后脑上，厉声说："武田，赶紧让他们放下枪！不然我就打死你！"武田对众人摆手。见日兵都放下了武器，宋秋鸣押着武田坐进马车，护送黄天行等人离开宪兵队，向城外驶去。春野听到了从宪兵队传来的枪声，又看了看黄天楷拿回来的空葫芦，突然意识到自己中计了，急忙带人往回赶。

屋内，黄子荣默默想着心事，这时吴兴安跑了进来，告诉他们黄天楷发现了排水口，所幸黄子荣他们早就猜到了。宋鲁生问道："吴管家，你进来的时候，门口的日兵没问你什么？"

吴兴安回道："门口只有大少爷和四个伪军，没见着日本人哪。"

黄子荣诧异："他们撤了？"

"老爷，刚才我来的时候听见宪兵队那边好像有枪声。"

"坏了，没准天行他们让日本人发现了。"黄子荣说着就站了起来。

杨春早也起身："子荣、鲁生，事不宜迟，按照先前的计划，你们赶紧走。这又是运书，又是抢书的，只怕这回得把武田和春野他们惹急了，真要把脸撕破了，你们谁都走不了。"

黄子荣坚持道："春早，要走一块儿走。"

"子荣，书还在这儿，西鲁学堂就这么大点儿地方，我走了，日本人真要是搜起来，找到只是时间问题。"杨春早舍不得丢下书。

宋鲁生接话："可你就算不走，书也运不出去。"

"就算我一把火把书都烧了，也决不会让它们落到日本人手里。"

"你要是不走，我和鲁生也留下陪你。"黄子荣说完，宋鲁生也点了点头。

"你们的好意我心领了，可眼下不是讲义气的时候。我现在孤身一人，了无牵挂，日本人就算扣住我也没啥用，可是你们俩不同啊。子荣，武田和春野心狠手辣，如果他们不顾脸面，拿你当人质，逼天行和一片云投降，咋办？天行经过这些年的历练，兴许还能忍得住。可是一片云呢？她这辈子可是把所有的心思都放在你身上了。为了你，她什么事都能干出来！到时候她要是以命相搏，你说你对得起谁？"

　　说完，杨春早又转向宋鲁生："鲁生，你要为云芳和美琪，还有卫宁着想，你若有个三长两短，你让他们怎么办？你不能为了兄弟义气，不顾家小。你们俩听我的，赶紧走，再不走，只怕真就走不了了。"

　　见黄子荣和宋鲁生还在犹豫，杨春早直接跪在地上："子荣、鲁生，我求你们了！"黄子荣和宋鲁生连忙上前扶起杨春早，答应他先行离开。

　　马车行至城门口，被路障挡住了去路。路障另一侧，一片云带人赶来接应。就在黄天行逼武田放行之时，忽然传来汽车的声音。三辆挎斗摩托车和两辆卡车，满载着日兵急速驶来。春野下了卡车，带人围了上去。

　　看到救兵，武田冷笑道："黄天行，你们已经被包围了，如果想活命的话，立刻缴械投降，我会放你们一条生路。"

　　"武田，你现在是我们的人质，要想活命，就放我们走，不然，咱们就鱼死网破。立刻让他们放行！"

　　"那咱们就鱼死网破吧。"武田一副胜券在握的样子。

　　武田话音刚落，宋秋鸣突然抓住他的衣领，把他推下马车，然后用枪顶着武田的后背，用胳膊夹着他的脖子倒退着走向城门一侧。

　　黄天行一愣："宋秋鸣，你要干啥？"

　　"天行，见着我爹帮我给他捎句话，就说我宋秋鸣没给宋家丢人，没给列祖列宗丢人！"说完，宋秋鸣拖着武田走上台阶，向城墙上走去。

　　武田边走边说："秋鸣君，你真有胆量鱼死网破吗？"

　　宋秋鸣朝武田右小腿开了一枪，武田腿一软，坐在了台阶上。

　　"大不了就是个死，赶紧让路！"宋秋鸣把手枪顶在武田太阳穴上。

　　春野见状，急切地妥协道："宋秋鸣，人可以放走，但你必须立刻释放武田大佐！"

　　宋秋鸣担心他们出尔反尔，要求道："你先让他们走，我就把武田放了！"

　　"如果你们言而无信，怎么办？"春野也不相信对方。

　　"我留下，放他们走！"

　　春野无奈，只得放行。宋秋鸣见路障已撤，冲黄天行喊道："黄天行，你们快走！"

　　黄天行担心道："那你咋办？"

　　"别管我，我手里有人质，他们不敢把我咋样！"宋秋鸣心里已经做了最坏的打算。

这时,一片云骑马上前,她劝黄天行先行离开,否则他们谁都走不了了,更何况他们还有好几车书呢。

黄天行不舍地看着宋秋鸣:"宋秋鸣,你放心,我们会保护好你家里人!我还会告诉宋叔,你是好样的,你给你们宋家争脸了!"

宋秋鸣夹着武田的脖子继续倒退着往城墙上走,听到黄天行的话,欣慰地笑了。

马车出了城,武田说道:"宋秋鸣,他们已经走了,你放下枪,我可以保证不杀你。"

"现在还不能放你,得等他们走远点儿。"见春野等人跑了上来,宋秋鸣威胁道,"谁都不许过来!不然我就开枪打死他!"

春野停下,挥手示意,日兵纷纷散开,端着枪对准不远处的宋秋鸣。

武田吃力地喘息着:"秋鸣君……咱们是不是……坐下休息会儿?我……我毕竟是个受伤的人。"

宋秋鸣夹着武田蹲下身。武田坐在地上,他看了看地上的鲜血,轻声说:"生存还是毁灭,这是一个值得考虑的问题。秋鸣君,下面的台词你来说可能更合适。"

宋秋鸣不耐烦地回道:"我现在没兴致。"

武田叹了口气,继续说:"默然忍受命运的暴虐的毒箭,或是挺身反抗人世的无涯的苦难,通过斗争把它们扫清。这两种行为,哪一种更勇敢?"说到此处,武田突然用力挣脱开宋秋鸣,滚到一旁。宋秋鸣失了防备,想举枪射击,没想到子弹又壳了卡。

武田见状,得意扬扬地大笑道:"秋鸣君,这大概就是天意吧。"

众日兵举枪冲向宋秋鸣。

武田恶狠狠地说:"秋鸣君,我不会杀你的。我要让你生不如死,把你的肉一片一片地割下来,让你细细感受痛苦的滋味。"

然而宋秋鸣只是淡淡一笑,随即转身从城墙上跳了下去。武田愕然,等他往城墙下看去时,只见宋秋鸣一动不动地趴在地上,嘴角流着鲜血。

武田让人赶紧去追黄天行,可派出去的人在路上遇到了伏击,汽车被打坏了。黄天行他们带着书逃跑了,武田很是泄气。春野安慰他,书虽然被他们夺走了,但是最珍贵的那部分一定还藏在西鲁学堂里,他向武田保证一定会逼着杨春早把那部分书交出来的。

装书的马车载着黄天行等人来到游击队营地，黄子荣见书完好无损地运回来了，激动地说："不容易呀。天行，咱们的人都没事吧？"

黄天行没有回答，只是缓缓地看向一旁的宋家人。

黄子荣注意到他的神态有点儿异样，问道："咋了？"

黄天行走到宋鲁生身旁，沉痛地说："宋叔，秋鸣让我给您捎句话。"

宋鲁生感到意外："你们见着秋鸣了？他说啥？"

"他说，他没给您丢人，没给宋家的列祖列宗丢人。"话说到此，黄天行打住了。

宋鲁生一时没反应过来，直直地看着黄天行，黄天行悲痛难忍，泣不成声。

"我知道了。"宋鲁生明白过来，轻声说。

章云芳不安地走近丁老大："老丁，到底咋回事？秋鸣他人呢？"

"太太，大少爷为了掩护我们撤退……"丁老大也难受得说不下去，蹲在地上哭了起来。

章云芳怔住了。

裘美琪泪流满面地抱着孩子，转身离开了。

几十盏河灯漂浮在湖水上，宋鲁生和章云芳把一个用野花编成的花环放入水中，花环上还插着一朵白荷花。

裘美琪抱着孩子默默流着眼泪，她看了看花环与河灯，面对宋鲁生和章云芳缓缓跪了下来："爹、娘，你们大仁大义，让孩子改姓裘，这份恩德，我们裘家忘不了。我爹已经不在了，今天，我这个当娘的给孩子做回主，给他改姓，让他还姓宋，叫宋卫宁。秋鸣喜欢孩子，我得给他留个后。"

晚霞映照下的湖水，闪烁着金黄色的光斑，花环和河灯朝着远方慢慢漂去……

第四十章

经过多方打听，吴兴安终于得知了黄子田的下落。他来到游击队营地将此事告诉黄子荣，黄子荣是又气又悔，恨自己当初真不该心慈手软，放了这个祸害，就应该一枪崩了他。然而追悔莫及，当前最重要的还是想办法救杨春早和他那批书。

黄子荣问道："兴安，春早那边情况如何？"

吴兴安回道："杨先生被关在学堂里，春野说了，后天就是最后期限，到时候如果再不交藏书，就要把他杀了。"

一片云听了，急脾气一下子上来了，愤慨道："不行就再冒险进趟济宁城，去学堂救人总比从宪兵队手里夺书要容易些吧。"

吴兴安接话："大当家的，昨天夺书，那是趁着下雨，打他们个措手不及，而且多亏有宋家大少爷舍命相助。现在日本人在学堂外面加派了兵力，再加上伪军，重兵把守，硬来肯定不行。"

一片云顿时沮丧："还能咋办？难道这书还能自己长翅膀从院子里飞出来？"

一直在沉思中的黄子荣忽然两眼放光，对一片云竖起了大拇指，他怎么没想到还有这一招呢。

黄子荣和黄天行打扮成商人模样，找到查爷。黄天行一见查爷，二话没说跪地请罪："师父，当初我不该出手打您，弟子有罪，请您责罚。"

查爷笑着扶起他："师父当初误会你了，你是忍辱负重，当时那么做也是不得已，师父为你骄傲。如今日本人正在通缉你们父子俩，今天冒险进城是不是有需要老朽帮忙的地方？"

"师父，我和我爹想跟您借一些鹰。"

"这本来就是你寄养在这儿的,谈不上借。"说完,查爷带他们来到后院,只见木架上站着十只鹰。黄天行站在木架旁,拍了拍自己的左臂,一只老鹰跳了上去。

黄天行笑着说:"师父,它们还认得我。"

"鹰最恋旧主,何况多数还是当年你亲自从小驯大的,咋能不认得你呢?"

黄子荣开口道:"查爷,今天过来,给你带了件一片云从东北捎回来的鹿皮坎肩,可刚才要进门的时候,天行嚷嚷着非要露一手让我看看。"

查爷点了点头:"天行,来吧。"

黄天行轻轻地拍了拍木架上的一只老鹰,打了个呼哨,那只鹰冲天而起。黄天行变化着口哨,只见鹰在天空中盘旋两下后,随即朝墙外俯冲下去,不一会儿,它便飞了回来,爪子还抓着一个包袱,那个包袱里装的正是黄天行事先留在墙外的鹿皮坎肩。鹰将包袱丢在黄天行面前,然后静静地停在了木架上。黄子荣见后,叹为观止,以前总觉得天行养鹰是不务正业,没想到现在能派上大用场。

回到营地,黄天行马不停蹄地训练借来的十只鹰运包袱,每个包袱上都缠着红布条。一片云抬头看着天空,情不自禁地锤了一下旁边的黄子荣:"子荣,你这个办法绝了,日本人说啥也想不到有这一招。"

一旁的宋鲁生却叹了口气,说出自己的忧虑:"这个办法确实出其不意,可这十只鹰运力有限,春早那批藏书至少有一千本,如果不加精简,肯定不行。然而,眼下春早被软禁在学堂里,与外面隔绝音信,门外又加了看守的人手,咱们只怕连个信儿都带不到他那儿,这书如何取舍?又怎么去运哪?"

黄子荣心里已有一个人选,他转向一片云说:"给春早送信的事,辛苦你跑一趟吧。"

一片云会意,她知道自己是见不到杨春早的,但有一人可以。她来到黄天楷的住处,等他出门后,吹起了银鸥的叫声。樱桃听到声音,知道是一片云来了,开门将她带进房间。一片云告诉樱桃,自己来是希望她能帮忙传信给杨春早。樱桃自然答应,一刻不敢耽搁地便赶到西鲁学堂,却见学堂外有十几个伪军把守。

守门的伪军认识她,连忙热情地打招呼:"嫂子,您咋来了?"

樱桃笑了笑:"听你们队长说,明天春野就来要书了,到时候杨春早要还是不交,他这条命只怕就保不住了。他毕竟曾是天楷的老师,我来劝劝他,让他赶紧把书交出来，也算仁至义尽了。"

"嫂子，您可真是菩萨心肠。"守门的士兵丝毫没有察觉有何异常。

樱桃又顺口问道："你们队长呢？"

士兵如实相告："他说进去方便一下。"

樱桃点点头，主动要求道："我听你们队长说出入都要检查，来，你们赶紧查查，别坏了规矩。"

"嫂子，别人得搜查，您就不用了，快请进吧。"士兵连忙让出道。

樱桃笑了笑，三步并两步地走了进去。杨春早见到樱桃，很是意外，刚想问明来意，樱桃做了一个嘘声的手势，她迅速掀开外衣，从腰间解下一条长长的大红绸布带子，将其放进一旁的矮柜。接着，又从贴身的衣兜里拿出一个折好的纸条塞给杨春早。杨春早先是愣了一下，随即会意，接过纸条迅速放进衣兜。

就在这时，门外传来一阵脚步声，樱桃忽然变脸，指着杨春早大声说："杨春早，你太过分了！"

话音刚落，黄天楷闯了进来，樱桃没理会他，继续说："就算你不愿意把书交出来，可那么多人投靠日本人，你为啥非逮着我们家天楷使劲儿啊？他那么做，也是有他的难言之隐。"

"难言之隐？"杨春早立即配合道，"正好，黄队长也在，我想听他说说，背叛师友、卖国求荣这样的行径都能做出来，他到底有何难言之隐？"

樱桃抓起炕桌上的茶碗，狠狠地摔在地上："天楷，咱们走！不听这个杨疯子胡言乱语！"说完，气冲冲地走了。

黄天楷完全没料到樱桃会过来，跟上前不解地问："樱桃，你说你来找他要什么书哪？"

"我这么做，还不是为了你？我要是能说动他把书交出来，你不就又立了大功？"

"杨春早的脾气你又不是不知道，软硬不吃，我看他明天怕是活不成了。"

樱桃忽然停下脚步，双手捂着肚子："哎哟，这一生气肚子有点儿疼。"

黄天楷听到后立刻打住话头，赶忙让人把樱桃送回了家。

到了晚上，杨春早才偷偷把纸条拿出来，他一眼就认出这是黄子荣的笔迹。纸条上写着："春早，我们已经决定用鹰运书，但书太多，鹰负重有限，不可能全部运走，你必须忍痛取舍。今晚无论如何都要把要带走的书抓紧整理出来，然后用红布分十包包好，每包重量不得超过二十斤。天行已对这块布做了处理，他养的鹰会把系着红布的包裹抓走。明天上午七点以前,你把这十包藏书放到学堂后院的屋顶上。剩下的书就暂且留下吧,春早,你的命比剩下的书重要。咱济宁城的县志还等着你去写完,我和鲁生还等着和你一起喝酒聊天。因此,一定要忍痛割爱,平平安安地离开济宁城,切记。"

杨春早看罢,连忙裁好红布,来到萃文阁。他将放着孔子雕像的矮柜挪到一边,地上露出高约两厘米的圆形铁柱。杨春早踩下铁柱,一块铺满了泥土的厚木板缓缓移进墙内,这便是藏书密室的地下入口了,春野一直要找的书就放在这里面。

杨春早掌着油灯,进入地下室。他看着眼前一架子的藏书,十分不舍,这都是列祖列宗留下来的宝贝,手心手背都是肉,他真的难以取舍,可如今由不得他了。杨春早忙碌了一晚,最后将打包好的书小心翼翼地在屋顶放置好。

晨光射穿薄雾,黄天行站在城外的一辆马车旁,见怀表的表针已指向七点,他打开笼门,放出十只老鹰。老鹰听到黄天行的口哨声,朝着济宁城的方向飞去。

杨春早站在葫芦架下,眼睛直盯着天空。忽然,天空中出现了几个黑点,由远及近,渐渐明晰,杨春早急切地辨认着,果然是老鹰飞来了。老鹰飞近萃文阁,在空中盘旋了几圈,然后俯冲下来,抓起屋顶上的包袱。杨春早激动地看着眼前的一幕,忐忑不安,待老鹰飞远后,他才欣慰地舒了口气。

今天是春野给的最后交书期限,一早他便来到学堂,找杨春早要书。杨春早不再反抗,一脸平静地将他带到密室。

春野站在密室惊叹道:"原来是藏在这里呀,杨先生,你太狡猾了。"

杨春早苦笑:"当年先祖也是为了避乱才建了这个地方,春野太君,书都在这儿了。"

春野迫不及待地走到木案旁,拿起一本书仔细翻看着,这确实是他要找的珍品。

杨春早叹了口气:"我把书给了你们,杨某就和黄天楷一样了,在老百姓眼里,也成了叛徒。"

春野摆了摆手:"杨先生,你这是在为大日本帝国服务。你放心,如果有人胆敢污蔑杨先生,那就是跟皇军为敌,我们不会放过他的。"

"好,有你这句话我就踏实了。书已经交了,我先出去透透气,行吗?"杨春早心灰意懒地说。

"请便。"春野一心只在藏书上,没留意到杨春早的反常。

杨春早走出密室，来到一楼的书架旁，他将之前准备的煤油瓶子摆在书架下，又在煤油瓶周围洒下大片的煤油。他站在门口，从腰巾子里拿出那两颗炸弹，拔掉销子，扔了进去。

萃文阁内传来一声剧烈的爆炸声，浓烟夹着火苗从屋内蹿了出来，爆炸声接二连三地响起。守在门外的黄天楷带人跑了进来，他吃惊地看着被熊熊大火包围的萃文阁在炮火中缓缓塌落。

春野被炸死了，杨春早生死不知，下落不明。武田为此大发雷霆。侯立人却有些幸灾乐祸，春野在的时候，武田从来没把自己放在眼里，如今死了正好，他死了，武田才会重用自己。

夕阳映照下的湖水一片血红，岸边大片的芦苇荡随风摇摆。黄子荣坐在岸边，默默想着心事。

这时，黄天行跑了过来："爹，为了你们和那批书的安全，上级指示，把您和宋叔一家，还有那批书一起转移到南边的根据地去。"

黄子荣安排道："天行，待会儿我给你二爷爷和五爷爷他们写封信，让他们放心。你安排个得力的人帮我把信送过去。"

黄二叔和黄五叔看完信，面露难色，神情冷峻。

黄五叔疑惑道："二哥，这事咱们听不听子荣的？真要是听了子荣的，大哥这一支血脉可就断了。"

黄二叔叹了口气："老五，子荣这么决定，肯定是反复掂量过了，他比咱更为难哪，就按他的意思办吧。"

这天，黄二叔来到黄天楷的住处，要让他代替黄子荣回老家祭祖。

"天楷，眼下你爹被日本人通缉，不知去了哪儿，你们这一支又是咱黄家的正统。我跟你五爷爷商量好了，就由你代替你爹吧。再说，你现在是济宁保安大队的大队长，也算有头有脸的人物，回去祭祖不丢份儿。"

黄天楷欣喜地点了点头："二爷爷，我一定去，一定去。"

樱桃上前倒茶，忽然难受得干呕起来。

黄二叔见状，问道："天楷，樱桃这是……"

黄天楷笑着说："樱桃有喜了。"

黄二叔意味深长地笑了笑："好，好，你们这一支也算有后了。天楷，那我就回去了，到时候等着你。"

黄二叔离开后，黄天楷高兴地对樱桃说："樱桃，你可都听见了？现在我是黄家咱这一支主事的人了！"

樱桃冷哼了一声："恭喜你了。这事我不去，不想跟着你去丢人现眼。"

黄天楷反驳道："说啥呢？咋就丢人现眼了？你得看明白了，现在整个黄家就靠我在这儿撑着呢！要是没了我，黄家就败了。第一次去拜祖宗，你必须去，这事没商量。我马上给武田大佐和侯会长下请帖去。"

黄天楷拿着帖子来找武田，武田表示因为腿上有伤不能参加，不过他给了黄天楷一把武士刀，以表心意，希望黄天楷能更好地为他们效力。

侯立人得知后，不无羡慕地说："天楷，这可是莫大的荣光啊。你放心，明天我一定过去给你捧场。"

黄天楷愈加飘飘然起来："有武田大佐的这份礼物，有您侯会长亲自光临，这才是真正地光宗耀祖哇！"

祭祖之日，黄子荣一早交代吴兴安，让他把黄老太太的戒指转交给一片云，并转告她他这辈子对不起她。交代好一切，黄子荣只身来到黄家祖祠，他将几样凉菜和一坛黄家自酿的十里香摆在桌上，静候着黄天行。

黄天行带着樱桃走进来，见祖祠内只有黄子荣一人，颇感意外："爹，您也来了？二爷爷五爷爷他们呢？"

黄子荣一笑："我让他们晚些过来，今天当着列祖列宗的牌位，咱们爷俩好好说说话。坐！"

黄天楷顿了一下，坐到桌旁一侧的矮凳上，把武士刀靠放在桌边。

黄子荣看着牌位，语重心长地说："今天是祭祖的大日子，祖宗们都睁着眼，敞着耳朵，满肚子的话都倒出来吧。"

黄天楷故作不解："爹，您想让我说什么？"

"孩子，当着祖宗的面，爹说句心里话，爹怎么也不相信你能为日本人做事，思来想去，觉得你一定是有隐情吧。做人不易，没逼到绝路上，谁也不愿意干被人家戳脊梁骨的买卖，孩子，有话就跟爹说说吧，不然将来见了你娘，爹没法交代。"

"爹，儿子给日本人做事，既是为了自己，也是为了咱们黄家呀，我还是那句话，识时务者为俊杰。如今日本人就好比是当年的清朝，别看现如今很多人骨头都挺硬，争着当史可法。您等着看，等整个中国都让人家给占了，那些人就会软了爪子耷拉着头，争着抢着当吴三桂了！"黄天楷说着，拿起身旁的武士刀，"爹，这是武田大佐听说我要回来祭祖，特意送给儿子的。对了，待会儿侯会长也要带着人来给我捧场。你们都说我是汉奸，将来你们就会明白，儿子早走的这一步，是真正地明事理，有眼光。我记得您当年说过，老运河迟早都得荒废。当前的局势，跟老运河是一个道理。"

"这两件事不一样，老运河荒了，那是失了人心，日本人如今虽说看着势头猛，可他们不得人心哪，长久不了。天楷，听爹最后一句劝，回头吧，当着列祖列宗的面认个错，爹还认你这个儿子！"

黄天楷摆了摆手，不想再继续说下去，他命两个伪军赶紧去叫黄家族人过来祭祖。

黄子荣迟疑了一下，然后拿起酒坛子，往两个碗里倒满酒，递给黄天楷一碗："天楷，既然你不愿意多说，那就算了。来，咱们喝着酒等你二爷爷五爷爷他们过来。"

这时，院门外忽然传来枪声。一片云打死了祖祠外的伪军，提着枪冲了进来。

黄天楷见状，立马拿起枪对准黄子荣，与此同时，一片云举枪对着黄天楷："把枪放下！"

黄天楷冷笑："一片云，应该是你把枪放下。"

黄子荣看着一片云说："这是黄家的家事，不用你管。快走。"

一片云伸出左手，无名指已经戴上了黄老太太的那枚戒指："你去飞鱼岛把我抢到这儿，我的名字上了你们黄家的族谱，如今戒指又戴在了我手上，黄家的家事，我这当媳妇的就得管。"

黄天楷见一片云态度坚决，威胁道："一片云，你别逼我，把我逼急了，我啥事都干得出来！"

一片云迟疑了，这时黄子荣对她使了个眼色："锦云，你先出去，有啥事我跟天楷好好商量。"

一片云点了点头，倒退着离去。

黄天楷暗暗松了口气，垂下拿枪的手，让樱桃关上门。

黄子荣叹了口气，端起酒碗："天楷，爹如今老了，好多事看不懂，也跟不上了。这个天下是你们年轻人的，你们的事，爹不该管，也管不了。来，喝了这碗酒，过去的都让它过去吧。"

黄天楷顿了一下："爹，喝酒以前，我得告诉您个好消息，樱桃是我媳妇了，她怀了咱黄家的孩子。"

黄子荣点头："这事我听你二爷爷他们说了。樱桃是个好姑娘，这是你上辈子修来的福气。"

黄天楷笑了笑，一手拿着枪一手端起酒碗，转头说："樱桃，我长这么大，爹也没怎么夸过我，刚才你也听见了，这碗酒你先敬爹吧。"

黄子荣抢话道："天楷，咱爷俩先把这碗酒喝了，然后樱桃再敬。"

"爹，咱爷俩不急，还是先让樱桃敬吧。樱桃，来，敬咱爹。"

樱桃走到黄天楷身旁，双手接过酒碗："爹，我敬您。"她刚把酒碗举到嘴边，黄子荣伸手制止了她。

黄天楷得意地笑了笑："爹，您刚才还夸樱桃呢，怎么又不给她面子了？该不会这酒里有啥东西吧？"

黄子荣恼火："黄天楷，你拿樱桃做挡箭牌，卑鄙无耻！"

"爹，如果我没猜错的话，这酒里下了毒药，你是想跟我同归于尽。我是您的亲生儿子，您的心也太狠了！"

"不是我的心狠，是你的心黑了，我刚才给你递过绳子，给过你机会，可你自己非要待在泥坑里，不往上爬。黄天楷，你认贼作父，出卖恩师，杀死亲叔，枪顶亲爹。你不忠不孝，不仁不义，罪大恶极，十恶不赦！爹这辈子做的最大的错事，就是生养了你这样一个不肖子！"说着，他抓起矮凳砸向黄天楷。黄天楷惊慌躲闪，对着黄子荣的腿开了一枪。

一片云听到动静，踹开屋门，看到倒在地上的黄子荣，举枪指向黄天楷："孽子，连你亲爹都敢打！"

黄天楷也用枪指着一片云，歇斯底里地喊着："他想毒死我，这是我亲爹吗？"话刚说完，突然他的身体猛地一僵，手中的枪掉在了地上，脸上的肌肉抽搐起来。原来，一直沉默不语的樱桃再也看不下去了，将一把匕首刺进了黄天楷的后心处。

樱桃百感交集地看着黄天楷："我本来还抱有一丝希望，盼着你今天当着列祖列宗的面，能幡然悔悟，带着我和孩子远走高飞。我们一家人能过上安稳日子。没想到，你一错再错，连亲爹都不放过。黄天楷，你跟我发过誓，如果你再骗我，就死在我的手里……"说着，她从黄天楷的身上拔出匕首。黄天楷抽搐了两下，睁着眼咽了气。

一片云来到樱桃身边，把她拥入怀中。樱桃伏在一片云的肩上，痛哭流涕。

黄子荣说："锦云，你们赶紧走，黄天楷说待会儿侯立人要来。"

一片云松开樱桃,对他说:"要走咱们一起走。"

"我腿断了,走不了。听我的,现在不是讲儿女情长的时候,你们要是顾着我,咱们谁都走不了。"黄子荣从怀里掏出怀表,递给樱桃,"樱桃,这是你奶奶当年送给我的,你留给孩子,等将来他长大了,把这块表给他,告诉他,做人一定要堂堂正正,千万别学他爹,一步错,步步错,最终毁了自己。"

樱桃接过怀表,郑重地点了点头:"爹,我知道了。"

黄子荣对樱桃欣慰地笑了笑,又抓起身旁一片云的左手:"锦云,咱俩虽然还没有拜堂,可是戴上这个戒指,你就是我黄子荣名正言顺的媳妇了。赶紧带樱桃走,一定要保护好她,保护好她肚子里咱黄家这最后一脉骨血,我求你了!"一片云忍痛拉着樱桃离开了祖祠。

二人走后不久,侯立人便带人来了。他见门外躺着尸体,警惕地掏出手枪,放慢脚步,没想到里面只有受伤的黄子荣和已经死去的黄天楷。他这才反应过来,原来黄子荣是借着祭祖的名义安排了一出戏。

侯立人让人把黄天楷的尸体抬了出去。看着如今落魄的黄子荣,他得意地问:"子荣兄,咱兄弟俩同时为官,一晃多少年了,从你回济宁算起,二十六年了吧?你说这么多年,咱俩谁活得更出彩呢?"

黄子荣不置可否:"这话还用问吗?你我心知肚明啊。"

"不不不,有些话该说还得说,说了才亮堂嘛。"

"也好,我知道自己活不成了,临死之前,也该明白明白自己这辈子活得值不值,到底活成了一个什么样的人。眼前我无官无职,甚至是家破人亡,我唯一的儿子也离我而去。而你呢,节节高升,顺风顺水呀。"

"这确实是事实。子荣兄,可你没想想为啥会这样吗?"

"你说是为啥呢?"

"道理其实很简单,就八个字——审时度势,忍辱负重。说心里话,我没你的骨头硬,更没你的名声好,可到头来我比你的官大,比你的命长,比你过得舒坦。这二十多年的局儿,是我赢了,你认不认?"

见黄子荣默不作声,侯立人继续得意扬扬地说:"看来你是不服哇。反正你也活不长了,借今天这个局儿,有些事我就跟你说白了吧。当年你儿子触犯官律,买官卖官,确实是我下的套。说起来,你儿子刚开始也是个规矩人,可他到底还是年轻啊,经不住诱惑。后来东窗事发,走投无路,最终投靠了日本人。"

黄子荣并不意外,只是非常不解:"你为啥要这样做?"

"就因为人人都说你们黄家干净,后生都以你为官之楷模,我被你压了十几年,我不甘心哪。我就是要让大伙儿都看看,黄家人不是人人都干净,也不都是硬骨头!结果咋样?贪的有了,奸的也有了,哦,倒是冒出来一个干净人,可他不姓黄啊,他姓盖!"说着,侯立人走到桌子旁,端起酒碗闻了闻,"你们黄家的十里香,打鼻儿的香呀。你说句认输的话,今天这顿酒就不缺名头了。"

黄子荣叹了口气:"听你这么一说,还真是你赢了,你不光是赢了我,还赢了官律,赢了黄家的家规祖训,我认输。"

侯立人得意地端起酒碗,一饮而尽:"这酒到底是对味儿了。"他把空碗放到桌上,擦了擦嘴,将另一碗酒递给黄子荣:"喝吧,等闭了眼,你想喝都喝不成了。"

正说着,门外忽然传来一阵脚步声。黄天行、丁老大和麻三身着日本军装闯了进来。侯立人刚想要说什么,突然一脸扭曲地捂住肚子,弯腰喘息着,一口鲜血从嘴里吐了出来。

"你……酒里有毒!"

"侯立人,你输了。"

疼痛难忍的侯立人颤抖着伸出右手,想要去拿桌上的手枪,手还没触到桌子边缘便垂落了下去,倒地而亡。

黄天行走到黄子荣面前,埋怨道:"爹,我们在路上碰见了云姨和樱桃,她们已经回去了。今天这事你咋不跟我说明白呢?多悬哪!"

"我也没想到,能生出这么多变化。"

"爹,只能说你的命大,侥幸!不然,有句话也许你就听不见了!"

"啥话呀?"

黄天行走到摆放牌位的木案前,跪下大声说:"各位列祖列宗,我老疙瘩是黄家的人,我叫黄天行,一辈子都姓黄,今生今世,都是黄子荣的儿子!"

河面上弥漫着浓浓的雾气。一条客船张着风帆,渐渐从雾气中显现出来。

黄子荣正看着一封信,信是杨春早寄来的,上面写道:"子荣、鲁生,见字如面。玉堂酱园的孙掌柜利用日本人发给他的特别通行证,把我安全地送出了济宁城,现一切安好,勿念。今后的日子,我会陪伴在我心中永远的老师身旁,读书悟道,修身养性,潜心修史,把这几十年发生在老运河上的事情,真实地记载下来,以告后人。二位仁兄,不管世道如何险恶杂乱,我们都要好好地活着。

早晚有一天,我们会再聚济宁城,把酒言欢。代我向你们各自的家人致安。"

黄子荣看罢,这才知道原来杨春早去了曲阜,他安全了,自己也就放心了。他转过头,看到宋鲁生正和章云芳逗着孩子,裘美琪安然地坐在二人旁边,脸上露着淡淡的微笑。甲板上,一片云和樱桃蹲在铁皮炉子旁给他熬着药,虽药苦,但他心里甜。

河水与湖水的交界处,隐约可见的客船在雾气弥漫的水面上渐渐远去……